古诗词鉴赏

（双色版）

周啸天 主编

四川辞书出版社

图书在版编目(CIP)数据

古诗词鉴赏：双色版 / 周啸天主编. -- 2版. -- 成都：四川辞书出版社, 2024.9. -- ISBN 978-7-5579-1647-3

Ⅰ. I207.2

中国国家版本馆CIP数据核字第20241442TZ号

古诗词鉴赏（双色版）
GUSHICI JIANSHANG SHUANGSE BAN

周啸天　主编

| 责任编辑 / 肖　鹏 |
| 责任印制 / 杨　龙 |
| 封面设计 / 成都编悦文化传播有限公司 |
| 出版发行 / 四川辞书出版社 |
| 地　　址 / 成都市锦江区三色路238号 |
| 邮政编码 / 610023 |
| 印　　刷 / 成都市川侨印务有限公司 |
| 开　　本 / 880 mm×1230 mm　1/32 |
| 版　　次 / 2024年9月第2版 |
| 印　　次 / 2024年9月第1次印刷 |
| 印　　张 / 23 |
| 书　　号 / ISBN 978-7-5579-1647-3 |
| 定　　价 / 49.80元 |

· 版权所有，翻印必究
· 本书如有印装质量问题，请寄回出版社调换
· 制作部电话：(028)86361826

主　编

周啸天

编写人员

陈　坦　董志刚　管遗瑞　郭扬波　刘　华
梅　红　秦岭梅　舒三友　唐　彦　王　飞
王　涛　吴闻莺　殷志佳　周啸天

前　言

　　本书的读者对象为中等文化层次的古典文学爱好者，当然也包括在校的大中学生。

　　对这部分读者来说，谙熟一定数量的古代诗文名篇，非常必要。谙熟的具体要求，一是读懂文本——确切地明了字句的意义，二是理解内涵——掌握名篇的思想内容，三是得到乐趣——从阅读欣赏中提高审美鉴赏的能力。本书也正是从这三个方面入手，努力为读者提供服务。

　　本书所选名篇，参考了近年来中学教材和市场同类书的选篇情况，在此基础上增强了选篇的系统性，从先秦到近代的重要作家作品，都有所反映，目的是使读者开阔视野，扩大阅读量，触类旁通。

　　诵读文本，是学习古代诗文极为有效的方式，只要能够流利地诵读，即使对某些字句的意义不能甚解，也能与时俱进，慢慢受用。因此，本书首重注音，以扫除诵读中的障碍。具体做法是，在文本难字后直接注音，以方便诵读，且免检索之劳。

　　实践证明，以白话翻译古代诗文，对接受者来说，不是一种好的办法。这样做会养成读者对语译的依赖，反而损害读者对古代诗文的审美感受。同时，古代诗歌名篇，如"黄河远上白云间""朝辞白帝彩云间""清明时节雨纷纷"等，大多一读就懂，一一白话翻译，反而多事。因此，本书只对个别难句难字予以注释，不做全文语译。

　　中国人称诗文鉴赏为"赏析"。"赏析"一词，出于陶渊明

"奇文共欣赏，疑义相与析"，即"赏奇析疑"，凡是读者一目了然，无奇、无疑之处，皆勿烦费辞。因此，本书只着重就读者不易读懂、不易理解的地方进行讲解。有话则长，无话则短。具体作品具体对待。析文中，对每一个重要的赏析点，都有凝练概括的主题句，放于段首括号中，以达到提纲挈领的目的。诗文赏析既有客观性，也有主观性，正因为这个道理，古称"诗无达诂"。所以，本书的撰写目的，是希望对读者有所启发，而不是提供唯一答案。

参加本书撰稿者除本人外，还有陈坦、董志刚、管遗瑞、郭扬波、刘华、梅红、秦岭梅、舒三友、唐彦、王飞、王涛、吴闻莺、殷志佳等。

周啸天

目 录

诗经

关雎 …………………（1）
芣苢 …………………（3）
汉广 …………………（5）
野有死麇 ……………（7）
静女 …………………（8）
氓 ……………………（9）
伯兮 …………………（12）
黍离 …………………（13）
君子于役 ……………（15）
将仲子 ………………（16）
伐檀 …………………（17）
硕鼠 …………………（18）
蒹葭 …………………（20）
黄鸟 …………………（22）
无衣 …………………（23）
衡门 …………………（24）
月出 …………………（25）
采薇 …………………（26）
鱼丽 …………………（29）
无羊 …………………（31）
北山 …………………（32）

屈原

国殇 …………………（34）
涉江 …………………（37）
橘颂 …………………（40）

项羽

垓下歌 ………………（43）

刘邦

大风歌 ………………（45）

乐府诗集

战城南 ………………（48）
上邪 …………………（49）
陌上桑 ………………（50）
长歌行 ………………（52）
十五从军征 …………（53）
羽林郎 ………………（54）
孔雀东南飞 …………（56）

1

古诗十九首

行行重行行 …………（65）
涉江采芙蓉 …………（67）
庭中有奇树 …………（68）
迢迢牵牛星 …………（69）
客从远方来 …………（70）

曹操

蒿里行 ………………（72）
短歌行 ………………（74）
观沧海 ………………（76）
龟虽寿 ………………（78）

曹植

送应氏 ………………（81）
白马篇 ………………（82）
野田黄雀行 …………（84）

蔡琰

悲愤诗 ………………（86）

陶渊明

归园田居 ……………（91）
移居 …………………（93）
饮酒 …………………（95）
杂诗 …………………（98）

沈约

别范安成 ……………（100）

乐府诗集

西洲曲 ………………（102）
折杨柳歌辞 …………（105）
木兰诗 ………………（106）
敕勒歌 ………………（109）

王绩

秋夜喜遇王处士 ……（111）

骆宾王

于易水送人 …………（112）

杜审言

和晋陵陆丞早春游望 …（114）

王勃

山中 …………………（116）
送杜少府之任蜀川 …（116）

宋之问

渡汉江 ………………（119）

陈子昂

登幽州台歌 …………（120）

贺知章

回乡偶书 ……………（123）
回乡偶书之二 ………（123）
咏柳 …………………（124）

张若虚

春江花月夜 …………（126）

张旭

桃花矶 ………………（130）
山行留客 ……………（130）

张说

蜀道后期 ……………（132）
泛洞庭 ………………（132）

张九龄

望月怀远 ……………（134）
感遇 …………………（135）

崔国辅

怨词 …………………（137）

王翰

凉州词 ………………（139）

孟浩然

过故人庄 ……………（141）
临洞庭湖赠张丞相 ……（142）
春晓 …………………（144）
送朱大入秦 …………（145）
渡浙江问舟中人 ……（145）
宿建德江 ……………（146）
与诸子登岘山 ………（146）
岁暮归南山 …………（147）
早寒江上有怀 ………（148）
夏日南亭怀辛大 ……（149）
夜归鹿门山歌 ………（150）

王之涣

登鹳雀楼 ……………（151）
凉州词 ………………（152）

李颀

古意 …………………（155）

王湾

次北固山下 …………… (156)

王昌龄

从军行 ………………… (159)
从军行之二 …………… (160)
从军行之三 …………… (161)
从军行之四 …………… (163)
出塞 …………………… (163)
闺怨 …………………… (165)
芙蓉楼送辛渐 ………… (167)
塞上曲 ………………… (168)
塞下曲 ………………… (169)
春宫曲 ………………… (169)
长信秋词 ……………… (170)

柳中庸

征人怨 ………………… (171)

王维

观猎 …………………… (172)
使至塞上 ……………… (175)
辋川闲居赠裴秀才迪 … (177)
竹里馆 ………………… (179)
鸟鸣涧 ………………… (180)
相思 …………………… (181)
杂诗 …………………… (183)
九月九日忆山东兄弟 … (183)
送元二使安西 ………… (184)
送别 …………………… (186)
少年行 ………………… (187)
渭川田家 ……………… (188)
山居秋暝 ……………… (190)
终南山 ………………… (191)
过香积寺 ……………… (192)
送梓州李使君 ………… (193)
汉江临眺 ……………… (193)
终南别业 ……………… (194)

李白

关山月 ………………… (196)
子夜吴歌 ……………… (197)
听蜀僧浚弹琴 ………… (198)
渡荆门送别 …………… (200)
送友人 ………………… (202)
行路难 ………………… (203)
秋登宣城谢朓北楼 …… (205)
宣州谢朓楼饯别校书叔云
 ………………………… (206)
静夜思 ………………… (209)
秋浦歌 ………………… (210)
独坐敬亭山 …………… (211)
望庐山瀑布 …………… (212)
赠汪伦 ………………… (214)
黄鹤楼送孟浩然之广陵
 ………………………… (215)

望天门山 …………… (216)
客中作 ……………… (217)
闻王昌龄左迁龙标遥有此
寄 …………………… (220)
与史郎中钦听黄鹤楼上吹
笛 …………………… (221)
早发白帝城 ………… (223)
夜泊牛渚怀古 ……… (224)
蜀道难 ……………… (224)
将进酒 ……………… (229)
梦游天姥吟留别 …… (233)
峨眉山月歌 ………… (237)
玉阶怨 ……………… (238)
忆秦娥 ……………… (239)

崔颢

长干曲二首 ………… (242)
黄鹤楼 ……………… (243)

刘方平

春雪 ………………… (245)
夜月 ………………… (246)

高适

营州歌 ……………… (248)
别董大 ……………… (249)
塞上听吹笛 ………… (250)
燕歌行 ……………… (251)

常建

题破山寺后禅院 …… (257)

刘长卿

逢雪宿芙蓉山主人 … (259)
听弹琴 ……………… (261)
送灵澈 ……………… (262)
送上人 ……………… (262)

杜甫

望岳 ………………… (263)
月夜 ………………… (265)
石壕吏 ……………… (266)
八阵图 ……………… (268)
绝句 ………………… (269)
江畔独步寻花 ……… (272)
赠花卿 ……………… (274)
春夜喜雨 …………… (275)
茅屋为秋风所破歌 … (276)
水槛遣心 …………… (279)
闻官军收河南河北 … (280)
旅夜书怀 …………… (283)
江南逢李龟年 ……… (285)
兵车行 ……………… (286)
羌村三首录一 ……… (289)
新安吏 ……………… (291)
蜀相 ………………… (293)

客至 …………………… (295)
月夜忆舍弟 ………………… (296)
天末怀李白 ………………… (297)
登楼 …………………… (297)
阁夜 …………………… (298)
登高 …………………… (299)
咏怀古迹五首录一 …… (300)
登岳阳楼 ………………… (301)

岑参

武威送刘判官赴碛西官军
　……………………… (304)
逢入京使 ………………… (305)
白雪歌送武判官归京 … (307)
走马川行奉送封大夫出师
西征 ……………………… (311)
赵将军歌 ………………… (312)

韩翃

寒食 …………………… (314)

钱起

暮春归故山草堂 ……… (317)

西鄙人

哥舒歌 …………………… (318)

顾况

宫词 …………………… (319)

张志和

渔歌子 …………………… (321)

韦应物

滁州西涧 ………………… (323)
寄全椒山中道士 ……… (324)
长安遇冯著 ……………… (324)
秋夜寄邱员外 …………… (325)

李端

听筝 …………………… (326)

戎昱

移家别湖上亭 …………… (327)

李益

夜上受降城闻笛 ……… (328)
江南曲 …………………… (330)

卢纶

塞下曲 …………………… (331)

塞下曲之二 …………… （332）
逢病军人 …………… （334）

张继

枫桥夜泊 …………… （336）

孟郊

游子吟 …………… （339）

杨巨源

城东早春 …………… （341）

王建

新嫁娘三首录一 …… （343）
雨过山村 …………… （344）

韩愈

左迁至蓝关示侄孙湘 … （347）
早春呈水部张十八员外
　………………… （349）
晚春 ………………… （350）
游太平公主山庄 …… （352）
次潼关先寄张十二阁老使君…
　………………… （354）

崔护

题都城南庄 ………… （358）

李绅

悯农二首 …………… （360）

白居易

赋得古原草送别 …… （362）
钱塘湖春行 ………… （363）
买花 ………………… （364）
卖炭翁 ……………… （366）
观刈麦 ……………… （368）
池上 ………………… （370）
忆江南 ……………… （371）
长恨歌 ……………… （372）
琵琶行 ……………… （379）
问刘十九 …………… （384）
后宫词 ……………… （386）
暮江吟 ……………… （386）

刘禹锡

乌衣巷 ……………… （388）
竹枝词三首 ………… （389）
秋词 ………………… （391）
酬乐天扬州初逢席上见赠
　………………… （393）

7

望洞庭 …………… (394)	何满子 …………… (418)
浪淘沙 …………… (397)	
石头城 …………… (398)	## 朱庆余
春词 ……………… (399)	
西塞山怀古 ……… (399)	宫词 ……………… (420)
	近试上张水部 …… (420)

柳宗元

李贺

江雪 ……………… (402)	
与浩初上人同看山寄京华	马诗 ……………… (422)
亲故 ……………… (403)	南园 ……………… (424)
渔翁 ……………… (405)	南园之二 ………… (426)
登柳州城楼寄漳汀封连四	雁门太守行 ……… (427)
州刺史 …………… (408)	李凭箜篌引 ……… (429)
酬曹侍御过象县见寄 … (409)	致酒行 …………… (430)

元稹

杜秋娘

行宫 ……………… (411)	金缕衣 …………… (434)
重赠乐天 ………… (412)	
闻乐天授江州司马 … (413)	## 杜牧

贾岛

	山行 ……………… (435)
	江南春 …………… (436)
寻隐者不遇 ……… (415)	赤壁 ……………… (437)
	泊秦淮 …………… (438)
## 张祜	秋夕 ……………… (440)
	清明 ……………… (440)
赠内人 …………… (417)	将赴吴兴登乐游原 … (442)
集灵台 …………… (417)	遣怀 ……………… (442)
题金陵渡 ………… (418)	赠别 ……………… (443)

金谷园 …………… （443）
过华清宫 …………… （444）
寄扬州韩绰判官 ……… （446）

陈陶

陇西行 …………… （448）

温庭筠

望江南 …………… （449）
瑶瑟怨 …………… （450）
更漏子 …………… （451）

李商隐

夜雨寄北 …………… （453）
无题 …………… （454）
乐游原 …………… （455）
锦瑟 …………… （455）
隋宫 …………… （457）
寄令狐郎中 …………… （459）
为有 …………… （460）
瑶池 …………… （461）
嫦娥 …………… （461）
贾生 …………… （462）

金昌绪

春怨 …………… （463）

黄巢

题菊花 …………… （464）

高骈

山亭夏日 …………… （466）

罗隐

蜂 …………… （468）
赠妓云英 …………… （469）

章碣

焚书坑 …………… （472）

韦庄

金陵图 …………… （475）

聂夷中

伤田家 …………… （476）

韩偓

已凉 …………… （479）

张泌
寄人 …………………… (480)

郑谷
淮上与友人别 ………… (481)

王驾
社日 …………………… (482)

无名氏
杂诗 …………………… (484)

冯延巳
谒金门 ………………… (485)
鹊踏枝 ………………… (486)
长命女 ………………… (487)

李璟
浣溪沙 ………………… (488)

李煜
虞美人 ………………… (489)
相见欢 ………………… (491)
忆江南 ………………… (492)

王禹偁
村行 …………………… (493)

潘阆
酒泉子 ………………… (495)

林逋
山园小梅 ……………… (497)

柳永
望海潮·钱塘 ………… (500)
雨霖铃 ………………… (503)
八声甘州 ……………… (505)

范仲淹
江上渔者 ……………… (509)
渔家傲 ………………… (510)
苏幕遮 ………………… (512)
御街行 ………………… (513)

曾公亮
宿甘露僧舍 …………… (515)

晏殊

浣溪沙 …………………（517）

梅尧臣

陶者 ……………………（520）
鲁山山行 ………………（520）

欧阳修

生查子 …………………（522）
踏莎行 …………………（523）

苏舜钦

淮中晚泊犊头 …………（525）

张俞

蚕妇 ……………………（527）

王安石

泊船瓜洲 ………………（529）
元日 ……………………（530）
书湖阴先生壁 …………（531）
桂枝香·金陵怀古 ……（532）

苏轼

海棠 ……………………（535）
惠崇春江晚景 …………（537）
题西林壁 ………………（539）
饮湖上初晴后雨 ………（540）
水调歌头 ………………（541）
江城子·密州出猎 ……（543）
念奴娇·赤壁怀古 ……（544）
江城子·乙卯正月二十日夜记梦 ………………（547）

黄庭坚

鄂州南楼书事 …………（549）
寄黄几复 ………………（550）

秦观

满庭芳 …………………（552）
鹊桥仙 …………………（553）

周邦彦

蝶恋花 …………………（556）
苏幕遮 …………………（557）

李清照

夏日绝句 ………………（559）

如梦令 …………… (561)
武陵春 …………… (562)
醉花阴 …………… (563)
一剪梅 …………… (564)
声声慢 …………… (565)
永遇乐 …………… (567)

岳飞

池州翠微亭 ………… (569)
小重山 …………… (571)
满江红 …………… (572)

陆游

游山西村 ………… (575)
书愤 ……………… (576)
十一月四日风雨大作 ……
………………… (578)
秋夜将晓出篱门迎凉有感
………………… (580)
金错刀行 ………… (581)
临安春雨初霁 …… (582)
示儿 ……………… (584)
诉衷情 …………… (585)

范成大

四时田园杂兴（其六）
………………… (587)

杨万里

小池 ……………… (589)
晓出净慈寺送林子方 … (589)
宿新市徐公店 …… (591)
闲居初夏午睡起 … (591)

朱熹

春日 ……………… (594)

辛弃疾

破阵子·为陈同甫赋壮词
以寄之 …………… (596)
清平乐·村居 …… (597)
西江月·夜行黄沙道中
………………… (599)
丑奴儿近·书博山道中
壁 ………………… (601)
南乡子·登京口北固亭
怀古 ……………… (603)
菩萨蛮·书江西造口壁
………………… (605)
水龙吟·登建康赏心亭
………………… (606)
永遇乐·京口北固亭怀古
………………… (609)
摸鱼儿 …………… (611)
鹧鸪天·代人赋 …… (613)

叶绍翁
游园不值 …………… (614)

姜夔
扬州慢 ……………… (616)

林升
题临安邸 …………… (618)

赵师秀
约客 ………………… (620)

翁卷
乡村四月 …………… (622)

元好问
双调·骤雨打新荷 …… (624)

文天祥
过零丁洋 …………… (627)

蒋捷
一剪梅·舟过吴江 …… (630)

关汉卿
南吕·四块玉·别情 … (632)

马致远
天净沙·秋思 ………… (633)

张养浩
山坡羊·潼关怀古 …… (636)

张可久
中吕·卖花声·怀古 … (638)

王冕
墨梅 ………………… (640)

高启
寻胡隐君 …………… (643)
卖花词 ……………… (644)

于谦
石灰吟 ……………… (646)

李东阳
题柯敬仲墨竹 ……… (648)

唐寅

言志 …………………………（651）

王磐

中吕·朝天子·咏喇叭
……………………………（653）
中吕·朝天子·瓶杏为鼠
所啮 …………………（655）

沈明臣

萧皋别业竹枝词 ………（656）

徐渭

风鸢图诗 ………………（658）

戚继光

晓征 ……………………（660）

史可法

燕子矶口占 ……………（662）

吴伟业

圆圆曲 …………………（664）

陈维崧

点绛唇·夜宿临洺驿 …（668）

朱彝尊

桂殿秋 …………………（670）
解佩令·自题词集 ……（671）

夏完淳

别云间 …………………（672）

王士禛

真州绝句 ………………（674）
秦淮杂诗 ………………（676）

查慎行

舟夜书所见 ……………（678）

纳兰性德

长相思 …………………（680）
浣溪沙 …………………（682）
蝶恋花 …………………（682）

陈于王

《桃花扇》传奇题辞……（684）

郑燮

竹石 ·················(686)

曹雪芹

红拂 ·················(689)

袁枚

马嵬 ·················(691)

赵翼

套驹 ·················(692)

黄景仁

都门秋思 ············(695)

龚自珍

己亥杂诗（九州生气）
·················(697)

己亥杂诗（陶潜酷似）
·················(698)
咏史 ·················(699)

高鼎

村居 ·················(702)

丘逢甲

春愁 ·················(704)
山村即目 ············(706)

秋瑾

对酒 ·················(708)
黄海舟中日人索句并见日
俄战争地图 ·········(709)

苏曼殊

以诗并画留别汤国顿 ···(711)
过蒲田 ··············(713)

诗经

豳风图

中国文学史上第一部诗歌总集，收入西周初年至春秋中叶的民间和上层诗作三百余篇，当时称"诗"或"诗三百"。这些诗反映了周人农牧渔猎、婚恋风俗、建筑娱乐、部族繁衍、徭役战争等方方面面的生活状况，生动表现了周人的七情六欲及宇宙人生、伦理道德、历史文化、宗教哲学等各种观念。诗中活动着从天子贵族到农奴贱隶等形形色色的人物，展示了极为丰富的历史场面，从而成为周代社会生活的一面镜子，开创了中国现实主义的文学传统。《诗经》是一部声诗，抒情之作多用叠咏的结构程式，普遍采用四言体，按音乐分为风、雅、颂三大类，开创了赋、比、兴的表现手法，其比兴手法对历代诗歌的影响极为深远。

❀ 关雎 jū ❀

（《诗经·周南》）

关关雎鸠①，在河之洲。窈窕 yǎotiǎo 淑女②，君子好逑③。参差 cēncī 荇 xìng 菜④，左右流之⑤。窈窕淑女，寤寐 wùmèi 求之。求之不得，寤寐思服。悠哉悠哉，辗转反侧。参差荇菜，左右采之。窈窕淑女，琴瑟友之。参差荇菜，左右芼 mào 之⑥。窈窕淑女，钟鼓乐之。

1

古诗词鉴赏

注释 ①关关:水鸟雌雄和鸣之声。雎鸠:一种水鸟。②窈窕:苗条,女子姿态轻盈美好的样子。淑:美好,善良。③好逑:理想的配偶。逑:匹配。④参差:长短不齐的。荇菜:一种可食的水生植物。⑤流:择取。⑥芼:择取,与"采"义同。

诗经名物图解插图 雎鸠

赏析

[《关雎》是一首情歌] "风诗者,固间阎风土男女情思之作也。"(司马迁)在民歌中,情歌具有优势地位,所谓"无郎无姊不成歌"。理由很简单,民歌多属劳动者之歌,什么歌能提高劳动兴趣就唱什么,什么歌能提高劳动效率就唱什么,还有什么比情歌更能提高劳动兴趣、劳动效率,又更能消除疲劳的呢?

["窈窕淑女,君子好逑"是诗中主题句]《毛诗序》谓"乐得淑女,以配君子"。鲁迅调侃地释为"漂亮的好小姐呀,是少爷的好一对儿"(《且介亭杂文·门外文谈》)。陈子展说"当视为才子佳人风怀作品之权舆"(《诗经直解》)。都不错,但讲得太城市化了,不类风土之音。不如用高踞当代情歌排行榜首的《康定情歌》中的两句来诠释,更为神似:"李家溜溜的大姐,人材溜溜的好哟;张家溜溜的大哥,看上溜溜的她哟。"

[起兴的手法] "上河里鸭子下河里鹅,一对对毛眼眼望哥哥"(《信天游》),以水禽起兴的手法所来自远,可追溯到《关雎》。河边洲岛上,水鸟儿作双成对,雄雌和鸣,引起诗人的感兴。

[关于"窈窕淑女"及其他] "窈窕淑女"的身份,余冠英据"参差荇菜"在诗中三复斯言,认为当是"河边一位采荇菜的姑娘",不无道理。姑娘采荇的美妙姿态,摄印入那青年的脑中,是难以磨灭了。诗中陷入情网不能自拔的那位青年,于是做起了美妙的"白日梦",在想象中和他的爱人美满结合。

[关于叠咏]《关雎》章法在《诗经》中别具一格。《诗经》本多叠咏体,但常见的是三章叠咏、两章联咏,像《关雎》这样第二章和第四、五章跳格叠咏,是仅见的。

芣苢 fúyǐ①

(《诗经·周南》)

采采芣苢,薄言采之②;采采芣苢,薄言有之。采采芣苢,薄言掇 duō 之③;采采芣苢,薄言捋 luō 之。采采芣苢,薄言袺 jié 之④;采采芣苢,薄言襭 xié 之。

注释 | ①芣苢:车前子。②薄言:发语词,无实义。③掇:拾取。下文"捋"是抹取。④袺:手持衣襟以盛物。下文"襭"是把衣襟插在腰带上以兜东西。

赏析 [这首诗在《诗经》中很特别] 这是周代南方妇女在劳动中即兴口唱的山歌。以"韵分三章,章四句;然每二句只换一字,实六章,章二句也"(姚际恒),在《诗经》中是很独特、很值得注目的一首。

[诗中有劳动生活实感] "口唱山歌手不闲"。在《芣苢》中,劳动者灵巧的手的动作,也就成了即兴歌唱取材的对象。诗"实

六章，章二句"，每"章"变换的就在一个动词，一共变换了六个字：采、有、掇、捋、袺、襭。这六字可以细分为三组：采、有（有即采得），是对采集最一般性的描述，虽然概括，却不具体；掇、捋，是对

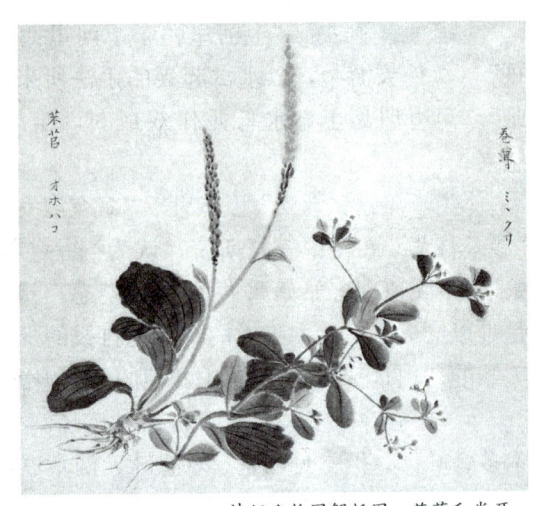

诗经名物图解插图　芣苢和卷耳

手的动作的具体描写，或一颗一颗地拾，或一把一把地抹，写得很真切很生动，是没有劳动经验者难以捕捉到的动作；袺、襭，这两个"衣"部的字，是对用裙襟盛取芣苢的动作的具体描写，或是手提衣襟而往里揣，或是掖起衣襟来兜着。从采写到盛，暗合劳动实际操作程序，它取自生活，是不必用意而自工的神来之笔。由此我们又发觉，这首口头创作的歌在笔录为诗时分为三章，也是深具匠心的。

[能唤起对劳动场面的联想] "采采芣苢"描绘了景物，六个动词则表现了劳动的情态，虽然简到不能再简，但诗还是速写似的展现了一幅动人的劳动画面。"读者试平心静气，涵咏此诗，恍听田家妇女，三三五五，于平原绣野、风和日丽中群歌互答，余音袅袅，若远若近，忽断忽续，不知其情之何以移而神之何以旷。"（方玉润《诗经原始》）可见此诗虽然语言不多，但有点睛之妙，"自鸣天籁，一片好音"，故能启发读者展开生动的联想。

[寓有繁衍种族的愿望] 妇女采摘车前子是一种古老的习俗，系于繁衍种族的愿望，因为相传吃了车前子能治不孕和难产。因此，这些三五成群、愉快劳作的妇女，不是一般的"拾菜讴歌"，

而是怀着强烈的母性的渴望、功利的目的,她们摘着芣苢,唱着《芣苢》,心里荡漾着虔诚与激情,默默地祈祷着神灵的赐福。较之后世跪倒在"送子娘娘"香火前的妇女,同样抱着无限希望,却有着不可比拟的奔放愉悦之感。

汉广①

(《诗经·周南》)

南有乔木,不可休息②。汉有游女,不可求思。汉之广矣,不可泳思。江之永矣③,不可方思④。翘翘错薪,言刈其楚⑤。之子于归,言秣其马⑥。汉之广矣,不可泳思。江之永矣,不可方思。翘翘错薪,言刈其蒌lóu⑦。之子于归,言秣其驹。汉之广矣,不可泳思。江之永矣,不可方思。

注释 ①汉:汉水。②休:同庥,荫蔽。息:《韩诗外传》引作"思",语尾助词。③江:长江。④方:环绕。⑤翘翘:高大貌。错薪:杂乱的柴草。楚:落叶灌木,又名荆。⑥之子:犹言那人,指女子。于:往。归:女子出嫁。秣:喂马。⑦蒌:蒌蒿,菊科植物。

赏析 [方玉润认为是一首樵唱] 这是一首恋歌,诗中兴语涉及砍樵,方玉润判断说:"此诗即为'刈楚''刈蒌'而作,所谓樵唱是也。近世楚粤滇黔间,樵子入山,多唱山讴,响应林谷。盖劳者善歌,所以忘劳耳。其词大抵男女相赠答,私心爱慕之情,有近乎淫者,亦有以礼自持者。文在雅俗之间,而音节则自然天籁也。当其佳处,往往入神,有学士大夫所不能及者。"(《诗经原始》)

[这首诗的诗义] 关于诗义,《韩叙》云:"说(悦)人也。"清人陈启源发挥道:"夫说之必求之,然唯可见而不可求,则慕悦益至。"(《毛诗稽古编》) 盖人生难堪事之一,便是"欲济无舟楫"式的爱慕和追求,唐人所谓"直道相思了无益,未妨惆怅是

清狂"(李商隐《无题》),宋人所谓"衣带渐宽终不悔,为伊消得人憔悴"(柳永《凤栖梧》)。

[这首诗的主题句] 此诗三章,首章前四句点题。先以"南有乔木,不可休息"起兴,含可望不可即之喻义。然后推出主题句:"汉有游女,不可求思。"何谓"汉有游女"?《郑笺》云:"贤女出游于汉水之上。"朱熹发挥道:"江汉之俗,其女好游,汉魏以后犹然,如《大堤》之曲可见也。"(《诗集传》)此是一说。或谓乃汉水神女(按,刘向《列仙传》引《鲁说》讲,有位叫郑交甫的男子,在汉水之滨邂逅两位美人,说哑谜以求信物,两位美人答以哑谜,与其信物。郑将信物揣在怀里,转瞬之间,信物不见了,回顾二女,也不见了。二女即汉之游女),如《楚辞》之有湘君、湘夫人,其所喻指,仍是现实生活中可望而不可求的女子。

[二、三章起兴的涵义] 二、三两章前四句叠咏,反复写一往情深的憧憬、想象。"翘翘错薪,言刈其楚""翘翘错薪,言刈其蒌",明人钟惺引古谣"刈薪刈长,娶妇娶良"释之,甚是。诗意与《郑风·出其东门》"出其东门,有女如云。虽则如云,匪我思存。缟衣綦巾,聊乐我员"差近。"之子于归,言秣其马""之子于归,言秣其驹",乃以假设为前提,与《周南·关雎》中的"窈窕淑女,琴瑟友之""窈窕淑女,钟鼓乐之"的意思相近。

[章末四句相当于副歌] 全诗各章末四句相同,是副歌,以反复歌咏强化主题,如怨如慕,令人情移。其神理与《秦风·蒹葭》相似,友人小军云:"然《蒹葭》言'溯洄从之',又言'溯游从之',尚有实际的追求。《汉广》则'不可泳思''不可方思',根本是可望而不可求。虽然不可求,诗人的心灵境界却始终呈为无限向往。……人生境界何止爱情一端。向往、追求崇高理想而终不可得,但那向往追求的一段精神,却留得不可磨灭的光彩。这种境界,在人生也是有的。《汉广》虽小,可以喻大。"其言可从,故录之。

野有死麕 jūn

（《诗经·召南》）

野有死麕①，白茅包之。有女怀春，吉士诱之。林有朴樕 sù②，野有死鹿。白茅纯束③，有女如玉。舒而脱 tuì 脱兮④，无感 hàn 我帨 shuì 兮⑤，无使尨 máng 也吠⑥。

注　释 | ①麕：獐子。②朴樕：一种丛木。③纯：捆。④舒：徐缓。脱脱：又轻又慢。⑤感：音义同撼，触动。帨：腰带上的佩饰。⑥尨：长毛狗。

赏析　[一个精要的题解]　这首情诗写一位少年猎手求爱的事，余冠英说："丛林里一位猎人获得了獐和鹿，也获得了爱情。"（《诗经选》）

[关于礼物包装的最早记载]　猎人打得的这獐和鹿，同时就是送给女方的礼物了。首章是对情事的概略叙述。注意那个"包"字，这是关于送礼需要包装的最早记载。在周代，白茅是南方贡物，《左传》有"包茅"一说（见《僖公四年》）。白茅是编织材料。我想这鹿不会是用白茅草草包裹，而应是以白茅编织物包之，这一点于诗意至关重要。其次要注意的是"诱"字："诱"是有前提的行动，女方有爱的要求（"有女怀春"），男方和她套近乎，便是"诱"。

[关于诗中的叠咏]　首章已把话说完了。二章实是在首章的基础上做补充描绘，是变相的叠咏。诗中的獐和鹿实在只是一回事，是易辞申意（诗的同义词借代很宽泛），把它说成送了两回礼，是误会。二章除了增加一个兴句"林有朴樕"，其余三句就是首章前三句的变格（错位）反复。

[这首诗的风趣]　三章纯写对话，是此诗特色所在。约会当在女家，必是黄昏以后，背着女方家人进行的。所以女方叫男方不要毛手毛脚，不要把衣上的饰物弄得太响，不要惊动了小狗。

诗写女方口吻极妙，完全从声音上着想，符合夜晚幽会的特定情境。《毛诗序》说是"恶无礼也"，不免煞风景。在幽会时女方对男方说："讨厌，有人。"心里其实是美滋滋的，哪里就"恶无礼"呢。对话的加入，为诗平添风趣，更将一种迷人的生活气息用最简单的方式最精到地表现出来。

静女

（《诗经·邶风》）

静女其姝 shū①，俟我于城隅。爱而不见②，搔首踟蹰。静女其娈，贻我彤管。彤管有炜，说 yuè怿女美③。自牧归荑 tí④，洵美且异⑤。非女之为美，美人之贻。

注释 ①姝：美好，下文"娈"义同。②爱：通薆，隐蔽。③说：同悦。女：同汝，你。④荑：初生茅草，即上文说的"彤管"。⑤洵：确实。

赏析 [这是一首写幽会定情的诗] 如果说《关雎》中写的是单相思，那么这里写的便是实实在在的恋爱中情景，通篇亦由男子口吻道出。"静女"，据毛传及余冠英译文，均谓文静的姑娘。然据马瑞辰《毛诗传笺通释》，"亦当读靖，谓善女，犹云淑女，硕女也"。从后文"自牧归荑"一句又可悟到，诗中女子乃是一位牧场姑娘。

[城角楼上的约会] 诗中的"静女其姝""静女其娈"，同义反复，都是男方对女方由衷的赞美。"其"字作形容词头，有加重形容的意味，是叠字的一种变式，在《诗经》中运用很普遍。这男子感到很幸福，因为姑娘约他在僻静的城角楼上相会。这场约会写得有意思，很具生活情趣。男方如期到达约会地点，却不见人影儿，这恰如一首叫《敖包相会》的民歌所唱的，"十五的月亮升上了天空哟，为什么旁边没有云彩？"是不是女方失约呢？否，"爱而不见"，她躲着呢。弄得"阿哥"一阵好找，然后感到意外的惊喜。

[约会中的赠物] 姑娘约阿哥相会，当有心意表白。话儿不好讲，她只是赠给对方一支红色的通心草。旧训"彤管"为针筒、笛子或笔杆儿，总不符合牧女的身份，与后文"归荑"之说亦缺乏照应。其实，这"彤管"即下文的"荑"，乃红色通心的嫩茅草。伴随赠草的动作，想必她还问了一声："这支草儿可美？"这才自然地引起一番答话或议论。"彤管"是新从牧场采来的，鲜嫩润泽。"有炜"犹言"炜炜"（有字加单音形容词是叠字的变式）。"说怿女美"的答语妙在双关，既是悦怿"彤管有炜"之美，又是悦怿"静女其娈"之美。还需要表白什么呢，男有心女有意，早已是"心有灵犀一点通"了。

[约会后男子幸福的回味] 拿着不同寻常的嫩茅草，男子爱不忍释，重申其"洵美"即确美。不但美，而且"异"——美得怪，何以言之？原来这茅草本是郊原上最平常最低贱的植物，人们从未把它和"美"联在一块儿过。然而一经姑娘手赠，居然美。常言道"情人眼里出西施"，又道是"爱屋及乌"，这里是兼而有之了。这种恋爱中人的心理，在诗中表现得很真切。

[结尾两句的哲理意味] 全诗最警策的还在最后两句，诗人通过那男子对这种新鲜感受的反复玩味，道出了一个富于哲理意味的结论："非女之为美，美人之贻。"美在物，亦在人；美在形式，亦在内容；美在客观，亦在主观。于是朴素的诗句启发读者超越诗的本文，进而领悟到美之本质，美之奥义。诗中对茅草以人称相呼，"卉木无知……却胞与而尔汝之，若可酬答，此诗人之至情洋溢，推己及他。我而多情，则视物可以如人"（钱锺书《管锥编》）。这种"尔汝群物"的移情手法，后世诗词多有运用，而此诗已肇其端。

氓

（《诗经·卫风》）

氓之蚩蚩[①]，抱布贸丝。匪来贸丝，来即我谋。送子涉淇，至于顿丘②。匪我愆qiān期③。子无良媒。将qiāng子无怒④，秋以为期。乘彼垝guǐ垣，以望复关⑤。不见复关，泣涕涟涟。既见复关，载笑载言。尔卜尔筮，体无咎言。以尔车来，以我贿迁⑥。桑之未落，其叶沃若⑦。于嗟鸠兮，无食桑葚。于嗟女兮，无与士耽！士之耽兮⑧，犹可说也⑨；女之耽兮，不可说也。桑之落矣，其黄而陨。自我徂cú尔⑩，三岁食贫。淇水汤汤，渐jiān车帷裳。女也不爽⑪，士贰其行。士也罔极⑫，二三其德。三岁为妇，靡室劳矣⑬；夙兴夜寐，靡有朝矣。言既遂矣，至于暴矣。兄弟不知，咥xī其笑矣⑭。静言思之，躬自悼矣。及尔偕老，老使我怨。淇则有岸，隰则有泮。总角之宴⑮，言笑晏晏。信誓旦旦，不思其反，反是不思，亦已焉哉。

注释 ①氓：民，男子。蚩蚩：陪笑的样子。②顿丘：地名。③愆期：过期。④将：请。⑤复：返。一说复关是地名。⑥贿：财物，指嫁妆。⑦沃若：润泽的样子。⑧耽：贪欢。⑨说：脱。⑩徂：往。⑪爽：过失。⑫罔极：无常。⑬靡：无。⑭咥：冷笑的样子。⑮总角：束发，指未成年男女。宴：乐。

赏析 [弃妇诗有认识价值] 国风反映婚恋问题，比较引人注目的是弃妇诗，《卫风·氓》是最重要的一首。"弃妇"这一说法本身就打上了时代的烙印，表明了妇女在婚姻、家庭、社会中对男子的依附性。因此，弃妇诗很有认识价值。本篇叙写的婚恋悲剧的主要特点是：这一婚姻的缔结，虽托媒氏，实出自愿；这一婚姻的毁弃，既不因家长意志，又不因第三者涉足，而在于男子的负心忘本。

[前两章写婚恋] 先写一来一送，男方从淇河那边来。贸丝是假，勾兑是真。不但主动，而且急情。女方却表现得比较冷静，坚持要对方请来媒人，照章办事。女方将男方送过淇河，一直送到"顿丘"。"顿丘"是个地名，送到顿丘分手，也许是遵循当时的习俗，也意味送得很远。女方讲了一番很恳切的话，既不

同意草率成事，又担心男方误解。

氓是板着脸走的，所以女方不免悬心吊胆，生怕他作赵巧送灯台，一去永不来，不禁"泣涕涟涟"。而当氓再一次出现，女方不禁喜形于色，"载笑载言"。媒人是一关，算命是一关，妆奁随车过去，意味婚姻做成。看来《诗经》时代，旧式婚姻嫁娶的手续，即从媒妁之言、占卜算命到嫁妆聘礼，大体已具，结个婚很不容易。

[三四章写婚变] 不复用赋法叙事，而继以比兴抒情。"桑之未落，其叶沃若"比年轻貌美，或婚后最初的小日子还过得滋润；"桑之落矣，其黄而陨"比年长色衰，色衰爱减。这是婚变的一重原因。诗人以"吁嗟鸠兮，勿食桑葚"兴起"吁嗟女兮，无与士耽"，乃是基于这样一个事实："士之耽兮，犹可说也；女之耽兮，不可说也"，此即明人戏曲所谓"男子痴，一时迷；女子痴，没药医"。

[婚变主要原因之一] 这就是家境的变化。陈启源云："诗言'总角之宴'，则妇遇氓时尚幼也；又言'老使我怨'，则氓弃妇时，妇已老矣，必非三年便弃也。意氓本窭人（穷汉），乃此妇车贿之迁，及夙兴夜寐之勤劳，三岁之后，渐至丰裕。及老而弃之，故怨之深矣。"（《毛诗稽古编》五）诗叙女方被弃还家，"淇水汤汤"与"送子涉淇"相照应。当初女方送氓，两人一同涉淇，多少柔情蜜意；而今氓弃女方，独自一人涉淇，又多少凄凉绝望。自己本没错（"女也不爽"），错在认错人（"士贰其行""二三其德"）；自己本没错，被休就是错。兄弟的不理解、不谅解，看似不情，实则有因："盖以私许始，以被弃终，初不自重，卒被人轻，旁观其事，诚足齿冷，与焦仲卿妻之遭遇姑恶，反躬无咎者不同。"（《管锥编》）"静言思之，躬自悼矣"，即《莺莺传》所谓"闲宵自处，无不泪零"。

[为什么离异会造成妇女的痛苦] 一是由于经济地位不平等，婚姻关系就是女人对男人的依附关系。一旦解除关系，女方就失去了生存的因依。更要命的是，不但失去因依，还将为人所不

齿，使父母兄弟蒙羞，自个儿得承受极大的心理压力。恩格斯一针见血地指出："历史上出现的最初的阶级对立，是同个体婚制下的夫妻间的对抗的发展同时发生的，而最初的阶级压迫是同男性对女性的奴役同时发生的。"（《家庭、私有制和国家的起源》）《氓》就为这一科学的论断提供了形象的实例。

[这首诗的叙事艺术] 从叙事艺术看，本篇赋比兴兼用，以顺叙为主，间以穿插倒叙（如末章），行文颇不单调。注意前后映带，如前有"氓之蚩蚩"，后就有"总角之宴，言笑晏晏"；前有"送子涉淇，至于顿丘"，后就有"淇水汤汤，渐车帷裳"。钱锺书说："此篇层次分明，工于叙事。'子无良媒'而'愆期'，'不见复关'而'泣涕'，皆具无往不复，无垂不缩之致。然文字之妙有波澜，而读之只觉是人事之应有曲折；后来如唐人传奇中元稹《会真记》崔莺莺大数张生一节、沈既济《任氏传》中任氏长叹一节，差堪共语。"（《管锥编》一）

❀ 伯兮 ❀

（《诗经·卫风》）

伯兮朅 qiè 兮①，邦之桀兮②。伯也执殳 shū③，为王前驱。自伯之东，首如飞蓬。岂无膏沐④，谁适为容⑤？其雨其雨，杲杲出日⑥。愿言思伯，甘心首疾。焉得谖 xuān 草⑦？言树之背⑧。愿言思伯，使我心痗 mèi⑨。

注释　①伯：兄。朅：英武壮健的样子。②桀：通杰，杰出的人才。③殳：古代兵器，竹制，竿状。④膏：润发的油。沐：洗头。⑤适：悦。⑥杲杲：日光明亮的样子。⑦谖草：即萱草，又叫忘忧草。⑧言：而。背：古北字。⑨痗：病。

赏析 [这首诗是闺怨的始祖] 一章为闺怨伏笔，以女主人公夸耀的口吻写其夫出征的情景。"伯"是女主人公对爱人的称呼，可以语译为"大哥"。这位大哥是先锋、打头阵的，想想他手执丈二长殳，走在队列最前头的样子，当初她一定为此非常骄傲，非常喜悦。这一章洋溢着兴奋愉悦的情绪，与以下三章形成对照。

[诗情的转折] 二章是全诗一大转折。自从男人东征以后，女主人公思念不已，头都懒得梳理，

诗经名物图解插图　谖草

也无心思化妆。这里用比法，以蓬草喻女子散乱的头发，十分生动形象，使其愁苦憔悴的面容，跃然纸上。方玉润谓此章"宛然闺阁中语，汉魏诗多袭此调"（《诗经原始》）。

[比兴手法的运用] 三章以大旱之望云霓，喻女子与丈夫久别而盼重逢，更进一层。女子日日盼望丈夫归来，却一天天落空，就像盼雨却盼来了毒日头一样。思念之心切，即使想痛了头也愿意。这个话中的"甘心"和宋词名句"衣带渐宽终不悔，为伊消得人憔悴"（柳永《凤栖梧》）的"不悔"，意思差不多。情感的表现是曲折、执着而强烈的。

[传说的运用] 在四章中这位心病沉重的女子发出"焉得谖草"的询问。谖草别名忘忧草，传说可用之解忧愁。诗在这里表达出了一种铭心刻骨的真情。而相思成病，也成为后世表达爱情的经典形式。

✺ 黍离 ✺

（《诗经·王风》）

彼黍离离①，彼稷之苗。行迈靡靡②，中心摇摇③。知我者

谓我心忧，不知我者谓我何求。悠悠苍天！此何人哉？彼黍离离，彼稷之穗。行迈靡靡，中心如醉。知我者谓我心忧，不知我者谓我何求。悠悠苍天！此何人哉？彼黍离离，彼稷之实。行迈靡靡，中心如噎。知我者谓我心忧，不知我者谓我何求。悠悠苍天！此何人哉？

注释 ①离离：行列整齐貌。②靡靡：行步迟缓貌。③摇摇：形容心神不安。

[这是一首感伤诗] 王风的"王"指东周洛邑王城周围方圆六百里之地。据朱熹说，东周王室已卑，虽有王号，实与诸侯无异，故其诗不称雅而称王风。东周初年王朝大夫到西周故都，见到宫室毁坏，长了庄稼，不胜感慨，因而作此诗。后世遂以"黍离之悲"为成语，以表达故国哀思。

[兴法的运用] 这首诗以行役者看到的黍稷起兴，那摇摇晃晃的低垂着的黍子和高粱，与行役者彷徨的步伐和低沉的情绪有一种微妙的同构关系。"离离""靡靡""摇摇"这一串叠字形容生动，且有一唱三叹、回肠荡气之妙，起到了"既随物而宛转""亦与心而徘徊"即状物抒情两个方面的作用。以下直道心中的忧伤却不说忧伤的原因，仅以"知我者""不知我者"对举，说"知我者谓我心忧，不知我者谓我何求"。这话的意思用熟语来说，就是"可为知者道，难与俗人言"，"不如意事常八九，能与人言不二三"，是一种莫名的不可告人的悲哀。

[末句的含义] 人在极度痛苦而又无可诉说的时候，往往情不自禁地呼告上苍，诗的结尾正是如此："悠悠苍天！此何人哉？"——"此何人哉"，是一句意思含混的诘问，也许连问者自己也不明白他究竟是在责怪"不知我者"呢，还是怨恨别的什么。准确地说，这含混的诘问，只是在呼叫苍天之后的一声沉重的叹息。

[叠咏中抒情的递进] 全诗三章叠咏。各章仅第二句的"苗"

字换为"穗"和"实";第四句的"摇摇"换为"如醉""如噎"。黍稷由苗而穗而实,在形式上构成递进,主要是为了分章押韵,即不一定意味时序的变迁;但从"摇摇"到"如醉""如噎",在抒情的程度上是渐渐加重的。三章反复咏叹着一种寻寻觅觅、使人精神恍惚的忧思,各章后四句完全相同,近于现代歌曲的副歌。

君子于役

(《诗经·王风》)

君子于役,不知其期。曷至哉①,鸡栖于埘 shí②,日之夕矣,羊牛下来。君子于役,如之何勿思?君子于役,不日不月。曷其有佸 huó③?鸡栖于桀④,日之夕矣,羊牛下括。君子于役,苟无饥渴!

注释 ①曷:何,何不。②埘:凿墙做成的鸡窝。③佸:聚会。下文"括"音义同。④桀:系鸡的木桩。

赏析 [这是一首较早的闺怨诗] 这首诗写妻子思念长期在外服役未归的丈夫。宋人王质说:"当是在郊之民,以役适远,而其妻于日暮之时,约鸡归栖,呼牛羊来下,故兴怀也。大率此时最难为别怀,妇人尤甚。"(《诗总闻》四)

[有意味的黄昏景色] 诗是两章叠咏,每章的结构是由抒情到写景,再由写景到抒情,中间三句是很有意味的田园黄昏景色——夕阳西下,鸡已进窝,牛羊下山,所有的事物都找到了它自然的归宿,这与久役不归的君子形成对照,从而唤起了妻子对他的怀念和忧思之情。清人王闿运评:"'鸡栖于埘,日之夕矣,羊牛下来',横入喻意,又诗中别调。'鸡栖于桀,日之夕矣,羊牛下括',生出方法,只就上文变换一二字,便以无限经济,此为奇也。"(《湘绮楼说诗》八)

[这首诗对后世的影响] 这首诗对后世的田园诗和写景诗有较大影响。牛羊下山,就成为诗中描写乡村黄昏的典型景色。钱

钟书云:"许瑶光《雪门诗钞》卷一《再读〈诗经〉四十二首》第十四首云:'鸡栖于桀下牛羊,饥渴萦怀对夕阳。已启唐人闺怨句,最难消遣是昏黄。'大是解人。……诗人体会,同心一理。潘岳《寡妇赋》:'时暧暧而向昏兮,日杳杳而西匿。雀群飞而赴楹兮,鸡登栖而敛翼。归空馆而自怜兮,抚衾裯以叹息。'盖死别生离,伤逝怀远,皆于昏黄时分,触绪纷来,所谓'最难消遣'。"

唐宋诗词如孟浩然《游精思观回王白云在后》"出谷未亭午,到家已夕曛;回瞻下山路,但见牛羊群",王维《渭川田家》"斜光照墟落,穷巷牛羊归;野老念牧童,倚杖候荆扉",张孝祥《六州歌头》"落日牛羊下,区脱纵横"等等,都有此诗消息。

将仲子

(《诗经·郑风》)

将 qiāng 仲子兮①,无逾我里②,无折我树杞。岂敢爱之?畏我父母。仲可怀也,父母之言亦可畏也。将仲子兮,无逾我墙,无折我树桑。岂敢爱之?畏我诸兄。仲可怀也,诸兄之言亦可畏也。将仲子兮,无逾我园,无折我树檀。岂敢爱之?畏人之多言。仲可怀也,人之多言亦可畏也。

注释 ①将:愿、请。仲:兄弟中排行第二。②逾:越。

赏析 [这首诗写女青年在恋爱中的道德自律]周代人民在政令许可的范围虽有一定恋爱的自由,但普遍的情况却是"取妻如之何?必告父母""取妻如之何?匪媒不得"(《齐风·南山》),礼教作为一种道德规范,已经在现实生活中发生作用,对人们的行为有很大的约束力。

[诗中关于跳墙的描写]古语道:"女大不中留。"即使是束之高楼,隔以高墙,也没用。礼防总是能冲破的。所以西方古典文学常有架梯翻窗的描写,中国古典文学中也有不少跳墙的描写。《西

厢记》中的张生跳墙即一例，然而，就是写了"明月三五夜，迎风户半开"、主动约会的崔莺莺，只为没有与红娘搭成默契，也只好硬着头皮把张生"教训"一通，让他尴尬地从粉墙跳回去。

[“人言可畏”一语出自本诗] 大约诗中的男子曾跳墙与女子幽会过，似乎走漏了风声，女子想到"父母之言亦可畏也""诸兄之言亦可畏也""人之多言亦可畏也"，一个弱小的女子，担待得起多少责骂和闲言碎语？想起来都不寒而栗。诗中女子因舆论的压力，劝心上人不要再跳墙幽会，内心当然痛苦、矛盾，故诗中三次讲到"人言可畏"。20世纪30年代的电影明星阮玲玉，在其绝命书上就写下这几个字，由此可见舆论压力的可怕。

❋ 伐檀 ❋

（《诗经·魏风》）

坎坎伐檀兮①，寘之河之干兮②，河水清且涟猗③。不稼不穑，胡取禾三百廛 chán 兮④？不狩不猎，胡瞻尔庭有县貆 huān 兮⑤？彼君子兮，不素餐兮！坎坎伐辐兮⑥，寘之河之侧兮，河水清且直猗⑦。不稼不穑，胡取禾三百亿兮？不狩不猎，胡瞻尔庭有县特兮⑧？彼君子兮，不素食兮！坎坎伐轮兮，寘之河之漘 chún 兮⑨，河水清且沦猗。不稼不穑，胡取禾三百囷兮？不狩不猎，胡瞻尔庭有县鹑兮？彼君子兮，不素飧 sūn 兮⑩！

注释 ①坎坎：伐木之声。②寘：同置。河干：河岸。③猗：与兮同，语助词。④廛：束，捆。与下文亿、囷同义。⑤貆：同獾。⑥辐：车轮的横木条。⑦直：直的波纹。⑧特：三岁小兽。⑨漘：河边。⑩飧：与食同义。

赏析 [这是一首伐木者之歌] 这首诗以伐木做兴语，触物起情，讽刺统治者的不劳而获，是一首伐木者之歌。古代伐木的劳动是十分艰巨的，特别是伐檀木一类用来造车的坚硬木材，砍下来的木材还要搬运到河边。休息的间隙,伐木者看到河水清清泛着涟漪,想到那些有钱有闲、不劳而获的大人先生们,心里感到愤愤不平。于是你一言,我一语,有热讽,有冷嘲,向贵族老爷们提出一系列质问:"不稼不穑,胡取禾三百廛兮?不狩不猎,胡瞻尔庭有县貆兮?"……问题提得十分尖锐,直接指向社会现实。

[不劳而获与劳而不获] 这首诗的思想高度,在于它揭示了不合理的阶级社会所共有的一种基本现象:生产者不是所有者,所有者不是生产者。足以使读者联想到近世的一首民谣:"纺织娘,没衣裳;泥瓦匠,住草房;卖盐的,喝淡汤;种田的,吃米糠;当奶妈的卖儿郎;淘金的老汉一辈子穷得慌。"诗中的伐木人显然感到社会现实的不合理。

[反语的运用画龙点睛] 然而,统治阶级的辩护士自有一套理论,来为这种社会存在辩护:"劳心者治人,劳力者治于人;治于人者食人,治人者食于人。"伐木人对此似乎并不服气,他们反唇相讥道:"彼君子兮,不素餐兮!"不直接说大人先生们是白吃白拿,反而说他们不白吃。这里,反语的运用起到了画龙点睛、耐人寻味的作用。

[语言形式的特点] 对于现实的不平,诗中人不是哀诉,而是嘲弄。诗亦突破了四言格局,多用杂言句式,长短相间,参差错落。每章九句中有七句用了语气词"兮""猗",更增强了情感表达的力度。孔子说"诗可以怨",此亦一例。

硕鼠

(《诗经·魏风》)

硕鼠硕鼠,无食我黍!三岁贯女①,莫我肯顾。逝将去女②,适彼乐土③。乐土乐土,爰得我所④!硕鼠硕鼠,无食我麦!三岁贯女,莫我肯德⑤。逝将去女,适彼乐国。乐国乐国,爰得我直⑥!硕鼠硕鼠,无食我苗!三岁贯女,莫我肯劳⑦。逝将去女,适彼乐郊。乐郊乐郊,谁之永号⑧!

注释 ①贯:宦的假借字,侍奉、养活之意。女:通汝,你。②逝:通誓。③适:往。④爰:乃、就。⑤德:感激之意。⑥直:通值。⑦劳:慰劳。⑧永号:长叹。

赏析

[被剥削者的控诉] 诗人借农民之口,对剥削者进行了愤怒的斥责,并幻想美好生活,但终归失望,是一篇血和泪的控诉书。

[比兴手法的运用] 本篇的一个显著特点,就是运用比喻手法,来揭露剥削者的贪残本性。诗人用老鼠来比喻剥削者,既贴切又形象。老鼠小头尖脸,令人见而生厌,并且鬼鬼祟祟,不劳而食,偷窃成性,这正是贪婪无耻的剥削者的绝妙象征。农民在长期的痛苦生活中,不断地观察体验,他们通过反复比较,终于找到了剥削者和老鼠的本质契合点,自然而然地把二者联系在一起,这说明他们对剥削者已经有了比较深刻的认识。本诗之所以成为《诗经》中的名篇,一个重要原因,就是运用了恰当而贴切的比喻。

[三章叠咏的程式] 全诗三章,在结构上层层递进,不断深入,连贯一气,一方面形象地说明了剥削者对农民的掠夺在步步紧逼、不断加深,另一方面也表现出农民由幻想美好生活而终至失望的思想过程。作者双管齐下,井然不乱。农民从多年的生活实践中看

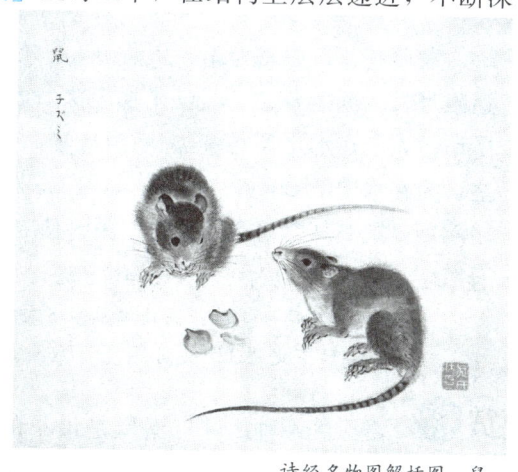

诗经名物图解插图　鼠

到，剥削者虽然年年在"食"他们的"黍""麦""苗"，由他们养活着，但却非常残忍，刻薄寡恩，对他们非但没有一点感激之心，而且也从来没有照顾和慰劳之意。农民发誓要离开这吃人的剥削者，远走异乡，到别的地方去另谋生计。那么究竟到哪里去呢？他们首先想到的是"乐土"，可以安居乐业；然后又想到"乐国"，可以不再受剥削。不过，这只是农民的一种幻想。"谁之永号"一句，兜合全诗，力重千钧，它实际上否定了理想国亦即"乐土""乐国""乐郊"的存在，这最后一声长叹，是农民们无可奈何心情的表现，具有震撼人心的力量。

[现实主义的写作方法] 这首诗主要以深刻的思想性著称，但全诗在文字上也自有特色，语言明白流畅，韵律和谐整齐，很有音乐性。特别是运用第一人称来抒情，加上恰当的比喻和结构的变化，读来真切感人，仿佛听到了农民悲惨的呼号之声。诗篇真实地反映了当时的现实生活，为我国诗歌的现实主义创作方法树立了光辉的榜样。

❋ 蒹葭 ❋

(《诗经·秦风》)

蒹葭苍苍，白露为霜。所谓伊人，在水一方。溯洄从之①，道阻且长。溯游从之②，宛在水中央。蒹葭凄凄，白露未晞。所谓伊人，在水之湄 méi③。溯洄从之，道阻且跻 jī④。溯游从之，宛在水中坻 chí⑤。蒹葭采采，白露未已。所谓伊人，在水之涘 sì。溯洄从之，道阻且右。溯游从之，宛在水中沚 zhǐ。

注释 ①溯洄：傍河上行。②溯游：傍河下行。③湄：水边。下文"涘"义同。④跻：高处难攀。下文"右"，迂回曲折。⑤坻：洲岛。下文"沚"义同。

赏析 [秦风的两种风味] 秦风是最早的西部诗。秦风中的篇章一方面激荡着西北边鄙的慷慨悲壮的音情，粗放如《我家住在黄土高坡》；一方面缥缈着男女之间绵长不尽的情思，缠绵如《走西口》。

[开篇的气氛烘托] 《蒹葭》一诗脱尽黄土高原粗犷沉雄气息，将人们带到散发着水乡泽国情调的渺远空灵而又缠绵的境界。诗的开头"只两句写得秋光满纸，抵一篇悲秋赋"（清·牛运震《诗志》），诗人为读者描绘出一幅河上秋色图，淡远的境界中略带凄清的色彩，对诗所表现的执着追求、若即若离的思慕之情，是很好的气氛烘托。

[诗中的朦胧意味] 写景之后，出现了抒情主人公在河畔徜徉凝望的身影，这个身影相当朦胧。诗中人望穿秋水，企盼着"所谓伊人"。这个"伊人"，在诗中出现，没有性别的规定性；谓其"在水一方"，则没有方位的规定性。所以向河的上游走，找不到这个"伊人"；向河的下游走，还找不到这个"伊人"。"宛在"二字，微妙地透露出伊人之所在缥缈如海市蜃楼，望之似有，实渺茫难即。北宋贺铸《青玉案》："凌波不过横塘路，但目送，芳尘去。锦瑟华年谁与度？月桥花院，琐窗朱户，只有春知处。"写企盼心理，与此正同。

[这首诗的意境空灵] 与国风中多数情诗内容往往比较具体实在不同，这首诗的意境特别空灵。没有具体的人物、事件、地理方位。全篇着意渲染一种对于幸福的憧憬和期待，一种缥缈迷人的气氛，一种缠绵而略带感伤的情调，一种执着而不免失落的意绪。它表现的不是具体的人生故事，而是一种期盼的心境。它超越写实，而进入了象征领域，故诗意难于指实，连朱熹也说："秋水方盛之时，所谓彼人者，乃在水之一方，上下求之而皆不可得，然不知其何所指也。"（《诗集传》）

[这首诗的象征意蕴] 读者固然可以从诗中所描绘的情景唤起相似的爱情体验，也可从诗中所描绘的象征性境界产生更丰富深远的联想，唤起某种更广泛的人生体验。清人牛运震认为此诗乃"《国风》中第一篇缥缈文字，极缠绵，极惝恍，纯是情，不

是景;纯是窈远,不是悲壮。感慨情深,在悲秋怀人之外,可思不可言。萧疏旷远,情趣绝佳,《序》以为刺襄公不用周礼,失其义矣"(《诗志》)。姚际恒说:"此自是贤人隐居水滨,而人慕而思见之诗。"(《诗经通论》)近人陆侃如则说:"它的意义究竟是招隐或是怀春,我们不能断定,我们只觉得读了百遍还不厌。"(《中国诗史》)

[在反复中深化意境]《蒹葭》各章前二句乃赋景起兴,用秋江冷寂景象烘托失恋者寂寞的情绪,在抒情气氛的创造上有不可忽略的作用。"白露为霜"——"白露未晞"——"白露未已",在时间上有递进,这是《诗经》中复迭运用的一种很典型的形式,其作用是在反复中深化意境。

[琼瑶对这首诗的演绎]琼瑶为电视剧《在水一方》作主题歌,主要从男女之思的角度演绎此诗的诗意。歌词作两章叠咏,句式错综,而不失原诗神韵。姑录如次,以助此诗之赏析:

绿草苍苍,白雾茫茫,有位佳人,在水一方。我愿逆流而上,依偎在她身旁,无奈前有险滩,道路又远又长。我愿顺流而下,找寻她的方向,却见依稀仿佛,她在水的中央。

绿草萋萋,白雾迷离,有位佳人,靠水而居。我愿逆流而上,与她轻言细语,无奈前有险滩,道路曲折无已。我愿顺流而下,找寻她的踪迹,却见依稀仿佛,她在水中伫立。

❀ 黄鸟 ❀

(《诗经·秦风》)

交交黄鸟①,止于棘②。谁从穆公?子车奄息。维此奄息,百夫之特③。临其穴,惴惴其栗。彼苍者天,歼我良人。如可赎兮,人百其身!交交黄鸟,止于桑。谁从穆公?子车仲行。维此仲行,百夫之防④。临其穴,惴惴其栗。彼苍者天,歼我良人。如可赎兮,人百其身!交交黄鸟,止于楚。谁从穆公?子车鍼虎。维此鍼虎,百夫之御⑤。临其穴,惴惴其栗。彼苍者天,歼我良人。如可赎兮,人百其身!

注释 ①交交:小鸟飞来飞去的样子,或说是鸟叫声。②棘:丛生有刺的酸枣树。③特:杰出。④防:即方,比的意思。⑤御:匹敌。

赏析

[这首诗的写作背景] 秦国三良——即子车氏三位大夫——奄息、仲行、鍼虎,为穆公殉葬事,《左传·文公六年》载,秦穆公死,康公遵其遗嘱,杀一百七十七人为之殉葬,中有子车氏三良。

[这首诗的兴义] 此诗三章叠咏。首二句,或以黄鸟的悲鸣,正面兴起悼词;或以黄鸟的自由自在,反面兴起哀思——三良那样的好人,非得为穆公殉葬不可,岂非人不如鸟!

[对野蛮殉葬制度的抗议] 诗人怀着极度的惶惑和悲愤,指出三良都是百里挑一的人才,却要他们白白送死。既非终其天年,又非战死沙场,而是像牲口一样殉葬——谁能甘心?谁不畏惧?"三良不必有此状,诗人哀之,不得不如此形容尔。"(牛运震《诗志》)末四句诗人对天呼号,要求还我三良,实际上就是对野蛮的殉葬制度进行抗议。"如可赎兮,人百其身",与前文"百夫之特",映照回环,深表对三良的痛惜,极真诚,极沉痛。"至今读之,犹觉黄鸟悲声未亏耳。"(陈延杰《诗序解》)

[这首诗的思想价值] 简而言之,此诗表现了在奴隶制与封建制交替的时代,时人朦胧的"人权意识",是其思想价值之所在。

无 衣

(《诗经·秦风》)

岂曰无衣?与子同袍。王于兴师①,修我戈矛。与子同仇!岂曰无衣?与子同泽②。王于兴师,修我矛戟。与子偕作③!岂曰无衣?与子同裳。王于兴师,修我甲兵。与子偕行!④

注释 ①王:指周天子。②泽:汗衫。③偕作:共同行动。④偕行:同行。

古诗词鉴赏

赏析 [今存最早的军歌] 这是一首军歌,周时秦地迫近西戎,"修习战备,高上气力"(清·魏源《诗古微》),故《秦风》有《车邻》《驷驖》《小戎》之篇及'王于兴师,修我甲兵,与子偕行'之事。军歌可以协调步伐、振作士气,素为善于用兵之道者所重视。对《无衣》这首最早的军歌,理当刮目相看。

[战友为什么叫"袍泽之谊"] "岂曰无衣"在当时是一句熟语,《唐风》同名诗的开篇是:"岂曰无衣?七兮",衣服都七件了,还说无衣,是为了从反面引起与衣服有关的话。"与子同袍",通常的解释是"同穿一条战袍",其实也可以理解为穿一样的战袍,秦始皇兵马俑的阵容可以为证。后人称战友关系为"袍泽之谊",本此。

[团结就是力量] "王于兴师,修我戈矛",国家要出兵了,快整修好手中的刀枪,奔向战场。王在诗中是国家的代号,表现的是很强的国家民族意识,很强的责任感。它基于一个简单的事实:没有国哪有家,没有家哪有我,没有家哪有你。最后推出一个奇句:"与子同仇!"强调的是一个共同的目标,强调的是团结友爱,强调的是铁哥们儿。团结就是信心,就是力量,就是胜利的保证。

[这首诗的语言风格] 语言越是单纯明快,就越有力,越容易被迅速接受,越能立竿见影地产生效果,这正是军歌的本色。

❀ 衡门① ❀

(《诗经·陈风》)

衡门之下,可以栖迟②。泌 bì 之洋洋③,可以乐 liáo 饥④。岂其食鱼,必河之鲂?岂其取妻,必齐之姜?岂其食鱼,必河之鲤?岂其取妻,必宋之子?

注释 | ①衡门:横木为门,形容贫居。②栖迟:游息。③泌,指泌邱(地名)下的水。④乐:疗。

赏析 [这首诗的主题是安贫乐道] 朱熹说："此隐居自乐而无求者之词。"（《诗集传》七）也就是说，这是一篇"陋室铭"。在诗人看来，人生处世，不要强求，不要攀比。食不求饱，居不求安。便是娶妻，也不要嫌贫爱富。一切随缘自适，维持自我心态的平衡，比什么都强。能够做到这个份儿上，显然是有精神支柱的。诗人的生活理想，与孔门那个"一箪食，一瓢饮，在陋巷"而"不改其乐"的颜回极为相似，肯定是个以读书为乐的人。

[清人对这首诗的阐释] 清人崔述说："'衡门'，贫士之居。'乐饥'，贫士之事。食鱼、取妻，亦与人君毫不相涉，朱子之说是也。细玩其词，似此人亦非无心仕进者。但陈之士大夫方以逢迎侈泰相尚，不以国事民艰为意。自度不能随时俯仰，以故幡然改图，甘于岑寂。谓廊庙可居，固也，即衡门亦未尝不可居；鲂鲤可食，固也，即蔬菜亦未尝不可食；子姜可取，固也，即荆布亦未尝不可取。语虽浅近，味实深长，意在言表，最耐人思。"（《读风偶识》四）

[孟子这样说] 以上一段话追溯到贫士的人格，于诗意会心很深。其根据是《孟子·告子上》中一段名言："是故所欲有甚于生者，所恶有甚于死者，非独贤者有是心也，人皆有之，贤者能勿丧耳。一箪食，一豆羹，得之则生，弗得则死；呼尔而与之，行道之人勿受；蹴尔而与之，乞人不屑也。万钟则不辨礼义而受之，万钟于我何加焉？为宫室之美、妻妾之奉、所识穷乏者得我与？乡为身死而不受，今为宫室之美为之；乡为身死而不受，今为妻妾之奉为之；乡为身死而不受，今为所识穷乏者得我而为之：是亦不可以已乎？此之谓失其本心。"

❀ 月 出 ❀

（《诗经·陈风》）

月出皎兮，佼人僚兮①，舒窈纠 yǎojiǎo 兮②。劳心悄兮③！
月出皓兮，佼人懰 liǔ 兮④，舒忧 yōu 受兮。劳心慅 cǎo 兮⑤！
月出照兮，佼人燎兮⑥，舒夭绍兮。劳心惨兮⑦！

古诗词鉴赏

注释 ①僚：美好貌。②窈纠：形容女子行动时的曲线美。下面"慢受""夭绍"均与此意同。③劳心：忧心。悄：深忧貌。④懰：妩媚，美好。⑤慅：忧愁不安貌。⑥燎：明亮。⑦惨：忧愁烦躁不安貌。

赏析

[这是一首最早写月下怀人的诗篇] 这首诗每章首句写月亮之皎洁明亮，二、三句描写意中人在月光照耀下艳丽多彩，风姿动人。那激扬的声调，仿佛爱情之火在诗人胸中燃烧，那拳拳爱慕而赞美之心，又仿佛荡漾着男子眷恋丽人的似水柔情。如此良宵，伊人渺渺，第四句咏叹相思之劳。每章诗前部分力状"佼人"之美，后部分突出主人公"劳心"之苦。而"月出"值得玩味之处，在于它将前后两种看似无法调和的情景成功地调和起来形成诗的和谐而统一的完整境界。

[这首诗的朦胧美] 本诗的心上人，在明月流辉之夜，随着男子对月兴怀，她仙姿摇曳，若隐若现。诗人巧用特定环境中的夜色和"皎""皓""照"的月光，织成空明剔透的朦胧意境，给诗、给爱情、给整个大地似乎都罩上一层乳白的纱，又像笼着轻纱的梦，于是月更明了，人更美了，相思之苦苦中有甜了。朦胧美美化了诗的"象外之象，景外之景"，又给读者于美的享受中以凝思、遐想，收到司空图所说的"不着一字，尽得风流"之妙。这就是这首诗久传不衰、神韵独具的艺术魅力。

[这首诗的音乐美] 诗用民歌复沓形式咏叹，通篇句句押韵，且多叠韵双声（如"窈纠""慢受""夭绍"），读来悦耳动人。历代见月怀人，望月思乡，大抵起源于陈风吧，难怪后人推之为三百篇中情诗的杰作。

❀ 采薇① ❀

（《诗经·小雅》）

采薇采薇，薇亦作止②。曰归曰归，岁亦莫止③。靡室靡家，猃狁 xiǎnyǔn 之故④；不遑启居⑤，猃狁之故！采薇采薇，薇亦柔止。曰归曰归，心亦忧止。忧心烈烈，载饥载渴。我戍未定，靡使归聘。采薇采薇，薇亦刚止。曰归曰归，岁亦阳止⑥。王事靡盬gǔ⑦，不遑启处。忧心孔疚，我行不来。彼尔维何⑧？维常之华⑨。彼路斯何⑩？君子之车。戎车既驾，四牡业业⑪。岂敢定居，一月三捷⑫。驾彼四牡，四牡骙kuí骙⑬。君子所依，小人所腓féi⑭。四牡翼翼⑮，象弭mǐ鱼服⑯。岂不日戒，玁狁孔棘。昔我往矣，杨柳依依。今我来思，雨雪霏霏。行道迟迟，载渴载饥。我心伤悲，莫知我哀。

注释 ①薇：俗称野豌豆，嫩苗可食。②作：初生。止：语尾助词。③莫：同暮。④玁狁：西北游牧民族，又称西戎，秦汉时称匈奴。⑤不遑：无暇。⑥阳：十月。⑦靡：没有。盬：止息。⑧尔：花繁盛貌。⑨常：棠棣。⑩路：通辂，大车。⑪业业：高大的样子。⑫捷：交战。⑬骙骙：强壮的样子。⑭腓：庇护。⑮翼翼：整齐的样子。⑯象弭：象牙装饰两头的弓。鱼服：绘有鱼纹的箭袋。

赏析

[这是一首早期的边塞诗] 全诗共六章，每章八句，比较完整地展现了征人由久戍不归及归时痛定思痛的感情历程。从结构上看，这首诗可以分成三个部分。前三章主要表现久戍思归之情；继二章写军旅生活；末章是全诗结穴所在，写戍卒在得归时转觉感伤。

[前三章写戍卒思家的情绪] 前三章采用叠咏的形式，写战争间歇时，戍卒难以遏止的思乡情绪。各章首二句叠咏，"采薇"即采集野豌豆苗，在粮草不续时，士兵只好以此充饥。这样，全诗一开篇就展示出一幅凄凉的戍边生活画面。三章在叠咏的同时，情景亦有递进。薇由作，而柔而刚，时序也经历了从春到秋的变化，一年将尽，仍然是君问归期未有期。年关将近，还回不了家；是匈奴害得他们有家难回，不得安宁。第二章进而说到归思难收，忧心似焚，而且饥渴难忍。军队驻地没个一定，连捎个家信也不可能。第三章写眼见阳月即十月了，回家还没个指望，

戍卒积忧成疾。通过反复咏唱，抒情渐次深入。

[四、五章写战斗进行时] 四、五两章衔接，写战斗激烈时，戍卒没有工夫想家。"彼尔维何"二句起兴，写将军乘坐的战车之威风，两章多次出现"四牡"的形象，写得雄赳赳气昂昂的，于中可见军容严整，及将士忠勇报国的豪情。客观上也表现出乘坐战车的将军与徒步奔驰的战士，到底还有苦乐的差别。战马随时在辕，弓箭随时在身，一个月中就有多次交战，所以无法定居。战士须随时加强警戒，因为他们面对的是凶顽的匈奴，军情十分紧急。在战斗紧张的时刻，在战车后奔跑时刻，靠着车厢躲避飞矢的时刻，是没有工夫去想家的。

[最后一章写归途况味] 末章写戍卒终于生还，一路上悲喜交集的情态。朝思暮想、梦寐以求的回乡愿望终于实现，照说应该感到高兴才是。然而诗人却偏写归途遇上风雪交加的天气，和一路上又饥又渴的情景，还让他回忆起从军时那个春天一路杨柳依依的景色，以及由此产生的感伤，这就很耐人寻味了。首先，从军是在春天，而且是从南方出发的，自然会看到"杨柳依依"的情景；还乡则遇上冬天，而且是从北方出发的，自然就遇上"雨雪霏霏"的天气。这里有季节的差异，也有地理的差异。这种差异无疑将引起对故乡殷切的思念，即归心似箭的心情。从军时虽一路"杨柳依依"，然而却是远离故乡，死生未卜；眼前虽然"雨雪霏霏"，又饥又渴又冻，毕竟绝处逢生。所以戍卒还是感到幸运的。

[以哀景写乐的手法] 王夫之评这四句是"以乐景写哀，以哀景写乐，一倍增其哀乐"，也就是说：杨柳依依中的悲哀，更见得悲哀；雨雪纷纷中欣喜，更见得欣喜。这是反衬修辞的妙用。同时这里不止是欣喜，还包含有感伤情绪，也就是通常所谓"痛定思痛"的情绪。多年的出生入死，同伴的凋零，够生还者一路上回味。再说，家中的情况还是一个未知数。汉乐府："十五从军征，八十始得归。道逢乡里人，家中有阿谁？"唐诗《河

湟旧卒》："少年随将讨河湟，头白时清返故乡。十万汉军零落尽，独吹边曲向残阳。"诗中戍卒的明天难保不是这个样子。总之，诗中人庆幸之余，心里也在打鼓。

此诗写法与《氓》相近，前五章出以归途的回忆，有助于表现痛定思痛的心情。读罢此诗，读者仿佛看见诗中主人公慢腾腾地走向画面深处，走向雨雪浓重的远方，只留下一个孤独的背影，一声幽幽的叹息。

鱼丽

（《诗经·小雅》）

鱼丽于罶 liǔ①，鲿 cháng 鲨②。君子有酒，旨且多。鱼丽于罶，鲂鳢 fáng lǐ。君子有酒，多且旨。鱼丽于罶，鰋 yǎn 鲤。君子有酒，旨且有。物其多矣，维其嘉矣。物其旨矣，维其偕矣。物其有矣，维其时矣。

注释 ①丽：罹，落入。罶：竹制捕鱼器具。②鲿：黄鲿，黄颊鱼。以下鲂、鳢、鰋等皆鱼名。

赏析 [这是一首宴会上唱的歌] 这是一首贵族宴飨宾客的诗，诗中盛赞肴酒的多且美，又推广到"美万物盛多"，故后来成为宴飨通用之乐歌。

[前三章是主歌] 前三章具体地渲染主人设宴的丰盛，可视为诗的主歌。诗人没有描绘宴会的全景，笔墨只集中在鱼、酒的鲜美与丰富上。我国古代的饮食文化中，鱼与酒皆占有重要地位。鱼乃美食，孟子说起"鱼，我所欲也"，是津津乐道的。《诗经》中提到酒的地方，竟有五十余处之多，"君子有酒"成为豪言，见于三首诗中。"鱼丽于罶"使人联想到在鱼篓里毕剥活跳的鲜鱼，唯其鲜，其味更美。三章中每章并列两种鱼名：鲿呀鲨呀，等等，全是夸口的语气。已间接地、形象地写了鱼肴的"旨且多"。下面则说"君子有酒，旨且多"。虽无宴会场面的描写，

鱼藻图

但从那兴致勃勃的口气中，使人恍若目击觥筹交错的热闹场面。

[后三章是副歌] 后三章抓住前三章中的三个重要的形容词：多、旨、有，又从具体的鱼、酒推广到更大范畴的"物"，反复重唱，似乎是在赞美自然的赐予，又似乎在赞美人类的创造。这是诗的副歌。副歌往往是直接点出主题的，"物"既着眼于眼前食物又属意于万物，"物其多矣""物其旨矣""物其有矣"，三复斯言，突出了"美万物盛多"的主题。这组副歌在主歌基础上

"重重再描一层"(方玉润),对这首宴飨诗章有着不可忽视的升华作用,它不只是反映贵族追求生活享受的狭隘意识,还在更高层次上反映了先民对于物阜年丰、和平安乐的祝愿。

❉ 无羊 ❉

(《诗经·小雅》)

谁谓尔无羊,三百维群①。谁谓尔无牛,九十其犉 chún②。尔羊来思,其角濈 jí 濈③。尔牛来思,其耳湿湿④。或降于阿,或饮于池,或寝或讹⑤。尔牧来思,何蓑何笠⑥,或负其糇 hóu⑦。三十维物,尔牲则具。尔牧来思,以薪以蒸⑧,以雌以雄。尔羊来思,矜矜兢兢,不骞不崩⑨。麾之以肱 gōng⑩,毕来既升。牧人乃梦,众维鱼矣,旐 zhào 维旟 yú 矣。大人占之:众维鱼矣,实维丰年;旐维旟矣,室家溱溱⑪。

注释 | ①三百:虚数,言其多。后面的"九十"同。②犉:黄毛黑唇的牛。③濈濈:亦作戢戢,众多聚集貌。④湿湿:牛反刍时耳动貌。⑤讹:通吪,动。⑥何:同荷,披戴。⑦糇:干粮。⑧薪:粗柴枝。蒸:细柴枝。⑨骞:亏损,指畜群稍有走失。⑩麾:同挥。肱:臂。⑪旐:画龟蛇的旗。旟:画鹰隼的旗,用来聚集众人。溱溱:亦作蓁蓁,众多貌。

赏析 [这是一首描写畜牧业的诗] 首章写牛羊的繁盛。以"谁谓尔无羊""谁谓尔无牛"连发两问开篇,排比其句,是相对于昔日的无羊无牛而言,方玉润谓"是前此凋耗,今始蕃育口气"(《诗经原始》),极是。"三百维群",极言其多。句下饱含对牧业生产发展的自豪。以下四句又是一组排比,描写赶着牛羊到牧地的情态。羊牛成群上路(来思),所以远远看去牛羊角挨角,边走边摇耳朵,犹如远看人群只见人头攒动一般,煞是生动。

[二、三章写放牧活动] 对美景的描写,让人印象深刻。从牛羊闲散在牧场各享安宁平静到牧人"何蓑何笠,或负其糇"的

31

具体形象,从牧人的牧场杂活和指挥牛羊的娴熟洒脱到牛羊上山下坡"矜矜兢兢,不骞不崩"的群体景象,描写无不细致入微,刻画中有点有面,形象生动如睁眼可见。句句描写都实在具体,且各种景物剪接得当,合在一起,是一幅完美的风景画。而语言之外的意象,激发人对美的想象,则远在字面以外。

[牧人对生活的憧憬]四章写牧人之梦,是一奇笔。根据梦中之鱼,解析者说是丰年之兆,犹如后人所谓"连年有余"。根据梦中鸟旗,解析者说是添丁进口之兆。这实际是对美好生活的一种祝愿。

❋ 北山 ❋

(《诗经·小雅》)

陟 zhì 彼北山①,言采其杞。偕偕士子②,朝夕从事。王事靡盬 gǔ③,忧我父母。溥天之下④,莫非王土;率土之滨,莫非王臣。大夫不均,我从事独贤⑤。四牡彭彭⑥,王事傍傍⑦。嘉我未老,鲜我方将⑧。旅力方刚,经营四方。或燕燕居息,或尽瘁事国。或息偃在床,或不已于行。或不知叫号,或惨惨劬劳。或栖迟偃仰,或王事鞅掌⑨。或湛 dān 乐饮酒⑩,或惨惨畏咎。或出入风议,或靡事不为。

注 释 | ①陟:登。②偕偕:强壮的样子。③靡盬:没完。④溥:普。⑤贤:艰苦。⑥彭彭:不得休息貌。⑦傍傍:不得已貌。⑧鲜:重视。将:强壮。⑨鞅掌:公事忙碌。⑩湛乐:过度享乐。

赏析 [这首诗是苦于劳役之作]诗人着重表示对等级森严、劳逸不均的不满乃至怨愤。"陟彼北山,言采其杞",兴语显然受民歌的影响。"王事靡盬"这一熟句,结穴到"忧我父母",撇开一身之忧苦,牵入亲人,意味倍加丰厚。

[欲进先退,欲夺故予]二章先承认国家服役的合于天理:

"溥天之下，莫非王土；率土之滨，莫非王臣。"这四句后来成为封建时代的名言，就在于它用铿锵的语言讲出了"君权神授"、天下一家的大道理。诗人并没有超越时代限制，他不敢将矛头指向最高统治者，因而只能不满于高他一等的"大夫"了。尽管打了折扣，诗人终于还是揭露了不均不公的社会现实。

[抒情主人公登场亮相] 三章中主人公驾着驷马，经营四方，疲于奔命，不敢渎职。这里专门转述了顶头上司"大夫"的话："嘉我未老，鲜我方将。旅力方刚……"上司拍着肩膀把"我"的腿脚身体夸上一番，再叫"我"好好儿干。卖命的差使，廉价的奖赏！讽刺见于无形之中。

[用排比句做尽情的宣泄] 此篇之奇妙，在于后三章的一连十二个"或"字领起的排比句，做尽情的宣泄。先前的克制便成为一种蓄势，使最后的喷发更加有力。排比之中，又有对比六组，以劳逸、苦乐、善恶、是非，两两对照。以十二"或"字一气贯注，妙语联珠。姚际恒说："'或'字作十二叠，甚奇。末更无收结，尤奇。"（《诗经通论》）更无收结，戛然而止，而"是可忍，孰不可忍"之意，溢于言表。

屈原

（前339—前278）名平，战国楚人。怀王时曾任左徒、三闾大夫，主张联齐抗秦。于怀王、顷襄王时两遭佞臣进谗，而被放逐汉北、江南。因国事不堪而自沉汨罗江。他根据楚声楚歌，创制楚辞，著有《离骚》《天问》《九歌》《九章》等。

国殇①

（《九歌》）

操吴戈兮被 pī 犀甲，车错毂 gǔ 兮短兵接②。旌蔽日兮敌若云，矢交坠兮士争先。凌余阵兮躐 liè 余行，左骖殪 yì 兮右刃伤③。霾 mái 两轮兮絷四马，援玉枹 fú 兮击鸣鼓④。天时怼 duì 兮威灵怒⑤，严杀尽兮弃原野。出不入兮往不返，平原忽兮路超远。带长剑兮挟秦弓，首虽离兮心不惩⑥。诚既勇兮又以武⑦，终刚强兮不可凌。身既死兮神以灵，魂魄毅兮为鬼雄⑧。

注释　①国殇：为国牺牲的人。②操：持。吴戈：吴地所产的戈，以锋利著称。戈：古兵器，刃横出，可钩可击。犀甲：犀牛皮做的甲。错：交错。毂：固定车轮与辐条并用来穿纳车轴的部件。③躐：践踏。行：行列。左骖：套在战车左边的马。殪：倒地而死。④霾：同埋。絷：绊住。援：拿着。玉枹：用玉装饰的鼓槌。击鸣鼓：擂响战鼓。⑤怼：怨恨。威灵：指鬼神。⑥挟：持。秦弓：秦国产的硬弓，同"吴戈"一样有名。

屈 原

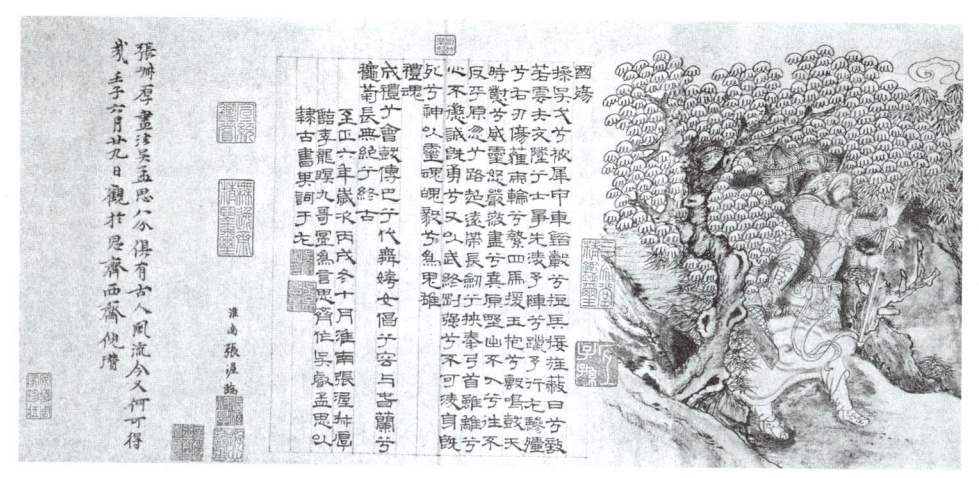

九歌图

惩：惧怕，悔恨。⑦诚：确实。⑧神以灵：意思是身体虽然死了，而精神永存。毅：刚毅。鬼雄：鬼中英雄。

赏析

[这篇作品的写作背景] 战国的秦楚争雄战争，从怀王后期开始，屡次以楚方失利告终。楚国在抗秦的战争中伤亡惨重。而当时楚国的士气民情并不低落，在怀王入关而不返，死在秦国后，民间就有"楚虽三户，亡秦必楚"的口号。屈原这篇追荐阵亡将士的祭歌，就反映了这样一种同仇敌忾和忠勇的爱国激情。

[卫国将士壮烈的牺牲] 从"操吴戈兮被犀甲"到"严杀尽兮弃原野"，描绘严酷壮烈的战争场面。诗一开始就用开门见山、放笔直干的写法：战士们披坚执锐，白刃拼杀。古时战车，作用有如坦克，双方轮毂交错，短兵相接。诗从战斗最激烈处写起，极为简劲。在这个"近景"描写后，诗中展开了一个战场的"全景"：旌旗遮天蔽日，秦军阵容强大。敌若云，箭如雨。处于劣势的楚国将士却并没被危险与敌威所压倒，他们争先恐后，奋不顾身，其勇猛有逾于困兽，但终因寡不敌众，被敌方冲乱了行列

与阵脚，楚军陷入被动。诗人用了"特写"式笔触着力刻画楚方主将：他高踞战车之上，身先士卒，临难不苟。他的左右骖乘一死一伤，车轮如陷泥淖，驷马彼此牵绊，进退不得，却继续援槌击鼓，指挥冲杀，直到流尽最后一滴血，直到全军覆没。

"严杀尽兮弃原野"，是一个"定格"的画面：战场上尸横狼藉。喊杀声停止了，笼罩着一片死样的沉寂。楚国将士身首离异，然而还佩着长剑，挟持秦弓——这"秦弓"是夺到手的武器。敌人胜利了，但是"杀人三千，自损八百"，这是一场令其思之胆寒的胜利。楚军失败了，这是一场令人肃然起敬的悲壮的失败。诗人通过有限的画面，表现了意味极为丰富的内容。诗中主将的遭遇，容易使人想到项羽《垓下歌》的前两句："力拔山兮气盖世，时不利兮骓不逝。"然而《垓下歌》的结尾是软弱无力的，远不能与《国殇》的结尾相提并论。任何的徒呼奈何，泣血流泪，都是愧对烈士英灵的。

[献给烈士的赞歌] 接着作者用了一种义薄云天的慷慨之音，对死国者做了热烈赞颂。"出不入兮往不返"一句，与荆轲《易水歌》同致，"壮士一去兮不复还"，是以身许国者共有的豪言壮语。烈士们用鲜血实践了他们的誓言。他们死不倒威，死而不悔，可杀而不可侮。他们生命终结而精神不朽，到了另一个世界，也仍是出类拔萃的"鬼雄"！与诗发端的开门见山相应，结尾是斩钉截铁，令人振奋的。"鬼雄"也因而成为一个现成的诗歌用语，宋代李清照《绝句》就有"生当作人杰，死亦为鬼雄"的名句。

[这篇作品深远的影响] 诗篇旨在歌颂阵亡将士的勇武，却没有简单地丑化敌人，相反地对敌方力量的强大做了夸张的描写，"疾风知劲草"，这样写对阵亡者的大无畏精神恰恰起到了有力的衬托作用。《国殇》一扫诗人习用的香草美人和比兴手法，通篇直赋其事，造成一种刚健朴质的风格，在《九歌》中独树一帜。诗中所宣扬的轻身报国的精神，曾激起过世代爱国志士的共

鸣:"捐躯报明主,身死为国殇"(鲍照)、"国殇毅魄今何在?十载招魂竟不知"(陈子龙)、"希文忧乐关天下,算但哀时作国殇"(柳亚子)。

❀ 涉江 ❀

(《九章》)

余幼好此奇服兮,年既老而不衰。带长铗 jiá 之陆离兮,冠切云之崔嵬①。被明月兮佩宝璐,世溷 hùn 浊而莫余知兮,吾方高驰而不顾②。驾青虬 qiú 兮骖白螭 chī,吾与重华游兮瑶之圃。登昆仑兮食玉英③,与天地兮比寿,与日月兮齐光。哀南夷之莫吾知兮,旦余济乎江湘④。乘鄂渚而反顾兮,欸 āi 秋冬之绪风⑤。步余马兮山皋,邸余车兮方林⑥。乘舲船余上沅兮,齐吴榜以击汰。船容与而不进兮,淹回水而疑滞。朝发枉渚兮,夕宿辰阳⑦。苟余心之端直兮,虽僻远其何伤⑧?入溆浦余儃 chán 徊兮,迷不知吾所如⑨。深林杳以冥冥兮,猿狖 yòu 之所居⑩。山峻高以蔽日兮,下幽晦以多雨。霰 xiàn 雪纷其无垠 yín 兮,云霏霏而承宇⑪。哀吾生之无乐兮,幽独处乎山中。吾不能变心而从俗兮,固将愁苦而终穷⑫。接舆髡 kūn 首兮,桑扈裸行⑬。忠不必用兮,贤不必以。伍子逢殃兮,比干菹醢 zūhǎi⑭。与前世而皆然兮,吾又何怨乎今之人?余将董道而不豫兮,固将重昏而终身⑮。乱曰:鸾 luán 鸟凤凰,日以远兮。燕雀乌鹊,巢堂坛兮⑯。露申辛夷,死林薄兮。腥臊并御,芳不得薄兮⑰。阴阳易位,时不当兮。怀信侘傺 chàchì,忽乎吾将行兮⑱。

注　释　①铗:剑柄,这里指剑。陆离:长的样子。切云:摩云,形容高入云霄。崔嵬:高峻。②明月:夜光珠。璐:美玉。溷浊:混浊。高驰:高飞远走。③虬:传说中的无角龙。骖:在两边驾车的马。此处有驾之意。螭:传说中的无角龙。重华:传说中古代帝王虞舜的名字。瑶:美玉。玉英:玉树的花。④南夷:指楚国的小人。旦:凌晨。济:渡。江:长江。湘:湘

37

水。⑤鄂渚：地名，今湖北武昌西。欸：悲叹。绪风：余风。⑥步：缓行。山皋：山冈。方林：地名。⑦舲船：有窗的船。容与：徘徊不前。枉渚：地名，今湖南省常德市南。辰阳：今湖南省辰溪县。⑧端：正。僻远：偏僻遥远。⑨溆浦：溆水，在今湖南省。儃徊：回旋，无所适从。⑩杳：深远。冥冥：昏暗。狖：猿类。⑪霰：雪珠。垠：界线，边际。霏霏：纷飞。宇：屋檐。⑫俗：世俗。固：一定，宁可。终：始终，终生。⑬接舆：春秋时楚国狂士。髡首：剃去长发。桑扈：古代隐士。⑭伍子：伍子胥，忠于吴国，被吴王夫差所杀。比干：殷纣时贤臣，因进谏被纣所杀。菹醢：古代将人剁成肉酱的酷刑。⑮董：正，守正。豫：犹豫。重：重复。昏：黑暗。⑯乱：辞赋篇末总结全篇的话。鸾：凤凰，传说中的祥瑞之鸟。喻贤者。燕雀乌鹊：喻小人。⑰露申：一种芳香植物。辛夷：香木名。林薄：丛木曰林，草木曰薄。腥臊：恶臭之物，喻小人。御：用。芳：香洁之物，喻君子。⑱阴：指夜晚。阳：指白天。时：时势。怀：怀抱。信：忠信。侘傺：失意的样子。忽：恍恍惚惚。

赏析

[用象征手法写放逐经过]《涉江》是屈原在顷襄王时遭谗放逐江南时所作。开篇运用象征手法：诗人幼好奇服，既老不衰，身佩长剑，头戴高冠，遍体"珠光宝气"。这当然不是写实，而是象征诗人对真善美的追求。诗人幼志以异，独立不迁，不见容于时。由于"世溷浊而莫余知"，不善于偷合取容的诗人，也就只好以想象为翅膀，引古代圣贤为同志了。于是他驾起龙车，陪伴大舜游邀在理想之国的瑶圃乐园。这象征着诗人对崇高思想境界的自我陶醉。"登昆仑兮食玉英，与天地兮比寿，与日月兮齐光"，这是全诗最光辉最铿锵最亢奋的诗句。这样一个德参天地的人，为小人所不容，而被放逐了，岂不可哀。"哀南夷之莫吾知兮，旦余济乎江湘。"这是诗人的悲哀，更是楚国的耻辱。一个"南夷"的刺耳称呼，联系南行，指南部未开化的楚人；然而联系上文的"莫余知"者，和当时中原对整个楚民族蔑称"蛮

夷",意实双关。诗人是有意识用了这个自己也不能容忍的称呼,来称呼楚国上层集团。

[以下写南行的经过与途中观感] 屈原一向喜欢用"反顾"的意象来暗示自己眷念故国的情怀,"忽反顾以流涕兮""忽临睨乎旧乡"(《离骚》)都有此意。"登鄂渚而反顾",感何如之?诗中未明说,却通过秋冬余风的悲肃作了替代,表情曲折而深刻。步马山皋、邸车方林两句,既是由陆路转入舟行的过渡,又可体味出诗人中道彷徨的心情。"乘舲船余上沅"四句写诗人沿沅江上溯行舟,船在逆水与漩涡中行进艰难,尽管船工齐榜击浪,仍容与凝滞。这一方面是旅途况味的真实写照,十分生动;另一方面又寄寓感喟。羁旅的艰辛,会使人"哀人生之长勤",当诗人看到船在回水中挣扎奋斗时,无疑会有深刻的感触。同时,南行之船的容与不进,象征着诗人眷念故国的情怀。诗中点明从枉渚到辰阳竟有一日行程,最后仍归结到现实感喟。

[流放地环境的险恶] 船入溆浦,南行暂告一段落。溆浦在今湘西,地处僻远,在当时是一片穷荒。屈原写溆浦环境的幽深、凄寂乃至恐怖,可以使读者联想到"山鬼"的孤独处境:"雷填填兮雨冥冥,猿啾啾兮狖夜鸣,风飒飒兮木萧萧";满怀忧思被放逐的诗人,也处在山谷幽深、气候反常、地湿多雨、霰雪无垠、不见人踪,只有猿狖栖息的荒芜之地。这既是对流放地的夸张形容,也暗射幽暗险恶的楚国政治环境。处境这样幽独,无怪诗人要深哀"吾生之无乐"了。尽管不乐,他仍表明:"吾不能变心而从俗兮,固将愁苦而终穷"。这是一个忧先天下者的深刻的悲剧!

[用古人酒杯浇自己块垒] 作为有深厚历史文化修养的诗人,屈原从一己的遭遇联系到前代史事,得出了具有规律性的认识:"忠不必用兮,贤不必以。"诗人一面想到伍子胥、比干这些著名的以性直杀身的前代忠良;一面又想到那些愤世嫉俗、佯狂避世的人物,如"凤歌笑孔丘"的楚狂接舆(春秋时人),裸身而行

的子桑扈（古隐士）。这两种不同类型的人物，诗人分别以忠、贤二字加以肯定，表明了他思想深处的一个深刻矛盾：他既怀着爱国之心，为被逐出政治舞台而痛心疾首；又有着愤世之感，产生了一种甘心远离现实的逃逸意识。这种对立思想的交战，使他永远不得安宁。"与前世而皆然兮，吾又何怨乎今之人？"这种强自宽解的话，表现的恰恰是无法自宽的悲愤。"余将董道而不豫兮，固将重昏而终身"，这是屈原的诗谶！

[最后以形象概括全诗主旨] 结尾从现实转入象征，由赋法转入比兴，用自然意象群替换了社会意象群；语言形式从六七言长句变为四言短句，并采用了骈偶的行文方式。"鸾鸟凤凰，日以远兮；燕雀乌鹊，巢堂坛兮"数句，以铿锵精彩的形象语言，描绘了一幕令清醒者触目惊心的的图景：有才能的人被赶走了，楚国成了愚人群氓的世界。《涉江》所记的是一次现实的历程，诗表明屈原当日渡江，行经湘水、洞庭（鄂渚在湖畔），沿沅水上溯，经枉渚、辰阳到达溆浦，暂处山中，路线及归宿极为清楚，使得这首诗富于现实感与生活气息。

橘颂

（《九章》）

后皇嘉树①，橘徕 lái 服兮②。受命不迁，生南国兮。深固难徙，更壹志兮。绿叶素荣，纷其可喜兮。曾 céng 枝剡 yǎn 棘③，圆果抟 tuán 兮④。青黄杂糅，文章烂兮。精色内白，类可任兮。纷缊宜修⑤，姱而不丑兮⑥。嗟尔幼志，有以异兮。独立不迁，岂不可喜兮？深固难徙，廓其无求兮。苏世独立，横而不流兮。闭心自慎，终不失过兮。秉德无私，参天地兮。愿岁并谢，与长友兮。淑离不淫⑦，梗其有理兮⑧。年岁虽少，可师长兮。行比伯夷⑨，置以为像兮⑩。

注 释 ①后皇：后土皇天。②徕：来。③曾枝：层层枝叶。曾：层。剡棘：尖刺。④抟：团。⑤纷缊：同氤氲，香气很浓。宜修：

萧氏离骚图

美好。⑥姱：美好。⑦淑离不淫：秉性善良而不放荡。淑：美善。离：借作丽。淫：放荡。⑧梗：直。理：纹理。⑨伯夷：商末孤竹君之子，周灭商，义不食周粟而死。⑩置以为像：树立为榜样。

赏析 这是一首颂赞体的咏物诗，又是一首言志诗。

[一段对橘的本性和外在美作描绘说明]"后皇嘉树"以下六句，写橘天生适应南国，有不可迁移性。象征志士扎根祖国，以求发展。"绿叶素荣"以下十句，从花叶、枝干、果实各部分对橘进行描写。诗人称赞橘树颇具锋芒、富于文采、内质有用，都

是有所寄托的，咏橘即咏人也。

[二段托物言志进一步赞美橘的禀性] "嗟尔幼志"以下六句，承篇首赞橘树"受命不迁"的品性，把橘树比成一个从小立有与众不同的志向的少年。"苏世独立"二句，谓其处世清醒，坚持独立思考。"秉德无私"二句，谓其忠诚无私，德参天地。"淑离不淫"二句，谓其美而不淫，耿直有理。这与其说是咏橘本身，还不如说是作者托橘树以自抒矢志不渝、独立思考、忠诚无私、耿直有理等高尚志向。末四句承"嗟尔幼志"的拟人，表明愿意向"橘树少年"学习，言志之意甚明。

[全诗根本之点是赞橘的独立不迁] 根据之一是橘的特性——"生于淮南则为橘，生于淮北则为枳"（晏子）；根据之二是作者的思想感情——楚国是屈原的宗国，所以他的事业只能在楚国，他永远忠于楚国。故诗前言"受命不迁，生南国兮。深固难徙，更壹志兮"，后言"独立不迁，岂不可喜兮？深固难徙，廓其无求兮"，不惜反复强调。

[一篇成功的咏物诗] 好的咏物诗应做到不即不离。"不离"就是要切合于所咏之物的特点，"不即"就是在咏物外应有寄意。本篇就做到了这样一点。一篇小小物赞，说出许多道理，看来句句是咏橘，句句又不是咏橘，但见人与橘，分不开来，彼此互映，有镜花水月之妙。前人或据诗中"嗟尔幼志""年岁虽少"等语，猜测此诗乃屈原少作；郭沫若则认为此诗是赠给一位年轻人的。

项羽

（前232～前202）下相（今江苏宿迁西南）人。名籍，字羽。祖父项燕为战国末年楚名将。秦末从叔父项梁起义。梁死，奉怀王令从卿子冠军宋义救赵，杀义自代。破釜沉舟，大破秦军于钜鹿，威震诸侯。秦亡后自封西楚霸王，以有勇无谋兵败垓下而死，刘邦以鲁公礼葬于谷城。存诗1首。

垓下歌

力拔山兮气盖世，时不利兮骓zhuī不逝①。骓不逝兮可奈何？虞兮虞兮奈若何②？

注释　①时：时势，时机。骓：青白杂色的战马。逝：行。②虞：即虞姬，项羽的宠姬。奈若何：把你怎么办。

赏析　[霸王悲歌] 陈胜、吴广起义失败后，项羽被各地义军奉为盟主。秦降后，项羽自立为西楚霸王，与汉王刘邦进行了长达四年的楚汉之争。开始楚强汉弱，后因项羽的刚愎自用与有勇无谋，终于在公元前202年12月被刘邦三十万大军包围于垓下。四面楚歌声中，项羽起饮帐中，面对骏马、虞姬，不胜悲怆欲绝，感慨而歌。

[英雄盖世的过去] 项羽当年力能扛鼎，但"力拔山兮气盖

世"却不仅是写力气，更是对自己英雄一世的自我评价。当年气吞山河，傲视群雄，连刘邦的父亲、妻子都曾被自己俘获，那是何等的英雄。

[可悲可叹的现在] 回忆是那样辉煌，现实却如此悲凉。"时不利兮骓不逝"点明眼下处境。"骓不逝兮可奈何"，当年和英雄一起冲锋陷阵的战马如今受困难行，令人不禁发出英雄末路的叹息。

[霸王别姬的痛彻] 末句由马及人，堂堂西楚霸王如今连心爱的女子都难以保护了，有心护美，无力回天。其内心的哀痛至此而达极至。

[悲怆奠定基调] 全诗四句，虽未着一"悲"字，而"悲"在其中。是悲怆而非悲壮。可以说诗中已透露出绝望的情绪，乌江自刎应该是这一情绪的必然结果。

刘邦

(前256～前195)即汉高祖,字季。秦朝泗水郡沛县(今江苏沛县)人。初为泗上亭长。秦二世元年(前209)起兵,明年,楚怀王以为砀郡长,封武安侯。以子婴元年(前206)西入关,立为汉王,都南郑。以汉五年(前202)破项羽,称帝后,初建都洛阳,不久迁至长安,史称西汉。谥号高皇帝。存诗2首。

❋ 大风歌 ❋

大风起兮云飞扬,威加海内兮归故乡,安得猛士兮守四方!

赏析 [刘邦即兴之歌] 公元前195年10月,刘邦平定了淮南王黥布的叛乱班师回京。途经故乡沛县时,邀请父老乡亲一起饮酒。酒到酣处,刘邦拔剑起舞,吟出了这首震撼人心的《大风歌》。

[首句风起云涌] "大风起兮云飞扬",首句写景抒怀,描绘出那一风起云涌、波澜壮阔的时代画面。在这画面之中,隐现出作者叱咤风云的英雄形象。刘邦回顾自己从故乡起兵,十数年中克关中、败项羽、平诸侯,重新统一中国的战斗历程,不禁感慨系之。

[次句志得意满] 从故乡起兵时,自己不过是一个亭长,而今一统天下登上了皇位,平定叛乱又取得了胜利,放眼天下,英雄舍我其谁?此时的刘邦志得意满,衣锦还乡。"威加海内兮归故乡"一句写尽了作者的英雄气概和对故乡、故人的眷恋之情。

[末句暗含隐忧] 作者从现实想到将来,不禁暗自担心:天下虽然一统,但根基未固,外有匈奴之威胁,内有异姓王之乱,

古诗词鉴赏

高祖汉殿论功图

加之太子柔弱,在自己身后如何控制局面?真希望能有一批忠勇的猛士镇守四方,巩固汉家基业。"安得猛士兮守四方",内心深处的隐忧通过对猛将的渴求反映了出来。

[三句诗写尽过去、现在和将来] 十多年的征战风云,英雄盖世的气概,对未来的展望都蕴含在这短短三句"歌诗"中,容量之大,难有其匹。

古诗词鉴赏

乐府诗集

宋代郭茂倩所编,是搜罗最为完备的一部乐府诗总集,同时又是一部对历代乐府穷本探源的著作。共一百卷,分十二类著录。此书搜采极广,鉴别极精,上自先秦下迄五代,对所采乐府曲调详加考核、论述,并以古辞居前,拟作随后,使人一望而知其演变之迹和每一曲调的各类变格。是研究乐府诗不可或缺的要籍。

战城南

战城南,死郭北①,野死不葬乌可食。为我谓乌,且为客豪②!野死谅不葬,腐肉安能去子逃!水深激激,蒲苇冥冥;枭骑战斗死,驽马徘徊鸣③。梁筑室④,何以南,何以北?禾黍不获君何食?愿为忠臣安可得?思子良臣,良臣诚可思:朝行出攻,暮不夜归!

注释 ①郭:外城。②客:指死难者。豪:即哀号。③驽马:驽钝的马。④梁:桥梁。梁筑室:指在桥上盖起房子。

赏析 [开篇两句是互文] 本篇通过对凄惨荒凉的战场描写,揭露战争的残酷性和穷兵黩武的罪恶。"战城南,死郭北"两句互文见义,是说城南在打仗,在死人,城北也在打仗,在死人。

[恶战之后的悲惨场景] "为我谓乌,且为客豪",乃诗人致辞。古人对新死的人要举行一种招魂的典礼,一边哭一边叫死者的名字,所以诗人请求乌鸦先不要忙啄食死尸,说反正死尸也是逃不过你们的口腹的。这就间接刻画出一场恶战之后,战场上尸横遍野,群鸦乱噪,无人吊唁,甚可悲悯的情景。

[有意味的写景] "水深激激,蒲苇冥冥"突作兴语,更加深

了悲凉的感觉。"枭骑战斗死"二句，意谓牺牲了的都是最骁腾的马，苟活下来的偏偏平庸，这里也有比兴。"梁筑室"三句中，"梁"指桥梁，桥梁上所筑之"室"，不是别的什么室，而是工事。桥梁本以通南北，今筑上工事，意味交通阻绝。

[对统治者发出的警告]"禾黍不获君何食"二句，壮丁都抓走了，没人种地又吃什么呢？愿为忠臣又怎么可能？"愿为忠臣安可得"一句，是对统治者的警告。"思子良臣"以下四句，是说想想那些战死者吧，他们不都堪称良臣吗？然而，打早上出战，晚上再也没能回来。诗中对"良臣"之死，并非赞美着歌颂着，而是伤悼着惋惜着，诗中渲染的是战争的残酷和恐怖，诗人的倾向是反战的。

[对唐诗的影响]唐代诗人李白亦作《战城南》云："去年战，桑干源。今年战，葱河道。洗兵条支海上波，放马天山雪中草。万里长征战，三军尽衰老。匈奴以杀戮为耕作，古来惟见白骨黄沙田。秦家筑城备胡处，汉家还有烽火燃。烽火燃不息，征战无已时。野战格斗死，败马号鸣向天悲。乌鸢啄人肠，衔飞上挂枯树枝。士卒涂草莽，将军空尔为。乃知兵者是凶器，圣人不得已而用之。"其中许多诗句都从汉乐府《战城南》脱胎而出，且具有更大的概括性，语言也更加圆熟。

❋ 上 邪 ❋

上邪 yé①！我欲与君相知②，长命无绝衰。山无陵③，江水为竭，冬雷震震④，夏雨 yù 雪⑤，天地合，乃敢与君绝！

注 释 ①上邪：天哪。上：指天。邪：语气词。②相知：相爱。③陵：山峰。④震震：雷声。⑤雨：降落。

赏析 [列举天地间不可能之事以表爱情的坚贞]这首情歌的奇警处在于女主人公为了向爱人表白自己的心迹，连举天地间不可能发生的五件事（高山夷为平地，江水枯竭，冬日打雷，夏天下雪,天地合一)来表达自己对爱情的坚贞不移。女主人公火一样的热情,和急于表白自己的情态,使这首小诗具有感人的力量。须知处在封建时代,这样追求自由的爱情,表明义无反顾的决心和信念,是需要很大的勇气的。

[清人的评点] 清人张玉谷评:"首三正说,意言已尽,后五反面竭力申说。如此然后敢绝,是终不可绝也。迭用五事两就地维说,两就天时说,直说到天地混合,一气赶落,不见堆垛,局奇笔横。"(《古诗赏析》五)句句在理。

❋ 陌上桑 ❋

日出东南隅 yú①,照我秦氏楼。秦氏有好女,自名为罗敷。罗敷喜蚕桑,采桑城南隅。青丝为笼系,桂枝为笼钩。头上倭堕髻 wōduòjì②,耳中明月珠。缃绮 xiāngqǐ 为下裙,紫绮为上襦 rú③。行者见罗敷,下担捋 lǚ 髭 zī 须④。少年见罗敷,脱帽著 zhù 绡 xiāo 头⑤。耕者忘其犁,锄者忘其锄。来归相怨怒,但坐观罗敷。使君从南来,五马立踟蹰 chíchú⑥。使君遣吏往,问是谁家姝 shū⑦。"秦氏有好女,自名为罗敷。""罗敷年几何?""二十尚不足,十五颇有余。""使君谢罗敷,宁可共载不⑧?"罗敷前置辞:"使君一何愚!使君自有妇,罗敷自有夫。""东方千余骑 jì⑨,夫婿居上头。何用识夫婿?白马从骊 lí 驹⑩;青丝系马尾,黄金络马头;腰中鹿卢剑,可直千万余。十五府小吏,二十朝大夫,三十侍中郎,四十专城居⑫。为人洁白皙 xī,鬑鬑 lián 颇有须⑬。盈盈公府步,冉冉府中趋⑭。坐中数千人,皆言夫婿殊。"

注 释 ①隅:方位,角落。②倭堕髻:发髻名,汉代妇女的一种时髦发式。③缃绮:黄色有花纹的丝织品。紫绮:紫色的丝织品。襦:短袄。④行者:走路的人。下担:放下担子。捋:摸弄。髭:口上胡须。⑤著:显露。绡头:包头发的纱巾。⑥踟蹰:徘徊不前。⑦姝:美女。⑧宁可:可否。共载:共同乘坐一辆车,即嫁给使君之意。⑨骑:骑马的人。⑩骊驹:黑色的小马。⑪络:兜住。鹿卢:同辘轳,古代一种剑,把为辘轳形。⑫专城居:一城的长官,如太守、刺史等。专:独占。⑬白皙:皮肤洁白。鬑鬑:须发稀疏。颇:略。白面有须,古时的美男子。⑭盈盈、冉冉:都是优雅、缓慢的样子。

赏析

[一个发生在桑林的故事] 本篇在汉乐府中属《相和歌辞》,写一位太守骚扰采桑女罗敷而碰了一鼻子灰的喜剧故事。"陌上桑"意思是大路边的桑林,即以故事发生的场所名篇。桑是社木,桑林在古代又为男女自由恋爱的场所,《诗经》即有《桑中》等爱情诗,汉代刘向《列女传》有一个秋胡戏妻的故事,故事发生的场所也在桑林。

[通过美的效果来表现美] 诗分三段。一段写罗敷采桑。作者没有花工夫正面刻画罗敷外貌,只就两处落笔。一处是刻画她的服装与首饰的精致美丽,比较舞台化。二是写罗敷出现引来男性的围观,更是通过美的效果写美。诚如莱辛所说:"诗人啊,替我们把美所引起的欢欣、喜爱和迷恋描绘出来吧,做到这一点,你就已经把美本身描绘出来了!"(《拉奥孔》)

汉宫佳色

[对人性弱点的揶揄] 这里,诗人还捎带了一点对人性之弱点的善意揶揄,但不可一本正经地加以批点。"耕者忘其犁,锄者忘其锄"二句,在"文化大革命"中曾被指责为丑化贫下中农形象。"来归相怨怒,但坐观罗敷"二句,也有人说是庄稼汉因为耽误了生产而彼此抱怨,都不得诗意。

[太守的行为构成骚扰] 二段写太守下乡。太守为罗敷美貌吸引,就此而言,他也不过是前边所写男性的延伸。有一点不同,那就是由于地位特殊,而且有行动,从事实上构成对罗敷的骚扰。诗中的这一情节,显然是从秋胡戏妻的故事演变而来的,只不过进行骚扰的男子变成陌生的大官而已,它排除了偶然的巧合,更接近生活本身。

[风趣诙谐寓教于乐] 第三段写罗敷夸夫。罗敷讲她的夫婿骑着白马,上千的随从都骑黑马,说他地位优越,事业成功,资质出众,这当然是诗中的渲染。因为罗敷深爱她的夫婿,所以容不得第三者插足。诗人让太守碰一鼻子灰,小小地受一次教训,恰到好处,这也使得全诗气氛轻松,富于喜剧性。这首诗虽含有道德批判,却非抽象说教,而是运用风趣诙谐的手法,寓教于乐。坚贞,在本诗中并不是一个教条,而是同美满的爱情和家庭生活紧密联系在一起,所以高明。

❀ 长歌行 ❀

青青园中葵,朝 zhāo 露待日晞 xī①。阳春布德泽②,万物生光辉。常恐秋节至,焜 kūn 黄华叶衰③。百川东到海,何时复西归④?少壮不努力,老大徒伤悲⑤!

注 释	①青青:茂盛的样子。晞:晒干。②阳春:温和的春天。布:散布,施予。德泽:恩惠。③焜黄:秋天落叶的颜色。焜:枯。华:同"花"。④川:江河。⑤少壮:人的少年、壮年时期。老大:年纪大,指人的晚年。徒:空,白白地。

赏析 ["青青"与"少壮"呼应] 青青,从《诗经》始,就不只写颜色,而更多地用于形容植物少壮时茂盛的样子,在这个意义上同于"菁菁"。后来的"青年""青春"等词,就是由此衍生出来的。在这首诗中,它与篇末"少壮"二字相呼应。

[朝露易晞暗示人生易老]"朝露待日晞",即晨露未晞,还处在朝气蓬勃的时刻。然而,晨露易晞,如乐府哀歌《薤露》所说的:"薤上露,何易晞。露晞明朝更复落,人死一去何日归。""阳春"二句喻少壮时一切欣欣向荣;下二句则照应晨露易晞的意思,谓人生之易老。

["焜黄"一词别解]"焜黄"一词,向来皆据《文选》注释为花色衰败的样子。然汉晋古书此词不曾二见,而常见"焜煌"一词,吴小如认为这实际是同一个词,不过"黄""皇(煌)"通用罢了,其义应指花色缤纷灿烂的样子,与前"光辉"一词呼应,是说一旦秋天到来色泽鲜美的花叶恐怕也会衰败了。

[这首诗的形象说服力] 末二句以百川东流入海为喻,言韶光一去不再复返,末二句更因势利导,劝人及时努力,不可虚度青春。诗人并不因为生命短暂,而产生无所作为的结论,反而劝人及时建树,实现人生的价值,其主题严肃而健康,又毫无空洞说教的毛病。由于诗人以形象的比喻进行说服,言者循循善诱,闻者自易接受。

❀ 十五从军征 ❀

十五从军征,八十始得归①。道逢乡里人,"家中有阿谁?""遥望是君家,松柏冢 zhǒng 累累②。"兔从狗窦 dòu 入,雉 zhì 从梁上飞③。中庭生旅谷,井上生旅葵④。春 chōng 谷持作饭,采葵持作羹⑤。羹饭一时熟,不知贻 yí 阿谁。出门东向看,泪落沾我衣⑥。

注 释 | ①征:远行,引申为出征。始:才。②冢:高坟。累累:同"垒垒",一堆接一堆,一个连一个。③窦:孔穴。雉:野鸡。

④中庭:整个庭院。旅谷:野生的谷物。旅葵:野生的葵菜。
⑤舂:用石臼捣米,除去糠皮。羹:这里指菜汤。⑥饴:送给。东向:向东。

赏析 [家园成了坟场] 本篇写一个老兵十五岁跟随军队出征,八十岁才退伍回来,路遇家乡人打听家中情况,那人却指着一片坟地棺山道"那就是你的家"。

[见野兔野鸡而不见鸡犬] 兔、雉均属野物,而狗是家畜,旅谷、旅葵即野谷、野葵,老兵回家看到的就是"兔从狗窦入,雉从梁上飞。中庭生旅谷,井上生旅葵",一派荒凉。一无所有的他只能以野谷野菜为炊,做成后因为思念家人,就咽不下去,倚在门边张望,好像等待着亲人归来,下意识地盼望奇迹发生似的。

[诗人取材典型] 这首诗详于叙事而略于抒情,写得相当从容平淡,越是从容平淡,越使人感到深深的悲哀——诗中情事在当时恐怕是相当普遍吧。杜甫《无家别》全诗和《兵车行》"或从十五北防河,便至四十西营田。去时里正与裹头,归来头白还戍边""君不闻汉家山东二百州,千村万落生荆杞。纵有健妇把锄犁,禾生陇亩无东西"等,都有这首诗的影响。

❀ 羽林郎① ❀

昔有霍家奴,姓冯名子都②。依倚将军势,调笑酒家胡。胡姬 jī 年十五,春日独当垆 lú③。长裾 jū 连理带,广袖合欢襦④。头上蓝田玉,耳后大秦珠⑤。两鬟何窈窕,一世良所无⑥。一鬟五百万,两鬟千万余。不意金吾子,娉婷 pīngtíng 过我庐⑦。银鞍何煜爚 yùyuè,翠盖空踟蹰 chíchú⑧。就我求清酒,丝绳提玉壶。就我求珍肴,金盘脍鲤鱼⑨。贻我青铜镜,结我红罗裾⑩。不惜红罗裂,何论轻贱躯⑪!男儿爱后妇,女子重前夫。人生有新故,贵贱不相逾。多谢金吾子,私爱徒区区⑫。

注　释　①本诗作者辛延年，东汉人。《玉台新咏》存诗1首。②霍家：西汉大将军霍光家。冯子都：霍府总管。③姬：女子。当：当值。垆：放酒的土台子。④裾：衣的前襟。连理带：两条对称的系衣服的带子。合欢：一种图案。⑤蓝田：山名，产美玉。大秦：古罗马帝国。⑥一世：整个世界。良：确实。⑦不意：不料。娉婷：柔美多姿。⑧煜爚：光彩夺目。翠盖：翠鸟羽毛装饰的车盖。借车指人。空：闲。⑨珍肴：名贵的菜。脍：细切的肉。⑩贻：送。⑪裂：撕裂。何论：更别想。⑫多谢：郑重相告。私爱：私心相爱。徒：徒然，白白地。

赏析

[这首诗的故事背景] 自汉代通西域以来，西域人就有居内地经商者，诗中"酒家胡"即当垆卖酒的胡女。羽林郎，皇家禁卫军官，即执金吾，诗称"金吾子"。"冯子都"系西汉昭帝时大司马大将军霍光的总管和男宠，见《汉书·霍光传》，但没有记载表明他有诗中所讲的调戏民女的故事。诗人借用这个豪奴的名字，移花接木地安在一个禁卫军官头上，是文艺创作允许的。清人朱乾《乐府正义》则认为"这首诗疑为窦景而作，盖托往事以讽今也"，窦景是东汉大将军窦融弟，为执金吾，尤为骄纵，见《后汉书·窦融传》。

[更着重于人物活动刻画] 与《陌上桑》偏重于人物对话描写不同，《羽林郎》更着重人物活动的刻画。诗的前四句是故事内容提要。"依势"两个字就给羽林郎冯子都的所作所为定了性。全诗也就是要把这个无价值的东西撕毁给人看。诗中夸胡姬的年轻和美丽，极力描写其服饰的豪华，来衬托人物的美，这种手法近似《陌上桑》。诗中写胡姬服饰，"头上蓝田玉，耳后大秦珠"，首饰流光溢彩而具有民族特色。"两鬟何窈窕，一世良所无。一鬟五百万，两鬟千万余。"给双环标价，正如沈德潜《古诗源》说"须知不是论鬟"，闻人《古诗笺》则云"论价近俗，故就鬟言，不欲轻言胡姬也"。

[胡姬对军官的反感] 诗中的禁卫军官人很帅，从"娉婷"

等字面可以会出。胡姬反感的:一是他炫耀——"银鞍何煜爚,翠盖空踟蹰",何、空互文,偏重于空,意谓何必如此;二是他摆阔——"就我求清酒""金盘脍鲤鱼",照顾店内生意不错,但也不用故意摆阔呀;三是他借酒装疯,大施轻薄,一厢情愿地要赠胡姬以贵重礼品,说着就动手动脚,把一面铜镜往她的衣襟上系。

[贵者反贱,贱者反贵]《羽林郎》刻画的这两个人物,身份一贵一贱,而通过在酒店的戏剧性较量,贱者反贵,贵者反贱,即如左思《咏史》所说:"贵者虽自贵,视之若埃尘。贱者虽自贱,重之若千钧",十分地耐人寻味。与《陌上桑》相比:这首诗用代言体叙事,彼诗则以第三人称口气叙事;这首诗重在人物动作的描写,彼诗重在人物对话的描写;这首诗强调的是后不僭先新不僭故、贵贱不相逾等道德信条,辞色较为严厉,彼诗则盛夸夫婿来挫败对方,措辞较为委婉。两诗虽然主题相近,实各有千秋,为乐府诗中珠联璧合之作。

[唐诗《节妇吟》与这首诗的关系]唐人张籍有一首《节妇吟》:"君知妾有夫,赠妾双明珠。感君缠绵意,系在红罗襦。妾家高楼连苑起,良人执戟明光里。知君用心如日月,事夫誓拟同生死。还君明珠双泪垂,何不相逢未嫁时。"诗约作于永贞元年(805),为谢绝藩镇李师道拉拢而作。这首诗明显地受到《陌上桑》《羽林郎》的影响,而稍异其趣。诗借有夫之妇受到诱惑追求,巧为设喻,表态毫不含糊,光明磊落,复能语气委婉而情意缠绵,表现了作者忠君不贰之心。

孔雀东南飞

汉末建安中,庐江府小吏焦仲卿妻刘氏,为仲卿母所遣,自誓不嫁。其家逼之,乃没水而死。仲卿闻之,亦自缢于庭树。时人伤之,为诗云尔[①]。

孔雀东南飞,五里一徘徊[②]。"十三能织素,十四学裁衣。

十五弹箜篌kōnghóu①，十六诵诗书。十七为君妇，心中常苦悲。君既为府吏，守节情不移①。鸡鸣入机织，夜夜不得息，三日断五匹，大人故嫌迟。非为织作迟，君家妇难为。妾不堪驱使，徒留无所施。便可白公姥mǔ，及时相遣归。"府吏得闻之，堂上启阿母："儿已薄禄相，幸复得此妇。结发同枕席，黄泉共为友。共事二三年，始尔未为久。女行无偏斜，何意致不厚？"阿母谓府吏："何乃太区区！此妇无礼节，举动自专由。吾意久怀忿，汝岂得自由！东家有贤女，自名秦罗敷⑤。可怜体无比，阿母为汝求。便可速遣之，遣去慎莫留！"府吏长跪告，伏惟启阿母："今若遣此妇，终老不复取！"阿母得闻之，槌chuí床便大怒："小子无所畏，何敢助妇语！吾已失恩义，会不相从许！"

府吏默无声，再拜还入户。举言谓新妇，哽咽不能语："我自不驱卿，逼迫有阿母。卿但暂还家，吾今且报府。不久当归还，还必相迎取。以此下心意，慎勿违吾语。"新妇谓府吏："勿复重chóng纷纭⑥！往昔初阳岁，谢家来贵门。奉事循公姥，进止敢自专？昼夜勤作息，伶俜língpīng萦苦辛⑦。谓言无罪过，供养卒大恩。仍更被驱遣，何言复来还？妾有绣腰襦rú，葳蕤wēiruí自生光。红罗复斗帐，四角垂香囊。箱帘六七十，绿碧青丝绳⑧；物物各自异，种种在其中。人贱物亦鄙，不足迎后人。留待作遗wèi施，于今无会因。时时为安慰，久久莫相忘！"鸡鸣外欲曙，新妇起严妆。著我绣夹裙，事事四五通。足下蹑niè丝履，头上玳瑁dàimào光。腰若流纨素，耳著明月珰dāng。指如削葱根，口如含朱丹。纤纤作细步，精妙世无双⑨。上堂谢阿母，母听去不止。"昔作女儿时，生小出野里，本自无教训，兼愧贵家子。受母钱帛多，不堪母驱使。今日还家去，念母劳家里。"却与小姑别，泪落连珠子。"新妇初来时，小姑始扶床。今日被驱遣，小姑如我长。勤心养公姥，好自相扶将，初七及下九⑩，嬉戏莫相忘！"出门登车去,涕落百余行。

　　府吏马在前,新妇车在后,隐隐何甸甸,俱会大道口。下马入车中,低头共耳语:"誓不相隔卿!且暂还家去,吾今且赴府。不久当还归,誓天不相负!"新妇谓府吏:"感君区区怀,君既若见录,不久望君来。君当作磐石,妾当作蒲苇;蒲苇纫如丝,磐石无转移⑪。我有亲父兄,性行暴如雷。恐不任我意,逆以煎我怀。"举手常劳劳,二情同依依。

　　入门上家堂,进退无颜仪。阿母大拊掌:"不图子自归!十三教汝织,十四能裁衣。十五弹箜篌,十六知礼仪。十七遣汝嫁,谓言无誓违。汝今无罪过,不迎而自归?"兰芝惭阿母:"儿实无罪过。"阿母大悲摧。还家十余日,县令遣媒来。云有第三郎,窈窕世无双。年始十八九,便pián言多令才⑫。阿母谓阿女:"汝可去应之。"阿女含泪答:"兰芝初还时,府吏见丁宁,结誓不别离。今日违情义,恐此事非奇。自可断来信,徐徐更谓之。"阿母白媒人:"贫贱有此女,始适还家门。不堪吏人妇,岂合令郎君?幸可广问讯,不得便相许。"媒人去数日,寻遣丞请还。说有兰家女,承籍有宦官⑬。云有第五郎,娇逸未有婚。遣丞为媒人,主簿通语言。直说太守家,有此令郎君,既欲结大义,故遣来贵门。阿母谢媒人:"女子先有誓,老姥岂敢言!"阿兄得闻之,怅然心中烦。举言谓阿妹:"作计何不量!先嫁得府吏,后嫁得郎君。否pǐ泰如天地,足以荣汝身。不嫁义郎体,其往欲何云?⑭"兰芝仰头答:"理实如兄言。谢家事夫婿,中道还兄门。处分适兄意,那得自任专?虽与府吏要yāo,渠会永无缘。登即相许和,便可作婚姻。"媒人下床去,诺诺复尔尔。还部白府君:"下官奉使命,言谈大有缘。"府君得闻之,心中大欢喜。视历复开书:"便利其月内,六合正相应。良吉三十日,今已二十七,卿可去成婚。"交语速装束,络绎如浮云。青雀白鹄舫,四角龙子幡fān,婀娜随风转。金车玉作轮,踯躅zhízhú青骢马,流苏金镂鞍。赍钱三百万，皆用青丝穿。杂彩三百匹，交广市鲑xié珍。从人四五百，郁郁登郡门⑮。阿母谓阿女："适得府君书，明日来迎汝。何不作衣裳？莫令事不举！"阿女默无声，手巾掩口啼，泪落便如泻。移我琉璃榻，出置前窗下。左手持刀尺，右手执绫罗。朝成绣裌裙，晚成单罗衫。晻晻yǎnyǎn日欲暝，愁思出门啼⑯。

府吏闻此变，因求假暂归。未至二三里，摧藏马悲哀。新妇识马声，蹑履相逢迎。怅然遥相望，知是故人来。举手拍马鞍，嗟叹使心伤⑰："自君别我后，人事不可量。果不如先愿，又非君所详。我有亲父母，逼迫兼弟兄。以我应他人，君还何所望！"府吏谓新妇："贺卿得高迁！磐石方且厚，可以卒千年。蒲苇一时纫，便作旦夕间。卿当日胜贵，吾独向黄泉。"新妇谓府吏："何意出此言！同是被逼迫，君尔妾亦然。黄泉下相见，勿违今日言！"执手分道去，各各还家门。生人作死别，恨恨那可论！念与世间辞，千万不复全。

府吏还家去，上堂拜阿母："今日大风寒，寒风摧树木，严霜结庭兰⑱。儿今日冥冥，令母在后单。故作不良计，勿复怨鬼神！命如南山石，四体康且直。"阿母得闻之，零泪应声落："汝是大家子，仕宦于台阁。慎勿为妇死，贵贱情何薄？东家有贤女，窈窕艳城郭。阿母为汝求，便复在旦夕。"府吏再拜还，长叹空房中，作计乃尔立。转头向户里，渐见愁煎迫。其日牛马嘶，新妇入青庐。奄奄yǎnyǎn黄昏后⑲，寂寂人定初。我命绝今日，魂去尸长留。揽裙脱丝履，举身赴清池。府吏闻此事，心知长别离。徘徊庭树下，自挂东南枝。

两家求合葬，合葬华山傍⑳。东西植松柏，左右种梧桐。枝枝相覆盖，叶叶相交通。中有双飞鸟，自名为鸳鸯，仰头相向鸣，夜夜达五更。行人驻足听，寡妇起彷徨。多谢后世人，戒之慎勿忘！

注　释　｜　①建安：东汉献帝刘协的年号（196—220）。庐江：汉郡名，在今安徽潜山县一带。遣：休。古代妇女被婆家休弃退回娘家叫"遣"。缢：上吊勒颈绝气而死。②徘徊：犹豫不决。③箜篌：古代一种弦乐器。④守节：忠于职守，遵守太守府规章。情不移：指仲卿守节，不为夫妇之情所动摇。⑤秦罗敷：泛指较为美貌的女子。⑥重纷纭：多事，找麻烦。⑦伶俜：孤单。萦：缠绕，转绕。⑧襦：齐腰的短袄。葳蕤：草木枝叶茂盛下垂的样子。这里形容短袄上的刺绣花叶繁美。香囊：装有香料的布袋。⑨躡：穿。履：鞋子。玳瑁：一种水生的龟类动物，甲为黄黑色并有光泽，可制作各种装饰物。这时指玳瑁制的簪子。流：指腰间所束纨素的鲜艳光彩如水波流动。纨素：轻盈的白绢。明月珰：用明月珠做的耳坠。⑩初七：七夕，即农历七月初七。传说这夜牛郎织女相会银河鹊桥，早时妇女结彩缕穿七孔针，在星光下做各种游戏来乞巧。下九：每月十九日。古人以农历每月二十九日为上九，初九为中九，下九之夜是古时的妇女欢聚戏乐的时候。⑪磐石：扁厚的大石，比喻坚定不移的心志。蒲苇：蒲和苇都是水草，其纤维柔韧，比喻不断的情思。转移：挪动。⑫便言：巧于言辞。令才：美好的才华。⑬承籍：继承了先人的仕籍。有宦官：有读书做官的人。⑭举言：高声。作计：做打算。量：思量。否：坏运气。泰：好运气。义郎：对太守子的美称。⑮青雀：鸟名，贵人船前画有青雀的图像。白鹄：鸟名，达官贵人乘坐的船画有白鹄的画像。龙子幡：画着龙形图案的装饰旗帜。婀娜：轻柔地随风飘动。踯躅：这里指骏马昂首缓步而行。青骢马：毛色青白相杂的骏马。流苏：用五彩羽毛或丝线制成的装饰马的缨子，垂于马鞍周围。镂：刻。赍：赠送。交广：交州和广州。交州包括今广东广西大部分及越南一部分，是汉郡名；广州即今广东省，三国时吴国所置。鲑：鱼菜的总称。珍：美味。郁郁：人多礼丰，热闹繁盛的样子。⑯琉璃榻：嵌有琉璃的坐具。晻晻：近晚日光渐渐昏暗的样子。⑰躡履：把脚步放得很轻。⑱大风寒：比喻自己将有不幸。严霜：浓而酷寒的霜。庭兰：庭院中的兰草，仲卿自比。后单：指自己死后母亲孤单一人活着。不良计：寻短见，指自杀。⑲菴菴：通"晻晻"。⑳华山：一说在今安徽舒城县南的华盖山,一说是庐江境内的一个小山,可能不是确指。古传华山曾产生过许多很典型的男女殉情故事。

赏析 [关于这首诗的起兴] 本篇首见于梁代徐陵编《玉台新咏》,原题《古诗为焦仲卿妻作》,郭茂倩《乐府诗集》作今题,通行本也取本篇首句为题。在汉乐府中与本篇起兴相关的有两首诗。一是《古艳歌》:"孔雀东飞,苦寒无衣。为君作妻,中心恻悲。夜夜织作,不得下机。三日载匹,尚言吾迟。"内容与本篇开篇相同。一是《艳歌何尝行(白鹄)》:"飞来双白鹄,乃从西北来。十十五五,罗列成行。妻卒被病,行不能相随。五里一反顾,六里一徘徊。吾欲衔汝去,口噤不能开。吾欲负汝去,毛羽何摧颓。"

[关于这首诗的主题] 据原序,本篇当为汉末人作。诗以冷峻的生活观察力、深厚的同情心和力透纸背的描写,为读者展现了一个感天动地的寻常夫妻间不同寻常的生离死别的故事,成为汉乐府中最厚重的作品,至今犹能感动人意。

[这首诗以人物对话见长] 本篇虽结尾有一点浪漫笔墨,却以写实见长,它以近两千字篇幅,演说一个悲剧故事,其间刻画了十来个人物,其主要角色皆不失其有眉有眼有血有肉的个性。而它在艺术上最使人称道的,就是人物语言的描写,即沈德潜《古诗源》所评:"诗中淋淋漓漓,反反复复,杂述十数人口中语,而各肖其声音面目,岂非化工之笔!"鲁迅曾称赞《红楼梦》中人物语言,是可以闻其声而知其人。而本诗以五言诗摹写人物语言,居然也达到个性化、性格化的水准,更可称为绝活。事实上,这首长诗主要就是通过人物语言来塑造人物性格的。

[兰芝的语言风格] 一开篇就是人物语言:从"十三能织素,十四学裁衣"到"便可白公姥,及时相遣归"一段话,是兰芝对焦仲卿讲的话,话讲得很直率:我是有教养的,是配得上你焦仲卿的。换了一个场合,兰芝就不这样说话。与方才那番话形成对

照的，是她离开焦家时，对焦母讲的一番话："昔作女儿时，生小出野里。本自无教训，兼愧贵家子。受母钱帛多，不堪母驱使。"完全是自责自谴，说配不上焦仲卿，这当然是违心的话。但也表现出兰芝性格的另一面，就是讲话注意场合，注意对方的可接受性。焦母加给她的"此妇无礼节"的罪名，不攻自破。

[兰芝矛盾的心情] 兰芝确乎比仲卿更现实，她早已清醒认识到她与焦母的矛盾无法调和。仲卿一再向她表明"不久当归还，还必相迎取""不久当还归，誓天不相负"时，她也一再否决："勿复重纷纭！""仍更被驱遣，何言复来还？"仲卿寄希望于时间，要兰芝和他一起坚守那条底线，兰芝对将来却不报幻想。然而面对仲卿一再表态，她的态度终于软了下来："感君区区怀，君既若见录，不久望君来！"而且立下"磐石蒲苇"的盟誓。不过，她还是说了一个"但是"——"我有亲父兄，性行暴如雷。恐不任我意，逆以煎我怀。"不祥预感，在后来得到了印证。

[兰芝与母亲的对话] 兰芝回家，受到母亲的责备，她很委屈，只申辩一句："儿实无罪过。"对于母亲，只需这一句就够了。在县令来求媒时，母亲征求女儿意见，兰芝在婉拒的同时，还留了一个尾巴："自可断来信，徐徐更谓之。"兰芝确实很善于替他人着想，她没有把话说死，她持守的只是莫使曲在我："今日违情义，恐此事非奇。"

[兰芝屈从阿兄的复杂心态] 在两次婚事的一推一就中，读者再一次看到了世情的浇薄，兰芝处境的艰险，及其预见的准确，看到兰芝的挣扎与迁就。"理实如兄言""处分随兄意"等语，表现的心情极其复杂。一方面她与仲卿有割不断的情意，一方面对母、兄有很深的负罪感，虽然实无罪过，但她毕竟成了娘家的包袱。"虽与府吏要，渠会永无缘"，这是绝望的认命，在家长的压力下，"不久望君来"的底线快守不住了。兰芝此时的心情很是矛盾，很是痛苦，"是死？是活？这确乎是个问题！"（《哈姆莱特》）诗人就这样写出了一个活人，一个女性，一个多重组

合的性格。兰芝形象的成功和可爱，不在于她是个贞洁的女人，而在于她是个活生生的女人。

[焦仲卿的语言风格]焦仲卿性格中的闪光点，就是直率认真。他说话是不会拐弯的。气话，较劲儿的话，是他擅长的。最初回家听了兰芝一席话，他无话可说。找母亲调停，实际是一次较量，"儿已薄禄相，幸复得此妇"二语，已表明他感情的倾斜。"女行无偏斜，何意致不厚"更是以反诘做顶撞。他软硬不吃，向老太太交代了他的底线："今若遣此妇，终老不复取！"

当仲卿听到婚变的消息，首先想到的是要当着兰芝的面，讨个说法。当兰芝重提旧话，说"卿还何所望"时，仲卿立刻以"蒲苇磐石"之誓做反唇相讥。这个向来驯顺的人，此刻说话就像刀子一样锋快："贺卿得高迁！磐石方且厚，可以卒千年。蒲苇一时纫，便作旦夕间。"因为冲动，不免言重了，却又清楚地表现出他的志诚。

[焦仲卿的话决定了事情的走向]面对这样一往情深的指责，兰芝该哭耶？笑耶？悲耶？喜耶？兰芝从未像此刻这样深刻地了解仲卿。没有这样一段文章就让兰芝去死，就等于是让她去殉"从一而终"的观念，必然大大削减本篇的现实深度。

这段生诀，与前番盟誓，有异同，有呼应，使全诗在结构上也显得丰满而匀称。"同是被逼迫，君尔妾亦然。"于是读者又看见了个性刚强的兰芝，和任情而倔强的焦仲卿。"黄泉下相见，无违今日言"——兰芝一锤定音。"执手分道去，各各还家门"，壮颜毅色出现在他们脸上，不复有"举手长劳劳，二情同依依"的缠绵。

[这篇悲剧的高明之处]由于希望的破灭，这番约定，实际上已促使焦仲卿自己突破"终老不复娶"的底线，决定与兰芝一道采取更激进的方式，对家长制度以死抗争。作者的高明表现在，他并不事先设定事件的发展方向，而按照生活的逻辑，将悲剧表现为底线的突破。于是真压倒善，真摧毁美，这就是悲剧。

[焦仲卿形象的可爱之处] 焦仲卿形象之可爱，尤在于那是个"痴心女子负心汉"比比皆是的时代，是个"百行孝当先"的旧时代，他扮演了违抗亲命与笃于情爱的双重角色。有意思的是，诗中提到"自由"这样一个重大的话题。焦母强加给兰芝的罪名是"此妇无礼节，举动自专由！"对儿子声称："吾意久怀忿，汝岂得自由！"在封建家庭内，只有家长的自由，没有子女的自由。尽管兰芝谨小慎微，自以为"奉事循公姥，进止敢自专？""处分适兄意，那得自任专？"有什么比一个承认家长权威的人被家长制活活逼死，更能暴露家长制的罪恶？将信任者逼到对立面上去，这就是专制制度的必然结果。

[这首诗的深远影响] 诗人告诉后人的，也远远超出他本来的用意，以至在五四运动中还能引起青年巨大共鸣，一度改编为戏剧上演，为反对封建、争取民主、争取自由的运动吹出了一支号角。今日读来，还能使人深长思之。其影响之大，实属罕见。

古诗十九首

东汉文人五言诗,见收于梁代萧统《文选》。这十九首古诗全是短篇抒情之作,虽非成于一人之手,却有共同的时代主题——汉末动乱时世中寒士的失落和寻常夫妇的两地相思。这些诗篇大体上情景交融,语言平易,"若秀才对朋友说家常话"(谢榛《四溟诗话》),无一处不妥帖,无一处不生动;诗中颇多人生哲理的思索,"惊心动魄,可谓几乎一字千金"(钟嵘《诗品》),故被誉为"五言之冠冕"(刘勰《文心雕龙》)。

❀ 行行重行行① ❀

行行重行行,与君生别离。相去万余里,各在天一涯。道路阻且长,会面安可知!胡马依北风②,越鸟巢南枝③。相去日已远,衣带日已缓④。浮云蔽白日⑤,游子不顾反。思君令人老,岁月忽已晚。弃捐勿复道⑥,努力加餐饭!

注释 ①行行:行了又行。②胡:我国古代称北方边地以及西域的民族为胡。③越:南方吴越(今江苏浙江一带)地方。④日已:日益。⑤浮云:比喻迷惑游子的外地女子。⑥弃捐:抛开。

赏析 [这首诗在词语上的一些出处] 这是一首思妇诗。前六句追述离别,后十句申诉相思。"行行重行行",是叠词更叠,意即走啊走,走啊走。"生别离",是古代流行的成语,犹言永别离,如《九歌·少司命》"悲莫悲兮生别离"。"道路阻且长",出自《秦风·蒹葭》"溯洄从之,道阻且长",有暗示从之而不得的意思,故下句以会面为难期。"胡马依北风,越鸟巢南枝"二句是古代歌谣中习用的比喻,李善《文选》注引《韩诗外传》云:

"诗曰:'代马依北风,飞鸟栖故巢',皆不忘本之谓也",用以比喻人的乡土室家的情感。可以理解为思妇揣度对方的情况,照情理说,他不会忘记家乡,忘记故乡的亲人。有力地带动起下文"浮云蔽白日"一念。二句在引用这一联现成比喻时,因为韵的关系,以"南枝"对"北风",又相应地将马、鸟二物分属胡、越,对仗极工。

[这首诗对宋词的影响]"相去日已远,衣带日已缓"以两个"日已"做排句,说相去日愈远,衣带日愈缓。不说人日渐消瘦,而说衣带日渐宽松,久别与长期相思之苦都用暗示表达出来了。宋柳永《凤栖梧》"衣带渐宽终不悔,为伊消得人憔悴",即用此而增加了"终不悔"的新意,同为脍炙人口的名句。

[一个隐喻]"浮云蔽白日",是古代最流行的比喻,一般喻谗谀蔽贤,如《古杨柳行》:"谗邪害公正,浮云蔽白日。"又因为在古代君臣关系和夫妇关系,在观念上是统一的,所以这两句是设想游子不思归来当是有第三者插足,彼此关系出现了危机。(或解作游子是受奸人迫害而外出不归,便有节外生枝的感觉。)这是思妇的揣测疑虑,不必是游子之实情。所以相思之情仍不断绝,"思君令人老"就是这

相思图

种心情的写照。她尽量挣扎，想要摆脱这种令人食不甘味的苦恼的纠缠，"弃捐勿复道"即诗经《卫风·氓》所谓"反是不思，亦已焉哉"，"加餐饭"则是当时流行的慰问套话，犹言多多保重，用在这里是自我宽解的话。或解作对游子的劝慰。但思妇在怀疑丈夫另有新欢的同时还劝他加餐，未免矫情。

[这首诗的艺术特色] 首先，此诗善于运用优美而单纯的语言，通过回环复沓、反复咏叹的表现手法来制造气氛。如"相去万余里""道路阻且长""相去日已远"，反复说一个相近似的意思来逐层加深其所表现的情感，这是从民歌叠句、叠章的形式中变化出来的。其次，是比兴手法的运用，即用客观习见事物来表现深刻而曲折的主观心情，这种手法在"十九首"中是普遍纯熟地运用着的。像本篇胡马、越鸟、白日、浮云的比喻，都精当绝伦。谢榛说"十九首""若秀才对朋友说家常话"：因为是"秀才"，所以有文化品位；因为是"家常话"，所以很生活化；因为"对朋友"，所以亲切、真诚，富于人情味。"十九首"所以为高。

涉江采芙蓉

涉江采芙蓉，兰泽多芳草①。采之欲遗 wèi 谁②？所思在远道。还顾望旧乡，长路漫浩浩。同心而离居，忧伤以终老。

注释 ①泽：低湿之地。兰泽：指有兰草的低湿之地。②遗：赠送。

赏析 [涉江采芙蓉的意味] 这首诗开篇给人芬芳馥郁的感觉，很有意境。由采花而怀人，把对自然的爱与对人的爱连在一起，这种情调很古朴也很美好。诗中人当是位女子，这从"所思在远道"可以会意。芙蓉采到手，可是四顾周围，知心人在哪里呢？四面都是些陌生的人，不关痛痒的人。

[不平常的一笔] 本来，"所思在远道"是诗中人早就清楚的，如开门见山地写出，诗就平板无味。三句一转之后才趁势托出，才见出这句话有雷霆万钧之力。这句话是全诗发展的顶点，

同时是个转折点,一方面替上文的发展暂时做一结束,一方面为下文的发展做一伏线,所以被摆在了诗的中间。

[女方推己及人的想象] 因为"旧乡"(故乡)与"远道"(异乡)是对立的。"还顾望旧乡"紧接"所思在远道",可以解为女子推己及人的想象。于是单方的思念,转化为双方的相互思念。这样引出"同心而离居"两句。照这样理解,诗的意味就比较深刻一些。

[此诗与楚辞的关系] 同是怀人之作,《诗经·秦风·蒹葭》有清超旷远之致,而《涉江采芙蓉》别有芬芳悱恻之美。其风味来自《楚辞》。"涉江"本是《九章》的篇名,"芙蓉""兰泽"亦为《楚辞》习语,"采之欲遗谁"出于《楚辞·山鬼》"折芳馨兮遗所思","长路漫浩浩"出于《楚辞·离骚》"路曼曼其修远兮",诗人运用骚语可谓入化,因而诗中弥漫着近于《楚辞》的芬芳馥郁的气息。

❀ 庭中有奇树 ❀

庭中有奇树①,绿叶发华滋②。攀条折其荣③,将以遗所思。馨香盈怀袖,路远莫致之。此物何足贵,但感别经时。

注 释 | ①奇树:珍贵的树木。②滋:润泽的样子。③荣:鲜花。

赏析 [这首诗的基本内容] 本篇为思妇诗,和《涉江采芙蓉》是"十九首"中最短的两首作品。这首诗以安详的语气,缓缓地由树到花,由花到人,顺序写来,最后才揭出幽闺怀人的主题。从明白浅显的风貌里表现了婉曲的思致,是"深衷浅貌,短语长情"的典型例子。

[浅貌下的深衷] 古代妇女禁锢深闺,与外界较少接触,只有庭中奇树(珍贵的树木)与之朝夕相对。她看到它的叶子渐渐变绿,看到它的花渐渐开繁,其间应有一个漫长的过程,心中想念的那人应是一天天越走越远了。在这花开堪折的时候,她不失

其时地攀折，很想把它寄给远方的那人，以表达自己的情意。但这个想法不能实现，"路远莫致"语出《诗经·卫风·竹竿》"岂不尔思，远莫致之"。尽管花儿芬芳馥郁，香满衣袖，但只让人感到遗憾，感到可惜。其实花也不是特别贵重的东西，也没有什么可惜，可惜的是时光一去不再回来了。"此物何足贵，但感别经时"，辞若无多遗憾，其实乃深憾之；辞若轻描淡写，其实令人深长思之。末句语淡情浓，所谓深衷浅貌，正要从这种口气细细体味。

[看似寻常最奇崛] 通篇只就"奇树"一意写去，由奇树而绿叶，而发花，而折花，而献花，而惜花，而不惜，层层写来，于层出不穷之际，偏以"此物何足贵"一语反振出"但感别经时"，点到为止，不更赘一语，如山脉蜿蜒，到大江以峭壁截住，"看似寻常最奇崛"。换了稚嫩的作者，不再加上两句，是不会放心的。

迢 tiáo 迢牵牛星

迢迢牵牛星①，皎 jiǎo 皎河汉女②。纤纤擢 zhuó 素手③，札札弄机杼 zhù④。终日不成章，泣涕零如雨。河汉清且浅，相去复几许？盈盈一水间，脉脉不得语。

注 释 ①迢迢：遥远的。②皎皎：明亮的。河汉女：织女。③擢：摆动。④机杼：织布机上的梭子。

赏析 [借用天上双星写人间离别] 这首诗通首采用比体，借天上双星，写人间别离。我们今天说夫妻两地分居，不是还常常借用"牛郎织女"的说法么？牛郎织女的故事是古老的爱情传说，表达了广大人民群众共同的情感、愿望和理想，极富人民性。

[立足于织女的角度] "迢迢牵牛星"和"皎皎河汉女"对举，好像是双管齐下，其实已有侧重，说牵牛星是迢迢的，就是立足于织女星而为之辞。接着八句只写织女，但细看来每句话里都有牛郎存在，"迢迢"两字实是全诗的脉络。后文明说"河汉

清且浅，相去复几许?"意思是说牛郎本非迢迢，只是一水相隔而已，然而隔河千里，岂非迢迢？也就是《西厢记》"隔花阴人远天涯近"的意思。"盈盈一水间"的"盈盈"，并不是形容水的，《文选》注为"端丽貌"，下面"脉脉"，则是"相视貌"，都是形容织女的。"迢迢"二字总括织女想望牛郎的心境，所以"终日不成章，泣涕零如雨"也。织女如此，牛郎如何？从"脉脉不得语"一句看，他也在隔河相望。"单相思"究竟还是两相思。

[与"涉江采芙蓉"的比较] 朱光潜说，这首诗和《涉江采芙蓉》在写法上有许多足资比较之点。其一是彼诗是站在涉江的当事人的地位写的，是涉江人在自诉衷情，这首诗却是站在旁观者的地位叙述的，即有第一人称与第三人称的分别。

[关于最后的四句] "泣涕零如雨"是在故事发展的顶点，"河汉清且浅"以下四句只是说明泣涕的原因，而全诗中最哀婉动人的正是这最后四句。它好像是诗人说的，又好像是织女自己说的。究竟是谁说的呢？就全诗结构说是诗人在间接叙述，就情致而言是织女自己在诉说心事。读者须体会到这两个观点的分别和统一，才能见出这四句的妙处。

❈ 客从远方来 ❈

客从远方来，遗 wèi 我一端绮①。相去万余里，故人心尚尔。文彩双鸳鸯，裁为合欢被。著 zhù 以长相思②，缘以结不解③。以胶投漆中，谁能别离此④。

注释　①遗：赠送。一端：半匹。绮：有花纹的绫。②著：在衣被中装棉叫著。③缘：沿边装饰。④别离：作分开、拆散讲。此：指爱情。

赏析 [这首诗的主要内容] 这也是一首思妇诗。它似乎就是前首后半部分的一个变奏，抒写了一位思妇收到丈夫从远方捎来的礼物的兴奋与喜悦之情。

［来自远方的馈赠］读这首诗要注意它的双关修辞。"客从远方来,遗我一端绮",首先是叙述一个事实。俗话说"千里送鹅毛,礼轻情意重",何况还是二丈长的带有鸳鸯图纹的素缎呢,又是万里以外的丈夫捎来的,那意义真是不同寻俗了。解此,方会得"相去万余里,故人心尚尔"所含的受宠若惊之语气。

［诗中奇思之一］其次,这里的"绮",字形是奇丝,双关奇思也。而全诗即写思妇之奇思——她用这料子来做件什么东西呢?不是做上襦,不是做下裙,而是"裁为合欢被",所谓合欢,也就是夜合花,又叫马樱花,羽状复叶,夜则对合,是夫妇好合的象征。奇思一也。

［诗中奇思之二］被的中间装绵,谓之"著";被子四边缀饰,谓之"缘"。"著以长相思",即著以绵也,以绵有丝且长故云;"缘以结不解",缘边的丝缕打的是死结也。而字面双关的是相思绵长,缘结不解。奇思二也。

［诗中奇思之三］意犹未已,再出一喻:"以胶投漆中,谁能别离此。"当时的生活经验,世上唯有胶漆的黏合力最强,一旦粘上,就难分难解。旧小说喻男女好合为如胶似漆,实本于此诗。奇思三也。诗中双关隐语的运用,工致贴切,精丽绝伦,已得六朝民歌风气之先。

曹操

(155—220)字孟德，小字阿瞒，东汉沛国谯县（今安徽亳州）人。汉末举孝廉，任洛阳北部尉、顿丘令；后拜骑都尉，攻打黄巾军。初平元年（190）参与讨伐董卓之战，实力得以扩充。建安元年（196）年奉迎汉献帝定都许昌，拜司空，封武平侯，次第击败袁绍等割据势力，统一北中国。失利于赤壁之战。三国鼎立时，进封魏王。后其子曹丕代汉称帝，追尊之为魏武帝。其诗慷慨悲凉，全用乐府诗体，对后世影响深远。有明辑本《魏武帝集》。

❋ 蒿里行① ❋

关东有义士②，兴兵讨群凶③。初期会盟津④，乃心在咸阳⑤。军合力不齐，踌躇而雁行⑥。势利使人争，嗣还自相戕qiāng⑦。淮南弟称号⑧，刻玺于北方⑨。铠甲生虮jǐ虱，万姓以死亡。白骨露于野，千里无鸡鸣。生民百遗一，念之断人肠。

注释 ①蒿里行：古代送葬时用的挽歌。②关东：指函谷关以东。义士：指关东诸郡讨伐董卓的诸将领。③群凶：指董卓及爪牙。④期：期望。盟津：即孟津，在今河南省孟州南。⑤咸阳：秦的首都，在今陕西省咸阳市东。⑥踌躇：徘徊，迟疑不进之状。⑦自相戕：自相残杀。戕：杀害。⑧淮南：淮河下游南部以至长江以北地方。⑨玺：皇帝所用的印。

赏析 [这首诗的历史背景]《蒿里》和《薤露》都是送葬唱的挽歌，但后者哀挽的对象是王公贵人，而前者哀挽的对象则是士大夫庶人。本篇追记汉末史实，哀伤战乱中死亡的人民。诗中所述史实是：初平元年正月，关东各州郡十余路诸侯推渤海太守袁绍为盟主，兴兵讨伐董卓。董卓纵火焚烧洛阳，挟持献帝到长安。当时形势本来对义军有利，但由于袁绍等人各怀异心，观望不前，乃至相互攻袭，使联合军事行动流产，从此天下陷于军阀混战，血流成河，十室九空，灾难空前。本篇即以沉重的笔墨，回顾反思了这一段历史，谴责制造战乱的历史罪人，充满悲天悯人的情怀。

[前四句中包含的史实] 前四句用沉重的笔墨叙述起兵之初，讨卓联军最初是以匡扶汉室的正义旗号吊民伐罪。相传武王伐纣时和诸侯会于盟津，而刘项亡秦则以入咸阳定关中为目标，诗中合用这两个典故，以叙时事。就全诗来说是先扬后抑。因为这支联军中各路军阀，都想伺机扩充自己的力量，所以"军合力不齐"。史载董卓在洛阳大焚宫室，自恃兵强，而袁绍等彼此列兵观望、莫肯先行——"踌躇而雁行"，意在保存各自的力量。

[中间数句包含的历史事实] 史载当时曹操对联军的驻兵不动十分不满，于是独自引领三千人马在荥阳迎战董卓部将徐荣，虽然失利，却表现了他的立场。不久，联军由于势利之争，酿成一场内讧，袁绍、韩馥、公孙瓒等，发动了汉末的军阀混战。袁绍与异母弟袁术公开分裂，建安二年，袁术在淮南僭称帝号；而早在初平元年袁绍就与韩馥谋废献帝，立幽州牧刘虞为帝，当时曾向曹操出示过一枚金玺，已暴露其野心。前十句就用简洁的语言，将关东之师从聚合到离散的过程原原本本地写出来，成为历史的真实记录，可谓诗史。

[一个生动的细节] 军阀们制造战争，战争则制造饥荒、瘟疫和死亡。"铠甲生虮虱"是一个极其生动的细节，将战争的旷日持久，士卒们人不卸甲、马不解鞍，不堪其苦的状况，和盘托出。至于老百姓的处境，自然又在士卒之下。"白骨露于野，千里无鸡鸣"是又一个令人触目惊心的细节。在古代农业社会，六畜之中，唯鸡与犬是最普遍的家畜，可作为"人家"的代名词（故有"鸡犬之声相闻""一人得道，鸡犬升天"等说法），"无鸡鸣"等于说无人烟。这几句写兵连祸结之下，生产破坏，民生凋

敝，哀鸿遍野，堪称典型、深刻、有力，写出了一个人间地狱。

[这首诗中的人文关怀] 那是一个绝无温情的时代，诗的结尾却生出"生民百遗一，念之断人肠"的感喟，情不自禁，无一丝造作。前人评其诗说"此老诗歌中有霸气，而不必王；有菩萨气，而不必佛""一味惨毒人，有能道此，声响中亦有热肠，吟者察之"（谭元春）。如此诗结句，一方面表现出大慈悲，一方面隐含方今天下舍我其谁的责任心。刘勰所谓"志深笔长"在此。

[这首诗的造诣] 借古乐府写时事，是曹操的发明，遥启杜甫诗史。诗中从兴兵讨卓到军阀混战，展示了一个从义到不义的变化过程，也就是军阀野心逐渐暴露的过程。在描写这个过程时，诗人不一顺平放，而注意时时提笔换气，如首四句，写得堂堂正正，"军合力不齐"以下则每况愈下，最后点明军阀各有称帝野心，层层剥笋，步步深入，故饶有唱叹之音。诗的前半是历史事件纵的叙述，后半则是社会现象横的描绘，前半是因，后半是果，结构浑成。

❀ 短歌行 ❀

对酒当歌，人生几何？譬如朝露，去日苦多。慨当以慷，忧思难忘。何以解忧，唯有杜康①。青青子衿②，悠悠我心③。但为君故，沉吟至今④。呦呦鹿鸣，食野之苹⑤。我有嘉宾，鼓瑟吹笙⑥。明明如月，何时可掇⑦？忧从中来，不可断绝。越陌度阡⑧，枉用相存。契阔谈䜩⑨，心念旧恩。月明星稀，乌鹊南飞。绕树三匝zā⑩，何枝可依？山不厌高，水不厌深。周公吐哺⑪，天下归心。

注释　①杜康：酒。②衿：衣领。青衿：周代学子的服装。③悠悠：长。④沉吟：低声吟咏。⑤苹：艾蒿。⑥瑟、笙：乐器名。⑦掇：停止。⑧陌、阡：都是田间小路。南北叫阡，东西叫陌。⑨契阔谈䜩：勤苦聚隔，在一起谈心宴饮。⑩匝：周围。⑪吐哺：来不及吞下而吐出食物，形容为了接待客人而顾不上吃饭。

赏析 [这首诗的主要内容] 这首四言诗，其源出于《诗经·小雅》中宴飨宾客之作。诗从眼前的"对酒当歌"说起，以八句抒发"人生易老天难老"的感慨。但值得注意的是，这种人生苦短的感慨在全诗中是和建功立业的抱负紧密结合在一起的，即有着"年光过尽，功名未立"的现实忧惧，也就是他本人在《秋胡行》中所说的"不戚年往，忧世不治"。本篇所谓"慨当以慷"的"幽思"非它，就是忧世不治的意思。所以此诗和古诗中的忧生之嗟既有联系，又有本质的区别。

[诗中求贤若渴的精神] 历来开国雄主，大都知道知人善任和人心向背的利害关系，要得人才，要得人心。得人才即得有治国用兵之才，得人心首先是要得具有广泛社会影响的社会贤达或社会名流的支持。所以开国君主大都具有礼贤下士，善交各方面朋友的禀赋，曹操就是一个。他曾一反两汉以通经、仁孝取士的传统，提出"唯才是举"，要用"不仁不孝而有治国用兵之术"的人。《三国志·魏书·武帝纪》裴松之注引魏书说他"知人善察，难眩以伪，拔于禁、乐进于行阵之间，取张辽、徐晃于亡虏之内，皆佐命立功，列为名将"。同时又"昼携壮士破坚阵，夜接词人赋华屋"。陈琳早年曾为袁绍作檄文辱骂曹操为"赘阉遗丑"，后败被执，公谓曰："卿昔为本初移书，但可罪状孤而已，恶恶止其身，何乃上及父祖邪？"左右皆曰可杀，而公爱其才而不咎既往，予以重用。其求贤若渴的心情可见一斑。

[化用小雅中的名句] "青青子衿，悠悠我心"二句出自《诗经·郑风·子衿》，青青子衿是周代学子穿的衣服，诗写女子对恋人的思念，本是爱情之作，曹操赋诗言志，又自续"但为君故，沉吟至今"，就变为表现自己对贤才的思慕之情，"沉吟"二字妙，写出一副心事重重的样子。以下"呦呦鹿鸣"四句全用《诗经·小雅·鹿鸣》成句，大意是：鹿在原野上啃吃艾蒿，相呼撒欢；我高兴地设宴款待朋友，奏起管弦。"明明如月"二句

再兴幽思，"辍"字是了结的意思，"忧从中来，不可断绝"，与前文幽思难忘呼应。以下复承"我有嘉宾"，对远道来归的朋友表示由衷的感谢，这些人中有老朋友，也有新朋友。

[诗人的兴会不浅] 诗中"枉用相存""心念旧恩"一类话，多么家常，多么富于人情味，哪里有上司下级的区分，完全是平等相待，这正是古今大政治家接人待物的风度，气量十分地令人感动。以下又回到明月的兴语上来，以"月明星稀，乌鹊南飞。绕树三匝，何枝可依"的兴象，隐喻当时还有大批贤士尚在歧路徘徊，无所因依，唯以妙写月夜之景，可见其兴会不浅。

[最后几句的意味] "山不厌高，水不厌深"两句出自《管子》："海不辞水，故能成其大；山不辞土石，故能成其高；明主不厌人，故能成其众"，而歇后一句"明主不厌人"。结尾用《韩诗外传》中周公的故事自譬，点醒题旨。周公为人，极为礼贤下士。当官的一般都讨厌在吃饭时会客，而周公不然，如果在吃饭时遇到客人来访，一定放下筷子，出面接待。所谓"吐哺"，即吐掉口中咀嚼的食物。像这样虚心纳士，尊重他人，怎能不使天下归心呢。周公本来是武王之弟，也是有资格继承王位的，但他并无野心，当时成王（武王之子）年幼，他以亲王摄政，平定武庚之乱，营建成周洛邑，订制礼乐制度，是奴隶制时代颇有建树的大政治家。曹操每以周公自比，是颇见其志的。

❋ 观沧海 ❋

东临碣 jié 石①，以观沧海。水何澹 dàn 澹②，山岛竦 sǒng 峙③。树木丛生，百草丰茂。秋风萧瑟④，洪波涌起。日月之行，若出其中；星汉粲烂⑤，若出其里。幸甚至哉，歌以咏志。

| 注 释 | ①碣石：山名，在今河北昌黎县北。②澹澹：水面起伏动荡的样子。③竦峙：耸立的样子。④萧瑟：秋风的声音。⑤星汉：银河。粲烂：灿烂。 |

曹 操

赏析 [写作背景] 诗作于建安十二年（207）北征乌桓得胜回师的途中。汉末群雄并起逐鹿中原，居住在辽西一带的乌桓强盛起来，成为河北一带严重边患。建安十年，袁绍死，其子谭、尚逃到乌桓，勾结乌桓统治者多次入塞为患，使曹操处于南北夹逼的不利境地（南为割据荆襄的刘表、刘备）。为了摆脱被动局面，曹操采用谋士郭嘉的意见，于建安十二年夏率师北征，九月胜利回师，途经碣石等地。曹公御军三十余年，手不释书，登高必赋，于此踌躇满志之际，写下了这首《观沧海》。

[水在画处也在无画处] 这首诗的写法概括而言，便是平直叙起，渐入佳境，大笔涂抹，以气象取胜。诗从眼前写起，就像一个速写画家，随笔涂抹着，几乎不费吹灰之力：几根线条先写一片汪洋，再点出中间的几个岛屿，再就是岛上的草树，再就是一片空白——什么也没有，而水在画处，亦在无画处。

[写出自然与心灵的感应]"秋风萧瑟，洪波涌起"之句，才逐渐加入观海人心中的激情，写出自然与心灵的感应，参会苏轼"乱石穿空，惊涛拍岸，卷起千堆雪"及毛泽东"心潮逐浪高"

之句，方能领悟其神韵。正因为这种感应，才引起诗人逸想遄飞，脱离写实，而进入宏丽的想象境界。日、月、银河皆出于大海，是古人的浪漫想象，站在海边的人，却忽然想起古已有之的说法，而产生十分新异的感觉，发现未曾发现的意味。

[境界的升华] "日月之行，若出其中；星汉粲烂，若出其里"——这是对大海的礼赞，海是这样宇宙般地包容一切呀！站在大海边上，什么虚骄，什么烦恼，什么浮躁，统统都化为乌有了。有什么比大海更能教人虚心的呢？难怪诗人口气是这般平和。在大海面前，人的战伐功业，实在不值一提。这才是大手笔。诗结尾的"幸甚至哉，歌以咏志"虽是乐府套语，但用在这里，其潜台词含有为凯旋而感谢上苍赐福之意，是一种知足的口吻。删去这两句，反会觉得少了点什么。

[文学史上第一首山水诗] 这首诗从眼前景物——海水、山岛、草木、秋风，写到想象中的日、月、星辰，都是自然的意象，这样纯粹写景的诗，在我国文学史上是一个创举，是第一首完整的山水诗。第一首就写海，而且由雄才大略的曹操来写，起点甚高。首诗写在秋天，却写得沉雄健爽，气象壮阔。这与诗人积极用世的人生观，非凡的气度品格，解除边患后踌躇满志、自信乐观的心情，乃至美学情趣都是紧密相关的。从这个角度说，它又是一首不折不扣的抒情诗。

[毛泽东的赞美] 毛泽东《浪淘沙·北戴河》是写海的词，过片云："往事越千年，魏武挥鞭，东临碣石有遗篇。萧瑟秋风今又是，换了人间。"表现对曹诗的熟悉和高度评价。

❀ 龟虽寿 ❀

神龟虽寿，犹有竟时。腾蛇乘雾①，终为土灰。老骥jì伏枥lì②，志在千里。烈士暮年，壮心不已。盈缩之期③，不但在天④。养怡yí之福⑤，可得永年⑥。幸甚至哉，歌以咏志。

注　释 | ①腾蛇：传说中一种会飞的蛇。②骥：良马。枥：马槽。③盈

曹　操

神龟图

缩：寿命的长短。盈，满。缩，亏。④不但：不只。⑤养怡：修身养性。⑥永年：长寿。

赏析

[这是一首格言诗] 曹操平定乌桓归来这年53岁，在古人已经是感伤老大的年纪，不免要想到生与死的问题。

[关于这首诗的起兴] 古人认为龟是一种长寿的动物，而腾蛇是一种本领很大的长虫。《庄子·秋水》云："吾闻楚有神龟，死已三千岁矣。"《韩非子·难势》云："飞龙乘云，腾蛇游雾，云罢雾霁，而龙蛇与蚓蚁同矣。"这首诗开篇四句，是说再长寿、再不凡的生命，都有一个结束。这是自然规律，但不是所有的人都能正视，伟大如秦皇汉武，不免服食求仙，为人所愚，为药所误。而这首诗直言人所歆羡的神物，也有化为土灰、归于竟时的一天。没有说出的话是"死不可怕"——既是规律，就理应视死如归，予以正视和承认。

[一个精彩的比喻] "老骥伏枥"四句一反通常文人叹老嗟衰的习气，以老马为喻，抒发老当益壮、锐意进取的豪情。在古代，马与人特别是与战士的关系十分密切，以"老骥"譬老英

雄，堪称恰切。对死亡的态度如何，是考验凡夫与壮士的试金石。面对这个问题，有的人感到无所作为，坐以待毙；有的人及时行乐，醉生梦死。壮士不然，虽然到了垂暮之年，心中依然激荡着豪情，仍不肯守着老本，还想更立新功。这一层意思极为可贵，可以概括为"死而后已"——而及时建功立业，且不断建立新功，在某种意义上也就超越了死，所以其基调是积极、乐观的。

[关于养生之道] 以下四句再进一层，是说"养生有道"——人生通过正确的方法，是可以健体强身，可以取得相对"永年"即长寿的。曹公不同于庄子，他是肯定寿命长短的差异的，长生不可能，而长寿却是可能的，不但是可能的，而且是个体生命理当追求的。联系上文，可以领会，曹公所谓"养怡之福"，绝不是纯粹的运动锻炼和悉心静养，而首先是保持一种良好的精神状态，即要"壮心不已"——自强不息，焕发青春，思想愉快，自可延年。这种健身法，肯定了人在年命问题上的主观能动作用，是富于辩证与唯物精神的，因而也是得了养生之奥秘的。

[这首诗的哲理意味] 告诉人们，不必为寿命而烦恼，也不必因年暮而消沉，一个人的精神风貌对于身心健康是非常重要的。《龟虽寿》哲理意味很浓。由于运用比兴手法，其哲理盖又出生活实感，故能感情充沛，做到了情、理与形象的交融。诚如陈祚明所说："名言激荡，千秋使人慷慨。"（《采菽堂古诗选》）

曹植

曹植　(192—232)字子建,曹操子。汉末建安中封平原侯,徙封临菑侯,以才学为曹操所重,几欲立为太子。魏立,于文帝、明帝两朝备受猜忌,怀志难伸,郁郁而终。五言诗以笔力雄瞻、辞采华美见长。有宋辑本《曹子建集》,今有《曹植集校注》。

❊ 送应氏 ❊

步登北邙坂 bǎn①,遥望洛阳山。洛阳何寂寞,宫室尽烧焚②。垣墙皆顿擗 pǐ③,荆棘上参天。不见旧耆老,但睹新少年。侧足无行径,荒畴不复田④。游子久不归,不识陌与阡。中野何萧条,千里无人烟。念我平常居,气结不得言。

注释　①北邙:山名,在洛阳东北。②宫室句:初平元年(190),董卓挟汉献帝迁都长安,把洛阳的宗庙宫室付之一炬。③顿:坍塌。擗:分裂。④畴:田亩。田:耕种。

赏析　[这篇文章的写作背景]本篇是建安十六年(211)曹植随父西征马超,路过洛阳,适逢应场、应璩兄弟将有北方之行,此为送行之作。原两首,本篇写洛阳遭董卓之乱后的残破景象。光熹元年(189)灵帝死,大将军何进和袁绍、袁术等密召董卓带兵来京城洛阳剪除宦官,卓兵未至,何进因谋泄被诛。董卓进京后立陈留王为献帝,控制中央政权。初平元年关东州郡结成联盟,起兵讨伐董卓,董卓遂焚掠洛阳,迁都长安。时隔20年后曹植来到洛阳,洛阳还处在一片废墟之中,本篇真实反映了董卓之乱造成的灾难,抒发了作者伤时念乱之情。

[确立洛阳人的角度] 北邙山本是汉代公卿贵族死后的埋骨之地，常常引起人们的感伤情绪，何况遥望昔日繁华似锦的故都，如今已化为灰烬，更增感伤。"不见"二句写物换人移，有不胜今昔之慨。"侧足"句以下，复从久别回乡的洛阳游子的角度，将上述悲慨引向深入。就对洛阳的感情和熟悉程度而言，外人都不如洛阳人感受深切。有这一段抒写，本篇才不同于《芜城赋》，才不同于一般的怀古幽情，而是深切的现实的感伤。因为应氏曾家洛阳，故一般认为诗中所谓"游子"，系代应氏立言。

[风格浑成] 本篇重点放在描写遥望洛阳的荒芜残破，纯出白描手法；最后带出游子，归结到题面上来。全诗自然流走，一气直下，没有起承转合的章法，于不经意中表现出亲身的感受和忧国忧民的情怀，汉魏诗所以为高。

❀ 白马篇 ❀

白马饰金羁 jī①，连翩西北驰。借问谁家子，幽并游侠儿②。少小去乡邑，扬声沙漠垂③。宿昔秉良弓④，楛 hù 矢何参差⑤。控弦破左的⑥，右发摧月支⑦。仰手接飞猱 náo⑧，俯身散马蹄⑨。狡捷过猴猿，勇剽 piāo 若豹螭 chī⑩。边城多紧急，虏骑数迁移。羽檄 xí 从北来⑪，厉马登高堤⑫。长驱蹈匈奴，左顾陵鲜卑⑬。弃身锋刃端，性命安可怀？父母且不顾，何言子与妻！名在壮士籍，不得中顾私⑭。捐躯赴国难，视死忽如归。

注 释　①羁：马络头。②幽并：幽州和并州，现在河北、山西和陕西诸省的一部分地方。③垂：同陲，边远的地区。④宿昔：昔时。秉：操持。⑤楛矢：用楛木做箭杆的箭。⑥控弦：拉弓。⑦月支：箭靶。⑧猱：猿类。⑨散：摧裂。⑩剽：行动轻捷。螭：传说中形状如龙的黄色猛兽。⑪羽檄：紧急军用文书。⑫厉马：奋马，策马。⑬陵：践踏之意。鲜卑：古代我国东北方的一个少数民族。⑭中顾：内心顾念。

赏析 [这首诗寄托着作者的壮志] 这是一篇正面歌颂武艺超群而以身许国的英雄人物的诗。诗中的白马少年并非现实生活中某个具体的豪侠人物,而是作者按其理想塑造的一个高大形象。作者《求自试表》云:"臣昔从先武皇帝,南极赤岸,东临沧海,西望玉门,北出玄塞,伏见所以行师用兵之势可谓神妙也!"其志在"擒权馘亮,""虽身分蜀境,首悬吴阙,犹生之年也"。可见在诗中描写的人物身上,也寄托着作者的抱负。

[先刻画白马少年的形象] 先用两句描写白马少年的形象。从"借问谁家子"到"勇剽若豹螭",插叙或补叙少年的经历、身份——原来是一位久经沙场而武艺高强的英雄。这里问答式和上下左右的铺陈描写,自然是学习汉乐府民歌的表现方法。幽、并二州古称多感慨悲歌之士,这位"幽并游侠儿"的行侠仗义的品格也就是天生就有、"出乎其性"的了。古人比武最重要的一项是射箭,诗中人左右开弓,纷纷中的。这里"参差",当训为纷纭。这段铺叙的必要性在于突出为国效力亦当身手高强。

[补叙白马少年为何赴边] 从"边城多警急"到"左顾陵鲜卑",上接篇首,说明白马少年快马赴边所为何事。盖汉魏时期,北边的匈奴和鲜卑常为边患,诗中将两族同写可见并非实指某一具体的战争,而是泛泛虚拟。

[最后的豪言壮语] "弃身锋刃端"到"视死忽如归"为最后一段,直抒以身许国的豪情。即郭茂倩总结的"言人当立功立事,尽力为国,不可念私也"(《乐府诗集》),大义凛然,慷慨激昂之至。

[这首诗对唐人的影响] 从边塞诗史上看,这首诗地位不容低估。盛唐诗人笔下的游侠少年的勇武精神与形象,似皆脱胎于此,如王维"出身仕汉羽林郎,初随骠骑战渔阳。孰知不向边庭苦,纵死犹闻侠骨香","一身能擘两雕弧,虏骑千重只似无。偏坐雕鞍调白羽,纷纷射杀五单于"(《少年行》),岑参"万里奉王

事，一身无所求。也知塞垣苦，岂为妻子谋"（《初过陇山途中呈宇文判官》），从形象到语言皆可见此诗影响。

野田黄雀行

高树多悲风，海水扬其波。利剑不在掌，结友何须多！不见篱间雀，见鹞 yào 自投罗①？罗家得雀喜②，少年见雀悲。拔剑捎 shāo 罗网③，黄雀得飞飞。飞飞摩苍天④，来下谢少年。

注释 ①鹞：鹰类。②罗家：设罗捕雀的人。③捎：除。④摩：迫近。

赏析 [开篇渲染气氛] 这是一篇寓言诗。首二句以兴起，"高树多悲风，海水扬其波"是一种虚拟的景物描写，因为全诗内容与大海实无联系。既然是兴起，多少就有些象征的意义。前人以为"树高多风"（树大招风），"海大扬波"（张玉谷《古诗赏析》），"风波以喻险恶"（朱乾《乐府正义》），是有一定道理的，两句渲染出悲凉的气氛，构成全诗的基调。

[主题句的背景] "利剑不在掌，结友何须多"为全篇主旨所在。它表明作者的现实处境不妙，而诗的作意与结友有关。陈祚明所谓"此应自比黄雀，望救于人，语悲而调爽；或亦有感于亲友之蒙难，心伤莫救"（《采菽堂古诗选》）。作为贵介公子，曹植是十分喜好交游的，如其知交丁仪兄弟一度甚得曹操信任，然而曹操病故后，曹丕继位魏王，为了剪除曹植羽翼，立即就把丁氏兄弟杀了。丁氏兄弟曾多方求救，无济于事。曹植本人自身难保，也就只能眼睁睁看着他们延颈就戮。"利剑不在掌，结友何须多"，正是这种现实处境和心情的真切反映。

[诗中的寓言故事] "不见篱间雀"到篇末八句，以"不见"二字一气贯注，以象喻意，拟物于人，讲述了一个关于迫害和反迫害的寓言故事。其中角色有四：一为雀——喻受害者；一为

鹞，一为罗家——喻加害者；一为少年——喻路见不平，拔刀相助，为人排难解纷者。"罗家得雀喜，少年见雀悲"二语，绘声绘色以做对比，于平叙中自然转折，改变了雀的命运，因势一结——"拔剑捎罗网，黄雀得飞飞。飞飞摩苍天，来下谢少年"，这天真有味的一结化沉重为轻快，悠然如春风之微歇。但故事中的少年这一角色，乃出于虚构，"现实中没有，就造一个"（乔治桑语），此之谓浪漫手法。唯其出于虚构，所以全诗仍以悲凉为基调。

[作者相关的其他作品] 这首诗的特色表现在以动物故事做寓言，曹植有一系列以动物为题的诗赋，如《蝙蝠赋》《神龟赋》《鹦鹉赋》《白鹤赋》《鹞雀赋》等，《鹞雀赋》写鹞欲取雀，雀向鹞求饶而不得，结果依一枣树得以幸免，即与本篇寓意近似。这种手法本出《诗经》，但汉魏诗中已经少见，曹植这类作品也就引人注目。

[此诗的民歌风格] 此诗运用汉乐府民歌常见的手法，如反诘——"不见篱间雀，见鹞自投罗"，如接字即顶真——"见鹞自投罗，罗家得雀喜"，"黄雀得飞飞。飞飞摩苍天"。全诗语言平易，节奏明快，也就更接近民歌了。

蔡琰

字文姬,东汉陈留圉(河南杞县)人。蔡邕女。自幼博学,妙于音律。嫁河东卫仲道,夫亡无子,归宁母家。汉末董卓之乱中,被掠入南匈奴十二年,生二子。建安十二年(207)被曹操遣使赎回,嫁屯田都尉董祀。今存诗及断句三首,另有《胡笳十八拍》,或以为伪作。

❀ 悲愤诗 ❀

汉季失权柄,董卓乱天常①。志欲图篡弑,先害诸贤良。逼迫迁旧邦,拥主以自强。海内兴义师②,欲共讨不祥。卓众来东下,金甲耀日光。平土人脆弱,来兵皆胡羌③。猎野围城邑,所向悉破亡。斩截无孑遗,尸骸相撑拒④。马边悬男头,马后载妇女。长驱西入关⑤,迥 jiǒng 路险且阻。还顾邈冥冥⑥,肝脾为烂腐。所略有万计,不得令屯聚。或有骨肉俱,欲言不敢语。失意机微间,辄言毙降虏:"要当以亭刃,我曹不活汝!"岂复惜性命,不堪其詈骂。或便加棰杖,毒痛参并下,旦则号泣行,夜则悲吟坐。欲死不能得,欲生无一可。彼苍者何辜?乃遭此厄祸!边荒与华异⑦,人俗少义理。处所多霜雪,胡风春夏起。翩翩吹我衣,肃肃入我耳。感时念父母,哀叹无穷已。有客从外来,闻之

文姬归汉图

常欢喜。迎问其消息，辄复非乡里。邂逅 xièhòu 微 jiǎo 时愿⑧，骨肉来迎己⑨。已得自解免，当复弃儿子。天属缀人心，念别无会期，存亡永乖隔，不忍与之辞。儿前抱我颈，问母欲何之："人言母当去，岂复有还时！阿母常仁恻，今何更不慈？我尚未成人，奈何不顾思！"见此崩五内⑩，恍惚生狂痴。号泣手抚摩，当发复回疑。兼有同时辈，相送告离别，慕我独得归，哀叫声摧裂。马为立踟蹰 chíchú⑪，车为不转辙。观者皆歔欷 xūxī⑫，行路亦呜咽⑬。去去割情恋，遄 chuán 征日遐迈⑭。悠悠三千里，何时复交会？念我出腹子，胸臆为摧败。既至家人尽，又复无中外⑮。城郭为山林，庭宇生荆艾。白骨不知谁，纵横莫覆盖。出门无人声，豺狼号且吠。茕 qióng 茕对孤景 yǐng⑯，怛 dá 咤 zhà 糜肝肺⑰。登高远眺望，魂神忽飞逝。奄若寿命尽，旁人相宽大。为复强视息，虽生何聊赖？托命于新人⑱，竭心自勖厉。流离成鄙贱，常恐复捐废⑲。人生几何时，怀忧终年岁。

注释 ①汉季：汉末。天常：天的常道。乱天常犹言悖天理。②兴义师：初平元年（公元190年）关东州郡将领以袁绍为盟主起兵讨董卓。③胡羌：少数民族。④无孑遗：一个都不留。撑拒：堆积叠压。⑤关：指函谷关。⑥邈：遥远。冥冥：迷茫不清。⑦边荒：边远之地，指匈奴。华：指中华。⑧邂逅：不期而遇。⑨骨肉：喻至亲，这里指曹操派来赎她回去的使者。⑩五内：五脏。⑪踟蹰：徘徊不前。⑫歔欷：悲泣抽泣。⑬行路：路过的人。⑭遄征：疾行。日遐迈：一天天地离得远了。⑮中外：中表亲戚。⑯茕茕：孤独貌。⑰怛咤：悲痛而惊呼。⑱新人：措董祀。⑲捐废：被遗弃。

赏析

[这首诗的性质] 这是蔡文姬的自传诗，也是杜甫以前第一篇文人自传体长篇叙事诗，共540字。它真实生动地记录了在汉末大动乱中诗人独特的悲惨遭遇，也写出了人民，特别是在战争中饱经蹂躏的女性共同的苦难，具有史诗的性质。

[汉末动乱的亲身见闻] 从"汉季失权柄"到"乃遭此厄祸"

四十句为一大段，写诗人在汉末兵乱中的亲身经历。前十四句（篇首至"所向悉破亡"），写董卓之乱，它概括了中平六年（189）到初平三年（192）约三四年的动乱情况，诗中所写，均有史可证，亦可与曹操《蒿里行》相参看。"斩截无孑遗"以下八句，写卓众对人民进行野蛮屠杀与疯狂掠夺的罪行，据《三国志·魏书·董卓传》载："（卓）尝遣军到阳城，时适二月社，民各在其社下，悉就断其男子头，驾其车牛，载其妇女财物，以所断头系车辕轴，连轸而还洛，云攻贼大获，称万岁。入开阳城门焚烧其头，以妇女与甲兵为婢妾。"与此诗所写"斩截无孑遗，尸骸相撑拒。马边悬男头，马后载妇女"同属这场浩劫之实录。"平土人脆弱"的"脆弱"二字准确地写出手无寸铁的平民在乱兵面前，特别是在剽悍的胡兵面前无助的处境，于是男子成了屈死鬼，女子沦为慰安妇。初平三年春，董卓部将李傕、郭汜军大掠陈留、颖川诸县，其部队中杂有羌胡兵（"来兵皆胡羌"），蔡琰即于是时被掳。"马边悬男头，马后载妇女"云云，实已超越个人悲惨遭遇，而着眼于当时民众共同遭遇的苦难。以下十六句述在集中营的生活，诗言所掠万计，不令屯聚。"或有骨肉俱，欲言不敢语"，以纪实的细节十分逼真地再现了集中营灭绝人性的管制和恐怖的气氛。还有乱兵辱骂俘虏的冷血冷面与穷凶极恶，活灵活现，绘声绘色，"要当以亭刃，我曹不活汝"等于说"给你龟孙子一刀，老子要你的命"。

[飘泊生涯中的惨痛遭遇] 从"边荒与华异"到"行路亦呜咽"亦四十句为二大段，写流落异域思念故土之情及得归故乡时的抛子之痛。这是《悲愤诗》中最重要的一段，写出了诗人独具的、千古不能有二的命运"奇冤"，那就是作为被掠夺的妇女，不得已在匈奴婚配生子，于是，故国亲老之思和膝下幼子之爱，对于诗人同等揪心的感情，现在奇怪地变成了不容得兼的熊与鱼，一旦要她自己做出选择，就等于是让她自己把心剖成两半（故曰"割情恋"）。这就是蔡文姬的悲剧！先是流落天涯见不到

故乡热土和白头亲老的赤子悲剧——"边荒与华异"等十二句所写即此,"少义理"三字以少总多,写出了流落边荒,因文化的排异而不能适应的心理感觉,概括了被侮辱被蹂躏的许多难堪;又由霜雪胡风,引出对父母的思念;以下写有客来访,以为是乡亲,一问却差得远,凡此都深刻写出她希望归根的故国之思。天从人愿,曹公遣使来迎,归国几乎是不容考虑的选择时,却又导致了慈母与幼子诀别的悲剧——"邂逅徼时愿"以下写此。像这样并不直接或不完全属于人为的悲剧,人们往往只能归之于命运,用俗话来说,蔡文姬的命实在太苦了。诗人给我们刻画了如此真实而摧人泪下的场面:一方面是天真无邪的孩子,根本不相信母亲即将扔下他们远走高飞的"流言",要母亲来加以证实,几句质问使为母亲的五内俱焚,恍惚若痴,唯有号泣着抚摩孩子,陷入深深矛盾痛苦之中。即将归国、绝处逢生的意外欢喜,已不成其为欢喜。另一方面是同时被掠,流落南匈奴看不到生还希望的女性难友,对文姬归汉的幸运羡慕死了,竟情不自禁地号啕大哭。"马为立踟蹰"四句营造气氛,更加强了悲剧意味。如此力透纸背的描写,非亲身经历者难道其只字的。

[归汉后的失落心态] 从"去去割情恋"到篇末二十八句为三大段,写诗人回到家乡的情况。诗中人感情不像离别时那样激动,但更深沉,更悲凉。使得诗人强忍着极大痛苦归国的是什么呢?无非是对山河的思念,对故国乔木的思念,对父母的思念,对亲故的思念,对自己生小熟悉的一切事物的思念。然而回到家乡全然不是那么回事——家人没有了,亲戚没有了,城市毁坏了,熟悉的一切都荡然无存,留下的只是战争的创伤,诗人压根儿就是在寻一场梦,但这场梦早已烟消云散。诗人悲伤极了,"旁人相宽大",可这种悲伤是无法安慰的。"托命于新人"以下,写想要努力重建生活,然而谈何容易。首先是丧失了生活乐趣;其次是经过一番流离,精神创伤无法平复,姑且不论别人怎么想,首先是自己就摆不脱自卑心理,总是担心别人的轻贱。诗人

的笔力之深刻，还在于它如此真实反映了时代、命运加在妇女身上的沉重精神枷锁，这也是制造女性悲剧的一大原因。

[汉末文人诗中的力作]《悲愤诗》有的地方是大处着笔，如开篇写董卓之乱，几笔就交代出时代背景，二段开头"边荒与华异，人俗少义理"更是高度概括，一笔带过。这些交代都有必要，它们使全诗具有很强的时代气氛和立体纵深之感。有的地方进行细节描写，极为生动，如集中营里的情景，和归汉时别子的情景。这种细节描写，使全诗具有浓厚的生活气氛，具有史诗的规模。虽然是一首叙事之作，但全诗情系乎辞。全诗叙事以时间先后为序，以个人遭遇为主线，言情以悲愤为旨归。所谓悲愤非它，乃是对战祸造成对妇女人权的践踏和伤害的控诉，诗以受害者的特殊身份道来，自然惊心动魄。蔡琰给千古读者展示的是一颗被损害的妇女的心，尤其是一颗破碎的母亲的心——作者为突出这一点，用了回环往复的手法，前后有三四次关于念子之痛描写，先写"感时念父母，已为念子作影"（张玉谷），然后正面描写别子，归途又翻出"念我出腹子，胸臆为摧败"，至"登高远眺望，神魂忽飞逝"又暗收念子。诗人情感这一方面挖掘最深，此外如在集中营里遭受奴役时压抑心理，和归国后不能平复的心灵创伤的刻画，也是十分深刻的。全诗的语言浑朴，明白晓畅，无雕琢斧凿的痕迹。同时间有人物对话描写，逼真传神，与人物身份吻合。如集中营里乱兵辱骂俘虏的几句恶言，酷肖声口；又如归汉时儿子抱颈所说的几句话，绝类儿语，洋溢着天真。这种对话描写的水平与《孔雀东南飞》是可以比美的。

陶渊明

（365—427）一名潜，字元亮，晋宋间浔阳柴桑（今江西九江西南）人。东晋名臣陶侃曾孙，一生三仕三隐，于彭泽令任内弃官归里，隐居田园，遂不复仕。于宋文帝时卒，友人私谥曰靖节先生。有《陶渊明集》。

归园田居

少无适俗韵，性本爱丘山①。误落尘网中，一去三十年②。羁jī鸟恋旧林，池鱼思故渊③。开荒南野际，守拙归园田④。方páng宅十余亩，草屋八九间⑤。榆柳荫yìn后檐，桃李罗堂前⑥。暧暧àiài远人村，依依墟里烟⑦。狗吠fèi深巷中，鸡鸣桑树巅⑧。户庭无尘杂，虚室有余闲⑨。久在樊笼里，复得返自然⑩。

陶渊明像

注释 ①俗：世俗。韵：气质，性格。②尘网：尘世的罗网，泛指官场。③羁：捆缚。故：旧，原来的。渊：深潭。④南野：向南的田野。守拙：安于愚拙而不取巧。⑤方：傍，侧。⑥荫：遮蔽。⑦暧暧：昏暗不明的样子。依依：隐隐约约。⑧吠：狗叫。⑨尘杂：尘俗杂事。虚室：清静宽敞的居室。喻心室的宁静。⑩樊笼：关鸟兽的笼子，比喻尘网。

古诗词鉴赏

赏析 [组诗中的第一首] 陶渊明在辞去彭泽令后的次年,写下了《归园田居》五首,与《归去来兮辞》一样,是诗人辞旧我的别词,迎新生的颂歌。五首诗分别从辞官、居闲、农事、访旧、夜饮几个侧面描绘诗人归隐后的生活情趣,合起来是整体,分开来则具有相对的独立性。第一首写辞官归来如释重负的愉快心情。

[诗中的比喻系列] 诗一起即从少年时代养成个性说起,"韵""性"即气质禀性,"性本爱丘山"也就是"质性自然"(《归去来兮辞序》)的意思。然而渊明一生有三仕的经历,自觉在较长时间内失落了自我(或谓渊明为江州祭酒至彭泽弃官共十二年,到作诗时正好十三年,所以"三十"应作"十三"),成了"羁鸟""池鱼"。唯其是羁鸟,才深知恋旧林的滋味;唯其是池鱼,才深知离故渊的苦恼。这里"羁鸟""池鱼"的设喻,妙在"羁""池"两个定语,前应"尘网"的那个"网",后起篇末"樊笼"二字,从而形成贯穿首尾的系列比喻,是此诗在写作上的一个特点。

[诗中的关键词] 紧接写归田。"守拙"是一个关键词。"拙",相对于"巧"字而言。所谓"巧",也就是官场中的权术、机巧,也就是"机关算尽太聪明"(《红楼梦》)所谓的"机关"。曾有诗人借七夕之题发挥道:"年年乞与人间巧,不道人间巧已多!"讲机巧讲权术,就讲不得原则,讲不得持守。回到农村,参加劳动,本本分分做人,老老实实做事,机巧就派不上用场,这就是所谓的"守拙"。

[田园风光中包含的信息] 以下是一段田园风光的描绘,其中包含诸多的信息:久经战乱,地广人稀,农舍虽多草屋,宅地却也宽敞;只要投入劳动,就可再造生活,种下的榆柳在檐后形成绿荫,桃李在堂前织成绚烂,心里多么快活;村落相隔较远,人口密度不大,竹树掩映着几许田舍,天空中袅袅着几缕炊烟;

鸡犬之声相闻，象征着和平与安宁——这里信手拈来汉乐府《鸡鸣》中"鸡鸣高树巅，狗吠深宫中"，点化入"桑""巷"二字，即成田园风光；这里没有污染（"户庭无尘杂"），不像陆机所叹的"京洛多风尘，素衣化为缁"；这里有的是自由支配的时间（"虚室有余闲"），可以从事自己爱好之事。"余闲"也是一个关键词，自由支配的时间就是财富，它标志着人的解放程度。

[诗中如释重负的感觉] 正因为如此，所以诗人感到脱离官场，复返自然，实现了本性的复归，心情自然轻松舒畅。"从出世后归田，与烟霞泉石人不同。譬如潜渊脱网，无二鱼也，其游泳闲促，自露惊喜。"（蒋薰）

[陶渊明诗的深度] 诗人生在动乱时代，对现实政治不抱任何幻想。难能可贵的是他不悲观，也不疯狂，魏晋几代人中，只有他从与社会对立的自然，与城市对立的农村，与破坏对立的生产中看到希望，只有他奇迹般创造了一个桃花源，教人们无须绝望。他固然不是诗圣，没有杜甫那种悲天悯人的写实；然而他参透生活的哲理，教人在事不可为时怎样进行自我完善和维持心态的平衡。他用冲淡的五言诗，以平和从容的语调，叙述着他的愉悦和发现，他的诗有着强大的感染力，使人向真向善向美。《归园田居》的价值或许就在这里。

移居

春秋多佳日，登高赋新诗。过门更相呼，有酒斟酌之。农务各自归，闲暇辄相思。相思则披衣，言笑无厌时。此理将不胜[①]？无为忽去兹。衣食当须纪[②]，力耕不吾欺[③]。

注释 | ①此理：这样的生活。将不胜：岂不美好。②纪：经营。③不吾欺：不欺吾。

赏析 [这首诗的写作时间] 本篇作于义熙六年（410）。前年六月旧宅失火，暂时以船为家，两年后移居浔阳南村（江西九江城外),作此诗,原本二首,这是第二首。

[写移居后的生活乐趣] 前四句概写移居生活中的良辰美景与赏心乐事。因为春秋二季天气清和,是宜于登高赏景的日子,每值这样的日子,不可无友,不可无酒,不可无诗,一一写到,可谓四美具。"春秋多佳日,登高赋新诗"二句不但妙于发端,而且暗承上首末二句赏析诗文而来,篇断意连,交接十分自然。"过门更相呼,有酒斟酌之"与上二句似不连属,若作樽酒品诗解会,则又可以承接。过门招饮,大呼小叫,态度不免村野,却更见来往的随便和情意的真率。

[以农务衬托闲暇的快乐] 中四句补出农务,更见闲暇的快乐。"农务各自归",本言农忙时各自在家耕作,但与上句饮酒之事在句意上相连属,给人以酒阑人散、自忙农务的印象。言罢农忙散去,再说农闲相思,相思复又聚首,仿佛又回到过门更相呼的情景,形成一个回环往复;在句法上则相应采用顶真的辞格,强调这一重复,从而在音情上妙合无垠。这一诗情的回环不是简单的重复,而是诗意的不断深化——过门招饮,已见情意的真率;闲时相思,更见友情的深挚;披衣而起,则见招之即来;言笑不厌,是必后会有期。

[诗中包含的理趣] 末四句由肯定此次移居,进而肯定选择躬耕自资的生活道路正确无误。"此理将不胜?无为忽去兹"二句紧扣移居题目,写出在此久居的愿望——这种乐趣不比什么都美吗?切莫匆匆离开此地!不言"此乐"而言"此理",意味着诗人从任情适意的生活乐趣中悟出了一个道理,这个道理有点近乎王羲之《兰亭集序》所说的:"夫人之相与,俯仰一世,或取诸怀抱,晤言一室之内;或因寄所托,放浪形骸之外。虽趣 qū 舍万殊,静躁不同,当其欣于所遇,暂得于己,快然自足,曾 zēng 不知老之将至。"但是陶渊明欣于所遇、顺应自然的人生观,与东晋一般贵族士大夫的玄学自然观的根本不同之处,就在于它不是无所事事、自命风雅的寄生哲学,而是从劳动生活实践中悟

出的人生真谛。结尾二句承上段带出的"农务"二字，点明自然之乐的根源在于勤力耕作，这是陶渊明自然观的核心。诗人认为人生只有以生产劳动、自营衣食为根本，才能欣赏恬静的自然风光，享受纯真的人间情谊，并从中领悟最高的玄理——自然之道。它以"自然有为"的观点与士族玄学"自然无为"的观点针锋相对，是陶渊明用小生产者朴素唯物的世界观批判改造士族玄学的产物。

[这首诗与玄言诗的关系] 晋宋之际，玄风大炽，一般诗人都能谈理，玄言诗于是乎兴。而从玄言诗脱胎的山水诗，也多以自然证理，带上一个玄言的尾巴，以理赘于辞为后人所诟病。而陶渊明诗亦谈理，却能做到情中化理，以理入情。如此诗以自在之笔写自得之乐，将日常生活中邻里过从的琐碎情事织成一片行云流水，使人切实感到勤劳者得此余闲所特有的一种快乐，不待末二句明点此理，自有理趣先行于字里行间，而末二句只是画龙点睛，水到渠成。

饮酒

结庐在人境①，而无车马喧。问君何能尔②，心远地自偏③。采菊东篱下，悠然见南山④。山气日夕佳，飞鸟相与还⑤。此中有真意，欲辨已忘言。

注释　①结庐：建造住宅。②尔：如此。③偏：偏僻。④南山：指庐山。⑤日夕：近黄昏之时。相与还：结伴而归。

赏析 [其意不在酒] 萧统云："有疑陶渊明之诗，篇篇有酒，吾观其意不在酒，亦寄酒为迹也。"（《陶渊明集序》）北宋文豪欧阳修《醉翁亭记》有"醉翁之意不在酒，在乎山水之间也"的名言，即此意也。《饮酒》组诗中最为脍炙人口者，当推本篇，约作于义熙十三年（417）。

渊明醉归图

[“心远”是关键词] 陶渊明一生主张复返自然，第一步是在思想上排斥世俗的价值观，做到心静，心静则境静。此诗前四句讲的就是这个道理，虽然结庐世上，却听不到车马的喧闹——这里的"车马喧"，固可实指上层人士间的交往，也可以象征世俗的争竞，此中关键，在于"心远"二字。"远"是玄学的基本概念之一，指超脱于世俗利害的、淡然自足的精神状态。

[篇中警策之句] "心远地自偏"是一篇之要言妙道，陶渊明的崇拜者、大书法家颜真卿"心正则笔正"，唐诗人李颀"为政心闲物自闲"，北宋文豪苏东坡"此身安处是吾乡"等名言，即出于此。这四句平易中见行水流水之妙，一句平平叙起，二句即转折，三四句因而作为问答，何等意味深长！无怪王安石叹服道："自有诗人以来无此四句。"

[“望”字的意境] 紧接四句便从偶然目击的自然景物，写随缘自适的生活乐趣。前两句或作"采菊东篱下，悠然望南山"，苏东坡指出，"望"与"见"一字之差，境界大不相同，成为陶诗一段著名公案。盖"望"字是有意识的注视，"见"则是无意中的相逢，后者才能传达"悠然"（即不期然而然）的神韵。以下用顶真格起，即写南山日夕的景色。

[结尾蕴含的哲理] "山气"即远山景色，"气"字似着眼于暮霭。"日夕"偏义于夕，夕阳下山，暮霭迷离，景色特佳，这是来自生活观察的见道之言，而宿鸟归飞正是此时山色的一个生动的点缀。泰戈尔《吉檀迦利》结云："像一群思乡的鸟儿日夕飞向它们的山巢，在我向你合十膜拜之中，让我全部的生命，启程回到它永久的家乡。"在诗人心中，归山之鸟和归根之叶一样，总是意味无穷的象征。而就在这妙不可言的景色中，诗人体会到妙不可言的哲理。"欲辩已忘言"。这话虽出于《庄子·齐物论》的"大辩不言"，却已深契禅机——禅宗认为真谛乃是一种活泼的感受，逻辑语言不足以体现它的微妙，它可以凭根性直觉顿悟，却无法用语言来表达。二句至关紧要，它提示了全诗的形象

所要表达的深层意义，同时将读者的思路返引回形象，自去咀嚼，自去玩味。

[“此中"指什么] 最后一个问题，"此中"是甚中？一般注释为"大自然中"，固然不错；但联系题面，是否还有"饮中"的意思呢？鲁迅说，当陶渊明高吟"饥来驱我去"的当儿，或者偏见很有几分酒意，否则他就不会"悠然见南山"而将"愕然见南山"了。这话虽属调侃，也符合陶诗给人的印象与感觉。当然，要是直接点明"酒中"，那又未免大煞风景。唯其"此中"含义不定，才耐含咏。

杂 诗

白日沦西阿，素月出东岭①。遥遥万里辉，荡荡空中景②。风来入房户，夜中枕席冷。气变悟时易，不眠知夕永③。欲言无予和，挥杯劝孤影④。日月掷人去，有志不获骋⑤。念此怀悲凄，终晓不能静⑥。

注释　①沦：落下。阿：大土山。素：白。②荡荡：广大的样子。③气：气候。时：季节。易：变更。夕：夜。永：长。④予：我。挥杯：举杯。⑤掷：投掷，抛掷。骋：尽情施展，不受拘束。⑥终晓：直到天亮。

赏析 [诗中主题句] "杂诗"十二首是陶渊明后期作品，本篇原列第二，"日月掷人去，有志不获骋"二句是全篇的主题句，它反映了诗人思想中非静穆、不平衡的一面。对于认识诗人全貌很有帮助。

[全诗的大意] 前四句写月照中天的澄明之景，而寓有日月跳丸、光阴脱兔之慨。言"西阿"不言西山，言"素月"不言明月，取其古朴素淡也。中四句写半夜退凉，本自好睡，忽悟夏秋之交替，感时序之流逝，反不成眠。"不眠知夕永"即愁人知夜长意。"欲言"两句极写处境寂寞，揽入孤影，正见无人可劝，

益形其独,创意独到,为太白所宗。同题其五云"忆我少壮时,无乐自欣豫。猛志逸四海,骞翮思远翥",可知渊明素志,本在兼济,无奈晋宋乱篡时代,非英雄用武之时,所谓生不逢辰,归园田居,实不得已。良辰美景,或念及此,未尝不黯然神伤也。

[这首诗对后世的影响] 全诗将素月分辉、秋气微凉之清景,与岁月抛人、有志未骋之悲慨,打成一片,展示了陶渊明人生境界复杂的一面,对唐诗影响极大。如孟浩然《夏夕南亭怀辛大》"山光忽西落,池月渐东上。散发乘夕凉,开轩卧闲敞。荷风送香气,竹露滴清响。欲取鸣琴弹,恨无知音赏",李白《月下独酌》"花间一壶酒,独酌无相亲。举杯邀明月,对影成三人",皆得力于此诗,而妙在能化。

沈约

(441—513)字休文,梁吴兴武康(浙江德清)人。少孤贫好学,历仕宋、齐、梁三代。齐时竟陵王萧子良开西邸招士,约为"西邸八友"之一。梁时任尚书仆射,封建昌侯,官至尚书令、太子少傅,卒谥曰隐。为诗讲究声律,首创四声八病之说,为齐永明诗体代表人物之一。有明辑本《沈隐侯集》。

别范安成

生平少年日,分手易前期①。及尔同衰暮,非复别离时。勿言一樽酒,明日难重持。梦中不识路,何以慰相思。

注 释 | ①易前期:把来日重新相见看作是很轻易的事情。

赏析 [诗人与范安成的关系] 范岫字安成,曾与作者同以文才事齐文惠太子,有老交情。

[浅语中的深衷] 前二句先写少年离别。因各富年华,后会有期,不把离别当回事。眼前年纪老大,深感来日无多,便有不胜离别之感。同时暗示出不得不离别的意思。四句浅语深衷,包含着真切的人生感受。

[诗中的名句] 更有意味的是五六句,一跳写到饯宴,通过送行一方对将别一方的敬酒词表现了深厚的情谊:"勿言一樽酒,明日难重持。"别小看这杯酒,别易会难,今后聚饮的机会很难有呢。这个劝酒的场面和劝酒词,直接启发唐人王维,使他写出了"劝君更尽一杯酒,西出阳关无故人"的千古名句。最后二句暗用了《韩非子》中的典故:张敏与高惠为友,每相思不能得见,便于梦中往寻,皆于中道迷路而不得见。用典令人不觉,为全诗留下袅袅不尽的回音。

[早期的五言律诗] 这首诗如果出现在唐代，是不会引人注目的，然而在六朝却难得。它纯用情语，语浅情深，洗练而浑成。更重要的是音韵的和谐，全诗八句四联，一韵到底，偶句末字押平声韵，奇句末字仄收，句子的声音配合既有规律又有变化，不少句子尤其是偶句，竟已是定型的律句——如"分手易前期""及尔同衰暮""明日难重持""梦中不识路，何以慰相思"等皆标准的律句，就声律而言已是标准的五言律诗。

乐府诗集 见前。

西洲曲

忆梅下西洲①,折梅寄江北②。单衫杏子红,双鬓鸦雏色③。西洲在何处,两桨桥头渡。日暮伯劳飞④,风吹乌臼树⑤。树下即门前,门中露翠钿⑥。开门郎不至,出门采红莲。采莲南塘秋,莲花过人头。低头弄莲子,莲子青如水。置莲怀袖中,莲心彻底红。忆郎郎不至,仰首望飞鸿。鸿飞满西洲,望郎上青楼⑦。楼高望不见,尽日栏杆头。栏杆十二曲,垂手明如玉。卷帘天自高,海水摇空绿。海水梦悠悠,君愁我亦愁。南风知我意,吹梦到西洲。

注释 ①西洲:应在女子住处附近。②江北:西洲的转语。③鸦雏色:言其乌黑发亮。④伯劳:鸟名。⑤乌臼树:亦作乌柏,落叶乔木。⑥翠钿:用翠玉嵌的首饰。⑦青楼:这里指以青色涂饰之楼。

赏析 [南朝最精致的乐府诗] 本篇写采莲季节水乡男女相思之情,是南朝乐府最成熟、精致的作品。全诗四句换韵,八句一段。古人赞为声情摇曳。然其意脉似断非断、似续非续,诗中地点的确定、语气的归属,及季节为何,颇有朦胧之处。这里只提供一种解读。

[关于诗中的地名] 一段八句写男思女。首句"忆梅"是以梅代指所爱,"下西洲"三字连文,据温庭筠同题诗:"悠悠复悠悠,昨日下西洲",当是到西洲去的意思。亦如当时民歌"下扬州"的说法一样。"折梅"字面与前文映带,而另有出典,即

莲渚文禽图

"折梅逢驿使，寄与陇头人"（陆凯《赠范晔》），当是寄书（到江北）的意思。"江北"则是"西洲"的一转语，表明西洲所处，在长江之北，据前面提到的温庭筠诗说"西洲风色好，遥见武昌楼"，则西洲当在武昌一带。

[关于诗中隐含的人事] "单衫杏子红，双鬓鸦雏色"是男子记忆中的女方印象，不必泥定当前季节（就像晏几道《临江仙》"记得小蘋初见，两重心字罗衣"）。从诗意可以会出：女方家在西洲，离桥头和渡口很近，家居有楼，门边有乌臼树，门外有一片莲塘通于长江。诗中男子"下西洲"，还捎了信，为的是与女方约会，但当他到达女方门前，只见"日暮伯劳飞，风吹乌臼树"。这手法使人联想到《楚辞·湘君》："朝骋骛兮江皋，夕弭节兮北渚，鸟次兮屋上，水周兮堂下"，鸟还停在屋上，水流在堂下，人呢？没有会到。

[关于诗中的季节] 二段"树下即门前"八句写女思男。紧接上文，以"门中露翠钿"句暗示女方曾如约等过男方，但男方错过了约定时间，不得已出工"采红莲"去了——这种因不守时而导致阴差阳错的事，在恋爱中人是常有的，何况那时代青年男女还并不那么自由。诗中情事实际发生的季节是在江南可采莲的季节，也就是吴歌所谓"乘月种芙蓉，夜夜得莲子"的青年男女恋爱的季节。约会的失败，导致双方都有一番失望和心神不定。诗中"莲"字意带双关，"低头弄莲子，莲子青如水"也就是想到对方的志诚和清白，不知道到底什么事拖住了他。

[关于诗中人的心态] 三段续写女思男。"置莲怀袖中，莲心彻底红"，想到对方的热情，坚信对方不会变心，其实也是做自我表态。这一错过，只好日日盼对方来信，给个说法。"飞鸿"在古诗中可做信使的代称。心中丢不下，总以为对方还要来，所以登楼眺望，一直未来就一直盼着，所以"尽日栏杆头"，实在是苦。

[关于诗中的语气] 四段写男女两地相思。前四句继续写女方登楼远望。这里的"海"非大海，而是地方话中对大片水域的

称呼，女方在江北遥望上游的江南，所见自是大片水域而已。末四句写梦，"君愁我亦愁"语妙，做女方口气读固无不可（"吹梦到西洲"就是请对方托梦于我），做男方语气与首段呼应语气更顺（"吹梦到西洲"就是请风把梦吹向对方），无论如何，"君""我"二字写出男女的心心相应，可以合唱。前人所谓"摇曳无穷，情味愈出"（沈德潜）。

[这首诗的戏剧性内容]《西洲曲》写的是江南水乡青年在采莲季节的恋爱情思，男女双方彼此互爱，一往情深，因为带有自由恋爱性质，所以可贵。诗中把双方挚爱的情思，通过一次错过的约会来写，这种戏剧性情节，有利于深入表现双方情爱的执着和缠绵，也就容易出戏。

[这首诗中的自然风光] 诗中以长江中游明丽的自然风光，如西洲、渡口、桥头、南塘、乌臼、红莲等场景风物，衬托水乡男女在采莲季节的生活和情思，做到情、景、事三者的高度协调，生动地再现了水乡风情，意境极美。

[这首诗的音乐美] 诗人在古体诗中运用了新体的声律，如"树下即门前"一联、"忆郎郎不至"一联、"海水梦悠悠"一联，都是合律的句子；全诗四句或两句一换韵，韵随意转，声情密切配合，直接影响到初唐四杰七言古诗句调的形成；诗中多用联珠或顶真的句法，上下勾联，回环婉转，摇曳生姿，富于暗示性的诗句和欲断还连的诗节，恰到好处地表现了诗中人绵绵不断的情思。

✻ 折杨柳歌辞 ✻

其一　遥看孟津河，杨柳郁婆娑。我是虏家儿，不解汉儿歌。

其二　健儿须快马，快马须健儿。跸跸 pībá 黄尘下，然后别雌雄[①]。

注　释　①跸跸：马蹄击地的声音。黄尘下：马快跑时人和马反在扬起的尘埃下面。

古诗词鉴赏

赏析 [第一首后两句的意味] 本篇当是一首汉译的北歌。诗最有意味的是后面的两句,"我是虏家儿,不解汉儿歌",似是强调胡汉语言的隔膜。然而稍为细心点就会发现,所谓"不解",是仅就歌辞而言,而音乐则是没有疆界的。诗人是说:看啦,孟津河边杨柳绿了,汉儿们又在折柳送别,他们唱的歌词,我们胡人不懂,但他们吹奏的笛曲,很动人哩。

[后一首表现阳刚之气] 起两句是回环赞语,写骏马与健儿相得益彰。然赞马终是赞人,骏马崇拜结穴在英雄崇拜也。后二句以挑战口吻,说要在沙场或赛场一见高低,充满英风豪气。诗中表现了北人剽悍的个性和尚武的精神,令人耳目一新。这样的作品在当时南朝乐府和文人诗中是见不到的,直到唐代边塞诗兴起,这样的快语豪情才屡见于诗。所以"河朔之气"应是唐代边塞诗的发脉之一。

❀ 木兰诗 ❀

唧唧 jījī 复唧唧,木兰当户织①。不闻机杼 zhù 声,唯闻女叹息②。问女何所思,问女何所忆?女亦无所思,女亦无所忆③。昨夜见军帖 tiě,可汗 kèhán 大点兵,军书十二卷,卷卷有爷名④。阿爷无大儿,木兰无长兄,愿为市鞍马,从此替爷征⑤。东市买骏马,西市买鞍鞯 jiān,南市买辔 pèi 头,北市买长鞭⑥。旦辞爷娘去,暮宿黄河边,不闻爷娘唤女声,但闻黄河流水鸣溅溅 jiān。旦辞黄河去,暮至黑山头,不闻爷娘唤女声,但闻燕山胡骑鸣啾啾⑦。万里赴戎机,关山度 dù 若飞⑧。朔气传金柝 tuò,寒光照铁衣⑨。将军百战死,壮士十年归。归来见天子,天子坐明堂。策勋十二转,赏赐百千强⑩。可汗问所欲,木兰不用尚书郎,愿借明驼千里足,送儿还故乡⑪。爷娘闻女来,出郭相扶将;阿姊闻妹来,当户理红妆;小弟闻姊来,磨刀霍霍向猪羊⑫。开我东阁门,坐我西阁床。脱我战时袍，著 zhuó 我旧时裳。当窗理云鬓 bìn，对镜帖花黄⑬。出门看火伴，火伴皆惊惶。同行十二年，不知木兰是女郎。雄兔脚扑朔，雌兔眼迷离，双兔傍 bàng 地走，安能辨我是雄雌⑭！

注　释　①唧唧：叹息声。②机：织布机。杼：梭子。③思：悲，忧。亦：也。④军帖：征兵的公文。也为军书。可汗：古代少数民族对君主的称呼。⑤阿爷：父亲。市：购买。⑥骏马：好马。鞯：马鞍的垫子。辔：驾驭牲口用的嚼子和缰绳。⑦旦：日出时。辞：告别。暮：晚上。宿：宿营。溅溅：水流声。黑山：地名。燕山：天津市蓟州区附近至辽西的燕山山脉。胡骑：古代称北方少数民族为胡人。⑧戎机：军事行动，指战争。度：过。⑨朔气：北方的寒气。金柝：打更用的梆子。寒光：寒冷的雪光、月光。铁衣：铁甲战袍。⑩天子：皇帝。明堂：天子祭祀、朝诸侯、教学、选士的地方。策：同"册"做动词，记载在册子上。勋：功勋。转：古代记功的制度。军功每加一等，官爵也随升一等，叫一转。"十二转"言官爵很高。强：有余。⑪欲：要求，愿望。用：愿要。尚书郎：尚书省官员。明驼：骆驼。儿：木兰自称。⑫郭：外城。扶将：扶持，搀扶。理：整治。霍霍：磨刀的声音。⑬阁：古代女子的卧房。著：穿。云鬓：柔美如云的头发。花黄：额头上黄色的装饰。⑭扑朔：扑腾，乱动。迷离：模糊不明。此讲雄雌兔子的两种习性。傍：靠近，贴近。走：跑。安：何，怎么。

赏析　[这首诗是北朝民歌] 本篇叙述女子木兰代父从军的故事，属《梁鼓角横吹曲》，著录于陈智匠《古今乐录》。诗中称天子为可汗，征战地点皆在北方，则当然属于北朝民歌。诗中战事，当发生于北魏与柔然之间。长期的或大规模的战争，造成男性锐减，兵员不足，遂有女子从军之事，是这首诗选材之典型。

[结尾的含义] 诗的结尾点题，尤富戏剧性："出门看火伴，火伴皆惊惶。同行十二年，不知木兰是女郎。"同行十二年而不知其为女郎，实在太具戏剧性，然战争年代容许有其事。使人联想到苏联小说《这里的黎明静悄悄》中的一段妙语："现在没有

什么妇女不妇女的！就是没有！现在只有战士，还有指挥员，懂吗？现在是战争，只要战争一天不结束，咱们就都是中性。"《木兰诗》结句道："双兔傍地走，安能辨我是雄雌！"就是战争制造中性、战争扭曲人性的意思。

[立足女性本位] 在保家卫国的战争中，女人从来和男人一样做贡献，诚如豫剧《花木兰》所唱"女子哪一点不如男？"本诗塑造一位女扮男装，和男子一起驰骋疆场的女英雄，就在思想上突破了"女不如男"的传统观念。话虽如此，究竟男女有别，深层的心理不像外表那样容易伪装。木兰不只是英雄，而且是个人，是个女人，她的心毕竟是女儿心，诚如杜牧所咏："弯弓征战作男儿，梦里曾经与画眉。"（《题木兰庙》）《木兰诗》之妙，就在于作者立足主人公女性本位，惟妙惟肖地写出了一段不平凡的生活。

[民歌叙事的程式] 诗写筹备，以东、西、南、北为辞，是一种叙事的程式，并非马鞍鞭辔非分四处买不可，这样写只是表现了当时征人要自备鞍马，事实上是十分忙碌的，读者读着仿佛也跟着跑来跑去，忙得不亦乐乎。为什么要自备鞍马呢？此事与府兵制有关，府兵制渊源于鲜卑部族旧制，建立于西魏大统年间（535—551），士兵为职业军人，当另立户籍，征发时自备武器。

[一个有意味的细节] 诗反复以旦暮为标志，概括日复一日的行军，及空间距离的越行越远："旦辞爷娘去，暮宿黄河边……旦辞黄河去，暮至黑山头……"赴边途中之事何其多，诗人专拣两个黄昏来写："不闻爷娘唤女声，但闻黄河流水鸣溅溅""不闻爷娘唤女声，但闻燕山胡骑鸣啾啾"，这是何等心细，这就是女孩子。这一节于征途情事叙写较详，后文战争情事反而较略，不仅在行文布局上虚者实之、实者虚之，应该如此；而且不如此不足以显示作品的主人公虽然勇武，毕竟是一个女性。

[详略剪裁得当] 本诗描写一个北方勇武女性，在笨拙的作手做起来，一定要描写她如何奋勇，如何作战，如何冲锋陷阵，如何杀敌立功，铺叙个不了。可是诗于从军事实，只用"万里赴

戎机,关山度若飞。朔气传金柝,寒光照铁衣。将军百战死,壮士十年归"六句虚写一番,着墨无多,与前写应募出征、后写请愿还乡种种儿女情态,描写逼真,适成对照。有道是"男儿生世间,及壮当封侯"。当兵打仗,天生是男人的事;功成受赏,自然是男人的追求。而木兰替父从军,盖事出不得已也。一旦功成,"策勋十二转,赏赐百千强",热闹是热闹,无奈木兰心不在焉也。

[只盼着早日还我女儿妆] 对于木兰来说,最大的愿望,用现代京剧《智取威虎山》常宝唱词来说就是:"盼只盼,早日还我女儿妆!"后面用"开我东阁门,坐我西阁床。脱我战时袍,著我旧时裳。当窗理云鬓,对镜帖花黄"四排句、两偶句,大写特写木兰入十二年未入之闺阁,坐十二年未坐之绣床,着十二年未着之红妆,理十二年未理之云鬓,贴十二年未贴之花黄(诗中"十"和"十二"等数目字——如"军书十二卷""策勋十二转""同行十二年""壮士十年归"等,例皆虚数),这意味着木兰得来不易的女性之复归,亦即人性之复归也,故宜重笔描写。

敕勒歌

敕 chì 勒川①,阴山下②。天似穹 qióng 庐③,笼盖四野④。天苍苍⑤,野茫茫⑥,风吹草低见 xiàn 牛羊⑦。

注释 ①敕勒:古代北方游牧民族的一支。川:平川,平原。②阴山:内蒙古自治区中部及河北省北部,其中包括大青山。③穹庐:指圆顶毡帐,俗称蒙古包。④笼盖:像笼一样盖住。野:这里指草原。⑤苍苍:深青色。⑥茫茫:辽阔,无边无际。⑦见:同现,呈现,露出来。

赏析 [这是敕勒人的草原赞歌] 敕勒是古代中国北部的少数民族部落,它的后裔融入了今天的维吾尔族,而北朝时敕勒族活动的地域不在新疆,而在内蒙古大草原上。这首诗是当时敕勒人所唱的牧歌。

[开篇即有开阔气象] 阴山主体坐落在内蒙古高原上，西起河套，东接大兴安岭，绵亘千里。歌唱敕勒川，以这样一座气势磅礴的大山为背景，一起就具有开阔气象。大草原的自然景观不似江南山水的细腻和曲折，是单纯的，一抬头就看见天边，一开口就是粗豪的调子，其间充满自豪感——游牧民族没有土地私有的观念，哪里有水草，哪里就是家。敕勒人共同拥有茫茫无际的草原，而辽阔的天宇恰似一个其大无比的蒙古包，圆圆地从四方八面笼罩下来，这就是敕勒人引为骄傲的家乡。

[一个比较] 在现代歌曲中，与这首诗情调最为接近的是《蓝蓝的天上白云飘》："蓝蓝的天上白云飘，白云下面马儿跑。挥动鞭儿响四方，百鸟齐飞翔。要是有人来问我，这是什么地方？我就骄傲地告诉他，这是我们的家乡。"

[末句画龙点睛] "天苍苍，野茫茫"紧承"天似穹庐，笼盖四野"，对"天""野"的烘托，这无意于工、自然天成的骈语，是必要的点染，先画远景，以便后画近景。"风吹草低见牛羊"是画龙点睛，画面开阔无比，而又充满动感，弥漫着活力。不直接写满地牛羊，而让人于"风吹草低"处见之，则水草丰茂处该隐藏着多少牛羊，令人无限神往，这就是所谓"景愈藏，境愈大"。——这是对草原自然环境的赞美，也是对勤劳勇敢的敕勒人的赞美。

[歌词是由鲜卑语译成汉语的] 公元546年，东、西魏两个政权之间爆发一场大战，东魏丧师数万，军心涣散，主帅高欢为了安定军心，在宴会上命大将斛律金唱此歌。而斛律金就是敕勒族人，他也许就是《敕勒歌》的鲜卑语译者。这首歌词是经过了两重翻译的，而在事实上成就了一首汉语诗歌的上乘之作。原文不传，恐怕也算不得怎样的遗憾吧。元好问《论诗绝句》："慷慨歌谣绝不传，穹庐一曲本天然；中州万古英雄气，也到阴山敕勒川。"所谓"中州万古英雄气"，即指中原汉诗中充实质朴、豪迈刚健的诗风，向来只知建安有此，左思有此，何意北歌有此。

王绩

(约589~644)字无功,号东皋子,绛州龙门(今山西河津)人。隋大业中,中孝悌廉洁科。授秘书省正字。出为六合丞,后弃官归里。唐武德五年(622)待诏门下省。贞观十一年(637)任太乐丞,旋归隐田园,以饮酒闲适自娱。有《东皋子集》。

❋ 秋夜喜遇王处士 ❋

北场芸藿罢①,东皋刈(yì)黍归②。相逢秋月满,更值夜萤飞。

注释 ①芸:通耘,锄。藿:豆叶,此指豆苗。②东皋:陶渊明《归去来兮辞》:"登东皋以舒啸,临清流而赋诗。"刈:割。黍:五谷之一。

赏析 [这首诗的内容]这首诗抒写友人秋夜相遇于田园的欢乐。

[这首诗的艺术特点]诗中没有对彼此的相逢做任何正面描写,也不着一个"喜"字。然而,透过秋天的满月、田间的流萤所构成的明媚夜景,再加上"相逢""更值"等关联词语的勾勒,作者已将素心人相逢于田园的喜悦,以及秋收时节农村的详和与充实,都不经意地,却又十分生动地表现出来。

骆宾王

（约627—684后）唐婺州义乌（今属浙江）人。初唐四杰之一。其父为青州博昌令，早卒。高宗朝初为道王府属，后历任奉礼郎、东台详正学士、武功主簿、长安主簿，迁侍御史。为奉礼郎时曾从军西域，又曾宦游蜀中。调露元年（679）冬因数上疏言事获罪下狱，次年秋下除临海（今属浙江）丞。睿宗文明中（684）随徐敬业起兵讨武后。敬业兵败，不知所终。有清陈熙晋《骆临海集笺注》，其中《代李敬业传檄天下文》是其名篇。

于易水送人

此地别燕丹①，壮士发冲冠。昔时人已没，今日水犹寒。

注 释 ①此地：指易水。燕丹：即燕太子丹，用荆轲为燕太子丹报仇的典故。

赏析 [慷慨悲凉的送别诗] 古代送别诗多叙友情，思来日，或勉励，或劝慰，如王勃《送杜少府之任蜀川》的"海内存知己，天涯若比邻"，王维《送元二使安西》的"劝君更尽一杯酒，西出阳关无故人"，高适《别董大》的"莫愁前路无知己，天下谁人不识君"，等等。因为在古代一旦分别，即天各一方，山川阻隔，路途坎坷，不知何年能再相逢，故送别仪式显得格外隆重。送别诗也往往互诉衷肠，互道珍重，依依惜别之情形于文字。而骆宾王此诗却独具一种慷慨悲凉之气，这与他的生活经历有很大关系。骆宾王七岁时即能赋诗，尤其妙于五言诗，曾经作七言歌行《帝京篇》，当时人以为绝唱。后因参加反对武后的活动，写了著名的《讨武曌檄》，事败被杀。骆宾王与王勃、杨炯、卢照邻被称为"初唐四杰"，他们共同的特点是年少才高，不同流俗而命运坎坷。《于易水送人》一诗即可反映出诗人的这种心态。

[风萧萧兮易水寒] 据《史记·刺客列传》，战国末年荆轲欲为燕太子丹向秦王复仇，临行时燕太子丹及宾客"皆白衣冠以送之"，至于易水之上，"高渐离击筑，荆轲和而歌"，"士皆垂泪涕泣"，预料荆轲永无归还之日，又歌曰："风萧萧兮易水寒，壮士一去兮不复还"，歌声悲凉，"士皆瞋目，发尽上指冠"。此诗首联"此地别燕丹，壮士发冲冠"即用此典。诗人由曾在易水送别的古人，念及自己坎坷的际遇，心中不免感慨万千。他满怀着期待想要匡复李唐王朝，将政权从武则天那里夺回来，但却苦于不得时机。此处借怀古而咏志。

[易水依旧] "昔日人已没"，承接上联典故，指出荆轲虽事败人亡，然而其不惧暴政的精神千载犹存，"今日水犹寒"一方面暗示着荆轲刺秦的英勇精神一如易水之寒气绵延至今，另一方面也隐含了对现实政治环境的切身感受，他有所抱负，却不能预测未来，更无法把握现实，所以荆轲的结局对诗人的前途已经成为一种象征性的预兆，诗人由此感觉到易水之寒冷。后两句全用对仗的形式，并以"已""犹"两个虚词使句子变得自然流利，纤徐舒缓，读来回肠荡气。

古诗词鉴赏

杜审言

（约645—708）字必简，祖籍襄阳（今属湖北），父迁居洛州巩县（今河南巩义）。高宗咸亨元年（670）登进士第，其后任隰城尉，累转洛阳丞。武后圣历元年（698），坐事贬吉州司户参军。旋授著作佐郎，迁膳部员外郎。神龙元年（705）因谄附张易之兄弟流放峰州，不久召还，授国子监主簿，加修文馆直学士。有宋本《杜审言集》。

❀ 和晋陵陆丞早春游望① ❀

独有宦游人，偏惊物候新。云霞出海曙，梅柳渡江春。淑气催黄鸟，晴光转绿蘋。忽闻歌古调②，归思欲沾巾。

注释 ①晋陵：唐郡名，属江南东道，治所在今江苏省常州市武进区。陆丞，不详其名，《早春游望》为其诗作，本篇为赓和之作。②古调：指陆丞的原作。

赏析 [这首诗的写作背景] 以诗唱和，乃是六朝以来文人作诗的一种习惯。这首诗就是作者在读到晋陵（江苏常州）县丞陆某写的《早春游望》而相赓和的诗。作者大约在武则天永昌元年（689）前后任职江阴，陆丞乃其同郡邻县的僚友，原唱已逸。

[抓早春景物特点] "早春游望"关键词在"早春"。因为是早春，关于物候的细微变化，只有特别敏感的人能够察觉。诗人说独有离乡宦游者最容易接收新春信息，而且为之惊心动魄。这样的开篇即有创意，可圈可点。

[律诗中的警句] 紧接着写"物候"如何之"新"，可谓佳句迭出。在曙光出现于东方之前，即有朝霞满天的景象，故云"云霞出海曙"，暗示一个"早"字。梅残柳细，乃早春相互接替的两种物候；气候是由江南向江北逐渐转暖，物候的变化也是由江南往江北发生，故云"梅柳渡江春"，明点一个"春"字。诗人

不但写出了春天美妙的景色，而且使人听到了春天的脚步声。字词的倒腾非常灵活，诗句的含蕴非常丰富，不愧为唐诗之名句。

[动词在诗中的妙用] 春天风和日丽（"淑气""晴光"），给大地带来生机。天气逐渐转暖，使得黄莺的叫声一天比一天多，一天比一天悦耳；阳光照在池面，使得蘋草一天比一天绿，一天比一天悦目。四句中，用了"出""渡""催""转"四个动词，对景物做动态描绘，较之静态的写景生动得多。对景物做动态描写的成功，是本篇在艺术上最为独到之处。

[结尾的意味] 诗的最后两句说：就在这样的时候，忽然听到有人唱起陆丞《早春游望》一诗，叫人怀念故乡洛阳，以至归思难收。这就缴足题意。——"古调"是对陆丞《早春游望》一诗的美称，意谓其能比美古人。

古诗词鉴赏

王勃 （650—676）字子安，唐绛州龙门（今山西河津）人。初唐四杰之一。祖父王通为隋末大儒。高宗乾封元年（666）应制科，对策高第，拜朝散郎。沛王李贤召为府修撰，以戏檄英王鸡被斥出府。总章二年（669）入蜀漫游，诗文大进。咸亨四年（673）求补虢州参军，因匿杀官奴获罪，遇赦除名。上元二年（675）秋赴交趾省父，次年秋渡海落水，惊悸而卒。有清蒋清翊《王子安集注》。

❀ 山中 ❀

长江悲已滞①，万里念将归②。况属高风晚③，山山黄叶飞。

注释 ①滞：滞留，诗人自谓。②将归：指所送别的故人。③况属：何况是。"属"一作"复"。高风：指秋风。

赏析 ［这首诗的基本内容］这首诗作于高宗咸亨二年（671）客居蜀中时，当是秋日山中送别之作。首句即写在山上望见长江而动万里乡关之思，次句写与友人分别依依难舍之情。

［融情于景的手法］后二句以景结情，写别后在山中看到的萧瑟秋景。亦从宋玉《九辩》"悲哉秋之为气也，萧瑟兮草木摇落而变衰"化出，意境深远。"上二句悲路遥，下二句伤时晚。分两层写，更觉萦纡，黯然魂断。"（黄叔灿《唐诗笺注》）多处点化楚辞，使得这首二十字小诗，竟如一篇悲秋赋。

❀ 送杜少府之任蜀川 ❀

城阙què辅三秦①，风烟望五津②。与君离别意，同是宦游人③。海内存知己④，天涯若比邻⑤。无为在歧路⑥，儿女共沾巾⑦。

注　释　①城阙：城门两边的楼观，这里指长安城。辅：辅佐，护卫。三秦：关中地区。②五津：四川岷江的五个渡口，这里指蜀州（今四川崇州）。是友人将去做官的地方。③宦游：出外做官。④海内：四海之内。⑤比邻：古时五家相连为"比"，即近邻。⑥无为：不要。歧路：岔路，指分别的地方。⑦沾巾：眼泪沾湿衣襟。

赏析

[关于题目] 诗人从长安送姓杜的朋友到蜀中任职，写下了这首送别诗。"少府"是唐人对县丞的称谓，这表明了杜某出任的官职。题中"蜀川"或作"蜀州"（四川崇州市），按唐置蜀州在王勃去世十年后（686），故不当作"蜀州"。蜀川，泛指蜀地。

[句法上的倒装] 《文苑英华》首句一作"城阙俯西秦"，据此可知"城阙"实指长安。"城阙辅三秦"在句法上属倒装，意即长安以三秦（项羽灭秦曾三分关中之地而治之，代指关中）为辅。"风烟望五津"亦属倒装，意即望五津（蜀地从都江堰至犍为一段岷江的五个渡口）风烟。一句点送行地点，一句点杜少府之去向。两句虽未及送别，但通过对举两地风光，以"望"字一点，便写出了行者踟蹰上路，前路风烟迷茫的状况，道出了送者一片依依惜别之情。

[强调彼此间的同情] "宦游"指离乡在外做官。在唐时人们心目中，在京供职和外任有很大差别。从长安到边远的蜀地，杜少府不免感到悲凉。诗人王勃非常体贴朋友的心情，他轻轻抹去那"不同"，而强调彼此的"同"——"与君离别意，同是宦游人"。强调自己对朋友心情的理解，这一点很重要，由于富于人情味，因而富于感染力。

[诗中的豪言壮语] 动之以情，会使人感到慰藉，却不免低调；喻之以理，更能使人为之振作，所以诗人讲了两句豪言壮语："海内存知己，天涯若比邻。"这里点化曹植《赠白马王彪》"丈夫志四海，万里犹比邻"诗意。曹诗偏于大丈夫应以四海为

家这一层意思;这首诗强调志同道合的朋友在心理上的亲近,在道义上的互相支持和鼓舞,是其创意所在。所谓"德不孤,必有邻"(《论语》)。因而这两句诗也成为对风义相期的、崇高的友谊的赞颂,故为人传诵。

[舒缓的尾声] 在高调之后,复出以款语叮咛:"无为在歧路,儿女共沾巾。"诗人与杜少府皆仕宦中人,虽是惜别,又何至于像少年男女分手时那样儿女情多,哭哭啼啼。两句略寓戏谑的口吻,振动一下空气,舒缓一下气氛,使诗意不至于太严肃太凝重;它像乐章中一个舒缓的尾声,情味深长。

[基调乐观的送别诗] "悲莫悲兮生别离"。南朝文人江淹在《别赋》中历叙各种离别情事后,满有把握地结论道:"是以别方不定,别理千名,有别必怨,有怨必盈。"唐代诗人往往和前人唱反调:"青山一道同云雨,明月何曾是两乡"(王昌龄)、"莫愁前路无知己,天下谁人不识君"(高适)等等,与"海内存知己,天涯若比邻"是同一基调,读后使人胸怀宽广,态度乐观。这显然是那个长期繁荣统一的大时代所赐。而在送别诗中首先举首高歌、指出向上一路的,却不得不推这首《送杜少府之任蜀川》。

宋之问

(约656~约713)一名少连,字延清,汾州西河(今山西汾阳)人,一说虢州弘农(今河南灵宝)人。上元二年(675)登进士第,官至考功员外郎。有《宋之问集》。

渡汉江[①]

岭外音书断[②],经冬复历春。近乡情更怯[③],不敢问来人。

注释 ①汉江:即汉水。②岭外:唐时五岭之南设岭南道,辖今两广等地,当时官员获谴,常被安置到这一带。音书:指来自家乡的消息。③近乡:指即将到达洛阳。乡,指诗人在洛阳的家。

赏析 [特殊背景中的普遍人情]这首诗作于从贬所逃归途中。前二句平平叙事,说自己独处岭南,而家中音讯断绝,已越过一个年头。三句写潜逃归乡快到家时的心情,虽有其特殊的思想内容,但也兼容了普遍的人情——那就是在家中情况不明时,还乡者共有的忐忑不安的心态。与杜甫《述怀》"自寄一封书,今已十月后。反畏消息来,寸心亦何有"情事相类。

古诗词鉴赏

陈子昂

(659—700)字伯玉,梓州射洪(今四川射洪)人。睿宗文明元年(684)登进士第,任麟台正字。武后代唐,任右拾遗,曾两度从军至北方边塞。圣历元年(698)因父老解官回乡,为县令段简构陷下狱而死。有《陈伯玉文集》。

登幽州台歌①

前不见古人,后不见来者,念天地之悠悠,独怆chuàng然而涕下②。

注释 ①幽州台:即蓟北楼,故址在今北京市西南,战国燕都所在地。②怆然:伤感的样子。

赏析 [这首诗的创作事由]
公元697年营州契丹叛乱,武攸宜亲总戎律,陈子昂参谋帷幕,军次渔阳。前军王孝杰等相次陷没,三军震慑。子昂料敌决策,直言进谏;武氏愎谏,但署以军曹,掌记而已。子昂因登蓟北楼,感昔乐毅、燕昭之事,作此诗。(参赵儋碑文)

[诗中的"古人"有所指]
昔燕昭王欲雪国耻,思得贤士,

陈子昂弄胡琴图

郭隗进策道："欲得贤士请自隗始"，燕昭王遂在易水东南筑台，置千金其上，招揽人才，遂得乐毅等。诗人登楼，首先想到的就是那个群雄割据的时代，眼前的原野上曾活动着燕昭王、乐毅等一批杰出人物，君臣甚为相得，可谓圣贤相逢。诗人不禁为自己出世太晚，未能赶上那个英雄有用武之地的时代惋惜："南登碣石馆，遥望黄金台。丘陵尽乔木，昭王安在哉！"（《燕昭王》）——"前不见古人"五字中包含着具体、复杂的思想内容，感喟沉痛。

[诗人的孤独感] 英雄辈出、风云际会的日子，今后也许还会有。然而诗人又感到去日苦多，恐怕自己等不到那激动人心的未来："逢时独为贵，历代非无才。隗君一何幸，遂起黄金台。"——"后不见来者"五字，在前句的基础上加倍写出生不逢时的孤独和悲哀。

[抒情主人公的形象] 诗人面对空旷的天宇和莽苍的原野——"念天地之悠悠"，不禁生出人生易老、岁月蹉跎的痛惜与悲哀。无限的时空形成一种强大的压力，逼出一个"独"字，叫诗人百端交集。于是在前三句的无垠时空的背景上，出现了独上高楼，望极天涯，慷慨悲歌，怆然出涕的诗人自我形象。一时间古今茫茫之感连同长期仕途失意的郁闷、公忠体国而备受打击的委屈、政治理想完全破灭的苦痛，都在这短短四句中倾泻出来，深刻地表现了正直而富才能之士遭受黑暗势力压抑的悲哀和失落感。

[这首诗的意蕴] 这首诗直抒胸臆，其内涵已超出了一般意义上的怀才不遇，而具有更深广的忧愤。它有力地表现了一种先驱者的苦闷。《楚辞·远游》："惟天地之无穷兮，哀人生之长勤。往者余弗及兮，来者吾不闻。"——正是在抒写屈子苦闷的诗句中，我们找到了陈子昂诗句之所本。

[这首诗的哲理性] "短短二十余字绝妙地表现了人在广袤的宇宙空间和绵绵不尽的时间中的孤独处境。这种处境不是个人一

时的感触和境况,而是人类的根本境况,即具有哲学普遍意义的境况。"(赵鑫珊)对短小到二十二字的一首诗的意蕴探究的不可穷尽,充分说明了它在艺术上的成功。

[这首诗的形式美] 在形式上,前二句整饬而后二句纯用散文化句法,诗的散文化即口语美这种写法,完全是服从于内容的需要的——只有冲破过于整齐的形式,才能更好地表现一种奔迸而出的不平之情。

贺知章

(659—约744)字季真,越州永兴(今浙江省杭州市萧山区)人。武后证圣元年(695)登进士第,授国子四门博士,迁太常博士。玄宗开元十年(722)入丽正殿修书,十三年迁礼部侍郎,后为太子宾客,秘书监。晚号四明狂客。《全唐诗》存诗1卷。

回乡偶书①

离别家乡岁月多,近来人事半销磨。唯有门前镜湖水②,春风不改旧时波。

注释 ①作者于武则天证圣元年(695)赴长安应举,到天宝元年(742)始得还乡,相隔大约五十年之久。②镜湖:在今浙江绍兴会稽山北麓,东汉时开,湖周约三百里。

赏析 [诗中包含许多沧桑感慨]这首诗中包含有很多的沧桑感慨。前二句是作者感慨的主要内容。"离别家乡岁月多,近来人事半销磨。"——人生七十古来稀呀,过去的亲故大都过世了。在故乡举目都是"相见不相识"的儿童和少年。正是"长江后浪推前浪,世上新人换旧人"。诗人心里该是什么滋味?

[以限制语做感叹]后二句借镜湖作波,以限制语"唯有"兴起唱叹,说镜湖春水没有发生多大改变,正是感喟人事改变之大。这种抚今追昔,以物是反衬人非的写法,直启李白、刘禹锡怀古一派。

回乡偶书之二

少小离家老大回,乡音无改鬓毛衰①。儿童相见不相识,笑问客从何处来。

古诗词鉴赏

注释 ①鬓毛衰:指须发稀疏变白。衰(旧读 cuī):衰败。

赏析 [叶落归根是普遍人情]这首诗写久别归来的游子对故乡的陌生感,包含有很多的沧桑。人们在年轻时总想离家,而年老时又总想还家。这是一种最普遍的人情。贺知章告老还乡时,已是八十多岁的老翁,算来离开越中(浙江)故乡足有五十余年。所谓"少小离家老大回",正是直赋其事,"狐死首丘""叶落归根",人也一样,老来思乡之情转切。

[不改的乡音——割不断赤子情缘]"乡音"是游子与故乡关系的确证,是老乡间相互认同的依据。而人在外地(哪怕是京城)说着方音,不免时时有异乡为客之感。现在不同了。就要听到熟悉亲切的家乡话了,就要见到故乡亲友了,怎能不激动呢!

[一个富于戏剧情的情节]下两句所写的场面是富于戏剧性的。当老诗人兴冲冲踏上故土,期待着故乡的亲切慰问的时候,围上来的却是顽皮儿童,争着问他:"你是哪方来的客人啊!"这就是诗人听到的第一句乡音。口音多么熟悉,内容多么生分,说者无心,听者有意,试想一想:一个大半辈子在异乡为客的人,回到家乡发觉自己仍被当作客,他能无动于衷么?儿童们露出的是天真无邪的笑容,老诗人是哭好,还是笑好?

[抓住偶然细节说透人情]《回乡偶书》的妙处就在于抓住生活中偶发事件,有力地写出一种有相当普遍性的生活经验,说透人情。

咏柳

碧玉妆成一树高,万条垂下绿丝绦 tāo①。不知细叶谁裁出,二月春风似剪刀。

注释 ①绦:丝带。

赏析 [这是一首咏物诗]本诗通过咏柳赞美春天,赞美大自然的奇妙。

[前二句拟人于不觉］"碧玉"在南北朝乐府中是女子的名字，加上"妆成"二字，就把柳树比成一个满身丝带，具有聪俊气象的少女。

[后二句妙喻］"二月春风"本来是无形之物，作者却通过"细叶"加以联想，将它比作有形的剪刀。因为柳叶儿形状非常可爱，就像是巧手剪成的。前人说这两句是"尖巧语，却非由雕琢所得"（黄周星《唐诗快》）。

[这首诗的影响］此诗构思之新奇，直开中晚唐及宋人绝句主意的先河，如梅尧臣《东城送运判马察院》"春风骋巧如剪刀，先裁杨柳后杏桃"，金农《柳》"千丝万缕生便好，剪刀谁说胜春风"等，都受它的影响。

古诗词鉴赏

张若虚

(660?—720?)扬州（今属江苏）人。曾任兖州兵曹。中宗神龙中与贺知章、万齐融、邢巨、包融等以"文词俊秀"而显名长安，又与贺知章、包融、张旭并称"吴中四杰"。《全唐诗》存诗2首。

❋ 春江花月夜 ❋

春江潮水连海平，海上明月共潮生。滟滟随波千万里[1]，何处春江无月明。江流宛转绕芳甸 diàn[2]，月照花林皆似霰 xiàn[3]。空里流霜不觉飞，汀上白沙看不见。江天一色无纤尘，皎皎空中孤月轮。江畔何人初见月，江月何年初照人？人生代代无穷已，江月年年只相似。不知江月待何人，但见长江送流水。白云一片去悠悠，青枫浦上不胜愁[4]，谁家今夜扁 piān 舟子[5]？何处相思明月楼？可怜楼上月徘徊[6]，应照离人妆镜台。玉户帘中卷不去，捣衣砧上拂还来。此时相望不相闻，愿逐月华流照君。鸿雁长飞光不度，鱼龙潜跃水成文。昨夜闲潭梦落花，可怜春半不还家。江水流春去欲尽，江潭落月复西斜。斜月沉沉藏海雾，碣石潇湘无限路[7]。不知乘月几人归，落月摇情满江树。

注 释　①滟滟：动荡闪光的样子。②芳甸：遍生花草的原野。郊外之地叫甸。③霰：小冰粒，俗称雪子。④青枫浦：在今湖南省浏阳市浏水中。这里泛指遥远荒僻的水边。⑤扁舟子：飘荡江湖的客子。扁舟，小舟。⑥徘徊：指月影移动。⑦碣石：山名，在今河北省昌黎县北。潇湘：本二水名。潇水源出湖南蓝山县九嶷山，湘水源出广西壮族自治区灵川县海阳山。二水合流，称潇湘。

松溪泛月图

赏析 [这首诗题目的来历] 《春江花月夜》本乐府《清商曲辞·吴声歌曲》旧题,最早见于陈朝。陈叔宝(陈后主)与宫中女学士及朝臣相和为诗,《春江花月夜》与《玉树后庭花》是其中最艳丽的曲调。(《旧唐书·音乐志》)隋及唐初犹有作者,然皆五言短篇,在题面上做文章而已。吴中诗人张若虚出,始扩为七言长歌,且将自然景物、现实人生与梦幻融冶一炉,诗情哲理高度结合,使此艳曲发生质变,成就了唐诗最早的典范之作。

[诗情与哲理的结合] 春、江、花、月、夜这五个字,本身就足以唤起柔情绮思。可同样是这五个字,在陈后主笔下只能是俗艳浅薄的吟风弄月——其词虽与时消没,但从《玉树后庭花》词可得仿佛:"丽宇芳林对高阁,新妆艳质本倾城。映户凝娇乍不进,出帷含态笑相迎。妖姬脸似花含露,玉树流光照后庭。"然而在张若虚笔下则完全不同。其根本的差异就在诗是沉湎于肤

浅的感官刺激与享乐，还是追求深刻的人生体验之发抒。大诗人与大哲人乃受着同一种驱迫，追寻着同一个谜底，而且往往一身而二任焉。《春江花月夜》与其说是一支如梦似幻的夜曲，无宁说是一支缠绵深邃的人生咏叹曲。

[前半部诗的内容] 诗的前半，诗人站在哲学的高度上，沉思着困扰一代又一代人的根本问题，即本体的问题，生死的问题，有限与无限的问题。与众不同的是，张若虚将这一沉思放到宇宙茫茫的寥廓背景之上，放到春江花月夜的无限迷人的景色之中，使这一问题的提出，来得更气势恢宏，更令人困惑，也更令人神往。

[诗人的哲理思索] 被月光洗涤净化的宇宙："江天一色无纤尘，皎皎空中孤月轮。"是"无纤尘"啊，"皎皎"啊。在星空下，即使是浅薄的人，也会变得有几分深刻。如此光明洞澈的环境，让人忘掉日常的琐屑烦恼，超越自我，而欲究宇宙人生之奥秘。相形之下，别的世情都微不足道了。在茫茫宇宙之间，人只不过是夹在宏观与微观世界中的一个中项而已，来自何处？去向何方？是一个永恒之谜。孤独感是一种深刻的人生情绪，被一代又一代灵魂反复体验过、咀嚼过。这里通过"孤月轮"而反映流露出来，"孤"字不可轻易看过。"江畔何人初见月？江月何年初照人？"两句表现了极深远的宇宙意识，几乎是在探索宇宙的起源、人类的初始。

[诗人对生命的感悟] 诗人浮想联翩，产生了一个更有价值的思想："人生代代无穷已，江月年年只相似。"有限与无限这对范畴，当时也有诗人在咏叹，如"年年岁岁花相似，岁岁年年人不同"（刘希夷）。同样是对有限无限的思考，"岁岁年年人不同"着眼于个体生命的短暂，而"人生代代无穷已"着眼于生命现象的永恒，前者纯属感伤，而后者则是惊喜了。代代无穷而更新，较之年年不改而依旧，不是别有新鲜感和更富于生机么！诗中的"江月"是那样脉脉含情，不知送过多少世代的过客，她还来江上照临，还在准备迎新。

[后半部诗的内容] 在诗的后半展示了一个人生舞台，咏叹回味着人世间最普遍最持久的见难别恒的苦恼与欢乐。别易会难，与生命有限宇宙无限是有关联而又不尽相同的事体。生有离别之事，死为大去之期，故生死离别，一向并提，这是有关联的一面。不过离别悲欢限于人生，而与自然宇宙无关，在视野上大大缩小范围，这是二者毕竟不同的地方。故诗的后半对前半是一重变奏。如果说前半乃以哲理见长，则后半就更多地具有人情味。在所有的亲情离别之中，游子思妇是最典型的一类。《春江花月夜》的后半着重写和平时代情亲间悲欢离合之情，其特出之处在于，用反复唱叹的句调，设计了许多富于戏剧性的情景细节，创造了浓郁的抒情氛围。

[诗中的模糊语言] "鸿雁长飞光不度，鱼龙潜跃水成文"二句对仗精工，就表意来讲，却是模糊语言。"鱼龙"偏义于"鱼"，鱼与雁皆为信使。"长飞""潜跃"云云，意言不关人意。"光不度"暗示音讯难通；"水成文"，可惜不是信字。两句诗尽传书信阻绝的苦恼。日有此思，则夜有此梦。"昨夜闲潭梦落花"，又模糊于主语，或云是思妇，或云是游子。其实两可。按梦的解析法，则此"落花"是象征青春易逝、红颜易老，与性爱有关。

[这首诗结尾的亮色] 诗的结尾最有意味，照应题面，逐字收拾"春江花月夜"五字。花落春老，海雾蒸腾，隐没斜月，而相隔天南海北的人儿不知凡几："斜月沉沉藏海雾，碣石潇湘无限路。"尽管如此，却也必然有人踏上回故乡之路："不知乘月几人归，落月摇情满江树。"这个结尾之精彩，就在于诗人写够了人间别离的难堪后，又留下了会合团聚的希望。

[盛唐的精神风貌和生活理想] "《春江花月夜》从自然境界到人的内心世界都不受任何局限和压抑，向外无限扩展开去。人们面对无限的春江、海潮，面对无边的月色、广阔的宇宙，萦绕着绵长不尽的情思，荡漾着对未来生活的柔情召唤。"（余恕诚《唐诗的生活理想和精神风貌》）它与其说是初唐诗的顶峰，毋宁说是盛唐第一诗，春风第一花。从这个意义上说，正是以孤篇压全唐。

张旭

（675？～750？）字伯高，苏州（今属江苏）人。曾官常熟尉、金吾长史。嗜酒，工诗，善草书。性格狂放，每醉后号呼狂走，作草书如有神助，世号张颠。原集已佚，《全唐诗》存诗6首。

桃花矶①

隐隐飞桥隔野烟②，石矶西畔问渔船。桃花尽日随流水，洞在清溪何处边③？

注释 ①题一作《桃花溪》。矶：水边突出的岩石或石滩。②隐隐：不分明的样子。飞桥：凌空架设的溪桥。野烟：野地的烟霭。③桃花二句：陶渊明《桃花源记》："晋太元中，武陵人捕鱼为业，缘溪行，忘路之远近。忽逢桃花林……林尽水源，便得一山。山有小口，仿佛若有光；便舍船从口入。"

赏析 [诗中有画] 这首诗写暮春时节桃花矶的风光：缥缈的烟霭、隐约可见的小桥、水边的石矶、水中的花片、石矶西畔的渔船、向渔夫问路的旅人，构成了一幅鲜明的画面。它的好处之一在诗中有画。

[妙用联想使人神往] 陶渊明《桃花源记》最后写道："（武陵人）既出，得其船，便扶向路，处处志之。及郡下，诣太守说如此。太守即遣人随其往，寻向所志，遂迷不复得路。"诗的末句"洞在清溪何处边"的一问，就暗用其事，给桃花矶一带的景色涂上了一层神秘色彩，从而更令读者神往。

山行留客

山光物态弄春辉①，莫为轻阴便拟归②。纵使晴明无雨色，

张 旭

入云深处亦沾衣③。

注释　①弄：摆弄。春辉：春日和煦的阳光。②轻阴：微有些天阴。③纵使二句：北周庾信《和宇文内史春日游山》："山深云湿衣。"唐王维《山中》："山路元无雨，空翠湿人衣。"沾衣：陶渊明《归园田居》："衣沾不足惜，但使愿无违。"

赏析　[这首诗的哲理性]这首诗颇具理趣，它表达了这样一个生活哲理：要想达到光辉的山顶，领略无限的风光，就不要在困难的面前退缩。在追求的过程中，一定会有付出，不过这种付出是值得的。

[这首诗的形象思维]作者并没有采用直白的说理，而是通过对山光物态和山中气候的生动描写，和山中留客这一来自生活的情节及主人对客人殷勤的致辞，娓娓道来，故形象丰满，很有诗味。

张说

(667~730)字道济,一字说之。原籍范阳(今河北涿州),世居河东(今山西永济),迁家洛阳(今属河南)。武则天永昌中,中贤良方正科第一。历仕武则天、中宗、睿宗、玄宗四朝,玄宗时为中书令,封燕国公,后为集贤院学士、尚书右丞相。有《张说之集》。

蜀道后期①

客心争日月②,来往预期程③。秋风不相待,先至洛阳城。

注释 ①后期:延误了归期。②客心句:犹言归心似箭。争日月:抢时间。③预期程:预定了行程的时间。

赏析 [这首诗的写作背景] 这首诗作于一次奉使入蜀,由蜀地返回洛阳的途中。作者《被使在蜀》:"即今三伏尽,尚自在临邛。归途千里外,秋月定相逢。"可知作者原定回到洛阳,可以赶上秋天。然而,当秋天已经到来的时候,作者尚在蜀道即归途之中。

[古人对这首诗的评价] "首二言己不肯后期作反跌之势,三四落到后期意却只从对面托醒,绝不使一直笔"(杨逢春《唐诗偶评》),"以秋风先到,形出己之后期,巧心浚发"(沈德潜《唐诗别裁集》)。

泛洞庭

平湖一望上连天,林景yǐng千寻下洞泉①。忽惊水上光华满,疑是乘舟到日边。

注释 ①景:日光。洞泉:洞庭湖水。

赏析 ［这首诗的写作年代］这首诗作于玄宗开元初（713）贬岳州（今湖南岳阳）刺史时。宋范仲淹《岳阳楼记》说："予观夫巴陵胜状，在洞庭一湖……然则北通巫峡，南极潇湘，迁客骚人，多会于此，览物之情，得无异乎。"

［以乐景遣愁怀］作为迁客至此的作者，却丝毫没有表现他的沮丧。通过晴天在湖中泛舟，看上下天光的情景，反有"疑是乘舟到日边"的遐想。由此表现出其澹荡开阔的胸襟，和乐观的生活态度。

张九龄

(678—740)字子寿,韶州曲江(今广东省韶关市曲江区)人。武后神功元年(697)登进士第,授校书郎。开元二十一年(733)拜中书侍郎、同中书门下平章事,翌年迁中书令,兼修国史。二十四年受李林甫排挤罢相。次年贬荆州长史。二十八年病卒。有《曲江张先生文集》。

❀ 望月怀远① ❀

海上生明月,天涯共此时②。情人怨遥夜,竟夕起相思③。灭烛怜光满,披衣觉露滋④。不堪盈手赠,还寝梦佳期⑤。

注 释 ①怀远:思念远方的人。②天涯共此时:尽管远在天涯,但此时仍共有一轮明月,就好像彼此在一起一样。③情人:指所怀念之人。怨遥夜:指怨恨长夜难尽。竟夕:整夜,通宵。④怜:爱,惜。光满:月色笼罩天地。露滋:露水沾湿。⑤不堪:不能。盈手:满盛于手中。语见陆机《拟明月何皎皎》诗句:"照之有余辉,揽之不盈手。"梦佳期:指企盼在梦中相见。佳期,好时候,指相见重逢的日子。

赏析 [这是一首望月而思念远方亲人的诗]全诗紧紧围绕一个"月"字生发诗意。因为看见明月当空,所以引起对同在一个月亮映照之下的亲人的牵挂,于是灭烛披衣,起而徘徊,生出捧月相赠的奇想,然而又无法实现,只能寄相思的希望于梦中。诗歌写得层次清楚,委婉情深。通篇除首句以明月领起而外,其余皆不见"月",而清光弥漫,又无处不在,意境清幽朦胧而美好。

[千古名句]其中"海上生明月,天涯共此时"二句,是千古流传的佳句,它意象优美,境界雄浑阔大,寄意深远美好,表达出深深的怀念之情,后来苏轼的"但愿人长久,千里共婵娟"与此有异曲同工之妙,因而并传不衰。

张九龄

❀ 感遇 ❀

江南有丹橘①,经冬犹绿林。岂伊地气暖,自有岁寒心②。可以荐嘉客,奈何阻重深③!运命惟所遇,循环不可寻④。徒言树桃李,此木岂无阴⑤?

注 释　①丹橘:红橘。古代橘树往北逾淮河即变为枳。②伊:那里,指江南。岁寒心:抵御天气严寒的本性。③荐:奉献。阻重深:被层层阻隔于深远孤僻之地。④循环:周而复始,指命运否极泰来,交替往复。不可寻:不可探寻,没有规律。⑤徒言:没有依据,随便说。树:栽种。此木:即指丹橘。

橘绿图

赏析 [这是一首托物咏志的诗] 屈原有《橘颂》诗,赞美橘树"受命不迁,生南国兮",有坚贞不移的美德。诗人也是南国韶州曲江（今广东韶关）人，贬所荆州又多橘，因此自然受到了屈原诗歌的影响，写下了这首诗。但在表现手法上又有新意。一是用具有"岁寒心"的松柏来相比拟，强调独立不移的品格；二是指出其果实的珍贵，暗示积极的用世精神；三是以桃李来反衬，指出其被忽视的作用。这样，更能启人想象，委婉深沉，意蕴宽广。诗中也有对自己遭受贬谪的抱怨，对命运无常的悲叹，但整个精神却是积极向上的，再加上语言的清新简练，平和温雅，历来受到传诵。

崔国辅

（生卒年不详）吴郡（今江苏苏州）人。玄宗开元十四年（726）登进士第，官至礼部员外郎。天宝间因遭遇牵连，被贬竟陵司马。《全唐诗》存诗1卷。

怨词①

妾有罗衣裳，秦王在时作②。为舞春风多，秋来不堪著 zhuó③。

注释 ①怨词：宫怨之作，《乐府诗集》题作《怨诗》。②秦王：唐高祖时，李世民曾为秦王。③著：穿。

赏析 [由一件旧衣说起] 封建宫廷的宫女因歌舞博得君王一晌欢心，常获赐衣物。女主人公刚刚翻检衣箱，发现一件敝旧的罗衣，牵惹起对往事的回忆，不禁黯然神伤。第一句中的"罗衣裳"，既暗示了主人公宫女的身份，又寓有她青春岁月的一段经历。第二句说衣裳是"秦王在时"所作，这意味着"秦王"已故，又可见衣物非新。第三句说罗衣曾伴随过宫女青春时光，几多歌舞。第四句语意陡然一转，说眼前秋凉，罗衣再不能穿，久被冷落。两句对比鲜明，构成唱叹语调。"不堪"二字，语意沉痛。表面看来是叹"衣不如新"，但对于宫中舞女，一件春衣又算得了什么呢？不向来是"汗沾粉污不再著，曳土踏泥无惜心"（白居易《缭绫》）么？这里有许多潜台词。

[春秋二字的双关] 刘禹锡的《秋扇词》云："莫道恩情无重来，人间荣谢递相催。当时初入君怀袖，岂念寒炉有死灰！"《怨词》中对罗衣的悼惜，句句是宫女的自伤。"春""秋"不只指季

候,又分明暗示年华的变换。"为舞春风多"包含着宫女对青春岁月的回忆;"秋来不堪著",则暗示其后来的凄凉。"为"字下得十分巧妙,意谓正因为有昨日宠召的频繁,久而生厌,才有今朝的冷遇。初看这二者并无因果关系,细味其中却含有"以色事他人,能得几时好"(李白《妾薄命》)之意,"为"字便写出宫女如此遭遇的必然性。

[表面惜衣实际写人] 此诗句句惜衣,而旨在惜人。衣和人之间是"隐喻"关系。罗衣与人,本是不相同的两种事物,作者却抓住罗衣"秋来不堪著",与宫女见弃这种好景不长、朝不保夕的遭遇的类似之处,构成确切的比喻。以物喻人,揭示了封建制度下宫女丧失了做人权利这一极不合理的现象,这就触及问题的本质。

[刺先朝旧臣见弃说] 唐人作宫怨诗,有时是借题发挥以寄托讽刺,或感叹个人身世。清刘大櫆说此诗是"刺先朝旧臣见弃"。按崔国辅系开元进士,官至礼部员外郎,天宝间被贬,此可备一说。

王翰

(生卒年不详)字子羽,并州晋阳(今山西太原)人。景云元年(710)登进士第,玄宗开元八年(720)后举极言直谏科,调昌乐尉,又中超拔群类科。张说当政,召为秘书省正字。张说罢相后,贬为仙州别驾,再贬为道州司马,卒于官。《全唐诗》存诗1卷。

❀ 凉州词① ❀

葡萄美酒夜光杯②,欲饮琵琶马上催。醉卧沙场君莫笑③,古来征战几人回?

注释 ①凉州词:见王之涣《凉州词》注。②葡萄美酒:指西域特产的葡萄酒,唐贞观十四年(640)破高昌,得其酿制法。夜光杯:酒杯名,汉东方朔《海内十洲记》:"周穆王时西胡献……夜光常满杯……杯是白玉之精,光明夜照。"③沙场:广阔的沙地,这里指战场。

赏析 [关于作者] 王翰在当时颇有盛名,杜甫曾以"李邕求识面,王翰愿卜邻"为荣。

[用华美词采表达对生活的热爱] 此诗与王之涣同题作,皆曾被推为唐人七绝首选。诗从举杯欲饮写起,首句极力突出酒美杯美。葡萄酒乃西域特产的酒,色红。夜光杯,据《海内十洲记》载是西胡献给周穆王的礼品,是由西域所产的玉石琢成。意象之华美,使人想起李贺《将进酒》"琉璃钟,琥珀浓,小槽酒滴真珠红",可以说酒未到,先陶醉。其中含着诗中人对生活的热爱,对于全诗是极其重要的一笔。

[摆酒送行的场面] 次句写正要开怀畅饮之际,忽闻马上乐队已奏起琵琶,催人出发。"催"有两义,一是侑酒(如李白

"车旁侧挂一壶酒,凤笙龙管行相催"),一是催促。史载汉武帝以公主和亲于乌孙,念其行道思慕,故使工人载筝筑,为马上之乐,名曰琵琶,可见"马上琵琶"本是征行之乐。再说,如果仅仅是侑酒,也和下句的沙场缺乏紧密联系。这样看来,诗中写的是战士在奔赴战场之前,摆酒送行的场面,送行酒是可以壮战士行色的。

[诗化了战争和牺牲] 一二句到三四句有一个跳跃,省去了一个举杯痛饮的场面,而就此作情语:请君莫笑战士贪杯,须知他们此一去,是没有打算回来的了。"醉卧沙场"乃马革裹尸的转语,岂是可笑之事,说"君莫笑",是淡化的手法。"醉卧沙场"是诗的语言,它不但诗化了战争,也诗化了牺牲,使全诗具有浪漫情调。

[结尾的深厚意味] "古来征战几人回",以古人酒杯浇自己块垒,作苦语读,可以说是很颓唐、很无奈的话。作壮语读,则有"名编壮士籍,不得中顾私;捐躯赴国难,视死忽如归"(曹植)、"风萧萧兮易水寒,壮士一去兮不复还"(荆轲)的意味。意兴极为豪放,亦不讳言征战之苦,这是典型的唐音。此作与王昌龄《从军行(青海长云暗雪山)》在伯仲之间。

孟浩然

(689—740),字浩然,襄州襄阳(今属湖北)人。少隐家乡鹿门山,玄宗开元十六年(728)进京应试不第,遂漫游天下,以布衣终老。有《孟襄阳集》。

过故人庄

故人具鸡黍 shǔ①,邀我至田家。绿树村边合,青山郭外斜。开轩面场圃②,把酒话桑麻。待到重阳日,还来就菊花③。

注释 ①鸡黍:指农家待客的丰盛饭食。②轩:窗的别称。场:打谷的场地。圃:种植蔬菜或花卉的园地。③就菊花:古代风俗,重阳节要赏菊。

赏析 [这首诗的人情味] 这是一首记述乡下做客的诗。请吃,是中国人建立感情的一种方式;杀鸡炊黍,是田家待客的习俗,"鸡黍"二字很家常,但也有出处,《论语·微子》:"子路从而后,遇丈人……止子路宿,杀鸡为黍而食之。"后来元杂剧有一出《范张鸡黍》,写的是后汉太学生范式,约定九月十五日到朋友张劭家探望,到期张杀鸡炊黍以待,张母疑心范相隔千里,未必能到,话音才落,范就到了。此诗一二句写故人相邀而我即至,不推辞,不误期,既随和,又讲信用,这正是一种最普通的人情,是人际交往中最常有的现象。诗人随手拈出,富于生活气息,多么亲切。

[朴素的写景] 继二句写赴会沿途所见景色,这村庄坐落在城外,傍着一带青山,为绿树所环绕,表现出郊游的情趣来。元人马致远《双调·夜行船》:"红尘不向门前惹,绿树偏宜屋角

遮，青山正补墙头缺，更那堪竹篱茅舍"，这鼎足对的写景更鲜丽，也更尖新，然而却没有这里的自然朴素；马曲写的是茅舍一角，取景较窄，孟诗写的却是整个农村，眼界自宽；马曲流露的是孤高的情怀，此诗表现的却是平常心，具有更多的生活气息。所以这两句的好处，远在修辞之外，是全诗的灵魂，是感情与形象交融的结晶。这两句重点表现的是青山、绿树、村落，它们水乳交融地打成一片，而城郭相形之下就显得是个陪衬了，这里包含着一颗农家的心。

[田园的闲适情趣] 接下来写打开轩窗，宾主引怀细酌，谈笑风生，而谈的无非是庄稼话、家常话，所谓"相见无杂言，但道桑麻长"。城里终日忙忙碌碌的人，是很少能领略这种闲侃的乐趣的，它的前提是闲，有闲才有侃的心情，可人相对，清茶一杯，聊天聊上一天都不觉累。什么谋职求官之类的事，连想都不去想它了。诗人忘情于田园风光与友情之中了。

[坦诚的告别] 喝罢，谈了，最后是告辞。诗人的谈兴和酒兴未消，他说还要再来，那就重阳节吧。这照应了开篇，这次是应邀而来，下次是不请也要来。在这种坦诚到忘形的话中，田庄的美好、故人的热情、作客的愉快，全都有了。

[语淡而味终不薄] 诗写一次普普通通的做客，在一个普普通通的农家，这儿既没有引人注目的名胜，也没有令人兴奋的事件，不过是一片场圃，遍地桑麻，一些村人来往的道路，然而诗人却成功地创造了一个和平的、理想的天地，一个没有传奇色彩的人间桃源，写出了诗人忘怀得失，沉醉于友情与大自然的喜悦。全诗平平叙起，娓娓道来，没有一个夸张的句子，没有一个华丽的词句，"语淡而味终不薄"（沈德潜），这就是孟浩然的诗。

✤ 临洞庭湖赠张丞相 ✤

八月湖水平，涵虚混太清[①]。气蒸云梦泽，波撼岳阳城[②]。欲济无舟楫，端居耻圣明[③]。坐观垂钓者，徒有羡鱼情[④]。

注　释　①虚、太清：指天空。②气蒸：谓洞庭湖近处都在水汽笼罩之中。岳阳城：在洞庭湖东岸。③端居：独处，隐居。④徒：一作"空"。

赏析

[张丞相是谁] 从诗题可知，这是投献张丞相之作。张丞相是谁？一说为张九龄，一说为张说。就关系而言，浩然与九龄较深，但九龄并未做过岳州一带地方官；张说开元中曾罢相，四年（716）坐事贬为岳州刺史，所以就事迹言，则投献张说的可能性为大。

[首联大处落笔] 洞庭本是长江中游巨浸，所谓"巴陵胜状，在洞庭一湖，含远山，吞长江，浩浩汤汤，横无际涯，朝晖夕阴，气象万千"，诗人来在八月，正值秋水盛涨，只一个"平"字，便形容出湖水的更加浩渺。湖水给人的强烈感受，除了广，还有深，"含虚混太清"一句就专写洞庭的孕大涵深。"虚"与"太清"俱指天空，不过"涵虚"的"虚"乃指映在水中的天空，"太清"则是指头上的天空，诚所谓"上下天光，一碧万顷"。这两句是大处落墨，静态的描写；接下来的两句则取动态，写洞庭的气势和声威。

[次联写洞庭湖的声威] 宋人范致明《岳阳风土记》云："（岳阳）城据湖东北（不仅如此，古代的云梦大泽也在洞庭的东北，具体而言，云泽在江北，梦泽在江南，相当于今湖北东南与湖南北部一带低洼地区，方圆八九百里），湖面百里，常多西南风。夏秋水涨，涛声喧如万鼓，昼夜不息。"而"气蒸云梦泽，波撼岳阳城"二句，就写出西南风至，湖之声气东行所具有的威力和影响，"蒸""撼"二字，就写出了一处力度、一种震撼。这也就是孟诗"冲淡中有壮逸之气"的范例了。

[三联的巧妙过渡] 湖水呈现的这种活力，这种气象，就使人联想到时代脉搏，盛唐气象。这触动了深藏在诗人潜意识里的不安，怎么能在这样千载难逢的大时代里无所作为呢？晚唐杜牧有一句诗："清时有味是无能"（《将赴吴兴登乐游原一绝》），可

做"端居耻圣明"的注脚。"欲济无舟楫,端居耻圣明"两句,完成了此诗从写景到陈情间的过渡之妙。

[结尾落到献诗的动机] 已经表现出希望援引的意思了,不过只说"欲济无舟楫",就不那么露骨,反过来说也就是委婉。想到湖的彼岸,可惜没船;"鱼,我所欲也",可惜没有钓竿。《淮南子·说林训》云:"临河而羡鱼,不如归家织网。"——一种蠢蠢欲动之情,跃然纸上。这是在陈情,在干人,然而运用的却是比兴手法,"欲济"呀、"舟楫"呀、"垂钓"呀、"羡鱼"呀,这些喻象都紧紧扣住观湖感兴而来。因此,全诗浑然一体,绝无前后割裂、勉强凑合之感。诗中三四两句意境雄阔,历来与杜甫"吴楚东南坼,乾坤日夜浮"(《登岳阳楼》)并提,"后人自不敢复题"(方回)。

春晓

春眠不觉晓,处处闻啼鸟。夜来风雨声,花落知多少?

赏析 [这首诗重在写听觉印象] 古诗写春晓者多矣,如孟浩然此诗可谓清妙而别致。关键在于诗人抓住清早刚刚睡醒的刹那的感受,提供给读者的主要是听觉的形象,春鸟的啼声,和回忆中夜里的风雨声,正如"荷风动香气,竹露滴清响"两句,可谓找准了感觉。

[诗中具有的永恒魅力] 春天的鸟语花香,微风细雨,是大自然的音乐,和大自然对人的一种抚慰,它们构成了一个特殊的审美境界。据说有人尝试用带有雨声的枕头,或鸟语啁啾的录音来治疗神经衰弱等由文明带来的病症,实际上也就是让病人在啼鸟声、风雨声中复返自然,放下精神上的负担,得到心理上的解脱。所以《春晓》一类诗具有永恒的魅力。

[有感伤但分量很轻] 但诗中表现的是否就是对社会人生漠不关心的疏淡心情呢?恐未必然,诗中至少含有惜花的意思。"知多少"不是说"管它落了多少",而是说"不知落了多少"。

这种惜花的感情分量很轻,被淹没在对春意的审美感受之中,所以还算不得怎样感伤。

送朱大入秦①

游人五陵去②,宝剑值千金。分手脱相赠,平生一片心。

注释 ①朱大:作者友人,名去非。秦:指长安。②五陵:本为长安郊外五个汉代皇帝陵墓(高祖长陵、惠帝安陵、景帝阳陵、武帝茂陵、昭帝平陵,一说高祖长陵、太宗昭陵、高宗乾陵、中宗定陵、睿宗桥陵)的合称,此泛指长安。

赏析 [这是一首临别赠言的诗] 诗中写赠剑,有一个谁赠谁受的问题。细玩诗题,并参《岘山亭送朱大》"一言予有赠",当是作者送朱大以剑。末句"平生一片心",语浅情深,似是赠剑时的赠言,又似赠剑本身的含义——即不赠言的赠言。

[妙在措语含蓄] 只说"一片心"而不说一片什么心,妙在含蓄。黄生评:"士之怀才欲试,如宝剑之出为世用,此平生之心也。今已已无复此心,但勉朱当及时效用,故以赠剑为喻。'平生一片心'五字,浑浑不明所指,今人遂亦混混视之也。"(《唐诗摘抄》)

渡浙江问舟中人①

潮落江平未有风,扁 piān 舟共济与君同②。时时引领望天末③,何处青山是越中④?

注释 ①浙江:此指钱塘江。②扁舟:小舟。③时时句:陆机《拟兰若生朝阳》:"引领望天末,譬彼向阳翘。"引领:延颈,伸长脖子。④越中:越州一带。越,越州(今浙江绍兴)。

赏析 [这首诗的写作背景] 这首诗作于开元中漫游吴越,渡钱塘江之越州时。在杭州,作者云"今日观溟涨",可见渡浙江前曾遇潮涨。一旦潮退,舟路已通,作者便迫不及待登舟续行。

[这首诗表现的博爱之情] "舟中人"当是来自四方的陌生人。"扁舟共济与君同",颇似他们见面的寒暄。俗云"同船过渡三分缘",将和平时代淳厚世风和人情味隐隐传出。"引领望天末"本陆机诗,加时时二字,即如出口语。

宿建德江①

移舟泊烟渚②,日暮客愁新。野旷天低树③,江清月近人。

注释 ①建德江:浙江流经建德的一段的江名。建德:唐县名,今属浙江。②烟渚:暮霭笼罩的洲渚。③低:低于。

赏析 [诗中抒情点到为止] 诗人旅行时住在船上,诗也是在船上写的。此诗点情只"客愁新"三字,语言妙于模糊:可以说是离家未久,所以想家;也可以说是新添了客愁,即更想家了。情,点到为止,其余写景物给旅客的印象。

[旅夜泊舟看到的景色] 景物给旅客的印象极为清妙:"烟渚"二字可以唤起多少美的联想。末二句更以天低于树来写原野的旷远,以月近于人来写江水的清澈平静,构思精巧。"天低树""月近人"都是视感上的错觉,但又有强烈的真实感,这是旅途中一番新的印象。"月近人",又巧妙地、不动声色地从反面烘托人的孤单、人的寂寞。孤单和寂寞,使人想家。于是乎,新的印象,便引起了新的客愁。"新"字妙。

[这首诗的形式美] 此诗在形式上取对结,先散后骈,闹不好会有未完之感。然而这两句写景的同时,又是微妙地言情,有余味,所以只让人觉得精工,绝无半律之嫌。

与诸子登岘 xiàn 山①

人事有代谢,往来成古今。江山留胜迹,我辈复登临。水落鱼梁浅,天寒梦泽深②。羊公碑字在,读罢泪沾襟③。

注释 ①诸子：诸位先生。子，古代对别人的尊称。岘山：在今湖北省襄阳市南。②鱼梁：即鱼梁洲，为襄阳附近汉水中的沙洲。③羊公碑：襄阳百姓为羊祜所立纪念碑。西晋羊祜以尚书左仆射镇守襄阳，他登岘山，曾对邹湛等人说："自有宇宙，便有此山，由来贤达胜士，登此远望，如我与卿者多矣，皆湮灭无闻，使人伤悲。"羊祜死后，襄阳百姓建碑于山，后称"堕泪碑"。

赏析 [这是一首凭吊古迹的咏怀诗]作者与朋友们登上岘山，读羊公碑后有感于古往今来的沧海桑田、人事代谢，于是发为歌咏。前四句寓人生道理于淡斟低唱之中，讲的似乎是平常意思，但经诗人一语道破，却使人感到是发他人所未发，变得非常深刻了。五、六句写出初冬景色，突出怀古主题；最后读羊公碑而为之出涕，感伤之余，深思无尽。

[全诗语言平易，但意蕴深永]体现了孟诗"语淡而味终不薄"。其对仗在一、二句和五、六句，与常格不同，是一种五律早期的形式。这首诗是孟浩然的代表作，它也为诗人本人树起了一座纪念碑，后人再登岘山，不仅会想到羊祜，也会想到孟浩然了。

❀ 岁暮归南山① ❀

北阙休上书，南山归敝庐②。不才明主弃，多病故人疏③。白发催年老，青阳逼岁除④。永怀愁不寐，松月夜窗虚⑤。

注释 ①南山：指孟浩然湖北襄阳城南的老家。②北阙：古代皇宫的北门楼，这是大臣等候帝王召见或向上奏事、上奏章的地方。敝：此为谦辞，敝庐有如"寒舍"。③不才：没有才干。④青阳：春天。岁除：岁暮。⑤永怀：长久地怀有。永，长。

赏析 [这首诗作于诗人在长安应试落第之后]首联一开始就作愤慨语，大有一气之下拂袖而去之意。但第二联却将自己的不遇归为自己的"不才"和"多病"，反而自责，措语深婉，把对皇帝和朝廷的不满隐藏得很深。后四句情绪逐渐平和，由于光阴荏苒，岁月不居，一天天老大，还是归隐算了吧，回去与"松月夜窗"相伴，然而诗人仍然心有余痛，所以长愁不寐。

[将作者的思想表现得一波三折]全诗读来一气流转，在看似显豁的语言中包含着丰富的内容，形成悠远深厚的艺术风格，独树一帜。

早寒江上有怀①

木落雁南度，北风江上寒②。我家襄水曲，遥隔楚云端③。乡泪客中尽，孤帆天际看④。迷津欲有问，平海夕漫漫⑤。

注释 ①诗题又作：《早寒有怀》《江上思归》。早寒：时为秋季，却天气寒冷，故称"早寒"。江：指长江。怀：心情，情绪。②雁南度：鸿雁南飞。度，此指飞越。③我家襄水曲：指我家在襄阳。汉水在襄阳一段古称襄水、襄河，襄阳正处于汉水之曲。曲，河流拐弯处。楚云端：襄阳春秋战国时属楚国，故称。④乡泪：思乡的眼泪。⑤迷津：指水涨后渡口消失，形容迷失方向，不知所往。平海：宽阔平静的水面。夕漫漫：形容江边暮色苍茫无际。

赏析 [此诗是孟浩然漫游长江途中所作] 诗中表现出对故乡思念之情。首二句用起兴的方法点出"早寒",为下文的思乡交待时令和环境,定下基调。因此第二联就自然想到家乡,路途遥远,可望不可即,流露了思乡情怀。第三联写"乡泪""孤帆",思乡情绪就比较直露了,表现出浓烈的怀乡心情,使思想感情一步步深化。最后一联既表现出飘零异乡、羁旅无定的思绪,同时也委婉透露出应试落第之后那种前途渺茫、彷徨苦闷的满腔悲愤情绪,意思更加深厚。

[全诗言浅意深] 中间两联有工对,有半对,一任自然,绝无斧凿痕迹,显得妙境天成。

夏日南亭怀辛大①

山光忽西落,池月渐东上②。散发乘夜凉,开轩卧闲敞③。荷风送香气,竹露滴清响。欲取鸣琴弹,恨无知音赏。感此怀故人,中宵劳梦想。

注释 ①辛大:姓辛,排行第一。作者友人。②山光:照耀在山上的太阳光。池月:池边月色。③轩:窗户。闲敞:悠闲空旷之处。敞,屋无壁谓之"敞"。

赏析 [前六句写夏日初夜以后南亭景色] 金乌西坠,玉兔东升,荷风送香,竹露滴响,这里的环境是多么恬静而幽雅!诗中"荷风送香气,竹露滴清响"二句,写景细致入微,清爽宜人,韵致悠远,是不可多得的佳句。而诗人散发乘凉,开轩闲卧,又显得多么闲适潇洒!然而这一切背后,却隐隐透出一种孤独感。

[后四句写怀念故人的心情] 因为寂寞,以致半夜独思成梦,怀念友人之情不能自已。诗歌前后过渡自然,妙合无痕,境界既高雅闲适,而又流露淡淡的孤寂,两者自然交融,正体现出作者特有的风格。

夜归鹿门山歌①

山寺钟鸣昼已昏,渔梁渡头争渡喧②。人随沙路向江村,余亦乘舟归鹿门。鹿门月照开烟树③,忽到庞公栖隐处④。岩扉松径长寂寥,惟有幽人夜来去⑤。

注 释 ①鹿门:指鹿门山,在今湖北襄阳,诗人早期隐居于此。②渔梁:即湖北襄阳渔梁洲,古渡口名。③开烟树:形容烟雾弥漫中的江树渐渐变得明朗起来。④庞公:指三国时期隐居于鹿门山的隐士庞德公。⑤岩扉:用岩石做成的门户。幽人:幽居山林之人,此乃作者自谓。

赏析 [诗的重点在表现鹿门山的清幽环境]诗歌按时间顺序写来,先是在途中看到渡头的喧闹情景,然后再转到对鹿门山的描写,非常轻松自然,而月照烟树,岩扉松径,一派幽寂的境界,气象清远。诗中"惟有幽人自来去"与"渔梁渡头争渡喧"形成强烈对比,表现出作者归隐的情趣和与世无争、与人无争的超然态度。

王之涣

(688—742)字季凌,原籍晋阳(今山西太原),生于绛郡(今山西新绛)。开元初为冀州衡水主簿,后被诬去职,优游山水。晚任文安县尉,卒于官舍。《全唐诗》存诗6首。

登鹳雀楼①

白日依山尽②,黄河入海流。欲穷千里目,更上一层楼。

注释 ①鹳雀楼:楼高三层,北对中条山,下瞰黄河,属河中府。故址在今山西永济境内。作者一作朱斌(芮挺章《国秀集》)。②白日:指夕阳。山:指中条山。

赏析 [关于鹳雀楼]唐代河中府的一处高阜上,有一座三层的高楼,正对中条山,俯瞰黄河水,因为楼高,时有鹳雀来栖,故名鹳雀楼。这里历来是登临胜地。唐人题咏甚多,而这首五绝当推第一。

[前两句描绘景象]诗句排空而起。"白日",写傍山的太阳,圆而大,明朗璀璨。映衬它的是恢恢天宇,显得气势磅礴。用一个声调永长的"依"字,更状出了太阳靠山缓缓沉下的壮丽情景,这是只有登高远望才可能得到的生动感受。天地悠悠,气象恢廓。读者的胸怀为之大开。

在鹳雀楼上,事实上看不见大海,诗人却用丰富的联想增加了目力,写出了"黄河入海流"这样声势赫赫的句子。而声调短促的"入"字与舒缓永长的"流"字配合,一仄一平,一张一弛,音情摇曳,成功地表现了黄河一泻千里东到大海的雄伟气势。诗句的韵律与所表现的情感水乳交融,完美地统一着。

古诗词鉴赏

短短十字,日、海、山、河,并吞万有,气象开张。写落日,写河流,却绝无"夕阳无限好,只是近黄昏""恰似一江春水向东流"的感伤。相反,这景象的豪迈壮阔,激起的是人不能自已的豪情。

[后两句提升意境] 后两句把诗的意境提到一个新的高度。它歌颂了大好河山,表现了诗人的襟怀抱负,常被人简单概括为"站得高才能看得远"。这当然不错,不过在诗中,这样的哲理是寓于形象,饱含着丰富情感,所以激动人心。

❀ 凉州词① ❀

黄河远上白云间②,一片孤城万仞山③。羌笛何须怨杨柳④,春风不度玉门关⑤。

注 释 ①凉州词:又名《凉州曲》《凉州歌》《梁州歌》,《乐府诗集》卷七九《近代辞曲》引《乐苑》:"《凉州》,宫调曲。开元中,西凉府都督郭知运进。"凉州:属陇右道,治所在姑臧(今甘肃武威)。诗题一作《出塞》。②黄河远上:一作"黄沙直上"。③仞:长度单位,合八尺(一说七尺)。山:指祁连山,在河西走廊南侧。④羌笛:又作羌管,管乐器,原出古羌族。马融《长笛赋》:"近世双笛从羌起。"杨柳:双关《折杨柳》曲名。《乐府诗集》卷二二横吹曲辞:"《唐书·乐志》曰:'梁乐府有胡吹歌云:"上马不捉鞭,反拗杨柳枝。下马吹横笛,愁杀行客儿。"此歌辞元出北国,即鼓角横吹曲《折杨柳枝》是也。'《宋书·五行志》曰:'晋太康末,京洛为《折杨柳》之歌,其曲有兵革苦辛之辞。'"⑤玉门关:关名,故址在今甘肃敦煌西北小方盘城,是西域输入玉石必由之路,因而得名。

赏析 [旗亭画壁的故事] 据唐人薛用弱《集异记》记载:开元间,王之涣与高适、王昌龄到酒店饮酒,遇梨园伶人唱曲宴乐,三人便私下约定以伶人演唱各人所作诗篇的情形定诗名高下。结果三人的诗都被唱到了,而诸伶中最美的一位女子所唱则为"黄河远上白云间"。王之涣甚为得意，这就是著名的"旗亭画壁"故事。此事未必实有，但表明王之涣这首《凉州词》在当时是列入流行歌曲排行榜的名篇。

[首句的阔大境界] 诗的首句抓住自下游向上游、由近及远眺望黄河的特殊感受，描绘出"黄河远上白云间"的动人画面：汹涌澎湃波浪滔滔的黄河竟像一条丝带迤逦飞上云端。写得真是神思飞跃，气象开阔。诗人的另一名句"黄河入海流"，其观察角度与此正好相反，是自上而下的目送；而李白的"黄河之水天上来"，虽也写观望上游，但视线运动却又由远及近，与此句不同。"黄河入海流"和"黄河之水天上来"，同是着意渲染黄河一泻千里的气派，表现的是动态美。而"黄河远上白云间"，方向与河的流向相反，意在突出其源远流长的闲远仪态，表现的是一种静态美，同时展示了边地广漠壮阔的风光，不愧为千古奇句。

[关于一片孤城] 次句"一片孤城万仞山"出现了塞上孤城，这是这首诗主要意象之一，属于"画卷"的主体部分。"黄河远上白云间"是它远大的背景，"万仞山"是它靠近的背景。在远川高山的反衬下，益见此城地势险要、处境孤危。"一片"是唐诗习用语词，往往与"孤"连文，如"孤帆一片""一片孤云"等等，这里相当于"一座"，而在词采上多一层"单薄"的意思。这样一座漠北孤城，当然不是居民点，而是戍边的堡垒，同时暗示读者诗中有征夫在。"孤城"作为古典诗歌语汇，具有特定含义。它往往与离人愁绪联结在一起，如"夔府孤城落日斜，每依北斗望京华"（杜甫《秋兴》）、"遥知汉使萧关外，愁见孤城落日边"（王维《送韦评事》）等等。第二句"孤城"意象先行引入，为下两句进一步刻画征夫的心理做好了准备。

[杨柳一词双关曲调名] 诗起于写山川的雄阔苍凉，承以戍守者处境的孤危。第三句忽而一转，引入羌笛之声。羌笛所奏乃《折杨柳》曲调，这就不能不勾起征夫的离愁了。此句系化用乐府《横吹曲辞·折杨柳歌辞》"上马不捉鞭，反折杨柳枝。蹀座

吹长笛，愁杀行客儿"的诗意。折柳赠别的风习在唐时最盛。"杨柳"与离别有更直接的关系。所以，人们不但见了杨柳会引起别愁，连听到《折杨柳》的笛曲也会触动离恨。而"羌笛"句不说"闻折柳"却说"怨杨柳"，造语尤妙。这就避免直接用曲调名，化板为活，且能引发更多的联想，深化诗意。玉门关外，春风不度，杨柳不青，离人想要折一枝杨柳寄情也不能，这就比折柳送别更为难堪。征人怀着这种心情听曲，似乎笛声也在"怨杨柳"，流露的怨情是强烈的，而以"何须怨"的宽解语委婉出之，深沉含蓄，耐人寻味。这第三句以问语转出了如此浓郁的诗意，末句"春风不度玉门关"也就水到渠成。

[诗意与征人离思相关]"玉门关"一语入诗，也与征人离思有关。《后汉书·班超传》云："不敢望到酒泉郡，但愿生入玉门关。"所以末句正写边地苦寒，含蓄着无限的乡思离情。如果把这首《凉州词》与中唐以后的某些边塞诗（如张乔《河湟旧卒》）加以比较，就会发现，这首诗虽极写戍边者不得还乡的怨情，但没有衰飒颓唐的情调，表现出盛唐诗人广阔的心胸，悲中有壮，悲凉而慷慨。"何须怨"三字不仅见其艺术手法的委婉蕴藉，也可看到当时边防将士在乡愁难禁时，也意识到卫国戍边责任的重大，方能如此自我宽解。正因为《凉州词》情调悲而不失其壮，所以能成为"唐音"的典型代表。

李颀

(690?—754?)河南颍阳(今河南登封)一带人,玄宗开元二十三年(735)登进士第,曾官新乡尉。《全唐诗》存诗3卷。

古意①

男儿事长征,少小幽燕客②。赌胜马蹄下,由来轻七尺③。杀人莫敢前,须如猬毛磔 zhé④。黄云陇底白雪飞⑤,未得报恩不能归。辽东小妇年十五,惯弹琵琶解歌舞⑥。今为羌笛出塞声,使我三军泪如雨!

注释 ①古意:是魏晋六朝以来流行的一种诗体,内容广泛。②事:做,从事。长征:远征。幽燕:唐代的幽州古代属燕国,故称幽燕。包括今之河北、辽宁部分地区,是唐代的边防前线,也是历史上英雄辈出的地方。③马蹄:箭靶的名称。指用比赛射箭来决胜负。七尺:七尺身躯,指生命。④杀人:此指与人格斗。莫敢前:没有谁敢上前来。猬毛磔:似刺猬毛张开的样子。磔,此指张开。⑤陇:坡地。⑥辽东:指辽河以东,即今辽宁省西南部。小妇:少妇。解:懂得,擅长。

赏析 [这首诗描写和歌颂了远征边塞的少年英雄的豪情壮志]
前六句以五言正面描写其英雄形象和视死如归的豪迈气概,形象生动,气势逼人。后六句以七言写其以身报国的志愿,同时也以辽东小妇的姣好形象与英勇剽悍的英雄形象相映衬,暗示出他对家乡的思念,诗歌在雄豪中富有韵味,耐人含咀。

古诗词鉴赏

王湾

洛阳（今属河南）人，先天元年（712）进士，官洛阳尉。《全唐诗》存诗10首。

次北固山下①

客路青山外②，行舟绿水前。潮平两岸阔，风正一帆悬③。海日生残夜，江春入旧年④。乡书何处达⑤，归雁洛阳边⑥。

注释　①次：长途中的暂时停留，这里指停泊。北固山：今江苏镇江市北，其势险固，三面临江。②客路：指旅途。③正：顺。④海：即江，古人好称江为海。⑤乡书：家书。⑥归雁句：传说鸿雁可以传书，此句言春天群雁北归，能将我的家书带到洛阳边上去吗？

赏析　[一首并不哀伤的行旅之诗] 这首诗的作者王湾是唐玄宗时进士，生卒年不详，《全唐诗》存其诗10首，这是最脍炙人口的一篇。王湾是洛阳人，一生中，"尝来往吴楚间"，此诗正是作者客行路中的所见所感。头两句是交代作者的行踪。因为北固山是三面临江，所以正是行舟于青山之下，绿水之上。"客路"两句节奏明快，色彩鲜丽，荡漾着盎然的春意。行旅之诗从《诗经》的"行道迟迟，我心伤悲"开始，多有羁旅行役、辗转飘零之悲戚感，本诗却以如此明丽、跳脱的对偶句发端。次联写春潮涨起，江水浩渺，放眼望去，江面似乎与两岸齐平，视野陡然为之开阔；春风和畅，一帆高悬，平稳地行驶在波平浪静的大江之上。既有杜甫"星垂平野阔，月涌大江流"（《旅夜抒怀》）的大气，又有李白"两岸猿声啼不住，轻舟已过万重山"（《朝发白帝城》）的轻快。第三联描绘拂晓时的壮丽景象，是千古传诵的名

王湾

潮满春江图

句。尾联由外在的景转入作者的内心。看到大雁飞过，勾起了旅人对家人的思念，山长水阔，家书无处可寄，只盼远去的大雁在飞过洛阳时，能替自己捎个信。至此，诗中始流露出一种淡淡的乡愁。但就全诗而言，仍是气象宏大，基调昂扬的。

[一种自然的理趣]"海日生残夜，江春入旧年"是此诗中历来最脍炙人口的一联，当时的燕国公张说将这两句手题政事堂，每示能文，令为楷模。这两句是说当昨日的夜晚还没有完全过去，一轮红日已从江上冉冉升起，而旧的一年尚未逝去，新一年的春天已经崭露头角。这两句既是一幅描写江上日出和春意乍现的风景图，更是一句有感时序交替。季节转换的哲理诗。海日虽孕育于冰冷、黑暗的残夜，但它的温暖与光明终将驱散这最后的阴霾，虽然旧年的冬天仍未完全结束，但春天的脚步已悄然而至，终将带我们走入万物复苏的时节。这是大自然生生不息的规律，也是生活的哲理，让我们从结束中看到开始，在灰烬中看到鲜花，给人乐观向上的艺术感染力量。

[一种阔大的境界]一首诗的境界是否阔大，不在于字句的长短，而是看它所放映的时空观念。如果时间局限于短短的一段，空间是小庭深院似的狭仄，这就会令人感到婉约柔媚，境界狭小。反之，如果时间横亘古今，穿越今昔，空间蔓延千里，眼接无穷，如陈子昂的《登幽州台歌》，那么随着时空的扩大，全诗的境界也就更显深沉高远。此诗描绘了春潮初起时开阔无垠的江面，和以辽阔大江为背景而升起的红日，这是一幅非常壮美的图画；同时，"海日生残夜，江春入旧年"传达出一种日夜交替，时节转换的时间观念，其中不但没有时光流逝之类的感叹，反而洋溢出乐观和信心，此诗可谓是体现了阔大、健康、蓬勃向上的盛唐气象。

王昌龄

(698?—约756）字少伯，京兆万年（今陕西西安）人。玄宗开元十五年（727）登进士第，授秘书省校书郎。二十二年登博学宏词科，迁汜水尉。二十八年为江宁丞，世称王江宁。旋贬龙标尉，故又称王龙标。安史乱中避乱江淮，为濠州刺史闾丘晓所杀。有《王昌龄集》。

从军行①

烽火城西百尺楼②，黄昏独坐海风秋③。更吹羌笛关山月④，无那金闺万里愁⑤。

注释 ①从军行：乐府诗题，多抒军旅辛苦之情。②烽火句：即城西百尺烽火楼。烽火楼：烽火台，古代边地军事设施，用白日燃烟、夜间点火的方式传递军事讯息。③海风：此指青海湖吹来的风。④关山月：笛曲名，《乐府解题》："《关山月》，伤离别也。"⑤无那：无奈。金闺：闺阁的美称，指战士的家室。

赏析 [这首诗的抒情主人公] 组诗原共七首，此诗原列第一。诗中的抒情主人公是一位哨兵，诗中提到的城应在河西走廊距青海湖不远的地方，可以假定为凉州（甘肃武威）。

[层层加码的抒情] 首句"烽火城西百尺楼"乃"城西百尺烽火楼"的倒腾，为了在字句上协律的缘故。烽火台乃戍所、哨所，所以说抒情主人公乃一哨兵。在孤城之外百尺高台上放哨，经常是整天没有什么情况，所以难免寂寞无聊；加上是"独坐"，更增孤独；加上来自雪山那边的青海湖的"海风阵阵"，更增寒冷与凄凉。二句已层层加码，直令哨所之戍卒乡心陡起，有不可禁当之感。

[诗从对面生情] 就在这个当口，偏偏有人吹起《关山月》

这样一支伤离别的笛曲,则乡心又不啻增加一倍矣。说有人吹起,是因为哨所的戍卒是不能在放哨时吹笛的,吹笛的人或出于无心,听曲的人却不免有意。诗用加一倍的手法渲染至此,末句却宕开,不再写戍卒本人的乡思,而从对面生情,以悲悯的口气揣想戍卒家中年轻的妻,说她的愁思才没治哩。"金闺"二字以藻绘点染,反形凄清;"万里"写两地空间距离之遥,加重了"愁"字的分量。"无那"即无奈、无可奈何,类似"虞兮虞兮奈若何"那样一种悲悯、负疚的口气。王昌龄七绝的深厚有余,和绝类骚语,正要从这些地方细加体会。

❀ 从军行之二 ❀

琵琶起舞换新声①,总是关山旧别情②。撩乱边愁听不尽③,高高秋月照长城。

注释 ①琵琶:弹拨弦乐器,在唐时属时尚乐器。②关山:双关《关山月》曲名。《关山月》详见前首注。③撩乱:指心绪烦乱。边愁:即关山旧别情。

赏析 [写军中听乐有感] 本诗原列第二。截取了边塞军旅生活的一个片断,通过写军中宴乐表现征戍者深沉、复杂的感情。诗境在乐声中展开:随舞蹈的变换,琵琶又翻出新的曲调。琵琶是富于边地风味的乐器,而军中置酒作乐,常常少不了"胡琴琵琶与羌笛"。这些器乐,对征戍者来说,带着异域情调,容易唤起强烈感触。既然是"换新声",总能给人以一些新的情趣、新的感受吧?

[以旧情对新声] 不,边地音乐主要内容,可以一言以蔽之,"旧别情"而已。因为艺术反映实际生活,征戍者谁个不是离乡背井乃至别妇抛雏?"别情"实在是最普遍、最深厚的感情和创作素材。所以,琵琶尽可换新曲调,却换不了歌曲包含的情感内容。《乐府古题要解》云:"《关山月》,伤离别也。"句中"关山"双关《关山月》曲调,含意更深。

[抒情中的波折] 此句的"旧"对应上句的"新",成为诗意的一次波折,造成抗坠扬抑的音情,特别是以"总是"做有力转接,效果尤显。次句既然强调别情之"旧",那么,这乐曲是否太乏味呢?不,那曲调无论什么时候,总能扰得人心烦乱不宁,那奏不完、"听不尽"的曲调,实叫人又怕听,又爱听,永远动情。这是诗中又一次波折,又一次音情的抑扬。"听不尽"三字,是怨?是叹?是赞?意味深长。做"奏不完"解,自然是偏于怨叹。然做"听不够"讲,则又含有赞美了。所以这句提到的"边愁"既是久戍思归的苦情,又未尝没有更多的意味。当时北方边患未除,尚不能尽息甲兵,言念及此,征戍者也许会心不宁意不平的。前人多只看到它"意调酸楚"的一面,未必全面。

[以景结情] 诗前三句均就乐声抒情,说到"边愁"用了"听不尽"三字,那么结句如何以有限的七字尽此"不尽"就最见功力。诗人这里轻轻宕开一笔,以景结情。仿佛在军中置酒饮乐的场面之后,忽然出现一个月照长城的莽莽苍苍的景象:古老雄伟的长城绵亘起伏,秋月高照,景象壮阔而悲凉。对此,你会生出什么感想?是无限的乡愁?是立功边塞的雄心和对于现实的忧怨?也许,还应加上对于祖国山川风物的深沉的爱等等。

读者也会感到,在前三句中的感情细流一波三折地发展(换新声——旧别情——听不尽)后,到此却汇成一汪深沉的湖水,荡漾回旋。"高高秋月照长城",这里离情入景,使诗情得到升华。正因为情不可尽,诗人"以不尽尽之","思入微茫,似脱实粘",才使人感到那样丰富深刻的思想感情,征戍者的内心世界表达得入木三分。此诗之臻于七绝上乘之境,除了音情曲折外,这绝处生姿的一笔也是不容轻忽的。

❋ 从军行之三 ❋

青海长云暗雪山[①],孤城遥望玉门关[②]。黄沙百战穿金甲,不破楼兰终不还[③]。

古诗词鉴赏

注　释　①青海：青海湖，在今青海西宁市西。雪山：当指祁连山，以其上积雪终年不化故称。②孤城：唐诗中多指边城，此指河西走廊上某城。玉门关：故址在今甘肃玉门市西北、瓜州县东双塔堡附近，与其西南的阳关同为当时通往西域的要冲。③楼兰：汉代西域国名，此代指入侵之敌。汉时西域楼兰王勾结匈奴，屡次遮杀汉使于丝路，后傅介子奉命前往，计斩楼兰王，威慑西域，保证了丝路的畅通。见《汉书·傅介子传》。

赏析　[这首诗的地理背景]　本诗原列第四。诗中所写孤城亦在河西走廊。盖河西走廊的南侧乃祁连山脉，其山峰上有终年不化之积雪，山那边即青海，走廊北侧乃古之长城，走廊的尽头是玉门关。

[前二句中的内涵]　本篇前二句描写的地域，在唐属河西节度使辖区。青海是唐与吐蕃多次交战之地，而玉门关外则是突厥的势力范围。河西节度使的首要任务，就是隔断两番，守护河西走廊，确保丝绸之路的畅通无阻。所以诗的前二句不仅是描绘西部风光，更重要的是点出了孤城南拒吐蕃、西防突厥的重要地理位置和战略意义、从而在写景中流露出戍边将士的自豪感和责任感，及戍边生活的苦寒、单调与寂寞。

[第三句包容甚大]　如果说前二句展示孤城地理位置，是空间显现，后二句则是关于时间的叙写——"黄沙百战穿金甲"一句，将戍边时间之漫长、战事之频繁、战斗之艰苦、敌军之强悍、沙场之荒凉，皆概括无遗。七绝以第三句为主，就是指在这句上酝酿情绪要充分，则末句的绾结就可以水到渠成。

[末句妙在意味深厚]　末句借汉傅介子事做抒情。汉时西域楼兰王勾结匈奴，屡次遮杀汉使于丝路，后傅介子奉命前往，计斩楼兰王，威震西域，保证了丝路的畅通。"不破楼兰终不还"的结句妙在一个"终"字，作豪语读可，作苦语读亦何尝不可，这恰好缴足了前二句所隐含的正反两种情绪。如改为"誓不还"，则是单纯的豪言壮语，与将士的实际心情对照，不免失之简单化。

王昌龄

❋ 从军行之四 ❋

大漠风尘日色昏,红旗半卷出辕门①。前军夜战洮 táo 河北②,已报生擒吐谷浑 tǔyùhún③。

注释　①辕门:军营的门。②洮河:河名,源出甘肃临潭,东北流经岷县、临洮入黄河。③吐谷浑:是南朝晋时鲜卑族慕容氏的后裔,属游牧部族,居住在洮水西南等处,时扰边境,后被唐高宗和吐蕃联军所败,开元时已不复存在,此代指敌方首领。

赏析　[这首诗中有情节] 本诗原列第五。如果说前面几首诗未直接描写战事,妙在情景的话,那么这首诗则写到具体的战役,妙于情节设计。

[正面不写写侧面] 绝句太短,须惜墨如金,诗人避免写正面的交战,而选取了一个有意味的时刻写洮河战役:后军于黄昏出营增援,刚刚出发,前军夜战的捷报已经传来。这就传神地写出唐军的苦战与善战,也写出了战局神变的况味,使诗的容量突破篇幅,变得十分丰富。

[关于诗中的红旗] 唐代边塞诗多写到"红旗"这一意象,且屡与白雪相互映衬,如"纷纷大雪下辕门,风掣红旗冻不翻"(岑参)、"横笛闻声不见人,红旗直上天山雪"(陈羽)。考其来历,盖由汉高祖初为亭长夜行斩蛇,后有一妪夜哭,云是赤帝子斩白帝子,起事为沛公,遂树赤帜,这是红旗的来由。

❋ 出塞① ❋

秦时明月汉时关②,万里长征人未还。但使龙城飞将在③,不教胡马度阴山④。

注释　①出塞:乐府诗题,属《横吹曲辞》。《乐府诗集》引《晋书·乐志》:"《出塞》《入塞》曲,李延年造。……唐又有《塞上》《塞下》曲,盖出于此。"②秦时句:意即明月还是秦汉时的明月;关还是秦汉时的关。在修辞上称为互文。③龙城飞将:指汉代的李广。《史记·李将军列传》："广居右北平，匈奴闻之，号曰'汉之飞将军'，避之数岁，不敢入右北平。"龙城：当指卢龙城。清阎若璩《潜丘札记》二："右北平，唐为北平郡，又名平州，治卢龙县。"④阴山：阴山山脉在河套以北，大漠以南，起自甘肃，绵亘内蒙，是古代中原的天然屏障。

赏析 [前两句的互文修辞]《出塞》是乐府《横吹曲辞》旧题，原作二首，此其一。此诗一起即十分精警——"秦时明月汉时关"，"明月"与"关"这两个意象中都积淀有戍卒乡愁的意绪，与下文"万里长征人未还"相照应，包含多少征夫思妇之泪！而首句将明月与关分属秦、汉，是互文手法，意即明月还是秦汉时那轮明月，关也还是秦汉时的故关，言下意味就十分丰富了。一方面可见征夫思妇之悲自古而然，其意味恰是李白《战城南》所谓："秦家筑城备胡处，汉家犹有烽火燃；烽火燃不息，征战无已时。""万里长征人未还"，意味着秦汉直至李唐，不知有多少征戍者沿着祁连山下的这条古道有去无还！另一方面，在这明月照临下的雄关，自秦汉以来演出过多少威武雄壮的保家卫国的活剧：秦始皇曾使蒙恬北筑长城而守藩篱，却匈奴七百余里，胡人不敢南下而牧马；汉代霍去病深捣敌巢，封狼居胥山，禅姑衍，临翰海而还；李广为右北平太守，匈奴号之为"飞将军"，避之数岁，不敢入右北平，边塞也曾有过相对安定的时候。

[后两句直抒情怀] 前两句的意蕴如此丰富，蓄势十分充足，后二句也就水到渠成："但使龙城飞将在，不教胡马度阴山。"沈德潜解道："盖言劳师力竭而功不成，由将非其人故也；得飞将军则边烽自息，即高常侍《燕歌行》推重'自今犹忆李将军'也。"解极是，然此诗虽与《燕歌行》具有同样思想内容，写法则蕴藉空灵，特别是前二句无字处皆具意也。

[是"龙城"还是"卢城"] 诗中"龙城"二字，曾引起注家议论纷纷。或以为"龙城"（在今蒙古国境内）是匈奴大会祭天之所（据《汉书》），而右北平唐时为北平郡，治卢龙县，有卢龙

军,故应作"卢城",但旧本难改,至今绝大多数读者仍倾向于"龙城"。地名"龙城"者本不止一处。从道理上讲,"卢龙城"也可简作"龙城";又李广为陇西成纪人,《史记》载成纪于汉文帝十五年(165)有黄龙现,以此也可称成纪为"龙城";从感情上讲,"龙城飞将"自唐以来早为读者接受,深入人心,不可更改;从辞采而言,"龙城"何等神气,"卢城"则平淡无奇。

闺怨

闺中少妇不知愁,春日凝妆上翠楼①。忽见陌头杨柳色②,悔教夫婿觅封侯③。

注释 ①凝妆:严妆,着意打扮。②陌头:路边。③觅封侯:指通过从军建功立业。

赏析 [关于闺怨] 封建时代妇女活动范围限于家庭,所谓足不出户,精神特别空虚,把夫妻间的团聚看得很重,然而由于生活的原因,却以不能如愿的时候居多,此闺怨所由作也。

[从不知愁写起] 王昌龄这首闺怨写得相当别致相当深刻,为众多同类之作不及。写"闺怨",却先说"不知愁"。刻意求深的读者往往不得其解,或曰为礼教所囿不便流露愁情,这种说法不合唐代实际,也不合诗意;或曰"少年不识愁滋味",但这是少妇,不是少年(男性);或曰诗中少妇是半憨的,所以不知愁,但写半憨的少妇没有普遍意义,又与诗意不合。其实"不知愁"就是"不知愁",盖以从军为荣,盛唐社会风气如此,"功名只向马上取","觅封侯"不但是少年的愿望,亦必合于少妇的幻想。少年壮志不言愁,和闺中少妇不知愁,是完全可能的事。

[为什么说不知愁] 首句说罢"不知愁",次句具体说明她是怎样"不知愁"。在一个春天的早上,她打扮得齐齐楚楚,款步登楼,既为赏景,也未尝没有几分风流自赏的意味。《诗经·卫风·伯兮》写丈夫从军久戍不归,妻子在家形容憔悴道:"自伯

之东,首如飞蓬;非无膏沐,谁适为容?"和这首诗中的情景形成有意味的对照。

[诗情转折的信号] 第三句是全诗转折的关纽。当少妇登楼观望街景时,发现最醒目的却是街头青青的柳色,一刹那间情绪就发生了变化。"杨柳色"虽然在很多场合可作为"春色"的代称,然其形象的暗示性却要大得多,它既可以使人联想到青春年华,也可以使人联想到好景不长("蒲柳之姿,未老先衰"),还可以使人联想到折柳送别和《折杨柳曲》而引起伤感离情,这些联想都可以通往远方引起对夫婿的思念,从而使少妇产生一个从来没有如此强烈的悔恨的念头:"悔教夫婿觅封侯"!

[突变与渐变] 诗中少妇情绪的变化在刹那间发生,看起来是突变,其实也有个渐进过程——就在少妇表面"不知愁"的当儿,她的潜意识中未尝没有惆怅和孤独的情绪在滋长,当其遇到一定外部条件(如"杨柳色")的刺激,就会发生突变。所以"忽见"两字是大

转折,"悔教"二字是现有的心情,而别后思念、平日希望等等矛盾的心理状态,也都包含在其中了。

[以小见大] 这篇七绝截取一个生活断面,抓住少妇心理发生微妙变化的刹那予以集中描写,使读者从偶然见到必然,由突变联想到渐进,不但表现了诗人对笔下人物心理变化的准确把握,同时在艺术上也做到了以小见大。

❋ 芙蓉楼送辛渐[①] ❋

寒雨连江夜入吴,平明送客楚山孤[②]。洛阳亲友如相问,一片冰心在玉壶[③]。

| 注 释 | ①芙蓉楼:润州(今江苏镇江)城楼。《元和郡县图志》卷二五《江南道一·润州》:"晋王恭为刺史,改创西南楼名万岁楼,西北楼名芙蓉楼。"②吴、楚:润州地处吴头楚尾,春秋时属吴,战国时属楚。③一片句:沈德潜《唐诗别裁集》:"言己之不牵于宦情也。"玉壶:南朝宋鲍照《白头吟》:"直如朱丝绳,清如玉壶冰。" |

赏析 [这首诗的写作背景] 这首诗是王昌龄借送行而作的自白。作于江宁丞任上,诗人的好友辛渐正要北上洛阳。唐人惯例,亲朋好友离别,送者往往陪送一天路程,在客舍小住一宿,第二天早上正式分手。王昌龄这次就从江宁送辛渐到润州(郡名丹阳,今镇江),辛将由运河取道北上。润州西北城楼叫芙蓉楼,当日饯宴就设在楼上。

[写景中的寄意] 润州地处楚尾吴头,在大江南岸,北面有北固山、金山等。前两句的表层意义是雨夜行船送客到润州,已临吴地;第二天早上客即离去,只留下孤独的楚山。"夜入吴"的本来是人,但紧接"寒雨连江"为言,似乎这无边烟雨也是从江宁追到润州来的,对于别情是重重的一笔烘托。"楚山孤"则更多地带有主观感情色彩,"孤"主要是心理上的感觉,分量很

沉,直接逼出以下的表白。

[玉壶冰心的含义]王昌龄是京兆人,在洛阳亦有亲友,因此辛渐今番前往洛阳王昌龄当然会有所嘱托。给远方友人一般地捎个口信,只要"平安"二字就行。而王昌龄的口信却特别:"洛阳亲友如相问,一片冰心在玉壶",细味这句话,不是问候性的,而是表白性的;而且还加上了"如相问"三字,这就耐人玩味了。这两句诗通常被解释作"言己之不牵于宦情"(沈德潜),分明是受鲍照"直如朱丝绳,清如玉壶冰"(《白头吟》)的暗示太深,对王昌龄有点不关痛痒;更普遍的是被引用来表友谊之纯洁,不是诗的本意。须知王昌龄当时是贬在江宁,为官方舆论所不容,而他又是一个名气很大的诗人,这无疑更助长了某些流言蜚语的传播。所以辛渐此去洛阳,亲友们一定会向他打听有关情况,所以王昌龄要托辛渐捎一句话。"冰心"一词见于《宋书》陆徽语("冰心与贪流争激,霜情与晚节弥茂"),"玉壶"一辞出自鲍诗,两个美好的意象叠加在一起,形成一个冰心玉映的拟人形象。

美的语言也昭示着美的心灵,王昌龄正是以这首诗,得到辛渐及洛阳亲友的理解和千古读者的同情。

❋ 塞上曲① ❋

蝉鸣空桑林,八月萧关道②。出塞复入塞,处处黄芦草。从来幽并 bīng 客,皆向沙场老③。莫学游侠儿,矜夸紫骝好④。

注释　①塞上曲:乐府《横吹曲》曲调,又作《塞下曲》。②空桑林:八月秋风萧瑟,桑叶尽落,故言"空"。萧关:古代关塞,在今宁夏固原东南。③从来:向来。幽并客:指幽、并二州的勇士。"自古言侠勇者,皆推幽、并。"(《隋书·地理志》)幽州、并州辖今河北、山西、陕西省部分地区。④游侠儿:指四方游历,逞强好斗、恃勇轻生的侠客。紫骝:一种良马。

赏析 [衬托和反衬的写法] 先以蝉鸣空桑、处处黄芦的边塞的荒凉、苦寒，写出艰苦环境，来衬托"幽并客"的愿共"沙场老"的献身精神。最后两句是叮嘱与规劝，实是以"游侠儿"来反衬"幽并客"的真正的英雄气概，言辞之间充满钦佩之意，使"幽并客"的形象更加鲜明突出。

塞下曲①

饮马渡秋水，水寒风似刀。平沙日未没，黯黯见临洮táo②。昔日长城战，咸言意气高③。黄尘足今古，白骨乱蓬蒿④。

注释 ①塞下曲：乐府《横吹曲》曲调。又题为《望临洮》。②平沙：一望无涯的沙漠似一马平川。黯黯：天色昏暗迷蒙。③长城战：临洮为秦长城的西起点。公元714年，唐玄宗开元二年，吐蕃侵扰临洮，唐将薛讷、王晙等与吐蕃人在临洮长城一带展开血战，终将吐蕃人击败。咸：都。意气：作战的士气。④黄尘：诗人想象中唐军与吐蕃人激战时所卷起的漫漫黄沙。足：充满。蓬蒿：皆为野草名。

赏析 [这是一首反战之作] 这首诗描绘边地的荒寒，表现战争的残酷。"秋水"已觉寒冷，再加上"风似刀"，使读者不寒而栗，比喻极为生动有力。黄尘漫天，蓬蒿中满是白骨，战争的惨烈亦不言而喻。文笔极其简练传神。全诗悲壮苍凉，气格雄健，历来被认为是边塞诗的代表作。

春宫曲

昨夜风开露井桃①，未央前殿月轮高②。平阳歌舞新承宠③，帘外春寒赐锦袍。

注释 ①露井：没有井盖的井。②未央：汉宫名，在汉长安城内西南隅。③平阳句：用卫子夫事。卫子夫为平阳公主歌人，因汉武帝访平阳公主而得幸。

赏析 [侧面微挑] 表面上写得宠者的锦上添花，间接表现无宠者心境的凄凉。其背景是天宝年间，唐玄宗宠幸杨贵妃，"三千宠爱在一身"，事有类汉武帝宠幸卫子夫。本篇用侧面微挑的手法，正面不写写侧面，"风开露井桃"以见不寒，春不寒而赐袍，正是表现承宠者的锦上添花，而无宠者的歆羡可知。

❋ 长信秋词① ❋

奉帚平明金殿开②，且将团扇共徘徊③。玉颜不及寒鸦色，犹带昭阳日影来④。

注释 ①长信：汉宫名，在长乐宫内，西汉时为太后所居之地。②奉帚：手持扫帚，指清晨从事洒扫。③团扇：汉班婕妤《怨歌行》咏团扇，以秋扇见捐喻宫人失宠。④昭阳：汉宫殿名，汉成帝皇后赵飞燕妹赵合德得宠时所居之处，此指受宠者的居处。日影：阳光，喻君恩。

赏析 [这首诗写宫人失宠的幽怨] 开篇即用团扇诗意，以秋扇见弃喻君恩的中断。后两句进而即景抒情，昭阳宫为得宠者所居，宫在东方，寒鸦带东方日影而来，意谓己不如鸦也。这里的比喻突破"拟人必于其伦"的限制，将"寒鸦"和"玉颜"这两个毫无可比性的东西作比，结果美不如丑，颠倒黑白极矣，究其原因则在于前者沾了"日影"，而后者失了"君恩"。其次，寒鸦带昭阳日影而来，实写景色，比喻从鸦色日影信手拈来，所以含意更加丰富。

柳中庸

生卒年不详,名淡,以字行,河东(今山西永济西)人,为柳宗元族人,与弟中行皆有文名。曾授洪州户曹掾,不就。《全唐诗》存诗13首。

❄ 征人怨 ❄

岁岁金河复玉关①,朝朝马策与刀环②。三春白雪归青冢③,万里黄河绕黑山④。

注释 ①金河:即黑河,唐代在此设有金河县,在今内蒙古呼和浩特南。玉关:即玉门关。②策:马鞭。刀环:刀柄上用作装饰的铜环。③青冢:指王昭君墓。④黑山:又名黑虎山,在今呼和浩特市东南。

赏析 [此诗怨的是统治者穷兵黩武]首二句互文见义,"岁岁"和"朝朝"可见年岁之久,"马策"与"刀环"可见生活之枯燥和艰苦。后二句写景,用边地特有景色来进一步衬托征人的满腹怨愤。全诗不着一"怨"字,而怨情自见,可谓蕴藉含蓄之至。诗中除"复""与""归""绕"四字而外,其余全是名词的组合,在形象、内容上极具包容性。字句对偶精工,很有特色。

王维

（约 701—761）字摩诘，太原祁（今山西祁县）人，后徙家蒲州（今山西永济西）。玄宗开元九年（721）中进士，任太乐丞，因伶人舞黄狮子坐罪，贬济州司仓参军。二十三年任右拾遗。曾以监察御史出使凉州，为河西节度使幕府判官。二十八年迁殿中侍御史，以选补副使赴桂州知南选。还朝后居终南山。天宝元年（742）改官左补阙，旋居蓝田辋川。十四载迁给事中，翌年为安史乱军所获，拘于洛阳。肃宗至德二载（757），以陷贼官六等定罪，以诗获免。乾元元年（758）授太子中允，加集贤学士，迁中书舍人，改给事中。上元元年（760）官尚书右丞，世称王右丞。有《王右丞集》。

❁ 观猎 ❁

风劲角弓鸣，将军猎渭城①。草枯鹰眼疾，雪尽马蹄轻。忽过新丰市，还归细柳营②。回看射雕处，千里暮云平③。

注释　①劲：强劲，猛烈。角弓：用兽角装饰的良弓。鸣：弓弦响声。渭城：古县名。②新丰：古县名。细柳：古地名。③雕：一种猛禽。飞得快而高，不易射中。

赏析　[清人的评价] 不过一次普通的狩猎活动，却写得激情洋溢，豪兴遄飞。本篇艺术手法，几令清人沈德潜叹为观止："章法、句法、字法俱臻绝顶。盛唐诗中亦不多见。"（《唐诗别裁》）

[开篇先声夺人] 诗开篇就是"风劲角弓鸣"，未及写人，先全力写其影响：风呼，弦鸣。风声与角弓（用角装饰的硬弓）声彼此相应：风之劲由弦的震响听出，弦鸣声则因风而益振。"角弓鸣"三字已带出"猎"意，能使人去想象那"马作的卢飞快，弓如霹雳弦惊"的射猎场面。劲风中射猎，该具备何等手眼！这又唤起读者对猎手的悬念。待声势俱足，才推出射猎主角来：

王维诗意图

"将军猎渭城。"将军的出现,恰合读者的期待。这发端的一笔,胜人处全在突兀,能先声夺人,"如高山坠石,不知其来,令人惊绝"(方东树)。两句若倒转便是凡笔。

[颔联的妙处] 渭城为秦时咸阳故城,在长安西边,渭水北岸,其时平原草枯,积雪已消,冬末的萧条中略带一丝春意。"草枯""雪尽"四字如素描一般简洁、形象,颇具画意。"鹰眼"因"草枯"而特别锐利,"马蹄"因"雪尽"而绝无滞碍,颔联体物极为精细。三句不言鹰眼"锐"而言眼"疾",意味着猎物很快被发现,紧接以"马蹄轻"三字则见猎骑迅速追踪而至。"疾""轻"下字俱妙。两句使人联想到鲍照写猎名句:"兽肥春草短,飞鞚越平陆",但其发现猎物进而追击的意思是明写在纸上的,而王维却将同一层意思隐于句下,使人寻想,便觉诗味隽永。三四句初读似各表一意,对仗铢两悉称;细绎方觉意脉相承,实属"流水对"。此二句与诗人的"暮云空碛时驱马,秋日平原好射雕"(《出塞作》),俱属名言,可以参读。以上写出猎,只就"角弓鸣""鹰眼疾""马蹄轻"三个细节点染,不写猎获的场面,而猎获之意见于言外;再则射猎之乐趣,远非实际功利所可计量,只就猎骑英姿与影响写来自佳。

[猎归的喜悦] 颈联紧接"马蹄轻"而来,意思却转折到罢猎还归。虽转折而与上文意脉不断,自然流走。"新丰市"故址在今陕西省西安市临潼区,"细柳营"在今陕西省西安市长安区,两地相隔七十余里。此二地名俱见《汉书》,诗人兴会所至,一时汇集,典雅有味,原不必指实。言"忽过",言"还归",则见返营驰骋之疾速,真有瞬息"千里"之感。"细柳营"本是汉代周亚夫屯军之地,用来就多一重意味,似谓诗中狩猎的主人公亦具名将之风度,与其前面射猎时意气风发、英姿飒爽,形象正相吻合。这两句连上两句,既生动描写了猎骑情景,又真切表现了主人公的轻快感觉和喜悦心情。

[结尾饶有余味] 写到猎归,诗意本尽。尾联却更以写景作

结,但它所写非营地景色,而是遥遥"回看"向来行猎处之远景,已是暮霭沉沉。此景遥接篇首。首尾不但彼此呼应,而且适成对照:当初是风起云涌,与出猎紧张气氛相应;此时是暮云笼罩,与猎归后踌躇容与的心境相称。写景俱是表情,于景的变化中见情的消长,堪称妙笔。七句语有出典,古匈奴人以善射者为射雕手,见《史记·李将军列传》。又《北史·斛律光传》载北齐斛律光校猎时,于云表见一大鸟,形如车轮,射中其颈,旋转而下,乃是一雕,因被人称为"射雕手"。此言"射雕处",有暗示将军的臂力强、箭法高之意。诗的这一结尾摇曳生姿,饶有余味。

综观全诗,半写出猎,半写猎归,起得突兀,结得意远,中两联一气流走,承转自如,有格律束缚不住的气势,又能首尾回环映带,体合五律,这是章法之妙。诗中藏三地名而使人不觉,用典浑化无迹,写景俱能传情,至如三四句既穷极物理又意见于言外,这是句法之妙。"枯""尽""疾""轻""忽过""还归",遣词用字准确锤炼,咸能照应,这是字法之妙。

❈ 使至塞上 ❈

单车欲问边①,属国过居延②。征蓬出汉塞③,归雁入胡天。大漠孤烟直,长河落日圆。萧关逢候骑 jì④,都护在燕 yān 然⑤。

注 释 ①问边:到边疆去察看。②属国句:是"过居延属国"的倒装。属国:汉时,凡已归附的少数民族,称其地区为属国。居延:古县名,故城在今内蒙古自治区额济纳旗境。③征蓬:被风卷起远飞的蓬草,这里借指行踪。④萧关:古关名,是关中通往塞北的交通要冲,在今宁夏回族自治区固原东南。候骑:担任侦察、通讯的骑兵。⑤都护:官名,汉宣帝时,始设西域都护。唐则设置安东等六大都护府,都护是都护府的最高长官,这里借指河西节度使。燕然:山名,今在内蒙古境内,这里用作最前线的代称。

古诗词鉴赏

赏析 [一首苍凉壮阔的边塞诗] 开元二十五年（737），河西节度副大使崔希逸战胜吐蕃，唐玄宗命王维以监察御史的身份从军宣慰，察访军情。这诗是出塞途中所作。单车二句看似轻描淡写，却是将万里行程包含其中，作者只是一带而过。征蓬二句是说诗人自己像跟随北风而飘然出塞的蓬草，像北归的大雁一样进入了胡人的天空，自有一种苍凉感。第三联是描绘塞外特有的大漠风光。最后两句是交代自己到了边塞，却没有遇到将官，侦察兵告诉诗人，首将正在燕然前线。虽然没有交代首将在前线做什么，但读者可以想象也许是前线又有了紧张的战事，而首将正艰苦作战。

[壮丽雄浑的边塞风光]"大漠孤烟直，长河落日圆"两句，是写边塞所独有的壮美风光。

广阔苍茫的大漠中，一股狼烟从烽火台燃起，边塞荒凉单调，只有一片漠漠的黄色成为这烟的背景，所以用一"孤"字。其实，大漠之上，孤单的岂止这一股青烟？或许，更孤独的是这赴边的人，这守边的将士。一般都说"轻烟"，它是很容易被风吹散而无踪迹可寻的，气质是轻柔的。但此处的烟却是直上如缕，堪称塞外奇景，这和当时当地的气候特征不无关系。同时，"直"字又赋予了"烟"以劲拔、坚毅之美，正合塞外之粗犷、豪健风格。黄河流淌至此，没有层峦叠嶂，没有茂林修竹，只有和它同一颜色的荒漠沙丘绵延不尽。长河之上，日落。这是苍茫壮阔的落日，毫无夕阳迟暮的伤感。

[《红楼梦》中的评论]《红楼梦》第四十八回，对"大漠"二句有这样一段著名的评论："想来烟如何直，日自然是圆的；这'直'字似无理，'圆'字似太俗。合上书一想，倒像是见了这景的。若说再找两个字换这两个，竟再找不出两个字来。""诗的好处，有口里说不出来的意思，想去却是逼真的；有似乎无理的，想去竟是有理有情的。"这段借香菱之口说出的话正道出了

作诗炼字的精妙之处。

辋川闲居赠裴秀才迪①

寒山转苍翠，秋水日潺湲 chányuán。倚杖柴门外，临风听暮蝉。渡头余落日，墟里上孤烟②。复值接舆醉③，狂歌五柳前④。

注释　①辋川：本水名，今陕西蓝田县终南山下，当时有王维别墅。裴迪：常与王维游乐辋川别墅中，赋诗唱和。②墟里：村落。③复值：又碰上。接舆：古代楚国隐士。《论语·微子》："楚狂接舆歌而过孔子，曰：'凤兮凤兮！何德之衰？往者不可谏，来者犹可追。'"④五柳：陶渊明隐居时曾作《五柳先生传》自况。王维借以自喻。

赏析　[王维在辋川的隐居生活] 王维晚年得到宋之问的蓝田别墅，在辋川，山水奇胜。王维就此过着官成身退、优游林下的隐居生活。裴迪是王维的道友，也是和王维艺术风格比较接近的诗人，与王维隐居终南山，王维日与裴迪泛舟来往，弹琴论道，以诗唱和，以此自娱。

[有动感的秋色图] 王维是一个诗歌、音乐、图画、书法兼长的多才多艺的艺术家。能以绘画、音乐之理通于诗，善于运用自然而又精练、准确、富于特性的语言，塑造出完美鲜明的形象，往往着墨不多，而意境高远，把描写自然景物的诗歌艺术，推进了一步。苏轼说："味摩诘之画，画中有诗；味摩诘之诗，诗中有画。"（《题蓝田烟雨图》）正是指出了王维作品诗情画意相结合的特点。此诗以寒山、秋水、落日、孤烟等富有季节和时间特征的景物，构成了一幅和谐静谧的山水田园的风景图。首联写山中秋景，天色渐晚，山色随之愈浓，一个"转"字，赋予时间与青山以动态，颜色的改变使静止的山仿佛有了生命，时间的流逝也从这样的变化中可真切地触摸到。秋水潺潺流淌，时时日

日。第三联是千古传诵的名句,写的是黄昏时分田野里常见的景象,并且"墟里上孤烟"是从陶渊明"暧暧远人村,依依墟里烟"(《归田园居》之一)中化出,但两者各具艺术魅力。"渡头"二句是以白描手法表现黄昏日落、炊烟升空的景象,一个"余"字将夕阳西沉,行将与水面相接的那一瞬间极富动感地表现了出来,而一个"上"字又生动地表现出炊烟袅袅上升的动态。这两个字都是乍看之下,平淡无奇,细细读来,竟是如在目前,无可替换。

[两个人物形象] 从本诗的颔联和尾联中,我们可以清晰地感受到两位隐者的形象。"倚杖柴门外,临风听暮蝉"是诗人自己的形象。柴门代表的是清寒的隐居生活和质朴的田园风味。倚杖并不是意味着垂垂老矣,而是代表历经风雨后的一种闲适与平静,一种洞穿世事和理解生命的睿智。日暮时分,晚风阵阵,蝉鸣声声,诗

人的安闲、潇洒与这一片深秋暮色融为一体。尾联中的"复值接舆醉"说的是诗人的朋友裴迪。诗人把裴迪比作春秋时代"凤歌笑孔丘"的楚国狂士接舆,其实是对朋友超然而又狂放的个性的赞美,一个"复"字,表明裴迪的醉酒狂歌并非偶尔为之,诗人也是又一次重温此种景况,裴迪的个性可见一斑,而两人之间的深厚友谊也不待言说。陶渊明《五柳先生传》中的主人公是一位忘怀得失、诗酒自娱的隐者,其实,这位隐者正是陶渊明的自我写照,而此处王维自称五柳,就是以陶渊明自况。看得出来,王维对隐居田园、超然物外的陶渊明有很多的仰慕之情与同声之气。

竹里馆①

独坐幽篁里②,弹琴复长啸。深林人不知,明月来相照。

注　释　①竹里馆:建造在竹林深处的亭馆,辋川的一处景点。②幽篁:即竹林。

赏析　[这首诗的基本内容] 竹里馆建在辋川一片竹林之中,环境幽深。王维常憩馆内,"日与道相亲"。此诗写其恬淡自得的生活情趣。

[诗中描写的环境]《楚辞·九歌·山鬼》写道:"余处幽篁兮终不见天,路险难兮独后来。"《山鬼》歌辞表现出的是一种孤独思偶的情怀,隐寓着骚人政治上求合不成的感喟;《竹里馆》"独坐幽篁里"云云,则完全是怡然自得的神情。

[关于弹琴与长啸] 在唐诗中,"弹琴"这个意象往往用来表现一种不合时宜的清高拔俗的情感。至于"长啸",自魏晋以来就是名士风度的一种表征,那啸声饶有旋律,相当富于魅力,竹林七贤之中的阮籍就神乎其技,竟能"与琴声相谐"(《陈留风俗传》)。"弹琴复长啸",就传达出独处幽篁之幽人悠闲怡悦、尘虑皆空、忘乎其形的情态。

[绝妙的平衡]"深林人不知",似乎小有遗憾。"明月来相

照"正好弥补了那小小的遗憾而归于圆满。诗人似有了他的知音——你看那中宵皎洁的明月，打那篁竹的空隙间钻出来，脉脉相窥，直令人心境为之澄澈。不过，"来相照"的毕竟只是一轮"明月"，又更见竹里馆的"幽深无世人"（裴迪同咏诗），更见其境的恬静。

[这首诗在用字上的特点] 此诗在用字造语上没有用力的痕迹。写景只在俯仰之间，"幽篁""深林""明月"，几个物象，自成幽雅环境；叙写的笔墨也简淡，"独坐""弹琴""长啸"几个动作，妙达闲逸自适心情。三四两句转合之间那个小小的摇漾，其功用是不可忽略的。

鸟鸣涧[①]

人闲桂花落[②]，夜静春山空。月出惊山鸟，时鸣春涧中。

注释　①鸟鸣涧：皇甫岳别墅云溪的一处地名。皇甫岳，据《新唐书·宰相世系表》，乃皇甫恂之子。②桂花：桂花品种甚多，此是春桂，或月桂。

赏析　[鸟鸣和山幽的关系] 王维的《皇甫岳云溪杂题》五首是描写友人别墅风光的一组诗，《鸟鸣涧》即其一。鸟鸣涧是云溪一处地名，顾名思义，这是一个多鸟而幽静的山沟。王维"晚年唯好静"，对大自然的幽美境界多有发现。这首描写春天月色、空山鸟语的小诗是他的代表作之一。关于鸟鸣和山幽之间的关系，我们的古代诗人是很感兴趣的。梁代诗人王籍就有"鸟鸣山更幽"的名句。而宋代诗人王安石却反其意而用之，在诗中写道："一鸟不鸣山更幽"。然而，它们似乎都不如王维《鸟鸣涧》善于体察二者之间的辩证关系，还是王维创造出了更为深邃的境界。

[前二句即静写静] 诗的前二句包含四个片语："人闲——桂花落，——夜静——春山空"。"空"，是佛学对世界本质的概括，

也是王维诗中的关键字。细味,"静"是"空"在自然环境上的表现,"闲"是"空"在人的心境中的表现。从写景的角度看,这四个片语通过人的心境的平静、夜的宁静、山的寂静,加之桂花(春桂或月桂)落地静无声这样一个细节,就充分地写出了月出以前春山毫无声息的静谧。它使人联想到"山中不隐响,一叶动亦闻"(孟郊)或"闲花落地听无声"(刘长卿)那样幽寂的境界,正是"一鸟不鸣山更幽"。

[后二句以声衬静] 如果仅此而已,诗境便不免单调,缺乏意趣,尤其是不能见出"鸟鸣涧"的特色。所以诗人进而写道:"月出惊山鸟,时鸣春涧中。"由于月出,使鸟儿受到惊扰,不时发出一两声啼鸣,打破了夜的寂静,却又反衬出深夜空山的寂静。这就是"鸟鸣山更幽"。如果没有月出前春山绝对的寂静,鸟儿就不会因月出而惊啼;而月出后整个空山的氛围仍是一片寂静,偶而传来一两声鸟鸣,反而更衬出春山的寂静,这里有对立面相反相成的关系,也有整体与局部的对比关系;鸟声乍停之后,更显得春山无边的寂静。这里,"鸟鸣山更幽"又回到"一鸟不鸣山更幽",然而意境却更加深邃了。因为读者不仅从比较中加深了对静的感受,而且体味到春山的寂静中包孕的无限生机。

[诗中的禅趣] 幽暗的山谷,万籁无声,使人排除杂念,由静入定;突然,奇迹发生,皓月当空,光明洞彻,山谷时有鸟鸣,使人心生欢喜,由定生慧。因此可以说,这首诗的诗境,也是禅悟过程的一种象征。

❀ 相思① ❀

红豆生南国②,春来发几枝③?劝君多采撷④,此物最相思。

注 释　①题一作《江上赠李龟年》。相思:相思子,红豆的别名。②红豆:产于岭南,岁岁结子。李匡乂《资暇集》下:"豆有圆

古诗词鉴赏

而红、其首乌者,举世呼为相思子,即红豆之异名也……其花与皂荚花无殊,其子若碇豆,处于甲中,通身皆红。"南国:指岭南,唐代的岭南地区是犯罪官员的贬谪地。③春来:一作"秋来"。④多:一作"休"。

赏析

[这是一首唐代的流行歌曲] 唐代绝句名篇经乐工谱曲而广为流传者为数甚多。王维《相思》就是梨园弟子爱唱的歌词之一。据说天宝之乱后,著名歌者李龟年流落江南,经常为人演唱它,听者无不动容。

[关于红豆的故事] 红豆产于南方,果实鲜红浑圆,晶莹如珊瑚,南方人常用以镶嵌饰物。传说古代有一位女子,因丈夫死在边地,乃哭于树下而死,化为红豆,于是人们又称呼它为"相思子"。唐诗中常用它来关合相思之情。如温庭筠《新添声杨柳枝词》:"玲珑骰子安红豆,入骨相思知不知?"这首诗题一作《江上赠李龟年》,可见诗中抒写的是眷念朋友的情绪。

[开篇意味深长] "南国"(南方)即是红豆产地,又是朋友所在之地。首句以"红豆生南国"起兴,暗逗后文的相思之情。语极单纯,而又富于形象。次句"春来发几枝"轻声一问,承得自然,寄语设问的口吻显得分外亲切。然而单问红豆春来发几枝,是意味深长的。这是选择富于情味的事物来寄托情思。"来日绮窗前,寒梅著花未?"(王维《杂诗》)对于梅树的记忆,反映出了客子深厚的乡情。同样,这里的红豆是赤诚友爱的一种象征。这样写来,便觉语近情遥,令人神远。

[看见红豆想起我的一切] 第三句紧接着寄意对方"多采撷"红豆,仍是言在此而意在彼。以采撷植物来寄托怀思的情绪,是古典诗歌中常见手法,如汉代古诗"涉江采芙蓉,兰泽多芳草,采之欲遗谁?所思在远道"即著例。"愿君多采撷"似乎是说:"看见红豆,想起我的一切","捎信来时,请寄我以红豆"。暗示远方的友人珍重友谊,语言恳挚动人。这里只用相思嘱人,而自己的相思则见于言外。用这种方式透露情怀,婉曲动人,语意高妙。

[全诗语浅情深] 诗洋溢着少年的热情，青春的气息，句句话儿不离红豆，而又"超以象外，得其圜中"，把相思之情表达得入木三分。它"一气呵成，亦须一气读下"，极为明快，却又委婉含蓄。在生活中，最情深的话往往朴素无华，自然入妙。王维很善于提炼这种素朴而典型的语言来表达深厚的思想感情，语浅情深，所以当时能成为流行名歌。

杂诗①

君自故乡来，应知故乡事。来日绮窗前②，寒梅著花未③？

注释 ①杂诗：五言四句体别称，多见于南朝文人集，如吴均集。或题作《杂句》《杂绝句》。②来日：承首句"来"字，指对方从故乡出发之日。绮窗：雕花的窗户。③著花未：开花没有。

赏析 [这首诗的写作内容] 这是一首客中怀念故乡的诗。诗中人遇到来自故乡的旧友，急切地向他打听故乡的消息。

[绝句妙于用减法] 关于"故乡事"，本来是一言难尽的，对照王绩《在京思故园见乡人问》："殷勤访朋旧，屈曲问童孩。衰宗多弟侄，若个赏池台？旧园今在否？新树也应栽。柳行疏密布？茅斋宽窄裁？经移何处竹？别种几株梅？渠当无绝水？石计总生苔？院果谁先熟？林花那后开？"此诗却于寒梅外不问及他事，"问得淡绝妙绝，如《东山》诗'有敦瓜苦'章，从微物关情，写出归时之喜。此亦以微物悬念，传出件件关心，思家之切"（《唐人万首绝句选》宋顾乐评）。故乡事多多，专用减法，绝句所宜。

九月九日忆山东兄弟①

独在异乡为异客②，每逢佳节倍思亲。遥知兄弟登高处，遍插茱萸少一人③。

注释 ①原注："时年十七。"九月九日：重阳节。山东：华山以东，指作者家居之地蒲州（今山西永济）。②异客：他乡之客。倍

古诗词鉴赏

思亲：指相对于平日，倍加思念亲人。③茱萸：一种香草，古代风俗于重阳节佩戴茱萸，可以禳灾祈福，详见《续齐谐记》。

赏析 ［这首诗写普遍的人情］这首诗写重阳节身在他乡的游子对故乡亲人的思念。首句一个"独"字、两个"异"字，分量下得很重。次句"每逢佳节倍思亲"，这种体验人人都可能有，但以前没人用这样朴素无华而又高度概括的句子来表达过。"口角边说话，故能真得妙绝；若落冥搜，便不能如此自然。"（吴逸一《唐诗正声》）

［后二句从对面生情］三四句更从对面着想，"好像遗憾的不是自己未能和故乡的兄弟共度佳节，反倒是兄弟们佳节未能完全团聚；似乎自己独在异乡为异客的处境并不值得诉说，反倒是兄弟们的缺憾更须体贴。这种出乎常情之处，正是它的深厚处、新警处。杜甫的《月夜》：'遥怜小儿女，未解忆长安'，和这两句异曲同工，而王诗似更不着力。"（《唐诗鉴赏辞典》刘学锴评）

❀ 送元二使安西① ❀

渭城朝雨浥 yì 轻尘②，客舍青青柳色新③。劝君更尽一杯酒，西出阳关无故人④。

注释 ①题一作《渭城曲》，后人谱唱作《阳关曲》《阳关三叠》。元二：作者友人，不详其名。安西：安西都护府，治所在今新疆库车附近。②渭城：秦代咸阳故城，在长安西北黄河北岸，为唐时从长安通向西域的必经之地。浥：沾湿。③柳色：汉唐时有折柳送别风俗，故送别诗多言及此。④阳关：唐时关名，是古代中原通往西北和中亚的要冲，故址在今甘肃敦煌县西南，因在玉门关南而得名（《元和郡县图志》卷四十《陇右道下》）。

赏析 ［这首诗的写作背景］这是一首送朋友出使边疆地区的诗。这位姓元的朋友名字不详，其行第（同一曾祖所出的兄弟或姊妹之排行）为二，故以"元二"称之，在唐代这样的称谓显得亲切。安西是安西都护府的简称，治所在今新疆库车县。唐代习俗，亲友离别，送行者往往陪送一天路程，于客舍小住，次日清晨才正式饯别。唐代长安送别，往西去的，多在渭城进行饯别。渭城即秦都咸阳故城，在长安西北，渭水对岸，相距恰好一天路程（李商隐："送到咸阳见夕阳"）。看来诗人王维是头一天从长安送元二到渭城，次日在客舍饯别的。

[前两句定下明快基调] "渭城朝雨浥轻尘，客舍青青柳色新。"两句展现了送别的时地环境。渭城客舍，这是较大的一处送别场所。柳色青青，使人联想到自汉以来的折柳送别的传统习俗。所以诗一开始就把送别气氛渲染得浓浓的。然而这个送别的场景，又并不那么愁惨，相反，风光明媚，境界开朗，使人精神爽快。在平日，通往西域的大道车马交驰，熙来攘往，不免尘土飞扬，令人犯愁。而在一场"朝雨"后，路尘不起，天宇澄清，空气分外新鲜，柳色苍翠欲滴，令人感觉十分舒适。朝雨转晴，正宜于行路。这一切都冲淡了别离的愁情。虽然是依依惜别，却不形于感伤低沉，这积极乐观的情调，与"朝雨"这一偶然因素相关；而与当时的时代精神，也有深刻的联系。读者只要联系前王勃"海内存知己，天涯若比邻"、王昌龄"青山一带同云雨，明月何曾是两乡"、高适"莫愁前路无知己，天下谁人不识君"一类诗句，便可以感到。

[后两句包含一个千古如新的场面] "劝君更尽一杯酒，西出阳关无故人。"接下来诗人并没有展开描写送别的场面，而只撷取饯宴即将结束，诗人对行者的劝酒之辞写来，意味极为深长。它不仅含有"勿言一樽酒，明日难重持"（沈约《别范安成》）那样的感慨，而且还展现出一个富于人情味的饯别场面。"劝君更尽"云云，可见酒过数巡，彼此已经不胜酒力。而殷勤的诗人还要敬对方最后一樽酒，而通常情况下对方不免称醉，饯宴上会出现辞请再三的场面。于是敬酒者不得不寻找一个劝酒的借口，一个合情合理的理由，使对方不得不乐意饮下这杯酒。今人有所谓

"友情深,一口扪;友情浅,舔一舔",而"西出阳关无故人",正是这样一个叫人推诿不得的理由。阳关地处河西走廊的尽头,与北面的玉门关遥遥相对,是出使西域者必经之地,而当时属于边远穷荒之地。王维自己就形容过:"绝域阳关道,胡沙与塞尘。三春时有雁,万里少行人。"(《送刘司直赴安西》)元二可能是初出塞外,当然不可能有亲友在安西。"劝君更尽一杯酒,西出阳关无故人",话虽朴素,但它从行者角度着想由送者口中道来,盛情真挚深厚。仿佛行者喝下这杯酒,就能带走友人的深情厚意,以为异时异地的慰安。今人于席间劝酒,感情难却,往往类此,故诗中场面,千古如新。中唐白居易《对酒》诗云:"相逢且莫推辞醉,听唱阳关第四声",就是借王维诗句抒写眼前类似的送别劝酒的情景。

[流传千古的友谊曲] 由于这首诗成功地表现了一种真挚深厚的友情,所以从产生之日开始,它就成了流行的送别歌曲。在后代,"渭城曲""阳关曲"遂成为送别歌的代称。刘禹锡《赠歌者何戡》"故人唯有何戡在,更与殷勤唱渭城",明代郑之升《留别》"无人为唱阳关曲,唯有青山送我行"等名句中提到的"渭城(曲)""阳关曲",便是指王维《送元二使安西》。后人对作为歌曲的那两个名称,远比对原诗题目更熟悉。这一事实本身也耐人寻味,它说明了王维这首诗流传千古的一个重要原因,便是靠入乐演唱而深入人心。原诗本身就极富音乐美,"城""轻""尘""青""青""新""君""尽""人"等九字构成的一串儿叠韵,如环佩相扣,声音轻柔明快,强化了诗歌的抒情气氛。演唱起来也就特别发调,悦耳动听。

❋ 送别 ❋

下马饮君酒,问君何所之①。君言不得意,归卧南山陲②。但去莫复问③,白云无尽时。

注 释 ①何所之:去什么地方。之,去,往。②不得意:理想抱负得不到施展。南山：即终南山。在今陕西省西安市南，秦岭山峰之一。陲：边沿地区。③但：只。

赏析 ［用问答方式写成］这是一首送友归隐的小诗。一问一答，如故友相对，极为亲切自然。全诗的关键在末二句，意谓：你去吧，我也不问了，世间的功名富贵总有尽头，而那山间的悠悠白云和美好景色却是无穷无尽的啊！言语之间，表现出诗人对友人归隐的赞许，以及对隐居生活的向往，同时也使得诗歌意境悠远，韵味深长。如果没有后二句，语尽意尽，就索然无味了。

❀ 少年行 ❀

新丰美酒斗十千①，咸阳游侠多少年②。相逢意气为君饮，系马高楼垂柳边③。

注释 ①新丰句：魏曹植《名都篇》："归来宴平乐，美酒斗十千。"新丰：汉邑名，故城在唐昭应县（今陕西省西安市临潼区）东十八里。《史记·高祖本纪》："十年，更命郦邑曰新丰。"斗十千：斗酒万钱，意即酒名贵。②咸阳：秦代的首都，此借指长安。③高楼：指酒楼。垂柳：唐时长安章台路两边皆种柳树，蔚为景观。

赏析 ［乐府古题的出新］《少年行》原属乐府旧题，在李白以前，这一古题又称《少年子》《少年乐》，所用的诗体皆五言古体。王维、李白始题《少年行》，并创以七绝为此题的先例。李白另有七古一篇，内容较为丰富，其七绝的一篇却只写少年行乐："五陵年少金市东，银鞍白马度春风。落花踏尽游何处？笑入胡姬酒肆中。"一向不为人所重。而王维《少年行》四首一出，从内容到形式上都突破了传统，几使余辞尽废。

［组诗中的第一首］王维《少年行》原本四首七绝，既是相对独立的，又是有序的。四首诗分别咏长安少年游侠高楼纵饮的豪情，报国从军的壮怀，勇猛杀敌的气概，及功成无赏的不平。

古诗词鉴赏

这是真正意义的组诗，它们在内容上与古辞既有一定联系，又赋少年形象以盛唐风貌。这四首绝句又可以独立成诗，它们手法各异，显得多姿多彩，各有千秋。

[前三句写侠少的生活性格特点]本篇写少年游侠的日常生活，重在突出少年游侠重意气、重然诺而意轻千金的性格特点，本来容易落入前人窠臼，诗人却选择了高楼纵饮这一典型场景，而从虚处摄神，从而大出新意。诗的首句通过价昂极写酒美，次句强调英雄出少年之意，美酒与少年相得益彰，有如"健儿须快马，快马须健儿"一样，写得意兴酣畅，顾盼神飞。三句写少年陌路相逢，倾盖如故，是一顿宕，所谓"意气"简言即感情，细论则包含理想抱负、思想感情、性格作风诸多方面的认同，"为君饮"即为你干杯、为相识干杯，宛如侠少声口。

[最后一笔空灵得妙]全诗结穴，正该写高楼纵饮的末句，诗人却避开了宴饮的场面，从虚处摄神，似毫不经意地写至"系马高楼垂柳边"即止。垂柳的出现，不但为"系马"生根，而且有衬托都市酒楼之效，并关合少年青春，不但饶有画意，而且传神，使全篇更富于诗意和浪漫情调。这就是风调，这就叫得体，这就是盛唐七绝的典范。所以此诗在四首中，一向最受称道。

❈ 渭川田家① ❈

斜光照墟落，穷巷牛羊归②。野老念牧童，倚杖候荆扉③。雉 zhì 雊 gòu 麦苗秀，蚕眠桑叶稀④。田夫荷 hè 锄立，相见语依依。即此羡闲逸，怅然吟式微⑤。

注 释　①渭川：指长安一带的渭水流域。②斜光：指夕阳。墟落：村落。穷巷：深巷。③野老：老农。荆扉：柴门。④雉：野鸡。雊：雉鸣。秀：谷物吐穗开花。蚕眠：蚕蜕皮时处于休眠状态，不动不食，所以称为蚕眠。⑤式微：《诗经·邶风》中的篇名。诗中反复吟咏"式微式微胡不归"。后来式微就成了归隐的典故。

赏析 [诗中的地域概念] "渭川",《文苑英华》作"渭水",渭水本是古黄河,由于地壳的变迁,迫使黄河改道,形成现状。它发源于甘肃渭源县鸟鼠山,东流经陕西省,于潼关县渭口入黄河。在唐代,这是一条重要的河流,长安就在渭水南岸,故有"西风吹渭水,落叶满长安"(贾岛)之歌吟。此诗写渭河流域的农村生活观感,时在一个暮春傍晚。

[黄昏时分的田园] 农村的黄昏时分是富于诗意的,不仅夕阳可爱,回光返照墟落的景色迷人,而且经过了一天劳作,农夫们就要得到甜蜜的憩息,乡村的气氛特别轻松愉快。"日之夕矣,羊牛下来",各家各户,都在盼望亲人的回还。诗人从中撷取了一个典型的动人情景:一个老人正拄着拐棍在柴门外等候暮归的牧童。一种老牛舐犊的亲切的人情味,就透过纯客观描写的画面流露出来。拄杖动作描写固好,"念"字写心理活动尤佳。

[收工时分闲适意味] 潘岳《射雉赋》写暮春野外景物道:"麦渐渐以擢芒,雉唯唯而朝雊",诗人概括为一句:"雉雊麦苗秀。"这是蚕儿快要结茧的季节,荀卿《蚕赋》云:"三俯三起,事乃大已。"阡陌上的景色,正是"柔桑采尽绿阴稀"(王安石)。诗句紧扣农时农事,散发出浓郁的泥土气息。倘在日间,农夫们"足蒸暑土气,背灼炎天光。力尽不知热,但惜夏日长",绝不会有人荷锄而立,拉闲扯淡。只有在这黄昏收工时分才有工夫摆谈几句,虽不过只说些桑麻之类,却谈得十分投机,依依不舍。

[诗末的感慨] "式微"是《诗经·邶风》篇名。《式微》一诗描写为主子从早干到晚,天黑了还不得回家的人的怨情。诗人为渭川农村黄昏景色所吸引,从而产生了对田园生活的艳羡,也就情不自禁地吟起这首诗来了。诗人的"羡",当然是置身局外者的想法。

[距离产生美感] 鲁迅《风波》曾揶揄道:"老人男人坐在矮凳上,摇着大芭蕉扇闲谈,孩子飞也似的跑,或者蹲在乌桕树下赌玩石子。女人端出乌黑的蒸干菜和松花黄的米饭,热蓬蓬冒

烟。河里驶过文人的酒船,文豪见了,大发诗兴,说,'无思无虑,这真是田家乐呵!'""无思无虑"正是"闲逸"二字的注脚。话说回来,正因为置身局外,诗人也才持审美观照的态度,对田家景物有极新鲜的发现。他捕捉住最富有乡村黄昏特征的景物,描绘出了一幅富于生活情趣的田园画。

[这首诗的空间显现] 这确是"画"。除末二句抒情外,前八句皆写景:夕阳西下,牛羊归巷,野老候门,麦秀桑稀,田夫闲话……景与景间并无时间先后关系,也不表现动作过程,而重在展露物象的空间关系,与孟浩然《过故人庄》重在表现时间过程,四联依次写应邀—赴宴—开筵—话别相比,本篇如画的特色尤显。

❋ 山居秋暝 ❋

空山新雨后,天气晚来秋。明月松间照,清泉石上流。竹喧归浣女,莲动下渔舟。随意春芳歇,王孙自可留①。

注 释 | ①春芳歇:春天的芳华已消歇。

赏析 [中间两联有彼此映衬之妙] 首联点明时间是在一个雨后的秋晚,尾联寄意,中两联自是如画之境。这两联虽然都在展示景物,但彼此又有映衬之妙。前二句写自然景物,明月、青松、清泉、白石,是多么清幽恬静。后二句写山中人事,浣女的笑声,和渔舟的顺水下行,是闹的、动的,它们给山林带来生气,却没有破坏山林幽静的气氛,反而相映成趣,将其映衬得更加幽静和动人。

[诗中有画] 意象的平列式,时间意象的空间化,亦即意象的静态性的呈示,这一点对后来的大历诗人(尤其五律一体)产生了很大影响。突出了意象的具体化,增加了画面的逼真性和清晰度,是其所长。不过静态和具体化毕竟是与诗的本质相悖的,一味追求画意,可能会导致诗意的凝滞。(参蒋寅《大历诗风》)

[气韵与静相关] "气韵生动"本是南齐画家谢赫《画品》论画六法之一,恰好可以借用来评价王维山水五绝在艺术上达到的效果。"气韵"作为古代文艺美学范畴之一,指的是诉之于直感的形象处处显示着自然的律动,同时又富于生机之美,就这点而言,又十分地接近音乐。作为诗人兼南宗禅的信奉者,王维在审美上偏爱静境,以及与静相关的寂、空、闲、淡、幽等境界。

[相反相成的辩证运用] 同时王维洞悉艺术的辩证法,他天才地发现对立面之间相反相成的关系,及由其所构成的微妙的自然的律动,并在写景中出色地加以运用。他的诗中,色彩的明暗、浓淡、冷热,物象的声息、动静,常常相互为用,成为其常用的艺术手法。在他的诗中,经常出现静中之动、寂中之响、空中之色、幽中之光。以动衬静,愈见其静;以声衬静,愈见其静;以光明衬幽暗,愈见其幽暗,等等。因而他诗中有画,而又能做到气韵生动。

❄ 终南山 ❄

太乙近天都,连山接海隅①。白云回望合,青霭入看无②。

古诗词鉴赏

分野中峰变，阴晴众壑殊③。欲投人处宿，隔水问樵夫。

注释　①太乙：终南山主峰，在今陕西省武功境内。海隅：海角。②霭：云雾。③分野：天上的星宿与地上的区域对应的区划。阴晴句：由于终南山沟壑众多，因而每条山沟同一时刻的阴晴也许会各有不同。

赏析　[这首诗大处落墨]一开始就大处落墨，写山的高峻和广阔，以夸张的手法突出了终南山的雄伟气势。第二、三联笔触较为细致，写白云青霭、中峰众壑，由点而面，铺展开去，从侧面烘染终南山的高大和宽广连绵。最后以人少见出山的遥远。

[全诗有尺幅千里之势]全诗读来云烟满纸，雄伟壮阔，真是一幅大气磅礴的泼墨山水图，让人叹为观止。

✤ 过香积寺① ✤

不知香积寺，数里入云峰②。古木无人径，深山何处钟③？泉声咽危石，日色冷青松④。薄暮空潭曲，安禅制毒龙⑤。

注释　①过：拜访。香积寺：在今陕西省西安市南子午谷北面。②云峰：云雾缭绕的山峰。③人径：人工建筑的山路。④咽危石：形容山泉流经巨石发出低沉幽咽的响声。危，高大。⑤曲：指潭岸曲折迂回。安禅：安静参禅修炼。毒龙：指凡人心中的种种欲念。

赏析　[此诗写走访香积寺的所见所感]首联写深山云雾缭绕，香积寺杳不可寻，其环境远僻、风景之幽邃可知。中间二联通过写密林、钟声和泉声危石、日色青松，用种种幽寂的意象，构成极其清幽的意境，衬托出香积寺的非同一般。末联写傍晚伫立潭边，但见潭水一片清冷澄静，映照出自己安闲的心境。

[全诗紧扣"过"字写景]情景交融，"咽""冷"二字用得极其精妙。赵殿成说："'泉声'二句，深山恒景，每每如此。下一'咽'字，则幽静之状恍然；著一'冷'字，则深僻之景若

见。昔人所谓诗眼是矣。"(《王右丞集笺注》)

送梓州李使君①

万壑树参天,千山响杜鹃②。山中一夜雨,树杪 miǎo 百重泉③。汉女输橦 tóng 布,巴人讼芋田④。文翁翻教授,不敢倚先贤⑤。

注释 ①梓州:今四川三台。②杜鹃:鸟名,又称杜宇、子规,传说为蜀望帝所化。③树杪句:雨后山间有飞泉百道,好似高高悬挂在树梢一样。杪:树梢。④汉女:汉家妇女。输:缴纳。橦:即木棉。讼芋田:为芋田而打官司。⑤文翁:汉景帝时蜀郡太守,对西蜀文化教育卓有贡献。翻教授:勉励李使君学习文翁在西蜀时大办教育。不敢倚先贤:不能因先贤文翁已有的业绩而无所作为。

赏析 [这是一首送别之作] 作者送友人从京城长安到蜀地梓州赴任。全诗紧扣蜀中景物和人事来写,表现出对友人的深情和期望。前四句描绘蜀中景色:万壑千山,杜鹃的叫声在深林中回响,互文见义,境界阔大而颇具特色。

["山中"二句用叠景法] 写夜雨过后幽谷深林的瀑布飞泻,若在树梢,景色奇美,而且极具立体感,景物鲜明如画,是王维"诗中有画"的代表,向来被称名句。前四句于景物叙写中暗寓李的行程,送别之意自在其中。

[后四句勉励李使君] 后四句表现蜀地的风物民情,勉励友人以文翁为榜样,恪尽职守,有所作为,寄托相期相许之意,委婉曲折,而又情深意切。

汉江临眺①

楚塞三湘接,荆门九派通②。江流天地外,山色有无中③。郡邑浮前浦,波澜动远空④。襄阳好风日,留醉与山翁⑤。

注释 ①汉江：即汉水，长江支流。临：从高处往低处看。眺：远看，远望。②楚塞：战国时期汉水一带为楚国北疆，故称。三湘：指今湖南省湘江，因接纳三条支流，故称。荆门：山名，位于长江南岸，在今湖北宜都西北。九派：九条支流。③有无中：若有若无。④郡邑：指襄阳城。浮前浦：形容城镇如漂浮于江岸。⑤山翁：西晋山简任征南将军时镇守襄阳，此以山简比诗人在襄阳的好友。

赏析 ［这是王维写汉江景色的名篇］此诗大约作于玄宗朝开元末作者到襄阳主持"南选"之时。诗人在江中船上俯仰顾盼，看见江流浩渺、山原阔远的宏大景象，心胸为之开阔而豪迈。开始二句，"三湘""九派"，给人以浩瀚雄阔的整体印象，真有尽幅千里之势。

［作者琢句下字精确生动］"江流天地外，山色有无中"二句，前句极夸张之能事，极写江流的浩荡空阔；后句轻轻点染，写眺望山色似隐似现、若有若无，把那种在水光映照中变幻不定、朦胧迷离的感觉传神地写了出来。第三联中"浮"字、"动"字，下得极为生动精警，让人感到船在水中的波荡，一切景物都活动起来。从这些地方，表现出诗人高妙的艺术技巧。

❀ 终南别业① ❀

中岁颇好道，晚家南山陲②。兴来每独往，胜事空自知。
行到水穷处，坐看云起时。偶然值林叟，谈笑无还期③。

注释 ①别业：别墅。安史之乱后王维在辋川终南山下购得宋之问别墅，闲居其中。②中岁：人到中年。好道：此指信奉佛教。南山：即终南山。陲：边缘地方。③值：碰上。林叟：家住山林的老人。无还期：指忘却返回。

赏析 ［此诗写作者在辋川别业的悠闲生活］"兴来"二句，独往独来，自娱自适，神与物游，心境何其超旷。

[诗句中还蕴含着深刻的哲理]第三联"行到水穷处，坐看云起时"，最为后人称道：它以简练的笔墨写出诗人悠然自得的行踪，而水流云起又极富画意，言简意深。俞陛云在《诗境浅说》中评论道："行至水穷，若已到尽头，而又看云起，见妙境之无穷，可悟处世事变之无穷，求学之义理亦无穷。此二句有一片化机之妙。"

[余音袅袅]"偶然值林叟，谈笑无还期"写出作者待人接物平和亲切的态度，闲适自得的心情。全诗清淡自然，字字句句好像都是信手拈来，毫不经意，读来兴味盎然。

古诗词鉴赏

李白

(701—762)字太白,号青莲居士,祖籍陇西成纪(今甘肃静宁西南),生长于蜀。玄宗开元十三年(725)出蜀漫游,先后隐居安陆(今属湖北)与徂徕山(在今山东)。天宝元年(742)奉诏入京,供奉翰林,后赐金还山。安史乱中因从永王李璘获罪,系身囹圄,一度流放。有《李翰林集》。

关山月①

明月出天山②,苍茫云海间。长风几万里,吹度玉门关③。汉下白登道,胡窥青海湾④。由来征战地,不见有人还。戍客望边邑,思归多苦颜⑤。高楼当此夜,叹息未应闲。

注释

①关山月:古乐府《横吹曲》曲调。
②天山:此指甘肃的祁连山脉。匈奴语称天为"祁连",因而得名。③玉门关:古代通西域的重要关塞,在今甘肃敦煌西。④汉下:汉代军队出兵。白登道:白登山在今山西大同东。汉高祖时匈奴侵扰,兵至今山西太原,高祖亲率汉军御敌,在白登山

文苑图(局部)

被困三日，粮饷绝，死伤惨重。青海湾：即青海湖。⑤戍客：守边将士。边邑：边疆城镇。邑，百姓聚居地。苦颜：愁苦的表情。

赏析 [开篇先声夺人] 这是一首边地征人思念室家的诗，首四句以雄豪健爽之气，写出极其辽阔苍凉的边塞景象，为下文预设背景。次四句写汉、胡两军对峙，战争一触即发，暗示出剑影刀光，这次白刃厮杀将格外残酷。

[结尾余声袅袅] 最后四句承上，在战前的死寂之夜，一边写征人想家，一边写妻子思念丈夫，双管齐下，两相呼应，把征人的思念表现得特别深切。

❈ 子夜吴歌 ❈

秋歌

长安一片月，万户捣衣声①。秋风吹不尽，总是玉关情②。何日平胡虏，良人罢远征③？

注释 ①捣衣：衣料放在石砧上，用棒槌捶击，使之变软以便缝制。②玉关：玉门关。③胡虏：古代对西北边远地区侵略者的称呼。良人：丈夫。罢：结束。

赏析 [前四句的意蕴]《秋歌》的手法是先景语后情语，而情景始终交融。"长安一片月"，是写景同时又是紧扣题面写出"秋月扬明辉"的季节特点。而见月怀人乃古典诗歌传统的表现方法，加之秋季是赶制征衣的季节，故写月亦有兴义。此外，月明如昼，正好捣帛，而那"玉户帘中卷不去，捣衣砧上拂还来"的月光，对于思妇是一种何等的挑拨啊！制衣的练帛须先置砧上，用杵捣平捣软，以备裁缝，是谓"捣衣"。这明朗的月夜，长安城就沉浸在一片此起彼落的砧杵声中，而这种特殊的"秋声"对思妇又是一种何等的挑拨啊！"一片""万户"，形成强烈对比，措语天然而得咏叹味。秋风，也是撩人愁绪的，"秋风入窗里，罗帐起飘扬",便是对思妇第三重挑拨。月朗风清,风送砧声,声声都是怀念玉关征人的深情。着"总是"二字,情思益见深长。这里,秋月秋声与秋风织成浑成的境界,见境不见人,而人物俨在,"玉关情"自浓。无怪王夫之说:"前四句是天壤间生成好句,被太白拾得。"(《唐诗评选》)

[末二句的点题] 此情之浓,不可遏止,遂有末二句直表思妇心声:"何日平胡虏,良人罢远征?"过分偏爱"含蓄"的读者责难道:"余窃谓删去末二句作绝句,更觉浑含无尽。"(田同之《西圃诗说》)其实未必然。"不知歌谣妙,声势出口心"(《大子夜歌》),慷慨天然,是民歌本色,原不必故作吞吐语。而从内容上看,正如沈德潜指出:"本闺情语而忽冀罢征"(《说诗晬语》),末二句使诗歌思想内容大大深化,更具社会意义,表现出古代劳动人民冀求过和平生活的善良愿望。

[全诗的手法] 全诗手法如同电影,有画面,有"画外音":月照长安万户,风送砧声,化入玉门关外荒寒的月景。插曲:"何日平胡虏,良人罢远征?"这是多么有意味的诗境啊!须知这俨然女声合唱的"插曲"绝不多余,它是画面的有机组成部分,在画外亦在画中,它回肠荡气,激动人心。因此可以说,《秋歌》正面写到思情,而有不尽之情。

❀ 听蜀僧浚 jùn 弹琴① ❀

蜀僧抱绿绮②,西下峨眉峰。为我一挥手,如听万壑松③。客心洗流水④,余响入霜钟。不觉碧山暮,秋云暗几重。

注释　①僧浚:法号为"浚"的僧人,生平不详。②绿绮:本古琴名,此泛指名贵古琴。③挥手:指弹琴。如听万壑松:琴曲有《风入松》,故云。④客心洗流水:指琴弹至流水时,听者的心灵也为之荡涤。相传俞伯牙鼓琴,志在流水,钟子期曰:"善哉,洋洋兮若江河!"

松荫会琴图

古诗词鉴赏

赏析 [这是一首描写音乐的诗] 首二句形象地写出弹琴之人,接着在"一挥手"之后,以万壑松声,以高山流水,以清秋霜钟,来比喻琴声,把无形的音乐具象化,让人如闻其声。更妙的是,在次第比喻中,琴的变化也暗含其中:琴声初起时如松风在山谷中回荡,气势宏大,先声夺人;接着如高山雄秀,如流水涓涓,琴声起伏跌宕,婉转动听;最后是转为舒缓,如霜天钟声,清越悠远,不绝如缕。这样,就把整个琴曲表现得非常完整了。

[最后二句传出诗人听琴入神的状态] 那琴声在薄暮中仿佛与青山、与秋云相融合,弥漫扩大,余音袅袅,引人遐思。全诗把景物、琴声融为一体,在一气挥洒中表现出对琴师的一片真情,显得空灵蕴藉,妙极自然。

❋ 渡荆门送别 ❋

渡远荆门外①,来从楚国游②。山随平野尽,江入大荒流③。月下飞天镜,云生结海楼④。仍怜故乡水⑤,万里送行舟。

注释 ①荆门:山名,在今湖北省宜都市西北长江南岸。②楚国:今湖北省及其周围,春秋战国时为楚国土地。③大荒:广阔无际的原野。④海楼:海市蜃楼。⑤怜:爱。故乡水:指长江。这里有留恋的意思。

赏析 [这首诗的写作时间] 本篇是李白仗剑去国,辞亲远游,出三峡时的作品,清人沈德潜认为题中"送别"二字可删。

[关于"荆门"及其他] 荆门山在今湖北省宜都市西北的长江南岸,与北岸的虎牙山对峙,形同荆州门户,在到达荆门之前,李白应该在四川境内水流湍急的三峡中颠簸了好些天。峡的两岸有如削成,摩天的群山环绕四方,后面不见来程,前面不知去向,就像幽闭在一个峭壁环绕的水乡,纵然没有猿声,也觉凄

凉。船到荆门，景观便豁然开朗，前面是一望无际的荆楚平野，出峡后的江面顿时开阔，汹涌的激流变成一片浩浩荡荡的大水，真是两岸渚崖之间不辨牛马。甭说诗人，就是一般旅客到此也会胸怀一敞而逸兴遄飞。首二句虽平叙事实，却怎么也按捺遮掩不住内心隐隐的激动，其语气是十分兴奋爽朗的。

[关于"楚国"的历史联想] 荆门以外便是春秋战国时楚国故地，在三国时又曾是蜀主刘备起家的地方。诗人提到"楚国"这个历史地理的概念，自然能引起有关历史文化的一些联想。"屈平辞赋悬日月，楚王台榭空山丘。"（《江上吟》）这里是李白景仰的大诗人屈原和灿烂荆楚文化的故乡。荆州首府江陵，及当地故楚章华台、郢城遗址，都是诗人此行应游之地。后来他在《庐山谣》中还自称"我本楚狂人"，可见其初来游楚时应有一种何等陶醉的心情。

[壮阔的写景] "山随平野"二句十字写尽了荆门的地理形势和壮阔景观。这里的写景，角度是移动着的，而不是定点观察。这从"随、尽、入、流"四字体现出来。因此这两句诗不仅由于写进"平野""大荒"意象，而气势开阔，而且还由于动态的描写，变得十分生动。大江固然流动，而山脉本来凝固，"随……尽"的动态感觉，完全是得自舟行的实际。这两句的壮阔写景，也须放置到诗人多日峡行后一旦豁然开朗的特定情景下玩味，才能对其中含蓄的说不尽的愉快新鲜感有所领会。

[诗写三峡奇观] 三峡之中，两岸连山，略无阙处，崇崖叠嶂，遮天蔽日，"非亭午夜分，不见曦月"（郦道元《水经注》）。当然更看不到地平线和水天相接处云霞幻化的奇观。所以紧接是惊喜不已的发现："月下飞天镜，云生结海楼。"李白醉心明月："小时不识月，呼作白玉盘；又疑瑶台镜，飞在青云端。"（《古朗月行》）此行在巴山蜀水的旅程中，他常常为夜晚不能见月而遗憾。"夜发清溪向三峡，思君不见下渝州。"（《峨眉山月歌》）一到荆门就容易和明月见面，真有重见故人似的高兴。而"江入大

荒流"后，水势平缓，月的倒影也能清楚地看到了，所谓"上下天光"（范仲淹），尤为可爱。而水天之际的云霞变幻，又使诗人如睹海市蜃楼的奇观。

"山随平野"以下四句着眼于初到荆门的观感，充满诗人对生活新天地的礼赞和陶醉。对照杜甫《旅夜抒怀》中写同样景观的两句："星垂平野阔，月涌大江流"，同是上对天宇下临江面的景色，杜诗凝铸为两句，而李诗扩散为四句，风格上便有凝重和爽朗的不同。

[结尾流露浓浓的乡情]离开故乡热土，对于李白来说意味着鹏程初展，他自然是喜悦之情占了上风的。但这又并不意味着诗人和故乡割断了感情联系。蜀中是他的父母之邦，哺育他长成的地方。当他羽翼丰满后，她又无私地将这个值得骄傲的儿子奉献给整个大唐。而李白以赤子之心，永怀着对故乡母亲的热爱。他感到即使身已出蜀，故乡的爱仍和这江水一样与他同在，伴送他走到更远的地方。"仍怜故乡水，万里送行舟"十字，是充满了由衷感激之情的。"仍怜"云云，语气极轻柔婉转，而分量厚重。

❀ 送友人 ❀

青山横北郭，白水绕东城。此地一为别，孤蓬万里征①。浮云游子意，落日故人情。挥手自兹去②，萧萧班马鸣③。

注释　①蓬：蓬草，枯后根断遇风飞旋。②自兹：从此。③班马：离群的马。

赏析　[借眼前景道送别意]李白一生交游无数，赠别诗也写了不少。这首《送友人》是754年李白在宣城送别友人时的作品。借眼前之景，道惜别深情。

[先点明送别环境]"青山横北郭，白水绕东城"，这是一组

对偶句。远处有山,近处有水,宣城就在这山环水绕的环境中。抬头见山,低头见水,送别之地是在东城。

[以飞蓬喻游子] 蓬是一种遇风便到处飘散的草,这里比喻游子。友人离开家乡,告别故土,四处漂泊,就像这飘零的孤蓬。

[以落日喻友情] "浮云游子意,落日故人情",又是一组对偶句。写"浮云"衬友人,用"落日"喻友情。夕阳西下时,徐徐落下,久久不坠,就像眼前的友人,一步一回头,依依难舍。浮云、落日、游人、故人,道不尽惜别依依、款款深情。

[韵味无穷的尾联] 十里相送,终有一别。那就就此别过吧,"挥手自兹去",动作潇洒而有力。座下之马却不解主人强忍着的离情别绪,"萧萧班马鸣"。"班马"点明它是因离群而鸣,正如人。写马鸣衬人情,构思奇特,韵味无穷,不愧"诗仙"。

行路难

金樽清酒斗十千①,玉盘珍羞直万钱②。停杯投箸不能食③,拔剑四顾心茫然④。欲渡黄河冰塞川,将登太行雪满山。闲来垂钓碧溪上,忽复乘舟梦日边。行路难,行路难!多歧路⑤,今安在?长风破浪会有时⑥,直挂云帆济沧海。

注　释 ①清酒斗十千:言酒美价贵。②珍羞:珍贵的菜肴。直:同"值"。③箸:筷子。④茫然:渺茫而无着落。⑤歧路:岔路。⑥长风破浪:喻宏大的抱负得以舒展。

赏析 [这首诗的写作年代] 《行路难》系乐府旧题,属《杂曲歌辞》,乐府解题云"备言世路艰难及离别悲伤之意"。李白此诗作于离开长安之时,有说是开元十八、十九年(730—731),言是初入长安困顿而归时所作,有说是天宝三载(744)赐金放还时作。参照《梁园吟》《梁甫吟》二诗,与此结尾如出一辙,故以前说为允。

　　[诗情的大起大落] 诗从高堂华宴写起，可能是钱筵的场面。"金樽清酒斗十千，玉盘珍羞直万钱"，前句化用曹植《名都篇》"美酒斗十千"，后句本于《北史》韩晋明"好酒诞纵，招引宾客，一席之费，动至万钱，犹恨俭率"，它展示的是如同《将进酒》"烹羊宰牛且为乐"那样的盛宴，然而接下来却没有"会须一饮三百杯"的酒兴和食欲。"停杯"尤其"投箸"这个动作，表现的是一种说不出的悲愤和失落，"拔剑四顾"这一动作，更增加了这种感觉。"心茫然"也就是失落感的表现。于是诗的前四句就有一个场面陡转的变化。

　　[诗中的主题句] "欲渡黄河冰塞川，将登太行雪满山"是写景，但这是象征性的写景。它象征的是李白入长安，满怀壮志，却备受坎坷，没有找到出路。具体而言，"欲渡黄河""将登太行"是以横渡大河、攀登高山来象征对宏大理想的追求；"冰塞川""雪满山"则是以严酷的自然条件来象征在政治上遭受的阻碍和排斥。两句既交代了"心茫然"的原因，又起到点醒题面的作用。以下一转，连用两个典故，一是姜子牙未遇周文王时曾在渭水之滨钓鱼，一是伊尹在辅佐成汤之前曾梦见自己乘舟从红日之旁驶过。显然又是幻想自己有朝一日也会时来运转，一骋雄才。这四句中诗情又经历了一次大的起落。

　　[诗情再一次跌宕] 以下诗情再一次由浪峰跌至深谷，而且是一连串儿几个短句："行路难，行路难！多歧路，今安在"，诗人仿佛走到一个歧路口上，不知道该怎么走，甚至不知道自己身在何方，这与前文"拔剑四顾心茫然"相呼应，表现了理想破灭，陷入迷惘。而最后两句却又振起音情，冲决出迷惘："长风破浪会有时，直挂云帆济沧海。"

　　[全诗风格特色] 全诗在音情上大起大落，充分表现了理想和现实的矛盾，尽管几度陷入悲愤，但结尾却奏出了最强音。所以虽然写的是《行路难》，却自有豪气英风在。诗中拉杂使事，

长短其句，也是太白惯用手法。

❀ 秋登宣城谢朓北楼 ❀

江城如画里，山晓望晴空。两水夹明镜，双桥落彩虹。人烟寒橘柚，秋色老梧桐。谁念北楼上，临风怀谢公。

赏析 [李白对谢朓的景仰之情] 谢朓是南齐著名诗人，其诗清新秀发。曾任宣城太守，筑楼于陵阳山，称北楼，又称谢朓楼。《江南通志》载："陵阳山在宁国府城南，冈峦盘居，三峰秀拔，为一郡之镇。上有楼，即谢朓北楼，李白所称'江城如画'者。"李白非常钦佩谢朓，每到宣城，必游北楼，留下了多首咏北楼的诗句。曾在《宣州谢朓楼饯别校书叔云》中高度评价谢朓："蓬莱文章建安骨，中间小谢又清发。"

[首联写登楼远眺全貌]"江城如画里，山晓望晴空"是一个倒装句式。诗人在一个秋天的傍晚登楼远眺，天高云淡，晴空万里，宣城美景如画。写出了时间、地点、天气及对宣城的总体印象。倒装的使用，是为了突出宣城如画的美景给诗人留下的美好而深刻的印象。

[中间两联具体铺陈] 江城究竟怎样如画，李白在中间两联中做了具体铺陈。宣城东郊有宛溪、句溪两条河流，清澈明净，宛如两面明镜夹护着宣城；溪上有两座隋朝时所建古桥，犹如彩虹落于溪中，故云："两水夹明镜，双桥落彩虹"。大自然的美景让诗人深深陶醉。接下来写秋色："人烟寒橘柚，秋色老梧桐。"两句既是写秋色寒烟，也是在抒发诗人的迟暮之感。因为秋色最能引起悠悠愁绪，达到主客观的统一。

[尾联追思谢朓]"谁念北楼上，临风怀谢公。"诗人从眼前之景引发自己人生的感慨。追思谢朓，实际上是想起了自己与谢朓相似的遭遇：谢朓当年被奸人诬陷，十年前自己不容于权贵，

流浪至今。真是江山依旧,物是人非。

[一切景语皆情语也] 王国维曾说:"一切景语皆情语也。"这句评语用于这首诗实在是再恰当不过了。前三联看似景语,实则饱含感情。景色的变化渲染出气氛,感情尽在其中。无怪乎后人称此诗是李白咏北楼诗中最著名的一首,其艺术的高超即在乎此。

※ 宣州谢朓楼饯别校书叔云 ※

弃我去者昨日之日不可留,乱我心者今日之日多烦忧。长风万里送秋雁,对此可以酣 hān 高楼①。蓬莱文章建安骨,中间小谢又清发②。俱怀逸兴壮思飞,欲上青天揽明月。抽刀断水水更流,举杯消愁愁更愁。人生在世不称意,明朝散发弄扁舟③。

注释 | ①酣:尽情畅饮。②建安骨:建安风骨的简称。小谢:指谢朓。清发:清新秀发。指谢朓的诗风。③散发弄扁舟:意指避世隐居。

赏析 [这首诗有另一个题目] 此诗是天宝末李白游宣州（安徽宣城）登谢公楼所作，《文苑英华》题作《陪侍郎（御）叔华登楼歌》，日本影印静嘉堂宋本《李太白文集》题下注云"一作《陪侍御叔华登楼歌》"，今传各本多同。据近人詹锳考辨，李云其人做过秘书省校书郎，赞成用今题者皆认为汉人称东观（国家图书档案馆）为"道家蓬莱山"，相当于唐之秘书省，因此认为诗中"蓬莱文章"即扣校书郎之职。但《文苑英华》注"蓬莱文章"一作"蔡氏文章"，可见"蓬莱文章"未必与校书郎之职相关，李华是著名古文家，擅长碑版文字，方可比拟于蔡邕。华于天宝十一载（752）为侍御史，不久为奸党所嫉，不容于御史府，安史之乱前又任过右补阙，其间有可能到过宣城；而李白是天宝十二载（753）秋至宣城，此后还多次往来宣城。李白因失意离开长安，所以与李华有共同语言。诗中未涉及安史之乱，所以此诗当是初至宣城时作。

[长句排比开篇造成气势] 诗一开始就用了两个十一字散文化的排句，以"弃我去者""乱我心者"相对领起二句，其起势迅猛，如风雨骤至。对于政治失意的人，去日苦多是一重苦恼，今日难挨也是一重苦恼，这心情是太矛盾太复杂了，二句不仅内容耐味，形式也耐味。老实人写诗，昨日就昨日，今日就今日，而"昨日之日""今日之日"这样的说法在文法上是不通的，然而你无论如何不能把它简化为"昨日""今日"，简化了就不够味。这就是所谓言之不足故咏歌之，是李白从心化出的创造。

[高楼畅饮中的高谈阔论] 前两句说到愁不可遏，到三四句却并不沿着这条思路往下写，跳跃到秋高气爽，登楼酣饮的题面上来："长风万里送秋雁，对此可以酣高楼。"杜甫《春日忆李白》诗中怀念李白道："何日一樽酒，重与细论文"，可见李白置酒会友时是有高谈阔论诗文一道的习惯的，对年轻的诗友杜甫是如此，对长辈的古文家李华也是如此。两位挚友在谢公楼上，当然要谈到谢朓，不止谈谢朓，话题还一直追溯到陈子昂所大力提

倡、李白所大力响应的汉魏风骨。李白在《古风》中自豪地说："自从建安来，绮丽不足珍；圣代复元古，垂衣贵清真"，也就是以汉魏风骨的传人自居。"蓬莱文章建安骨"就是两汉诗文即汉魏风骨的一转语。而从汉魏到盛唐，几百年中也并非一片空白，李白又从其中举出一个小谢即谢朓，来特别加以表扬，这是因为谢朓诗最符合"清水出芙蓉，天然去雕饰"的美学标准，是因为李白"一生低首谢宣城"（王士禛）的缘故，所以说"中间小谢又清发"。这几句的意脉十分清楚，如果将"蓬莱文章"牵合于校书郎李云，就有些扞格难通了。

[诗情达到高潮] 两位本家好友于酒酣耳热之际，尚论古人，谈兴极高。他们上说汉魏风骨，中论六朝名家，结穴还在当代。这两个人，一个是文豪，一个是诗仙，对古人亦不宜多让，于是诗情一跃而进，达到高峰："俱怀逸兴壮思飞，欲上青天揽明月"。注意这个"俱"字，那是只有李华才当得起的。两句说彼此怀着不平凡的兴致，要展翅飞翔，飞上高高的青天去拥抱明月，可谓壮志凌云，无比高兴，这也是李白诗风的绝妙写照。

[诗情的忽然跌宕] 全诗起得那样愤激，却借一腔酒兴不知不觉转化为一腔豪情，令人鼓舞。然而就在这时，诗情又一落千丈。这大起到大落自有其内在逻辑性：以这样可上九天揽月的志气和才情，诗人在现实中竟没有出路，怎不叫人思之气短呢？于是诗情重新回到开篇的烦忧上来，以"抽刀断水水更流"来比喻不可断绝的忧愁，新颖、奇特而又恰切。"断水水更流""消愁愁更愁"，尤其是后句一连串的愁、愁、愁，音调之流畅，出语之天成，简直使人如闻抽刀断水而水流潺潺之声，音情与取象俱妙，真是想落天外的妙语。历代喻愁的诗词句很多，却很难有超过此二语者。使人想起严羽赞叹的话"诗者，吟咏情性也。盛唐诸人惟在兴趣，羚羊挂角，无迹可求；故其妙处透彻玲珑，不可凑泊，如空中之音、相中之色、水中之月、镜中之象，言有尽而意无穷。"结尾点出"人生在世不称意"，现实黑暗，壮志难酬，

也只好浪游江湖。这是很无奈的话。

[关于情绪的自然消涨] 李白歌行的能事在于，常把一些表面看来毫不连贯的意象，组织成一首完整的诗歌，还叫人觉得天衣无缝。郭沫若论诗强调"诗应该是纯粹的内在律"，而"内在的韵律便是'情绪的自然消长'。这是我自己在心理学上求得的一种解释，前人已曾道过与否不得而知。内在韵律诉诸心而不诉诸耳，这种韵律非常微妙，不曾达到诗的堂奥的人简直不会懂。这便说它是'音乐的精神'也可以，但是不能说它便是音乐。"而李白诗歌意象组织的内在逻辑性，也正是郭沫若所谓的内在律。这可以解释为什么李白诗最少运用格律，却最具音乐的精神。像这首诗，短短十二句，感情几次跳跃，一会儿说这个，一会儿说那个，若断若续，却又一气呵成，分拆不得。这是李白诗歌的一个很突出的艺术特点。

静夜思

床前明月光，疑是地上霜。举头望明月①，低头思故乡。

注 释 ①明月：一作山月。

赏析 [月的意象与民族心理] 这是一首从写出之日起即为代代中国人家喻户晓的诗。中华民族习用阴历，对月具有特别深厚的感情，它是一份活的日历，活的月份牌，居人看，行人看，元宵看了中秋看，从而成为人民生活的一部分。而李白就在月的意象上大做文章，写下包括本篇在内的不少名篇。

[于旅情说明而不说尽] 前二句从"月光"与"霜"的类比，使人感到其境的清寒与朦胧，逗漏出客居异乡的不适应之感。后二句通过一"举头"、一"低头"，传出游子思乡的神情与心态，万种乡愁，俱在不言中。也就是沈德潜所说："百千旅情，虽说明却不说尽"（《唐诗别裁》），而在语言上则明白如话，故为千古传诵。

秋浦歌

白发三千丈,缘愁似个长①。不知明镜里,何处得秋霜②?

注 释 | ①缘:因为。个:这样。②秋霜:比喻像秋霜一样白的头发。

赏析 [这首诗的写作背景]天宝十三载(754),李白自幽燕南归客游秋浦(在今安徽省池州市贵池区),作《秋浦歌》组诗十七首,抒写诗人忧心国事、叹惜年华的深愁。"白发三千丈"一首是组诗的最强音。

[夸张的妙用]同样以白发来表现忧愁,在长于写实的杜甫笔下是"白头搔更短,浑欲不胜簪",而在作风浪漫的李白笔下则是"白发三千丈,缘愁似个长"。想一下白发三千丈的诗人形象吧,那是只见白发而不见诗人,飘飘然的白发遮蔽了一切,这具象化了的愁情,就令读者永志不忘了。诗句之妙,在于夸张的妙用,和形象的独创性,"洵非老手不能,寻章摘句之士,安可以语此?"(王琦)。

[明镜指的是河水]后两句点明诗人是在对镜顾影自怜:"不知明镜里,何处得秋霜?"诗意略近于《将进酒》之"君不见高堂明镜悲白发,朝如青丝暮成雪","不知""何处"云云,表明是忽然的发现,似乎一夜之间就平添了白发三千丈。这仍是夸张,不过也有历史或传说做基础,《武昭关》里的伍子胥,不就是一夜之间愁白了头吗?古人所谓"明镜",本指铜镜。这里是借代,喻指秋浦河平静的水面。以"明镜"代水面,李白诗屡见,如:"两水夹明镜,双桥落彩虹"(《秋登宣城谢朓北楼》)、"人行明镜中,鸟度屏风里"(《清溪行》)。

[两度夸张]诗的前二句夸张的是白发的长度,后二句夸张的发白的速度。通过这样两度的夸张,就把诗人莫可名状的愁思宣泄得淋漓尽致了。

独坐敬亭山[1]

众鸟高飞尽,孤云独去闲[2]。相看两不厌[3],只有敬亭山。

注释　①敬亭山:一名昭亭山,在今安徽宣城北。②孤云:陶渊明《咏贫士》:"万族各有托,孤云独无依。"③厌:嫌弃。

赏析　[这首诗的写作年代]诗作于天宝十二载(753)游历宣城之际。山以亭名,为南齐诗人谢朓吟咏处。本篇着重表现诗人目空世俗的傲岸精神,表现为对孤独感的玩味和自我欣赏。

[形体上的孤独]前二句是独坐敬亭山望中之景。陶渊明《归去来兮辞》"云无心以出岫,鸟倦飞而知还",大致给岭云、归鸟这两个诗歌意象定了性,它们都成了皈依自然的象征。诗中大致含有"君平既弃世,世亦弃君平"的意味。诗人鄙弃世俗,世俗也排斥诗人。"众""孤"字面,形成一种对照,暗有以众形独之意。

[精神上的不孤独]后二句之妙在不更从独处落笔,而从不独处写独。"相看两不厌,只有敬亭山",也就是辛弃疾用词所诠释的"我见青山多妩媚,料青山见我应如此"(《贺新郎》),这与"举杯邀明月,对影成三人"同法,以"相看两不厌"力破孤独,同时也突出孤独,表现出一种精神的好强。

[孤芳自赏之情]诗人将敬亭山人格化,实是将自己情感外化,人和山两者同出而异名,互相欣赏其实是自我欣赏,所以"只有"云云,最终又强调了诗人的孤独感。归根结蒂,诗人顾影自怜,为自己的孤独大唱赞歌。

[两个对比]对比一:"独坐幽篁里"与"独坐敬亭山","明月来相照"与"相看两不厌,只有敬亭山",语、象接近,本质不同。《竹里馆》重在表现人与自然的融合,泯忘物我,通于禅味。《独坐敬亭山》重在表现主观情感,突出张扬自我,有抗争的精神。这是两个诗人的自画像,王维是王维,李白是李白,不会混淆。

对比二:"不畏浮云遮望眼,只缘身在最高层"(王安石《飞来峰》)与此诗,语、象接近,但王安石诗表现的是不为物议干扰的、乐观的战斗精神,李白诗表现的是受到排斥的愤世嫉俗的抗争精神。一为在朝语,一为在野语,语感不同,实质也不同。

❁ 望庐山瀑布① ❁

日照香炉生紫烟,遥看瀑布挂前川②。飞流直下三千尺③,疑是银河落九天④。

注释 ①庐山:属江州浔阳县,在今江西九江市南。②日照二句:一本作:"庐山上与星斗连,日照香炉生紫烟。"香炉:峰名,庐山香炉峰有四,此指南香炉峰,位于秀峰寺左后方,与双剑峰连属,瀑布水从双剑峰侧流出,蔚为奇观。前:一作"长"。③飞流句:《太平御览》卷七一引《庐山记》:"其水出山腹,挂流三四百丈,飞湍于林峰表出,望之若悬素。"④九天:指天的最高处,古代传说天有九重,故云。

赏析 [这首诗的写作时间] 这首诗当作于玄宗开元十三年(725)作者漫游江汉途经庐山时。全诗重在传"望"字之神。

[前二句赋中有比] 庐山瀑布以东南香炉峰之瀑布水量与落差最大,景亦最奇,据法远《庐山记》说此峰常有"游气笼罩其上,则氤氲若烟水"。首句赋中含比,盖香炉峰即以形似香炉而得名。当时有博山炉,像传说中的海上仙山博山,上布小孔,承以汤盘,下柱中空,香即插焉,香烟即由小孔弥漫而出,即"香炉生紫烟",便有飘然仙境之感。次句以布比瀑,重在以一"挂"字,化动为静,传"遥看"之神。

[后二句想落天外] 末二句是想象近看瀑布的情景,空中落笔,直撮瀑布之神,兼传"望"字之理,惊心动魄,洵为名句。"银河"人皆知之,而倒倾银河的想象,唯谪仙能之。故苏东坡推本篇为古今咏庐山瀑布的最佳诗篇:"帝遣银河一派垂,古来唯有谪仙词。"(见葛立方《韵语阳秋》)。

高士观瀑图

赠汪伦①

李白乘舟将欲行,忽闻岸上踏歌声②。桃花潭水深千尺③,不及汪伦送我情。

注释 ①汪伦:泾县(今属安徽)桃花潭村民。清王琦注引杨齐贤:"白游泾县桃花潭,村人常酝美酒以待白。伦之裔孙至今宝其诗。"②踏歌:指徒歌,以踏地为节拍,故称。《旧唐书·睿宗纪》:"上元日夜,上皇御安福门观灯,出内人(宫中女伎)连袂踏歌。"《资治通鉴》胡三省注:"踏歌者,连手而歌,踏地以为节。"③桃花潭:潭在泾县西南四十里,居泾川上游。

赏析 [这首诗的写作时间] 这首诗作于玄宗天宝十四载(755)作者游东南自秋浦往泾县时。这首诗突出的成功之处在于一种李白式的特殊风趣,可以说,它在短短四句诗中,活脱脱地画出了两个不拘俗套的人。这就需要读者不但熟知李白,还应知道与此诗直接相关的汪伦其人。

[关于汪伦其人] 汪伦是唐时泾县村民,曾以美酒招待李白。袁枚《随园诗话补遗》载,汪伦曾捎信欺李白:"先生好游乎,此地有十里桃花;先生好饮乎,此地有万家酒店。"李白欣然而至,他这才说:"桃花者,潭水名也,并无桃花;万家者,店主人姓万也,并无万家酒店。"引得李白大笑,并住了好几天。这故事不一定是事实,但却很能反映李白与汪伦的性格与交情,不仅仅可助谈资。

[前二句中的风趣] 关于《赠汪伦》这首诗,人多乐道其三四句,往往忽略其一二句的风趣和作用。其原因就在于忽略了这两个"活"人。"李白乘舟将欲行",就要离开桃花潭,却不像是要在此告别谁,陶然忘形的他是兴尽而返。又从下句的"忽闻"可知,这汪伦的到来是不期而至的。这样的送别,在前

人之作中罕有。"忽闻岸上踏歌声",人未到而声先达,欲行的李白却已心知来者是谁,所来何事,手中何所携了。俗话说:"来得早不如来得巧",汪伦就是来得巧。以下的事,诗人不再说也不必说,因为读者可以发挥想象了,那自然是饯别场面,一个"劝君更尽一杯酒",另一个则"一杯一杯复一杯"了。不说则妙在省略、含蓄。不辞而别的李白固然落落大方,不讲客套;踏歌欢送的汪伦则既热情,又不流于伤感。短短十四字就写出两个乐天派,一对忘形交。这忘形正是至情的一种表现。因而李白不仅以汪伦为故人,而且引为同调,所以他要高度评价汪伦的友情。

[后两句中的妙喻] 三四句以本地风光作譬:"桃花潭水深千尺,不及汪伦送我情。"以水长比情长,是诗人们常用的比喻;而说水深不及情深,就显得新颖。所以清人沈德潜赞美说:"若说汪伦比于潭水千尺,便是凡语,妙语只在一转换间。"此外,古人写诗,一般忌讳在诗中直呼姓名,以为无味。而这首诗自呼其名开始,又呼对方之名作结,反而显得直率,亲切和洒脱,很有情味。突破送别诗的感伤格调和传统手法,此诗正充分表现了李白的艺术个性,从而获得不朽的艺术魅力。

❋ 黄鹤楼送孟浩然之广陵① ❋

故人西辞黄鹤楼,烟花三月下扬州②。孤帆远影碧空尽③,唯见长江天际流。

注释 | ①黄鹤楼:故址在今湖北武汉蛇山黄鹤矶头,因传说仙人子安尝骑鹤过此而得名。孟浩然:作者同时代诗人,生平事迹见前孟浩然小传。广陵:即扬州,属淮南道,今属江苏。《元和郡县图志逸文》卷二《淮南道·扬州》:"春秋地属吴,七国属楚。秦灭楚为广陵,并天下属九江郡。汉为江都国,建武元年复曰扬州。"②烟花:形容阳春的妍丽景色。③孤帆句:一作"孤帆远映绿山尽"。

赏析 [这首诗的起点很高] 此乃开元十六年（728）暮春之作。一提到武昌黄鹤楼，就会联想到仙人子安骑鹤过楼的故事和崔颢那首叫李白佩服的《黄鹤楼》诗。而在谪仙李白心目中，黄鹤楼应是漫游天下名胜的一个起点，未游黄鹤楼，真是不当游天下名胜。你听："我本楚狂人，凤歌笑孔丘。手持绿玉杖，朝别黄鹤楼。五岳寻仙不辞远，一生好入名山游。"所以，他在唱"故人西辞黄鹤楼"时，就给了孟浩然一个同样很高的起点。

[关于"下扬州"] 一说到扬州，须知那是两京以外最称繁华的大都会，时称"扬一益二"。有个古代笑话，概括世俗的人生三大理想是：腰缠十万贯——骑鹤——下扬州。现在孟浩然就要"下扬州"，而且是在"烟花三月"下扬州，言下洋溢着多少歆羡之意。烟是个形容词，花是个名词，但烟不是形容花的，通常所谓阳春三月"花似锦，柳如烟"，"烟花"二字可谓得之，其构词之妙在虚实显隐间。

[末二句传目送之神] "碧空尽"三字写帆影消失于水天之际，惟妙惟肖，但又像是写飞行，令人神往；行者身不由己随船远去，而送者却久久不能离开，言下一片依依惜别之情。所以《唐宋诗醇》说它"语近情遥，有手挥五弦，目送飞鸿之妙"。而电影《林则徐》有一个林则徐送奉旨调离虎门的邓廷桢的感人场面，据导演郑君里说，就是用了此诗末二句表达的意境。

❀ 望天门山 ❀

天门中断楚江开①，碧水东流至此回②。两岸青山相对出，孤帆一片日边来。

注　释　①天门：指天门山，也叫梁山，安徽境内。②至此回：一本作"直北回"，指水东流到此转向北流。

赏析 [关于天门山] 本篇重在力度的审美。作于开元十三年

(725)李白出蜀远游之际。天门山在安徽当涂境内,系东、西梁山之合称,两山夹江对峙,岩石突入江中,势如天门,故名。

[写江水的冲决力]首句说"天门中断",也就意味着两山本为一体,只因阻碍了汹涌的江流,才被冲开而成两山。也就是《西岳云台歌送丹丘子》所谓"巨灵咆哮擘两山(华山与首阳山),洪波喷流射东海"。此句强调的是江水的冲决力。

[写江水所受的约束力]次句则反过来,写天门山对江水的约束力。由于两山束江,江水东流至此突遇阻遏,于是形成巨大的回漩和波涛汹涌的奇观。类乎《西岳云台歌送丹丘子》所写"西岳峥嵘何壮哉,黄河如丝天际来。黄河万里触山动,盘涡毂转秦地雷"的情景。一本作"直北回",则是对长江过天门山的流向的精细说明,气势感稍逊色。三句写舟中望山。山,因为人的立足点在船上,所以有两岸青山迎面而来的感觉,也就是敦煌曲子词所说的"满眼风光多闪烁,看山恰似走来迎。仔细看山山不动,是船行"。可谓兴会淋漓。

[诗中有画]末句则写诗人之舟乘风破浪通过天门山的令人兴奋情景,因为是乘舟东向,朝着大海的方向,所以说是"(朝)日边来"。这时,读者仿佛看到水天相接处,一轮红日涌出江心,在此壮丽的背景之上,衬托出一片风帆的剪影,景色是那样清新,色彩是那样鲜艳,实在有些妙不可言。全诗以舟行移动视角,以兴会展开想象,有气势,有力度,"极自然,洵属神品,足以擅扬一代"(《唐宋诗醇》)。

❀ 客中作 ❀

兰陵美酒郁金香②,玉碗盛来琥珀光③。但使主人能醉客,不知何处是他乡。

注 释　①题一作《客中行》。②兰陵:唐时沂州之丞县,今山东枣庄市。郁金香:一种香草,古人用之浸酒,浸后酒为金黄色。③琥珀:一种松柏树脂的化石,呈淡黄色、褐色或红褐色,质地晶莹润泽。

李白醉归图

赏析 [不一般的羁旅抒情] 抒写羁旅之愁是中国古代诗歌中一个很常见的主题。如孟浩然《宿建德江》的"移舟泊烟渚,日暮客愁新",由山水引起淡淡的乡思;张继《枫桥夜泊》的"姑苏城外寒山寺,夜半钟声到客船",夜晚的静、冷带来更浓的乡愁。又如,柳宗元《与浩初上人同看山寄京华亲故》的"若为化得身千亿,散上峰头望故乡",温庭筠《商山早行》的"晨起动征铎,客行悲故乡",李觏《乡思》的"人言落日是天涯,望极天涯不见家"，等等，许多都是远离家乡、因景物而触动思乡之情。但李白这首《客中作》却看不到一丝或愁或悲的情绪，这也正是这首诗的独特之处。

[兰陵美酒自逍遥] 著名的兰陵美酒是以郁金香浸制而成，口味香醇，闻之已令人沉醉，更何况又盛之于晶莹温润的玉碗，那摇动的美酒闪烁着琥珀般的光泽，此时此刻，酒不醉人人已自醉。有时候，生活中的一幅画面，一个瞬间，都会引起人情绪的波动。这情绪有悲亦有喜：或者情与景相引发，如孟浩然《宿建德江》、张继《枫桥夜泊》，景色凄清，自然引发人离别故乡之情；或者情与景相反衬，如杜甫《绝句》："江碧鸟逾白，山青花欲燃。今春看又过，何日是归年？"以客地的美好景致引起诗人的乡愁。这是两种常用的手法。在此诗中，精致的美酒已使诗人忘却了"独在异乡为异客"的忧愁，又或许，诗人当时的经历与感受中积极昂扬的一面占据了上风，美酒成为他这种情绪的催化剂。如此种种，将以往怀乡之作中的凄楚与悲凉一扫而尽，反倒让读者与诗人一起迷恋于酒之光影中。

[对酒当歌，人生几何] 酒是中国古代文人生活中不可缺少的一部分，而借酒浇愁也成为他们的一种生活方式。曹操《短歌行》曰："对酒当歌，人生几何？譬如朝露，去日苦多。慨当以慷，忧思难忘。何以解忧？唯有杜康。"罗隐《自遣》云："得即高歌失即休，多愁多恨亦悠悠。今朝有酒今朝醉，明日愁来明日愁。"而在李白这里，美酒是用以享受的、令人陶醉的。在他的其他诗作中，如《宣州谢朓楼饯别校书叔云》："抽刀断水水更流，举杯消愁愁更愁。人生在世不称意，明朝散发弄扁舟"，有的是豁达洒脱和对世事的洞悉。又如其《陪族叔刑部侍郎晔及中书贾舍人至游洞庭》云："且就洞庭赊月色，将船买酒白云边"，亦是如此优游地对待人生。这与个人的性格和当时的精神状态有很大关系。

古诗词鉴赏

[思乡是人类的普遍情怀] 李白另有一首《春夜洛城闻笛》:"谁家玉笛暗飞声,散入春风满洛城。此夜曲中闻折柳,何人不起故园情!"不知谁家的笛声,随着春风散入洛城,使人人都勾起了思乡之情。这首诗可与《客中作》对读。

闻王昌龄左迁龙标遥有此寄①

杨花落尽子规啼②,闻道龙标过五溪③。我寄愁心与明月,随风直到夜郎西④。

注释 ①王昌龄:作者同时诗人,生平事迹见前王昌龄小传。王昌龄自江宁丞贬龙标尉事在天宝六载(747)秋,唐殷璠《河岳英灵集》评王昌龄:"奈何晚节不矜细行,谤议沸腾,再历遐荒,使知者叹息。"所言即贬龙标事。左迁:贬官降职,古人排序从右至左,故云。龙标:县名,唐黔南道巫州治所,即今湖南洪江。②杨花:即柳絮。子规:鸟名,即杜鹃,啼于春暮,其声凄切,似"不如归去"。③闻道句:言王昌龄受到的惩罚不轻,盖唐宋时人以贬地距离京城的远近来衡量罪责的轻重。过:远于。五溪:今湖南西部五条溪流的合称。《通典》卷一八三:"谓酉、辰、巫、武、陵等五溪也。"一说为武陵(今湖南常德)境内五溪,为雄、蒲、酉、沅、辰等五溪。④夜郎:这里指太宗贞观五年(631)所置夜郎县,治所在今湖南芷江西南,龙标位于其南,诗中以西代之。

赏析 [关于王昌龄其人] 王昌龄是盛唐杰出诗人,一生官卑职小,仕途屡遭挫折——开元间曾贬岭南,开元二十八年(740)迁江宁(南京)令,天宝六载再贬龙标(湖南黔阳),被贬的理由据说是"不护细行"(小节失检)——连个像样的罪名都找不到,正是"欲加之罪,何患无辞"了。

[开篇写暮春物象] 王昌龄自江宁丞贬龙标尉事在天宝六载(747)秋,而李白得到消息的时间当在翌年暮春,故诗开篇即以

"杨花落""子规啼"切合情事。而古有杨花入水化为浮萍、子规声像"不如归去"等等说法,作为诗歌意象,自能引起身世浮萍、天涯羁旅的愁情,紧扣王昌龄贬谪之事。

[关于"龙标"其地] 次句的"龙标"是地名("龙标"作为王昌龄的代称乃是后话),句意即听说龙标远过五溪,换言之,五溪地处边远,龙标比五溪还要边远,不堪之意溢于言表,措语却含蓄从容。按唐贞观年间,龙标分置三县,其一曰夜郎,"夜郎"字面,还可使人联想到古夜郎国(贵州桐梓),着一"西"字,更增边远之感。

[月亮代表我的心] 由于诗人不在朋友身边,不能当面安慰朋友,才想到要写一首诗。也许写诗的当时,他正对着一轮明月,于是得到即景好句。"我寄愁心与明月"二句意谓:让我把一片同情寄托给天空明月吧,不论你走到哪里,即使已经到达贬所,你也会看到这同一轮明月——"月亮代表我的心"。

[这首诗的含蓄] 诗中没有一个字明言对朋友被贬一事的看法,字里行间却饱含同情和理解。诗人把自己的"愁心"赋予具象的"明月",一个孤独、高洁、光明的形象,这就意味着诗人坚信朋友的清白无辜,从精神和道义上予以支持、援助,无形中也对迫害无辜者投以愤慨和轻蔑。

与史郎中钦听黄鹤楼上吹笛①

一为迁客去长沙②,西望长安不见家。黄鹤楼中吹玉笛,江城五月落梅花③。

注释 | ①史郎中:名钦,生平事迹不详。郎中:职官名,隋唐后六部皆置,为诸司之长。②迁客:遭到贬谪之人。去长沙:用汉贾谊故事。贾谊为更革秦制,遭权臣谗毁,贬为长沙王太傅,事见《史记·屈原贾生列传》。③江城:指江夏(今湖北武汉),因临长江而称之。落梅花:《梅花落》,笛曲。

赏析 [这首诗的写作年代]诗作于乾元二年（759），诗人长流夜郎遇赦还武昌时，玩味此诗，有一种痛定思痛地回忆过往的情绪。

[引贾谊自喻]汉代贾谊因有革新政治的才具而受文帝倚重，将委以公卿，却为当时权贵排斥，谗以"洛阳之人，少年初学，专欲擅权，纷乱诸事"，而被外放为长沙王太傅，做了"迁客"（贬谪之人）。李白引贾谊自喻，就近言之，是为自己受永王谋逆事件牵连长流夜郎而发；就远言之，还兼包天宝初待诏翰林而终被赐金还山之事，自那以后，他即有"汉朝公卿忌贾生"之叹。"一为迁客去长沙"，十五年过去了，唐王朝经历了翻天覆地的变故，回思往事，恍如隔世。一向就深感"总为浮云能蔽日，长安不见使人愁"的诗人，而今"西望长安"，更有说不出的悲哀，其"不见家"云云，实有一种政治上归宿无依之感。

[活用曲名以抒情]后二句似忽然撇开感慨，只就眼前情景写来，乍看不过是直赋"听黄鹤楼上吹笛"之事，其实语意"活相"（《梅崖诗话》），足以启发读者想象。首先，听笛的地方是"黄鹤楼中"，这里有一个"昔人已乘黄鹤去"的传说，最易动伤逝与离别之情。笛曲《梅花落》也与离别情思有关。高适《塞上听吹笛》"借问梅花何处落，风吹一夜满关山"，即其例。"江城五月落梅花"，亦将曲名活用，造成虚象，远不止笛满江城的字面意义。江城五月不应落梅，五月落梅犹如邹衍下狱、六月飞霜（《文选》李善注、徐坚《初学记》等书引《淮南子》）一样是异常情事，如无感天动地之怨苦何以致之！

[李白诗以气象取胜]全诗就通过如此空灵的抒情写景，将诗人怀恋过去的情绪和政治上屡遭打击的悲哀交织写出，感人至深。这首诗虽然包含感慨，却很有气象。故谢榛《四溟诗话》云："作诗有三等语：堂上语、堂下语、阶下语。知此三者可以言诗矣。凡上官临下官动有昂然气象，开口自别。若李太白'黄

鹤楼中吹玉笛,江城五月落梅花',此堂上语也。"

早发白帝城①

朝辞白帝彩云间,千里江陵一日还②。两岸猿声啼不住③,轻舟已过万重山。

注　释　①题一作《白帝下江陵》。白帝城:属夔州,故址在今重庆奉节白帝山上。东汉初公孙述所建,述自号白帝,故名。②江陵:唐荆州治江陵县,今属湖北。③两岸句:郦道元《水经注·江水》引盛弘之《荆州记》:"每至晴初霜旦,林寒涧肃,常有高猿长啸,属引凄异,空谷传响,哀转久绝。"

赏析　[这首诗的写作时间] 这首诗作于乾元二年(759)三月李白流放夜郎半途遇赦从白帝城返回江陵时,诗以轻舟瞬息千里的速度衬托遇赦东归的轻快心情。

[这首诗借鉴的一段古文] 从白帝下江陵,有一段很现成的文字可供李白参考,那就是《水经注·江水》"至于夏水襄陵,沿溯阻绝。或王命急宣,有时朝发白帝,暮到江陵,其间千二百里,虽乘奔御风,不以疾也。"在某种意义上说,李白这时也是适逢"王命急宣",掉船即回,归心似箭。首句就通过初发时的瞬间感受,以"彩云间"三字,将出发点提得很高,造成下水行船快速加快速的悬念。次句用"一日""千里"的强烈时空对比来表现速度感,写情妙在一个"还"字,暗传遇赦而还的轻松愉快之感。

[第三句写速度感的消失] 三句通过听觉的延续写一种错觉即速度感的消失,盖三峡七百里中,两岸连山,山山有猿,虽然一处有一处的山,一处有一处的猿,一山有一山的猿声,在舟中听去,猿声连成一片,会产生坐飞机那样的速度感消失的错觉。这一句是在进一步强调速度感之前必要的顿挫,无此句则直而无味,有此句则走处仍留,急语仍缓。

[结尾写喜出望外的心情] 经过三句蓄势,四句进而通过视

觉的位移,写出瞬息已变的腾飞感。在舟中浑不觉得,出船一看:哇,原来江陵都快到了,船走得好快呀。全诗就妙在表现出诗人坐船的"快"感,其中也隐含了遇赦的轻快心情。

夜泊牛渚怀古①

牛渚西江夜②,青天无片云。登舟望秋月,空忆谢将军③。余亦能高咏,斯人不可闻④。明朝挂帆席⑤,枫叶落纷纷。

注释 ①牛渚:山名,在今安徽当涂西北。怀古:李白原注"此地即谢尚闻袁宏咏史处。"按《世说新语·文学》载:袁宏少孤贫,以运租为业,镇西将军谢尚镇守牛渚山,秋夜泛舟赏月,"闻江渚间估客船上有咏诗声,甚有情致。所诵五言又其所未尝闻,叹美不能已"。上前询问,乃知袁宏自咏其《咏史诗》。②西江:古代称江西到南京之间的一段长江为西江。③谢将军:指谢尚。④高咏:指自己也能像袁宏一样高声朗咏。此诗人自比袁宏,言诗情不逊于宏。斯人:此人,指谢尚。不可闻:再也没听说过。⑤帆席:大帆。

赏析 [这是一首怀古之作]诗咏谢尚称赏袁宏的故事,表达世无知音、无人推荐援引的惆怅心情。诗人以袁宏自比,恨没有遇到谢尚这样的人,心中一片怀才不遇、无尽感叹的落寞情怀,面对的却是牛渚夜月、孤舟枫叶,意似平淡而寄兴悠远。王士禛在《带经堂诗话》中说:"诗至此,色相俱空,正如羚羊挂角,无迹可求,画家所谓逸品是也。"

[通篇散行的律诗]这是一首律诗,但却没有一联对偶,而平仄却无一字不合律,这种通篇散行、格类古风的律诗,在李白笔下真是一气呵成,一片神行,读来清新明快,自然天成。

蜀道难

噫吁 xū 嚱 hū①,危乎高哉!蜀道之难,难于上青天。蚕丛及鱼凫②，开国何茫然！尔来四万八千岁③，不与秦塞通人烟。西当太白有鸟道④，可以横绝峨眉巅。地崩山摧壮士死，然后天梯石栈相钩连。上有六龙回日之高标⑤，下有冲波逆折之回川。黄鹤之飞尚不得过，猿猱náo欲度愁攀援。

青泥何盘盘⑥，百步九折萦岩峦。扪参shēn历井仰胁息⑦，以手抚膺坐长叹⑧。问君西游何时还？畏途巉岩不可攀。但见悲鸟号古木，雄飞雌从绕林间。又闻子规啼夜月⑨，愁空山！蜀道之难，难于上青天，使人听此凋朱颜⑩。连峰去天不盈尺，枯松倒挂倚绝壁。飞湍瀑流争喧豗huī⑪，砯pīng崖转石万壑雷⑫。其险也如此，嗟尔远道之人胡为乎来哉！

剑阁峥嵘而崔嵬⑬，一夫当关⑭，万夫莫开。所守或匪亲⑮，化为狼与豺。朝避猛虎，夕避长蛇，磨牙吮血，杀人如麻。锦城虽云乐⑯，不如早还家。蜀道之难，难于上青天，侧身西望长咨嗟！

注释　①噫吁嚱：蜀地方言，都是惊叹词。②蚕丛、鱼凫：传说中古蜀国开国的两个国王。③尔来：自从那时以来。④西当太白：太白之西。太白，山名，在今陕西省眉县东南。鸟道：高入云霄险仄

蜀道图

的山路，在太白山以西。⑤六龙回日：是说山的高峻险阻。传说羲和驾的六龙拉的车都得为之折返。⑥青泥：岭名。盘盘：屈曲貌。⑦参、井：星座。参宿七星，属现在所称的猎户座。井宿八星，属双子座。胁：敛住呼吸。⑧膺：胸口。⑨子规：即杜鹃，是蜀中所产的鸟。⑩凋朱颜：红润的容颜为之憔悴。⑪呕：哄闹声。⑫砯：水击岩石声。⑬剑阁：在今四川省剑阁县北，即大剑山和小剑山之间的一条栈道，又名剑门关。⑭当关：把住关口。⑮匪亲：不是可靠的人。⑯锦城：即锦官城，成都的别称。

赏析

[这首诗的写作背景] 本篇是李白成名作。"李太白初自蜀至京师，舍于逆旅。贺监知章闻其名，首访之，既奇其姿，复请所为文。出《蜀道难》以示之，读未竟，称叹者数四，号为谪仙。"（孟棨《本事诗》）诗用乐府旧题，大胆想象，集中歌咏横穿秦岭、由秦入蜀的川北蜀道（秦岭南北有著名的子午道、傥骆道、褒斜道、金牛道、陈仓道、阴平道等）。全诗脉络，大体遵循从古到今、由秦入蜀、从自然地理环境到社会政治历史的顺序，使主题逐渐深化。可分三段。

[从神话传说的角度说蜀道难] 一段从篇首到"猿猱欲渡愁攀援"，写长安西面秦蜀交通之不易，着重从神话传说的角度写蜀道之难。一起就是李白式的风雨骤至，三个惊叹语的联属，一个极度夸张而又通俗的比方，传达出蜀道给人总体上的石破天惊之感。紧接以秦蜀两地文明开化时代悬殊，极力夸张秦蜀交通之不易。"蚕丛""鱼凫"这两个图腾时代古蜀王的名称，"四万八千岁"这个年代数目的夸张，形象地告诉人们这一段蒙昧史前期之漫长，秦蜀两地交通隔绝年代之漫长，也就是间接形容"蜀道难"。太白山是秦岭主峰，民谣曰"武功太白，去天三百"，"有鸟道"是原无人路的一转语。五丁力士开山的传说为蜀道蒙上一层光怪陆离的色彩。交通有了，然而仍是"天梯石栈相钩连"而已，上有高标，下临深渊，鹤见愁，猿见愁，就不用说人见该是

怎样地战战兢兢了。这一段的写法是层层渲染气氛,在未具体描写自然光景之前,先声夺人,使人先从气氛上感受到蜀道之难和蜀道之奇。

[从自然地理的角度说蜀道难] 二段从"青泥何盘盘"到"嗟尔远道之人胡为乎来哉",写青泥岭以南由秦入蜀道路的艰险,着重从自然地理环境的角度写蜀道之难。青泥岭在略阳县西北,"悬崖万仞,山多云雨,行者屡逢泥淖"(《元和郡县志》),一重艰险;山道盘曲,百步九折,又一重艰险;海拔太高,空气稀薄,产生高山反应,第三重艰险。由于加入登山探险的生活实感,写来尤觉入木三分。写到扪参历井(参井二宿为秦蜀之分野)、以手抚膺,已凸现出西行人的形象,从而明做呼告,"问君西游何时还",这样的畏途还能再走吗?紧接开出一片更悲凉更幽深的山林境界,其中雄飞雌从回不了窝的鸟儿,就像流离失所、形影相吊的人间夫妻。而相传是古蜀王杜宇之亡魂所化的鸟儿,带血号泣的声音据说是"不如归去",响应上述呼告。于是诗中再次出现主旋律主题句"蜀道之难,难于上青天",不再是石破天惊,而是添了绵绵不绝的愁情。一阵悲凉之雾过去,眼前别有天地,境界愈出愈奇。这里出现了蜀道最奇险最壮观的自然景物,诗中再一次将高峰与深谷上下相形,而且再一次发出呼告。"嗟尔远道之人胡为乎来哉"一句中嵌入若干语助词,真嗟叹之不足,故咏歌之,与篇首呼应。在"其险也如此"的惊心动魄的叹息中,分明有快乐的战栗和审美的愉悦。这一段且写景且抒情,虽有想象夸张,手舞足蹈,毕竟较富实感。

[从社会政治的角度说蜀道难] 三段从"剑阁峥嵘而崔嵬"到篇末,写蜀门剑阁形势之险要,着重从社会政治历史的角度写蜀道之难。蜀中名山,"剑门天下险,夔门天下雄,峨眉天下秀,青城天下幽"。剑阁为川北门户,其山削壁中断,如门之辟,如剑之植,故以剑门名山。西晋张载《剑阁铭》形容这里的天险道:"一夫荷戟,万夫趑趄;形胜之地,非亲弗居。"李白化用此

铭文，便给蜀道难这一主题，注入了社会政治历史的内容。深山老林本多毒蛇、猛虎、豺狼，但诗中的毒蛇猛兽显然还有一层喻义，就是现实政治中可能产生的个人野心家。古有"天下未乱蜀先乱，天下已治蜀后治"之说，便与地理特点密切相关。诗的结尾再一次出现主题句与呼告语。"锦城虽云乐"二句，意即"梁园虽好，不是久恋之家"，当是为送别而发。——按李白身虽生蜀，却自称陇西布衣，一生以四海为家。看来他认为，欲平治天下，是必须走出盆地，面向中国的。故成都杜甫草堂名闻全球，而锦江边上的散花楼，却很少有人知道。诗中最后一次咏叹"蜀道之难，难于上青天"的意味又有不同，比较沉重，不仅仅是为山川之险而发了。

[这首诗的崇高美感] 本篇既歌咏壮丽河山，又关注现实，充满积极入世的浪漫主义精神。诗中从蒙昧历史、神话传说、山川险阻、政治忧患等多角度、全方位描写、夸张、渲染蜀道之难，却并不使人感到感伤、忧郁和畏惧，倒被诗人描画的蜀道山川深深吸引，从中感觉到诗人主观世界的宽广胸怀、好奇性格、傲岸精神，给人以健康向上的影响和极大的审美愉悦。

[这首诗的艺术特色] 首先是想象、夸张、传说的突出运用。诗人运用其绝活，将想象、夸张和神话传说熔为一炉，将自然山川、历史和现实打成一片，创造出惊险、神秘、奇丽、壮阔的大境界。其次是主题句的作用。"蜀道之难，难于上青天"这个嗟叹咏歌的主题句在诗中三次出现，分别标志情感的爆发、延伸和远出，绝类乐章中的主旋律，是李白的创调，对突出主题和强化抒情气氛功莫大焉。其三是句式参差，音情跌宕。诗中句式参差错落，大体一二段多用长句，气势畅达，三段多用四言短句，砍截有力。有时作三平调，如"愁空山"，声腔曼长；有时连用五仄，如"去天不盈尺"，以状促迫。之、乎、也、者、矣、焉、哉一类不常用于诗的语助词的加入，形成散文化的句法，加之屡作呼告、祈使之语，更有助于表现诗人火山喷发、不可遏止的激

情。诗篇总是因情制宜,大大丰富了艺术感染力。

[蜀道难产生的文化背景]据《唐朝名画录》载,天宝中唐玄宗曾命大画家于大同殿做蜀道山川壁画,赞曰:"李思训数月之功,吴道子一日之迹,皆极其妙也。"与李白此诗可称三绝,然二画荡然无存,唯本篇依倚语言艺术的优势得以传世不朽,不亦幸乎。

将 qiāng 进酒①

君不见黄河之水天上来,奔流到海不复回。君不见高堂明镜悲白发,朝如青丝暮成雪。人生得意须尽欢,莫使金樽空对月。天生我材必有用,千金散尽还复来。烹羊宰牛且为乐,会须一饮三百杯。岑夫子,丹丘生②,将进酒,杯莫停。与君歌一曲③,请君为我倾耳听。钟鼓馔 zhuàn 玉不足贵④,但愿长醉不复醒。古来圣贤皆寂寞,惟有饮者留其名。陈王昔时宴平乐⑤,斗酒十千恣欢谑⑥。主人何为言少钱,径须沽取对君酌⑦。五花马⑧,千金裘,呼儿将出换美酒⑨,与尔同销万古愁。

注 释　①将:愿,请。②岑夫子:即岑勋,南阳人。丹丘生:即元丹丘,李白好友。③与君:为你。④钟鼓:指权贵人家的音乐。馔玉:形容饮食精美,享受豪奢。⑤陈王:曹植,曾封陈王。⑥恣欢谑:尽情地欢娱戏谑。⑦径须沽:毫不犹豫地去买。⑧五花马:指名贵的马。⑨将出:拿出。

赏析　[诗的题目与写作背景]《将进酒》原是汉乐府短箫铙歌的曲调,题目意译即"劝酒歌",故古辞有"将进酒,乘大白"云云。这首李白"填之以申己意"(萧士赟《分类补注李太白诗》)的名篇,作于一入长安以后,诗人时与友人岑勋在嵩山元丹丘的颍阳山居为客,三人尝登高饮宴(《酬岑勋见寻就元丹丘对酒相待以诗见招》:"不以千里遥,命驾来相招。中逢元丹丘,登岭宴碧霄。对酒忽思我，长啸临清飚。"）。人生快事莫若置酒会友，作者又正值"抱用世之才而不遇合"（萧士赟）之际，于是满腔不合时宜借酒兴诗情，来了一次淋漓尽致的发抒。

[这首诗是大开大合的] 诗篇发端就是两组排比长句，如挟天风海雨向读者迎面扑来。"君不见黄河之水天上来，奔流到海不复回"，颍阳去黄河不远，登高纵目，故借以起兴。黄河源远流长，落差极大，如从天而降，一泻千里，东走大海。如此壮浪景象，定非肉眼可以穷极，作者是想落天外，"自道所得"，语带夸张。上句写大河之来，势不可挡；下句写大河之去，势不可回。一涨一消，形成舒卷往复的咏叹味，是短促的单句（如"黄河落天走东海"）所没有的。紧接着，"君不见高堂明镜悲白发，朝如青丝暮成雪"，恰似一波未平，一波又起。如果说前二句为空间范畴的夸张，这二句则是时间范畴的夸张。悲叹人生短促，而不直言自伤老大，却说"高堂明镜悲白发"，一种搔首顾影、徒呼奈何的情态宛如画出。将人生由青春至衰老的全过程说成"朝""暮"间事，把本来短暂的说得更短暂，与前两句把本来壮浪的说得更壮浪，是"反向"的夸张。于是，开篇的这组排比长句既有比意——以河水一去不返喻人生易逝，又有反衬作用——以黄河的伟大永恒形出生命的渺小脆弱。这个开端可谓悲感已极，却不堕纤弱，可说是巨人式的感伤，具有惊心动魄的艺术力量，同时也是由长句排比开篇的气势感造成的。此诗两做"君不见"的呼告（一般乐府诗只于篇首或篇末偶一用之），又使诗句感情色彩大大增强。诗有所谓大开大合者，此可谓大开。

[诗中表现的自信心] "夫天地者，万物之逆旅也；光阴者，百代之过客也"（《春夜宴从弟桃李园序》），悲感虽然不免，但悲观却非李白性分之所近。在他看来，只要"人生得意"便无所遗憾，当纵情欢乐。五六两句便是一个逆转，由"悲"而翻作"欢""乐"，从此直到"杯莫停"，诗情渐趋狂放。"人生飘忽百年内，且须酣畅万古情"（答王十二寒夜独酌有怀》）、"人生达命

岂暇愁，且饮美酒登高楼"（《梁园吟》），行乐不可无酒，这就入题。但句中未直写杯中之物，而用"金樽""对月"的形象语言出之，不特生动，更将饮酒诗意化了；未直写应该痛饮狂欢，而以"莫使""空"的双重否定句式代替直陈，语气更为强调。"人生得意须尽欢"，诗人眼下虽不得意，却用乐观好强的口吻肯定人生，肯定自我："天生我材必有用"，这是一个令人击节赞叹的句子。"有用"而"必"，一何自信！简直像是人的价值宣言，而这个人——"我"——是须大写的。

[以极度豪放的手法抒写愁情] 于此，从貌似消极的现象中露出了深藏其内的一种怀才不遇而又渴望用世的积极的本质内容来。正是"长风破浪会有时"，为什么不为这样的未来痛饮高歌呢！破费又算得了什么——"千金散尽还复来！"这又是一个高度自信的惊人之句，能驱使金钱而不为金钱所使，真足令一切凡夫俗子们咋舌。诗如其人，想诗人"曩者游维扬，不逾一年，散金三十余万"（《上安州裴长史书》），是何等豪举。故此句深蕴在骨子里的豪情，绝非装腔作势者可得其万一。与此气派相当，作者描绘了一场盛筵，那绝不是"菜要一碟乎，两碟乎？酒要一壶乎，两壶乎？"而是整头整头地"烹羊宰牛"，不喝上"三百杯"决不甘休。多痛快的筵宴，又是多么豪壮的诗句！从文学继承上说，此处与汉乐府《西门行》"酿美酒，炙肥牛。请呼心所欢，可用解忧愁。人生不满百，常怀千岁忧。昼短苦夜长，何不秉烛游"云云，在文辞、内容上有近似处，然而赋予这种愁情以豪放之极的形式，乃是太白独特之处。

[诗情狂放的极点] 至此，狂放之情趋于高潮，诗的旋律加快。诗人那眼花耳热的醉态跃然纸上，恍惚使人如闻其高声劝酒："岑夫子，丹丘生，将进酒，杯莫停！"几个短句忽然加入，不但使诗歌节奏富于变化，而且写来逼肖席上声口。既是生逢知己，又是酒逢对手，不但"忘形到尔汝"，诗人甚而忘却是在写诗，笔下之诗似乎还原为生活，他还要"与君歌一曲，请君为我

倾耳听"。这真是奇之又奇，纯系神来之笔。

[诗中之歌] "钟鼓馔玉"意即富贵生活（《墨子》中说，诸侯欣赏"钟鼓之乐"，士大夫欣赏"琴瑟之乐"，农夫只有"瓴缶之乐"，又富贵人家吃饭时鸣钟列鼎，食物精美如玉），可诗人以为"不足贵"，并放言"但愿长醉不复醒"。诗情至此，便分明由狂放转而为愤激。这里不仅是酒后吐狂言，而且是酒后吐真言了。以"我"天生有用之才，本当位至卿相，飞黄腾达，然而"大道如青天，我独不得出"（《行路难》）。说富贵"不足贵"，乃出于愤慨。以下"古来圣贤皆寂寞"二句亦属愤语。诗人曾喟叹"自言管葛竟谁许"，所以他说古人"寂寞"，也表现出自己"寂寞"。因此才愿长醉不醒了。这里，诗人已是用古人酒杯，浇自己块垒了。说到"惟有饮者留其名"，便举出陈思王曹植做代表。并化用其《名都篇》"归来宴平乐，美酒斗十千"之句。

[慷慨的结尾] 刚露一点深衷，又回到说酒，而且看起来酒兴更高。以下诗情再入狂放，而且愈来愈狂。"主人何为言少钱"，既照应"千金散尽"句，又故作跌宕，引出最后一番豪言壮语：即便千金散尽，也当不惜将出名贵宝物——"五花马""千金裘"来换取美酒，图个一醉方休。这结尾之妙，不仅在于"呼儿""与尔"，口气放肆，而且具有一种将宾做主的任诞情态。须知诗人不过是"丹丘生"招饮的客人，此刻却高踞一席，颐指气使，几令人不知谁是"主人"谁是客人。快人快语，非不拘形迹的知友至交断不能语此。诗情至此狂放至极，令人嗟叹咏歌，直欲"手之舞之，足之蹈之"。情犹未已，诗已告终，突然又迸出一句"与尔同销万古愁"。这句既含"且须酣畅万古情"的豪意，又关合开篇高堂之"悲"，使"万古愁"的含义较之"万古情"更深沉。这"白云从空，随风变灭"的一结，显见诗人奔涌跌宕的感情激流。通观全篇，真是大开大合，大起大落，非如椽巨笔不办。

[李白诗的代表作] 《将进酒》篇幅不算长，却五音繁会，气象不凡。它笔酣墨饱，情极悲愤而做狂放，语极豪纵而又沉着。

诗篇具有振动古今的气势与力量。这诚然与夸张手法不无关系，比如诗中屡用巨额数目字（"千金""三百杯""斗酒十千""千金裘""万古愁"等等）表现豪迈的诗情，同时又不给人空洞浮夸感，但其根源还是在它那充实深厚的内在感情，那潜藏在酒话底下如波涛汹涌的郁怒情绪。"李白的生活充满了大起大落的变化，他的感情也波澜起伏，千变万化。戏剧性的变化和不同寻常的生活，造就了李白的性格，也构成了李白诗歌波澜起伏的感情基调。"（林庚《唐代四大诗人》）本篇的诗情便是大起大落，忽翕忽张，由悲转乐，转狂放，转愤疾，再转狂放，最后结穴于"万古愁"，回应篇首。如大河奔流，有气势，亦有曲折，纵横捭阖，力能扛鼎。其歌中有歌的包孕手法，又有鬼斧神工、"绝去笔墨畦径"之妙，既非谯刻能学，又非率尔可到。通篇以七言为主，而以三、五、十言句破之，极参差错落之致；诗句以散行为主，又以短小的对仗语点染（如"岑夫子，丹丘生""五花马，千金裘"），节奏疾徐尽变，奔放而不流易。《唐诗别裁》谓"读李诗者于雄快之中，得深远宕逸之神，才是谪仙人面目"，此篇足以当之。

❀ 梦游天姥 mǔ 吟留别① ❀

海客谈瀛 yíng 洲，烟涛微茫信难求②。越人语天姥，云霓明灭或可睹③。天姥连天向天横，势拔五岳掩赤城。天台 tāi 四万八千丈④，对此欲倒东南倾。

我欲因之梦吴越，一夜飞渡镜湖月⑤。湖月照我影，送我至剡 shàn 溪⑥。谢公宿处今尚在，渌 lù 水荡漾清猿啼⑦。脚著谢公屐 jī，身登青云梯。半壁见海日，空中闻天鸡⑧。千岩万转路不定，迷花倚石忽已暝。熊咆 páo 龙吟殷岩泉，栗深林兮惊层巅⑨。云青青兮欲雨，水澹澹兮生烟⑩。列缺霹雳，丘峦崩摧。洞天石扉 fēi，訇 hōng 然中开⑪。青冥浩荡不见底，日月照耀金银台⑫。霓为衣兮风为马，云之君兮纷纷而来下⑬。虎鼓

古诗词鉴赏

瑟sè兮鸾回车，仙之人兮列如麻⑭。

　　忽魂悸以魄动，恍惊起而长嗟⑮。惟觉时之枕席，失向来之烟霞。世间行乐亦如此，古来万事东流水。别君去兮何时还？且放白鹿青崖间⑯，须行即骑访名山。安能摧眉折腰事权贵⑰，使我不得开心颜！

注　释

①天姥：山名，在今浙江省嵊州东，天台县北。②海客：出海回来的人或来自海外的客人。瀛洲：传说中仙人所居的山名。烟涛：水生雾气笼罩着的波涛。微茫：隐约，迷离不清。信：确实，实在。③越：今浙江省一带，春秋时为越国之地，唐代在其地设越州。明灭：或明或暗，时隐时现。④横：横贯。五岳：我国五座大山的总称，即东岳泰山、西岳华山、中岳嵩山、南岳衡山、北岳桓山。赤城：山名，在今浙江省天台县北，山上土石多赤色而得名。天台：山名，在今浙江省天台县北天姥山东南。⑤吴越：春秋时吴国、越国之地，指今江苏、浙江一带。镜湖：又名鉴湖或庆湖，因水平如镜而得名，在今浙江省绍兴市。⑥剡溪：水名，在今浙江省嵊州南，是曹娥江的上游。⑦谢公：南朝刘宋诗人谢灵运，袭封康乐公，性爱山水，常游天姥山一带，曾投宿剡溪。渌：清。⑧谢公屐：谢灵运特制用于登山的木鞋，鞋底装有活齿，上山去掉前齿，下山去掉后齿，便于尽量保持身体平衡。青云梯：指高峻入云的陡峭的山中石级小路。半壁：此指朝东向海的半面山崖。天鸡：《述异记》载："东南有桃都山，上有大树，名曰桃都，枝相去三千里，上有天鸡。日初出，照此木天鸡则鸣，天下之鸡皆随之鸣。"⑨暝：指天色昏黑。咆：野兽狂叫。⑩青青：黑沉沉的样子。澹澹：水波摇动的样子。烟：指水汽。⑪列缺：闪电。霹雳：迅急的雷声。丘峦：山峰。洞天：道家称神仙所住的山中洞府。扉：门。⑫青冥：青天。金银台：金碧辉煌的楼台，指神仙们所住的地方。⑬云之君：云神，此处可泛指空中群仙。⑭瑟：弦乐器。鸾：古代传说中的一种神鸟。回车：拉车。如麻：形容非常多。⑮悸：因惊惧而心跳。恍：恍惚迷乱，初醒时心神不定的样子。嗟：叹息。⑯白鹿：传说中仙人的坐骑。⑰摧眉：低眉头，低头。折腰：弯腰。事：侍奉，侍候。

赏析 [不同于一般意义上的山水诗] 李白于天宝三载（744）由待诏翰林赐金放还，离京后曾与杜甫、高适同游梁宋、齐鲁，然后在东鲁家中居住过一个时期。东鲁的家已安定，尽可以怡情养性，但他的心却不在这儿，约在天宝五载又一度踏上漫游之路。此诗题一作《别东鲁诸公》，可知是赠别之作；由于寄情山水，通常也被认为是山水诗；然而毕竟是梦游，所以也有足够的理由被认为是游仙之作。此诗一向被列举为李白代表作之一。

[关于天姥山] 天姥山，在会稽（今浙江绍兴）南面，今浙江新昌、嵊州以东，临近剡溪，与赤城山、天台山相对，号称灵秀奇绝，传说登山的人曾听到仙人天姥的歌唱，因此得名。但任何地图上都只标天台山，而不见天姥山，可见两山实际的大小。浙东山水，李白在辞亲远游的青年时代就已经游过，天台山早已去过，天姥山只听说过，故成为这次南下主要的目标。没有到过的山，当然是最好的山。诗一开始就以虚衬实，说瀛洲不可到，天姥总还可以到吧。这样说，好像仙境第一，天姥山第二。然后就说它势压赤城、天台乃至五岳，这怎么可能呢？但经诗人一吹，不可能也可能了。这叫作尊题——为了突出所咏的对象，而做夸张与衬托的艺术处理。

[关于谢灵运和谢公屐] 由于神往，就有尚未成行时的梦游。这番梦游不仅由越人侃大山而触发，而且有着昔游的基础，所以"梦吴越"也有旧地重游的意味，此重游乃神游，月夜飞渡，写梦入妙。由杭州到越州、到剡溪、到天台，这是一条唐诗之路，而晋宋之际的谢灵运则是一个先行者。他不但是个写诗的行家，也是个登山的行家，曾特制登山木屐，上山则去其前齿，下山则去其后齿。在当时是个创举。

[写梦游所见之景] "湖月照我影"到"迷花倚石忽已暝"十句，从早写到晚，写诗人从剡溪到天姥山，行走山阴道上，但觉秀色扑面，层峦叠翠，回环奇绝，具有清新的风格。以下写黄昏降临，山中阴森可怖的情景：熊在吼叫，龙在长吟，使人毛骨悚

然。然后写到云头低垂，水面蒸烟，眼看滂沱大雨即将来临，诗人不禁有些失措。猛然间闪电过处，雷霆万钧，山峦崩塌，才打破适才的阴森恐怖，迎来了光明洞彻的神仙世界。从"熊咆龙吟殷岩泉"到"仙之人兮列如麻"十四句，则完全是光怪陆离、大类楚辞的幻设的笔墨了。

[梦游之景的象征意蕴]关于这一段描写，一方面流露出对神仙世界的向往，另一方面也可以辨认出翰林三年现实生活的某些痕迹。陈沆《诗比兴笺》说，此诗即屈子《远游》之旨，亦即《梁甫吟》"我欲攀龙见明主，雷公砰訇震天鼓。帝旁投壶多玉女，三时大笑开电光，倏烁晦冥起风雨。阊阖九门不可通，以额叩关阍者怒"之旨也。太白被放以后，回首蓬莱宫殿，有若梦游，故托天姥以寄意。题曰留别，盖寄去国离都之思，非徒酬赠握手之什。此言甚是，盖太白之入侍翰林，无异好梦一场，梦醒之后，但觉其虚幻而无可留恋。尤其是联系天宝五、六载之李林甫对大臣实行的一场政治迫害，令人不免心有余悸，故以熊咆龙吟以象之。而以"世间行乐亦如此，古来万事东流水"二语收束，结尾更言寄情山水，为的是表明不同宫廷权贵同流合污。

[最后的点题]最后几句点出留别之意，说：要问这一次离别诸君何时再见，我是打算远离尘嚣到名山求仙学道，怕是难以再会了。盖诗人有强烈的政治抱负，却不愿在权贵面前摧眉折腰，于是只好借山水、神仙以挥斥幽愤了。这几句是李白的名言，有人认为全诗从结构上说是倒装的写法，如果参读李白去朝后所作的《梁甫吟》《答王十二寒夜独酌有怀》等政治抒情诗，更会觉得这结尾的几句有雷霆万钧之力，充分显示了诗人对上层社会的深刻不满，不愿同流合污的傲岸性格，以及他对自由生活的热爱。

[这首诗在形式上的特点]诗以七言为主，句法长短错综，适当采用了屈赋的句式，于波澜起伏中，表现出一种不同凡响的逸兴壮思。

峨眉山月歌①

峨眉山月半轮秋，影入平羌江水流②。夜发清溪向三峡③，思君不见下渝州④。

注释 ①峨眉山：在今四川峨眉山市西南，《元和郡县图志》卷三一剑南道上嘉州峨眉县："峨眉大山，在县西七里。……两山相对，望之如蛾眉，故名。"②平羌江：即青衣江，源出今四川芦山西北，东南流经雅安、洪雅、夹江等地，至乐山汇大渡河入岷江。峨眉山在其西。③清溪：驿站名，《乐山县志》："板桥驿出平羌峡口五里，廛居十余家，高临大江傍岸。清邑宰迎大僚于此。盖唐时清溪驿，即宋平羌驿也。"三峡：长江三峡，位于川鄂两省交界处，分别为瞿塘峡、巫峡和西陵峡。一说指岷江中小三峡，恐非。④君：或谓指月，当属双关。渝州：今重庆市，周时为巴子国，秦汉为巴郡，唐为渝州，因渝水（即嘉陵江）得名。

赏析 [诗从峨眉山月写起] 这是李白去蜀远游之作。诗从"峨眉山月"写起，点出了远游的时令是在秋天。"秋"字因入韵关系置于句末。秋高气爽，月色特明（"秋月扬明辉"），所以"秋"字又形容月色之美，信手拈来，自然入妙。月只"半轮"，是下弦月，也可以使人联想到青山吐月的优美意境。在峨眉山的东北有平羌江，即今青衣江，源出于今四川省芦山县，流至乐山市入岷江。

[诗中包含夜行船之情事] 次句"影"指月影，"入"和"流"两个动词构成连动式谓语，意言月影映入江水，又随江水流去。生活经验告诉我们，定位观水中月影，任凭江水怎样流，月影是不会动的。"月亮走，我也走"，只有观者顺流而下，才会看到"影入江水流"的妙景。所以此句不仅写出了月映清江的美景，同时暗点秋夜行船之事，意境可谓空灵入妙。

[江行见月的感受] 次句境中有人，第三句中人已露面：他正连夜从清溪驿出发进入岷江，向三峡驶去。"仗剑去国，辞亲

远游"的青年，乍离乡土，对故国故人不免恋恋不舍。江行见月，如见故人。然明月毕竟不是故人，于是只能"仰头看明月，寄情千里光"了。末句"思君不见下渝州"写依依惜别的无限情思，可谓语短情长。

[思友之情的象征] 峨眉山—平羌江—清溪—渝州—三峡，诗境就这样渐次为读者展开了一幅千里蜀江行旅图。除"峨眉山月"而外，诗中几乎没有更具体的景物描写；除"思君"二字，也没有更多的抒情。然而"峨眉山月"这一集中的艺术形象贯串整个诗境，成为诗情的触媒。由它引发的意蕴相当丰富：山月与人万里相随，夜夜可见，使"思君不见"的感慨愈加深沉。明月可亲而不可近，可望而不可接，更是思友之情的象征。凡咏月处，皆抒发江行思友之情，令人陶醉。

[四句中包含五个地名] 本来，短小的绝句在表现时空变化上颇受限制，因此一般写法是不同时超越时空，而此诗所表现的时间与空间跨度真到了驰骋自由的境地。二十八字中地名凡五见，共十二字，这在万首唐人绝句中是仅见的。它"四句入地名者五，古今目为绝唱，殊不厌重"（王麟洲语），其原因在于：诗境中无处不渗透着诗人江行体验和思友之情，无处不贯串着山月这一具有象征意义的艺术形象，这就把广阔的空间和较长的时间统一起来。其次，地名的处理也富于变化。"峨眉山月""平羌江水"是地名附加于景物，是虚用；"发清溪""向三峡""下渝州"则是实用，而在句中位置亦有不同。读起来便觉不着痕迹，妙入化工。

❀ 玉阶怨① ❀

玉阶生白露，夜久侵罗袜。却下水精帘②，玲珑望秋月③。

注　释　①玉阶怨：乐府诗题，属《相和歌辞》，多写宫怨。②却：还。水精帘：一种质地精细、莹澈透明的帘子。一说即珠帘。③玲珑：月光明亮的样子。

赏析 [这是一首委婉的宫怨诗] 诗中无一字言怨，亦无一字正面描写宫人面目，只通过诗中人在白露生阶的秋夜，罗袜被露水湿透，回房以后，还透过水精珠帘痴痴看月的情态，隐隐传达出她的幽怨之意。"'玲珑'五字冷寂可想，其取神乃在'却下'二字，有深宫长夜、惝恍无眠光景。"（《唐人万首绝句选》李慈铭批）

❀ 忆秦娥 ❀

箫声咽，秦娥梦断秦楼月。秦楼月，年年柳色，霸陵伤别①。　　乐游原上清秋节②，咸阳古道音尘绝。音尘绝，西风残照，汉家陵阙。

注释 ①霸陵：汉文帝陵，在长安城东七十里，因山为藏，不复起陵，就其水名。近有霸桥，为长安士人折柳送别之所。②乐游原：在长安近郊。清秋节：指重阳节。

赏析 [《忆秦娥》的始辞] 有人统计由唐至元文人词中《忆秦娥》一调，发现用调名本意的只有李白，故推断李白《忆秦娥》必为始辞，"娥"属方言，是秦晋间对美女的称谓（扬雄《方言》）。

[上片创造的美妙意境] 词境从箫声开始。箫声出于深孔之中，幽幽咽咽，清深过于长笛着一"咽"字，便尽得箫声之神理。箫声是秦娥梦醒后听到的声音，又是打断秦娥之梦的声音。梦断犹言梦醒，但一字之别，意味全殊，盖"断"者中断，含有惊梦之意。箫声又令人想起弄玉追随萧史，在箫声中双双飞升的本地传说，为什么伊就没有那样的幸运呢？自从当年折柳，征夫西行，他，就再没有从霸桥那边回来。词人说到"秦娥梦断"，至于秦娥所梦为何，却不予道明，任人寻味。

[音情上的奥妙] 词的上片在音情上，值得注意的是"秦"字三出，"秦楼月"的重出，作为《忆秦娥》的始辞，这里的重

古诗词鉴赏

吹箫引凤

叠则完全是出于意匠的经营。"秦"字是一个发音较重的齿头音,它的三叠,与"举杯消愁愁更愁"的"愁"字三叠,其音情之妙,正所谓"语不涉己,若不堪忧",是异曲同工的。忧从何来?来自惊梦,即从梦境回到现实。什么现实?"年年柳色,霸陵伤别"——自从当年霸桥折柳话别,年复一年,是只见柳色不见人。

[下片境界发生的变迁] 过片境迁：箫声没了，月色没了，秦娥似乎也没了。时间：重阳节、黄昏时分；地点：乐游原。"清秋节"当指重九佳节，此时乐游原上，满是长安士女，热闹的气氛一直维持到黄昏。与这一番热闹形成强烈对照的，是西行的大路的冷清和沿途汉陵的冷清——原来汉帝诸陵，如高祖长陵、惠帝安陵、景帝阳陵、武帝茂陵，都在长安与咸阳之间。词中第一次将古道、西风、残照几个意象加以组合，构成苍凉境界，词中怨情于是上升而为古今情，天地情。

[上下片词情的关联] 词的客观情景中包含的意味很长，原来就是这一条西行的大道，从汉至唐，不知送走了多少征人，"何人此路得生还"呢？就在这里，读者发现了词情上下的关联或切合点。上片的秦娥怨，就在咸阳古道，西风残照中，得到了呼应和延伸。词情悲凉跌宕，读罢有天地茫茫，何处是归程的感觉。所以徐士俊评曰："悲凉跌宕，虽短词中具长篇古风之意气。"(《古今词统境》) 王国维更是对结尾评价道："寥寥八字，遂关千古登临之口。"(《人间词话》)

崔颢

(704?～754),汴州(今河南开封)人,玄宗开元十一年(723)登进士第,官至司勋员外郎。早年诗风绮艳,后来到过边塞,诗风为之一变。开元、天宝间诗名甚大,其五绝语言自然朴质,深得民歌神髓。《全唐诗》存诗1卷。

❀ 长干曲二首① ❀

君家何处住,妾住在横塘②。停船暂借问,或恐是同乡。
家临九江水③,来去九江侧。同是长干人,生小不相识④。

注释　①长干曲:乐府诗题,属《杂曲歌辞》,本为六朝时金陵(今江苏南京)长干里一带的民歌。《乐府遗声》:"都邑三十四曲中有《长干行》。"长干,地名,是建康(今南京市)的一处街坊,在长江沿岸。诗题一作《江南曲》。②横塘:地名,建康的一处堤塘,故址在今南京市西南,地近长干。《文选·吴都赋》:"横塘查下,邑屋隆夸。"李善注:"横塘在淮水南,近家渚缘江筑长堤,谓之横塘。"③九江:泛指长江下游一带,以支流较多故称。④生小:《全唐诗》作"自小"。

赏析　[前诗写女子的问话]诗中写一位船家少女在江上主动向别船少年拉话的情景。她或许从对方的口音中发现他是家乡人,一种"亲不亲,故乡人"的感情洋溢字里行间。所以沈德潜说:"不必作桑濮(指爱情诗)看。"王夫之《姜斋诗话》评此诗道:"论画者曰咫尺有万里之势,一势字宜着眼。若不论势,则缩万里于咫尺,直是《广舆记》前一天下图耳。五言绝句以此为落想第一义,唯盛唐人能得其妙。如'君家住何处'云云,墨气所射,四表无穷,无字处皆其意也。"

[后诗写男方的答词]后一诗紧承前一首,写男子的答辞。

以"家临九江水"答复了女方"君家何处住"的问题。以"同是长干人"印证了女方"或恐是同乡"的猜想。不说今日相逢之幸，而说往日不识之憾。絮絮叨叨中，暗含相逢恨晚之意。不必作情诗看，却蕴含有极为丰富的感情，所以被推为唐人五绝的上乘之作。这两首诗用问答体，具典型的民歌风味。

黄鹤楼①

昔人已乘黄鹤去，此地空余黄鹤楼②。黄鹤一去不复返，白云千载空悠悠。晴川历历汉阳树③，芳草萋萋鹦鹉洲④。日暮乡关何处是？烟波江上使人愁。

注释：①黄鹤楼：旧址在今湖北武昌蛇山黄鹤矶上，今在武汉长江大桥武昌桥头，下临长江。②昔人：传说中乘鹤飞去的仙人。一说费文祎在此驾鹤登仙，一说仙人子安乘鹤过此，楼因是得名。③历历：分明貌。汉阳：在武昌西，与黄鹤楼隔江相望。④萋萋：茂密貌。鹦鹉洲：在武昌北长江中，传说《鹦鹉赋》的作者祢衡葬于此，洲因是而得名。

赏析 [题黄鹤楼的千古绝唱] 黄鹤楼因其所在的武昌黄鹤山而得名。传说古代仙人子安乘黄鹤经过此地；又云费文祎登仙驾鹤于此。元人辛文房《唐才子传》记李白登黄鹤楼本欲赋此诗，因见崔颢此作，为之敛手，说："眼前有景道不得，崔颢题诗在上头。"传说或出于后人附会，未必真有其事。然李白确实曾经两次作诗拟此诗格调。其《鹦鹉坡》诗前四句说："鹦鹉东过吴江水，江上洲传鹦鹉名。鹦鹉西飞陇山去，芳洲之树何青青。"与崔诗如出一辙。又有《登金陵凤凰台》诗是明显摹拟此诗。为此，说诗者交口赞誉。如宋代的严羽《沧浪诗话》曰："唐人七言律诗，当以崔颢《黄鹤楼》为第一。"

[苍茫浑厚的历史感] 诗一开头就从原本虚无缥缈的仙人驾鹤而去说起，仙人已去，楼台依旧，已有时光荏苒，物是人非之

感，下联再说"不复返"，更是有逝者已矣，仙人不可见的遗憾，唯有天际白云，千载仍是悠悠如故，表现出世事苍茫之感慨。诗人用灵动而大气的笔法写出了那个时代登此楼的人们普遍的感受，感情真挚而气势恢宏，颇具盛唐特色。

[乡关何处的淡淡惆怅] 如果说此诗前半首是抒发一种苍茫的历史感，那么后半首便是从心骛八极的神思中回到了眼前的现实。写从楼上眺望汉阳城、鹦鹉洲的绿树芳草而由此引起的乡愁。眼前的景象如此真切，晴川绿树，历历在目，鹦鹉洲上，芳草萋萋。《楚辞·招隐士》曰："王孙游兮不归，春草生兮萋萋。"因此，本诗中的萋萋芳草既是对眼前之景的实写，又隐含了游子归家之情，然后很自然地引出结尾两句。一个人在日暮之中对着烟波浩茫的江面，望故乡绵邈，归思难收。但这愁正如这烟波，不是厚重的，令人压抑的，而是一种轻轻淡淡的惆怅。所以结尾虽是抒写乡愁，但并没有给人愁苦之感。

[一首破格的律诗] 本诗的前四句就重复出现了三处"黄鹤"，这正是格律严格的律诗的大忌，第三句几乎全部用仄声，第四句又用了"空悠悠"三个平声结尾。而且颔联完全谈不上对仗。难道当时还没有规范的七律吗？当然不是，这是作者依据作诗要以立意为要和不要"以词害意"的原则去进行实践的结果。虽有"出格"之嫌，但为了感情的抒发而不惜打破定格，亦是创造精神的一种表现。

刘方平

生卒年不详,河南(今河南洛阳)人。匈奴族。应进士举不第,隐居颍阳大谷、汝水之滨。《新唐书·艺文志》录诗1卷,《全唐诗》存诗26首。

春雪

飞雪带春风,徘徊乱绕空①。君看似花处②,偏在洛阳东③。

注释 ①徘徊:形容雪飞之态。刘骃《雪赋》:"散乱徘徊,雰霏皎洁。"②似花:《太平御览》十二引《韩诗外传》:"凡草木花多五出,雪花独六处。"③洛阳东:何逊《联句》:"洛阳城东西,却作今年别。昔去雪如花,今来花似雪。"

赏析 [诗人善于形容] 这首诗咏雪,很善于形容。"首点题,二申说,三四就'春'字渲染,写'春'字极有情,而藏过真花,转说雪之似花,是又其用笔之妙。"(杨逢春《唐诗偶评》)

[含蓄的讽刺] 后二句说"君看似花处,偏在洛阳东",十分耐味。雪花在哪里不一样,怎见得洛阳城东特别地不同呢?原来"天寒风雪,独宜于富贵之家,却说来蕴藉。"(胡本渊《唐诗近体》)

[一个比较] 晚唐诗人罗隐《雪》:"尽道丰年瑞,丰年事若何?长安有贫者,为瑞不宜多。"以雪名篇,却并非咏雪之作,而是发了一通关于雪是否是瑞兆的议论。作者感到憎恶和愤慨的是,那些饱暖无忧的达官贵人们,本与贫者没有任何共同感受、共同语言,却偏偏要装出一副对丰年最关心、对贫者最关切的面孔,因而抓住'丰年瑞'这个话题,巧妙地作了一点反面文章。

相比之下，刘方平诗含蓄的特点尤为明显。

❄ 夜月 ❄

更深月色半人家①，北斗阑干南斗斜②。今夜偏知春气暖，虫声新透绿窗纱③。

注　释　①更深句：夜深时分，月亮照亮了半边屋子。②北斗阑干：古乐府《善哉行》："月落参横，北斗阑干。"阑干，横斜的样子。南斗：二十八宿中的斗宿（六星），相对位置在北斗以南，故称。③新透：初透。

刘方平

赏析 ［这首诗表现了作者对节物变化的细致体察］作者"撇开花开鸟鸣、冰消雪融等一切习见的春的标志,独独选取静谧而散发着寒意的月夜为背景,从静谧中写出生命的萌动与欢乐,从料峭夜寒中写出春天的暖意"。"苏轼的'春江水暖鸭先知'的诗意体验,刘方平几百年前就在《月夜》诗中成功地表现过了。刘诗不及苏诗流传,可能和无句可摘、没有有意识地表现某种'理趣'有关。但宋人习惯于将自己的发现、认识明白告诉读者,而唐人则往往只表达自己对事物的诗意感受,不习惯于言理,这之间是本无轩轾之分的。"(《唐诗鉴赏辞典》刘学锴评)

高适

(704?—765)字达夫,勃海蓨(今河北景县)人。少时客居梁宋,玄宗天宝八载(749)有道科及第,曾为封丘县尉,不久辞官。客游河西,入哥舒翰幕。安史之乱中拜左拾遗,累为节度使。晚年出将入相,曾任左散骑常侍,进封勃海县侯,卒赠礼部尚书。有《高常侍集》。

营州歌①

营州少年厌原野②,皮裘蒙茸猎城下③。虏酒千钟不醉人④,胡儿十岁能骑马。

注释 ①营州:属河北道,州治柳城(今辽宁朝阳)。②厌:《文苑英华》作"满",意同。③蒙茸:皮毛纷披的样子。④虏酒:犹言胡酒,指西北少数民族所酿制和饮用的酒。

赏析 [描绘营州风情] 唐代营州(辽宁朝阳)地处东北边塞,原野开阔,水草丰茂,各族杂处,以游牧业为主,风习尚武。这诗便是当地风土人情的一篇速写。

[营州少年的身份] 诗中主人公是前二句突出的营州少年,是胡儿还是汉儿,诗人未挑明,然而从诗句所表现的惊异口吻体味,当是汉儿无疑。生活在营州的汉族少年,就装束、爱好而言,和当地胡儿无大区别,他们是那样喜爱("厌",满足)原野,穿的是东北人特有的裘皮袍子,在营州城外的原野上打猎。这和内地少年的形象和风貌都大不一样,所以诗人看得入迷。

[营州少年的本领] 后二句则是拓开笔墨,写出营州当地人的生活习惯,也是营州少年所处的一个地理文化背景。这里的男人都有两种本领,一是喝酒,二是骑马。怎么会"虏酒(当地胡

人酿的酒）千钟不醉人"呢？这话有两层意思，一是所谓"好酒越吃越不醉"，可见当地人之能喝；二是"好酒过后醉"，可见当地酒之勾人。而骑马对以牧业为主的营州人来说，是一种不可缺少的生活本领，从小就学，从小就会。"胡儿十岁能骑马"有什么稀罕，但对于南方来的诗人来说，却是一件了不起的事。

别董大①

千里黄云白日曛xūn②，北风吹雁雪纷纷。莫愁前路无知己，天下谁人不识君！

注　释　①董大：通常认为指唐玄宗时著名琴师董庭兰，同时李颀有《听董大弹胡笳兼寄语弄房给事》。敦煌写本《唐诗选》题作《别董令望》。庭兰、令望是否同一人俟考。②黄云：塞上风沙甚大，故云呈黄色。曛：落日的余光。

赏析 [关于这首诗的受赠者] 同一题下原为两首，另一首是"六翮飘摇私自怜，一离京洛十余年；丈夫贫贱应未足，今日相逢无酒钱。"从两诗光景、情事推测，以作于北游燕、赵时可能性较大。则此董大应是高适二十岁初上长安、洛阳时交的朋友了。一说，当时著名琴师董庭兰行大，即这首诗受赠者。然而敦煌写本诗题作《别董令望》，可知董大名令望，是否与庭兰为同一人，还是一个问题。

[诗中景色的寓意] 这首诗首先展示了一个风雪迷茫的送别场景，这是古代送别诗很典型的一种情景，汉诗就有"步出城东门，遥望江南路。前日风雪中，故人从此去。"送人之情本来迷茫，再加上日暮黄昏，风雪迷茫，雁阵惊寒，遂唤起日暮天寒、游子何之、仰天长啸、徒呼奈何的感觉。"吹雁"二字极妙，它给人的感觉绝不是"长风万里送秋雁"的顺风，而是逆风。雁行艰难，暗示着游子的艰难。

[诗中的豪语] 前二句用力烘托气氛，不如此无以见下文转

折之妙。在写足恶劣的环境后,后二句不作气短语、感伤语、劝留语,反用充满信心的口吻鼓励友人踏上征途,从可愁之景反跌出"莫愁"二字,豪情满怀,溢于言表:"莫愁前路无知己,天下谁人不识君。"对此二句,或立足于著名琴师身份而为之说,但这最多只是表面的语义,更深的意蕴,则是类"天涯何处无芳草""人生何处不相逢"那样的乐观和自信,它能为志士增色,为游子拭泪,使后世落拓不偶之士从中受到鼓舞和启迪。纵然腰无分文,依然心怀天下;尽管怀才不遇,却又不甘沉沦,这种自信乐观是作者积极入世态度的表现,也是盛唐时代的产物。严羽说:"唐人好诗,多是征戍、迁谪、行旅、离别之作,往往能感动激发人意。"(《沧浪诗话·诗评》),《别董大》就是这样的杰作。

❀ 塞上听吹笛① ❀

雪净胡天牧马还②,月明羌笛戍楼间③。借问梅花何处落④?风吹一夜满关山。

注释 ①此诗《国秀集》作《和王七度玉门关上吹笛》:"胡人吹笛戍楼间,楼上萧条海月闲。借问落梅凡几曲,从风一夜满关山。"王七即王之涣。②牧马:指入侵者。古代西北游牧民族每当秋高草黄时,借口牧马而内侵。汉贾谊《过秦论》:"蒙恬北筑长城而守藩篱,却匈奴七百余里,胡人不敢南下而牧马。"③羌笛:见王之涣《凉州词》注。

赏析 [关于虚景和实景] 汪中《述学·内篇》说诗文里数目字有"实数"和"虚数"之分,今世学者进而谈到诗中颜色字亦有"实色"与"虚色"之分。我说诗中写景亦有"虚景"与"实景"之分,如高适这首诗就表现得十分突出。

[前二句写的是实景] 胡天北地,冰雪消融,是牧马的时节了。傍晚战士赶着马群归来,天空洒下明月的清辉……开篇就造

成一种边塞诗中不多见的和平宁谧的气氛，这与"雪净""牧马"等字面大有关系。贾谊《过秦论》云："蒙恬北筑长城而守藩篱，却匈奴七百余里，胡人不敢南下而牧马。""牧马还"则意味着边烽暂息，"雪净"也有了几分和平的象征意味。

[后二句是虚景] 此诗之妙尤在后二句。而它所写的对象，既不是梅花，也不是雪，而是笛声。这里拆用了笛曲《落梅风》三字，却构成了一种幻觉或虚景。在生活中，实际的情况是在清夜里，不知那座戍楼吹起了羌笛，那是熟悉的《落梅风》曲调。但由于笛曲三字的拆用，又嵌入"何处"，及"一夜满关山"等字面，便构成一种虚景，仿佛风吹的不是笛声而是落梅的花片，它们四处飘散，一夜之中和色和香洒满关山，在这雪净之时，又酿成一天的香雪。

[曲名的妙用] 这也可以说是赋音乐以形象，但由于是曲名拆用而形成的假象，又以设问出之，故虚之又虚，幻之又幻。而这虚景又恰与雪净、月明等实景协调，虚虚实实，构成朦胧的意境，画图难足。从修辞上看，这是运用通感，即由听曲而"心想形状"。战士由听曲而想到梅花，想到梅花之落，暗含思乡的情绪。情绪虽浓却并不低沉，其基调已由首句确定。诗人时在哥舒翰幕府，《登陇诗》云："浅才登一命，孤剑通万里。岂不思故乡，从来感知己。"由于怀着盛唐人通常具有的豪情，故能感而不伤。

[可与李白绝句参读] 李白在《春夜洛城闻笛》中写道："谁家玉笛暗飞声，散入春风满洛城。"这是直说风传笛曲，一夜之间声满洛城。在《与史郎中钦听黄鹤楼上吹笛》中又写道："黄鹤楼中吹玉笛，江城五月落梅花。"则是拆用《落梅风》曲名，手法和情景都与高适此诗相近。

❁ 燕歌行 ❁

开元二十六年（738），客有从御史大夫张公出塞而还者[①]，

古诗词鉴赏

作《燕歌行》以示适,感征戍之事,因而和焉。

汉家烟尘在东北,汉将辞家破残贼。男儿本自重横行,天子非常赐颜色。摐 chuāng 金伐鼓下榆关②,旌旆 pèi 逶迤碣石间③。校尉羽书飞瀚海④,单于猎火照狼山⑤。山川萧条极边土,胡骑凭陵杂风雨。战士军前半死生,美人帐下犹歌舞。大漠穷秋塞草腓 féi⑥,孤城落日斗兵稀。身当恩遇常轻敌,力尽关山未解围。铁衣远戍辛勤久,玉箸 zhù 应啼别离后⑦。少妇城南欲断肠,征人蓟北空回首。边庭飘飖那可度,绝域苍茫无所有⑧。杀气三时作阵云,寒声一夜传刁斗⑨。相看白刃雪纷纷,死节从来岂顾勋。君不见沙场征战苦,至今犹忆李将军⑩。

注释 ①张公:指张守珪,当时以辅国大将军兼御史大夫之职主持北边对契丹、奚族的军事。②摐:击打。金:指钲,行军时用来节制步伐。伐:敲打。榆关:山海关。③旌旆:指军中各种旗帜。逶迤:宛延绵长的样子。碣石:山名,在今河北昌黎县北。④校尉:武官名。羽书:插有鸟羽的军用紧急文书。瀚海:指大沙漠。⑤单于:匈奴首领的称号,此指敌方的首领。狼山:狼居胥山,今内蒙古克什克腾旗西。⑥穷秋:深秋。腓:病,枯萎。⑦玉箸:玉做的筷子,比喻眼泪。⑧绝域:极远之地。⑨刁头:军用铜器,昼用它来煮饭,夜敲它来巡更。⑩李将军:指汉代名将李广,武帝时为右北平太守,匈奴不敢犯境,他民士卒同甘苦,前后与匈奴七十余战,屡建功勋。

赏析 [这首诗的主要内容] 这是一首以暴露问题为主的边塞诗。诗中所写,综合了诗人在蓟门的见闻,不限于一人一事,是对当时整个边塞战争更高的艺术概括,既有现实针对性,又有典型性。

[出征时士气之高] 全诗四句一解。"汉家烟尘"四句,写唐军将士慷慨辞阙奔赴东北边防的情况。当时营州(今辽宁朝阳)以北是契丹和奚族,两蕃在开元三年(715)内附于唐,玄宗复置松漠、饶乐两都督府,认其酋长为都督,先后以五公主和亲于

两蕃，而契丹内部实力人物可突干擅行废立，多次弑其酋长。唐虽一再迁就，但可突干于开元十八年（730）又杀其主李邵固，并胁迫奚族叛唐降突厥，并为边患，此后唐与二蕃的战争连年不断。故诗云"汉家烟尘在东北"。开元二十二年（734）六月，张守珪大破契丹，斩其王屈利及可突干，然余党犹未平，不久又叛唐，"残贼"指此。首二句以"汉家""汉将"开篇，是谓同纽，造成一种连贯的气势，突出的是一种同仇敌忾的民族意识。继二句以"本自""非常"呼应递进，言"男儿生世间，及壮当封侯"，本来就该驰骋沙场，何况天子十分赏脸，奖励有加，所以士气之高可以想见。

[出征时声势之大]"摐金伐鼓"四句，写唐军赴边途中的情况。古时军中以金、鼓为乐节止进退，所谓"击鼓进军""鸣金收兵"，故诗云"摐金伐鼓"；因为是从朝廷到边地，故云"下榆关（即山海关）"；"旌旆逶迤"则形象生动地写出了出征队伍的阵容浩大，也写出了行军道路的崎岖。这二句勾勒出一幅壮观的行军图，下二句则通过快马羽书，写出军情紧急。古代少数民族打仗前行较猎以为演习，"狼山"（狼居胥山，属阴山山脉，在今内蒙）此泛指边塞的山，"猎火照狼山"则暗示敌人又发起进攻。诗的音情由雄壮转为急促。

[军中的苦乐不均]"山川萧条"四句，写沙场的苦战和军中的苦乐不均。边地连年交战，耕地减少的同时，沙场扩大；敌方是强悍的骑兵，其来势如狂风骤雨；面对如此强敌，战争的惨烈可想而知，"战士军前半死生"啊。写到这里，笔锋一宕，出现了军中帐内将军沉湎女乐的情景，这里是一片轻歌曼舞，哪里感觉得到半点硝烟的气氛。这样的将军，又怎能指望他身先士卒？这样的军队，又怎样去战胜敌人？一面是壮烈的牺牲，一面是赤裸裸的荒淫。尽管士卒已竭其全力，但指挥不得其人，战斗的结果不容乐观。

[战争的失利]"大漠穷秋"四句，写战斗的失利和士卒的悲

哀。时正秋末,"匈奴草黄马正肥",敌人得天时之利,唐军则上下离心,经过一场恶战,到傍晚时分,只剩少数士卒稀稀落落生返孤城。诗中孤城、落日、衰草构成惨淡悲凉的气氛,渲染出战局失利的悲哀。战士们怀着保家卫国的忠勇,从来作战奋不顾身("身当恩遇常轻敌"句回应前文"男儿本自重横行,天子非常赐颜色"),然而"力尽关山未解围"——边患依然未能解除,这原因不能不令人深思。尽管诗人未能直说"左贤未遁旌竿折,过在将军不在兵",但意思是很清楚的了。从此以后,战争就要旷日持久地进行下去,带给人民沉重的负担和痛苦。

[长期征战造成的社会问题]"铁衣远戍"四句,写战士久戍不归,与思妇忍受两地相思之苦。长安城南是居民区(城北为宫室所在),城南蓟北,远隔天涯,两地相思,一例承受着战争的痛苦。四句用回文反复的方式,一句征夫("铁衣"),一句少妇("玉箸"),再一句少妇,一句征夫。先用借代藻饰,再出本辞,隐显往复之间,道出无限缠绵悱恻之思。

[军中生活的苦寒]"边庭飘摇"四句,写军中生活的紧张和苦寒。边地极目,一片荒凉,"那可度"就地域言是辽阔,承上文言则是曰归无期;"无所有"是指没有庄稼,没有牛羊,也就是没有和平。战争僵持,两军对垒,随时都可能发生战斗。早午晚三时,前线都是战云密布,杀气不消;深夜刁斗传出的寒声,则暗示着战士连睡觉也绷紧神经,睁着一只眼睛。此即《木兰诗》所谓"朔气传金铎,寒光照铁衣",李白所谓"晓战随金鼓,宵眠抱玉鞍",岑参所谓"将军金甲夜不脱""风头如刀面如割"。

[战士们的怨声]"相看白刃"四句,点明全诗的题旨,以引起人们的深思。前二句再次照应"男儿本自重横行"及"身当恩遇常轻敌",重申战士卫国的忠勇——尽管有室家之私,但他们以国家民族为大义,出生入死,奋勇拼搏,不顾身家性命,不重个人名位!一篇之中,凡三致意,"岂顾勋"三字则更进了一层。然后有力地跌出唯一的不满,唯一的无法容忍,那就是对将帅的

不体恤士兵、无安边之良策所造成的无谓的牺牲，因此，这些连死都不怕的汉子叫出了"征战苦"，并渴望古之良将复生于今日。

[李将军的所指] 诗中"李将军"指战国赵之良将李牧，或汉之飞将军李广。高适在诗中不止一次赞美过李牧，如"李牧制儋兰，遗风岂寂寞"（《睢阳酬别畅大判官》），"惟昔李将军，按节出此都；总戎扫大漠，一战擒单于"（《塞上》），据《史记》本传，牧守赵北边时，厚遇战士，养精蓄锐数岁，然后出击，大破匈奴十余万骑，其后十余岁，匈奴不敢近赵之边城。李白诗云："不见征戍儿，岂知关山苦。李牧今不在，边人饲豺虎。"即与此诗结句同意。又，《史记·李广传》载，广廉洁，得赏赐辄分其麾下，饮食与战士共之，天乏绝处见水，士卒不尽饮，广不近水；士卒不尽食，广未尝食；宽缓不苛，故士卒乐为之用。广居右北平，匈奴闻之，号曰"汉之飞将军"，或避之数岁不敢入右北平。其事迹与李牧相近，王昌龄诗云："但使龙城飞将在，不教胡马度阴山。"与此诗结句亦相似。所以两说均可通。

[这首诗内容的丰富性] 《燕歌行》是盛唐边塞诗的力作之一。全诗展示的思想内容和生活内容，无论就深度还是广度而言，在边塞诗中都首屈一指。诗中不仅写了行军和战斗的过程和场面，而且是全方位、多角度展开描写，诗中涉及的人物有天子、将军、士兵、思妇和敌人，但却能集中到一点，即揭露军中矛盾，表现士兵对将帅不得其人的愤慨及人民对和平生活的向往。所以尽管面铺得很广，主题思想却很集中、很突出。与内容的丰富性相应，诗在写法上双管齐下，主次分明，形象丰满，气势开阔。全诗以刻画边防战士的集体形象为主，按其辞阙、赴边、激战、乡思、警戒和怅怨为主要线索展开描写，交织以天子送行、胡骑猖獗、将帅腐朽、少妇愁思等内容，有纵向发展，有横向延伸。就空间而言，涉及长安、榆关、碣石、瀚海、狼山、蓟北等，使诗篇具有尺幅千里、坐役万景的气势感。直抒胸臆的同时，使用了景物描写烘托气氛，有助于抒情。

[采用形象对比的写法] 诗中写激战的同时，多次展现边庭荒凉的景象，如"山川萧条极边土""大漠穷秋塞草腓，孤城落日斗兵稀""边庭飘摇哪可度，绝域苍茫无所有；杀气三时作阵云，寒声一夜传刁斗"，通过对沙场荒凉的渲染，增加了悲壮惨苦的抒情气氛。词浅意深，铺排中即为讽刺（王夫之语）。诗中并没有多少直接批判的语言，而更多地运用形象来说话，如"战士军前半死生，美人帐下犹歌舞"二句，其效果有如电影的蒙太奇语言，通过前线和帅府两个画面的组接，批判的力度胜过千言万语。又如"身当恩遇常轻敌，力尽关山未解围"，用呼叹的语调传达出许多言外之意，令人不禁要问个为什么。"君不见沙场征战苦，至今犹忆李将军"，只言对古之良将的怀念，而对今日将帅之不得其人，尤其是一种辛辣的讽刺。

[吸收了近体诗的因素] 诗虽为七言古体，却适当吸收了近体的骈偶和调声，如"校尉羽书飞瀚海，单于猎火照狼山""战士军前半死生，美人帐下犹歌舞""铁衣远戍辛勤久，玉箸应啼别离后；少妇城南欲断肠，征人蓟北空回首""杀气三时作阵云，寒声一夜传刁斗"等等，都相当工整；同时又继承了四杰体四句转韵、平仄互换的调式；除偶尔点染（用"铁衣""玉箸"代征夫、少妇以避复），洗空藻绘，全诗既音调浏亮，又浑厚老成，纯乎唐音矣。

[这首诗与古题的联系]《燕歌行》原为乐府古题，取材于征夫思妇的离愁别恨，从曹丕首倡以来，陆机、谢灵运、庾信等的有拟作，然一般不出这一范围，唯庾信加入了个人身世之感，算是有一些创新。高适此诗虽然在写征夫思妇两地相思这一点上与古辞有联系，但写作的重心已转移到边塞问题上，大大增加了社会意义，可谓推陈出新。

常建

玄宗开元十五年（727）登进士第，仕途颇不得意，大历间曾为县尉。《全唐诗》存诗1卷。

题破山寺后禅院①

清晨及古寺，初日照高林②。竹径通幽处，禅房花木深。山光悦鸟性，潭影空人心。万籁此俱寂，但馀钟磬qìn音。

注释 ①破山：今江苏常熟。寺：指兴福寺，是南齐时郴州刺史倪德光施舍宅园改建的，到唐代已属古寺。②高林：佛家称僧徒聚集的处所为"丛林"，所以"高林"兼有称禅院之意。

赏析 [一首山水诗] 这首诗题咏的是佛寺禅院，抒发的是寄情山水的隐逸胸怀。诗中抒写清晨游寺后禅院的观感，笔调古朴，描写省净，兴象深微，意境浑融，艺术上相当完整，是盛唐山水诗中独具一格的名篇。盛唐山水诗大多歌咏隐逸情趣，都有一种悠闲适意的情调，但各具独特风格和成就。常建这首诗是在优游中写会悟，具有盛唐山水诗的共通情调，但风格闲雅清警，艺术上与王维的高妙、孟浩然的平淡都不同，确属独具一格。

[幽静美妙的环境] 诗人在清晨登破山，入兴福寺，旭日初升，光照山上树林。在光照山林的景象中显露着礼赞佛宇之情。然后，诗人穿过寺中竹丛小路，走到幽深的后院，发现唱经礼佛的禅房就在后院花丛树林深处。这样幽静美妙的环境，使诗人惊叹、陶醉，忘情地欣赏起来。他举目望见寺后的青山焕发着日照的光彩，看见鸟儿自由自在地飞鸣欢唱；走到清清的水潭旁，只见天地和自己的身影在水中湛然空明，心中的尘世杂念顿时涤

除。此刻此景此情,诗人仿佛领悟到了一种自由自在,无忧无虑。似是大自然和人世间的所有其他声响都寂静了,只有钟磬之音,这悠扬而洪亮的佛音引导人们进入纯净怡悦的境界。显然,诗人欣赏这禅院幽美绝世的居处,领略这空门忘情尘俗的意境,寄托自己遁世无闷的情怀。

[对仗的特点] 这是一首律诗,但笔调有似古体,语言朴素,格律变通。它首联用流水对,而次联不对仗,是出于构思造意的需要。这首诗从唐代起就备受赞赏,主要由于它构思造意的优美,很有兴味。《河岳英灵集》精辟地指出常建诗的特点在于构思巧妙,善于引导读者在平易中入其境,然后体会诗的旨趣,而不以描摹和词藻惊人。因此,诗中佳句,往往好像突然出现在读者面前,令人惊叹。而其佳句,也如诗的构思一样,工于造意,妙在言外。

[意境之妙] "竹径通幽处,禅房花木深"是宋代欧阳修十分喜爱的两句,说"欲效其语作一联,久不可得,乃知造意者为难工了"。后来他在青州一处山斋宿息,亲身体验到"竹径"两句所写的意境情趣,更想写出那样的诗句了,却仍然"莫获一言"(见《题青州山斋》)。欧阳修的体会,生动说明了"竹径"两句的好处,不在描摹景物精美,令人如临其境,而在于能够唤起身经其境者的亲切回味,故云难在造意。正由于诗人着力于构思和造意,因此造语不求形似,而多含比兴,重在达意,引人入胜,耐人寻味。

刘长卿

(？~789或791）字文房，河间（今属河北）人，一说宣城（今属安徽）人，早岁居洛阳。天宝末登进士第，官至随州刺史。有《刘随州文集》。

逢雪宿芙蓉山主人①

日暮苍山远，天寒白屋贫②。柴门闻犬吠③，风雪夜归人。

注释：①芙蓉山：山以芙蓉命名者甚多，殊难定指。主人：指投宿的人家。②白屋：用白茅盖成的房子，这里指贫居。③柴门：农舍的篱笆门。

赏析 [这首诗的内容] 一次旅途投宿的深刻感受。

[农家温馨感觉] 一户深山老林中的人家，会带给飘泊在外的人一个家的感觉，一种亲切温馨的感觉。投宿者情不自禁地加入了芙蓉山中的这一片生活，一点也不陌生。他呼吸着茅屋中烟味很浓的空气，感受着山人的心情——尤其是深夜亲人从风雪中归来、家人心中石头落地的愉快心情。

[风雪夜归人况味] 这幅"风雪夜归人"的情景，不是看出来的，而是从狗叫声和狗叫后的人语嘈杂声中听出来的。狗叫是山村之夜的细节特征，诗人抓住了这一细节特征，给人印象深刻。

[间接反映的内容] 山中人在风雪之夜久久未归，弄得家人好等，显然是为生计而奔波。所以这首小诗还含蓄地或间接地表现了山中人贫寒劳碌的生活境遇。

古诗词鉴赏

晴雪长松图

刘长卿

听弹琴

泠泠七弦上①,静听松风寒②。古调虽自爱③,今人多不弹。

注　释　①泠泠:清凉,这里形容琴声的清越。七弦:琴的代称,以古制琴有七弦故称。②松风:《风入松》,琴曲名。③古调:指琴曲,相对于琵琶、羯鼓等新声而言。

赏析　[关于诗题] 诗题一作"弹琴"。《刘随州集》为"听弹琴",从诗中"静听"二字细味,题目以有"听"字为妥。

[琴是古乐器] 琴是我国古代传统民族乐器,由七条弦组成,所以首句以"七弦"作琴的代称,意象也更具体。"泠泠"形容琴声的清越,逗起"松风寒"三字。"松风寒"以风入松林暗示琴声的凄清,极为形象,引导读者进入音乐的境界。"静听"二字描摹出听琴者入神的情态,可见琴声的超妙。高雅平和的琴声,常能唤起听者水流石上、风来松下的幽静肃穆之感。而琴曲中又有《风入松》的调名,一语双关,用意甚妙。

[当时音乐变革的背景] 如果说前两句是描写音乐的境界,后两句则是议论性抒情,牵涉到当时音乐变革的背景。汉魏六朝南方清乐尚用琴瑟。而到唐代,音乐发生变革,"燕乐"成为一代新声,乐器则以西域传入的琵琶为主。"琵琶起舞换新声"的同时,公众的欣赏趣味也变了。受人欢迎的是能表达世俗欢快心声的新乐。穆如松风的琴声虽美,如今毕竟成了"古调",又有几人能怀着高雅情致来欣赏呢?言下便流露出曲高和寡的孤独感。"虽"字转折,从对琴声的赞美进入对时尚的感慨。"今人多不弹"中的"多"字,更反衬出琴客知音者的稀少。

[这首诗的寓意] 有人以此二句谓今人好趋时尚不弹古调,意在表现作者的不合时宜,是很对的。刘长卿清才冠世,一生两遭迁斥,有一肚皮不合时宜和一种与流俗落落寡合的情调。他的

《幽琴》(《杂咏八首上礼部李侍郎》之一)诗曰:"月色满轩白,琴声宜夜阑。泠泠青丝上,静听松风寒。古调虽自爱,今诗人多不弹。向君投此曲,所贵知音难。"其中四句就是这首听琴绝句。"所贵知音难"也正是诗的题旨之所在。

送灵澈[1]

苍苍竹林寺[2],杳yǎo杳钟声晚[3]。荷笠带斜阳,青山独归远。

注释 ①灵澈:本姓汤,越州会稽(今浙江绍兴)人,唐代诗僧。②竹林寺:在润州(今江苏镇江)。③杳杳:深远的样子。

赏析 [以闲淡的字面写出深邃的意境]诗人提炼了几个意象:一座寺庙、画外的钟声、一道青山、西下的夕阳、一个踽踽独行的僧人。钟声代表一种召唤,上人渐行渐远代表着一种皈依、归宿。"荷笠带斜阳"与陶渊明"荷锄带月归"在用字上有异曲同工之妙。

送上人[1]

孤云将野鹤[2],岂向人间住。莫买沃洲山[3],时人已知处。

注释 ①上人:佛教称有道德的人,后被用作僧侣的尊称。②孤云、野鹤:比喻对方。将:与,同。③沃洲山:在浙江新昌县东,相传为晋僧支遁隐居之地。

赏析 [间接表现了诗人的清高]真的隐士像孤云野鹤一样爱好自由,故有坚贞淡定之情操。假的隐士则是做秀,或有别的功利性用心。古人说"未闻巢由买山而隐"(《世说新语·排调》)。巢是巢父,由是许由,都是古代的高士,他们是不会向往那些经过炒作而为人熟知的去处的。这首诗后二句与裴迪"莫学武陵人,暂游桃源里"都对矫情虚伪的世相投以讽刺。通过对方外上人的临别赠言,也间接表现了诗人的清高。

杜甫

(712—770)字子美,河南巩县(今河南巩义)人。玄宗开元二十三年(735)举进士不第。天宝间困守长安十年,十四载(755)授河西尉不赴,改右卫率府兵曹参军。安史乱发,长安陷落,身陷贼中。至德二载(757)自贼中奔赴凤翔行在,授左拾遗。乾元元年(758)贬华州司功参军,次年弃官赴秦州,经同谷,到成都,于西郊建草堂。广德二年(764)剑南节度使严武荐为检校工部员外郎。永泰元年(765)离成都,至夔州(今重庆奉节)。大历三年(768)出峡,辗转江湘,死于舟中。有《杜工部集》。

望岳

岱宗夫如何?齐鲁青未了①。造化钟神秀,阴阳割昏晓②。荡胸生层云,决眦zì入归鸟③。会当凌绝顶,一览众山小④。

注释

① 岱:泰山的别名。宗:长。泰山被认为是五岳之首,故称岱宗。齐鲁:周代两诸侯国名,后作为两国所在地域的简称;齐在泰山北,鲁在泰山南。
② 造化:天地,大自然。钟:聚集,凝结。昏:日入后为昏,这里指山北背阴昏暗。晓:日出为

古诗词鉴赏

晓，指山向南，光明。③决：裂开。眦：眼眶。④会当：定要。凌：登。

赏析

[这首诗的写作背景] 杜诗以望岳为题者共三首，分咏东岳泰山、西岳华山、南岳衡山。此望泰山作于开元二十四年（736）25岁应试不第之后、漫游齐赵之时，为现存杜诗中最早的一首。

[关于泰山] 泰山古称岱山，坐落在齐鲁平原，在今山东泰安境内，海拔1500余米，山势雄伟，壑谷幽深，松柏苍翠，植被青葱。是一座历史文化名山：自秦皇汉武，历代帝王登极后都曾来此封禅，表示改制应天、以告太平——秦皇泰山遇雨所封五大夫松至今犹存，故又称"岱宗"，山下的神庙建制如皇宫。历史文化名人孔子、司马迁、司马相如、陆机等也曾到过泰山，至今山道尚有"孔子登临处"的标记。由于上述原因，东岳泰山向称"五岳独尊"。无怪青年杜甫到此即有高山仰止之企慕。

[开篇的气势感] 诗以一问喝起"岱宗夫如何"，不称"泰山"而称"岱宗"，就是强调其在五岳中的领导地位，"夫如何"的"夫"字以语助传达出一种自我商度的神情，也就使人感到泰山给人的印象是难以形容的。"齐鲁青未了"，齐、鲁是周代的两个诸侯国，而泰山山青，绵延不断，超越了两国国境，这还不伟大吗？"五字囊括数千里，可谓雄阔"（施补华）、"写岳势只'青未了'三字，胜人千百矣"（浦起龙），这是大笔驰骛，得远望之色。

[诗中的写景] 次联写泰山的高峻，所谓一山之中气象万千。关于"阴阳割昏晓"一句，通常讲作山阴即北面和山阳即南面昏晓不同，即光线的明暗不同。有人则根据实地观察的经验，谓"泰山坐北向南，山脚下可见东西两面山峦对峙，至斜阳西下，则东面山峦的西侧不见阳光，暗若黄昏；西面山峦的东侧光照正强，灿若初旭。此即公诗'阴阳割昏晓'之谓也。此景唯黄昏时分始得见之，而诗中'决眦入归鸟'句，足证杜公望岳，正黄昏

之时"(《唐宋诗新话》)。三联写黄昏望中之山景,山间暮霭蒸腾,使人心胸为之激荡;归鸟没入长空,叫人睁大眼眶搜寻,表明诗人选定的角度是从山下望山。

[诗中借景抒情] 所以末联趁势抒怀,说自己定要登峰造极,从泰顶居高临下地望一望,那该又是另一番境界与情趣吧。《孟子·尽心上》:"孔子登东山而小鲁,登泰山而小天下。"此即"会当凌绝顶,一览众山小"二句所本。

要知道这是杜甫在经历了科举考试挫折后写成的一首诗,可诗中却没有一点垂头丧气的感觉。诗中,巍峨秀丽的泰山景象和积极开朗的内心世界是完美和谐地统一着的。诗既能从大处着眼,又能于小处落笔,所有的描写都通向篇末的两句,表现出一种蓬勃向上的情操。

❄ 月夜 ❄

今夜鄜 fū 州月,闺中只独看①。遥怜小儿女,未解忆长安②。香雾云鬟 huán 湿,清辉玉臂寒③。何日倚虚幌 huǎng,双照泪痕干④。

注释 ①鄜州:今陕西省富县。当时杜甫的家就在这里。②解:懂得。③云鬟:蓬松如云的发鬟。清辉:月光。④虚幌:悬挂起的帷幔。双照:共照(两人)。

赏析 [这首诗的写作背景] 肃宗至德元载(756)八月陷贼中作。是年五月杜甫携家避难鄜州(陕西富县),寄家羌村,然后只身投奔行在,中途被叛军捕获,带到长安。

[诗句从对面作想] 诗写日夜思家,一起即由"长安一片月"联想到"今夜鄜州月",悬想妻子今夜对月的情景,强调一个"独"字,所谓"心已神驰到彼,诗从对面飞来"(浦起龙),通篇不从正面抒写,却是彼此彼此。表现手法独具匠心。

[由妻子说到儿女] 次联忽从妻子说到小儿女,寓意特深。

盖人处苦难，如果能从身边找到共同语言，也不失为一种慰安，然而妻的身边虽有儿女，可惜"儿女尚小，虽与言父在长安，全然不解"(《杜臆》)，这就进一步证实了上句的"独"字。同时，天真的孩子不解忆长安，而在长安的父亲又怎能不忆及孩子呢？正因为孩子太小，才越招人惦记呀。

[想象妻子独自看月的情景]"香雾云鬟湿，清辉玉臂寒"二句描画闺中望月人的形象，是诗中最为旖旎的笔墨，妙在无一字不从月下照出，朦朦胧胧的，也是妻在诗人记忆中的模样。以寒、湿写秋月夜极切，而在诗人想象中，这月下的人和自己一样也在默默垂泪。

[萌生团圆的愿望]诗人看着团栾的明月，萌生出与家人团聚的强烈愿望。所谓"双照泪痕干"，不仅是想象妻子今夜垂泪，而且实写出自己此时垂泪。这里抒写的不是一般夫妻的两地相思，据杜甫半年后追叙说"去年潼关破，妻子隔绝久""寄书与三川（羌村所在），不知家在否""几人全性命，尽室岂相偶"，读此便知此诗所写，实为天下乱离的悲哀，同时也流露出对四海清平的希望。

石壕吏

暮投石壕村①，有吏夜捉人。老翁逾 yú 墙走②，老妇出门看。吏呼一何怒③，妇啼一何苦。听妇前致词④：三男邺城戍 shù⑤。一男附书至，二男新战死。存者且偷生⑥，死者长已矣⑦！室中更无人，唯有乳下孙。有孙母未去，出入无完裙。老妪 yù 力虽衰⑧，请从吏夜归。急应河阳役⑨，犹得备晨炊⑩。夜久语声绝，如闻泣幽咽 yè⑪。天明登前途，独与老翁别。

注 释 | ①投：投宿。石壕村：在今河南三门峡市东南。②逾：越过。③吏：小官，这里指差役。一何：多么。④前致词：走上前去说话。⑤戍：防守。⑥偷生：苟且活着。⑦已：完结。⑧老妪：老妇。⑨应：应征。⑩犹得：还能。晨炊：早饭。⑪幽咽：低微、断续的哭声。

赏析 [关于老翁逾墙及其他] 这首诗第一个值得读者留意的句子是："老翁逾墙走。"然情急到生死攸关之时，自有其事。这一客观叙写，展示的却是惊心动魄的场面。老翁跳墙而老妇应门，是因为抓丁一般不要妇女，尤其是老妇，便有些安全感。紧接着诗人便写到："吏呼一何怒，妇啼一何苦。"似乎有些突然。其实这两句之前就有一个"空白"。因为老翁逾墙要一点时间，老妇出门必然延宕。那吏夜出捉人，用心良苦，久敲门而未开，门开时又扑了空，叫他如何不怒？而夜里遭此袭击，闹得鸡犬不宁，老妇的确也苦，但那时恐怕更多的是慌张，要掩饰老翁逾墙之事，拖住吏的后腿，恐怕也只能是应声而啼了。

[诗中的问答内容] 这以下的十三句，只写"听妇前致词"，未写吏的盘问，"空白"就更多了。霍松林先生说是"藏问于答"。要真切地理解这一段所叙情事，便需读者发挥想象还原的能力。那吏一进门见是一年老的妇人，自然恼羞成怒，首先要盘问家中的男子，所以老妇一答话便是"三男邺城戍"。为掩护老翁，拉扯上三个当兵的儿子，其中两个已在最近的邺城一役中牺牲了！"存者且偷生，死者长已矣"，话说得十分痛切，意在争取同情，而且很可能产生了效果。不过，无论那吏如何动恻隐之心，因系公务在身，不得不又问及家中是否还有其他的人。所以老妇人有"室中更无人"的对答。但这话说得太绝对，马上又补一句"唯有乳下孙"。既言"更无"，又言"唯有"，是矛盾的，可见老妇当时却有些语无伦次。供出吃奶的孙儿，实际已牵涉到儿媳，但她既在哺乳，又出无完裙，那吏也无可奈何。出乎读者意料的是老妇人不待吏的诘问，即挺身而出，自告奋勇："老妪力虽衰，请从吏夜归。急应河阳役，犹得备晨炊。"这里有三重弦外之音，其一是从对话中可知吏对老妇也做了一些解释说服工作，使她知道河阳形势急迫，勤王事不得已；其二是对家里一切都如实交待了，唯有老翁逃跑一节打了埋伏，再遭诘问，必图穷

而已现;其三是有倚老之心理,未尝不存侥幸。可是万万没料到,那吏为了交差,抓丁不着,真的把老妇带走了。

[这首诗的批判现实意义] 诗中通过一个已贡献三个儿子给国家的家庭的解体,深刻揭示了在动乱时世中人民承受的苦难。其中那个老妇为家(几位亲人)、为国所作的牺牲,是颇富悲剧意味的。

八阵图①

功盖三分国②,名成八阵图。江流石不转③,遗恨失吞吴④。

注释 ①八阵图:由八种阵势所构成的军事操练和作战的阵图,相传为诸葛亮所创立,其故址在今四川奉节西南长江边。②功盖句:是说能佐刘备成鼎足三分之大业,诸葛亮功居第一。③石不转:是说八阵图聚石犹在。④遗恨句:是说刘备伐吴是蜀汉的失策,诸葛亮阻止未果,因而终身遗恨。

赏析 [关于八阵图] 杜甫漂泊西南期间,所作咏怀古迹诗篇不少,其间有关蜀相诸葛亮的篇什尤多。《八阵图》就是其中一首,它作于大历元年(766)作者寓居夔州时。"八阵图"是由八种阵势(名目为:天、地、风、云、龙、虎、鸟、蛇)构成的战阵,古已有之,非始于亮。亮布八阵凡四,就中以布在夔州西南永安宫前平沙上的八阵图最为著名。据载,夔州八阵图聚细石为之,各高五尺,广十围。历然棋布,纵横相当。中间相去九尺,正中开南北巷,悉广五尺,凡六十四聚。

[概括诸葛亮一生大节] 诗人一落笔就撇开对阵图的具体描述,而是以概括的笔墨点出八阵图与诸葛亮一生功名大节之关系:"功盖三分国,名成八阵图。"历史上三国局面的形成,是以诸葛亮辅佐刘备割据西蜀为标志的,"功盖三分国"就肯定了诸葛亮在三国鼎立局面的奠定上,起了无与伦比的作用。首句偏重其人的政治才具,次句则偏重军事才能,并直扣题面"八阵图"。

兼资文武全才，正是诸葛亮功盖三国、名垂后世的一个重要原因。这两句诗好在既有概括性，又有针对性（当地古迹）。其概括性可与"三顾频烦天下计，两朝开济老臣心""三分割据纡筹策，万古云霄一羽毛"媲美，然而它只能是咏"八阵图"的诗句，不可它移。

[第三句作转折]"江流石不转"这一句写到阵图本身来了，但仍不做一般描述，只抓住其特别引人注意的一点，着力描写。据刘禹锡《嘉话录》载："夔州西市，俯临江沙，下有诸葛亮八阵图，宛然犹存，峡水大时，……万物皆失故态，诸葛小石之堆，标聚行列依然。如是者近六百年，迨今不动。"这是一个奇迹。《诗经·邶风·柏舟》云："我心匪石，不可转也。"本是说石头易翻转，江水的力量更不难转石。而八阵图居然"江流石不转"，不免神异。看起来五字只纪实，其实字里行间充满慨叹，有赞颂其功千载不泯的意味，直承前两句而来。同时"石不转"三字又暗逗后文的"遗恨"。

[末句的两种理解]诸葛亮既然功盖三国，而八阵图又名垂千古，何以复兴汉室的大业未竟，长使英雄泪满巾呢？末句便一笔兜转，说出此"遗恨"的缘由在于"吞吴"之失。这一句诸说不同，大体有两种解会：一将"失吞吴"释为以吞吴失计；一释为以未吞吴为失计。按"蜀主窥吴幸三峡，崩年亦在永安宫"，刘备伐吴之举，实有违于诸葛亮联吴抗曹之策略，实为蜀国在政治上走下坡路的开端。虽有阵图，亦无济于事。此因阵图所在之地而连及史事，与《蜀相》诗感慨略同。故以"失吞吴"作以吞吴为失计较优。

❋ 绝 句 ❋

两个黄鹂鸣翠柳，一行白鹭上青天。窗含西岭千秋雪①，门泊东吴万里船②。

潭北草堂图

注释 ①窗含句：写通过窗口眺望户外远山的景色。西岭，岷山，又称西岭雪山，在成都西面，晴天可以望见。千秋雪，指终年不化的积雪。②门泊句：写草堂门外锦江停泊远来船只的景色。万里船，宋范成大《吴船录》："蜀人入吴者皆自此登舟，其西则万里桥，诸葛孔明送费祎使吴，曰：'万里之行始于此。'后因以名桥。"

赏析

[这首诗的写作背景] 这首诗当是代宗广德二年（764）作者重返草堂之作。两年前成都尹严武入朝，蜀中发生动乱，杜甫一度避往梓州，翌年安史之乱平定，再过一年，严武还镇成都。杜甫得知这位故人的消息，也跟着回到成都草堂。这时他的心情特别好，面对这生气勃勃的景象，情不自禁，写下了不少绝句，这是其中的一首。

[前两句中的写景] 诗的上联是一组对仗句。草堂周围多柳，翠绿的柳枝上有成对的黄鹂在欢唱，一派愉悦景象，有声有色，构成了新鲜而优美的意境。"两个黄鹂"成双成对，呈现一片生机，具有喜庆的意味。次句写蓝天上的白鹭在自由飞翔。这种长腿鸟飞起来姿态优美，自然成行。晴空万里，一碧如洗，白鹭在"青天"映衬下，色彩极其鲜明。两句中一连用了"黄""翠""白""青"四种鲜明的颜色，织成一幅绚丽的图景；首句还有声音的描写，传达出无比欢快的感情。

[后两句中的抒情] 诗的下联也由对仗句构成。上句写凭窗远眺西山雪岭。岭上积雪终年不化，所以积聚了"千秋雪"。而雪山在天气不好时见不到，只有空气清澄的晴日，它才清晰中见。用一"含"字，此景仿佛是嵌在窗杠中的一幅图画，近在目前。观赏到如此难得见到的美景，诗人心情的舒畅不言而喻。下句再写向门外一瞥，可以见到停泊在江岸边的船只。江船本是常见的。但"万里船"三字却意味深长。因为它们来自"东吴"。当人们想到这些船只行将开行，没岷江，穿三峡，直达长江下游时，就会觉得很不平常。因为多年战乱，看到来自东吴的船只，

诗人也可"青春作伴好还乡"了,怎不叫人喜上心头呢?"万里船"与"千秋雪"相对,一言空间之广,一言时间之久。诗人身在草堂,思接千载,视通万里,胸次何等开阔!

[诗中的脉络] 全诗看起来是一句一景,是四幅独立的图景。而一以贯之,使其构成一个统一意境的,正是诗人的内在情感。一开始表现出草堂的春色,诗人的情绪是陶然的,而随着视线的游移、景物的转换,江船的出现,便触动了他的乡情。四句景语就完整表现了诗人这种复杂细致的内心思想活动。

江畔独步寻花

黄四娘家花满蹊 xī[①],千朵万朵压枝低。留连戏蝶时时舞[②],自在娇莺恰恰啼[③]。

注释 | ①黄四娘:唐代以行第(排行)称呼以示敬意,男女皆同,唯妇女称谓在行第后加一"娘"字。蹊:小路。②留连:恋恋不舍。③恰恰:正好,与"时时"对举。一说为象声词,以形莺声。

赏析 [这首诗的写作年代] 上元元年(760)杜甫卜居成都西郭草堂,在饱经离乱之后,开始有了安身的处所,诗人为此感到欣慰。春暖花开的时节,他独自沿江畔散步,情随景生,一连成诗七首。此为组诗之六。

[这首诗的基本内容] 首句点明寻花的地点,是在"黄四娘家"的小路上。此句以人名入诗,生活情趣较浓,颇有世歌味。次句"千朵万朵"是上句"满"字的具体化。"压枝低"描绘繁花沉甸甸地把枝条都压弯了,景色宛如历历在目。"压""低"二字用得十分准确、生动。第三句写花枝上彩蝶翩跹,因恋花而"留连"不去,暗示出花的芬芳鲜妍。花可爱,蝶的舞姿亦可爱,不免使漫步的人也"留连"起来。但他也许并未停步,而继续前行,因为风光无限,美景尚多。"时时"则不是偶尔一见,有这

二字，就把春意闹的情趣渲染出来。正在赏心悦目之际，恰巧传来一串黄莺动听的歌声，将沉醉花丛的诗人唤醒，这就是末句意境。"娇"字写出莺声轻松的感觉。"恰恰"与"时时"对举，是个时间副词，把诗人感受确定在莺歌初起的时刻，全是一种新鲜的感觉。诗在莺歌中结束，饶有余韵。读这首绝句，仿佛自己也走在千年前成都郊外那条经过"黄四娘家"的路上，和诗人一同享受那春光给予视听的无穷美感。

[这首诗设色秾丽]此诗写的是赏景，这类题材在盛唐绝句中屡见不鲜。但像此诗这样刻画十分细微，色彩异常秾丽的，则不多见。如"故人家顺桃花岸，直到门前溪水流"（常建《三日寻李九庄》），"昨夜风开露井桃，未央前殿月轮高"（王昌龄《春宫曲》），这些景都显得"清丽"；而杜甫在"花满蹊"后再加"千朵万朵"，更添蝶舞莺歌，景色就秾丽了。这种写法，可谓前无古人。

[这首诗调声上的特点]盛唐人很讲究诗句声调的和谐，他们的绝句往往能被诸管弦，因而很讲协律。杜甫的绝句不为歌唱而作，纯属诵诗，因而常常出现拗句。如此诗"千朵万朵压枝低"句，按律第二字当平而用仄。但这种"拗"绝不是对音律的任意破坏，"千朵万朵"的复叠，便具有一种口语美。而"千朵"的"朵"与上句相同位置的"四"字，虽同属仄声，但彼此有上、去声之别，声调上仍有变化。诗人也并非不重视诗歌的音乐美，这表现在三、四句中双声词、象声词与叠字的运用。"留连""自在"均为双声词，如贯珠相联，音调宛转。"时时""恰恰"为叠字，既使上下两句形成对仗，使语意更强，更生动，又能表达诗人迷恋在花、蝶之中，忽又被莺声唤醒的刹那间的快意。这两句除却"舞""莺"二字，均为舌齿音，这一连串舌齿音的运用造成一种喁喁自语的语感，惟妙惟肖地状出看花人为美景陶醉、惊喜不已的感受，声音的效用极有助于心情的表达。

[这首诗用对仗结尾] 在句法上,盛唐诗句多浑然天成,杜甫则与之异趣。比如"对结"(后联骈偶)乃初唐绝句格调,盛唐绝句已少见,因为这种结尾很难做到神完气足。杜甫却因难见巧,如此诗后联发戏对仗工稳,又饶有余韵,使人感到用得恰到好处:在赏心悦目之际,听到莺歌"恰恰",不是更使人陶然神往?此外,这两句按习惯文法应作:戏蝶留连时时舞,娇莺自在恰恰啼。把"留连""自在"提到句首,既是出于音韵上的需要,同时又在语意上强调它们,使含义更易为人体味出来,句法也显得新颖多变。

赠花卿①

锦城丝管日纷纷②,半入江风半入云③。此曲只应天上有④,人间能得几回闻⑤?

注释　①花卿:花惊定,成都尹崔光远部将。杨慎《升庵诗话》:"花卿在蜀颇僭用天子礼乐,子美作此讥之。"②锦城:成都别称,以汉置锦官城得名。丝管:弦乐与管乐。③半入句:是说乐声清越,随风飘扬于锦江,直上云霄。④此曲:当指宫廷音乐。按安史乱中,玄宗幸蜀,梨园法曲、长安教坊大曲等宫廷乐曲亦随宫廷艺人流散民间。天上:双关手法,指宫廷。⑤人间句:仇兆鳌《杜诗详注》卷十:"言其必不能久也。"

赏析　[这首诗有所讽刺] 历来对这首诗的意见颇不一致。胡应麟以为是成都姓花的歌妓,不确。盖杜甫同时有《戏作花卿歌》:"成都猛物有花卿,学语小儿知姓名。"此花卿即同一人,名敬(一作惊)定,原为西川牙将,曾平定梓州段子璋之乱,其部下乘势大掠东川,本人亦恃功骄恣。杨慎说:"花卿在蜀,颇僭用天子礼乐,子美作此讥之,而意在言外,最得诗人之旨。"僭用天子礼乐,罪名未必成立,黄生已言其非,然而此诗有所讥讽,却是没有问题的。

[文本表面的意思]"锦城丝管日纷纷"——写花卿在成都无日不宴饮歌舞的情景。"锦城"即锦官城,成都别名。虽言"锦城",根据末句"人间能得几回闻",知此处"丝管日纷纷"并非泛指,而是就花卿幕下而言。"纷纷"二字给人以急管繁弦之感。"半入江风半入云"——乐声随风荡漾于锦江上空,依稀可闻,而更多的飘入云空,难以追摄。这句不但写出那音乐如行云流水般的美妙,而且写出了它的缥缈。"半入云"三字又逗起下文对乐声的赞美——"此曲只应天上有,人间能得几回闻。"这里将乐曲比作天上仙乐,看来是对乐曲的极度称美了。晚唐李群玉就化用这两句诗来赞美歌妓:"风格只应天上有,歌声岂合世间闻。"

[文字深层的讽刺]唐时,人们常把宫廷乐曲比作"天乐"。(刘禹锡《与歌者何戡》:"二十余年别帝京,重闻天乐不胜情。")自天宝后,梨园弟子多流落人间。随着玄宗入蜀,宫廷艺人亦有流离其间。故宫中音乐颇多外伟。刘禹锡《田顺郎歌》云:"清歌不是世间音,玉殿常开君主心,唯有顺郎全学得,一声飞出九重深。"可见民间流传宫中曲,算不得什么"僭越"。然而杜甫说"此曲只应天上有,人间能得几回闻",就暗示了花卿的享受几乎等同帝王。联系花敬定其人的恃功骄奢,和结语"即赞为贬"的《戏赠花卿歌》,这里显然是有所谲谏的。只不过投赠之什,措意相当委婉罢了。所以杨伦《杜诗镜诠》高度评价此诗云:"似谀似(实)讽,所谓言之者无罪,闻之者足戒也。此等绝句,何减龙标(王昌龄)供奉(李白)。"

❀ 春夜喜雨 ❀

好雨知时节①,当春乃发生②。随风潜入夜③,润物细无声④。野径云俱黑⑤,江船火独明⑥。晓看红湿处⑦,花重锦官城⑧。

注 释　①时节:春夏秋冬四时的节序。②当:遇,碰上。乃:就,便。发生:出现,指雨的到来。③潜:此指雨随风静悄悄地来。④润：滋润。⑤野径：野外的路径。⑥火：指渔船上的灯火。⑦晓：天亮。红：这里指花。⑧重：很沉，沉甸甸的。锦官城：成都市。成都曾经是主持织锦的官住的地方。所以叫锦官城。

赏析 [写出春雨性格] 上元二年（761）春作于草堂。春天是万物复苏的季节，雨最可贵，故俗谚有"春雨贵如油"之说。全诗以"好"字领起，是喜之也。春雨好在何处，好就好在需要它，它就来，该来的时候才来，如善解人意然。这就写出了一种性格。

[润物贵在细无声] 次联为流水对，进一步展开描绘春雨的性格。春雨和夏雨性格不同，就在于它不作声势，偏在无人知道的夜里随风悄然而来，滋润着万物，却不表功，哪怕一点声音都听不到。这是拟人，也可用来喻人。表现了诗人所崇尚的一种为人的准则，所以耐人含咏。

[写雨夜之景入妙] 三联转而写春夜雨景。平常在夜间，由于路面有微弱反光，故小路比田野容易分辨。但雨夜的天空布满乌云，野外一片漆黑，伸手不见五指，所以连小路也看不见了，于是江船上的一点火光就显得特别打眼，——那是雨中的火光，朦朦胧胧地带着光晕，既神秘又好看。"俱黑"与"独明"形成对比，写景入神。

[末句的绘画美] 末联写清晨雨霁，是雨夜的尾声，然而是何等鲜明的一年尾声：经过一夜春雨，江上的花都开放了，带着晶宝的水珠，红艳艳的，沉甸甸的，古老的锦官城的景色也为之焕然一新了。"重"字妙，"红湿"字尤妙，完全是写一个印象，红是一种感觉，湿也是一种感觉，表现出一种绘画的美。

诗中并无一个"喜"字，"喜意都从隙缝里迸出"（浦起龙）。

❃ 茅屋为秋风所破歌 ❃

八月秋高风怒号，卷我屋上三重茅。茅飞渡江洒江郊，高

杜甫诗意图(局部)

者挂罥juàn长林梢①,下者飘转沉塘坳ào②。南村群童欺我老无力,忍能对面为盗贼。公然抱茅入竹去,唇焦口燥呼不得。归来倚杖自叹息。俄顷风定云墨色,秋天漠漠向昏黑。布衾多年冷似铁,娇儿恶卧踏里裂③。床头屋漏无干处,雨脚如麻未断绝。自经丧乱少睡眠,长夜沾湿何由彻④!安得广厦千万间,大庇天下寒士俱欢颜⑤,风雨不动安如山?呜呼,何时眼前突兀见此屋,吾庐独破受冻死亦足⑥。

注释 | ①挂罥:挂结。②塘坳:低洼积水处。③恶卧:卧时不安静,胡蹬乱踢。④何由彻:如何到天明。⑤庇:覆盖。⑥突兀:高耸貌。见:同"现"。

赏析 [这首诗的写作时间] 上元二年(761)秋八月作于草堂,草堂也就是茅屋,《堂成》说"背郭堂成荫白茅",可知草堂最初建成的样子。从这一时期所作的不少七律看,诗人的生活是相对安定的,心情也较为舒畅。《南邻》诗云"锦里先生乌角巾,园收芋栗未全贫",恰如其分地表明了诗人当时未脱贫而十分安贫的处境。稍有天灾人祸,就要露出它的困窘来。761年的这个秋天情况就有不妙，草堂至少遭遇了一次暴风雨的袭击，堂前临江一棵两百岁的楠木也被连根拔起，屋漏把诗人搞得十分狼狈。在那个狼狈的夜晚，他想到普天下与他一样和比他处境更遭的人，想得很多很多，从而留下了这一名篇。

[诗中的叙事] 诗的前面部分写茅屋为秋风所破的白天及当晚，诗人遭遇的种种狼狈，是极其生动的三部曲。首五句写狂风破屋的情景，这风来得之野蛮，如撒泼打滚，差点没把草堂的屋顶给揭了。卷走的茅草之多，吹得之高，吹得之远，都是令人张口、结舌、傻眼的。茅飞几句，一连串地铺写，几令人目不暇接。在合辙押韵上，句句入韵，用了"号""茅"等五个开口呼平声韵脚，对风声做了形象的描摹，都很传神。继五句写顽童的趁火打劫，在风中欢呼着抢夺茅草，往竹林那边扬长而去，根本不听招呼，把老人气得不行。吹散的茅草没法捡，能捡的又被南村群童捡了，诗人只好回来拄杖喘息。继八句写暴雨的袭击，俗话说"屋漏又遭连夜雨"，意思是祸不单行，这恰是诗人当日的写照。狂风揭茅只是倒霉的开头，接着便是黑云压顶，大雨跟着就来了。被子冷得像铁，不但冷，而且硬，可见其陈旧；这样的被子睡着怪不舒服，难怪孩子乱蹬，把里子都蹬破了。更加痛苦的是屋漏，它使你在屋里床顶到处摆盆，滴水叮叮咚咚，空气又湿又冷，桌上书卷稿纸遭殃。自战乱以来的六个年头，诗人忧国忧民，长期失眠，这个风雨之夜就更睡不着了，不知怎样才能熬得到天亮。于是诗人百感交集，想到普天下不知有多少人屋顶漏雨，又不知有多少人头上无片瓦。

[诗中的抒情] 诗人联想到大众的痛苦，就忘却了一己的痛苦，他痛切地感到解决人民仅次于衣食的住房问题是多么重要、多么迫切，于是大声疾呼"安得广厦千万间，大庇天下寒士俱欢颜，风雨不动安如山？呜呼，何时眼前突兀见此屋，吾庐独破受冻死亦足"。披露了诗人民胞物与、爱及天下的博大襟怀。特别是它出现在前一部分所展示的具体生活背景上，建筑在切肤之痛

上，就显得格外真切动人。后来白居易《新制布裘》诗："安得万里裘，盖裹周四垠。稳暖皆如我，天下无寒人。"即受此诗影响，作为饱暖中人能想想穷苦的人，那是富人的慈悲，总不如身在饥寒中人的祈愿更具切肤之痛。

[这首诗在形式上的特点] 本篇在歌行体的运用上达到了十分自由的程度，一是句式参差，用了散文化的语言；二是句群奇偶的错综，有三处是三句形成句群，有时三句一韵，有时五句一韵，其出入变化，挥洒收放，皆缘情而为，非圣于诗者不能也。

水槛 jiàn 遣心①

去郭轩楹敞②，无村眺望赊③。澄江平少岸④，幽树晚多花。细雨鱼儿出，微风燕子斜。城中十万户⑤，此地两三家。

注释 ①水槛：水亭边的栏杆。这里指草堂水亭。遣心：散心，消遣。②郭：城郭。轩：长廊。楹：柱子。轩楹：长廊上的柱子。这里指水亭的长廊。③赊：远。④澄江：清亮的江水。平少岸：江水快与江岸齐平，露出水面的堤岸就显得少了。⑤十万户：当时成都有十六万户以上，这里是举成数言之。

赏析 [草堂的幽静生活]《水槛遣心》二首写于成都草堂，这是第一首，创作时间大概是在公元761年。诗人定居草堂后，暂时结束了颠沛流离的生活，面对绮丽的自然景致，产生了一种幽静闲适的心情。这首诗即表现了诗人在草堂的水亭边凭栏玩赏时的悠闲与自在。

[结庐在人境，而无车马喧] 诗人在浣花溪畔结庐而居，广栽树木，还修建了用以垂钓、眺望的水槛。由于这里远离城郭，轩廊敞亮，旁无村落，因而视野开阔，诗人可以极目远眺。第一、二句写出了草堂清幽的环境以及诗人远离尘嚣的闲适心情。

[江水缭绕花芳菲] 诗人凭栏远望，见那江水澄澈，漫延流荡，几处已与江岸齐平。再观近处，树木葱郁，虽然天色渐晚，

但花却似比白天多开了几朵,别具风致。这儿"少"与"多"相对,写细雨中江水慢慢上涨,远近天色渐暗,花却更加繁盛的独特风光。

[体物细腻之典范] 五、六句历来被认为是体物工细的名句。其刻画细腻,描写生动,借鱼儿与燕子的动态表现风雨之细微。叶梦得《石林诗话》云:"诗语忌过巧。然缘情体物,自有天然之妙,如老杜'细雨鱼儿出,微风燕子斜',此十字,殆无虚设。雨细着水面为沤,鱼常上浮而淰,若大雨,则伏而不出矣。燕体轻弱,风猛则不能胜。惟微风乃受以为势,故又有'轻燕受风斜'之语。"此语中,"沤"指水泡,"淰"原意是鱼惊骇之状,这里解作鱼跳跃之状。细雨微风中,鱼儿冒出水面,燕子上下翩飞。只有细雨飘飘,鱼儿才会悠悠自得地游戏于水面;只有微风习习,燕子才能轻盈地侧身于天空。诗人遣词用意如此精微,令人折服。"出"字抓住鱼儿露出水面的一霎,虽并无描述鱼儿的具体姿态,但此一字足矣,给读者留下了玩味的空间。"斜"字写出了燕子乘借着微风滑翔的轻盈身姿。此句在体物的同时也表现出诗人留心于自然、得逍遥而容与的心态。

[风景这边独好] 诗歌最后两句以"城中十万户"之繁华与"此地两三家"之清旷相对比,并呼应第一、二句,指出如此可人的风光是缘于远离城郭而获得的一种闲适的心境。全诗在清朗幽静的意境中透出活泼恬淡的趣味,虽无一句抒情语,然句句可见"遣心"之意。全诗八句皆对仗,且远近交错,自然工巧,不见刻画之痕。诗人在抒写自然的同时体现出独特的诗思与诗情。

❀ 闻官军收河南河北 ❀

剑外忽传收蓟北[①],初闻涕泪满衣裳。却看妻子愁何在,漫卷诗书喜欲狂[②]。白日放歌须纵酒,青春作伴好还乡。即从巴峡穿巫峡,便下襄阳向洛阳[③]。

巫峡秋涛图

古诗词鉴赏

注释 ①剑外:指剑阁以南,即蜀地的代称。蓟北:今河北省北部地区。②漫卷:胡乱地卷起。③巴峡:巴县。今属重庆。巫峡:指巴峡以东的瞿塘峡、巫峡、西陵峡三峡。

赏析 [这首诗的写作背景]代宗广德元年(763)春作于梓州(今四川三台)。去年(宝应元年)四月太子李适为天下兵马大元帅,朔方节度使仆固怀恩为副帅,统帅各节度使和回纥联军进讨史朝义,十月大捷,歼敌八万,叛将张忠志等献地归降,官军一气收复河南、河北十几个州;今年正月,史朝义自杀,叛将李怀仙等又献首请降,至此河南河北诸地尽行收复,延续八年之久的安史之乱宣告平息。本篇即写诗人避地梓州、彷徨无依中,乍闻捷报狂喜不置,平素所想出川还乡之念、一发不可收拾的心情。

[开篇写喜讯忽然传来的欣喜]此诗乃一时兴会神到之作。诗人展卷读书之际,忽然有人奔走相告八年平叛战争结束的胜利消息。这是诗人盼望已久而且坚信必将到来的喜讯,然而当它突然成为事实时,诗人又激动得难以承受,神态失常,喜极而泣。想必当时像杜甫这样闻讯流泪的人为数不少。

紧接着就写了"却(回头)看妻子""漫卷诗书"两个潜意识的动作来表现狂喜的心情。盖人在极度高兴时,都有一种希望与他人分享的愿望,回头看妻子(妻儿)的这个动作,就是潜意识的,极富意蕴。同时展开的书卷也就看不进去了,于是手忙脚乱地卷了起来,这个动作表明诗人在梓州待不长了,立刻就会想到回乡。

[诗中写还乡的愿望]三联即承"喜欲狂"写还乡的愿望。"白日""青春"既写季候,也暗示政治上的冬去春来、雨过天晴;杜甫本来就好酒工诗,在这大快人心的喜讯传来之时,他更不禁要昂首高歌,开怀痛饮,为之庆贺;成都草堂回不了,梓州乃暂居之地,而现在大乱已定,诗人不只是想回成都,而是想结束流寓异乡的生活,踏上回故乡洛阳之路;望着窗外明媚的春光,想到一路上风和景明,可助行色,喜极之情、手舞足蹈之状跃然纸上。

[诗中展示的还乡路线] 进一步，诗人连路线图都想好了，并不假思索脱口而出。出川以水路方便，无非是从梓州沿涪江下渝州，沿长江出巴峡、巫峡，直到武昌，再溯汉水北上襄阳，然后改行陆路，最后回到洛阳（作者自注说"余田园在东京"）。萧涤非释："即是即刻。峡险而狭，故曰穿。出峡水顺而易，故曰下。由襄阳往洛阳，又要换陆路，故曰向。"这是说用字的精练。所谓巴峡，指渝州以下从云安到夔州之川东峡江地带。此诗以想象还乡路线作结，而且自然形成当句对（例如"桃花细逐杨花落，黄鸟时兼白鸟飞""戎马不如归马逸，千家今有百家存"），同时又是流水对，自然工整，妙手偶得，唐诗结句很少有能与其媲美的。

[杜甫平生第一首快诗] 前人谓杜诗强半言愁（黄生），本篇一句叙事，余俱写情，句句有喜悦意，一气流注，其疾如飞，浦起龙甚至认为这是老杜"生平第一首快诗"。像这样情调欢快、热情奔放之作，在李白一定是施之于歌行，而杜甫却用了七律。作为律诗，讲究工整最为重要，而工整的讲究，又不免以丧失自然流畅为代价。杜甫的高明处，就在于他能调和这一矛盾：他不堆砌排比词藻，而注意从活的语言中发掘天然对偶的因素，在安放对仗时注意到语气的疏落和保持流动的风致，如本篇中的"青春"对"白日"，"放歌""纵酒"对"作伴""还乡"，以及末联的地名当句对，都是信手拈来自成对偶，甚至还对得很工整，其他诗还有如"秋水才深四五尺，野航恰受两三人""戎马不如归马逸，千家今有百家存"等。申涵光曰"读杜诸律，可悟不整为整之妙"。这"不整为整"四字，便是杜诗在七律艺术上的创造，为七律创作提供了有益借鉴。

❋ 旅夜书怀 ❋

细草微风岸，危樯独夜舟[①]。星垂平野阔，月涌大江流[②]。
名岂文章著，官应老病休[③]。飘飘何所似，天地一沙鸥[④]。

古诗词鉴赏

注　释　①细草：小草。岸：江岸。危樯：高樯杆。独：孤独。②垂：低垂。平野：原野。月涌：水中的月亮随江水晃动。③名：名声。岂：难道。著：著名。④飘飘：飘荡，飘流。沙鸥：水鸟名，栖息沙洲，经常飞翔于江海之上。

赏析　[这首诗的写作年代] 这首诗旧注多编在永泰元年（765），以为杜甫东下经渝州、忠州时作，然景物描写不类；一说为大历三年（768）春寓湖北荆门作，似较旧说为妥。

[写景用字之妙] 首联写月色下舟中所见，细草在微风中摇动，樯竿高耸夜空，从诗人对景的感知中，表现出他夜愁不寐的孤寂和危难之感。次联写江景极为开阔，由于江在平原，故可以看到地平线，闪烁的星星在远处与地接近，是谓之"垂"；月色又使水天浑一，所不同者，天上月色宁静，水中月色动荡，是谓之"涌"。非"垂"字不足以见平野之阔，非"涌"字无以知大江在流也，是谓之炼字。

[诗中的生世感慨] 三联自慨平生，盖唐代士人意识，读书著意在功名与文章之间，两句系倒装，即"文章岂著名耶，老病应休官矣"。盖杜甫在当时虽有诗名，但远没有得到应有的推重，有诗道"百年歌自苦，未见有知音"。直到死去二十三年后，经过元稹、白居易等的宣传，才为世所重。至于老、病，当然是事实，但并非休官的真正原因。真正的原因是朝廷忘记了他，言下有无尽感慨。

[诗人的心中盘旋着沙鸥的影子] 末联说到眼前，以迟暮之年，携着老妻和一群儿女，居然以舟为家，而且不知道归宿究在何处，诗人的内心深处永远盘旋着水上白鸥的影子，甚至觉得自己就是天地间一只沙鸥，荒寂、孤独、栖身无所。诗是随笔，但诗人的诗艺已臻炉火纯青，写景时又完全把自己放进去，故成杰作。

江南逢李龟年[①]

岐王宅里寻常见[②],崔九堂前几度闻[③]。正是江南好风景[④],落花时节又逢君。

注释 | ①江南:这里指长沙。李龟年:玄宗开元、天宝间(713~755)著名宫廷乐人。《明皇杂录》:"唐开元中,乐工李龟年、彭年、鹤年兄弟三人,皆有才学盛名。彭年善舞,鹤年、龟年能歌,尤妙制《渭川》,特承顾遇。于东都大起第宅,僭侈之制,逾于公侯。宅在东都通远里,中堂制度甲于都下。其后龟年流落江南,每遇良辰胜赏,为人歌数阕,座中闻之,莫不掩泣罢酒。"②岐王宅:宅在洛阳崇善坊。岐王,李范,睿宗第四子。③崔九堂:堂在洛阳遵化里。崔九,崔涤,唐朝人,在兄弟中排行第九,中书令崔湜的弟弟。④正是:一作"正值"。风景:一作"风日"。

赏析 [这首诗的写作背景]大历五年(770)作于长沙。李龟年是开元天宝间著名歌唱家,杜甫年轻时出入洛阳社交界、文艺界,曾多次领略李龟年的歌声。昨天的大名人,今日的漂泊者。猝然相遇,慨何胜言。诗人将可以写成大部头回忆录的内容,铸为一首绝句,然二十八字中有太多的沧桑。

[前两句回忆过去]岐王是玄宗御弟李范,崔九是玄宗朝中书令崔湜弟殿中监崔涤,这两人的堂宅分别在东都洛阳的崇善坊、遵化里。他们都是礼贤下士、在文艺界广有朋友的权贵人物,其堂宅也就自然成为当时的文艺沙龙地。大歌星李龟年、洛阳才子杜甫都曾是这里的座上客。所以只一提"岐王宅""崔九堂",当年王侯第宅、风流云集,种种难忘的旧事,就会一齐涌上心头。"寻常见"又意味着后来的多年不见和今日的难得再见,"几度闻"意味着后来的多年不闻和今日难得重闻。(杜甫该是从那变得悲凉的歌声中发现李龟年的吧)。

[后两句写重逢和感慨]和之前的"寻常"和"几度"相呼应的是今日的"又重逢"。表面的口气像是说在彼此相逢的次数

上又增加了一次,事实却不像他声称的、如同春回大地般那样简单。江南的春天的确照样来临,然而国事是"战血流依旧,军声动至今",身世是"飘飘何所似,天地一沙鸥"。如此重逢岂容易哉!今日重逢,几时能再?李龟年还在唱歌,然而"风流(已)随故事,(又哪能)语笑合新声?"(李端《赠李龟年》)他正唱着"红豆生南国""清风明月苦相思"一类盛唐名曲,赚取乱离中人的眼泪,盛唐气象早已一去不返了。这恰如异日孔尚任《桃花扇》中《哀江南》一套所唱:"俺曾见,金陵玉殿莺啼晓,秦淮水榭花开早,谁知道容易冰消。眼看他起朱楼,眼看他宴宾客,眼看他楼塌了。残山梦最真,旧境丢难掉,不信这舆图换稿。诌一套哀江南,放悲声唱到老。"诗中"落花时节"的"好风景",却暗寓着"流水落花春去也,天上人间"的沧桑感和悲怆感;四十年一相逢,今虽"又逢",几时还"又"。

[全诗妙于含蓄]诗当是重逢闻歌抒感,却无一字道及演唱本身,无一字道及四十年间动乱巨变,无一字直抒忧愤。然"世运之治乱,年华之盛衰,彼此之凄凉流落,俱在其中"(《唐诗三百首》),这才叫"不著一字,尽得风流"。

❀ 兵车行 ❀

车辚辚 lín,马萧萧①,行人弓箭各在腰。爷娘妻子走相送,尘埃不见咸阳桥。牵衣顿足拦道哭,哭声直上干云霄。道旁过者问行人,行人但云点行频②。或从十五北防河,便至四十西营田③。去时里正与裹头④,归来头白还戍边。边庭流血成海水,武皇开边意未已⑤。君不闻汉家山东二百州,千村万落生荆杞。纵有健妇把锄犁,禾生陇亩无东西。况复秦兵耐苦战,被驱不异犬与鸡。长者虽有问,役夫敢申恨?且如今年冬,未休关西卒。县官急索租⑥,租税从何出?信知生男恶,反是生女好。生女犹得嫁比邻,生男埋没随百草。君不见青海头⑦,古来白骨无人收。新鬼烦冤旧鬼哭,天阴雨湿声啾啾 jiū⑧。

| 注　释 | ①辚辚：众多的车声。萧萧：马叫声。②点行：按名册顺序点兵入伍。频：频繁。③防河：在黄河以北设防，以防止吐蕃入侵。营田：屯田。戍边士卒，兼事垦荒种地。④里正：古时乡里小吏，唐代百户为一里，设里正一人。裹头：男子成年则裹头，以三尺皂罗作头巾。新兵入伍时，须装束整齐统一，故里正代他裹头。⑤边庭：边境。武皇：汉武帝。借汉指唐。唐代诗人常以汉武帝指唐玄宗。开边：用武力开拓疆土。⑥县官：指国家。⑦青海头：青海湖边，在今青海省东部，是古战场，唐高宗以来，唐军与吐蕃在这一带作战，双方伤亡甚多。⑧烦冤：愁烦，枉屈。啾啾：想象中的鬼哭声。|

赏析

[这首诗的写作背景] 此诗乃困守长安期间即天宝后期所作。历代注家多以为因玄宗用兵吐蕃而作，因为诗结尾有"君不见青海头"云云；而当代说者则据黄鹤、钱谦益的笺解定此诗为杨国忠征南诏一事而作，同时引《通鉴》为书证略云：天宝十载（751）鲜于仲通丧师于泸南，人畏云南瘴厉不敢应募，杨国忠遣御史分道捕人，连枷送至军所，开拔时行者愁怨，父母妻子送之，所在哭声振野，与本篇开头描写的情景相似。

大抵天宝后期，朝廷一意开边，边将亦贪功好战，安禄山在范阳、哥舒翰在陇右、鲜于仲通在南诏乃至高仙芝对大食都发动过不义战争，与开元时代防御性质的战争不同。此诗虽就征兵一事立题，却并不限于某一具体的战事，而是集中反映天宝年间唐王朝发动开边战争所引起的一系列严重的社会问题，具有高度的艺术概括力量。

[出征送行的场面] 前七句开门见山，展开出征送行的场面，具有很强的现场感。诗人选择渭桥这一西行必经的送别之地为背景，对道旁观者感受最强烈的视听印象集中描写：车轮的滚动声，军马的嘶叫声，出征的队伍（特写：新兵腰间的弓箭），夹道奔走相送的男女老少，和遮挡住视线的漫天的尘埃；队伍在西渭桥边稍息，送行的场面一下子就达到高潮，这时亲属拦道牵

衣、捶胸顿足、失声痛哭、尽情发泄，士兵们则强忍眼泪，劝慰亲人。虽然笔墨不多，由于集中典型，为读者留下想象的余地，故能以巨大的历史容量震撼人心。

[诗人的现场采访] 接下来，作为"道旁过者"的诗人，不失时机地进行了现场采访。采访的对象是位老兵，这个并非初次应征、年逾四十的老兵看来是没人话别，冷在一边，倒也乐意回答诗人的问题。老兵答话可分几层，从"点行频"到"武皇开边意未已"为一层，怨叹朝廷用兵过于频繁。就拿他本人来说，十五岁被征至西河（甘肃、宁夏一带）驻守；到四十岁还在西北屯田（唐王朝为增强河西对吐蕃的防务，在河西屯田）入伍时年纪尚小，里长还替他束过发；回来时有了白发，还被调遣去戍边。读者仿佛听到他那沉重的叹息声：国家总是要征兵的，但征兵次数实在太多了。这个老兵又叫人联想到汉乐府《十五从军征》中的那个老兵。诗中借汉武来比唐皇了。

[连年用兵造成的社会问题] 从"君不见汉家山东二百州"到"租税从何出"为第二层，谈黩武战争导致农业大幅度减产和民生凋敝等严重的社会问题。诗中"山东"乃指华山以东的广大地区，由于征兵太频，造成农业劳动力投入的不足；旧时妇女从事蚕桑，在农耕方面抵不上男子，如今靠妇女种田，庄稼长势不好，农业欠收是不可避免的了。然后话头转到秦兵，也就是关西兵（关指潼关），即眼前这些子弟兵，说古话就有"关东出相，关西出将"（《汉书·赵充国传》关作山），我们这些关西子弟是耐苦善战的，但也不能鞭打快牛，把我们像鸡狗一样看贱呀。就拿今冬眼前来说吧，还在不停征关西兵，这又怎么得了呢？最妙的是垫上一句"长者虽有问，役夫敢申恨"，口气分明是：要不是先生好心问我，我是不愿说这些话的。说是不敢申恨，而言下已俱是恨声。然后再退一步撇开百姓不说，这样打下去，对官府又有什么好处呢？官府不是要收租吗，没有收成，租税能从天上掉下来？"租税从何出"一问问得好，只怕统治者还没有清醒认

识到这个问题的严重性吧。

[民间反战的心理] 从"信知生男恶"到篇终感叹作结是第二层。秦时征发民夫修筑长城，民间便流传着"生男慎勿举，生女哺用脯"（见陈琳《饮马长城窟行》），无休止的战争和徭役夺去了大量男子的生命，竟使重男轻女的社会心理转变为重女轻男，在号称盛世的天宝年间竟然又出现了这种情况，不能不发人深省。"生女犹得嫁比邻，生男埋没随百草"这两句实际包含着一个悖论，既然生男不免乎送死，那么生女又嫁谁呢？结果只能是出现许多老女不嫁和许多的寡妇而已。这层比较，发挥了秦时民谣的意思。最后几句，诗人站在历史的高度，通过对古战场阴森恐怖的描写，对自古以来穷兵黩武的战争进行血泪的控诉。这里的鬼哭，与开篇的人哭遥相呼应，形象地反映了安史之乱前夕社会出现的不详之兆。

[这首诗的纪实性] 此诗纯用客观叙述的表现手法，前半写出征送行的惨状，是记事；后半写征夫诉苦之词，是记言。诗人在诗中虽然只扮演了一个采访者的角色，但他和那个主人公的思想感情实际上是打成一片的，所以历来解释此诗的人，往往就"行人"的答词究竟该在何处划句号发生争论，关键就在这个打成一片上。

[这首诗的艺术性] 此诗除句式长短错综，融合了历代民歌各种修辞手法，如顶针、问答、征引、口语化（"爷娘妻子"等语）等等外，内容方面的情事紧迫和表达方面的起伏跌宕天衣无缝地统一在一起，不愧为杜诗代表作。

❀ 羌村三首录一[①] ❀

峥嵘 zhēngróng 赤云西，日脚下平地[②]。柴门鸟雀噪，归客千里至。妻孥 nú 怪我在[③]，惊定还拭 shì 泪。世乱遭飘荡，生还偶然遂。邻人满墙头，感叹亦嘘欷 xūxī[④]。夜阑更秉烛[⑤]，相对如梦寐 mèi。

注　释　｜①羌村：地名，在今陕西富县南。②峥嵘：高峻貌。日脚：穿

古诗词鉴赏

过云隙下射的日光。③妻孥：妻子儿女。怪：奇异，用如动词。④嘘欷：悲泣声。⑤夜阑：夜深。

赏析 [这组诗的写作背景]杜甫于至德元年（756）八月陷贼，即与家人失去联系；二年四月逃出长安，奔凤翔行在，官授左拾遗，因疏救房琯言辞激烈，开罪肃宗，闰八月放归鄜州探家，杜甫曾描述当时情景是"青袍朝士最困者，白头拾遗徒步归"（《徒步归行》）。在那"家书抵万金"的岁月，一年多未能与家人沟通音信，这次说回就回，注定要给家人和乡亲们一个意外的惊喜。诗虽三首，实一气贯通，是一卷真切动人的乱世风情连环画。

[第一首写初至羌村家人意外的惊喜]这是一个难以忘怀的秋天傍晚，满天火烧云，像是火山高出西天，而日脚已下到平地。就在这个当儿，诗人终于看到他家的柴门，心中该是何等激动！柴门外鸟雀之多，又是他不曾想到过的，这幅"门可罗雀"的景象，活画出那柴门的冷落和凄凉，好像从来就没到过人似的，诗人的心中又该紧一下了。他的出现，使得门外的鸟群惊噪起来，屋里的人会不会意识到是亲人归来了呢（对比刘长卿"柴门闻犬吠，风雪夜归人"）。

[百感交集的见面]诗中的"妻孥"偏义于妻子杨氏，她见面"怪我在"——简直不相信我还活着。当初说奔行在，一年多却无消息，怎么想得到人还活着。回思一年经历，真是一言难尽，如以一言尽之，那就是"生还偶然遂"了。盖陷贼数月可以死，逃亡途中可以死，触怒肃宗可以死，而现在竟得生还，还不偶然吗？妻子"惊定"之后，接着不能不忆起这一年多盼望丈夫归家的焦灼和独立撑持门户的艰难（对照《北征》"平生所娇儿，颜色白胜雪。见爷背面啼，垢腻脚不袜。床前两小女，补绽才过膝"），许多辛酸苦辣都涌上心头，也就不能不"拭泪"。

[写出乱世人情]杜甫突然回来的消息很快传开来，于是

"邻人满墙头",这就是乱世人情:谁家的亲人回来,都会成为地方特大新闻,都会成为全村羡慕的对象。夜已深,一家子该睡了却又点灯,都有点神情恍惚,疑幻疑真,正见乱离喜得团聚之意。仇注云:"偶然遂——死方幸免,如梦寐——生恐未真。司空曙诗'乍见翻疑梦,相悲各问年',是用杜句;陈后山诗'了知不是梦,忽忽心未稳',是翻杜句。"有助于对此二句的深入理解。

❋ 新安吏① ❋

客行新安道,喧呼闻点兵。借问新安吏:"县小更无丁?""府帖昨夜下,次选中男行②。""中男绝短小,何以守王城③?"肥男有母送,瘦男孤伶俜。白水暮东流,青山犹哭声。莫自使眼枯,收汝泪纵横。眼枯即见骨,天地终无情。我军取相州④,日夕望其平。岂意贼难料,归军星散营⑤。就粮近故垒,练卒依旧京。掘壕不到水,牧马役亦轻。况乃王师顺,抚养甚分明。送行勿泣血,仆射如父兄⑥。

注　释　①新安:唐属河南道,今河南省新安县。②次:挨次。③王城:指洛阳。④相州:即邺城,在今河北省临漳县。⑤归军星散:指诸节度使各溃归本镇。⑥仆射:官名,指郭子仪。

赏析　[这首诗的写作背景] 乾元二年(759)春,九节度使围邺城,朝廷未置统帅,而以宦官监军,城久不下,上下懈怠。叛将史思明从魏州(今河北大名县)率军至,三月初与官军战于安阳河北,当日风沙极大,六十万官军步骑骤溃,朔方军退至河阳(今河南孟州市),断河桥以保洛阳。东京市民惊骇,奔散山谷,杜甫也赶紧离开洛阳回华州任所。

[战时征兵的纪实] 为补充兵员,唐王朝在河南府都畿道实行了战时紧急征兵,征兵的对象大大放宽,甚于到了不分老幼和性别的程度,而负责征集任务的官吏为此忙得不可开交。杜甫一

路上都看到吏民的活动,及民间到处都演绎着生离死别的活剧,忍不住将这一路的亲身闻见写成了一组具有报告文学性质的作品,即《新安吏》《潼关吏》《石壕吏》《新婚别》《垂老别》《无家别》,统称"三吏""三别",以吏、别为名,岂偶然哉。"三吏"客观叙事中夹带问答,"三别"以代言体纪征行者言辞,六诗相互联系,浑然一体,而又各叙一事,独立成篇。

[诗中的访谈内容] 新安西邻洛阳,是杜甫经过的第一站,《新安吏》也是组诗第一篇,六诗的总领。诗分三段。前八句叙点兵之事,出以诗人和新安吏的问答。"县小更无丁"一句为诗人问话,这五字中包含有丰富的潜台词:首先是看到新兵年纪尚小,是些未成年人,然后想到新安县小,也许征集不到足够的兵员,不得不尔;继而又感到怀疑,虽说是小县,难道真就没有成年男子了吗,这个残酷的事实简直叫人不敢置信。几层意思,可谓千回百折,包含对县情的理解,对差吏工作的体谅,更体现了对民生疾苦的关心。"府帖(军帖)昨夜下,次选中男行"是吏的回答,这里也包含几层意思:一是昨发军帖,今即征兵,可见期限之紧急;二是成年男子确已征完,征集中男有文件依据;三是表明吏的态度,是照章办事。于是诗人不禁脱口又道:"中男绝短小,何以守王城(洛阳)?"这话有两重含义:一是承认吏的无可非议,二是担心这些发育不良的孩子们能否担当起保卫东都的重任。按唐制或以十六岁为中男、或以十八岁为中男,但这些孩子成长的年代不幸遭遇战争,就显得发育不良,个头矮小。诗人在这里的担心不仅是冲着这娃娃兵,也是冲着战局,忧念国事的。

[诗中描写和气氛渲染] "肥男有母送"等八句写送别之苦,这些中男,比较健壮的还有母亲相送,——父亲呢?还用问吗,父亲显然早已从军了。而瘦小一点的连母亲也没有,格外显得孤苦伶仃。由此可见这场艰苦的战争中,征兵也已到了不分贫富的关头了。明人王嗣奭说:"就短小中分出肥瘦、有母无母、有送

无送,此必真景,而描写到此是何等的细心。此时瘦男哭,肥男亦哭,肥男之母哭,同行同送者哭,哭者众,宛若声从山水出,而山哭,水亦哭矣。至暮则哭别者已分手去矣,白水亦东流,独青山在而犹带哭声,……包括许多哭声,何等笔力,何等蕴藉。"以下像是补叙杜甫劝慰中男及送行人的话,又像是诗人心中想到的话。他说,快别哭坏了身体,快把泪水擦干,本来情形就很糟了,哭伤了身子岂不更加坏事。"天地终无情"语极耐味,其实与天地何干。

[作者对新兵寄予良好祝愿]"我军取相州"四句写相州兵败,乃是这次征兵的原因。"归军"本是溃军,措辞避免了贬义。"就粮近故垒"四句写河阳防线的情况,说军中粮草不乏,新兵将在洛阳进行军训,驻扎在黄河边上,挖掘战壕和牧马的劳役都不算重,估计中男们还是可以逐渐适应。"况乃王师顺"四句说王师平叛是名正而言顺的,而郭子仪又是个会带兵的人,算是不幸之中的大幸,差可引为安慰的了。这里讲的既是实情,也包含诗人的一种祝愿。

[三吏三别的创举]包括本篇在内的"三吏""三别",从纯诗的角度而言都未免质木无文,不那么有诗意。然而最值得重视的是这批诗具有纪实性、新闻性和典型性,是诗体的报告文学。这正是杜甫的一个创举,无怪前人目之为"诗史"。

❀ 蜀相① ❀

丞相祠堂何处寻②?锦官城外柏森森③。映阶碧草自春色,隔叶黄鹂空好音④。三顾频烦天下计⑤,两朝开济老臣心⑥。出师未捷身先死,长使英雄泪满襟。

注　释　①蜀相:指三国时蜀汉丞相诸葛亮。②祠堂:祭祀祖先或先烈的地方,这里指武侯祠,在今成都市南郊公园内。武侯,即武乡侯,诸葛亮受封武乡侯。③锦官城:也称锦城,即成都。汉时,成都织锦发达,曾设锦官于此。森森:树叶繁盛茂密的样子。④黄鹂:鸟名,就是黄莺。⑤三顾:三次拜访,诸葛亮

《出师表》:"三顾臣于草庐之中。"频烦:屡次。天下计:筹划天下大事。⑥两朝:指刘备和刘禅两代。开济:开创基业匡济危时。指辅佐刘备开创大业,刘备死后,又助刘禅支撑危局。

赏析 [这首诗的写作背景] 乾元二年(759)七月杜甫辞官西行,岁暮抵成都;上元元年(760)春卜居浣花草堂。此期杜甫曾多次拜谒诸葛亮祠,以表示崇敬之意。盖诗人本有"致君尧舜"的政治抱负,又逢安史之乱,虽一事无成,而不能不忧念国事,故对"鞠躬尽瘁,死而后已"的诸葛亮深表同情。

[武侯祠的来历] 首联开门见山,点出祠堂在成都城南。成都在汉代织锦业发达,曾专设锦官管理,锦官城本织锦区,亦作为成都美称。丞相祠即今武侯祠,晋代李雄所建,祠内原多植柏树,诗人《古柏行》有云"君臣已与时际会,树木犹为人爱惜",这一片"柏森森"的景象,就令人联想到《召南·甘棠》"蔽芾甘棠,勿翦勿伐,召伯所茇",无形中见出蜀人对丞相的敬爱。

[人亡物在的感慨] 次联写祠内景色,而"自""空"两字逗漏抒情,——祠庙草绿叶密,鸟啭好音,本饶春意,著此二字则一概抹倒,睹物思人之意,已见于言外。

[诸葛亮一生出处大节] 三联概括诸葛亮一生出处大节,"三顾频烦"即"频烦三顾","天下计"即《隆中对》所定诸如东和孙权、北拒曹操、西取刘璋的基本国策;"两朝"是先主后主两朝,"开"是开创帝业,"济"是济美守成,"老臣心"指诸葛亮无私、不矜与死而后已的一片忠心。两句语极密致,说尽诸葛亮一生聪明才智、功业德操,流露出对诸葛亮的无限景仰。

[这首诗的影响] 诸葛亮六出祁山,九伐中原,终因操劳过度而死,留下了《出师》两表,成为天地间至情之文,不可不特别表出。此之谓"不以成败论英雄"也。诗云"长使英雄泪满襟",这"英雄"句容的范围就很宽,代表了千古未能成功的志士仁人的共同心声。唐永贞革新被挫败后,王叔文但吟此二句,因嘘唏泪下;南宋爱国名将宗泽,因国事忧愤成疾,临终即诵此

二句,"但呼过河者三而毙",就证明杜甫之言确凿不移。当然,这不仅表明了《出师表》和诸葛亮的魅力,也表明了《蜀相》和杜甫本人的魅力。

客至

舍南舍北皆春水①,但见群鸥日日来。花径不曾缘客扫,蓬门今始为君开。盘飧市远无兼味②,樽酒家贫只旧醅③。肯与邻翁相对饮,隔篱呼取尽余杯。

注释 ①舍:指作者在成都修建的草堂。②飧:熟食。无兼味:指菜肴单一。③旧醅:指陈酿。

赏析 [这首诗的写作时间]作于上元二年(761)春,时居成都浣花草堂,据原注来客是一位姓崔的县令。

[草堂户外的景色]首联写草堂户外景色,《江村》"清江一曲抱村流,长夏江村事事幽。自去自来堂上燕,相亲相近水中鸥",可见初建草堂的当日,环境较为清幽,诗人心境较为闲静。据《列子》寓言讲,鸥鸟极灵性,只肯与绝无算计的素心之人来往,这里一方面有满意,另一方面也有不满,这从"但见"二字略可会意,可见交游冷淡。如此写来,自然也就含有客人将至的欣喜。次联为名句,以对话口气道"花径不曾缘客扫,蓬门今始为君开",二句于流水作对中有互文映带,于殷

勤中见深情。

[客套话中的人情味]三联写请吃请喝，讲的虽然是家居太偏远、酒菜欠丰盛一类表示歉疚的话，其实客人要忙说哪里哪里。这原是生活中常有的客套，洋溢着普遍的人情，它当然包含着几分坦诚，却又不必过分认真，有人情味自足动人。酒过几巡，主人才想起邻居的老头能喝，不妨请他也来陪客喝两杯。这在生活中也是常有的事，随便的关系，往往意味着亲密，"肯与"云云是问的口气，先征求一下明府的意见，明府自然客随主便；邻翁既能喝酒，想必也是个豪爽的人。

[古人对这首诗的评价]黄生说此诗"前半见空谷足音之喜，后半见村家真率之趣"，单看最后的两句，太接近于口语，简直不像律诗的句子。又说"杜律不难于老健，而难于轻松"，这首诗与《江村》《狂夫》等一样，妙于潇洒流逸之致。于此可见老杜包容之大。

❀ 月夜忆舍弟① ❀

戍鼓断人行②，边秋一雁声。露从今夜白，月是故乡明。有弟皆分散，无家问死生③。寄书长不达④，况乃未休兵。

注　释　①舍弟：家弟。②戍鼓：古代戍楼上用以报警或报时的鼓声，此指战争。③无家：即无从、无处，不知道向谁。④不达：送不到亲人手中。

赏析　[这首诗作于乾元二年（759）秋白露节]前四句写景，戍鼓响起，夜深人静，只有空中孤雁在嘹唳，露白月明，凄清无限，其中已然流露出对亲人的无尽思念。后四句承接而下，直抒对兵荒马乱中的弟弟们的深切惦念，手足之情特别感人。前后两部分有机结合，景中生情，情由景出，相辅相承，情感表达得非常强烈。作者由一己之家推而及于天下苍生，其忧国忧民的思想至为感人。

[千古名句]"露从今夜白,月是故乡明"二句,从江淹《别赋》"明月白露"中化出,又将词序错综倒装,使其成为典型的律诗对句,恰到好处地点明节令,描写景物,暗含思念之情,十分巧妙,成为千古名句。

❀ 天末怀李白[①] ❀

凉风起天末,君子意如何[②]?鸿雁几时到[③],江湖秋水多。文章憎命达,魑 chī 魅喜人过[④]。应共冤魂语,投诗赠汨 mì 罗[⑤]。

注释 ①天末:天边,当时李白的流放地夜郎(今贵州遵义)。杜甫当时闲居秦州(今甘肃天水)。②君子:指李白。意如何:心情怎样。③鸿雁:古代传说鸿雁可以传书,遂为信使的代称。④魑魅:传说中山林里害人的妖怪,此比喻谗害良才的奸佞小人。⑤冤魂:指屈原。汨罗:江名,屈原自沉处。

赏析 [这是作者流寓秦州怀念李白之作]此时李白因永王兵败被杀而牵连获罪,被长流夜郎,行至巫山遇赦,于是还江陵,漫游湖南。杜甫与李白十几年不见,诗中表现出了杜甫对李白蒙冤流放的不境遭遇的深切同情。诗从秋风起兴,然后写到鸿雁秋水,前四句中两致问候之意,其殷殷关切之情、深深忆念之意饱含字里行间;接着后四句感叹李白的不幸,以屈原相比,对其蒙受不白之冤深致同情。

[诗中也流露出作者流落天涯的悲叹]仇兆鳌在《杜诗详注》中说:"说到流离生死,千里关情,真堪声泪交下,此怀人之最惨怛者。"于此亦可见李杜交情之深,成为文坛千古佳话。

❀ 登楼 ❀

花近高楼伤客心,万方多难此登临[①]。锦江春色来天地,玉垒浮云变古今[②]。北极朝廷终不改,西山寇盗莫相侵[③]!可怜后主还祠庙,日暮聊为梁甫吟[④]。

注释　①万方多难：指全国各地纷纷陷入战乱，国事艰危。②锦江：又称南河，流经成都，为岷江支流。玉垒：山名，在今四川都江堰市。③北极朝廷：比喻李唐王朝犹如北极星一样位置永恒不变，世代永存。指郭子仪收复长安，代宗还朝，局势好转。西山：即西岭雪山。寇盗：指吐蕃。④后主：指刘禅。梁甫吟：史载诸葛亮隐居南阳隆中时即好吟《梁甫吟》。

赏析　[这首诗是作者在成都时有感于吐蕃入侵而作]诗题取王粲《登楼赋》感时念乱之意。首联点明题意，笼罩全篇。次联紧扣"登楼"，写登楼纵目远眺春色，"天地""古今"，在自然景物中织入了世事沧桑的感受，可以推广到整个国家局势。后两联即抒发胸怀，希望国家安定统一，同时抒发对诸葛亮的深切怀念，反映了诗人空有报国之心，而不能有实际作为的无奈。

[全诗景象壮阔气势雄健]整首诗表现了诗人在流寓中对国事的忧念，情思沉郁，而景象壮阔，气势雄健，故忧而不伤；格律严谨而有流动之致（第三联为流水对），历来评价甚高。浦起龙说："声宏势阔，自然杰作。"（《读杜心解》）沈德潜说："气象雄伟，笼盖宇宙，此杜诗之最高者。"（《唐诗别裁集》）

阁夜①

岁暮阴阳催短景 yǐng，天涯霜雪霁寒宵②。五更鼓角声悲壮③，三峡星河影动摇。野哭千家闻战伐，夷歌数处起渔樵④。卧龙跃马终黄土⑤，人事音书漫寂寥。

注释　①阁：指夔州（今重庆奉节）西阁。②阴阳：指日月。短景：指冬季白天短。景：日影。霁：指雨雪止，天放晴。③鼓角：军鼓和号角，皆军乐器。④野哭：飘荡在旷野上的哭泣声。战伐：指无休止的征战讨伐，此指蜀中"崔旰之乱"造成地方军事力量互相混战。夷歌：少数民族歌谣。渔樵：渔夫和樵夫。⑤卧龙：指诸葛亮。跃马：指西汉末年趁天下大乱据蜀称帝的公孙述。语出左思《蜀都赋》："公孙跃马而称帝。"终黄土：都成过去。

赏析 ［这首诗是杜甫晚年寓居夔州西阁夜中所作］诗人写了岁暮时节霜雪寒宵中长江的雄浑悲壮景色，抒发了战乱未休、身世飘零的深沉感慨。诗中的所见所闻与所感，在严冬黎明前的黑夜，在气象萧森的三峡，迭映、摇动、组合，汇聚成一幅战乱时代令人伤心惨目的画图，是人民受苦受难的真实写照，表现出诗人伟大的胸怀。

［律对精切的典范］这首七律无论从平仄的格律讲，还是从句式的对偶讲，都细入毫芒。首联本可不对，但却对偶精工；尾联亦可不对，但却也基本相对，在对中又产生变化。可见杜甫对于格律的应用，已经到了出神入化、无施不可的程度。特别是"五更鼓角"一联，雄浑伟丽，苍凉壮阔，成为千古传诵的名句。

登 高

风急天高猿啸哀，渚清沙白鸟飞回①。无边落木萧萧下②，不尽长江滚滚来。万里悲秋常作客，百年多病独登台。艰难苦恨繁霜鬓③，潦倒新亭浊酒杯④。

注释 ①啸：啼叫。渚：水中间的小块陆地。②落木：落叶。萧萧：风吹树木的响声。③苦恨：极恨。繁霜鬓：鬓发白得像霜一样。④潦倒：衰颓，困顿。新停：近来停止。

赏析 ［这首诗的写作时间］大历二年（766）夔州，重阳节登高作。大致上前四主景，后四主情。

［开篇写景意象密集］首联两句各以三景连缀属对，上句曰"风急－天高－猿啸"，笔墨浓重，使人顿生秋气肃杀之感，故落笔在一个"哀"字，是猿声给人的感觉。下句曰"渚清－沙白－鸟飞"，着色转淡，只一"回"字便与"风急"呼应，有不胜风力之感。两句密集许多意象，写得秋声秋色俱足，而猿鸟惊秋，亦足兴起人的秋思。

[中间写景境界阔大] 次联笔势突变，不再一句三景，而作一句一景，落木萧萧、长江滚滚，已觉气势雄浑；而"无边"与"不尽"，则在空间和时间上广远延伸，境界更见阔大；音情上"萧萧下"以齿头音传风声，"滚滚来"以合口呼传涛声，出神入化；象征上则包容十余年间人事代谢与历史变迁。

[万里两句感慨甚多] 三联入情叙事，以"万里悲秋""百年多病"高度概括了老杜的毕生经历及现实处境。其间熔铸了八九层意思：滞留客中、家山万里、常年如此、逢秋兴悲、登高又悲、独登更悲、百年过半、晚年多病等等，可谓百感交集于十四字中。

[对末联的不同解释] 末联谓多年国恨家愁、白发日多、排解唯酒，最后一句本作"新亭"，仇注曰"停通"，今人多据此释为近来因病断酒。裴斐引"新亭举目风景切"（《十二月一日》）谓新亭乃登高所在，即修成不久的亭子，谓末句非但不是说断饮，恰恰说的是痛饮，"潦倒"云云，即沉滞于酒也，与李白"与尔同销万古愁"同情。不同者，老杜所饮非"美酒"而是"浊酒"也。

[古人对这首诗的高度评价] 本篇不但在内容上极为凝练，境界上极为阔大，感情上极为深沉，就形式而言也是令人叹为观止的。造次一看，首尾似"未尝有对"，中幅似"无意于对"，细按则一篇之中句句皆对、字字皆律，乃自然工稳，为杜诗中大气盘旋、沉郁悲壮风格之代表作。明代胡应麟推之为"古今七律第一"。

❀ 咏怀古迹五首录一 ❀

群山万壑赴荆门，生长明妃尚有村①。一去紫台连朔漠，独留青冢向黄昏②。画图省识春风面，环佩空归月下魂③。千载琵琶作胡语，分明怨恨曲中论④。

注　释　①荆门：山名，位于长江南岸，在今湖北省宜都西北。明妃：指王昭君，名嫱。西汉元帝时被选入宫，公元前33年（竟宁元年）自请远嫁呼韩邪单于，至匈奴和亲。尚有村：史载昭君为湖北秭归人。秭归与夔州接近。②紫台：此指汉宫。朔漠：北方大沙漠，此为匈奴境内。青冢：指王昭君墓，在今内蒙古自治区呼和浩特市南。③省识：辨别。春风面：形容青春美丽的容貌。环佩：古人系在衣带上的环形佩玉。④千载琵琶：指流传千载的琵琶曲《昭君怨》。作胡语：琵琶最早是西域乐器，故称。曲中论：通过琵琶曲来倾诉。

赏析 [这首诗咏王昭君悲剧身世] 首句从地灵说入，前人谓"发端突兀，是七律中第一等起句。谓山水逶迤，钟灵毓秀，始产一明妃，说得窈窕红颜惊天动地"（吴瞻泰）。这种郑重的写法，也增加了全诗的悲剧气氛。次联概括昭君出塞，死葬青冢之始末，感慨嘘唏。三联写昭君之恨，一恨不得汉元帝之赏识，二恨远嫁异域永不得归，充满故国之思和爱国之情。末联发抒感慨，慨叹昭君寂寞千载，诗人亦堪称昭君千古知音。

[诗中饱含诗人的同情] 诗歌悲昭君以悲自身，流露出诗人忠而遭贬、流落西南的惆怅失意之怀，哀感沉痛，遗意不尽。

❀ 登岳阳楼① ❀

昔闻洞庭水，今上岳阳楼。吴楚东南坼 chè②，乾坤日夜浮。亲朋无一字，老病有孤舟。戎马关山北，凭轩涕泗 sì 流③。

注释 ①岳阳楼：在巴陵县（今湖南省岳阳市）西城上。开元中张说所建，下临洞庭，为游览胜地。②坼：分裂。③轩：窗。涕泗：眼泪、鼻涕。

赏析 [这首诗的写作时间] 大历三年（768）登岳阳楼望洞庭作。

[今昔对比的意味]"今""昔"二字相起，意味非一，既有百闻不如一见之欣喜，又有"江山留胜迹，我辈复登临"的感触，还隐含一种不胜今昔盛衰的感怆。

[**写景大处落墨**] 写洞庭景观,纯系大处落墨。湖在春秋时属楚国,与吴国无关,但三国时孙吴已奄有洞庭,故"吴楚"并提,也是有依据的,但讲为吴楚以湖分界就不妥了。按"坼"是裂陷的意思,所谓"东南坼",即《淮南子·天文训》"地不满东南,故水潦尘埃归焉"的意思。所以下句就写其孕大涵深,"乾坤日夜浮"是说天上地下(如君山)的景象一齐纳入湖中,即"涵虚混太清""上下天光,一碧万顷","浮"字写得动荡如见。这里的东南,是个相对方位。诗句反映出诗人胸次的豁达,能使读者受到同样的感染。黄生读此,谓"不知少陵胸中,吞几云梦也"。

[**感情直抒中的练字**] 三联直抒胸臆,多年战乱和漂泊,亲朋的书信往来完全断绝,用"无一字"来表达这样的意思,尤见沉痛。诗人时年五十七,一身是病(肺病、疟疾、风痹),终日生活在水上、船中,除了孤舟一叶,便一无所有,而诗人自己也就好比是一叶孤舟。查慎行说"于开阔处俯仰一身,凄然欲绝"

洞庭渔隐图

极是,盖境界的空阔往往能加强人的孤独之感。如陈子昂登幽州台然。

[诗情超出个人范畴] 最后提到国事,并为之涕泗纵横,是已超越一己之困顿,与三联处境狭阔顿异,而与次联写景的胸襟气象正好相称。本篇笔力、胸次、境界俱上,在刻满岳阳楼的"唐贤今人诗赋"中,洵为杰作。

古诗词鉴赏

岑参

（715—770）荆州江陵（今湖北江陵）人，郡望南阳（今属河南）。玄宗天宝五载（746）登进士第，天宝间曾两度出塞，充任安西、北庭节度使府掌书记、节度判官。肃宗时历任右补阙、起居舍人、虢州长史等职。代宗大历二年（767）任嘉州刺史，后客死成都。有《岑嘉州集》。

❀ 武威送刘判官赴碛西官军① ❀

火山五月行人少，看君马去疾如鸟。都护行营太白西②，角声一动胡天晓。

注 释 ｜ ①武威：即凉州，今甘肃武威。②太白：金星的别称。

赏析 ［这首诗的写作背景］天宝十载（751）五月，西北边境石国太子引大食（古阿拉伯帝国）等部袭击唐境，当时的武威（甘肃武威）太守、安西节度使高仙芝将兵三十万出征抵抗。此诗是作者于武威送僚友刘判官（名单）赴军前之作，"碛西"即安西都护府。这是一首即兴口占而颇为别致的送行小诗。

［写火山以见环境艰苦］首句似即景信口道来，点明刘判官赴行军的季候（"五月"）和所向。"火山"即今新疆吐鲁番的火焰山，海拔四五百米，岩石多为第三纪砂岩，色红如火，气候炎热。尤其时当盛夏五月，那是"火云满山凝未开，鸟飞千里不敢来"（《火山云歌送别》）的。鸟且不敢飞，无怪"行人少"了。此句就写出了火山赫赫炎威。而那里正是刘判官赴军必经之地。这里未写成行时，先出其路难行之悬念。常人视火山为畏途，便看刘判官的了。接着便写刘判官过人之勇。"看君马去疾如鸟"，使读者如睹这样的景象：烈日炎炎，黄沙莽莽，在断绝人烟的原

野上，一匹飞马掠野而过，向火山扑去。那骑者身手何等矫健不凡！以鸟形容马，不仅写出其疾如飞，又通过其小，反衬出原野之壮阔。本是"鸟飞千里不敢来"的火山，现在竟飞来这样一只不避烈焰的勇敢的"鸟"，令人肃然起敬，这就形象地歌颂了刘判官一往无前的气概。全句以一个"看"字领起，赞叹啧啧声如闻。

[太白星的意味]"都护行营太白西。"初看第三句不过点明此行的目的地，说临时的行营远在太白星的西边，这当然是极言其远的夸张，显得很威风，很有气派。细细品味，这主要是由于"都护行营"和"太白"二词能唤起庄严雄壮的感觉。它们与当前唐军高仙芝部的军事行动有关。"太白"，亦称金星，古人认为它的出现在某种情况下预示敌人的败亡（"其出西失行，外国败"，见《史记·天官书》）。明白这一点，末句含意自明。

[末句意味深长]"角声一动胡天晓"这最后一句真可谓一篇之警策。从字面解会，这是作者遥想军营之晨的情景。本来是拂晓到来军营便吹号角，然而在这位好奇诗人天真的心眼里，却是一声号角将胡天惊晓（犹如号角能将兵士惊醒一样）。这实在可与后来李贺"雄鸡一声天下白"的奇句媲美，显出唐军将士回旋天地的凌云壮志。联系上句"太白"出现所预兆的，这句之含蕴比字面意义远为深刻，它实际等于说：只要唐军一声号令，便可决胜，使西域重见光明。此句不但是赋，而且含有比兴、象征之意。正因为如此，这首送别诗才脱弃一般私谊范畴而升华到更高的思想境界。

[祝捷之意见于言外]此诗没有直接写惜别之情和直言对胜利的祝愿。而只就此地与彼地情景略加夸张与想象，叙述自然，比兴得体，颇能壮僚友之行色，惜别与祝捷之意也就见于言外。

❀ 逢入京使 ❀

故园东望路漫漫①，双袖龙钟泪不干②。马上相逢无纸笔，凭君传语报平安。

注释　①故园：这里指长安，作者在长安杜陵有别业。路漫漫：屈原《离骚》："路曼曼其修远兮。"漫漫，通"曼曼"，漫长、遥远。
②龙钟：涕泪横流的样子，《琴操·卞和歌》："空山啼嘘涕龙钟。"

赏析

[这首诗的写作背景] 这首诗作于天宝八载（749）赴边塞西行途中。诗人岑参与同时代许多人一样，有一番功名万里的抱负。尽管他离开颍阳故居到长安考取进士，但他那颗不安分的心是向往着边塞的。天宝八载，机会终于来了。安西四镇节度使高仙芝入朝，岑参被奏为右威卫录事参军，到节度使幕掌书记。

[前二句的铺垫] 人们将要离开自己多年居住的地方，告别亲友远走之际，不免会产生一种依依惜别之情。岑参这时离开的是繁华的首都长安，诗有《九日思长安故园》，诗中"故园"即指长安旧居。赴边路上备受艰辛："一驿过一驿，驿骑如星流，平明发咸阳，暮及陇山头。陇水不可听，呜咽令人愁。沙尘扑马汗，露雾蒙貂裘。"旅途劳顿，边地荒远，诗人回首来路，不免被唤起对长安故园的眷怀之情。"龙钟"是沾湿淋漓的样子，指袖子被泪打湿了一大片，它夸张地写出了行人内心的冲动，是"泪不干"的形象说明。

[后二句的抒情] 三四句点题，写途中遇到入京使者，委托捎口信的情况。此联全是行者的口吻；因为走马相逢，没有纸笔，也顾不上写信了，就请你口头上替我报一下平安的消息吧！语气十分安详、通脱。表面看来，这与诗前半部分感情很不一致，不协调。前半部分感情冲动，后半部分却平和安详；前半部分感情缠绵，后半部分却豪爽。其实二者是统一的。诗人的感情是复杂的，有两个方面。而其中主导的一面是赴边的决心和豪情。他的感情很丰富，却不脆弱，是坚韧的。他的泪是不轻弹之泪。

[豪言壮语却出以平淡] 诗句谓不作家书，仅凭人传语；且

言不及身边琐事、儿女之情,只道旅途平安。表面看来,这样做仅仅是因为"马上相逢无纸笔"的缘故。但在前半极写相思眷恋的情怀后,单择"报平安"片语为口信全部内容,表现出的是一种对前途自信、乐观的态度,使人能体会到这样做不仅是"马上相逢无纸笔"的缘故,更重要的是诗人有广阔的胸襟和不凡的抱负。这种平静安详的口吻,表现的恰是豪迈大度,诵读起来使人觉得气势磅礴,心胸开阔。

[比较]李大钊诗:"壮别天涯未许愁,尽将离恨付东流。"表现革命志士的豪情壮怀。虽言"壮别",也并非没有"离恨""别愁",但他认为革命利益高于一切,故能毅然把它们尽付东流。仅从诗中表现的追求理想、勇往直前、战胜个人感伤的积极乐观的精神看,与岑参此诗有类似之处。马背吟诗,其豪迈可与横槊赋诗媲美。

❋ 白雪歌送武判官归京 ❋

北风卷地白草折①,胡天八月即飞雪②。忽如一夜春风来,千树万树梨花开。散入珠帘湿罗幕③,狐裘不暖锦衾 qīn 薄④。将军角弓不得控⑤,都护铁衣冷难着⑥。瀚 hàn 海阑 lán 干百丈冰⑦,愁云惨淡万里凝⑧。中军置酒饮 yìn 归客⑨,胡琴琵琶与羌 qiāng 笛⑩。纷纷暮雪下辕门⑪,风掣 chè 红旗冻不翻⑫。轮台东门送君去⑬,去时雪满天山路⑭。山回路转不见君,雪上空留马行处⑮。

注 释　①白草:芨芨草。干熟后变成白色,性坚固。②胡天:即西北少数民族地区。③珠帘:用珍珠穿成或饰有珍珠的帘子,形容帘子的华美。罗幕:用丝织品做成的帐幕。④狐裘:狐皮大衣。锦衾:织锦的被子。⑤角弓:两端用角质装饰的弓。控:引,拉开弓。⑥都护:唐时设在边疆地区的最高行政长官。铁衣:铁甲战衣。着:穿。⑦瀚海:沙漠。阑干:纵横的样子,形容冰雪的裂纹。百丈冰:形容冰雪覆盖很广。⑧惨淡:阴暗

的样子。凝：聚积。⑨中军：军中主帅营幕。饮归客：请归客饮酒。⑩羌笛：古代西北少数民族的一种管乐器。⑪辕门：将帅衙署的外门，古军营前两车辕木相向，交叉为门，故称为辕门。⑫掣：牵动，这里是吹刮的意思。⑬轮台：唐代地名，在现新疆米泉市境。⑭天山：横亘新疆中部的大山。⑮马行处：指马留下的足迹。

赏析 [这首诗的写作背景] 这是一首咏雪送人之作。天宝十三载（754）岑参再度出塞，充任安西北庭节度使封常清的判官。武某或即其前任，诗人为送他归京，写下这首诗。"岑参兄弟皆好奇"（杜甫《渼陂行》），读这首诗处处不要忽略一个"奇"字。

[未写雪前先写风] 这首诗开篇就奇突，未及白雪而先传风声，所谓"笔所未到气已吞"——全是飞雪之精神。大雪必随刮风而来，"北风卷地"四字，妙在由风而见雪。"白草"，据《汉书·西域传》颜师古注，乃西北一种草名，王先谦补注谓其性至坚韧。然经霜草

脆，故能断折（如为春草则随风俯仰不可"折"）。"白草折"又突出风来势猛。八月秋高，而北地已满天飞雪。"胡天八月即飞雪"，一个"即"字惟纱惟肖地写出由南方来的人少见多怪的惊奇口吻。

[比喻的奇趣] 塞外苦寒，北风一吹，大雪纷飞，诗人以"春风"使梨花盛开，比拟"北风"使雪花飞舞，极为新颖贴切。"忽如"二字下得甚妙，不仅写出了"胡天"变幻无常、大雪来得急骤，而且再次传出了诗人惊喜好奇的神情。"千树万树梨花开"的壮美意境颇富有浪漫色彩。南方人见过梨花开繁的景象，那雪白的花不是一朵一朵，而是一团一团，花团锦簇，压枝欲低，与雪压冬林的景象极为神似。春风吹来梨花开，竟至"千树万树"，重叠的修辞表现出景象的繁荣壮丽。"春雪满空来，触处似花开"（东方虬《春雪》），也以花喻雪，匠心略同，但无论豪情与奇趣都得让这首诗三分。诗人将春景比冬景，尤其将南方春景比北国冬景，几使人忘记奇寒而内心感到喜悦与温暖，着想、造境俱称奇绝。要品评这咏雪之千古名句，恰有一个成语——"妙手回春"。

[对雪的奇寒津津乐道] 以写野外雪景作了漂亮的开端后，诗笔从帐外写到帐内。那片片飞"花"飘飘而来，穿帘入户，沾在幕帏上慢慢消融。"散入珠帘湿罗幕"一语承上启下，转换自然从容，体物入微。"白雪"的影响侵入室内，倘是南方，穿"狐裘"必发炸热，而此地"狐裘不暖"，连裹着软和的"锦衾"也只觉单薄。"一身能擘两雕弧"的边将，居然拉不开角弓；平素是"将军金甲夜不脱"，而此时是"都护铁衣冷难着"。二句兼都护（镇边都护府的长官）将军言之，互文见义。这四句，有人认为表现着边地将士苦寒生活，仅着眼这几句，谁说不是？但从"白雪歌"歌咏的主题而言，主要是通过人和人的感受，通过种种南来人视为反常的情事来写天气的奇寒，写白雪的威力，这真是一支白雪的赞歌呢。通过人的感受写严寒，手法又具体真切，不流于抽象概念。诗人对奇寒津津乐道，使人不觉其苦，反觉冷

得新鲜，寒得有趣。这又是诗人"好奇"个性的表现。

[典型的送别场所] 场景再次移到帐外，而且延伸向广远的沙漠和辽阔的天空：浩瀚的沙海，冰雪遍地；雪压冬云，浓重稠密，雪虽暂停，但看来天气不会在短期内好转。"瀚海阑干百丈冰，愁云惨淡万里凝"，二句以夸张笔墨，气势磅礴地勾出瑰奇壮丽的沙塞雪景，又为"武判官归京"安排了一个典型的送别环境。如此酷寒恶劣的天气，长途跋涉将是艰辛的。"愁"字隐约对离别分手作了暗示。

[简笔写送别的场面] 于是写到中军帐（主帅营帐）置酒饮别的情景。如果说以上主要是咏雪而渐有寄情，以下则正写送别而以白雪为背景。"胡琴琵琶与羌笛"句，并列三种乐器而不写音乐本身，颇似笨拙，但仍能间接传达一种急管繁弦的场面，以及"总是关山旧别情"的意味。这些边地之器乐，对于送者能触动乡愁，于送别之外别有一番滋味。写饯宴给读者印象深刻而落墨不多，这也表明作者根据题意在用笔上分了主次详略。

[一个精彩的细节] 送客送出军门，时已黄昏，又见大雪纷飞。这时看见一个奇异景象：尽管风刮得挺猛，辕门上的红旗却一动也不动——它已被冰雪冻结了。这一生动而反常的细节再次传神地写出天气奇寒。而那以白雪为背景上的鲜红的一点，那冷色基调的画面上的一星暖色，反衬得整个境界更洁白，更寒冷；那雪花乱飞的空中不动的物象，又衬得整个画面更加生动。这是诗中又一处精彩的奇笔。

[结尾意味深长] 送客送到路口，这是轮台东门。尽管依依不舍，毕竟是分手的时候了。大雪封山，路可怎么走啊！路转峰回，行人消失在雪地里，诗人还在深情地目送。这最后的几句是极其动人的，成为这首诗出色的结尾，与开篇悉称。看着"雪上空留"的马蹄迹，他在想些什么？是对行者难舍而生留恋，是为其"长路关山何时尽"而发愁，还是为自己归期未卜而惆怅？结束处有悠悠不尽之情，意境与汉代古诗"步出城东门，遥望江南路。前日风雪

中,故人从此去"名句差近,用在诗的结处,效果更佳。

[全诗的奇情妙思] 充满奇情妙思是这首诗主要的特色(这很能反映诗人的创作个性)。作者用敏锐的观察力和感受力捕捉边塞奇观,笔力矫健,有大笔挥洒(如"瀚海"二句),有细节勾勒(如"风掣红旗冻不翻"),有真实生动的摹写,也有浪漫奇妙的想象(如"忽如"二句),再现了边地瑰丽的自然风光,充满浓郁的边地生活气息。全诗融合着强烈的主观感受,在歌咏自然风光的同时还表现了雪中送人的真挚情谊。诗情内涵丰富,意境鲜明独特,具有极强的艺术感染力。诗的语言明朗优美,又利用换韵与场景画面交替的配合,形成跌宕生姿的节奏旋律。诗中或二句一转韵,或四句一转韵,转韵时场景必更新:开篇入声,起音陡促,与风狂雪猛画面配合;继而音韵轻柔舒缓,随即出现"春暖花开"的美景;以下又转沉滞紧涩,出现军中苦寒情事;末四句渐入徐缓,画面上出现渐行渐远的马蹄印迹,使人低回不已。全诗音情配合极佳,当得"有声画"的称誉。

走马川行奉送封大夫出师西征[①]

君不见走马川行雪海边,平沙莽莽黄入天,轮台九月风夜吼[②],一川碎石大如斗,随风满地石乱走。匈奴草黄马正肥,金山西见烟尘飞[③],汉家大将西出师。将军金甲夜不脱,半夜军行戈相拨,风头如刀面如割。马毛带雪汗气蒸,五花连钱旋作冰[④],幕中草檄砚水凝[⑤]。虏骑闻之应胆慑 shè,料知短兵不敢接[⑥],车师西门伫 zhù 献捷[⑦]。

注释 ①走马川:地名。封大夫:封长清。西征:谓征播仙,播仙城即左末城。在今新疆维吾尔自治区境内。②轮台:地名,唐时属庭州,隶北庭都护府。③金山:即阿尔泰山。④五花、连钱:指名马。五花和连钱都是指斑驳的毛色。⑤草檄:起草声讨敌人的文书。⑥短兵:刀剑一类的短兵器。⑦车师:安西都护府所在地,在今新疆维吾尔自治区吐鲁番西北。伫:等待。

古诗词鉴赏

赏析 ［这首诗的写作时间］本篇是岑参最重要的代表作之一,天宝十三载(754)后作于轮台。全诗三句一韵,韵自为解。

［风云突变预示战局突变］前三句写平沙万里的西部风光,其中运用西部地名"走马川""雪海",顿觉有异国情调。"平沙莽莽黄入天",既言"平沙",就不是指飞沙(如"大漠风尘日色昏"),而是展现"平沙万里绝人烟"的沙碛昼景,为紧接写飞沙走石蓄势。夜来风云突变,打破了日间的寂静,静动相生,构成奇趣。这是怎样一种"飞沙走石"!民间歌谣中的"直刮得石头满街滚"在西部却是一种事实,句有奇趣。风云突变又预示着战局突变,或突如其来的军机。

［通过夜行军写唐军的士气和战斗力］诗中匈奴的张狂与唐将的从容形成对照。紧接写夜行军,一句见将士上下一心,一句见军纪严明,一句通过人的感觉写霜风之厉害。黑夜霜风,越是环境艰苦,越是衬托出将士的英勇无畏。夜袭敌人,兵贵神速,又增加了成功的机遇。然后,作者通过马背热汗、砚中墨汁瞬息成冰,以小见大,状出天气酷寒程度,既极富西北生活实感,又颇具奇趣,同时再一次以环境的艰苦衬托主人公无畏的形象。经过两度烘托,决胜信心溢于言表,故跳过接仗,预想敌人闻风胆丧,大军兵不血刃,捷报倚马可待。干净利落,出乎意外,得其圜中。

［以语言音响传达生活音响］本篇在写景状物、叙事抒情方面颇多奇趣,体现了岑诗的特点。尤其突出的是三句一韵的体式,乃吸收了汉代以后民间歌谣中三三七和七言三句构成句群的形式,扩成长篇,意思三句一转,韵脚三句一变,句位密集,平仄交替,从而形成强烈的声势和急促的音调,成为以语言音响传达生活音响的成功范例。

❀ 赵将军歌[①] ❀

九月天山风似刀[②],城南猎马缩寒毛。将军纵博场场胜,赌得单于貂鼠袍[③]。

注　释　①赵将军：生平事迹不详。②天山：亚洲中部山脉，横贯新疆中部，西端伸入中亚，多冰川。唐北庭都护府城位于山之北麓，安西都护府治所龟兹位于天山南麓。③单于：匈奴对部落首领的称谓。

赏析

[以赌博喻战争] 冬日，西线无战事，诗写军中博戏，却巧含暗喻。此诗须和李白《送外甥郑灌从军》参读，方知其别趣。李诗云："六博争雄好彩来，金盘一掷万人开。丈夫赌命报天子，当斩胡头衣锦归。"两诗之同，在以赌博喻战争。以赌博喻战争，与以棋局喻战争一样，自是妙喻。

[貂鼠袍当是战利品] 岑参此诗中那个称雄赌场、手气极佳的将军，想必在战场上也运气不坏、"场场胜"，是个常胜将军，是今日的赌神，他日的战神。末句最有意味，纵博场上用来下注的"单于貂鼠袍"，不正是将军部属的战利品么！不正是将军常胜的一个物证么！

[这首诗用了侧面微挑的手法] 诗于将军，不写其沙场英姿，而写其赌场风采，何等的举重若轻！读者似乎看见了赵将军手提大刀，刀尖上挑着一领单于貂鼠袍，拍马而回的飒爽英姿。再看前二句描写的严酷环境，更觉其难得潇洒。其人的英勇善战，已见于不言之中，这就是绝句侧面微挑、偏师取胜的办法。相形之下，"报天子""衣锦归"的写法，挑得太明，较岑诗略逊一筹。

古诗词鉴赏

韩翃

生卒年不详,字君平,南阳(今河南沁阳)人。"大历十才子"之一。玄宗天宝十三载(754)登进士第。肃宗宝应元年(762)在淄青节度使幕为从事,检校金部员外郎。代宗永泰初归朝,闲居达10年。大历间曾入汴宋节度使幕。德宗建中初(780)授驾部郎中知制诰,终中书舍人。有《韩君平集》。

❋ 寒食① ❋

春城无处不飞花②,寒食东风御柳斜③。日暮汉宫传蜡烛,轻烟散入五侯家④。

注释 ①寒食:古代传统节日,清明前一二日,民间风俗不许举火,因称"寒食"。《荆楚岁时记》:"去冬(至)节一百五日,即有疾风甚雨,谓之寒食,禁火三日。"②春城:指长安。飞花:暮春景象。③御柳:宫苑中的柳树。④日暮二句:唐代寒食禁火甚严,经皇帝特许者当夜即可举火,此二句所写就是这种情景。汉宫,代指唐宫。五侯,东汉桓帝时宦官单超等五人同日封侯,见《后汉书·单超列传》。

赏析 [关于寒食节] 寒食是我国古代一个传统节日,一般在冬至后一百零五天,清明前一二日。古人很重视这个节日,按风俗家家禁火,只吃现成食物,故名寒食。由于节当暮春,景物宜人,自唐至宋,寒食便成为游玩的好日子,宋人就说过:"人间佳节唯寒食。"(邵雍)唐代制度,到清明这天,皇帝宣旨取榆柳之火赏赐近臣,以示皇恩。唐代诗人窦叔向有《寒食日恩赐火》诗纪其实:"恩光及小臣,华烛忽惊春。电影随中使,星辉拂路人。幸因榆柳暖,一照草茅贫。"正可与韩翃这一首诗参照。

[字面上重在写景] 此诗只注重寒食景象的描绘,并无一字

涉及评议。第一句就展示出寒食节长安的迷人风光。把春日的长安称为"春城",造语新颖,富于美感。处处"飞花",不但写出春天的万紫千红、五彩缤纷,而且确切地表现出寒食的暮春景象。暮春时节,东风中柳絮飞舞,落红无数。不说"处处"而说"无处不",以双重否定构成肯定,形成强调的语气,表达效果更强烈。"春城无处不飞花"写的是整个长安,下一句则专写皇城风光。既然整个长安充满春意,热闹繁华,皇宫的情景更可以想见了。与第一句一样,这里并未直接写到游春盛况,而剪取无限风光中风拂"御柳"一个镜头。当时的风俗,寒食日折柳插门,所以特别写到柳,同时也关照下文"以榆柳之火赐近臣"的意思。

[一个有意味的情景] 如果说一二句是对长安寒食风光一般性的描写,那么,三四句就是这一般景象中的特殊情景了。两联情景有一个时间推移,一二写白昼,三四写夜晚,"日暮"则是转折。寒食节普天之下一律禁火,唯有得到皇帝许可,"特敕街中许燃烛"(元稹《连昌宫词》),才是例外。除了皇宫,贵近宠臣也可以得到这份恩典。"日暮"两句正是写这种情事,一"传"字,意味着挨个赐予,可见封建等级次第之森严。"轻烟散入"四字,生动描绘出一幅中官走马传烛图,虽然既未写马也未写人,但那袅袅飘散的轻烟告诉着这一切消息,使人嗅到了那烛烟的气味,听到了那得得的马蹄声,恍如身历其境。同时,自然而然会给人产生一种联想,体会到更多的言外之意。

[讽刺宦官说] 风光无处不同,家家禁火而汉宫传烛独异,这本身已包含着特权的意味。优先享受到这种特权的,则是"五侯"(诸说不同,一说指东汉桓帝时宦官单超等同日封侯的五人)之家。它使人联想到中唐以后宦官专权的政治弊端。中唐以来,宦官专擅朝政,政治日趋腐败,有如汉末之世。诗中以"汉"代唐,显然暗寓讽喻之情,无怪乎吴乔说:"唐之亡国,由于宦官握兵,实代宗授之以柄。此诗在德宗建中初,只'五侯'二字见

意,唐诗之通于春秋者也。"(《围炉诗话》)

　　[关于这首诗的创作故事] 据孟棨《本事诗》,唐德宗曾十分赏识韩翃此诗,为此特赐多年失意的诗人以"驾部郎中知制诰"的显职。由于当时江淮刺史也叫韩翃,德宗特御笔亲书此诗,并批道:"与此韩翃。"成为一时流传的佳话。优秀的文学作品往往"形象大于思想"(高尔基),此诗虽然止于描绘,作者本意也未必在于讥刺,但他抓住的形象本身很典型,因而使读者意会到比作品更多的东西。

钱起

（722？—780？）字仲文，吴兴（浙江湖州）人。玄宗天宝十载（751）登进士第。官至考功郎中、太清宫使。有《钱考功集》。

❋ 暮春归故山草堂① ❋

谷口春残黄鸟稀②，辛夷花尽杏花飞③。独怜幽竹山窗下，不改清阴待我归。

注释　①一作刘长卿诗，非是。②谷口：地名，当在终南山附近。③辛夷：木兰花，落叶乔木，春天开花大如莲，有白紫两色，白者俗称玉兰。

赏析　[这首诗的背景] 诗中故山草堂在谷口。诗人是在暮春时节回谷口草堂的。他为什么回草堂，是暂住还是长留，诗中并没有交待，但措语似有暗示。

[景物随着时序改变] 黄鸟的叫声少了，木兰花凋谢尽了，连杏花也开始飘零了，故山草堂暮春物候正发生着变迁。一些曾为诗人深情眷念过的景物，并没有耐心等候主人的归来，就不在了。

[改变中的"不改"] 然而，在许多"改"的面前，诗人却惊喜地发现了一个"不改"：山窗下的"幽竹"。"幽竹"是这首诗中最关键的意象。它四季常绿，无事张扬，虚心有节，有持能守，无论发生了任何事情，它都以"清阴"对待主人。前人认为这两句的命意与"岁寒然后知松柏之后凋"（《论语·子罕》）相同。

[可能是作者失意之作] 此诗所处的历史语境，使人联想到李适之的一首诗："避贤初罢相，乐圣且衔杯。借问门前客，今朝几个来？"（《罢相作》）直说味浅，哪及此诗风韵含蓄，耐人寻味。

西部人

失姓名,玄宗天宝年间(742—755)安西人。

哥舒歌①

北斗七星高,哥舒夜带刀。至今窥牧马,不敢过临洮②。

注释 ①哥舒:即哥舒翰,唐代大将,突厥人。公元748年(唐玄宗天宝七年)于青海大败吐蕃,封西平郡王。后于公元753年再次大破吐蕃,收复黄河九曲,唐在临洮设洮阳郡,西北边境由此安宁。②窥:观察、侦探。牧马:古代西北民族常借秋季南下牧马,伺机掠夺边境地区。后以"牧马"指代少数民族侵扰边境。临洮:故址在今甘肃省岷县北,为秦长城的西起点。

赏析 [这是一首歌颂守边名将哥舒翰的诗]诗从侧面描写哥舒的形象,以"北斗七星"起兴,用"高"字突出带刀夜巡的威武,后两句又用吐蕃不敢再犯来表现其卓著功勋,手法特别,也是经过匠心经营的。诗歌明白如话,如同口语,表现出民歌风格。

顾况

(725—814)字逋翁,号华阳山人,又号悲翁,苏州海盐(今浙江海盐)人。肃宗至德二载(757)登进士第,曾官著作佐郎,以作诗嘲诮权贵贬饶州司户参军,后归隐茅山。有《华阳集》。

❋ 宫词 ❋

玉楼天半起笙歌①,风送宫嫔pín笑语和②。月殿影开闻夜漏③,水精帘卷近秋河④。

注释　①玉楼:指宫中的楼台。笙:古代多管组成的乐器,大者十九簧,小者十三簧。②宫嫔:古代皇宫中的女官。和:掺和。③月殿影开:指月光明亮。月殿:即月宫,古代传说月中有宫殿。漏:古代的滴水计时器。④水精帘:见李白《玉阶怨》注。秋河:即银河。

赏析　[关于宫词]宫词是以宫廷生活为题材的诗。谈到宫词创作,人们多追溯到中唐王建的《宫词》百首。按,王建《宫词》百首当完成于敬宗时(参迟乃鹏《王建研究丛稿·王建年谱》)。从现存资料看,最早以《宫词》作诗题当推唐诗人顾况,况今存宫词6首,均为七言绝句,其中5首为联章体,开了七绝体宫词组诗的先河。

[文本的表面意思]"玉楼天半",几近九重,就不同于寻常富贵人家。其上笙歌四起,也不是寻常的舞乐,而是"此曲只应天上有",起首写出宫中华贵气象,次句进而写舞殿恩深,宫嫔笑语。这"笑语""笙歌"俱由"风送"传闻,大有"咳唾落九天,随风生珠玉"之致。一"和"字写出那声音的悦耳,也写出玉楼中人的欢乐。这正是秋来月圆之夜,"月殿影开",夜分一天长似一天,而

宫乐图

宫中行乐焚膏继晷,难以尽欢。"水精帘卷"便见银河(秋河),回应"玉楼天半",景致优美。这不全是一幅宫中行乐图么?

[字面下含蓄的意思] 然而这诗中隐隐有一个人——"宫词"的主人公在。那天半笙歌、风中笑语、月影夜漏、帘外秋河都是她的闻见。她显然不在那中天玉楼而遥在别殿。无论她是失宠还是根本未曾承恩,都不免有万千感触。而这,正是此诗欲说还休的,然而又并非无迹可求。特别是最后两句,"月殿影开",反见望月者之孤单,"夜漏"不尽,又见长夜难捱。而所有的景物中,最有挑拨性的还是那帘外"秋河"。它使人想到那佳期难逢、人神阻隔的牛女的传说。"近秋河"与其说是写景,无宁是表情,故妙。这宫女长夜不眠,偶然卷帘,不意见此"秋河",此时又"风送宫嫔笑语",她该是何等难堪呢。由于将主人公放到画外,从她的角度来观察描写,读者与之处于同步地位,一时便感觉不到她的存在。作者又用"风送笑语""闻夜漏""近秋河"等语作强烈暗示,使读者于不经意中与诗意猝然相逢,感受极深,是之谓含蓄。

张志和

字子同,号烟波钓徒、玄真子,婺州金华(今浙江金华)人。肃宗乾元、上元间游大学,登明经第,待诏翰林,授左金吾卫录事参军。未几因事贬南浦尉。后浪迹江湖,隐居越州会稽。大历九年(774)在湖州刺史颜真卿幕,撰《渔歌子》。《全唐诗》存诗词9首。

渔歌子

西塞山前白鹭飞,桃花流水鳜guì鱼肥①。青箬ruò笠,绿蓑suō衣,斜风细雨不须归②。

注释 ①西塞山:在今浙江省湖州市西南。白鹭:一种以鱼虾为食的水鸟。桃花流水:桃花盛开时河水涨溢,称桃花汛。鳜鱼:一种口大鳞细、肉味鲜美的名贵淡水鱼。②箬笠:一种用细竹叶子编的斗笠。蓑衣:用草或棕毛编的雨披。不须归:用不着回去。

赏析 [关于作者]张志和在唐肃宗时曾待诏翰林,授左金吾卫录事参军。坐事贬官,后不复仕,放浪江湖间,以船为家,来往苕、霅二溪之间,自号"烟波钓徒"。《新唐书》本传称其"每垂钓,不设饵,志不在鱼也"。亦善画,出常格之外,入逸品。尝为《渔歌子》卷轴,"随句赋象,人物、舟船、鸟兽、烟波、风月,皆依其文,曲尽其妙"(《唐朝名画录》)。

[诗中有画]西塞山有二,一在湖北,刘禹锡《西塞山怀古》是;一在浙江吴兴,张志和此词是。作者是画家,小词写景亦如画,首先妙于设色:白的水鸟,红的桃花,青山绿水中着青箬笠、绿蓑衣,色彩是十分鲜明的,而这幅鲜明的图画,又笼罩在烟雨之中,在清晰与朦胧之间,透明与模糊之间,效果有如水彩

画。其次，景中有动静的对比：山青水绿间鸟在飞、水在流、鱼在游，更具生动的效果。

[末句表现出一种生活态度]末句画龙点睛："斜风细雨不须归。"表面上看，似乎也可以说是反映渔民生活的辛苦，然而不然，"斜风细雨"并非大风大浪，在这种细雨绵绵的天气里，水中缺氧，鱼儿多浮在水面，所以杜甫《水槛遣心》道"细雨鱼儿出"，是十分细致的观察，"斜风细雨"正是垂钓撒网的好天气，怪不得古画中之渔翁多着蓑笠，同样是来自艺术家对生活的细致观察。

"不须归"三字，写出了一种生活态度，表现了一种无视困难不肯回头的决心。张旭诗云："山光物态弄春晖，莫为轻阴便拟归。"（《山中留客》）可见在日常生活中，斜风细雨也可能成为裹足不前的借口。"不须归"还表现了一种很高的兴致，吾人探幽访胜纵遇阻挠而欲罢不能时，每有类似心情。因而，这首词较之纯乎写景之作，更饶风骨。

[这首词的影响]据《金奁集》曹之忠跋及《西吴记》称，志和此词作于湖州，刺史颜真卿等时贤为之倾倒，一时和者甚众。后来这首词流传日本，能汉诗者亦和之甚众。其间尽有可传之作，然卒未传，其原因就在于张志和这首词已经"盖帽"。

韦应物

(737—792?)京兆万年(今陕西西安)人。出身关中望族,玄宗天宝十载(751)以门资恩荫入官为三卫郎。肃宗乾元元年(758)进太学,折节读书。代宗广德元年(763)为洛阳丞。大历九年(774)为京兆府功曹。贞元中曾任左司郎中,世称韦左司。在此前后曾任滁州、江州、苏州刺史,世称韦江州、韦苏州。有《韦苏州集》。

滁州西涧①

独怜幽草涧边生,上有黄鹂深树鸣②。春潮带雨晚来急,野渡无人舟自横。

注释 ①滁州:属淮南道,今安徽滁州。西涧:上马河,在今滁州西。②独怜二句:《唐诗别裁集》引何良俊:"大清楼帖中刻有韦公手书,'涧边行'非'生'也,'尚有'非'上'也,其为传刻之论无疑。稍胜'生'字、'上'字。"独怜:最爱。

赏析 [这首诗的内容]作于滁州任上,诗写雨后野渡的幽静之趣,同时也表现了很深的寂寥之感。

[末句的意味]因为是孤孤单单一个人,所以面对西涧,才"独怜幽草"。树的深处,黄莺声声啼鸣,很清脆,很短促,却听不出应有的缠绵。春雨之后,潮水涨起来了,涧面加宽,一只破旧的木船搁浅在渡口的岸边,随波浪摇摆。末句妙在一个"自"字——表明船与人无关,一个"横"字——写出船任水摆弄。撑篙人哪里去了?春寒料峭,也许回家去了。"野渡无人舟自横",可待渡的人怎么办?这令人踌躇,也令人迷惘。

[诗句的象征意蕴]诗写得很简洁,词约而意丰。天色已晚,风雨潮涨,野渡无人,多像是人生时时可能遭遇的处境。《红楼梦》里的木居者曰:"心似万丈迷津,亘古恒远,其中并无舟子

撑篙。除非自渡，他人爱莫能助。"诗人不必有这样的意思，却能引发人联翩的浮想。

[诗中有画] 此诗抽去时间概念而展示空间物象，颇具画意，同时有画外的声音。末句的语意不仅屡被后人模仿，宋代宫廷画院更取为绘画考试题目。高明的画师或于船头画一鹭鸶，以示无人。还有添一舟人卧舟尾独弄横笛，则谓非无舟子，无行人也。这也不必是诗的本意，却也是诗所引发的联想。

寄全椒山中道士①

今朝郡斋冷，忽念山中客②。涧底束荆薪③，归来煮白石③。
欲持一瓢酒，远慰风雨夕。落叶满空山，何处寻行迹。

注释｜①全椒：今安徽全椒，唐代为滁州全椒县。山：指全椒西的神山。②山中客：指山中道士。③束：捆。荆薪：用作柴火的荆条。煮白石：传说晋代鲍靓"入海遇风，饥甚，取白石煮食之"（《晋书·鲍靓传》）。这里用以点染道士的仙风道骨。

赏析 [这首诗表达对山中友人的深厚友情和惦念] 全诗的关键在一个"冷"字，由自己在郡斋中的冷推想到山中道士的冷，然后生出惦念之意，时而想到他在涧底束薪，归煮白石，时而想到自己应该送酒前去，为其御雨夜之寒，写得切切实实。

[留下巨大的想象空间] 最后二句，忽然宕开，转出空山叶落、行迹杳然的萧疏空阔的意境，好像说既然无处可寻自己又何必去寻？诗意由实而虚，一片空灵，使得全诗境界幽远，留下了巨大的想象空间，韵味无穷。这也就是此诗的妙处所在。

长安遇冯著①

客从东方来，衣上灞陵雨②。问客何为来，采山因买斧③。
冥冥花正开，飏飏燕新乳④。昨别今已春，鬓丝生几缕⑤。

注释｜①冯著：作者友人，亲历安史之乱。曾在广州刺史李勉署中任录事，在长安、洛阳、缑氏等地做过小官。②灞陵：即灞上，汉文帝陵墓所在地,故称。位于今西安市东南。③采山:采伐山上的树木。④冥冥:冥迷、深远。飔飔:形容新生小燕子借助风力,展翅翻飞的样子。⑤鬓丝:指双鬓生出的白发。

赏析 ［这首诗意在勉励失意之人］冯著曾经做过广州刺史兼岭南节度使李勉的幕府录事,这诗大约作于大历末年,冯从广州回,在长安与作者相聚,因失意而有归隐之心。诗歌不直接劝慰,而是通过描绘春天的明媚景象,展现出眼前美景,暗示友人要心情乐观,珍惜时光,用意婉转。

［诗中两用探询语气问客］这种写法声口宛然,很是亲切,表现出对友人的深切关心。全诗文字明白如话,如同口语,但"冥冥"二句又对偶工整,显得精巧,二者结合很妙。宋人刘辰翁说:"不能诗者,亦知是好!"(高棅《唐诗品汇》)

秋夜寄邱员外[1]

怀君属秋夜[2],散步咏凉天。山空松子落,幽人应未眠[3]。

注释 ①邱员外:名丹,苏州嘉兴(今属浙江)人,曾官仓部、祠部员外。时学道临平山中。②属:适逢。③幽人:隐居者。

赏析 ［写秋夜散步时对故人的思念］写了两个方面,一方面是凉天散步,叙自己之离怀;一方面是松子夜落,想对方之幽兴。前二句明写自己思念对方,后二句暗写对方思念自己,妙在含蓄不露。"山空松子落"句,好像与上下都没有联系,却是即景好句,使读者联想到秋清夜长,诗人独自散步,正好听到松子落地的声音,引起他对山中幽人的思念。措语虽淡,意味深长。

古诗词鉴赏

李端

（?—785?）字正己，赵州（今河北赵县）人。李嘉祐从侄，少时曾居嵩山学道。代宗大历五年（770）登进士第，授秘书省校书郎。后因病辞官，居终南山草堂寺。德宗建中年间出为杭州司马，不知所终。《全唐诗》存诗3卷。

听筝①

鸣筝金粟柱②，素手玉房前③。欲得周郎顾④，时时误拂弦⑤。

注释 ①筝：古代弹拨弦乐器。②金粟柱：以金粟装饰的弦柱。柱，筝上支撑弦的构件。③玉房：房舍的美称。④周郎：吴中人对周瑜的美称。⑤误拂弦：周瑜精通音乐，故时人作谣云："曲有误，周郎顾。"

赏析 [得无人之态] 这首诗描写一位弹筝女子意在邀宠的微妙心态，观察极为细致。由于封建道德的约束，旧时代女性不能自由地表达内心情感，往往以有心为无心，手在弦上，意属听者。在赏音人之前不欲见长，偏欲见短。见长则听者关注在音乐，见短则听者关注在演奏者及其用意。诗人观察生活细致，故能得此无人之态。此诗富于新意，却不刻意，所以为妙。

戎昱

（744？～800？），荆南荆门（今湖北江陵）人。少举进士不第，来往于长安、洛阳、齐赵、泾州、陇西之间。大历元年（766）春经剑门入蜀，次年东下至江陵，荆南节度使卫伯玉辟为从事。建中三年（782）一度为侍御史，次年出为辰州刺史。贞元七年（791）前后任虔州刺史。《全唐诗》存诗1卷。

移家别湖上亭

好是春风湖上亭①，柳条藤蔓系离情。黄莺久住浑相识②，欲别频啼四五声。

注释 ①好是：爱此。一作"好去"，则为唐时口语，劝慰行者之词。②浑：全然。

赏析 [这首诗的写作背景] 诗人原先面湖居家，环境条件不错。湖上有亭，亭外有树，藤蔓蒙络，柳条茂密，小鸟甚多，生机盎然。"湖上亭"是这个环境中的标志性建筑。春天景色正好，无奈因故搬家，诗人显然有些依依不舍。

[从反面着想] 明明是自己对"湖上亭"的依依不舍，诗人偏不这样说，却说"湖上亭"及一切的景物对居久的自己是怎样的依依不舍。看那风中招展的柳枝、藤蔓，似牵衣待话，别情无极；而黄莺婉转的啼叫，又像是对诗人的款款话别、殷殷致意……

[拟人法的妙用] 诗以"好是"开始，使前二句形成一个时间状语，而诗的主要内容在后二句，拟人法在这里起到了画龙点睛的作用：以"浑相似"言黄莺，体现了人与自然和谐相处的关系，"啼"字的运用，尤具感情色彩，将诗人移居时复杂微妙的心境和盘托出。

古诗词鉴赏

李益 （748—827）字君虞，凉州姑臧（今甘肃武威）人。代宗广德二年（764）凉州陷于吐蕃前，随家迁居洛阳。大历四年（769）登进士第，六年登制科举。大历九年（774）到贞元十六年（800）间，在唐王朝连年举兵防秋的形势下，辗转入渭北、朔方、邠宁、幽州节度使等幕府，长期从戎。有《李益集》（《李君虞诗集》）。

❋ 夜上受降城闻笛① ❋

回乐烽前沙似雪②，受降城外月如霜。不知何处吹芦管③，一夜征人尽望乡。

注　释　①受降城：指西受降城，故址在今内蒙杭锦后旗乌加河北岸。②回乐烽：指回乐县的烽火台。回乐县故址在今宁夏灵武市西南。烽，一作"峰"，按李益《暮过回乐烽》"烽火高飞百尺台"知作"烽"是。③芦管：古代管乐器名。按此诗"芦管"与"笛"混用，指的应是同一乐器。

赏析 [作者经历] 李益早年由于官场失意，曾浪游燕赵一带，并在军中做过事。在那个连年征战的时代，他对边塞生活有亲身体验，这成为他诗作的突出题材。他所作边塞题材的七言绝句，当时就被谱入管弦，广泛流行。后人一直认为他可以追踪李白、王昌龄。

[这首诗的写作背景]"受降城"是武则天景云年间，朔方军总管张仁愿为抵御突厥的入侵而筑的，共三座。中城在朔州，西城在灵州，东城在胜州。诗中提到的"回乐（县）"，故城在今甘肃灵武市西南。据此，这里的受降城当指西城。杜甫有"韩公（指张仁愿）本意筑三城，拟绝天骄拔汉旌"的诗句，可见筑城原是为了国防。然而安史乱后，征战频仍，藩镇割据，国防力量

削弱,杜甫已有"胡来不觉潼关隘"的叹息。到李益时,局面不但没有好转,政治危机反而进一步加深,边疆也不得安宁。战士长期驻守,不能还乡,厌战情绪普遍。

[情景交融] 诗的一二句写登楼所见。万里沙漠和矗立的烽火台笼罩在朦胧的月色里。月照沙上,明晃晃仿佛积雪,城外地面也像铺上了一层白灿灿的霜,令人凛然生寒。边塞物候与内地迥乎不同。江南秋夜,月白风清;而塞外尘沙漫天,连月夜也是昏惨惨的。在久戍不归的兵士心中,该会唤起怎样一种感情?背乡离井,独为异客的人,明月往往唤起他对亲友的思念;而由月光联想到冰霜,更增添几分寒意,这不仅仅是一种视觉的错乱,更是一种心理作用。前面介绍的李白的《静夜思》,也是写这样的心情,可以参阅。

[细节的生动性] 这两句除掉地名方位,写景就在六个字:"沙似雪""月如霜",却似图画一样的生动、鲜明。使人如身临其境,感受到边塞大漠月夜全部的苍凉。诗人何以能以极省的笔墨塑造丰富的形象呢?这是因为语言艺术塑造形象不同于绘画,它不像绘画那样详尽到每一个细节;其塑造形象是依靠语言典型化的作用,因而比之绘画,具有更大的概括性。当它抓住对象最有特征的细节予以刻画时,往往能收到事半功倍的效果。契诃夫曾说过:如果能很好写出一个碎玻璃的反光等等,就能写出整个月夜。诗人抓住"沙似雪""月如霜"这样最有边塞特征的景色,把整个塞上的单调、凄凉气氛表现了出来,达到了最经济的语言效果。

[笛声的妙用] 第三句写登楼所闻。紧承上两句而来,登楼者对着凛然生寒的大漠月色难以禁持时,寒风忽然吹来一阵凄怨的笛声。"芦管"本是胡笳声别名,但诗题已明说"闻笛",可见此处"芦管"指的就是笛。因为在荒漠的景色中,诗人听到的笛声,萧瑟凄凉,如怨如慕,如泣如诉,简直与幽咽哀怨的胡笳声相似。夜里寂静,而夜晚人的听觉最为敏锐,因此,夜晚笛声给

人的感觉印象也最深,造成的心理影响也特别大。笛声随风而至,时断时续,所以说"不知何处"。这同时也表明登楼者在仔细倾听,心揪得更紧。

[把征人思乡之情一网打尽]前三句对塞景边声的渲染,直接引起第四句。这句抒情,妙在一个"尽"字,诗人并不就此把思乡之情局限于一身,而是推及所有的"征人",也就是和《从军北征》所谓"碛里征人三十万,一时回首月中看"一个意思。诗人心事浩茫,想到此夜塞上何处无月?何处无征人?谁看到这如霜的月光不思家?谁听到这幽怨的笛声不下泪?厌战思归的心理,何止登楼者一己而已!这一个"尽"字,将诗境大大深化,不但渗透诗人深刻的生活体验,而且容纳了丰富的社会现实内容,使诗歌艺术形象升华,获得了典型性。

江南曲①

嫁得瞿塘贾 gǔ②,朝朝误妾期③。早知潮有信④,嫁与弄潮儿⑤。

注释 | ①江南曲:乐府诗题,属《相和歌辞》。②瞿塘:长江三峡之一,地处夔州(今重庆奉节),唐时为商业中心。贾:商人。③期:相约好的会期。④潮有信:潮水的涨落有一定规律,故能如期而至。⑤弄潮儿:弄潮者。弄潮,又称迎潮,古代的一种水上冲浪活动。

赏析 [此诗摹写一位水乡少妇的口吻]诗紧扣江水,由郎误期而联想到"潮有信"。以潮来有信反衬郎去不归,比喻巧妙而托怨深微。古代诗歌借物见意者甚多,大都喻曲而有致,这首诗就是著例。就诗情而言,颇类《诗·郑风·褰裳》:"子不我思,岂无他人!""荒唐之想,写怨情却真切。"(钟惺《唐诗归》)

卢纶

（748？—800？）字允言，郡望范阳（今河北涿州）人，籍贯蒲州（今山西永济）。大历十才子之一。天宝末举进士不第。安史乱中避地鄱阳，与吉中孚为林下之友。代宗大历初宰相元载取其文以进，授阌乡尉，迁集贤院学士，官至检校户部郎中。有《卢纶诗集》。

塞下曲

林暗草惊风①，将军夜引弓。平明寻白羽，没在石棱中②。

注释 ①林暗句：写有虎的征兆。《北史·张定和传论》："虎啸风生。"②平明二句：《史记·李将军列传》："广出猎，见草中石，以为虎而射之，中石没镞，视之石也。"平明，清早。白羽，箭杆上的白色羽毛。

赏析 [关于组诗] 卢纶《塞下曲》共六首，分别写发号施令、射猎破敌、奏凯庆功等军营生活。诗题一作"和张仆射塞下曲"，语多赞美之意。

[取材于《史记》] 此为组诗的第二首，写将军夜猎，见林深处风吹草动，以为是虎，便弯弓猛射。天亮一看，箭竟然射进一块石头中去了。通过这一典型情节，表现了将军的勇武。诗的取材出自《史记·李将军列传》。据载，汉代名将李广猿臂善射，在任右北平太守时，就有这样一次富于戏剧性的经历："广出猎，见草中石，以为虎而射之。中石没镞，视之石也。因复更射之，终不能复入石矣。"

[用字的精警] 首句写将军夜猎场所是幽暗的深林；当时天色已晚，阵阵疾风刮来，草木为之纷披。这不但交代了具体的时

间、地点，而且制造了一种气氛。右北平是产虎地区，深山密林是百兽之王的猛虎藏身之所，而虎又多在黄昏夜分出山，"林暗草惊风"着一"惊"字，不仅令人自然联想到其中有虎，呼之欲出，渲染出一片紧张异常的气氛，而且也暗示将军是何等警惕，为下文"引弓"作了铺垫。次句即续写射，但不言"射"而言"引弓"，这不仅是因为诗要押韵的缘故，而且因为"引"是"发"的准备动作，在一"惊"之后，将军随即搭箭开弓，身手敏捷之至。

[生动的细节刻画] 后二句写"中石没镞"的奇迹，把时间推迟到翌日清晨（"平明"），将军搜寻猎物，发现中箭者并非猛虎，而是石头，令人读之，始而惊异，既而嗟叹，原来箭头竟"没在石棱中"。这样写不仅更为曲折，有时间、场景变化，而且富于戏剧性。"石棱"即石头的棱角，箭头要钻入殊不可想象。《史记》原文只说"没镞"，并没有说得这样具体。这一颊上添毫的笔墨别尽情够味，只觉其妙，不以为非。

[诗与文的区别] 清人吴乔曾形象地以米喻"意"，说文则炊米而为饭，诗则酿米而为酒（见《围炉诗话》），其言甚妙。因为诗须诉诸读者的情绪，一般比散文形象更集中，语言更凝练，更注重意境的创造，从而更令人陶醉，也更像酒。《史记》一段普普通通的文字，一经诗人提炼加工，便升华出如此富于艺术魅力的小诗，不正是化稻粱为醇醪吗？

❂ 塞下曲之二 ❂

月黑雁飞高，单于夜遁逃。欲将轻骑逐①，大雪满弓刀。

注　释　｜①轻骑：轻装快捷的骑兵。

赏析 [这首诗的内容] 此诗原列第三。它通过雪夜追击逃敌的情节，着重表现并热情歌颂了边防将士的不畏艰苦和英勇威武。

[首句兼有比兴作用] 前两句写敌军趁夜遁逃。第一句"月黑雁飞高"极力烘托寒夜气氛：彤云密布，没有月光，是漆黑阴森的夜。"雁"点出季节。塞下秋来，寒风凛冽，下雪是不必待到隆冬的。夜空飞雁是凭听觉感到的。雁的啼声从远空传来，"高"就表达出了这种实际的感觉。黑夜雁飞是很反常的现象。因为雁群晚来投宿沙滩或芦塘，要白天再次降临才继续远征，这种鸟儿十分警觉，一有动静即相呼而起。夜空惊雁的一笔，表明黑茫茫的夜幕正掩蔽着一个诡秘的军事行动，这就紧紧逼起下句"单于夜遁逃"，乃是惊雁的原因了。"月黑雁飞高"既是赋，又兼有比兴作用。黑暗中作高空飞行的大雁又是趁夜撤退的敌军的一种象征。

[抓住出征前的一刻来写] 后两句以一极有力的"欲"字领起，写警觉的边防军已洞察敌人的动静，即将以轻骑兵追击。这时气氛突变，一瞬间满天大雪纷飞。出击的情形，战斗的后果，被诗人一概舍去，独取一个"特写镜头"——"大雪满弓刀"：黑夜看不清人和马，雪光映射在战士们的刀剑上，发出闪闪冷光，所以在追兵中独见"弓刀"，这是极真切的描写。由于前两句诗充分地烘托了气氛，第三句只用"轻骑逐"三字，便极含蓄地写出了战斗胜利在望的气势，写出了将士们勇猛追击的精神面貌。它使人联想到"将军金甲夜不脱，半夜军行戈相拨，风头如刀面如割"，"虏骑闻之应胆慑，料知短兵不敢接，车师西门伫献捷"的诗句。其所写将士坚毅的意志、昂扬的士气、决胜的信心，此诗与之毫无二致。第四句写临发时突如其来的大风雪，于行军不利，然而这正是将士们坚忍不拔、一往无前的英勇气概的有力衬托。这可说是诗中最精彩的一笔。从句式上看，以"欲将"领起二句，有意造成一种引而不发、欲擒故纵的气势，诵读起来音情摇曳，回肠荡气，语极豪放又含蓄不尽。追击成功与否，诗人不写，读者已心领神会了。

古诗词鉴赏

逢病军人

行多有病住无粮①,万里还乡未到乡。蓬鬓哀吟古城下,不堪秋气入金疮②。

注释 ①有病:一作"无力"。②不堪句:指秋天的寒气引发刀伤使人难以忍耐。金疮,兵刃所致的创伤。

赏析 [写伤兵题材独到] 这首诗写一个还乡途中的伤病退伍军人,从诗题看可能是以作者目睹的生活事件为依据。诗人用集中描画、加倍渲染的手法,着重塑造人物的形象。诗中的这个伤兵退伍后,很快就发觉等待他的仍是悲惨的命运。"行多",已不免疲乏;加之"有病",对赶路的人就越发难堪了。病不能行,便引出"住"意。然而住又谈何容易,离军即断了给养,长途跋涉中,干粮已尽。"无粮"的境况下多耽搁一天多受一天罪。第一句只短短七字,写出"病军人"的三重不堪,将其行住两难、进退无路的凄惨处境和盘托出,这就是"加倍"手法的妙用。

[前两句只闻其声] 次句承上句"行"字,进一步写人物处境,分为两层。"万里还乡"是"病军人"的目的和希望。尽管家乡也不会有好运等着他,但叶落归根,"病军人"不过是愿死于乡里而已。虽然"行多",但家乡远隔万里,未行之途必更多,恐怕连死于乡里那种可怜的愿望也难以实现,这就使"未到乡"三字充满难言的悲愤、哀怨,令读者为之鼻酸。这里"万里还乡"是不幸之幸,对于诗情是一纵;然而"未到乡"又是"喜"尽悲来,对于诗情是一擒。由于这种擒纵之致,使诗句读来一唱三叹,低回不尽。诗的前两句未直接写人物外貌,只闻其声,不见其人。然而由于加倍渲染与唱叹,人物形象已呼之欲出。

[后两句直写其人] 在前两句铺垫的基础上,第三句进而刻画人物外貌就更鲜明突出,有如雕像被安置在适当的环境中。

"蓬鬓"二字,极生动地再现出一个疲病冻饿、受尽折磨的人物形象。"哀吟"直接是因为病饿的缘故,尤其是因为创伤发作的缘故。"病军人"负过伤("金疮"),适逢"秋气"已至,气候变坏,于是旧伤复发。从这里又可知道其衣着的单薄、破敝,不能御寒。于是,第四句又写出了三重"不堪"。此外还有一层未曾明白写出而读者不难意会,那就是"病军人"常恐死于道路、弃骨他乡的内心绝望的痛苦。正由于有交加于身心两方面的痛苦,才使其"哀吟"令人不忍卒闻。这样一个"蓬鬓哀吟"的伤兵形象,作者巧妙地把他放在一个"古城"的背景下,其形容的憔悴,处境的孤凄,无异十倍加,使人感到他随时都可能像蚂蚁一样在城边死去。

[全诗运用了加倍的手法]通过加倍手法,有人物刻画,也有背景的烘托,把"病军人"饥、寒、疲、病、伤的苦难集中展现,"凄苦之意,殆无以过"(南宋范晞文《对床夜语》)。客观上反映了对社会的控诉,也流露出诗人对笔下人物的深切同情。

古诗词鉴赏

张继

（？—约779）字懿孙，襄州（今湖北襄阳）人。天宝十二载（753）登进士第，曾以检校祠部员外郎充转运判官，分掌财赋于洪州。有《张祠部诗集》。

枫桥夜泊

月落乌啼霜满天，江枫渔火对愁眠。姑苏城外寒山寺，夜半钟声到客船①。

注释 ①姑苏城：苏州城。寒山寺：在枫桥西一里，初建于梁代，唐初诗僧寒山曾住于此，因而得名。枫桥的诗意美，有了这所古刹，便带上了历史文化的色泽而显得更加丰富，令人遐想。

赏析 [江南水乡的一个夜晚] 一个秋天的夜晚，诗人夜泊轻舟于苏州城外的枫桥。题为"夜泊"夜，实际上只写"夜半"时分的景象与感受。江南水乡秋夜幽美的景色吸引着这位怀着旅愁的客子，使他领略到一种情味隽永的诗意美，写下了这首意境清远的小诗。

[清冷萧瑟的夜晚] 诗的首句，写了午夜时分三种有密切关联的景象，月落、乌啼、霜满天。上弦月升起得早，半夜时便已沉落下去，整个天宇只剩下一片灰蒙蒙的光影。树上的栖乌大约是因为月落前后光线明暗的变化，被惊醒后发出几声啼鸣。月落夜深，繁霜暗凝，在幽暗静谧的环境中，人对夜凉的感觉变得格外敏锐。"霜满天"的描写并不符合自然景观的实际（霜在地而不在天），却完全切合诗人的感受：深夜侵肌砭骨的寒意，从四面八方围向诗人夜泊的小舟，使他感到身外的茫茫夜气中正弥漫

着满天霜华。整个一句，月落写所见，乌啼写所闻，霜满天写所感，层次分明地体现出一个先后承接的时间过程和感觉过程。而这一切又都和谐地统一于水乡秋夜的幽寂清冷氛围和羁旅者的孤孑清寥感受中。

[孤旅之愁] 诗的第二句接着描绘"枫桥夜泊"的特征景象和旅人的感受。在朦胧的夜色中，江边的树只能看到一个模糊的轮廓，之所以径称"江枫"，也许是因枫桥这个地名引起的一种推想，或者是选用"江枫"这个意象给读者以秋色秋间和离情羁思的暗示。"湛湛江水兮上有枫，目极千里伤春心"，"青枫浦上不胜愁"，这些前人的诗句可以说明"江枫"这个词语中所沉积的感情内容和它给予人的联想。透过雾气茫茫的江面，可以看到星星点点的几处"渔火"，由于周围昏暗迷蒙的背景的衬托，显得特别引人注目，动人遐想。"江枫"与"渔火"，一静一动，一暗一明，一江边，一江上，景物的配搭组合颇见用心。写到这里，才正面点出泊舟枫桥的旅人。"愁眠"，当指怀着旅愁躺在船上的旅人。"对愁眠"的"对"字包含了"伴"的意蕴，不过不像"伴"字外露。这里确有孤孑的旅人面对霜夜江枫渔火时萦绕的缕缕轻愁。我们可以感觉到舟中的旅人和舟外的景物之间一种无言的交融和契合。

[千古名句"夜半钟声"] 夜半钟声是诗人获得的最鲜明的意境。月落乌啼、江枫渔火、孤舟客子等景象，都不足以尽传它的神韵。而静夜钟声，给人的印象又特别强烈。这样，"夜半钟声"就不但衬托出了夜的静谧，而且揭示了夜的深永和清寥，而诗人卧听疏钟时的种种难以言传的感受也就尽在不言中了。这寒山寺的"夜半钟声"也就仿佛回荡着历史的回声，渗透着宗教的情思，而给人以一种古雅庄严之感了。诗人之所以用一句诗来点明钟声的出处，看来不为无因。有了寒山寺的"夜半钟声"这一笔，"枫桥夜泊"之神韵才得到最完美的表现，这首诗便不是停留在单纯的枫桥秋夜景物画的水平上，而是创造出了情景交融的

典型艺术意境。夜半钟声的风习，虽早在《南史》中即有记载，但把它写进诗里，成为诗歌意境的点眼，却是张继的创造。在张继同时或以后，虽也有不少诗人描写过夜半钟声，却再也没有达到过张继的水平，更不用说借以创造出完整的艺术境界了。

江城秋访图

孟 郊

孟郊 (751—814) 字东野，湖州武康（今浙江德清）人。少隐嵩山，贞元十二年（796）登进士第，十六年任溧水尉，后辞官。曾任河南水陆运从事，试协律郎。宪宗元和九年（814）迁兴元军参谋，试大理评事，赴任时暴死途中。友人张籍等私谥贞曜先生。有《孟东野诗集》。

❀ 游子吟 ❀

慈母手中线，游子身上衣①。临行密密缝，意恐迟迟归②。谁言寸草心，报得三春晖③！

注释　①游子：出门在外的人。②恐：担心，恐怕。③寸草：比喻子女，草木的茎干也叫心，字意双关。三春：古人称农历正月为孟春，二月为仲春，三月为季春。合称"三春"。晖：阳光。

赏析　[作者是位苦吟诗人] 孟郊诗多抒写穷愁，用字造句力避平庸浅率，而就生新瘦硬，故苏轼谓之"郊寒岛瘦"。所谓寒、瘦，在内容上指言贫叫苦，在艺术上则指苦吟和一种清峭的意境美。方牧素描孟郊："冷露滴破残梦，峭风梳笆寒骨；暮年登第，一生才说几句痛快话。"可谓得之。

[这首诗主题重要]《游子吟》是孟郊享誉千古之作。在香港的民意测验中，这首诗高居最知名十佳唐诗的榜首。关键在于诗人抓住了母爱与孝道，这是个在中华民族文化心理结构中占有特别重要地位的题材，并表现得深入浅出。诗作于贞元十六年（800）溧水县尉任上，自注云："迎母溧上作。"

[一个感人的生活情景] 前四句摄取生活中常见的一个情景，慈母为游子准备行装，游子临行前夕、在灯下为其缝缝补补。这

幅图画表现的是贫寒之家，儿子出门不能盛其服玩车马之饰，然而母爱是"论心不论迹"的。从"临行密密缝"这个场面所流露的质朴无华的人性美，足以使任何"金缕衣"失去光辉。

[伟大母爱的赞歌] 在母亲眼中，孩子永远是孩子，不管他走向何方，不管他走得多远，都永远走不出母亲的目光，走不出母亲的思念。从感情上讲，母亲希望孩子早些回来，这是"意恐迟迟归"的一层含义。而从理智上讲，母亲又本能地深知，孩子必须经风雨、见世界，所以不管怎样的不放心，也决不会把他拴牢在自己身边。母亲缝下密密的针脚，怕衣服不经穿，这是"意恐迟迟归"的又一层含义。换言之，怕衣服不经穿，乃是"临行密密缝"的深层原因。

[诗中表现的孝心] 最后两句是针对迎母溧上这件事而言的，这片赤子之心天然感人。而诗人还进一步辨认孝心与母爱的区别：孝心是出于报恩的意识，而母爱是无条件、无意识的，是春风与阳光一般地不求回报的。尽管《小草》歌词说"春风呀春风把我吹绿，阳光呀阳光把我照耀"，古人仍有"草不谢荣于春风"（李白）之说。所以诗经《小雅·蓼莪》云："哀哀父母，生我劬劳。""欲报之德，昊天罔极。"这首诗结尾也是一样的意思。母爱固然伟大，赤子之心也很动人，这是构成这首诗内容的两个基本点。所有的人，都是母亲的孩子，对此本来就容易发生共鸣，加上形象感人的描写和兴到笔随的比兴，取得的效果尤佳。

杨巨源

(755—?)字景山,河中(今山西永济)人,贞元进士,由秘书郎擢太常博士、礼部员外郎,出为凤翔少尹,复召除国子司业。《全唐诗》存诗1卷。

❀ 城东早春① ❀

诗家清景在新春②,绿柳才黄半未匀。若待上林花似锦③,出门俱是看花人。

注　释　①城:城指唐代都城长安。早春:即新春。中国民间有"早春二月"的说法。②诗家:此泛指"诗人",不仅指作者一人。③上林:即上林苑。始建于秦代,西汉时汉武帝进行扩建,方圆三百里,有离宫七十座。故址在今陕西省西安市西,故诗人借此代指唐代京城长安。

赏析　[饶有情味的新春郊游]春天是一年当中最美丽、最宜人的季节,从古至今中国人就有春游的习俗,文人雅士称之为"踏青"。可是诗人选取乍暖还寒时候的早春出城郊游,这似乎早了一些。这时天气微寒,万物沉寂,群芳无踪,因而诗人将眼前的景色谓之"清景"。一个"清"字,既描画出了周围环境的清新、清幽、清爽,同时也提醒人们早春的大自然刚刚勃发出生机,春意乍现,十分令人欣喜、振奋,却又往往被人们所忽视。这便是诗人的眼光、诗人的情怀,自有不同于寻常人处。

[清新喜人的早春柳色]作者抓住新柳来写早春,很是巧妙。"半"是粗略的说法,"黄""未匀"突出了"早"字,同时又把新柳与一般的春柳做了区别,使人仿佛看见点缀在柳枝上的一颗颗嫩黄、饱满的柳芽,参差错落,晶莹可爱。这与"万条垂下绿

丝绦"的"春风杨柳"相比，自是另一种风情，别一番韵味，又一派景象。无疑，嫩黄色的柳芽已成为春的使者，殷勤地为人们带来了春的消息，这在春寒料峭、百花未放的早春是多么可贵的一点亮色，清雅而不俗！

[别具匠心的对比反衬手法] 也许，诗人是刚刚减掉累赘的冬衣走出长安城做这次春游的。满目的"清景"与悄悄逝去的严冬的苍凉凋零本来已于暗中形成了一种不着痕迹的对比，可是这还不够，诗人用"若待"两字笔锋一转，将人们的思绪引到了即将来临的仲春时节。当年上林苑的秾丽、繁华、喧闹便是今日长安城的写照。"花似锦"极言长安春色之秾艳、粉气；"俱是看花人"写出了春游时节车马不绝、游人如织的嘈杂景象，表现长安城市环境之喧嚣、繁乱，人心浮躁。人们趋之若鹜的所谓春游踏青，只是年年如此的一种盲目的时尚和潮流，不知是去看花还是看人？而浓香袭人、艳丽无比的所谓春色，又是人人尽知，没有人会感受不到的。因而在诗人看来全无新意、了无情趣，甚至还有几分厌烦。这种对比反衬出诗人对早春景色的喜爱，使眼前清景弥足珍贵。

[隐含于诗句间的诗家理趣] 这首诗是作者以"诗家"独特的眼光感受自然吟咏而成的，其中蕴藏了诗人独到的见解和丰富的情感，这就是难能可贵的"诗家理趣"。有人认为这首诗表现了作者的一种创作观点：作诗不能人云亦云重复陈词滥调，必须有敏锐的观察力和感悟力，以自己独特的视野和笔触发现新事物、写出新境界。这就是说：生活中不缺乏美，而是缺少发现美的眼睛。又一观点认为，这首诗显然是作者在长安任太常博士、礼部员外郎等官职期间所作，因而主要表达了诗人对人才问题的见解：即对于人才，贵在他不被世人所认可的时候去发现他、重用他，当他做出成绩而受到人们赞美的时候再去赏识他也就算不上慧眼识英雄了。这就是讲：千里马常有而伯乐不常有。其实，仁者见仁，智者见智，本诗所隐含的深意应该远不只此，只有读者自己去反复吟唱和体味，才能真正解读"诗家理趣"。

王建

(766?—832?)字仲初,颍州(今河南许昌)人。出身寒微,未中进士。早年从军幽州。元和年间官昭应县丞、渭南尉,长庆初由太常寺丞转秘书丞。后官陕州司马。晚年退居咸阳原上。又曾出任光州刺史。与张籍均长乐府诗,时称"张王乐府"。有《王建诗集》。

新嫁娘三首录一

三日入厨下,洗手作羹汤①。未谙ān姑食性②,先遣小姑尝。

注释 ①三日二句:古代婚俗,女子出嫁后第三天须下厨作羹汤侍奉公婆。这个习俗到清代某些地方还保持着。②谙:熟悉。姑:婆婆。食性:口味。

赏析 [民间婚俗]古代社会新媳妇难当,在于夫婿之上还有公婆。光夫婿称心还不行,还得婆婆顺眼,第一印象非常重要。古代女子过门第三天(俗称"过三朝"),照例要下厨做菜,这习俗到清代还保持着,《儒林外史》二十七回:"南京的风俗,但凡新媳妇进门,三天就要到厨下去收拾一样菜,发个利市。"画眉入时固然重要,拿味合口则更为要紧,所以新媳妇是有几分忐忑不安的。

[细节的描写]"三日入厨下"直赋其事,同时也交待出上述那样一个规定的环境。"洗手"本是操作中无关紧要的程序,写出来就有表现新妇慎重小心的功用——看来她颇为内行,却分明有几分踌躇。原因很简单:"未谙姑(婆婆)食性。"考虑到姑食性的问题,也见得新妇的精细。同样一道羹汤,兴许有人说咸,

有人说淡。这里不仅有个客观好坏标准,还有个主观好恶标准。"知己不知彼",岂能稳操胜券?看来,她需要参谋。

[为什么遣小姑先尝] 谁来参谋?女儿是最体贴娘亲的,女儿的习惯往往来自母亲,食性亦然。所以新嫁娘找准"小姑"。"味"这东西,说不清而辨得出,不消问而只须请"尝"。小姑小到什么程度不得而知,总未成年,还很稚气。她也许心想尝汤而未敢僭先的,所以新嫂子要"遣"而尝之。姑嫂之间,嫂是尊长,所以用"遣"字,用字精确,服从于规定情景。诗人写到"尝"字为止,以下的情事,就要凭读者的想象去补充了。

❀ 雨过山村 ❀

雨里鸡鸣一两家,竹溪村路板桥斜。妇姑相唤浴蚕去①,闲着中庭栀子花②。

注 释 ①妇姑:婆媳。浴蚕:古时用盐水选蚕种,一般在农历二月进行。②栀子花:一种白色的、有强烈香气的花。

赏析 [写景富于山村风味] 这首山水田园诗富有诗情画意,又充满劳动生活的气息,颇值得称道。"雨里鸡鸣一两家",诗的开头就大有山村风味。这首先与"鸡鸣"有关,"鸡鸣桑树颠"乃村居特征之一。在雨天,晦明交替似的天色会诱得"鸡鸣不已"。但倘若是平原大坝,村落一般不会很小,一鸡打鸣会引来群鸡合唱。山村就不同了,地形使得居民点分散,即使成村,人户也不会多。"鸡鸣一两家"恰好写出山村的特殊风味。

"竹溪村路板桥斜",如果说首句已显出山村之"幽",那么次句就由曲径通幽的过程描写,显出山居的"深"来,并让读者随诗句的向导体验山行的趣味。在霏霏小雨中沿着斗折蛇行的小路一边走一边听那萧萧竹韵、潺潺溪声,该有多称心。不觉来到一座小桥跟前,这是木板搭成的"板桥"。山民尚简,溪沟不大,

原不必张扬,而从美的角度看,这一座板桥设在竹溪村路间,这竹溪村路配上一座板桥,却是天然和谐的景致。

[农忙中的亲情] "雨过山村"四字至此全都有了。诗人转而写到农事:"妇姑相唤浴蚕去。""浴蚕",指古时用盐水选蚕种。据《周礼》"禁原蚕"注引《蚕书》:"蚕为龙精,月值大火(二月)则浴其种。"于此可见这是仲春时分。在这淳朴的山村里,妇姑相唤而行,显得多么亲切,作为同一家庭的成员,关系多么和睦,她们彼此招呼,似乎不肯落在他家之后。田家少闲月,冒雨浴蚕,就把农忙时节的农家气氛表现得更加够味。

[锦上添花的一笔] 但诗人存心要锦上添花,挥洒妙笔写下最后一句:"闲着中庭栀子花。"事实上就是没有一个人"闲着",但他偏不正面说,却要从背面、侧面落笔。用"闲"衬忙,兴味

尤饶。一位西方诗评家说，徒手从金字塔上挖下一块石头，并不比从杰作中抽换某个单词更困难。这里的"闲"，正是这样的字，它不仅是全句也是全篇之"眼"，一经安放就断不可移易。同时诗人做入"栀子花"，又丰富了诗意。此外，须知此花一名"同心花"，向来用作爱之象征，为少女少妇所喜。这首诗写栀子花无人采，主要在于表明春深农忙而没有谈情说爱的"闲"功夫，所以那花的象征意义便给忘记了。这含蓄不发的结尾，实在妙机横溢，摇曳生姿。

韩愈

(768—824)字退之,河南河阳(今河南孟州)人,郡望昌黎。德宗贞元八年(792)登进士第,任节度推官,其后任监察御史等职。十九年因触怒权臣,贬阳山令。宪宗即位,量移江陵府法曹参军。元和元年(806)召拜国子博士。十二年从裴度讨淮西有功,升任刑部侍郎。十四年谏迎佛骨,贬潮州刺史。次年穆宗即位,召拜国子祭酒。长庆二年(822)转吏部侍郎、京兆尹。卒谥文。有《昌黎先生集》。

左迁至蓝关示侄孙湘

一封朝奏九重天,夕贬潮阳路八千。欲为圣明除弊事,肯将衰朽惜残年!云横秦岭家何在①?雪拥蓝关马不前②。知汝远来应有意,好收吾骨瘴江边③。

注释 ①秦岭:在陕西南部。②蓝关:蓝田关。在陕西蓝田县东南。③瘴江:泛指岭南河流。旧说岭南多瘴气,人碰上就会生病,潮州正处在岭南,故有此说。

赏析 [这首诗的写作背景]诗作于元和十四年(819),韩愈因谏迎

佛骨获罪，由刑部侍郎贬官潮州（今广东潮州）刺史，潮州距京师长安路途遥远，路途的困顿是可想而知的。诗人上道即日出长安经秦岭蓝关（蓝田关，在今陕西蓝田县东南九十里），逢其侄十二郎老成之子韩湘（即后世附会为八仙之一的韩湘子者）赶来同行，遂感赋此律。

["朝" "夕" 二字的意味] 首联叙所以获谴，乃是因为《谏佛骨表》那一封书奏的缘故，遂落得 "朝奏" 而 "夕贬"——此 "朝" "夕" 字本《离骚》 "余虽好修姱以鞿羁兮，謇朝谇而夕替"，言以忠获谴，处分来得一何快也。联系上表云 "佛如有灵，能作祸祟，凡有殃咎，宜加臣身" 数语的胆气，不难体会此二句言下亦有大丈夫敢作敢当之气概，当然，其中又寓有感慨，遂启下二。

[颔联写虽获罪而不悔之意] 次联直说上表的动机，是 "欲为圣明除弊事"，可见诗人骨子里是不肯认错的；而严谴的结果当初不曾考虑，眼前也无可后悔—— "肯将衰朽惜残年"，两句可谓理直气壮。

[颈联抒发悲愤而境界雄阔] 三联写忠而获谴，去国怀乡之悲愤。韩愈此谪是仓促先行，而妻子随谴、小女死于道途——这是后话，可知其为进谏所付出的代价极为沉重。出句写行至蓝田关，回望终南山（秦岭），只见一派云横，不免为浮云蔽日、长安不见而发愁；对句用古乐府 "驱马陟阳山，山高马不前"，写立马蓝关、暮雪天寒、仆悲马怀、踌躅不行，说不尽的英雄失路之悲。两句一回顾，一前瞻，情景交融，形成唱叹，迁谪之感和恋阙之情一寓其中； "云横" 有广度， "雪拥" 有高度，下字有力，境界雄阔，故为唐诗名句。

[结尾交待后事] 末联点到题面。诗人穷困乎此时，忽得亲人追随，自是莫大慰安，且可交待后事。遂翻用《左传》蹇叔哭师 "必死是间，余收尔骨焉" 之语，向侄孙从容寄语，又回应第四句语意，进一步吐露了凄楚难言的激愤之情。

[全诗表现的气势] 全诗直抒胸臆，略无回避，是韩愈的正

气歌。诗从"一封朝奏"到"夕贬潮阳""欲为圣明",再到"肯惜残年""云横秦岭",进而"雪拥蓝关""知汝远来",最后"好收吾骨",大气盘旋,控诉的是满怀义烈、满腔忠愤,一往浩然,颇具情感冲击力,格律严整,笔势纵横,开合动荡,备极浑成。

早春呈水部张十八员外[①]

天街小雨润如酥[②],草色遥看近却无。最是一年春好处,绝胜烟柳满皇都[③]。

注　释　①水部张十八员外:张籍,行十八,时任水部员外郎,见本书作者简介。②天街:长安朱雀门外的大街。酥:酥油。③绝胜:远远超过。

赏析　[这是一首描写早春美景的风景诗] 诗人写好这首诗后,即把它寄给了密友张籍,所以诗题叫"早春呈水部张十八员外"(水部是张的官职名,即水部郎中的省称,员外是定员以外的官员)。

此诗的关键在"早春"二字。诗描绘的不是一般的春景,而是春回大地最初的景象。

[春雨的特点] 春回大地最初的信息是草绿,但草由枯转荣有待春雨的滋润,所以诗的第一句便写到春雨。天街指京城的街道,即长安大道,而第四句"皇都"即指长安。春雨有春雨的特点,杜甫诗"随风潜入夜,润物细无声"就是极传神的写照。春雨细密润滑,不像夏日暴雨、秋日淫雨,带来遍地水潦。春雨"湿路不湿衣",恰好使尘土不飞,空气清澄,给人极舒适、美好的感觉。它又是草木禾苗滋生的生命水,故农谚说"春雨贵如油"。"天街小雨润如酥"(酥即酥油)把握住了春雨的特点。"润如酥"三字,造句自然优美,极可人意。

[春草的特点] 古代城市不像现在的水泥或柏油路面,而是由一块块石板砌成的,小雨一酥,石缝里草根就萌芽,早春草生未密,远看能连成一片绿意,近看只是石板。"草色遥看近却无"

一句，状难写之景如在目前，又如画家设色，在有无之间。

[对美景的品评] 一二句描写早春美景，三四句对此美景加以品评和抒情。诗人别具会心地说，一年之计在于春，而一春最美好的景致则莫过于早春了，早春景物给人的美感是这样强烈，以至远远胜过"烟柳满皇都"的春深时节。人们对自然界景物之美的感受虽然大致不差，但感受的深浅、强弱却是有差异的。而诗人的感觉总比一般人敏锐、丰富，所以常常能感到并道出常人未曾深切感到或能感到却不能道出的东西。

[早春给人新鲜的感觉] 碧柳如烟、花香鸟语的秀丽春光是人人爱好的，但从早春的草色中发现强烈的、胜似春深的美，就必须有对生活、对景物更深一层的感受，换句话说，要独具只眼。韩愈抓住了隆冬刚刚过尽，春天的生机刚刚透出的那一时景物给人最新鲜、美好的感觉予以抒写，正因为它新鲜，所以给人的感受强烈。新生小草的萌芽不但很美，而且还宣告着残冬的过去，预示着美好的前景。而"烟柳满皇都"时的春意虽盛，却不会有早春那种新鲜感，跟着来的将是春意阑珊。也许正是这种种原因，才使诗人对早春景色特别喜爱。

[别具会心的创作个性] 形象的个性是构成艺术典型不可缺少的重要因素，是作品的生命。别具会心，实际上也就是创作个性化的一种表现。宋代苏东坡绝句云："荷尽已无擎雨盖，菊残犹有傲霜枝。一年好景君须记，最是橙黄橘绿时。"诗写初冬的景色，荷尽菊残，却并不煞风景；橙黄橘绿，别有一番景致，称之为一年好景在深秋，与此诗有异曲同工之妙。

❋ 晚春① ❋

草树知春不久归②，百般红紫斗芳菲③。杨花榆荚无才思sī④，惟解漫天作雪飞⑤。

注　释　①此诗属于《游城南十六首》之一。②草树：草本、木本植物。③百般红紫：犹言万紫千红，形容百花盛开，色彩艳丽。

芳菲：花草的芳香。④榆荚：榆树在生叶前，枝条间先生榆荚，成熟变白后随风飘落，又称榆钱。才思：才华，想象力。⑤惟解：只懂得。

赏析

[满眼风光] 题一作"游城南晚春"，可知诗中所描写的乃郊游即目所见。乍看来，只是一幅百卉千花争奇斗艳的"群芳谱"：春将归去，似乎所有草本与木本植物都探得了这个消息而想要留住她，各自使出浑身招数，吐艳争芳，一刹时万紫千红，繁花似锦。可笑那本来乏色少香的柳絮、榆荚也不甘寂寞，来凑热闹，因风起舞，化作雪飞（"杨花榆荚"偏义于"杨花"）。寥寥数笔，就给读者以满眼风光的印象。

[这首诗不止于写景]《晚春》是韩诗颇富奇趣的小品，然而，对诗意的理解却诸说不一。清人朱彝尊说："此意作何解？然情景只是如此。"此言虽未破的，却不乏见地。作者写诗的灵感是由晚春风光直接触发的，因而"情景只是如此"。不过，他不仅看到这"情景"之美，而且若有所悟，方才做入"无才思"的奇语，当有所寄寓。

[拟人法的妙用] 此诗生动的效果与拟人化的手法大有关系。"草树"本属无情物，竟然能"知"能"解"还能"斗"，尤其是彼此竟有"才思"高下之分，着想之奇是前此诗中罕见的。最奇的还在于"无才思"三字造成末二句费人咀嚼，若可解若不可解，引起见仁见智之说。有人认为那是劝人珍惜光阴，抓紧勤学，以免如"杨花榆荚"白首无成；有的从中看到谐趣，以为是故意嘲弄"杨花榆荚"没有红紫美艳的花，一如人之无才华，写不出有文采的篇章；还有人干脆存疑："玩三四两句，诗人似有所讽，但不知究何所指。"姑不论诸说各得诗意几分，仅就其解会之歧异，就可看出此诗确乎奇之又奇。

"杨花榆荚"，固少色泽香味，比"百般红紫"大为逊色。笑它"惟解漫天作雪飞"，确带几分揶揄的意味。然而，若就此从这幅晚春图中抹去这星星点点的白色，你不觉得小有缺憾么？即使作为"红紫"的陪衬,那"雪"点也似是不可少的。再说,谢道韫咏雪以"柳絮因风",自古称美;作者亦有句云:"白雪却嫌春色晚,故穿庭树作飞花。"(《春雪》)雪如杨花很美,杨花如雪又何尝不美?更何况这如雪的杨花乃是晚春具有特征性的景物之一,没有它,也就失却晚春之所以为晚春了。可见诗人拈出"杨花榆荚"未必只是揶揄,其中应有怜惜之意。尤当看到,"杨花榆荚"不因"无才思"而藏拙,不畏"班门弄斧"之讥,避短用长,争鸣争放,为"晚春"添色。正是"柳丝榆荚自芳菲,不管桃飘与李飞"(《红楼梦》黛玉葬花词),这勇气岂不可爱?

[这首诗的寓意] 如果说诗有寓意,就应当是其中所含的一种生活哲理。从韩愈生平为人来说,他既是"文起八代之衰"的宗师,又是力矫元和轻熟诗风的奇险诗派的开派人物,颇具胆力。他能欣赏"杨花榆荚"的勇气不为无因。他除了自己在群芳斗艳的元和诗坛独树一帜外,还极力称扬当时不为人重视的孟郊、贾岛,这二人奇僻瘦硬的诗风也是当时诗坛的别调,不也属于"杨花榆荚"之列?由此可见,韩愈对他所创造的"杨花榆荚"形象,未必不带同情,未必是一味挖苦。甚而可以说,诗人是以此鼓励"无才思"者敢于创造。诗人对"杨花榆荚"是爱而知其丑,所以嘲戏半假半真、亦庄亦谐。他并非存心托讽,而是观杨花飞舞而忽有所触,随寄一点幽默的情趣罢了。

❀ 游太平公主山庄① ❀

公主当年欲占春,故将台榭 xiè 压城闉 yīn②。欲知前面花多少③,直到南山不属人④。

注释　①太平公主:高宗李治第三女,初嫁薛绍,再嫁武承嗣,三嫁武攸暨,封至万户,为武周集团的重要人物。玄宗即位之初,因密谋政变未遂赐死。②榭:建筑在台上的敞屋。城闉:指城阙。③少:一作"处"。④直到句:《新唐书》卷八三《诸公主传》载太平公主田园遍近甸,皆上腴。

簪花仕女图

赏析 [关于太平公主] 太平公主是武则天之女,生前野心勃勃,真是有其母必有其女。其山庄位于唐时京兆万年县南,当年曾修观池乐游原,以为盛集。先天二年(713),她企图控制政权,谋杀李隆基,事败后逃入终南山,后被赐死。其"山庄"即由朝廷分赐予宁、申、岐、薛四王。作者所游之"太平公主山庄"已为故址。

[这首诗的大体内容] 诗人游故而追怀故事是很自然的。首句"欲占春"三字精辟含深意。当年人间不平事多如牛毛,有钱有势者可以霸占田地、房屋,然而谁能霸占春天呢?"欲占春"自然不可思议,然而作者这样写却活生生地刻画出公主骄横贪婪的占有欲。为了占尽春光,大建别墅山庄,其豪华气派竟使城阙为之色减。第二句一个"压"字将山庄"台榭"的规模惊人、公主之势的炙手可热极意烘托。"故"字表明其为所欲为,足见作者下字准确,推敲得当。山庄别墅是权贵游乐之所,多植花木。因之,第三句即以问花作转折。诗人不问山庄规模而问"花多少",从修辞角度看,可取得委婉之功效;而且问得自然,因为从诗题看,诗人既是在"游"山庄,他面对的正是山花烂漫的春天;同时"花"与不尽,前面还有多少花? 看啦,"直到南山不属人"!

[含蓄的讽刺] "南山"即终南山,在京兆万年县南五十里,而乐游原在县南八里,于此可见公主山庄之广袤。偌大地方"不

属人",透出首句"占"意。"直到"云云,它表面是惊叹夸耀,无所臧否,骨子里却深寓褒贬。"不属人"与"占"字同样寓有贬义、谴意。然而最妙的是诗句的潜台词——别忘了所说的一切均属"当年"事。山庄犹在,不过早不属于公主了,山庄尚不能为公主独占,春天又岂可为之独占?终究是"年年检点人间事,惟有春风不世情"呵。这事实不是对"欲占春"者的极大嘲讽么?但诗写到"不属人"即止,然"不属人岂属公耶?"读者至今可以想见诗人当年面对山花时狡黠的笑影。

次潼关先寄张十二阁老使君①

荆山已去华山来②,日出潼关四扇开③。刺史莫辞迎候远④,相公新破蔡州回⑤。

注释 ①次:途中止宿。潼关:关名,今属陕西。张十二阁老使君:张贾,行第十二。曾为门下省给事中,时任华州刺史。阁老,唐代对中书舍人、给事中等两省官员的通称。使君,刺史的别称。②荆山:一名覆釜山,在今河南灵宝境内。华山:号称西岳,在华州华阴(今属陕西)境内,位于潼关以西。③出:一作"照"。扇:一作"面"。④刺史句:方成珪注:"《元和郡县志》,湖城县东北至虢州七十里,荆山在县南,虢州西北至潼关一百三十里。自关至华州一百二十里。故曰'迎候远'也。"⑤相公句:元和十二年(817)秋,宪宗任命裴度以宰相兼彰义节度使、淮西宣慰等使,统率诸军讨淮西。冬,李愬雪夜入蔡州,擒吴元济,淮西平。相公,对宰相的称谓,这里指裴度。新,一作"亲"。蔡州,属河南道,今河南汝南。

赏析 [这首诗的写作背景]作于淮西大捷后作者随军凯旋途中。当时唐军抵达潼关,即将向华州进发。作者以行军司马身份写成此诗,由快马递交华州刺史张贾,一则抒发胜利豪情,一则通知对方准备犒军,所以诗题"先寄"。"十二"是张贾行第,张贾曾做属门下省的给事中。当时中书、门下二省官员通称"阁老";又因汉代尊称州刺史为"使君",唐人沿用。此诗曾被称为韩愈"平生第一首快诗"(蒋抱玄),艺术上显著特色是一反绝句含蓄婉曲之法,以刚笔写小诗,于短小篇幅中见波澜壮阔,是唐绝句中富有个性的佳构。

[满怀豪情] 前两句写凯旋大军抵达潼关的壮丽图景。"荆山"一名覆釜山,在今河南灵宝境内,与华山相距二百余里。华山在潼关西面,巍峨耸峙,俯瞰秦川,辽远无际;倾听黄河,波涛澎湃,景象十分壮阔。第一句从荆山写到华山,仿佛凯旋大军在旋踵间便跨过了广阔的地域,开笔极有气魄,为全诗定了雄壮的基调。清人施补华说它简劲有力,足与杜甫"齐鲁青未了"的名句比美,是并不过分的。对比一下作者稍前所作的同一主题的《过襄城》第一句"郾城辞罢辞襄城",它与"荆山"句句式相似处是都使用了"句中排"("郾城—襄城";"荆山—华山")重叠形式。然而"郾城"与"襄城"只是路过的两个地名而已;而"荆山""华山"却具有感情色彩,在凯旋者心目中,雄伟的山岳仿佛也为他们的丰功伟绩所折服,络绎不绝地奔来表示庆贺。拟人化的手法显得生动有致,相形之下,"郾城"一句就起得平平了。

[次句中几个突出的形象] 第二句里,作者抓住几个突出形象来展现迎师凯旋的壮丽情景,气象极为廓大。当时隆冬多雪,已显得"冬日可爱"。"日出"被采入诗中和具体历史内容相结合,形象的意蕴便更为深厚了。太阳东升,冰雪消融,象征着藩镇割据局面一时扭转,"元和中兴"由此实现。"潼关"古塞,在明丽的阳光下焕发了光彩,此刻四扇大门大开,由"狭窄不容车"的险隘一变而为庄严宏伟的"凯旋门"。虽未直接写人,壮观的图景却蕴含在字里行间,给读者留下更广阔的想象空间:军旗猎猎,鼓角齐鸣,浩浩荡荡的大军抵达潼关;地方官吏远出关门相迎迓;百姓箪食壶浆,载欣载奔……"写歌舞入关,不着一字,尽于言外传之,所以为妙"(程学恂《韩诗臆说》)。关于潼

关城门是四扇还是两扇，清代诗评家曾有争议，其实诗歌不比地理志，是不必拘泥于实际的。试把"四扇"改为"两扇"，那就怎么读也不够味了。加倍言之，气象、境界全出。所以，单从艺术处理角度讲，这样写也有必要。何况出奇制胜本来就是韩诗的特色呢。

[后两句用寄语的口气] 诗的后两句换用第二人称语气，以抒情笔调通知华州刺史张贾准备亲自犒军。潼关离华州尚有一百二十里地，故说"远"。远迎凯旋的将士，本应不辞劳苦。不过这话得由出迎一方道来才近乎人情。而这里"莫辞迎候远"却是接受欢迎一方的语气，完全抛开了客气常套，却更能表达得意自豪的情态、主人翁的襟怀，故显得极为合理合情。《过襄城》中相应有一句"家山不用远来迎"，虽辞不同而意近。然前者语涉幽默，轻松风趣，切合喜庆环境中的实际情况，读来倍觉有味。而后者拘于常理，反而难把这样的意境表达充分。

[重要人物亮相] 第四句"相公"指平淮大军实际统帅——宰相裴度，淮西大捷与他运筹帷幄之功分不开。"蔡州"原是淮西强藩吴元济巢穴。元和十二年十月，唐将李愬雪夜攻破蔡州，生擒吴元济，这是平淮关键战役，所以诗中以"破蔡州"借代淮西大捷。"新"一作"亲"，但"新"字尤妙，它不但包含"亲"意，而且表示决战刚刚结束。当时朝廷上"一时重叠赏元功"，而人们"自趁新年贺太平"，那是胜利、自豪气氛到达高潮的时刻。诗中对裴度由衷的赞美，反映了作者对统一战争的态度。以直赋作结，将全诗一语收拢，山岳为何奔走，阳光为何高照，潼关为何大开，刺史远出迎候何人，这里有了总的答复，成为全诗点眼结穴之所在。前三句中均未直接写凯旋的人，在此句予以直点。这种手法，好比传统剧中重要人物的亮相，给人以十分深刻的印象。

[以刚笔作小诗] 综观全诗，一二句一路写去，三句直呼，四句直点，可称是用刚笔抒豪情。大胆地用了"没石饮羽之法"，

别开生面。由于它刚直中有开合,有顿宕,刚中见韧,直而不平,"卷波澜入小诗"(查慎行),饶有韵味。一首政治抒情诗采用犒军通知的方式写出,抒发了作者的政治激情,实是一般应酬之作望尘莫及的了。

百将图·李愬破蔡州后迎裴度

古诗词鉴赏

崔护 字殷功,郡望清河东武城(山东武城西北)人。德宗贞元十二年(796)进士及第。宪宗元和元年(806)与元稹、白居易同登才识兼茂、明于体用科。文宗大和三年(829)为京兆尹,同年七月为御史大夫、岭南节度使。《全唐诗》存诗6首。

题都城南庄

去年今日此门中,人面桃花相映红①。人面不知何处去,桃花依旧笑春风②。

注释 ①映:映照。②笑春风:指迎着春风盛开。

赏析

[这首诗的本事] 孟棨《本事诗·情感》云:"博陵崔护,姿质甚美,而孤洁寡合。举进士下第。清明日独游都城南,得居人庄,一亩之宫而花木丛萃,寂若无人。扣门久之,有女子自门隙窥之,问曰:'谁耶?'以姓字对,曰:'寻春独行,酒渴求饮。'女入,以杯水至,开门设床命坐,独倚小桃斜柯伫立,而意属殊厚,妖姿媚态,绰有余妍。崔以言挑之,不对,目注者久之。崔辞去,送至门,如不胜情而入。崔亦睠盼而归,嗣后绝不复至。及来岁清明日,忽思之,情不可抑,径往寻之。门墙如故,而已锁扃之。"此则笔记当是据诗敷衍作诗本事,想当然耳。唯后文写女子死而复生,与崔结合,殊属节外生枝,故不录。

[情景对比的写法] 这首诗构思,重在情景对比:即将"去年今日"与"今年今日"两个场景相衔接,以"桃花"写物是,以"人面"形人非,对生活中美好事物的逢而复失寄予感慨,颇具理趣。宋代欧阳修《生查子》词云:"去年元夜时,花市灯如

昼。月上柳梢头，人约黄昏后。今年元夜时，月与灯依旧。不见去年人，泪满春衫袖。"上下片分写"去年元夜时""今年元夜时"，寓物是人非之慨，就构思而言，乃依葫芦画瓢。

[音情与内容的配合] 全篇一气呵成，情事历久弥新，其中关键词是"人面""桃花"，两词前总而后分——音情上的离合与内容上的离合，配合微妙。"去年今日"作时间状语，本追忆"去年"，却立足"今日"；后文承前，略去"今年今日"之语，堪称省净。

李绅

(772—846)字公垂,无锡(今属江苏)人,元和进士。武宗时拜相,出为淮南节度使。与元稹、白居易等交往甚密,为新乐府运动的参与者。《全唐诗》存诗4卷。

悯农二首

春种一粒粟①,秋收万颗子。四海无闲田,农夫犹饿死。

锄禾日当午,汗滴禾下土②。谁知盘中餐,粒粒皆辛苦。

注释 ①粟:谷子。②锄:用锄松土除草;禾:谷子,泛指庄稼。锄禾:用锄为庄稼松土除草。

赏析 [劳动与丰收的图画]第一首诗是从农民的劳动写开的,读来轻松明白。前后两句对仗工稳,互为因果关系——有了春种,才有秋收;先种下"一粒粟"才可能收获"万颗子",生动地描绘了劳动人民的辛勤劳作,赞美劳动的巨大创造力。第三句是对前两句诗的进一步深华和推进——有了农民的劳动,四海之内荒地都变成了良田,处处碧绿,满地金黄,为读者描绘了一幅壮美的丰收图。

[丰收图的画外音]然而,出人意料的是作者的用意却并不旨在为人们描绘一幅动人的丰收画卷,而是画外有音——"农夫犹饿死"才是诗人所要写、要说的。当一幅美丽、欢庆的丰收图舒缓地展示在人们面前的时候,紧接着叠现在人们眼前的却是一幅与丰收极不相称的凄惨的乡村饿殍图,这是转折,是反结,给人巨大的心理落差和情感冲击,让人难以接受,心情由轻快顿然变得沉重。原来诗人花去更多篇幅尽情渲染的丰收图仅仅是对下

文的铺垫和衬托，赞美劳动、歌唱丰收的目的其实是为了控诉社会的罪恶，表现劳苦大众的苦难。丰收图愈是壮美、愈是给人欢悦，饿殍图便愈显悲惨，令人触目惊心。"尽道丰年瑞，丰年事若何？"（唐罗隐《雪》）农民耕耘了，也丰收了，老天爷是照应农民的，可是农民依然被饿死、依然无法生存！诗人至此打住、收笔，他只给人们展示了悲剧，却没有直接告诉人们悲剧的原因。其实，答案是很清楚的，诗人是要让人们深入地去思索、去寻求、去感悟！——"劳动生产了美，却为劳动者生产了畸形。"（马克思）

[挥汗如雨的劳动场景] 第二首诗开篇描绘的是农民辛勤耕作、挥汗如雨的劳动场景。正午时分，烈日当空，本该回家吃饭、休息了，可是农民还在地里没完没了地忙碌着，晶莹的汗水滴落在灼热的土地上，这是一幅人们熟知的、生动形象的耕耘图。

[寓意深远的反问] 农民用一滴滴汗珠换来一粒粒金黄的稻谷，这才有了白花花的米饭，除去不懂事的孩子这本是人尽皆知的道理，然而这里诗人却用了一个反问句。有谁知道农民的艰辛？有谁在乎"盘中餐"的来之不易？是农民用双手将"一粒粟"变成了"万颗子"，可是农民赢来的却是被饿死的命运。那么，"万颗子"被谁占有了呢？它们成为了达官贵人、富豪权贵餐桌上的美味佳肴！对于农民的艰难、农民的不幸，他们知道吗？知道！可是他们冷漠、无视！这一声深沉的疑问中凝聚了诗人无限的愤懑和谴责，同时也流露出对农民命运的真切关注与同情。

["合为时而作"的新乐府] 李绅是中唐新乐府运动的最早实践者和倡导者之一。《悯农二首》便是诗人"合为时而作"反映现实生活的新乐府代表作。作为封建知识分子能够关注天下苍生、同情劳苦大众是难能可贵的。"谁知盘中餐，粒粒皆辛苦。"中国究竟有多少代人是从这两句诗开始解读唐诗的，我们已不得而知，可是它无疑已经深入人心，成为千古名句甚至格言，而且常读常新。

古诗词鉴赏

白居易

(772—846)字乐天,晚号香山居士,又号醉吟先生,下邽(今陕西渭南)人。先世本龟兹人,汉时赐姓白氏。德宗贞元十六年(800)登进士第,十九年中书判拔萃科,授秘书省校书郎。宪宗元和十年(815)一度被贬江州司马。晚年以太子宾客分司东都,武宗会昌二年(842)以刑部侍郎致仕。有《白居易集》(《白氏文集》)。

赋得古原草送别

离离原上草,一岁一枯荣。野火烧不尽,春风吹又生。远芳侵古道,晴翠接荒城。又送王孙去,萋萋满别情。

赏析 [关于这首诗的故事] 这首诗是白居易少年时代的作品。据《唐摭言》《幽闲鼓吹》等记载,白居易青年时代曾携此诗赴长安谒名士顾况,顾睹姓名打趣道:"长安米贵,居大不易。"及读此诗,乃改口郑重道:"有句如此,居亦何难。"因为之延誉。唐人于指定限题作诗的题目前加"赋得"二字。《古原草送别》即所拟诗题。

[诗从"原上草"写起] 此诗重点放在咏"古原草",最后带出送别之意。首联即破题面"古原草"三字,点明不是一块草地,而是大草原,"离离"迭字,状出草色之茂密、景象开阔;"一"字重出,形成咏叹,先道出一种生生不已的情味。

[诗中的警句格言] 次联紧承"枯荣",歌咏野草所具有的顽强生命力。别致处在于不是一般地写草原的秋枯春荣,而是写野火燎原,把野草烧得精光,——强调毁灭的力量、毁灭的痛苦,是为了强调再生的力量、再生的欢乐。草置根大地,具有顽强的生命力,草灰化作肥料,来年春草长势更旺。两句一句写枯,一句写荣,"烧不尽"与"吹又生",何等唱叹有味,对仗亦自然天

成，写出了一种在烈火中再生的典型，寓于哲理意味，故为名句。

[紧扣"古原"归结到送别] 紧接"又生"，转写古原景色。"古道""荒城"紧扣"古原"字面。虽然道古城荒，青草又使古原恢复了青春。前四句写草是白描，此二句"远芳""晴翠"更以藻绘染色；"侵""接"二字继"又生"写出迅猛扩展之势，这两句又安排了一个送别的环境。末联巧用《楚辞·招隐士》名句"王游兮不归，春草生兮萋萋"，翻出新意，不是面对草色怀远，而是在草色中送别，用刘长卿的话说即"江春不肯留行客，草色青青送马蹄"，用李后主的话来说即"离恨恰如春草，更行更远还生"，缴清"送别"的题意。

从命题作诗的角度看，全诗将"古原""草""送别"打成一片，神完意足，而且能融入深刻的生活感受，包含相当的哲理意味，故为佳作。

❀ 钱塘湖春行 ❀

孤山寺北贾亭西，水面初平云脚低。几处早莺争暖树，谁家新燕啄春泥。乱花渐欲迷人眼，浅草才能没马蹄。最爱湖东行不足，绿杨阴里白沙堤。

赏析 作于长庆三年（823）杭州刺史任上。"钱塘湖"乃西湖别名，诗写湖上看到的早春景色。

[紧扣湖边景色] 首联点"钱塘湖"。孤山在后湖与外湖之间，其上有寺，是湖中登览胜地；贾亭即贾公亭，为贞元时杭州刺史贾全所建，亦当时名胜。"孤山寺北贾亭西"，即以湖上景点点出西湖，亦暗示春游路线是由湖西北向湖东行进。"初平"谓春水新涨，在水色天光的混茫中，地平线上的白云与湖中倒影连成一片，是谓"云脚低"。

[抓住早春景物的特点] 中两联赋写湖上早春景色。三四句

通过对莺歌燕舞的描写,表现早春大自然刚从沉睡中苏醒过来时的活力,"早""新"是句中之眼,"争树"栖息、"啄泥"构巢,是鸟儿在早春、新春的活动。说"几处",不是处处,说"谁家",不是家家;然而也非一处一家,无不是表现早、新的诗意。可与谢灵运"池塘生春草,园柳变鸣禽"之句比美。

五六句通过花草的生发表现方兴未艾的盎然春意。"乱花""浅草""渐欲""才能",下字极有分寸,虽然草生未密,花未开繁,但都保持着旺盛的长势,显示出蓬勃的生命力。与韩愈"天街小雨润如酥,草色遥看近却无"同属写早春景色的名句,不过白诗中春色更深一些。

[点出湖上最佳景点]末联点出湖东春色最好处,即烟柳笼罩下的白堤(又称沙堤、白沙堤或断桥堤,后世误传为白氏所筑)。盖西湖三面环山,白堤中贯,总揽全湖之胜,故云。诗用白描手法叙写景物,多用勾勒字面,"初平""几处""谁家""渐欲""才能"意脉相贯,紧扣湖面早春气象,观察细致,描写准确;全诗笔触舒展流畅,风格清新明快,在唐人七律中创出平易近人一格。

❋ 买花 ❋

帝城春欲暮①,喧喧车马度②。共道牡丹时,相随买花去。贵贱无常价,酬直看花数③。灼灼百朵红④,戋 jiān 戋五束素⑤。上张幄幕庇⑥,旁织笆篱护⑦。水洒复泥封⑧,移来色如故。家家习为俗,人人迷不悟。有一田舍翁,偶来买花处。低头独长叹,此叹无人谕⑨。一丛深色花,十户中人赋⑩。

| 注 释 | ①帝城:京城,指长安(今陕西西安市)。春欲暮:春天将要过去。②喧喧:吵闹声。度:经过。③直:同"值"。酬值:给价。数:计算。看花数:根据花的品种来定价。④灼灼:鲜艳繁盛的样子。⑤戋戋:众多的样子。束:五匹。素:白绢子。⑥幄幕:帐篷。庇:保护。⑦笆篱:即篱笆。⑧泥封:用 |

泥土把根保护好。⑨谕：同"喻"，明白，理解。⑩中人赋：即中户赋。唐赋税按户口征收，分为上户、中户、下户。

赏析 [秦中吟花]《买花》是白居易《秦中吟》十首中最后一首。《秦中吟》序曰："贞元、元和之际，予在长安，闻见之间，有足悲者。因直歌其事，命为《秦中吟》。"《买花》诗题一作《牡丹》，牡丹本是山西一带的产物，唐初移植至长安，遂成为珍品。到中唐时期，赏玩牡丹，更成为长安盛行一时的风气。此诗选取了豪门贵族生活中一个典型现象来揭露当时的社会矛盾。

[崇尚牡丹之风尚] 与白居易同时代的李肇在《唐国史补》卷中云："京城贵游，尚牡丹三十余年矣。每春暮，车马若狂，不以耽玩为耻，执金吾铺官围外寺观种以求利，一本有直数万者。"正与此诗所云"帝城春欲暮，喧喧车马度。共道牡丹时，相随买花去"相参照。"帝城"点明地点，"春欲暮"点明时间，此时正当农事繁忙，而皇族大臣们却奔走于牡丹花市，嬉戏于喧街闹巷。短短四句就将买花之盛况渲染出来。

[牡丹绚烂若珍宝] 牡丹花并无一定的价格，易得之花便宜，而品种稀少的特别昂贵。百朵鲜艳的红牡丹，价值竟然相当于二十五匹帛。贵族们对牡丹珍爱有加，在花上面用帐篷遮着，四周编了篱笆来保护，根部用泥土封好，这样细致周密的养护使得花由生长的地方移植过来时颜色依旧绚烂如初。至此，诗歌前十二句还只是在做客观的描述，尚未表露出作者的倾向性。

[田舍翁一声叹息] 富贵人家以买花玩花为习俗，沉迷其中而"不悟"。偶有一田舍翁，一声叹息道破世间情："一丛深色花，十户中人赋。"买这样一丛深色的牡丹，相当于花费十户中等人家的税粮。此处用对比的方法讽刺了上层贵族之豪奢，他们不事生产劳动，却又挥金如土，他们所耗费的钱财正是来源于从民间百姓身上榨取的赋税。诗人借田舍翁的一声长叹揭露了社会的矛盾，反映了具有深刻社会意义的主题，引人深思，发人

深省。

[歌诗合为事而作] 白居易，字乐天，晚号香山居士，世称白香山。他在《与元九书》中认为"文章合为时而著，歌诗合为事而作"，强调诗歌的讽喻功能。其《新乐府序》云："其辞质而径，欲见之者易谕也。其言直而切，欲闻之者深诫也。""为君、为臣、为民、为物、为事而作，不为文而作也。"白居易是希望以诗歌发挥裨补时阙的政治功能，使之有助于改良社会统治秩序，因而其讽谕诗语言质直，不事雕琢，晓畅易懂，这也体现出中国文人士大夫积极关注社会、改造现实的可贵精神。

卖炭翁

卖炭翁，伐薪烧炭南山中①。满面尘灰烟火色，两鬓苍苍十指黑。卖炭得钱何所营？身上衣裳口中食。可怜身上衣正单，心忧炭贱愿天寒。夜来城外一尺雪，晓驾炭车辗冰辙②。牛困人饥日已高，市南门外泥中歇。翩翩两骑来是谁③？黄衣使者白衫儿④。手把文书口称敕⑤，回车叱牛牵向北⑥。一车炭，千余斤，宫使驱将惜不得⑦。半匹红纱一丈绫⑧，系向牛头充炭直⑨。

注释　①南山：长安（今陕西西安）城南之终南山，秦岭山峰之一，古代也泛称秦岭。②辗：通"碾"，磨轧。辙：车轮在路上压出的印迹。③翩翩：轻快的样子。两骑：两个骑马的人。④黄衣使者：皇宫中派出来采办货物的宦官。白衫儿：指随从宦官一起掠夺百姓财物的人。唐代无官职的人穿白衫。⑤文书：公文。敕：皇帝的命令。⑥回车：唐代长安宫廷在城北，炭车停在城南，宦官将车强拉往皇宫，故云回车。⑦宫使：宫里派遣出的向民间抢夺财物的宦官称为"宫使"。驱：赶车。将：助词。不得：不能。即使爱惜也无可奈何。⑧半匹：二丈。当时一匹为四丈。唐代货物流通，钱帛并用。⑨系：拴。充：充当，当作。直：同"值"，价钱。

赏析 [叹宫市之苦] 此诗是白居易《新乐府》中第三十二首，其自序云："苦宫市也。""宫"，指皇宫，"市"，即买，采购的意思。皇宫里所需日用品由官吏到民间市场上去采办，但到中唐时期，宦官专权，经常遣数百人遍布热闹街坊，称之为"白望"。他们利用采购的机会强行以低价购买货物，有时甚至分文不给。所谓"宫市"，实际上已成为一种光天化日下的掠夺。

[南山烧炭之艰辛] 王维《终南山》诗云："太乙近天都，连山到海隅。白云回望合，青霭入看无。分野中峰变，阴晴众壑殊。欲投人处宿，隔水问樵夫。"南山磅礴的气势与幽深的环境跃然纸上。然而，卖炭翁却因苦于衣食之忧而无心欣赏如此美景，他必须辛苦地劳作才能苟且存活于乱世。人迹罕至的南山作为欣赏的对象会给人带来静谧的美感，可是若伐薪烧炭于其中，甘苦滋味恐怕唯有卖炭翁自己知晓。"一车炭，千余斤"，仅就"伐薪"一项，就不知要挥洒多少汗水，且不说还须经过"烧炭"这一复杂、漫长的劳动过程，而最终还得将炭运到五十里以外的长安城出售，山路之崎岖、旅途之艰辛可以想见。山是同样的山，山中人却已不再是悠游不迫、沉醉山水的诗人，而变成"满面尘灰烟火色，两鬓苍苍十指黑"的一位老翁。

[身上衣单却愿天寒] 千辛万苦地烧薪成炭，所为何来？只为"身上衣裳口中食"！他若是一个贩卖木炭的商人，也无须如此辛苦，或者他是一个尚有田地的农夫，那也不至于挨饿受冻，可是，他仅仅是一个依靠伐薪烧炭来维持生活的卖炭翁，除此而外，他没有任何的衣食来源，卖炭成为他唯一的生活指望。所以在寒风凛冽的冬天，虽然他衣着单薄，瑟瑟发抖，却一心只盼这天气更冷，能将这一车炭卖个好价钱。此处"可怜身上衣正单，心忧炭贱愿天寒"，读之令人心生酸楚。

[大雪纷飞辗冰辙] "夜来城外一尺雪"燃起了卖炭翁对生活的希望，那寒冷、饥饿以及路途的遥远、艰难在他看来都成为可

古 诗 词 鉴 赏

以克服也必须克服的困难,他带着对生活的憧憬在雪后的一天早晨驾着炭车辗过冰辙来到了长安城。

[可怜希望灰飞烟灭]忍饥挨饿地到了市南门外,卖炭翁或许在盘算着这一车炭能卖多少钱,卖的钱能换多少衣食,想着想着,这一切的辛苦都变得很值得。可是,不幸的他遇上了"黄衣使者白衫儿",当这些宫使手把文书口称敕时,那满满一车的希望都化成了泡影,他再舍不得也无可奈何,最终只有"半匹红纱一丈绫"成为他全部辛苦的见证。

❀ 观刈 yì 麦① ❀

田家少闲月,五月人倍忙。夜来南风起,小麦覆陇黄②。妇姑荷 hè 箪 dān 食③,童稚携壶浆④;相随饷田去⑤,丁壮在南冈⑥。足蒸暑土气⑦,背灼炎天光;力尽不知热,但惜夏日长。复有贫妇人,抱子在其旁。右手秉遗穗⑧,左臂悬弊筐⑨。听其相顾言,闻者为悲伤:"家田输税尽⑩,拾此充饥肠。"今我何功德,曾不事农桑;吏禄三百石⑪,岁晏有余粮⑫。念此私自愧,尽日不能忘。

注释 ①刈:割。②陇:同"垄",田埂。③妇姑:妇指已婚女子,姑指未婚女子,这里泛指妇女。荷:扛、挑。箪食:用圆竹器盛的食物。④童稚:小孩。⑤饷田:给在田里劳动的人送饮食。⑥丁壮:指青壮年男子。⑦足蒸句:两脚被田里热气蒸熏着。⑧秉:拿,持。⑨弊:破。⑩输税:缴税,纳税。⑪吏禄:指作者做官的俸禄。⑫岁晏:年底、年终。

赏析 [叙事明白流畅,结构清楚自然]诗一开头就交代了时间和环境背景。种田的农户一年到头少有休息的时刻,眼下正是南风吹拂的五月,小麦已经金黄成熟,亟待收割,又是一个农忙时节。妇女领着小孩给正在田里劳动的青壮年男子送饭和水。而南冈田里的青壮年农民正低着头割麦。脚下是浓烈的暑热熏蒸,背上是灼热的烈日烘烤。虽然已经累得精疲力竭，对炎热也麻木了，但却盼望时间过得慢一点，不是不想休息，而是怕完不成收割又影响生计。旁边一个贫妇怀抱孩子，手提破篮在拾麦。为什么会这样呢？因为她家的田地已经为了缴纳官税而卖光了，根本就无田可种，无麦可收。最后是一个旁观者——作者自己的感受。

[意味深长的讽喻之意] 本来在烈日下收割麦子的农民已经是如此辛苦忙碌，令人同情了，而又出现了一位连割麦都不能，只有靠拾麦来充饥维生的贫妇，更加令人心酸。再听那位妇人道出其中的原委，原来她也曾经是有田的人家，只是因为赋税太重，缴纳不足，不得不卖尽田地。试想，正在割麦的农民会有何感受呢？此刻的辛劳换来的只是短暂的安稳，有可能明天就因为缴不起税而像那位妇人一样，沦为拾麦者。今日的割麦人和明日的拾麦者并列于前，他们的命运也不难猜想，这样的对比具有强烈的讽喻之意。

[细致而真实的心理描写] "力尽不知热，但惜夏日长"二句，细致而真实地刻画出劳动人民细微的特殊心理。本来在毒日当头下，躬身劳作是令人疲乏而痛苦的，按正常的心理来推想，应该是盼望着快点天黑，结束这一切。但他们却无比珍惜夏日的长昼，仿佛愿意延长痛苦，其实这正是一种为生活所迫的无奈。

[一双蓄满同情之泪的眼睛] 白居易的诗是善于叙事的，而且往往蕴含着丰富的感情，这也正是他的诗被广为传诵的原因之一。在面对农民的辛勤劳碌与悲惨命运时，诗人的心被深深刺痛了，所以他的字里行间都充溢着对劳动者的同情和怜悯，为他们"足蒸暑土气，背灼炎天光"而难受，为他们"家田输税尽，拾此充饥肠"而悲伤。更可贵的是，作为一位正直的、有着强烈社会良知和道德感的诗人，白居易将自己与农民进行对比，为自己"不曾事农桑"而"吏禄三百石，岁晏有余粮"而感到惭愧。这种深刻的自责正有力体现了诗人对劳动人民的深切同情。

古诗词鉴赏

❋ 池上 ❋

袅袅凉风动，凄凄寒露零①。兰衰花始白，荷破叶犹青。独立栖沙鹤，双飞照水萤。若为寥落境，仍值酒初醒②。

注 释 ①袅袅：形容烟缭绕上升。凄凄：形容冷落萧条。②寥落：冷落，冷清。

赏析

[一首写景抒情诗] 中国传统写景诗有一个特点，通篇不写感情，而将诗人想表达的感情寓于景物描写中。典型的如马致远的"枯藤老树昏鸦，小桥流水人家。古道西风瘦马，夕阳西下，断肠人在天涯"。其中的孤独寂寞、岁月沧桑从字里行间流露出来，有言有尽而意无穷之妙。白居易此诗也是这样，全诗八句，六句写自然景物，后二句也不言情，但情已尽出。

[秋夜的荷塘图] 由诗中"寒露""兰衰""荷破"知季节是秋，由"照水萤"知时间是夜晚。这幅图充满了衰败的景象。静景中，兰花衰，荷花破，全然没有平时的光彩；动景中，远处的鹤形单影只独立沙滩，近处的萤火虫虽然是成双成对，可是它们太小了，照出的光芒不能温暖冰冷的夜，再加上凉风的吹拂，降下的寒露，更增添了这种破败的景象。

[酒醒的痛苦] 唐人好酒，欢乐要喝酒庆祝；悲伤要靠酒排遣。酒激发唐人的诗情，李白斗酒诗百篇，酒展现唐人的潇洒，饮如长鲸吸百川……在唐人酒文化中，很重要的一点是借酒浇愁。杜甫《饮中八仙歌》中，那几位嗜酒如命的人，都是政治失意的人。他们的种种狂放，都是心中失意的宣泄。理解唐代酒文化的这一特点，就不难理解此诗中的酒。酒在这里绝非美味，饮酒在这里绝非风流之事。白居易是一位很有政治抱负的人，他的诗歌，如《卖炭翁》《红线毯》等，直指时弊。他仕途坎坷，一贬再贬，心中痛苦，自不待言。那破败的池上景象，也是诗人暗淡心境的折射。

[兰、荷、鹤的意象] 兰，与松、竹、梅号称岁寒四友，象

征了君子的品格。屈原常用"兰芷"自况。荷花也以其"出淤泥而不染，濯清涟而不妖"的高洁，备受文人的赞赏。鹤，是禽中的高士，鲍照《舞鹤赋》称鹤"钟浮旷之藻质，抱清迥之明心"。这是诗人自比为这些高洁的事物，不愿与现实妥协的委婉表白。

[工整的对仗] 这首诗前三联皆写景，句句用对，正对与反对交替使用，语句极为工整。选词皆为冷色调的词语，语意连贯，反复渲染了衰败破落之景，更显出诗人心中的忧愁郁闷。"袅袅凉风动，凄凄寒露零"两句中，"袅袅"与"凄凄"，"凉风"与"寒露"，"动"与"零"，皆为正对。"兰衰花始白，荷破叶犹青"中，"兰衰"与"荷破"正对，"白"与"青"反对。"独立栖沙鹤，双飞照水萤"中，"独立"与"双飞"反对，"栖沙鹤"与"照水萤"，一静一动，也为反对。

忆江南

江南好，风景旧曾 céng 谙 ān①。日出江花红胜火②，春来江水绿如蓝③。能不忆江南。

注释 ①曾：曾经。谙：熟悉。②江花：江边的花。③蓝：草名，叶子可以制作蓝色的颜料。

赏析 [首开风气之作] 有人统计，中晚唐文人词中，有两个地域最为词人所深情眷恋，反复咏写。其一是长安，另一则是江南，而以后者犹甚。至花间、南唐诸词，十之八九也均以南国丽景和南国佳人作为主要背景和主要描写对象，而开此风气者便是白居易了（殷尧藩的《忆江南》是诗）。

[这首词的写作背景] 词牌原名《望江南》，见于《教坊记》和敦煌曲子词。白居易即事名篇，易一字为今名。白居易早年曾游江南，其后又在苏杭二州作官：穆宗长庆二年（822）至四年为杭州刺史，敬宗宝历元年（825）至二年为苏州刺史，后因目疾回到洛阳，时年五十五岁。回洛阳后写了不少怀念旧游的诗

作。其中《见殷尧藩侍御〈忆江南〉三十首诗中多叙苏杭胜事余典二郡因继和之》云："君是旅人犹苦忆，我为刺史更难忘。"直到开成三年（838）六十七岁时写了《忆江南》三首。

[这首词中的剪裁]《忆江南》是小令，"离首即尾，离尾即首"，这首词妙在写景，而写景只有中间七言一联十四个字，取舍取舍，所难在舍。而诗人对江南大多美景一概舍去，而独取春花与江水，并极力染色之。春花本红，而在阳光下更显得鲜明夺目；江水本绿，而春来江水更见绿得可爱。红的"红胜火"，绿的"绿如蓝（蓝草）"，突出了江南之春给人的最强烈的感受和印象，以简明而大胆的设色取胜。

[文字层面下的对比] 这里须注意题目中的"忆"字，才能发现更深层次上的诗意。原来词人写江南春，却身在北国。洛阳之春较之江南，可以说是姗姗来迟的，作者诗云："花寒懒发鸟慵啼，信马闲行到日西。何处未春先有思，柳条无力魏王堤。"（《魏王堤》）北方春花没有江南那样繁丽，而黄河、洛河、伊水都不可能像江南之水那样清澈碧绿。在这种情况之下，"能不忆江南？"词中设问，正是在这样的前提下感发的；而江南春花特红、江水特绿的感觉和印象，也正是在这样的前提下引起和加深的。

❀ 长恨歌 ❀

汉皇重色思倾国①，御宇多年求不得②。杨家有女初长成，养在深闺人未识。天生丽质难自弃，一朝选在君王侧。回眸一笑百媚生，六宫粉黛无颜色③。春寒赐浴华清池④，温泉水滑洗凝脂。侍儿扶起娇无力，始是新承恩泽时。云鬓花颜金步摇，芙蓉帐暖度春宵。春宵苦短日高起，从此君王不早朝。承欢侍宴无闲暇，春从春游夜专夜。后宫佳丽三千人，三千宠爱在一身。金屋妆成娇侍夜，玉楼宴罢醉和春。姊妹弟兄皆列土，可怜光彩生门户。遂令天下父母心，不重生男重生女。骊宫高处

白居易

入青云⑤,仙乐风飘处处闻。缓歌慢舞凝丝竹,尽日君王看不足。渔阳鼙鼓动地来⑥,惊破霓裳羽衣曲⑦。

九重城阙烟尘生⑧,千乘万骑西南行。翠华摇摇行复止⑨,西出都门百余里。六军不发无奈何,宛转蛾眉马前死。花钿委地无人收⑩,翠翘金雀玉搔头。君王掩面救不得,回看血泪相和流。黄埃散漫风萧索,云栈萦纡登剑阁⑪。峨嵋山下少人行,旌旗无光日色薄。蜀江水碧蜀山青,圣主朝朝暮暮情。行宫见月伤心色,夜雨闻铃肠断声。天旋日转回龙驭,到此踌躇不能去。马嵬坡下泥土中⑫,不见玉颜空死处。君臣相顾尽沾衣,东望都门信马归⑬。归来池苑皆依旧,太液芙蓉未央柳⑭。芙蓉如面柳如眉,对此如何不泪垂?春风桃李花开日,秋雨梧桐叶落时。西宫南苑多秋草⑮,落叶满阶红不扫。梨园弟子白发新,椒房阿监青娥老⑯。夕殿萤飞思悄然,孤灯挑尽未成眠。迟迟钟鼓初长夜,耿耿星河欲曙天。鸳鸯瓦冷霜华重⑰,翡翠衾寒谁与共?悠悠生死别经年,魂魄不曾来入梦。

临邛qióng道士鸿都客⑱,能以精诚致魂魄。为感君王辗

华清出浴图

转思，遂教方士殷勤觅。排空驭气奔如电，升天入地求之遍。上穷碧落下黄泉⑲，两处茫茫皆不见。忽闻海上有仙山，山在虚无缥缈间。楼阁玲珑五云起，其中绰约多仙子⑳。中有一人字太真㉑，雪肤花貌参差是。金阙西厢叩玉扃 jiōng㉒，转教小玉报双成㉓。闻道汉家天子使，九华帐里梦魂惊。揽衣推枕起徘徊，珠箔银屏迤逦开㉔。云鬓半偏新睡觉，花冠不整下堂来。风吹仙袂飘飘举，犹似霓裳羽衣舞。玉容寂寞泪阑干，梨花一枝春带雨。含情凝睇谢君王，一别音容两渺茫。昭阳殿里恩爱绝㉕，蓬莱宫中日月长㉖。回头下望人寰处，不见长安见尘雾。唯将旧物表深情，钿合金钗寄将去。钗留一股合一扇，钗擘黄金合分钿。但令心似金钿坚，天上人间会相见。临别殷勤重寄词，词中有誓两心知。七月七日长生殿㉗，夜半无人私语时。在天愿作比翼鸟，在地愿为连理枝㉘。天长地久有时尽，此恨绵绵无绝期。

注 释　①汉皇：汉武帝。倾国：美女代称。②御宇：御临定内，即统治天下的意思。③六宫粉黛：宫内所有的妃嫔。④华清池：在昭应县（今陕西省西安市临潼区）东南骊山上。⑤骊宫：即华清宫，因为在骊山上而得名。⑥渔阳：唐郡名，是范阳节度使所辖的八郡之一。⑦霓裳羽衣曲：舞曲名。⑧九重城阙：指京城。⑨翠华：指皇帝的车驾。⑩花钿：即金钿，镶嵌金花的首饰。⑪云栈：高入云霄的栈道。⑫马嵬坡：故址在今陕西省兴平市。⑬信马归：谓无心鞭马，任马前行。⑭太液：汉建章宫北的池名。未央：汉宫名。⑮西宫：太极宫。南苑：兴庆宫。⑯椒房：后妃所住的宫殿。阿监：宫中女官。青娥：青春美好的容颜。⑰鸳鸯瓦：两片嵌合在一起的瓦。⑱临邛：县名，唐属剑南道，今四川省邛崃市。鸿都：后汉首都洛阳宫门名。这里借指长安。⑲碧落：道家称天界为碧落。⑳绰约：美好轻盈貌。㉑太真：杨贵妃原名玉环，被度为女道士时叫太真。㉒金阙：金碧辉煌的神仙宫阙。扃：门户。㉓小玉、双成：古代神话中的女子。㉔迤逦：连延不断。㉕昭阳殿：汉殿名。㉖蓬莱宫：泛指仙境。㉗长生殿：唐代后妃所居寝宫。㉘连理枝：异本草木，枝或杆连生在一起。

赏析 [白居易的成名作]《长恨歌》是白居易的成名作，也是广为传诵的唐诗名篇之一。诗成不久就给诗人带来声誉，据作者自述："闻有军使高霞寓者，欲聘倡妓，妓大夸曰：'我诵得白学士《长恨歌》，岂同他妓哉？'由是增价。""又昨过汉南日，适遇主人集众乐娱他宾，诸妓见仆来，指而顾曰：'此是《秦中吟》《长恨歌》主耳。'"(《与元九书》)作者身后，唐宣宗更有"童子解吟长恨曲，胡儿能唱琵琶篇"(《吊白居易》)之延誉。

[《长恨歌》的写作缘起]《长恨歌》的中心内容是唐玄宗与杨贵妃生离死别的故事，这是一场生死之恋。无论从作者的创作动机，还是客观效果上看，都是一篇言情杰作。作者友人陈鸿谈及此诗的写作缘起："元和元年冬十二月，太原白乐天自校书郎尉于周至，地近马嵬坡。鸿与王质夫家于是邑。暇日相携游仙游寺，话及此事，相与感叹。质夫举酒于乐天前曰：夫希代之事，非遇出色之才润色之，则与时消没，不闻一世。乐天深于诗，多于情者也；试为歌之，如何？'乐天因为《长恨歌》。"(《长恨歌传》)显然，荒淫误国不能称为"希代之事"，而帝王与妃子之间的生死之恋才是"希代之事"。这样的"希代之事"经过"深于诗，多于情"的诗人的润色，主题的走向可想而知。

[作者对《长恨歌》的说法]白居易自己就把《长恨歌》编入"感伤诗"，而不编入"讽喻诗"，题词道："一篇长恨有风情，十首秦吟近正声。"(《编集拙诗成一十五卷用题卷末》)又对元稹说："今仆之诗，人所爱者，悉不过'杂律诗'与《长恨歌》以下耳，时之所重，仆之所轻。"(《与元九书》)凡此，都足以表明作者的创作动机是什么。更重要的是作品的创作实际，从客观上体现了作家的主观意图。

[在讲述故事中有所润色]从篇首至"惊破霓裳羽衣曲"写安史之乱前的情恋史。"杨家有女初长成，养在深闺人未识"二句与史实大有出入，不像陈鸿《长恨歌传》那样哪怕是委婉地指

出杨氏本是寿王妃这一事实，这种润色或美化，是由作者的写作意图所决定的。以下"渔阳鼙鼓动地来，惊破霓裳羽衣曲"写安史之乱仅两句，大部分围绕对爱情生活产生破坏的事件来写，也表明《长恨歌》写的是爱情悲剧而非政治悲剧。

[通过美的效果来写美]《丽情集·长恨歌传》形容杨妃的美是："绿云生鬓，白雪凝肤。涯饰光华，纤秾有度，举止闲冶，如汉武帝李夫人。"仅限于静态的描摹，不胜痕迹。相形之下，白居易抓住一个动态和美的效果来写杨妃之美，何等灵妙："回眸一笑百媚生，六宫粉黛无颜色。"避开正面描写，却引起更生动的关于美的印象。作者语言平易而细腻，诗中通过眸子、肌肤、浴态等细节，写活了杨妃，给后戏曲家和画家无穷的灵感。

[诗中反复写帝妃间的生死之恋]从"九重城阙烟尘生"到"魂魄不曾来入梦"写唐玄宗杨贵妃的生离死别，和玄宗对死去的杨妃无时或已的怀念。从政治角度歌咏马嵬之变的诗人，总是冷静地判断："不闻夏殷衰，中自诛褒妲"（杜甫）、"终是圣明天子事，景阳宫井又何人"（郑畋）。唯独白居易写出了一个割不断情根爱胎的玄宗，"六军不发无奈何，宛转蛾眉马前死""君王掩面救不得，回看血泪相和流"，讽刺之笔拿得如此惨痛飞迸！

"黄埃散漫风萧索"八句写赴蜀路上玄宗对杨贵妃的思念。借萧索、孤凄、暗淡的景物色彩，及月色铃语给失眠者的特殊感觉，渲染出玄宗的悲痛。"天旋日转回龙驭"六句写光复后还京路上玄宗对杨贵妃的思念。"不见玉颜空死处"的"空"字，极写出他心境的悲凉。时过境迁，他那难以消减的悲痛感染了左右，此时是"君臣相顾尽沾衣"。东望都门，本应归心似箭，快马加鞭，但玄宗却打不起精神，"信马归"三字可见意懒心灰。

"归来池苑皆依旧"以下写回京后身为上皇的玄宗对杨妃更深的相思。诗中写他看到池中的芙蓉想起杨妃，看到宫中柳叶想起杨妃，正是"物是人非事事休"，从春到秋，年复一年，此情有增无减。"梨园弟子白发新，椒房阿监青娥老"，间接是说岁月不饶人。诗人不惜以八句篇幅写他的孤眠难熬之夜,大肆渲染环境。"初长夜"是说难熬的夜晚还在后头。"星河"是暗逗"他年七夕笑牵牛"的情事,正是往事不堪回首。以上写各种场合,四时交替,而玄宗悼亡之情无时或已,其生死恋升华到了精神恋爱的、纯情的高度。当他的精诚感动了一个道士,诗篇就进入了一个新的天地。

[在一个神仙世界中补写杨妃] "临邛道士鸿都客"到篇末,在一个幻想的神仙世界中刻画出死者对生者刻骨铭心的眷念,补足了悲剧主人公之一的杨妃形象。从"金阙西厢叩玉扃"到"在地愿为连理枝",以细腻的笔墨写杨妃接见道士的情景和对话。"揽衣——推枕——起徘徊"三个动作,表现出杨妃掩饰不住的内心喜悦。珠箔银屏接连打开,云髻半偏便下堂来,表现出她迫不及待要见使者的心情。诗人以"梨花一枝春带雨"形容她的"玉容寂寞泪阑干",贴切而形象,真是"淡处藏美丽,浅处著工夫"(方虚谷)。

[诗中的绝妙好辞] 诗中省去了道士的致词,而重在写杨妃的答词,寄赠旧物与信誓:"唯将旧物表深情,钿合金钗寄将去。钗留一股合一扇,钗擘黄金合分钿。但令心似金钿坚,天上人间会相见。"数句采用了"分总"辞格,钗、合、金、钿四字反反复复,在音情上渲染杨妃缠绵悱恻的相思,写得淋漓尽致。这民间式的旦旦信誓,丰满地刻画出一个同样执着于爱情的杨妃形象。根据当时传说,"方士受辞与信,将行,色有不足。玉妃固征其意,复前跪至词:'请当时一事不为他人闻者验于太上皇……'玉妃茫然退立,若有所思。徐而言之:'昔天宝十载,侍辇避暑骊山宫,秋七月牵牛织女相见之夕……夜殆半,休侍卫于东西厢,独侍上。上凭肩而立,因仰天感牛女之事,密相誓心:愿世世为夫妇。言毕,执手各呜咽,此独君王知之耳。'"(《长恨歌传》)诗的最末几句便写这一情节,"愿世世为夫妇"一说,被诗化为"在天愿作比翼鸟,在地愿为连理枝"的千古

名句。

[《长恨歌》的悲剧性] 诗人的高明之处在于,尽管通过杨妃的誓言和行动丢下了一个希望,但他并没有来一个廉价的大团圆结局。因为誓中虽有"愿世世为夫妇"和"天上人间会相见"的话头,然而"他生未卜此生休"(李商隐),大错今生铸成,遑论来世?"只有等待来生里,再踏上彼此故事的开始",好像说很有希望,其实是很悲哀、很无奈的话。李商隐《马嵬》结云:"如何四纪为天子,不及卢家有莫愁。"也就是"长恨"结穴所在,但说得露,不及白居易的结句有悠悠不尽的余味:"天长地久有时尽,此恨绵绵无绝期。"这一悲剧性结局,突破了我国传统文化心理喜欢"大团圆"的模式,尤为难能可贵。

[《长恨歌》在叙事诗史上的地位] 我国古代叙事诗不发达,无名氏《焦仲卿妻》曾是一个孤立的高峰。杜甫创作了一大批叙事诗和叙事性很强的政论诗,成为文人叙事诗一大作手。但他的叙事诗如"三吏""三别"篇幅短小,笔墨尚简;史诗如《北征》等,则无故事性,是非严格意义上的叙事诗。在具有曲折完整的故事情节这点上,《长恨歌》可与《焦仲卿妻》比美。王湘绮说:"白居易歌行纯似弹词,《焦仲卿妻》诗所滥觞也。"而弹词特点就是演说一个故事。一向与《长恨歌》齐名的《连昌宫词》"虽然铺写详密,宛如画出",但它基本上是指陈时事,没有什么故事性。作为一首七言长篇叙事之作,《长恨歌》比五言诗《焦仲卿妻》在技巧上的显著进步表现在描写的细腻上。

[长于描写和气氛烘托] 《焦仲卿妻》诗的人物性格、心理活动大多是通过个性化的对话表现出来的,直接描写不多,人物动作描写则很简单。而《长恨歌》得力于说唱文学和传奇,在人物外貌和心理的刻画上细致入微。"侍儿扶起娇无力""君王掩面救不得""九华帐里梦魂惊"几段写人物动作何等生动!"黄埃散漫风萧索""西宫南苑多秋草"几段刻画人物心理何等细腻!环境气氛的烘托也称绝妙。前段写男女欢爱,一连串"春"字及温泉

水滑,芙蓉帐暖,烘托出的环境何等温馨!后段写生离死别,则多用秋景,鸳鸯瓦冷,翡翠衾寒,渲染出的环境何等悲冷!在叙事的同时,《长恨歌》始终保持诗的特质,具有浓厚的抒情性。它的韵文形式内流动着一股反复歌咏的情绪,"不是在讲说一个故事,而是在歌唱着一个故事"(何其芳)。便使得长诗易记易唱,感染力特强。

[古典美的典型]《长恨歌》还创造了独特的美学风格。"那气息的超脱,写情的不落凡俗,处处不脱帝王的 nobleness(高贵),更是千古奇笔","把悲剧送到仙界上去,更显得那段罗曼史的奇丽清新,而仍富于人间味"。全诗写得如此婉转细腻,却仍不失雍容华贵,没有半点纤巧之病。"明明是悲剧,而写得不哭哭啼啼,多么中庸有度,这是浪漫底克兼有古典美的绝妙典型"(傅雷)。像《长恨歌》这样的传奇故事诗,李、杜皆无类似作品,唯白居易有之。无怪清赵翼评道:"以易传之事,为绝妙之词,有声有色,可歌可泣,……自是千古绝作。"

❀ 琵琶行 ❀

元和十年,予左迁九江郡司马①。明年秋,送客湓 pén 浦口②,闻舟中夜弹琵琶者,听其音,铮铮 zhēng 然有京都声。问其人,本长安倡女,尝学琵琶于穆、曹二善才③。年长色衰,委身为贾 gǔ 人妇。遂命酒,使快弹数曲,曲罢悯默。自叙少小时欢乐事,今漂沦憔悴,转徙 xǐ 于江湖间。予出官二年,恬 tián 然自安,感斯人言,是夕始觉有迁谪 zhé 意。因为 wéi 长句,歌以赠之,凡六百一十六言,命曰琵琶行。

浔阳江头夜送客④,枫叶荻 dí 花秋瑟瑟⑤。主人下马客在船,举酒欲饮无管弦。醉不成欢惨将别,别时茫茫江浸月。忽闻水上琵琶声,主人忘归客不发。寻声暗问弹者谁?琵琶声停欲语迟。移船相近邀相见,添酒回灯重开宴。千呼万唤始出来,犹抱琵琶半遮面。

转轴拨弦三两声，未成曲调先有情。弦弦掩抑声声思，似诉平生不得志。低眉信手续续弹，说尽心中无限事。轻拢慢捻抹复挑⑥，初为霓裳后六幺⑦。大弦嘈嘈如急雨，小弦切切如私语。嘈嘈切切错杂弹，大珠小珠落玉盘。间关莺语花底滑⑧，幽咽泉流冰下难。冰泉冷涩弦凝绝，凝绝不通声暂歇。别有幽愁暗恨生，此时无声胜有声。银瓶乍破水浆迸，铁骑突出刀枪鸣。曲终收拨当心画，四弦一声如裂帛。东舟西舫 fǎng 悄无言，唯见江心秋月白。

沉吟放拨插弦中，整顿衣裳起敛容。自言本是京城女，家在虾蟆陵下住⑨。十三学得琵琶成，名属教坊第一部⑩。曲罢曾教善才服，妆成每被秋娘妒⑪。五陵年少争缠头⑫，一曲红绡 xiāo 不知数。钿 diàn 头银篦 bì 击节碎⑬，血色罗裙翻酒污。今年欢笑复明年，秋月春风等闲度。弟走从军阿姨死，暮去朝来颜色故。门前冷落鞍马稀，老大嫁作商人妇。商人重利轻别离，前月浮梁买茶去⑭。去来江口守空船，绕船月明江水寒。夜深忽梦少年事，梦啼妆泪红阑干。

我闻琵琶已叹息，又闻此语重 chóng 唧唧⑮。同是天涯沦落人，相逢何必曾相识！我从去年辞帝京，谪居卧病浔阳城。浔阳地僻无音乐，终岁不闻丝竹声。住近湓江地低湿，黄芦苦竹绕宅生。其间旦暮闻何物？杜鹃啼血猿哀鸣。春江花朝秋月夜，往往取酒还独倾。岂无山歌与村笛？呕 ōu 哑嘲哳 zhāozhā 难为听⑯。

今夜闻君琵琶语，如听仙乐耳暂明。莫辞更坐弹一曲，为君翻作琵琶行。感我此言良久立，却坐促弦弦转急。凄凄不似向前声，满座重闻皆掩泣。座中泣下谁最多？江州司马青衫湿⑰。

注　释　①元和：唐宪宗李和的年号（806—820）。九江郡：隋代郡名，唐天宝元年改为浔阳郡，乾元元年又改为江州，治所在今江西省九江市。司马：官名，州郡刺史的副职，辅佐刺史掌管军事。②湓浦口：即湓口，在九江西湓水入长江处。③善才：唐人口语，对琵琶师的称呼。④浮阳江：长江流经九江市北的一段。⑤荻：与芦同为禾本科而异种。⑥拢：叩弦。捻：揉弦。抹：顺手向下为抹。挑：反手回拨为挑。四者都是弹琵琶的指法。⑦霓裳、六幺：曲名。⑧间关：莺鸣叫声。滑：流畅利落。⑨虾蟆陵：地名，在长安城东南曲江附近，是当时著名的游乐区，歌姬舞妓的聚居地。⑩教坊：唐代掌管女乐的官署名。⑪秋娘：当时长安著名的乐妓，唐时以歌舞为职业的女子，多以秋娘为名。⑫五陵：汉代最著名的五座陵墓，高祖的长陵、惠帝的安陵、景帝的阳陵、武帝的茂陵、昭帝的平陵。后世诗中常以五陵指代豪门贵族聚居地。⑬钿头银篦：两端镶有珠宝的银篦子。⑭浮梁：今江西景德镇市北浮梁，是当时茶叶贸易的中心。⑮唧唧：叹息声。⑯呕哑：杂乱的乐声。嘲哳：繁杂而细碎声。⑰青衫：青色官服，唐制品级最低的服色（八九品）。

赏析　[这首诗的写作背景] 元和十年，白居易受政治迫害被贬九江郡司马。司马是一种冗员散职，作者在《江州司马厅记》一文中写道："若有人蓄器贮用急于兼济者，居之虽一日不乐；若有人养志忘名安于独善者，处之虽终生无闷。……刺史，守土臣，不可远观游；群吏，执事官，不敢自暇佚；惟司马绰绰，可以从容于山水诗酒间，……官足以庇身，食足以给家；州民康，非司马功；郡政坏，非司马罪。无言责，无事忧。噫，为国谋，则尸素之尤蠹者；为身谋，则禄仕之优稳者。"可见作者当时生活的平静闲散，而又无聊，心情则充满矛盾和不安。诗序所谓"予出官二年，恬然自安"，只不过是表面而暂时的现象。每逢人际交往，触绪牵情，又不免感事伤怀。序云元和十一年秋，送客湓浦口（湓水入长江处），遇一琵琶女，乃旧日长安名倡沦为商人妇者，既得领略其技艺之精妙，又闻其自叙经历之不幸，因"感斯言，是夕始觉有迁谪意"。这就是《琵琶行》的写作缘起。

[开篇处的感伤]诗人当年45岁，在古时已是感伤老大的年纪，兼在迁谪之中，他乡送客，心中很不是滋味。何况眼前是一派秋光。这种特定的状况的渲染，为以下写相逢琵琶女作了铺垫。诗人先已说"举酒欲饮无管弦"，十分遗憾；后写"忽闻水上琵琶声"，则尤令人欣喜。

[琵琶女为什么迟迟不出]诗中写琵琶女的露面，非草草交代，而别具摇曳多姿的描述。在"寻声暗问"之初，先是"琵琶声停"，一阵迟疑。在邀者盛情难却之际，仍是"千呼万唤始出来，犹抱琵琶半遮面"。这是故作姿态，还是当众害羞？从后文可知，她是中夜梦回，泪流满面，骤然间遇此热情邀请于江湖之上，宜乎其欲语不能，欲进犹疑。江州司马"千呼万唤"这段时间，她显然是在补妆。

[诗中运用音乐术语]这从"转轴拨弦三两声，未成曲调先有情"两句可以知之。就在这三两声中，已令人觉其掩抑深思，"似诉平生不得志"了。"低眉"可见专注，"信手"可见纯熟，所以往后弹奏"霓裳""六幺"等名曲，也能弹出个人情寄，而

"说尽胸中无限事"。这一段描摹琵琶声乃全诗中最精妙的文字。描写演奏者只有"轻拢慢捻抹复挑"一句,两只手都写到了:叩弦为拢,揉弦为捻,这是左手按弦指法;顺手下拨为抹,反手上拨为挑,这是右手弹弦指法。这是知音者说内行话,故自然妥帖。

[以音乐性的语言描摹音乐]虽然所用办法不过是由听觉联系到听觉,但通过人们熟悉的自然音响如雨声、私语声、珠落玉盘声、鸟声、泉声等等,能给人以具体生动的音乐美的印象。诗人在描摹中特别注意音乐对比因素的刻画,如高低、粗细、重轻、缓急、滑涩、断续等等,极富层次感。诚如傅雷所说:"'大弦嘈嘈''小弦切切'一段,好比 staceato(断音),象琵琶的声音极切;而'此时无声胜有声'的几句,等于一个长的 pause(休止)。'银瓶乍破水浆迸'两句,又是突然的 attak(爆发),声势雄壮。"其间诗人又特别注意以音乐化的语言来描绘音乐,这里有叠字"嘈嘈""切切""嘈嘈切切",有重复"大珠小珠",有双声叠韵如"间关""幽咽",有顶真如"幽咽泉流冰下难。冰泉冷涩弦凝绝,凝绝不通声暂歇",有前分后总如"大弦嘈嘈……小弦切切……嘈嘈切切……",这些辞格的运用使得此诗在音情的密合上达到极致。诗人又让乐声在高潮中结束余韵不绝,"东舟西舫悄无言,唯见江心秋月白"二句既写环境,又写音乐效果。"悄无言",可见听众屏息凝神;江心月白,又见环境的寂静清澄,音乐感通自然与"曲终人不见,江上数峰青"同致。

[补叙琵琶女身世]从"沉吟放拨插弦中"到"梦啼妆泪红阑干",由自述补叙琵琶女身世遭际。她生在长安,自幼学艺,名编教坊。由热闹而归沉寂,饱尝了世态炎凉的辛酸,终至"老大嫁作商人妇"。在抑商的古代,商人富而不贵,生活是流动的,琵琶女从此也告别了长安。据《元和郡县图志》,江西饶州浮梁县产茶,虽非名贵而产量极丰,价必便宜,故此商人有采购之事。琵琶女独守空船,故有夜梦少时之事,不料于无意之中,遇知音之人,礼下

延请,其感慨又何待言。诗中虽仅写到"梦啼妆泪红阑干"为止,以下情事,已与篇首环合,为此诗中最简妙之笔。

[诗人寄予的同情] 从"我闻琵琶已叹息"到"为君翻作琵琶行",写琵琶女的陈辞引起诗人隐痛和同情,"是夕始觉有迁谪意"。诗人先已被其掩抑幽咽的乐声感染,继而又为其浮沉的身世嗟伤,从琵琶女身上,更照见了自己的影子。本怀兼济之志、出世之才,人过中年,却被投闲置散,远离帝京。在浔阳这样一个缺少高雅音乐的偏僻之地,忽闻此铮铮京都之声,给他带来旧梦重温的片刻陶醉和物伤其类的持久的感触。一个人倾诉的不幸,成了两个人共同的不幸,致使诗人忘却了身份的差异,对此产生了同病相怜的认同感,写出了"同是天涯沦落人,相逢何必曾相识"的至理名言,也就是全诗的主题句。

[这首诗的艺术造诣] 《琵琶行》并不以故事情节曲折见长,但它深刻写出了旧时代人才被摧残压抑的悲剧,这一主题具有相当的普遍性与典型性。全诗笔力集中,笔无旁骛。陈寅恪先生曾将其与元稹《琵琶歌》相比较,认为乐天此诗专为长安故倡感今伤昔而作,又连绾己身迁谪失路之怀,直是混合作者与被咏者二者为一体,可谓人我双亡、宾主俱化,专一而更专一,感慨复加感慨。相形之下,元诗一题二旨,反失之浮泛。

问刘十九①

绿蚁新醅pēi酒②,红泥小火炉。晚来天欲雪,能饮一杯无③?

注释　①刘十九:名不详,行第十九,河南登封人。②绿蚁:新酿的米酒上浮起的米渣,呈淡绿色,称绿蚁,这里代指酒。醅:未过滤的酒。③无:疑问词,么。

赏析 [这首诗取材于日常生活] 这首诗的内容,坦率地说是请人喝酒。绝句体制短小,宜于表现这种不大的题材。此诗的题材虽小，但反映的是朋友间亲切、真挚的情意，仍是极动人的。

[关于唐代的酒] 唐代的酒相当于今日米酒。新酿出的米酒，未过滤时，面上会有些浮渣，微呈黄绿色，细如蚁，叫作"绿蚁"。这时的酒味最为醇美，香甜可口，而且醉人。这句的意思本不过说：我家已酿出新酒以待友人。诗人却不取直露，把这层意思包含在一个描写性的句子中。通过"绿蚁"这一细节的刻画，正见酒属"新醅"，使人仿佛亲眼看到那颜色可爱的美酒，嗅到醉人的芬香，不禁津生于口。

[诗中用字设色的独到] 酒是新醅，温酒的火炉也可意，红的涂料，色泽还十分新鲜。"红"是暖色，给人一种温暖、舒适的感觉；"小"，表明火炉式样精微小巧，造型美观。生动地渲染酒和炉子的优美来表达主人邀饮的诚意，这种写法的确亲切感人。

[交代环境为后文作铺垫] 第三句不赓即写邀请，却转到环境——天色气候方面。"晚来"点时间，"天欲雪"写气候。冬夜漫长，很容易生出寂寞之感，而再加上气候寒冷，是快下雪的天气，就更难熬了。这种易生无聊、闷倦的冬晚，好朋友坐到一块聊聊天，喝上两杯，不是很快乐的事吗？环境的刻画交代，进一步加强了上两句所产生的诱惑力，于是请客的意思脱口而出。

[用问询语作结] 不过，诗人并没有用那种请帖式的刻板语言请人赴饮，偏用问话的口吻，而且只说喝"一杯"，不是"会须一饮三百杯"，这也很有意思。这好比人们平常请客说"聊备薄馔""小意思"等等，语意谦厚、亲切。再者，冬晚对饮，乐在御寒解闷，不同于酒楼、华筵的开怀畅饮。话要款款说来，酒要慢慢地喝下去，自然别有乐趣，杜甫《拨闷》诗云："闻道云安麹米春，才倾一盏即醺人。"李重华说："与其鲁酒千钟，不若云安一盏。"饮酒之乐，确有不在多的时候。田雯说："乐天诗极清浅可爱，往往以眼前事为见得语，皆他人所未发。"（《古欢堂集》）

古诗词鉴赏

[生活化的唐诗] 这首小诗语言清新平易，却包含有醇浓的诗意、丰富的感情。不过请人小酌，就写下如此精美的诗作请柬，在今人看来简直奢侈，而在唐代却很普通，诗人几乎是信笔一挥而就的，并没想到传世，诗是完全生活化的，这就是唐诗产生的社会背景。

后宫词①

泪湿罗巾梦不成，夜深前殿按歌声②。红颜未老恩先断，斜倚熏笼坐到明③。

注释：①后宫词：即宫词。②按歌：按节拍歌唱。③熏笼：竹编笼状器具，罩在炉上，有熏香衣物或供人取暖之用。

赏析 [代失宠宫人所作怨词] 诗中女主人公夜来不寐，本是希望君王临幸。当她听到前殿歌声，知道君王正在寻欢作乐，不禁感到失望。色衰爱减之令人感伤，何如"红颜未老恩先断"之令人尤为感伤。女主人公斜倚熏笼，还不肯放弃一线希望。直到天色大明，君王未来，其绝望又当如何。全诗千回百转，倾注了诗人对不幸者的深挚同情。

暮江吟①

一道残阳铺水中，半江瑟瑟半江红②。可怜九月初三夜③，露似真珠月似弓④。

注释：①暮江：指长安曲江。②瑟瑟：一种碧色宝石的名称，一说即碧玉，这里用来比喻水色。《唐书·于阗国传》："（德宗）求玉于阗，得瑟瑟百斤。"③可怜：可爱。④真珠：即珍珠，以白亮浑圆为上。

赏析 [这首诗的写作时间] 此诗约作于长庆二年（822）九月初三，作者赴杭途中。诗写当天傍晚到夜幕降临时分的江上风光。

[先写暮江夕阳的景色] 先写红日西沉的江景。用一"道"不用一"轮",就不是写落日,而是写落日在水面的浮光,像"铺"在江面之上,故有"半江红"的奇观。而另外半江由于背阴或由于观察角度的缘故,水色如同碧玉。"瑟瑟"本是一种碧色宝玉名称。《唐书·于阗国传》言德宗"求玉于于阗,得瑟瑟百斤"。借以代言绿色,不仅写出水色透明的质感,而且在字面上给人以寒意——抓住了九月江边气候的特点。当然,这"半江"与那"半江",不是一刀切,而是动荡参差,十分美妙壮观。

[进而写新月初上的景色] 后二句写新月东升后的江景,时间发生了跳跃。"九月初三",月属上弦,形如"玉弓"。下露的时候,在月下细圆发白而密集的粒粒露珠,又多么像刚刚出蚌的颗颗"真珠"。这玉弓般的月牙,与真珠般的露,是月夜最惹人注目的形象,写出它们也就写出了整个月夜。这景象是澄彻、清凉的,在热闹耀眼的日落景象后出现,尤为可爱,沁人心脾。

[全诗笔调精致] 全诗写江景富于变化,设喻精确华美,有明喻(露似真珠,月似弓),有借代(半江瑟瑟)。盛唐诗人写景多用意笔,像这样精工细致的工笔画还很少见。诗有三句纯写景,有一句却是纪事兼抒情,这就是第三句。"九月初三夜"点出准确的季候、时间,"可怜"二字则是抒发赞美之情。这一句用在上下联交接处,形成一种时间上的推移感,使上下联若断若连。同时它是虚写,与前后的三句实写相济,使全诗显得空灵不板。

古诗词鉴赏

刘禹锡

(772—842)字梦得,匈奴血统,祖上于北魏孝文帝时改汉姓,入洛阳籍。贞元九年(793)与柳宗元同榜登进士第,同年又登博学宏词科。永贞革新时为屯田员外郎,后贬朗州(今湖南常德)司马。元和十年(815)召还长安,复出为连州(今广东连州市)刺史。敬宗宝历二年(826)还洛阳。开成元年(836)以太子宾客分司东都,与白居易颇多唱和,编为《刘白唱和集》,有《刘宾客集》。

乌衣巷①

朱雀桥边野草花②,乌衣巷口夕阳斜。旧时王谢堂前燕③,飞入寻常百姓家。

注释 ①乌衣巷:六朝建康地名,为世族聚居处,故址在今南京市东南。《世说新语·雅量》梁刘孝标注引《丹阳记》:"乌衣之起吴时乌衣营处所也,江左初立,琅邪诸王所居。"《宋书·谢弘微传》:"(谢混)唯与族子灵运、瞻、曜、弘微并以文义赏会。尝共宴处,居在乌衣巷,故谓之乌衣之游。"②朱雀桥:一称朱雀航,六朝建康浮桥。《六朝事迹》:"晋咸康二年(336)作朱雀门,新立朱雀浮航,在县城东南四里,对朱雀门,南渡淮水,亦名朱雀桥。"《舆地纪胜》:"江南东路建康府乌衣巷,在秦淮南,去朱雀桥不远。"③王谢:六朝时王、谢二姓世为望族。《南史·侯景传》:"请娶于王谢,帝曰:'王谢门高非偶,可于朱、张以下访之。'"后以王谢为高门世族的代称。

赏析 [即小见大的手法] 朱雀桥为金陵城中秦淮河上浮桥,东晋时建;乌衣巷位于秦淮河南,东吴时设兵营于此,军士皆着黑衣,因以名巷。前二句中两个地名空灵地唤起对昔日繁华的回忆，两个景物全景后二句是特写。乌衣巷又是东晋王导、谢安等贵族居住地，眼下尽为民宅，黄昏时分，只见双双燕子归巢，这个即景好句又包含许许多多的潜台词。句中通过"王谢堂"与"百姓家"对比，暗示的是老屋易主，——还有什么比老屋易主更能表现沧桑感触的呢？更何况是华堂深宅易为普通民居！这首诗即小见大，深得七绝创作的诀窍。

[老屋易主的悲哀] 鲁迅《故乡》开头写道："从篷隙向外一望，苍黄的天底下远近横着几个萧索的荒村，没有一些活气。我的心禁不住悲凉起来了。阿！这不是我二十年来时时记得的故乡？我所记得的故乡全不如此。我的故乡好得多了。但要我记起他的美丽，说出他的佳处来，却又没有影像，没有言辞了⋯⋯第二日清晨我到了我家的门口了。瓦楞上许多枯草的断茎当风抖着，正在说明这老屋难免易主的原因。"普通人家尚不免有这样的今昔盛衰之感，何况王谢那样的大家族！个人的一生尚且有这样的悲怆，何况历史的改朝换代！

[这首诗的影响] 这首诗对后世诗词影响极大，北宋大词人周邦彦名篇《西河·金陵怀古》云："佳丽地，南朝盛事谁记？山围故国绕清江，髻鬟对起。怒涛寂寞打孤城，风樯遥度天际。断崖树，犹倒倚，莫愁艇子曾系。空余旧迹郁苍苍，雾沈半垒。夜深月过女墙来，伤心东望淮水。酒旗戏鼓甚处市？想依稀王谢邻里，燕子不知何世，向寻常巷陌人家相对，如说兴亡斜阳里。"全词即隐括此诗及南朝乐府"莫愁在何处，住在石城西；艇子折两桨，催送莫愁来"而成，张炎谓清真最长处在善融化古人诗句，如自己出，此即著例。

❀ 竹枝词三首① ❀

杨柳青青江水平，闻郎江上唱歌声。东边日出西边雨，道是无晴却有晴②。

山桃红花满上头，蜀江春水拍山流。花红易衰似郎意，水

古诗词鉴赏

流无限似侬愁。

山上层层桃李花，云间烟火是人家。银钏金钗来负水，长刀短笠云烧畬 shē①。

注释 ①竹枝词：出自巴渝民歌，以歌咏风土人情为特色。②无晴、有晴：谐音双关"无情""有情"。③银钏金钗：女子首饰，这里用来代指三峡妇女。负水：用木盔背水。长刀短笠：长刀为劳动工具，短笠为笠帽，代指三峡男子。烧畬：焚烧山地草木，利用灰作肥料。

赏析

[这组诗的写作背景] 长庆二年（822）刘禹锡任夔州刺史期间，闻当地民歌《竹枝》，"含思宛转，有淇澳之艳音"，其词不甚雅驯，乃效屈原《九歌》，作《竹枝词》九首，外二首。兹录三首。

[深得民歌神髓] 所有这些歌词，皆深得民歌神髓。何以言之？首先，它们是道地的情歌。民歌自称"无郎无姊不成歌"，在民间流行最广、数量最多、功能最大（为男女架桥）、美感最强的民歌或山歌，便是情歌。与文人爱情诗不同，民间劳动男女的爱情思想较少受封建礼教扭曲，大抵是心想口说，敢说敢作，所以比较自由、活泼、单纯、健康。因而在某种意义上可以说，民歌是进行美育的最好教材。刘禹锡的这些拟民歌都不是写文人的爱情生活，而是描写民间男女的爱情，所以较一般意义上的爱情诗，更有民间生活气息。

[表现民间对歌风俗] 这些诗还表现了民间对歌的风俗，如"杨柳青青江水平"一首中女郎从闻歌揣测对方情意，这诗将初恋少女对爱人情意把握不定（所谓"象雾象雨又象风"）和心中不够踏实的心情表现得惟妙惟肖。"山上层层桃李花"一首表面上写的是劳动，未言及情，然而细看"银钏金钗""长刀短笠"，一女一男，大有意味，唱的却是《天仙配》——"你耕田来我织布，你挑水来我浇园"，是一种极美满的小家庭生活。

[多用比兴手法] 民歌大都为劳动者即兴创作，往往触物起

情，兴语多就地取材，刘禹锡《竹枝词》等拟民歌就具有民歌的这一特色，"山桃红花满上头""山上层层桃李花""杨柳青青江水平"皆是先言春景，以引起所咏之词；兴象妍美而外，复多巧比妙喻，如"山桃红花满上头"中以"花红易衰"比男子薄幸，以"水流无尽"比女方怨思，一反通常所谓"落花有意，流水无情"的习惯用喻，极有新意。

[运用谐音双关] 谐音双关是民歌尤其是六朝民歌常用的手法，《竹枝词》有极富新意的运用，如"东边日出西边雨，道是无晴却有晴"，这既是以谐音双关"无情""有情"；同时又有以天气的变幻不定形容对方态度的不够明朗、不好把握的喻义成分。谢榛谓此二句"措辞流丽，酷似六朝"，就是指它与六朝民歌多用谐音双关语暗示男女恋情手法酷似。

❈ 秋词 ❈

自古逢秋悲寂寥，我言秋日胜春朝。晴空一鹤排云上，便引诗情到碧霄。

赏析 [与众不同的秋思] 咏秋天不以景色描写落笔，却开门见山直接发表议论，这的确是刘禹锡别出心裁、独树一帜的写法。"悲落叶于劲秋"（陆机《文赋》）是文人的普遍心态，从宋玉的《九辩》发端，文人墨客写出了许多以悲秋为题材的诗词歌赋，如杜甫的《秋兴》八首、马致远的《天净沙·秋思》等都是借秋天草木零落、山川寂寥的景象抒写内心的悲凉、孤寂，不胜枚举。"盖夫秋之为状也：其色惨淡，烟霏云敛；其容清明，天高日晶；其气慄冽，砭人肌骨；其意萧条，山川寂寥"（欧阳修《秋声赋》），诗人首句直写"自古逢秋悲寂寥"是对文人"悲秋"心态的概括和总结。"自古"言文人悲秋由来已久、根深蒂固，同时也为诗人陈述自己与众不同的感受和观点打下伏笔。"我言秋日胜春朝"，诗人朗声相告：我说秋日胜于春朝。在人们的思想观念中,春天东风骀荡,万物复苏,一片欣欣向荣,呈现勃勃生机,这显然是寒风萧瑟、百花凋零,满目衰草枯杨、凄清寥落的秋天所不能比拟的。可是诗人却偏偏力排众议,用"豪言壮语"将秋天的死气沉沉、消极落寞之气一扫而光,呈现出卓然不群的豪迈气象。显然,诗人所写的秋天是与众不同的秋天;诗人所怀的秋思,是与众不同的秋思。

["秋鹤"的意象美] 既言"秋日胜春朝",是为了表白自己的观点,如果诗人着意渲染秋色之金黄、收获等等,并与春色相对比,无疑顿显笨拙。妙就妙在,诗人根本就不描写秋色,避实而就虚,选择了一个独特的意象"鹤"来加以表现。秋天大雁南飞,"木落雁南渡,北风江上寒"(孟浩然《早寒有怀》)"木落江渡寒,雁还风送秋"(鲍照《登黄鹤矶》)。"雁"的意象同秋天衰朽、悲凉的气氛是相谐调的,而鹤则翩然若仙,另是一番气象。"鹤"在中国人的审美观念中是一种圣洁、孤高的意象,如"鹤立鸡群""鹤发童颜",都是表达积极开朗的情绪,诗人选择"鹤"作为自己昂扬秋思的代言人是恰到好处的。孤独而高傲的秋鹤在秋日朗朗的晴空下,一身洁白,振翅高飞,排云直上,如此矫健凌厉、志气高远,冲破了秋之肃杀凄凉,赋予大自然以无穷的活力,使人精神振奋。

[鲜明的艺术形象与独特的人生感悟] 显然诗人写鹤,是借"鹤"这一大自然的精灵,反映仁人志士奋发有为、壮志齐天的精神,"鹤"便成为志士的象征,因而末句作结:"便引诗情到碧霄"。诗情是诗人内心情感在诗中的反映,是诗人志向的折射、精神的再现。因而一看到直上云霄的白鹤,诗人顿时心潮激荡,豪情满怀,亦欲大展鸿图,这样的情怀是绝对不会沉沦、不会彷徨迷茫的。这种乐观向上的思想情绪来源于刘禹锡积极的人生观和丰富的人生阅历。刘禹锡虽官至太子宾客,世称刘宾客,但也一度遭贬,政治上有过失意落魄的时候。因而对于文人的沉沦下僚、怀才不遇、落寞悲凉的心情和处境深表同情,也感同身受,

但他却不赞成在逆境中自暴自弃、悲观失望,他主张为实现自己的理想和人生价值积极进取、奋发有为,身陷于孤寂而志不可夺,所以他写出这首脍炙人口的《秋词》,为后人塑造了美丽圣洁、振翅高举的秋鹤形象,以表达深邃的人生哲理和独特的人生感悟。

酬乐天扬州初逢席上见赠①

巴山楚水凄凉地,二十三年弃置身②。怀旧空吟闻笛赋③,到乡翻似烂柯人④。沉舟侧畔千帆过,病树前头万木春。今日听君歌一曲,暂凭杯酒长精神⑤。

注释 | ①②二十三年:刘禹锡从宪宗永贞元年(805)被贬至大(太)和二年(828)回京,历经二十三年。③闻笛赋:晋向秀作。这里借故抒发对死去的旧友的怀念。④烂柯人:指王质。⑤长:增长,振作。

赏析 [这首诗的写作年代] 作于敬宗宝历二年(826),其时刘禹锡罢和州刺史返洛阳,于扬州席上遇自苏州返洛之白居易。白居易先有《醉赠刘二十八使君》云:"为我引杯添酒饮,与君把箸击盘歌。诗称国手徒为尔,命压人头不奈何。举眼风光长寂寞,满朝官职独蹉跎。亦知合被才名折,二十三年折太多。"按白于元和十年(815)贬江州司马,后屡求外任,与刘经历有相似处,但无论就时间和贬所而言都较好于刘,所以诗中对刘寄予很深的同情;按刘从元和初(805)被贬,至宝历二年,实二十二年,因岁暮尚未到达洛阳,加上考虑平仄,故云二十三年。刘禹锡遂作此诗相答。

[首联概述二十三年贬谪之经历] 永贞革新失败后,诗人先贬朗州(今湖南常德)司马,历连州、夔州刺史。朗州在战国属楚地,夔州在秦汉属巴郡,楚地多水、巴地多山,"巴山楚水"泛指所经贬地。与白居易赠诗表示的同情相呼应,这里既未对重

返故乡暨东都表示庆幸,也未对多年受到的政治迫害表示愤怒,而是用一种平静的、倾诉的语气叙述二十三年蹉跎岁月,"凄凉地""弃置身"六字自慨,极富感情色彩,使人为诗人长久遭遇的压抑和姗姗来迟的转机无限感慨。

[次联写此次还洛的沧桑之感]"闻笛赋"指魏晋之际向秀所作的《思旧赋》,向秀与嵇康、吕安为友,嵇吕二人被司马氏所杀,向秀经过嵇康山阳(今河南修武)旧居,听到邻人吹笛,遂写了这篇赋以表对故人的怀念。而刘用此典"怀旧",也就是沉痛悼念千古文章未尽才的柳宗元及其他死于贬所的战友。"烂柯人"典出《述异记》,谓晋人王质入山砍柴,因观仙童下棋,弈终始觉斧柄已朽,回到乡里发现同时代的人都死光了。诗人二十余年始还洛阳,人事的变迁也必恍若隔世,自己倒像是个出土文物!两句措意工稳贴切,隽永含蓄。

[诗中的警句]盖白诗有"举眼风光长寂寞,满朝官职独蹉跎"句,近于杜甫赠郑虔的"诸公衮衮登台省,广文先生官独冷;甲第纷纷厌梁肉,广文先生饭不足"和李白自形的"大道如青天,我独不得出",故刘禹锡亦以沉舟、病树自喻弃置(为时代所误)之身,本自叹自嗟之语,客观上却含有新陈代谢、生生不息的哲理意蕴,远远超出酬答本义,不但对白氏是一种劝勉,亦大为后人称赏。

[末联点明酬答赠诗之意]语虽平淡,但准备重新投入生活、不肯向命运低头认输之意,溢于言表。所谓"老树逢春更著花"也。全诗自慨复能自励,思想内容丰富积极,有那么一点精神;艺术表现上含蓄复能清新,沉郁中见豪放,在唐人赠酬诗中堪称上驷。

❀ 望洞庭 ❀

湖光秋月两相和,潭面无风镜未磨。遥望洞庭山水色,白银盘里一青螺。

赏析 [独特的表现视角与切入点] 公元 824 年 8 月，刘禹锡由夔州（今重庆奉节）刺史转任和州刺史，沿长江东下至洞庭湖。刘禹锡一生中大约有六次游历洞庭，只有这一次是在秋季，因而心情格外不同。诗人从题目就告诉读者，自己是从远处遥望洞庭湖的。极目眺望，洞庭秋色尽收眼底，激起情思无限，诗兴大发。同时诗人又巧妙地选取秋夜月光里的洞庭湖作为切入点和描写对象，这自然有别于阳光下"气蒸云梦泽，波撼岳阳城"（唐孟浩然《望洞庭湖赠张丞相》）水波浩瀚、大气磅礴的洞庭湖。于是诗人在独特的时间——秋夜，以独特的视角——遥望，将空灵纤巧、柔美清丽的别样的洞庭湖呈现在人们的眼前。

[迷人的洞庭秋夜] 首先诗人抓住湖光与月色进行描写，而且，诗人是将画面凝固下来，描写风平浪止、水波不兴的近乎绝对静态的洞庭湖。只有波澜不惊，才可能出现"两相和"的景象。一个"和"字点染出洞庭秋夜纤尘不染、水天一色的交融与和谐。皎皎明月静静地照耀在湖面上，月光如水，秋水潋滟，湖光与月色浑然一体、缥缈空灵。你看，天上一个月亮，水中一个

月亮，让人不知不觉进入迷离恍惚、如诗如画的境界。而且诗人还用了一个奇特的比喻，把湖面比作未经磨拭的巨大铜镜，这看似不尽情理，却是神来之笔。唐代中国没有玻璃镜，只能将铜打磨后制成镜子。没有打磨的铜镜是模糊不清的，诗人以此来作比，正好造成一种虚实感，秋夜湖水中倒映的山色、月影自然有些朦胧迷离，不会让人看得那么真切。这一妙喻，把秋夜洞庭的朦胧美写到了极致。

[洞庭山水与诗人气度] 第三句诗人是在点题，这时诗人的目光依然是面对广阔浩渺的湖面的。接着，诗人将笔锋轻转，同样用了一个精巧的比喻自然而然地将视线引向了君山。世界上既没有洞庭湖那么巨大的铜镜，显然也没有和洞庭湖一样大小的银盘，可是诗人却用极度的夸张、大胆的想象呈现给人们，而且最妙的是：这只在月光下晶莹闪亮的银盘里还放着一只玲珑剔透的小青螺。青，是深绿色。君山微微隆起的山脊，远远望去不正像是一只漂亮的青螺吗？这是多么精妙绝伦的一幅洞庭秋夜山水图！在诗人眼里碧波万顷的洞庭湖只不过是掌上杯盘、妆台明镜，这种极度夸张了的比喻，显示出诗人博大的胸襟、非凡的气度和惊人的想象力。

[精巧别致的比喻] 八百里洞庭，烟波浩淼，"衔远山，吞长江，浩浩汤汤，横无际涯"（宋范仲淹《岳阳楼记》）。自古以来气象万千的洞庭秀色吸引了无数的文人墨客，仅同为唐代的孟浩然、李白、杜甫等前辈大诗人就颇多佳篇名句，很难超越。可是，诗人在短短的四句诗中多处运用大胆、精巧的比喻，写出了独特的个性与韵味。未经打磨的铜镜、闪闪发光的银盘、玲珑可爱的青螺，这一连串夸张了的比喻用得格外精巧、形象、妥帖，极大地丰富了诗歌的表现力和感染力，而且对后世诗歌创作颇有影响和启迪。"疑是水仙梳洗处，一螺青黛镜中心。"晚唐成都才子雍陶的《题君山》显然就受到了刘禹锡诗句的触动而有所发挥。

刘禹锡

浪淘沙①

九曲黄河万里沙②,浪淘风簸自天涯。如今直上银河去,同到牵牛织女家③。日照澄洲江雾开④,淘金女伴满江隈⑤。美人首饰侯王印,尽是沙中浪底来。

注释 ①浪淘沙:教坊曲名,见唐崔令钦《教坊记》。《乐府诗集》卷八二近代曲辞录《浪淘沙》以刘禹锡、白居易所作为先。②九曲:形容黄河河道的弯曲。《乐府诗集》卷三一引《河图》:"黄河出昆仑山,……河水九曲,长九千里,入于渤海。"③如今二句:兼用牛郎织女及天河通海的神话传说。晋张华《博物志》:"旧说云天河与海通。近世有人居海渚者,年年八月有浮槎(木筏)去来不失期。人有奇志,立飞阁于槎上,多赍粮,乘槎而去。……十余日奄至一处,有城郭状,屋舍甚严,遥望宫中有织妇,见一丈夫牵牛渚次饮之。……问是何处,答曰:'君还至蜀郡访严君平则知之。'……后至蜀问君平,曰:'某年月日,有客星犯牵牛宿。'计年月,正是此人到天河时也。"④澄洲:水边明净的沙洲。⑤淘金:经济开发活动,将含有金矿的沙子,用水淘洗,选出金粒。许浑《岁暮自广江至新兴往复中题峡山寺》:"洞丁多斫石,蛮女半淘金。"

赏析 [前一首诗有浪漫意味] 这首诗由歌咏黄河大浪淘沙、饱经曲折、奔流到海,再由海通天河,进而产生了一个浪漫的想象,即从此便可以乘槎直达天河,到牛郎织女家作客去。诗中似乎包含着这样的寓意:"不经历风雨,怎么见彩虹?"只有经受困难的考验,才可能实现自己的憧憬。

[后一首诗揭露人间不平] 这首诗写淘金妇女的劳动,歌颂劳动的创造力,并揭示了人间的不平。前二句通过写景,展示出淘金场面的壮美。后二句"别具慧眼,择取标志上层社会富贵奢靡、功名权势的首饰与金印来立意,指出权贵们所占用的黄金,正是劳动者经过千辛万苦从沙中浪底淘漉而来,揭示了当时不合理的社会现实:劳动者创造了世间一切财富,却难得温饱;不劳

者却可以无限度地占有劳动者的劳动果实,从而表现了诗人深切同情劳动人民的主题"(《唐诗鉴赏辞典》左成文评)。

石头城①

山围故国周遭在②,潮打空城寂寞回。淮水东边旧时月③,夜深还过女墙来④。

注释 ①石头城:简称石城,东晋、南朝建都于此,称建康,故址在今南京市清凉山。②故国:古城,指石头城。周遭:环绕,指山而言。③淮水:指秦淮河。六朝时,淮水流经建康城南,入长江,因传为秦始皇所凿,唐以后称秦淮河。④女墙:城墙上的城垛。

赏析 [这首诗的历史背景] 江南一带是经过六朝的开发才繁荣起来的。江南的山川草木、城郭楼台、街巷庙宇,都带着六朝的印记,这一切都会使他们想起六朝的繁华、六朝的歌舞以及六朝的风流。而六朝一个接一个地灭亡,作为历史的借鉴,又时时给唐人以警示:"大抵南朝皆旷达,可怜东晋最风流"(杜牧)、"吴宫花草埋幽径,晋代衣冠成古丘"(李白)、"南朝四百八十寺,多少楼台烟雨中"(杜牧)、"江雨霏霏江草齐,六朝如梦鸟空啼"(韦庄)等等,所有这些诗句,都表达了一种历史的沉思。

[石头城的历史] 石头城故址在今南京清凉山,原为楚国金陵城,东汉末年孙权重筑后改名石头城,城北临长江,南临秦淮河口,是交通、军事要冲,后人常用石头城代指金陵。金陵是六朝(东吴、东晋、宋、齐、梁、陈)故都,唐高祖武德八年(625)废弃,成为一座"废都"。六朝国祚都不长,最长的东晋一百零三年,最短的齐代二十三年,其余三五十年不等。江山形胜依旧与人事变迁翻新是写诗的极好材料。

[天行有常与世事无常的对比] 诗写石头城,却没有"钟阜龙盘,石城虎踞"一类的正面描写,第一句写山,第二句写潮

水,第三四句写明月,用自然界的永恒反衬石头城的变化,暗示王朝的变迁。整首诗的构思都建立在这种衬托和对比之上,只于"寂寞""旧时""还过"等字面略寓感喟,写月特意标明"旧时",大有深意,盖六朝时的秦淮河曾经是彻夜笙歌、备极繁华,而今月虽还来,然而旧时之事皆已化作泡影,正是:"天若有情天亦老,月如无恨月长圆。"诗中表情格外含蓄,故沈德潜说:"只写山水明月,而六代豪华俱归乌有,(盛衰之慨)令人于言外思之。"

[白居易对此诗的赞赏]诗前二境界开阔,如远景;后二笔触细腻,如特写。如蒙太奇语言,颇有意味。写诗取径直露的大诗人白居易读此诗,叹赏道:"吾知后之诗人,不复措辞矣。"

春词①

新妆宜面下朱楼②,深锁春光一院愁③。行到中庭数花朵,蜻蜓飞上玉搔头④。

注释 ①题一作《和乐天春词》。白居易《春词》为:"低花树映小妆楼,春入眉心两点愁。斜倚栏杆背鹦鹉,思量何事不回头?"②新妆宜面:是说化妆与容貌相宜。③春光:这里指中庭的春花。④玉搔头:玉簪。

赏析 [写一位美丽的少妇春日寂寞的情绪]"新妆宜面"表明她的美丽,"春光"暗示她的年轻,"深锁一院愁"表示她活动空间的狭窄,"数花朵"表明她的无聊。而最后一笔,无疑也是诗中最精彩的一笔,"蜻蜓飞上玉搔头",含蓄地刻画出她那沉浸在痛苦中的凝神伫立的情态,暗示了其花朵般的容貌,意味着她的处境亦如庭院中的春花一样,寂寞深锁,无人赏识,实胜于白居易原作。

西塞山怀古①

王濬 jùn 楼船下益州②,金陵王气黯然收③。千寻铁锁沉江底,一片降幡 fān 出石头④。人世几回伤往事,山形依旧枕寒

古诗词鉴赏

流。今逢四海为家日，故垒萧萧芦荻秋⑤。

注　释　①西塞山：在今湖北省大冶市东，是长江中流要塞之一。②王浚：字士治，弘农湖人，拜益州刺史。③金陵句：意指亡国之象。④降幡：表示投降的旗帜。石头：城名，在今江苏省南京市清凉山。⑤芦、荻：同为禾本科异种植物。

赏析

[这首怀古诗的历史背景] 长庆四年（824）由夔州调任和州刺史途中作。西塞山在今湖北大冶东（一说在今湖北黄石）长江边，山势竦峭，为六朝著名军事要塞。公元280年，西晋大将王浚率水师从益州（今四川成都）出发，沿江东下，向东吴发起凌厉攻势。东吴曾在西塞山所在江中以铁锁横截，又暗置丈余铁锥于江心，以为江防。晋军探知此情，以筏先行扫除铁锥，以油船烧融铁锁，建业即金陵随即失守，吴主孙皓肉袒请降，三国由是归晋。诗即咏其事。

[叙事中的价值判断] 前四咏史。首联曰"下"、曰"黯然收"，皆具功力。"下益州"既符合地理态势，晋国水军乃从上游（益州）往下游（金陵）进军；又符合历史事实，这次战争之顺利，给人居高临下、势如破竹之感，于是引出下句"金陵王气黯然收"。"黯然收"的"金陵王气"指东吴，细想来又不局限于东吴，自东吴开始，以后建都金陵的几个王朝，东晋、宋、齐、梁、陈，哪一个当初又不以"虎踞龙盘"之地为可恃？哪一个不是以丢失江山为结局？由此可见，长江天堑不足恃，"金陵王气"不足恃，这里的咏史中已包含着价值判断。

[对仗的工妙] 次联妙在用一副工整的对联把晋军灭吴的经过做了形象描绘。这两句就关系言，是一因一果，一胜一败；就形象言，是一横一竖，一下一上；就着色言，是一赤（火光）一白。这种具体描写，对比鲜明，给人留下难忘的印象。

[咏史诗的借古鉴今之意] 后四句抒感寄意。"人世几回"句可从两个角度加以理解，一是将"人世"解为人生在世，意味着

诗人不只一次思考过六朝亡国之殷鉴,而为之黯然神伤;二是将"人世"解为世上,意味着相同的历史悲剧曾多次发生,即杜牧在《阿房宫赋》中所说的"后人哀之而不鉴之,而使后人复哀后人也"。封建朝代的兴亡更迭,似乎有不可避免的历史规律在起作用,相形之下,"山形依旧枕寒流",这是说江山依旧,越发显得南朝亡国之匆促;又是说"兴废由人事,山川空地形"(《金陵怀古》),即挑明金陵王气之不可恃的意思。多义性使诗句更加耐味。

末联由古及今,表面上是说眼前四海一家,即国家统一,没有战事,所以西塞山江防故垒久已废弃不用,秋来满目蒹葭芦荻,一派萧瑟景象。然而作者通过这片景象,又像想要告诉人们些什么。远的安史之乱不说,乱后藩镇割据的局面愈演愈烈,也曾多次发生过叛乱与平叛的战争,分裂的因素依然存在,唐王朝又岂能高枕无忧,它会不会重蹈历史覆辙呢?西塞山会不会再度变为阵地前沿呢?诗人通过怀古,目的在于警告当局。

[虽着议论依然含蓄] 虽然有着借古鉴今之意,但表达含蓄深沉,是此诗的主要特色。清人薛雪称赞道:"似议非议,有论无论,笔著纸上,神来天际,气魄法律,无不精到,洵是此老一生杰作。"

古诗词鉴赏

柳宗元

(773—819)字子厚,河东(今山西永济)人。德宗贞元九年(793)登进士第,十九年擢监察御史里行。顺宗永贞中(805)与刘禹锡等参与革新,同年宪宗即位,革新失败,贬永州(今属湖南)司马。元和十年(815)回京,复出为柳州(今属广西)刺史。有《柳宗元集》(《河东先生集》)。

❋ 江雪 ❋

千山鸟飞绝,万径人踪灭①。孤舟蓑笠翁②,独钓寒江雪。

注释 ①千山二句:写冰天雪地,上不见鸟、下不见人的情景。②蓑笠:蓑衣、斗笠,渔夫的穿戴。

赏析 [前二句的象征意味] 此诗作于永州,为唐人五绝名篇。诗中描绘了一幅寒江独钓图。前二句是背景、远景,是一片白茫茫大地真干净的雪景。这空旷的世界图景隐含着双重意蕴,一是象征政治气候的严寒,以衬托后二句表现的对这种严寒的无所谓;一是隐含对现实的一种否定。

[后二句的象征意味]后二句是近景、特写,是处于前述画面中心的人物。这人以渔翁形象出现,为蓑衣箬笠覆盖,端坐船头,俨若禅定。他坐在冰天雪地中而不为冰雪所动,他在垂钓而心不在鱼——与其说在钓鱼不如说在钓雪。这是一个象征,不为险恶严寒所动的独立不迁的精神境界的象征。

通过"孤""独"与"千山""万径"的对比,严寒与不畏严寒的对比,诗人赞美了"贫贱不移,威武不屈"的精神,成功地表现了一种人格美。前人认为诗中渔翁乃诗人"托此自高"(唐汝询),十分中肯。此诗与李白《独坐敬亭山》在精神风貌上相仿佛,而造境则戛戛独造。

与浩初上人同看山寄京华亲故①

海畔尖山似剑芒②,秋来处处割愁肠。若为化得身千亿③,散上峰头望故乡。

注释 ①浩初:诗僧,潭州人。此人当时从临贺到柳州,与作者有交往。上人:对僧人的尊称。京华:京城,指长安。②海畔:指柳州,州有潭水、柳江。因地处边远,故以海称。③若为:如何能够。

赏析 [这首诗的写作背景]柳宗元贬谪永州十年后,被放到比永州更边远的柳州作刺史。他曾写道:"十年憔悴到秦京,谁料翻为岭外行。"(《衡阳与梦得分路赠别》)表面上的量移,实际上是政治迫害的继续。在柳州,柳宗元更多地接近州民,认真办了许多有利于百姓的事,受到民间称颂。但他的内心深处并没有忘记。

一个秋高气爽的日子,和尚浩初从临贺到柳州来拜望柳宗元。这和尚是潭州人,很有文化,也耽爱山水。柳宗元陪同他一起登览。面对奇峭有如尖刀直插云天的山峰,翘首北方,不见京国，柳宗元不禁触动了隐衷，真是"登高欲自舒，弥使远念来"（《湘口馆》）。这样便吟成了这首《与浩初上人同看山寄京华亲故》。"上人"原本是佛教称有道德的人，后来被用作僧人的代称。

[关于山形似剑的比喻] 诗的第一句是写登览所见的景色，广西独特的风光之一是奇特突兀的山峰。苏东坡说："仆自东武适文登，并行数日。道旁诸峰，真如剑芒。诵子厚诗，知海山多奇峰也。"可见"海畔千山似剑芒"，首先是写实，是贴切的形容。不仅仅是形容，同时又是引起下句奇特联想的巧妙的设喻。剑芒似的尖山，这一惊心动魄的形象，对荒远之地的逐客，真有刺人心肠的感觉。

[触景生情] 略提一下诗人十年环境的变迁，可以加深对这两句诗的理解。自永贞革新失败，"二王八司马事件"接踵而来，革新运动的骨干均被贬在边远之地。十年后，这批人有的已死贬所。除一人先行起用，余下四人与柳宗元被例召回京，又被出为边远地区刺史。残酷的政治迫害，边地环境的荒远险恶，使他有"一身去国六千里，万死投荒十二年"的感喟。回不到京城使他不由得想念它和那里的亲友。他曾写过"岭树重遮千里目，江流曲似九回肠"的诗句，这与此诗的"海畔尖山似剑芒，秋来处处割愁肠"都是触景生情，因景托喻，有异曲同工之妙。"割愁肠"一语，是根据"似剑芒"的比喻而来，由山形产生的联想。

[分身的奇特想象] 三四句则由"尖山"进一步生出一个离奇的想象。前面已谈到，广西的山水别具风格，多山峰；山峰又多拔地而起，不相联属。韩愈诗云"山如碧玉簪"即由山形设喻。登高望时，无数山峰就像无数巨大的石人，伫立凝望远方。由于主观感情的强烈作用，在诗人眼中，这每一个山峰都是他自己的化身（"散上"一作"散作"，亦通）。又使他感到自己只有一双眼睛眺望京国与故乡，是不能表达内心渴望于万一，而这成千的山峰，山山都可远望故乡，于是他突生奇想，希望得到一个

柳宗元

分身法，将一身化作万万千千身，每个峰头站上一个，庶几可以表达出强烈的心愿。这个想象非常奇妙，它不但准确传达了诗人眷念故乡亲友的真挚感情，而且不落窠臼。它虽然离奇，却又是从实感中产生的，有真实的生活基础，不是凭空构想的，所以读来感人。

渔翁

渔翁夜傍西岩宿①，晓汲 jī 清湘燃楚竹②。烟销日出不见人，欸 ǎi 乃一声山水绿③。回看天际下中流④，岩上无心云相逐⑤。

注释 ①西岩：指作者在永州所作的著名散文《永州八记》中《始得西山宴游记》中的西山。②汲：从下往上打水。清湘：清澈的湘江水。楚竹：楚地的竹子，永州古属楚国。③欸乃：摇橹的声音。④中流：水流的中央。⑤无心：白云悠然漂浮游动的样子。

赏析 [熟味此诗有奇趣] 此篇作于永州。作者所写的著名散文《永州八记》，于寄情山水的同时，略寓政治失意的孤愤。同样的意味，在他的山水小诗中也是存在的。这首诗首句的"西岩"即指《始得西山宴游记》的西山，而诗中那在山青水绿之处自遣自歌、独往独来的"渔翁"，则含有几分自况的意味。主人公独来独往，突现出一种孤芳自赏的情绪，"不见人""回看天际"等语，又流露出几分孤寂情怀。而在艺术上，这首诗尤为后人注目。苏东坡赞叹说："诗以奇趣为宗，反常合道为趣。熟味此诗有奇趣。"（《全唐诗话续编》卷上引惠洪《冷斋夜话》）"奇趣"二字，的确抓住了这首诗主要的艺术特色。

[造语的超凡脱俗] 首句就题从"夜"写起，"渔翁夜傍西岩宿"，还很平常；可第二句写到拂晓时就奇了。本来，早起打水生火，亦常事。但"汲清湘"而"燃楚竹"，造语新奇，为读者

所未闻。事实不过是汲湘江之水、以枯竹为薪而已。不说汲"水"燃"薪",而用"清湘""楚竹"借代,诗句的意蕴也就不一样了。犹如"炊金馔玉"给人侈靡的感觉一样,"汲清湘"而"燃楚竹"则有超凡脱俗的感觉,似乎象征着诗中人孤高的品格。可见造语"反常"能表现一种特殊情趣,也就是所谓"合道"。

[只闻其声不见其人] 一二句写夜尽拂晓,从汲水的声响与燃竹的火光知道西岩下有一渔翁。三四句方写到"烟销日出"。按理此时人物该与读者见面,可是反而"不见人",这也"反常"。然而随"烟销日出",绿水青山顿现原貌,忽闻橹桨"欸乃一声",原来人虽不见,却只在山水之中。这又"合道"。这里的造语亦奇:"烟销日出"与"山水绿"互为因果,与"不见人"则无干;而"山水绿"与"欸乃一声"

更不相干。诗句偏作"烟销日出不见人,欸乃一声山水绿",尤为"反常"。但"熟味"二句,"烟销日出不见人"适能传达一种惊异感;而于青山绿水中闻橹桨,欸乃之声尤为悦耳怡情,山水似乎也为之绿得更可爱了。作者通过这样的奇趣,写出了一个清寥得有几分神秘的境界,隐隐传达出他那既孤高又不免孤寂的心境,所以又不是为奇趣而奇趣。

[结尾两句是全诗的余音] 渔翁已乘舟"下中流",此时"回看天际",只见岩上缭绕舒展的白云仿佛尾随他的渔舟。这里用了陶潜《归去来辞》"云无心以出岫"句意。只有"无心"的白云"相逐",则其孤独无伴可知。

[关于末二句的争论] 关于末两句,东坡却以为"虽不必亦可"。这不经意道出的批评,引起持续数百年的争执。南宋严羽、明胡应麟、清王士禛、沈德潜同意东坡,认为此二句删去为好。而南宋刘辰翁、明李东阳、王世贞认为不删好。刘辰翁以为这首诗"不类晚唐"正赖有此末二句(《诗薮·内编》卷六引),李东阳也说"若止用前四句,则与晚唐何异?"(《怀麓堂诗话》)两派分歧的根源在于对"奇趣"的看法不同。

苏东坡欣赏这首诗"以奇趣为宗",而删去末二句,使诗以"欸乃一声山水绿"的奇句作结,不仅"余情不尽"(《唐诗别裁》),而且"奇趣"更显。而刘辰翁、李东阳等所菲薄的"晚唐"诗,其显著特点之一就是奇趣。删去这首诗较平淡闲远的尾巴,致使前四句奇趣尤显,"则与晚唐何异?"其实"晚唐"诗固有猎奇太过不如初盛者,亦有出奇制胜而发初盛所未发者,岂能一概抹煞?如这首诗之奇趣,有助于表现诗情,正是优点,虽"落晚唐"何伤?自然,选录作品应该维持原貌,不当妄加更改;然就谈艺而论,可有可无之句,究以割爱为佳。

古诗词鉴赏

登柳州城楼寄漳汀封连四州刺史①

城上高楼接大荒，海天愁思正茫茫。惊风乱飐 zhǎn 芙蓉水②，密雨斜侵薜荔墙③。岭树重 chóng 遮千里目，江流曲似九回肠。共来百越文身地④，犹自音书滞 zhì 一乡⑤。

注释 ①柳宗元被贬柳州后寄赠同时被贬的韩泰、韩晔、陈谏、刘禹锡四刺史。②惊风：突起的狂风。飐：风吹物动。芙蓉：荷花。③薜荔：一种常绿蔓生的植物。④百越：亦称百粤，泛指从交趾至会稽各少数民族。文身：纹身，古代南方少数民族有在身上刺花纹的习俗。⑤滞：滞留，阻隔。一乡：一方，天各一方。

赏析

[这首诗的写作时间]作于元和十年（815）夏初至柳州贬所时。同年被召还京改贬的，还有"八司马"剩下的韩泰、韩晔、陈谏、刘禹锡四人，各被改贬为漳（今属福建）、汀（今福建长汀）、封（今广东封开）、连（今广东连州）州刺史。诗即寄赠四人之作。

[写景境界开阔]首联写登高望远，兴起愁思。大荒指辽阔的原野或边远之地，"高楼"与"大荒"互形，则高益高、远益远，境界尤为莽苍，尤能兴起心事之浩茫；柳州下临潭水（即今柳江），"海天"实是江天，乃夸张愁思之漫无边际。两句境界宏大阔远，工于发端。

[写景中的寓意]次联点明乃风雨登楼，倍增其愁情。"芙蓉""薜荔"，撷芳于楚辞（《离骚》"制芰荷以为衣兮，集芙蓉以为裳""揽木根以结茝兮，贯薜荔之落蕊"），以譬君子；"惊风""密雨"以譬小人；"飐"而曰"乱"，"侵"而曰"斜"，以譬政治迫害，显有主观感情色彩；而取象尽出眼前景，故喻义如水中着盐，不见痕迹。就写景言，这两句是近景。三联写远景，仍具比义。何焯云："岭树句喻君门之远，江流句喻臣心之苦。"乃就系心君国立言；从寄赠角度看，则心驰神往，而重岭密林遮断千

里之目，漳、汀、封、连四州殆不可见，相思愁肠遂有如九曲之江水。

[诗人的感慨] 末联抒发感慨。言南中交通不便，不要说互访不易，连互通音信也很困难。诗人的高明之处，在于先下"共来"二字，然后再以"犹以"反跌，以启各散五方之意，由此收到了沉郁和唱叹的效果，形象地表现了他的九曲回肠。

[与韩愈被贬诗的比较] 同为唐人七律名篇，此诗与韩愈《左迁至蓝关示侄孙湘》不同，韩诗主情事，而此诗主情景，所以在表情上韩诗显，此诗隐。全诗六句写登楼，气势开阔，景色苍凉，兴中有比；末二寄人，感情沉郁。至于一气挥斥，则与韩诗并无二致。

酬曹侍御过象县见寄①

破额山前碧玉流②，骚人遥驻木兰舟③。春风无限潇湘意，欲采蘋花不自由④。

注释　①曹侍御：生平事迹不详。侍御：职官名，侍御史的省称，御史台官员。象县：柳州属县，故址在今广西柳州东北（非今象州）。见寄：指对方寄来的诗作。②破额山：山在象县。碧玉流：清澈的水流，指阳水，即今柳江。③骚人：诗人，指曹侍御。战国时屈原作《离骚》，后世因称诗人为骚人。木兰舟：舟的美称。④潇湘：二水在湖南境内，汇流入洞庭湖。采蘋花：指致意。"采蘋"为《诗经·国风·召南》篇名。蘋花，白蘋花。白蘋是一种水中浮草。

赏析 [这首诗的相关背景] 此诗作于柳州，为柳宗元得旧友曹侍御从象县寄来的诗后的答诗。

[前二句想象友人泊舟象县的情景] 破额山当是象县附近柳江旁边的一座山，碧玉流指柳江春水。骚人本指屈、宋等楚辞作家，此作为志行芳洁的文人雅称，即指曹侍御。木兰舟为船之美

称，用来作为对骚人形象的一种补充描写。这两句是想象曹侍御经过象县的情景，赞美之意亦寓其中。

[后二句中有不少难言之隐] 潇、湘本是二水，在零陵（今湖南永州）合流称潇湘，但与象县相距尚远，故有人认为此诗当是在永州时所作。按此二句系化用梁柳恽《江南曲》前四句（"汀洲采白萍，日暖江南春。洞庭有归客，潇湘逢故人"）意，所谓"无限潇湘意"也就是无限思念故人之意。末句翻出新意，谓不但相见不自由，即欲采蘋花相赠，也不自由。口语直说就是：真对不起，收到了曹兄你写来的诗，可是身不由己，不能到象县见你。以致歉语气向朋友表达思念之情，许多难言处尽在不言中，故尤觉楚楚动人。

沈德潜谓"言外有欲以忠心献之于君而未由意，与《上萧翰林书》同意，而词特微婉"。可备一说。

元稹

(779—831)字微之,洛阳(今属河南)人,北魏鲜卑族拓跋部后裔。八岁丧父,依倚舅族。德贞元九年(793)明经擢第,十五年(799)初仕河中府。与白居易同年登书判拔萃科,授秘书省校书郎。宪宗元和元年(806)与白居易同登才识兼茂明于体用科,列名第一。穆宗长庆二年(822)以工部侍郎同平章事。有《元氏长庆集》。

行宫

寥落古行宫①,宫花寂寞红②。白头宫女在③,闲坐说玄宗④。

注释 ①寥落:冷落。行宫:供帝王出行时居住的地方。②宫花:宫苑中的花木。③白头:人老发白。④玄宗:唐朝皇帝李隆基。

赏析 [这首诗的作者]这首诗见《元氏长庆集》,宋人皆以为元稹作,《唐诗品汇》作王建诗,一作元稹,当以元作为是。诗作于元和四年(809)东都洛阳,时为监察御史。诗写昔日行宫景象之寂寞及白发宫人之无聊,极短小,然可与《连昌宫词》及白居易《上阳白发人》参读。

[诗中的对比手法]红色绚丽的宫花,既与行宫整体的萧条形成对比或反衬(即"上皇偏爱临砌花,依然御榻临阶斜;蛇出燕巢盘斗拱,菌生香案正当衙")——即热烈与冷落相对照,又与白头宫女(从外貌到内心)形成对照——红与白、浓艳与惨淡的对照,以气氛助抒情。

[诗中的含蓄]"白头宫女"二句淡淡白描,似不经意,然宫女数十年之辛酸与不幸,国家数十年之盛衰兴废,无不含蕴句下。沈德潜云:"说玄宗,不说玄宗长短。"洪迈云:"语少意足,

有无穷之味。"潘德舆云:"《长恨歌》一百二十句,读者不觉其长;微之《行宫》才四句,读者不觉其短,(足赅《连昌宫词》六百余字),文章之妙也。"

重赠乐天①

休遣玲珑唱我诗②,我诗多是别君词。明朝又向江头别③,月落潮平是去时。

注释 ①重赠:先赠过一诗,再赠。乐天:白居易字。②玲珑:商玲珑,杭州官妓。③江头:指钱塘江头。

赏析 [关于诗题] 这是元稹在与白居易一次别后重逢又将分手时的赠别之作。先当有诗赠别,所以此诗题为"重赠"。

[以否定词开头] 首句提到唱诗,便把读者引进离筵的环境之中。原诗题下自注:"乐人商玲珑(中唐歌唱家)能歌,歌予数十诗",所以此句用"休遣玲珑唱我诗"作呼告起,发端奇突。唐代七绝重风调,常以否定、疑问等语势作波澜,如"莫愁前路无知己,天下谁人不识君"(高适)、"休唱贞元供奉曲,当时朝士已无多"(刘禹锡),这类呼告语气容易造成动人的风韵。不过一般只用于三、四句。此句以"休遣"云云发端,劈头喝起,颇有先声夺人之感。

[补充交待"休唱"原委] 好朋友难得重逢,分手之际同饮几杯美酒,听名歌手演唱几支歌曲,本是很愉快的事,何以要说"休唱"呢?次句就像是补充解释。原来筵上唱离歌,本已添人别恨,何况商玲珑演唱的大多是作者与对面的友人向来赠别之词呢,那不免令他从眼前情景回忆到往日情景,百感交集,难乎为情。呼告的第二人称语气,以及"君"字与"我"字同现句中,给人以亲切的感觉。上句以"我诗"结,此句以"我诗"起,就使得全诗起虽突兀而款接从容,音情有一弛一张之妙。句中点出"多""别",已暗逗后文的"又""别"。

元 稹

[推想别朝的分别]第三句从眼前想象"明朝","又"字上承"多"字,以"别"字贯串上下,诗意转折自然。第四句则是诗人想象中分手时的情景。因为别"向江头",要潮水稍退之后才能开船;而潮水涨落与月的运行有关,诗中写清晨落月,当近望日,潮水最大,所以"月落潮平是去时"的想象具体入微。诗以景结情,余韵不尽。

[给读者留下想象空间]此诗只说到就要分手("明朝又向江头别")和分手的时间("月落潮平是去时")便结束,通篇只是心中事、口头语、眼前景,可谓"情无奇""景不丽",但读后却有无穷余味,给读者心中留下了深刻印象。原因何在呢?这是因为此诗虽内容单纯,语言浅显,却有一种萦回不已的音韵。它存在于"休遣"的呼告语势之中,存在于一、二句间"顶针"的修辞格中,也存在于"多""别"与"又""别"的反复和呼应之中,处处构成微妙的唱叹之词,传达出细腻的情感:故人多别之后重逢,本不愿再分开;但不得已又别,令人恋恋难舍。更加上诗人想象出在熹微的晨色中,潮平时刻的大江烟波浩渺,自己将别友而去,更流露出无限的惋惜和惆怅。多别难得聚,刚聚又得别,这种人生聚散的情景,借助回环往复的音乐律感,就更能引起读者的共鸣。音乐性对抒情起了十分积极的作用。

❀ 闻乐天授江州司马① ❀

残灯无焰影幢幢②,此夕闻君谪 zhé③九江。垂死病中惊坐起,暗风吹雨入寒窗。

注 释　①乐天:即白居易,字乐天,是作者的好友。授:授职,任命。②幢幢:晃动貌。③谪:降职并调到边远地方做官。

赏析　[元稹与白居易的遭遇]元稹,字微之。素与白居易交好,两人共创元白诗派,影响甚大。元稹性情刚烈,经常上书指摘时弊,弹劾和惩治不法官吏,因而多次被贬。

古诗词鉴赏

元和十年（815年），白居易上书，请捕刺杀宰相武元衡的凶手，结果被加上越职言事以及一些莫须有的罪名，被贬为江州（今江西九江）司马。而这首诗，就是元稹在被贬为通州司马后听到白居易的遭遇时写的。白居易也写下了著名的《与元九书》作为回答。

[惊闻消息前作者的状态]"残灯无焰影幢幢"展示了作者听见白居易被贬消息前的状态——"垂死病中"。作者被贬通州，心力交瘁，不由卧病不起。已到深夜，灯油烧尽，鬼影晃晃。作者似乎数日未食，酸软无力，视野一片模糊。快要死了，快要死了吧！所以，作者写灯，用"残灯"，实是自喻之辞，还嫌不够，那连灯射出的影子都在摇摇晃晃，快要灭了。

这里给我们展示了环境的阴暗悲凉：残灯明灭不定，深夜严寒死寂，急风吹入，灯苗更晃，暗影乱闪。在这样的冷夜，重病的作者似乎感到了死神的微笑。他心情是沉痛的。

[惊闻消息后作者的状态]"垂死病中惊坐起，暗风吹雨入寒窗"表现了作者听到白居易被贬后的反应。本来还死人般躺在床上，似乎没了生气，但突然坐了起来。"惊坐起"表明了作者对白居易的关注程度，已胜过对自己病体的关心。"暗风吹雨入寒窗"是作者听到消息后的环境，也是"残灯无焰影幢幢"的继续和深化。暗风吹窗，送来冷雨，淋了病人一身。作者的心空，似乎也下起了冰雨。一句景语，把作者悲痛关怀好友的感情推向了高潮。那消息是风，那消息是雨，好朋友啊，如果可能的话，让我这个将死之人为你承担风雨吧。

[含蓄蕴藉的艺术风格]本诗展示的是一刹那的心理感受，仅用了一个"惊"来实写，其余全用景虚写，那么复杂那么丰富的感情化为了两句景语，那具体是什么样的感情？怎样的悲痛？作者并不点破，给读者留下了巨大的想象空间，令人回味无穷。

贾岛

贾岛 (779—843)字浪仙,一作阆仙,自称碣石山人,范阳(今北京市)人。早年曾为僧,法名无本。宪宗元和间(806—820)受知于韩愈,返俗应举,但终身未第。文宗开成二年(837)坐飞谤责授遂州长江(今四川蓬溪)主簿,世称贾长江。有《长江集》。

寻隐者不遇①

松下问童子②,言师采药去③。只在此山中,云深不知处。

注释 | ①隐者:这里指一位道士。②童子:指道童。③师:师父。

赏析 [关于诗题] 诗写的是一次寻访。寻访的结果是"不遇"。一作孙革《访羊尊师》诗。

[天真的对话] "松下问童子"一句写问,以下三句则是对答。问写得极简括。不须明写谁问和问什么,因诗题和对答有清楚的交代。答语是诗着意之处,"言师采药去",童子说师父进山采药去了。这一句本来已是一个完整的答复,但如果就此打住,就没有诗意了。小童对答复做的一番补充:师父就在这座山里,在那云雾迷蒙的某个地方,但具体在哪儿,就不得而知了。"只在此山中"的"只在"二字是很肯定的语气,仿佛做了确切的回答,但"云深不知处"叫人哪里找去?说了半天,还是等于零。然而这两句补充并非多余,它不但是十分天真的话,而且语意佳妙。这不是故意卖弄口舌,而是生活中常有的那种无意中得到的妙语。它生动反映出"隐者"特有的生活趣味和情操。诗通过描写"隐者"出没云中、神秘莫测的行踪,隐隐透露出其洁身自好、高蹈尘埃之外的精神风貌。

[不遇的意趣] 寻访"不遇",通常是一种扫兴的事。但读这首诗,却会感到有不同寻俗之处。小童的天真答话,把人引进高远的意境中,使人恍如面对那云烟缭绕的大山,想到有一位高士在其中自由自在地活动,那人迹罕至的去处,一定别有天地、别有一番乐趣。诗以小童的答话结束,虽然没直接写寻访者的反应,但读后令人觉得,他大约不会立即兴尽而返,而会站在松下,久久对着那云烟深处神往。

采药图

张祜

(782? ~852?) 字承吉，郡望清河东武城（今山东武城西北），籍贯南阳（今属河南），晚年居丹阳（今属江苏）。生性狷介，不容于物，以布衣终生。长年浪迹江湖，或为外府从事，或为大僚幕宾，阅历极广。有《张祜诗》。

赠内人①

禁门宫树月痕过②，媚眼唯看宿燕窠③。斜拔玉钗灯影畔，剔开红焰救飞蛾④。

注释 ①内人：宫中女伎。②禁门：宫门。月痕：月牙一弯如眉痕，故称。③宿燕窠：指梁间燕窠，措意在燕子的双栖。④剔开：拨开。古代油灯，以通心草或绵纱作灯芯，拨动灯芯，可以调整灯焰的大小。

赏析 [用象征手法，见物我同情] 伎女一入宫禁，成为"内人"，就失去人身自由和幸福，所以怅怨。前二句写静夜之景，提到梁间宿燕，可见人不如鸟，先出怨妒之意。后二句引入情节，写飞蛾扑火，宫女剔焰救蛾，便有意味：飞蛾扑火，象征向往光明的本性及陷入不幸的遭遇；剔焰救蛾，则见物我同情。本篇造意深曲，艺术构思与雍陶《赠孙明府》"秋来见月多归思，自起开笼放白鹇"相似。

集灵台①

虢国夫人承主恩②，平明骑马入宫门③。却嫌脂粉污颜色，淡扫蛾眉朝至尊④。

注释 ①集灵台：即长生殿，故址在今陕西省西安市临潼区骊山上。②虢国夫人：杨贵妃三姊的封号。主：皇帝，指玄宗。③平明：清晨。④蛾眉：弯曲细长的眉，状如蚕蛾之触须。至尊：指天子，即玄宗。

赏析 [这首诗讽刺杨氏诸姨的承宠]间接反映玄宗惑溺女色，导致荒废政事。诗只赋实事，而讽刺自见，妙在"素面朝天"的细节。素面不施脂粉，可见美丽来自天然，就事论事，也没有什么不好。但放到古代宫廷那样一个特定的环境中，却是一种骄恣放纵的表现。诗人只说虢国以美自矜，而其用意在于献媚取宠于皇帝，自在言外。"承主恩"三字是含有讽刺意味的。

❀ 题金陵渡① ❀

金陵津渡小山楼②，一宿行人自可愁③。潮落夜江斜月里，两三星火是瓜洲④。

注　释｜①金陵渡：渡口名，即今江苏镇江的西津渡，与瓜洲隔岸相对。金陵，这里指润州（今江苏镇江）。②小山楼：指驿楼。③自可愁：指不知不觉地、无缘无故地惆怅。④瓜洲：镇名，在长江北岸，今江苏仪征南。

赏析 [这首诗写待渡金陵驿楼的心情和江上夜色]前二句起得平淡而轻松，暗示当夜失眠，引起以下写观赏夜景。后二句表明时间在拂晓潮落之际，再于黑暗的背景上点出"两三星火"，以少胜多，情景悠然，更以"是瓜洲"三字透露出诗中人的思维活动。作者有意迭用"小""一""两""三"等词，渲染零落之感，切合轻微的旅愁，效果极佳。

❀ 何满子① ❀

故国三千里，深宫二十年。一声何满子，双泪落君前。

注　释｜①何满子：唐时教坊曲名，悲歌。

赏析 [二十字耐人寻味]这首诗本是有感于武宗与孟才人之

事而作。唐武宗病危,孟才人求为歌《何满子》,歌未竟而死。武宗驾崩,柩重不可举,俟孟才人榇至,乃举。"故国三千里"当是《何满子》歌辞,"深宫二十年"即"传唱宫中十二春",后二句即咏孟才人本事。诗与《长恨歌》同旨,而仅二十字,结语不了了之,耐人寻味。

朱庆余

生卒年不详,名可久,以字行,越州(今浙江绍兴)人。敬宗宝历二年(826)登进士第,官秘书省校书郎。曾客游边塞,仕途不甚得意。有《朱庆余集》。

宫词①

寂寂花时闭院门②,美人相并立琼轩③。含情欲说宫中事④,鹦鹉前头不敢言⑤。

注释 ①宫词:一作《宫中词》。②花时:春暖花开之时。③美人:指宫女。琼轩:华丽的长廊。④宫中事:指宫中诸如宠移爱夺,娇极妒生,种种恩怨之事。⑤鹦鹉:鸟名,善于仿效人声。唐时宫中多饲养作宠物。王建《宫词》:"鹦鹉谁教转舌关,内人手里养来奸。"王涯《宫词》:"教来鹦鹉语初成,久闭金笼惯认名。"

赏析 [婉曲的手法] 这首宫词摆脱了同类题材的诗歌惯常的写法,独出机杼,特在"花时",让两个美人出场。两个女人凑在一起,必然要说话,通常是说别人的小话,或自己的真心话。然而,当她们抬头看见廊前的鹦鹉时,就把想说的话吞了回去。诗的表现手法曲折,情境富于戏剧性。常言道"隔墙有耳",而畏惧鸟的偷听,比畏惧人的偷听,更能曲折表现出宫人忧谗畏讥的心情和寂寞的心事。

近试上张水部①

洞房昨夜停红烛②,待晓堂前拜舅姑③。妆罢低声问夫婿,画眉深浅入时无④?

注　释　①题一作《闺意献张水部》。近试：临近进士考试。张水部：张籍，时任水部郎中。②洞房：新房。停红烛：暗示新婚。③舅姑：公婆。④入时无：是否合宜。

赏析　[托闺情以言志] 唐代应进士科举的士人有向名人行卷的风气，以希求得有力的推荐。作者平日向时任水部郎中的著名诗人张籍行卷，已得到赏识，考前还怕自己的作品不符合主考的要求，所以写了这首诗征求意见。诗托言闺情，极富生活气息，诗中将新娘婚后第一次拜见公婆前忐忑不安的心理描绘得惟妙惟肖。

李贺

(791—817)字长吉,唐宗室郑王之后,其父晋肃贞元时曾做过陕县令。福昌(今河南宜阳)昌谷人。宪宗元和二年(807)赴洛阳应进士举,妒之者以犯父名讳为由,加以阻挠。仕途失意,为奉礼郎,两年后因病辞官。有《李贺歌诗》。

❀ 马诗 ❀

大漠沙如雪①,燕山月似钩②。何当金络脑③,快走踏清秋。

注释 ①大漠:沙漠。②燕山:燕然山,即杭爱山,在今蒙古国境内。③何当:何时得到。金络脑:黄金装饰的马络头。

赏析 [这首诗的基本内容]《马诗》是通过咏马、赞马或慨叹马的命运,来表现志士的奇才异质、远大抱负及不遇于时的感慨与愤懑,其表现方法属比体。而此诗在比兴手法运用上却特有意味。

[以写景引起抒情]一、二句展现出一片富于特色的边疆战场景色,乍看是运用赋法:连绵的燕山山岭上,一弯明月当空;平沙万里,在月光下像铺上了一层白皑皑的霜雪。这幅战场景色,一般人也许只觉悲凉肃杀,但对于志在报国之士而言却有异乎寻常的吸引力。"燕山月似钩"与"晓月当帘挂玉弓"(《南园》其六)匠心正同,"钩"是一种弯刀,与"玉弓"均属武器,从明晃晃的月牙联想到武器的形象,也就含有思战斗之意。作者所处的贞元、元和之际,正是藩镇极为跋扈的时代,而"燕山"暗示的幽州蓟门一带,又是藩镇肆虐为时最久、为祸最烈的地带,所以诗意是颇有现实感慨的。思战之意有针对性,平沙如雪的疆

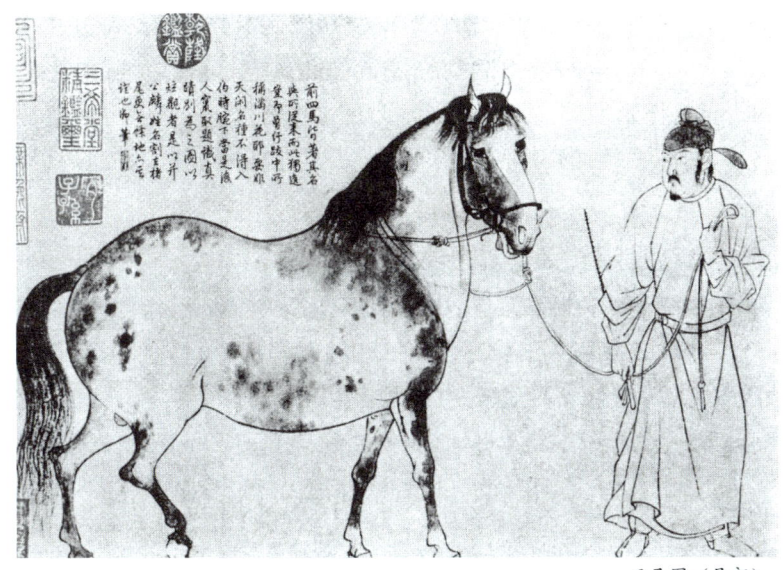

五马图（局部）

场寒气凛凛，但它是英雄用武之地。所以这两句写景实启后两句的抒情，又具兴义。

[这首诗的用意] 三、四句借马以抒情：什么时候才能披上威武的鞍具，在秋高气爽的疆场上驰骋，建树功勋呢？"金络脑"属贵重鞍具，象征马受重用。显然，这是作者热望建功立业而又不被赏识所发出的嘶鸣。

[整首诗用比体] 此诗与《南园》（男儿何不带吴钩，收取关山五十州，请君暂上凌烟阁，若个书生万户侯？）都写投笔从戎、削平藩镇、为国建功的热切愿望。但《南园》是直抒胸臆，此诗则属寓言体即整体用比。直抒胸臆，较为痛快淋漓；而用比体，则觉婉曲耐味。而诗的一、二句中，以雪喻沙，以钩喻月，又是在局部上用比；从一个富有特征性的景色写起以引出抒情，又是兴。短短二十字中，比中见兴，兴中有比，大大丰富了诗的表现力。从句法上看，后二句一气呵成，以"何当"领起作设问，强烈传出无限企盼意，且有唱叹味；而"踏清秋"三字，声调铿

锵,词语搭配新奇,盖"清秋"草黄马肥,正好驰驱,冠以"快走"二字,形象暗示出骏马轻捷矫健的风姿,恰是"所向无空阔,直堪托死生。骁腾有如此,万里可横行"(杜甫《房兵曹胡马》)。所以字句的锻炼,也是此诗艺术表现上不可忽略的成功因素。

❉ 南园① ❉

花枝草蔓眼中开②,小白长红越女腮③。可怜日暮嫣 yān 香落④,嫁与东风不用媒。

注　释 | ①南园:福昌昌谷(今河南省宜阳县三乡)作者故居的南园。②开:偏意于花而言,即花开。③小白长红:犹言白少红多。越女腮:以人面喻花美。越女,越中美女,特指西施。④嫣香:指花朵。《玉篇》:"嫣,长美貌。"

赏析　[这首诗的写作背景] 福昌昌谷乡是李贺的故家,南园是家中园林。《南园》诗共十三首,作于诗人辞去奉礼郎官职从长安回家后。

[清人的一个解释] 清人王琦注这首诗时加了一个题解:"眼中方见花开,瞬息日暮,旋见其落,以见容华易谢之意。"这个解释正不正确呢?在古典诗歌中,暮春景物是入诗最频繁的题材之一,好多诗人都写过落花诗。的确,很多诗都是借落花来表现所谓"美人迟暮"之感的。但能否就此推出李贺这首诗表现的是同一种感情呢?关于这个问题,现成的答案是没有的。理解诗歌,首先应当从诗歌本身的艺术形象和这形象给人的实际感受出发,同时应当充分注意诗人的艺术个性,才能得出正确的结论。

[诗中的巧比妙喻] "花枝草蔓眼中开"这句说眼见南园花草繁茂可爱。"开"主要是对"花枝"而言的,而诗中"草蔓"二字告诉读者,随着春深,绿草绿叶渐渐多了。万紫千红逐渐会被"绿肥红瘦"的景象代替。"小白长红越女腮"这句用了一个比喻

形容花朵的娇艳。"小白长红"就是白少红多的意思，也就是偏于红的粉红色，与"越女腮"连文，即以美女粉红的脸蛋来比喻花瓣色泽的鲜嫩。"可怜日暮嫣香落"这句写花落。"可怜"二字既可作"可爱"讲，又可作"可惜，可悯"讲，这里应取哪一意呢？且先看落花去向："嫁与东风不用媒。"既不是委弃尘土，也不是随逐流水。这句承上美女的比喻，把落花比作一个成熟的姑娘，不经媒妁之言，就自己随着情郎"东风"一起出奔了。显然，上文的"可怜"应该作"可爱"讲，而不是"可悯"的意思。

[诗中的新意] 这首诗给人以极新奇的印象，落花诗尽有佳作，但几曾读到过这样的落花诗呢。诗里虽有"日暮嫣香落"的字样，但充溢在字里行间的绝非感伤，而是一种轻快、亲切的情调，是对大自然丰富含蕴的一个奇趣的发现。这在李贺富于独创的诗歌中并不罕见。王琦的解释，不免化神奇为平庸。好诗被说坏，往往是评诗者心中先有一个旧的框框，比如一见写落花，不管诗人具体怎样写，先就得出"容华易谢"感叹迟暮的结论。不料诗人独具只眼，恰恰从人们只看得见感伤的落花景象中看出了一段优美动人的"好的故事"。他看到的不是零落成泥或落花流水，而是燕尔新婚。这是旧题材的翻新，是化平庸为神奇。

[李贺诗的童话色彩] 这首诗体现了李贺诗歌的一个最显著的特色，这就是奇特的幻想。古典诗歌中，用花枝比拟少女，或用少女比拟花枝，本来是习见的。在这首诗里，虽然也用了这样的比拟，但毫无陈陈相因之感，反而令人觉得耳目一新。其原因就在诗人匪夷所思地把落花比作一个新娘，而不是一个普通的少女。这一幻想使花落的景象有了更新更丰富的含义，完全摆脱了俗套，给人以美的感受。诗人这种奇异幻想体现了他对理想的憧憬，对美好事物的神往。类似这样的童话般优美的境界，在他的《天上谣》《梦天》等诗中也可以看到。

[这首诗的造语之奇] 李贺诗的独创性体现是多方面的,"辞尚诡奇"(《新唐书》本传)就是一个方面。如"小白长红"的造语就很奇特。形容色彩的程度,一般只用"深""浅",间或有用"多""少"的,像这首诗用"长""小",的确见所未见。这显然是诗人有意避熟就生,不肯落入常套的缘故。后来宋词中有"绿肥红瘦"的名句,与"小白长红"实际是同一性质的创新。

❋ 南园之二 ❋

寻章摘句老雕虫①,晓月当帘挂玉弓②。不见年年辽海上,文章何处哭秋风③。

注　释　①寻章句:是说舞文弄墨而虚度光阴,诗人自嘲。寻章摘句,指读书为文,雕章琢句。《三国志》裴松之注引《吴书》:"(吴王)博览书传经史,籍采奇异,不效诸生寻章摘句而已。"老雕虫,老于辞赋。汉扬雄《法言·吾子》:"或问:'吾子少而好赋?'曰:'然,童子雕虫篆刻。'俄而曰:'壮夫不为也。'"②挂玉弓:形容下弦的残月。③不见二句:是说边塞需要将才,没有文人的用武之地。辽海,辽东,唐属河北道,今河北北部和辽宁南部一带地区。这里用来泛指边地。哭秋风,指悲秋。自宋玉《九辩》以来,"悲秋"成为历代诗文常用的主题之一。

赏析 **[诗意原很简单]** 这首诗诗意很简单:前二句说自己夜以继日,在晓月当帘时还锐意攻读,恐要终老书生;后二句说年年战乱,文章再好也没有出路。总是因仕途失意,慨叹读书无用。诗在造语铸句上很有特点。

　　[首句中的两个典故] "寻章摘句"本《三国志·孙权传》裴松之注:"不效书生寻章摘句而已。""雕虫"本扬雄《法言·吾子》:"或问'吾子少而好赋?'曰:'然,童子雕虫篆刻。'俄而曰:'壮夫不为也。'"二辞均带贬意,用一动词化的"老"字予以连接,一个牢骚形之于色的读书人形象出现了。由于刻苦兼牢

骚，他蒲柳之质，未老先衰。诗句充满自嘲而不无激愤的意味。次句"晓月当帘"则似描写人物之背景，形象地表明他是发愤攻书而致废寝，也是速"老"的一个注脚。"挂玉弓"是对"晓月"的一个形容，似喻月为帘钩，又似喻月为雕弓。以武器为喻体，则暗点兵象，逗起下文。

[这首诗的造语之奇]三句"辽水"指辽东，一作辽海，今河北北部与辽宁南部一带地区，隋唐时其地即多战事，而李贺所在之时，这一带是藩镇为祸最烈的地区。河北诸镇久不受朝廷节制，用兵尚且不能下，文章更无济于实用。四句在说法上绕了几个弯子，兼之句法特殊，其意本为：此用武之地，何处有文章席位？"即有才如宋玉，能赋悲秋，亦何处用之？"而诗人将"悲秋""文章"写成"文章哭秋风"，意象顿活。或"文章"借代文士，"哭秋风"非一般悲秋，而是伤时和自伤，颇中肯綮。

❀ 雁门太守行 ❀

黑云压城城欲摧，甲光向日金鳞开。角声满天秋色里，塞上燕脂凝夜紫。半卷红旗临易水，霜重鼓寒声不起。报君黄金台上意，提携玉龙为君死。

赏析 [关于这首诗的故事]作于元和初，张固《幽闲鼓吹》谓韩愈为国子博士分司东都，李贺以歌诗干谒，韩极困欲睡，门人呈卷，旋解带、旋观首篇——即此诗，才读前二句，却援带命邀之，一时传为佳话。雁门在今山西北部，是古时交兵之地。诗题是汉乐府《相和歌·瑟调曲》旧题，六朝及唐人拟作多以咏叹征戍之苦，而李贺此篇则显得新异。

[这首诗的写作背景]诗中战争虽属虚拟性质，其中提到的地名如雁门、塞上、易水、黄金台，均在河东、河北，参之李贺其他作品，论者一般将它与唐代藩镇作乱的历史背景相联系，言之成理。

古诗词鉴赏

[这首诗重在气氛烘托] 开篇写对阵,着力气氛烘托,有先声夺人的效果:黄昏时分,地下大军压境,天上黑云压城,而四角亮得出奇(是暴风雨即将到来的征兆),落日惨淡的光辉照得城头城下金甲,鱼鳞般闪闪发光,——两军对垒,整个空气是凝滞的,处于爆发前的寂静。其实敌人兵临城下未必同时乌云密布,这完全是诗人的艺术构思,是象征、描述意象的叠加,效果是加倍的。三四句对战斗非正面描写,偏致力于角声、秋色、夜色的描写仍有惊心动魄的效果。那胭脂凝夜紫的刷色,是晚霞还是战血?无宁是隐喻、描写双重意象的叠加,是场面的感性显现,不是解说而是呈现一场战争,诉诸读者的视听感官。五六句写驰援,"临易水"的字面暗示"壮士一去兮不复还"的意念。至于接下来的遭遇战,仍只侧面描写,"霜重鼓寒声不起"暗示的显然不是势如破竹,而是困难重重,——只把战争的困难限在气候,却能收到侧面微挑的效果。

[这首诗的意蕴] 诗不讳言敌强,不讳言牺牲和困难,甚至不讳言死,其所突出的只在"雁门太守"的一片忠诚。黄金台是战国时燕昭王建于易水东南,以招揽天下士的处所,诗用这故事写出将士以身许国的赤胆忠心。故清人萧馆评此诗"颇类睢阳(张巡)激励将士诗"。

[这首诗的艺术特色] 这首诗写得十分凝重。它是一首七古,篇幅却相当于一篇七律,但读之不觉其短。首先在于诗人着重侧面烘托,他没有采用正面叙写的语言,却专重烘托气氛和展示意象,启发读者的想象和联想,自能一以当十。其次是有很大的意象密度,诗中常将描述的、比喻的、象征的意象叠加,颠扑不破,耐人反复吟味。三是刷色浓重,几乎每一句都色彩鲜明,其中金黄、胭脂、紫红等艳丽的彩色与黑、白等非彩色交织运用,构成色彩斑斓的画面效果,也是令人百读不厌的。

李凭箜篌引①

吴丝蜀桐张高秋②,空山凝云颓不流。湘娥啼竹素女愁③,李凭中国弹箜篌④。昆山玉碎凤凰叫⑤,芙蓉泣露香兰笑。十二门前融冷光,二十三弦动紫皇⑥。女娲炼石补天处,石破天惊逗秋雨⑦。梦入神山教神妪 yù⑧,老鱼跳波瘦蛟舞。吴质不眠倚桂树⑨,露脚斜飞湿寒兔。

注释 ①李凭:供奉宫廷的梨园弟子,以弹箜篌擅长。②吴丝蜀桐:吴地的丝,蜀中的桐木,形容箜篌的精美。③湘娥:湘水的女神,即古代帝舜的妃子娥皇、女英。④中国:国中,指都城长安。⑤玉碎、凤凰叫:形容音响的清脆激越。⑥动紫皇:感动天神。⑦女娲二句:意指箜篌声震惊了整个天界。⑧神妪:神仙。⑨吴质:神话中在月中砍玉树的吴刚。质是他的字。

赏析 [这首诗的写作时间] 作于元和五六年(810—811)间,时李贺在长安官奉礼郎,有缘接触宫廷乐师李凭。箜篌本为胡乐器,约于东晋武帝时由西域传入,在唐十部乐中,多数皆用二十三弦之竖箜篌。此诗即写听李凭弹箜篌的感受。

[写音乐前先营造气氛] 前四是全诗的引子,第三句写音乐的开始,第四句才点出何人、何时、何地、如何。首句不说破箜篌,而以"吴丝蜀桐"作感性显现,是李贺一种典型的表现手法,暗示乐器选材之精,制造之美;"张"是诗人选

乐舞图(局部)

择的最恰当的动词,嵌在丝桐与高秋之间,不仅指张设乐器,而且兼关秋气高张;二三句在大段描写音乐前先营造一下气氛,于是演奏者出台亮相。

[对音乐感受的奇特描写] 以下八句描写李凭的箜篌演奏。五六换仄韵,玉碎凤叫,写乐声之清和;花谢花开写乐声效果,而以"泣""笑"代谢、开,化无声为有声。七八换平韵,言长安十二门前的月光也为之融化了,箜篌声甚至感动了天帝。以下四句换仄韵,由乐声联想到淅沥秋雨,由秋雨联想到天漏,由天漏而联想到女娲补天处之石破,翻空作奇,出人意表。神山之神妪指成夫人——传说为晋代兖州弹箜篌的好手。有人说这里的"教"是受动用法,即就教于神妪,如江淹受五色笔于神人、王羲之学书于卫夫人,似较合于常情;然作主动用法,则违乎常理,而李贺诗正以违乎常理为特色,固不妨照字面解会。

[写音乐产生的神奇效果] 末二句暗示曲终人去,音乐效果还在。连月中仙人(吴刚)神物(玉兔)都还沉浸在乐声余韵中,没有睡意,也感觉不到露气的清寒。诗写奏乐,伴随着景的推移,所以王琦玩味道"当是初弹之时,凝云满空;继之而秋雨骤作;洎乎曲终声歇,则露气已下,朗月在天。皆一时实景也。而自诗人言之,则以为凝云满空者,乃箜篌之声遏之而不流;秋雨骤至者,乃箜篌之声感之而旋应"。这种理解是富于启发性的。

[这首诗的显著特色] 全诗大量运用了神话材料如湘妃、嫦娥、紫皇、女娲、神妪、香兰、桂树、老鱼、瘦蛟、寒兔等,妙于组织,所谓虚荒幻诞、出神入幽,无一字落常人蹊径(《唐宋诗举要》)。清方世举曰:"白香山江上琵琶,韩退之颖师琴,李长吉李凭箜篌,皆摹写声音至文。韩足以惊天,李足以泣鬼,白足以移人。"(《李长吉诗集批注》)

❋ 致酒行 ❋

零落栖迟一杯酒[①],主人奉觞客长寿[②]。主父西游困不归②，家人折断门前柳。吾闻马周昔作新丰客④，天荒地老无人识。空将笺上两行书，直犯龙颜请恩泽。我有迷魂招不得⑤，雄鸡一声天下白。少年心事当拏云，谁念幽寒坐呜呃⑥。

注释　①栖迟：游息。②奉觞：举杯敬酒。③主父：主父偃，汉武帝时齐人。为汉武帝所信任，官至刘相。④马周：唐太宗时人，后为唐太宗所识，拜为监察御使。⑤迷魂：心情抑郁，行止彷徨。⑥幽寒：喻处境困厄。呜呃：悲哀短气貌。

赏析　[这首诗的写作背景] 元和初，李贺因避父讳被剥夺了科举考试资格。从此"怀才不遇"成了他作品中的重要主题，他的诗也因而带有一种哀愤的特色。但这首困居异乡感遇的《致酒行》，音情高亢，别具一格。"致酒行"即劝酒致词之歌。

[从劝酒的场面写起] 从开篇到"家人折断门前柳"四句一韵，为第一层，写劝酒场面。先略示以酒解愁之意。在写主人祝酒前，先写客方悲苦愤激的情怀，接着转入主人持酒相劝的场面。他首先祝客人身体健康。"客长寿"三字有丰富的潜台词：忧能伤人，折人之寿，而"留得青山在，不怕没柴烧"啊！"主人奉觞客长寿"刻画出两人的形象，一个是穷途落魄的客人，一个是心地善良的主人。

[穿插古人穷愁潦倒的故事]"主父西游困不归"，是说汉武帝时主父偃的故事。"主父偃西入关，郁郁不得志，资用匮乏，屡遭白眼。"（见《汉书·主父偃传》）作者以之自比，"困不归"中寓无限辛酸之情。古人多因柳树而念别。"家人折断门前柳"，通过家人的望眼欲穿，写出自己久羁异乡之苦，这是从对面落墨。引古自喻与对面落墨同时运用，使诗情曲折生动有味。经此二句顿宕，再继续写主人致词，诗情就更为摇曳多姿了。

[再用古人酒杯浇自己块垒]"吾闻马周昔作新丰客"到"直犯龙颜请恩泽"是第二层，为主人致酒之词。"吾闻"二字领起，是对话的标志。这几句主人的开导写得很有意味，他抓住

上进心切的少年心理，甚至似乎看穿诗人引古自伤的心事，有针对性地讲了另一位古人一度受厄但终于否极泰来的奇遇：唐初名臣马周，年轻时受地方官吏侮辱，在去长安途中投宿新丰，逆旅主人待他比商贩还不如。其处境狼狈岂不比主父偃更甚？为了强调这一点，诗中用了"天荒地老无人识"的生奇夸张造语，那种抱荆山之玉而"无人识"的悲苦，以"天荒地老"四字来表达，可谓无理而极能尽情。马周一度困厄如此，以后却时来运转，因替他寄寓的主人、中郎将常何代笔写条陈，太宗大悦，予以破格提拔。"空将笺上两行书，直犯龙颜请恩泽"即言其事。主人的话到此为止，只称引古事，不加任何发挥，但这番语言很富于启发性。他说马周只凭"两行书"即得皇帝赏识，言外之意似是：政治出路不特一途，囊锥终有出头之日，科场受阻岂足悲观！事实上马周只是为太宗偶然发现，这里却说成"直犯龙颜请恩泽"，主动自荐，似乎又耸恿少年要敢于进取，创造成功的条件。这四句真是以古事对古事，话中有话，极尽循循善诱之意。

[以进取精神作结]"我有迷魂招不得"至篇终为第三层，直抒胸臆作结。"听君一席话，胜读十年书"，主人的开导使"我"这个"有迷魂招不得"者，茅塞顿开。作者运用擅长的象征手法，以"雄鸡一声天下白"写主人的开导生出奇效，使自己心胸豁然开朗。这"雄鸡一声"是一鸣惊人，"天下白"的景象是多么光明璀璨！这一景象激起了诗人的豪情，于是末二句写道：少年正该壮志凌云，怎能一蹶不振，老是唉声叹气，"幽寒坐呜呃"五字，语亦独造，形象地刻画出诗人自己"咽咽学楚吟，病骨伤幽素"（《伤心行》）的苦态。"谁念"句同时也就是一种对旧我的批判。末二句音情激越，颇具兴发感动的力量，使全诗具有积极的思想色彩。

[这是一首问答体诗]《致酒行》以抒情为主，却运用主客对白的方式，不做平直叙写。《李长吉歌诗汇解》引毛稚黄说："主

父、马周作两层叙,本俱引证,更作宾主详略,谁谓长吉不深于长篇之法耶?"本篇富于情节性,饶有兴味。在铸辞造句、辟境创调上往往避熟就生,如"零落栖迟""天荒地老""幽寒坐鸣呃",尤其"雄鸡一声天下白"句,或意新,或境奇,都属李长吉式的"锦心绣口"。

杜秋娘

生卒年不详,金陵女,李锜妾,穆宗时曾为皇子傅姆。《全唐诗》存诗1首,实为其所唱之诗。

金缕衣①

劝君莫惜金缕衣,劝君惜取少年时②。花开堪折直须折③,莫待无花空折枝!

注释 ①金缕衣:唐代乐府新题。金缕衣意为用金丝织成的衣服,此泛指华贵精美的服饰。②惜取:珍惜,爱惜。③堪:能,可以。直须:即须,就应当。

赏析 这首诗以劝人无须爱惜"金缕衣"起兴,劝人珍惜青春时光。从表面看,其中当然包括人生短暂的慨叹,因而有及时行乐之意。但仔细玩味,也不难发现其中蕴含着人人要珍惜光阴,不要虚度年华的善意规劝,因而有一定的积极的思想意义。此诗因为是歌词,语言通俗浅近,明白如话,"劝君"和"惜"字、"花"字、"折"字的复叠运用,颇具民歌风格,易于传诵,所以流传不衰。

杜 牧

（803—852）字牧之，京兆万年（今陕西西安）人。宰相杜佑之孙。文宗大和二年（828）登进士第，登贤良方正能直言极谏科，授弘文馆校书郎。同年应沈传师之辟，为江西团练巡官，后随沈赴宣州。七年应牛僧孺之辟，在扬州任淮南节度府推官，转掌书记。九年回京任监察御史，后分司东都。开成中回京任左补阙，转膳部、比部员外郎，皆兼史职。武宗会昌二年（842）后出为黄州、池州、睦州等地刺史。宣宗大中二年（848）擢司勋员外郎，转吏部员外郎，四年复守池州。五年入为考功员外郎、知制诰，次年为中书舍人。有《杜樊川集》（《樊川文集》）。

山行

远上寒山石径斜，白云生处有人家①。停车坐爱枫林晚②，霜叶红于二月花。

注释　①生处：一作"深处"。②停车句：是说因爱枫林晚照，不禁停车观赏。坐，因。

赏析　[山行中的一"停"] 这诗哪一句最好？回答是异口同声的："霜叶红于二月花。"然而，要是问哪一字最妙，读者可能就不会太留意，或答"爱"，或答"红"，其实都不如说"停"字更妙。诗题叫"山行"，一开篇写的也是山行："远上寒山石径斜。"山路远，气候寒，石径曲折，又是晚行，本该投宿了，却道一句："白云深处有人家"——可以投宿的山家还远隔白云。俗语道"看到屋，走得哭"，须抓紧行呢。这两句绝不全是悠闲地写景，是写景中见一派行色匆匆。以下是一个转折，在这不该停车的当儿，偏停了，并非小车出了毛病。"停车坐爱枫林晚，霜叶红于二月花。"山回路转，迎面而来的景色迷人，"停车"是情不自禁的。

[说叶红于花富于创意] 枫叶逢秋，又逢晚照，红上加红，尤为美艳。"叶"向来是作"花"之陪衬入诗的，这里却夺了"花"的席位。悲秋伤晚，古诗中司空见惯，此诗却独标高格，比刘禹锡"我言秋日胜春朝"之句更蕴藉，更出色。这个说秋叶胜春花的句子之好，还好在它出现在山行一停的情节中。行人居然置天晚、秋寒、山远、径斜于不顾，停车相看，爱不忍去，使得"霜叶红于二月花"之说更有艺术说服力。"停"与"行"是矛盾的，用来颇具别趣，这"停"字下得实在是好。

江南春

千里莺啼绿映红，水村山郭酒旗风①。南朝四百八十寺②，多少楼台烟雨中③。

注释 ①山郭：这里泛指山城。郭，在城的外围再加一道城墙，即外城。酒旗：又称酒望子，用布做成，挂在酒店门口作为标识。②南朝（420—589）：南北朝时代南朝。宋、齐、梁、陈四个朝代的总称。③四百八十寺：不是实数，极言寺院之多。楼台：这里指寺院的建筑。

赏析 [写作时间] 大和七年（833）春诗人奉沈传师命由宣州经建康往扬州聘问牛僧孺，诗即作于往返途中。

["千里"还是"十里"] 前二句写千里江南之明媚风光，妙在十四字中包举山水、城乡（村郭）、花鸟、红绿等等，得句又自然浑整。杨升庵曾对"千里"二字表示不然："千里莺啼，谁人听得？千里绿映红，谁人见得？若作十里，则莺啼绿红之景，村郭楼台，僧寺酒旗，皆在其中矣。"何文焕驳曰："即作十里，亦未必尽听得着、看得见。题云'江南春'，江南方广千里，千里之中，莺啼而绿映焉；水村山郭，无处无酒旗，四百八十寺，楼台多在烟雨中也。这首诗之意即广，不得专指一处，故总而命曰江南春。"诗是可以思接千载而视通万里的，杨升庵一时糊涂也。

[写景中的弦外之音] 后二句妙在写最具特色的江南烟雨，以烟雨楼台映衬明媚春光，笔致灵妙，余音悠远。且于写景中有弦外之音，南朝统治者多佞佛，一朝有一朝建筑，无怪江南佛寺之多也（四百八十乃数目堆垛，是杜牧惯用的营造气势的手法）。

造寺者佞佛乞求保佑的目的没有达到，而点缀在山水红绿之间的这些金碧辉煌的佛寺却形成一种特殊的人文景观，为江南之春生色不少，这实在是太有意思了。这一重诗味不是政治讽刺，而是对一种历史文化现象的玩味和沉思，而这沉思又和诗人对自然美的歌咏水乳交融，也就更加耐人玩味。

赤壁①

折戟沉沙铁未销②，自将磨洗认前朝。东风不与周郎便③，铜雀春深锁二乔④。

注释 ①赤壁：地名，长江上赤壁有多处，三国鏖兵的赤壁在湖北蒲圻。作者所处的赤壁则在黄州（今湖北黄冈），古人或附会为赤壁大战处。除本篇外，宋苏轼《念奴娇·赤壁怀古》亦然。②折戟句：宋谢枋得《注解选唐诗》："至今土人耕田园者，或得弩箭，镞长一尺有余，或得断枪，想见周郎与曹公大战可畏。此诗磨洗折戟，非妄言也。"③东风：赤壁鏖战，周瑜用部将黄盖计实施火攻，适逢东南风，大火向西北延烧，曹兵大败。事见《三国志·周瑜传》及裴松之注引《江表传》。周郎：周瑜。《三国志·周瑜传》："瑜时年二十四，吴中皆呼为周郎。"④铜雀：铜雀台，见崔国辅《魏宫词》注。二乔：大乔、小乔，其中小乔是周瑜之妻。《三国志·周瑜传》："孙策欲取荆州，以瑜为中护军，领江夏太守，从攻皖，拔之。时得乔公二女，皆国色也。策自纳大乔，瑜纳小乔。"

赏析 [关于"赤壁"] 这首咏史诗作于武宗会昌四年（844）作者任黄州刺史时。长江上有赤壁多处，三国鏖兵之赤壁本在湖北蒲圻，而此诗所咏为黄州赤壁，当时亦传为火烧曹公处，诗人未予深究也无须深究。后苏东坡沿袭了这一附会,世又称东坡赤壁。

[由一片"铁"说起] 前二句是一个引子,它抛开了以山河形胜开端的老套,而从一片铁戟写起;而这一片出土的废铁与一场历史上著名的战争相联系,磨洗去时间的斑斑锈迹,便引起人们对历史的追忆。这样一个见微知著的开端,在构思上非常新颖巧妙。

[宋人对此诗的误解] 后二句作史论,是全诗的精义所在。这不是抽象议论,而是假设推出的可能产生的形象画面:如果不是东风为周郎提供机遇,那么曹公就会打败吴国而掳走二乔,曹公呜呼之后,还会出现"铜雀春深锁二乔"的宫怨情景。宋人许彦周冒失地批评此诗"孙氏霸业系此一战,社稷存亡、生灵涂炭都不问,只恐捉了二乔,可见措大(穷书生)不识好恶"。殊不知两句之意实在此不在彼,特蕴藉言之,增人感慨。其好处一在以形象代抽象,一在见微知著。

[这首诗咏史的意味] 两句意味,或谓"对周瑜的嘲讽",即"时无英雄,使竖子成名"之意。周郎何可嘲讽,正确的说法应该是为曹公惋惜。曹操是赤壁一战的失败者,他和杜牧一样注过《孙子》,深谙兵法,就个人才略而言,不在周郎之下,岂能以一战之成败论英雄?对读《题乌江亭》:"胜败从来事不期,包羞忍辱是男儿。江东子弟多才俊,卷土重来未可知。"不以成败论英雄,机遇是十分重要的,这两个观念在杜牧是有着切身体会的。"十年一觉扬州梦,赢得青楼薄幸名"的他,深知"东风不与周郎便"是个什么味道。诗为历史人物翻案,内容的深曲严肃与形式的风流妩媚结合得天衣无缝。

❀ 泊秦淮 ❀

烟笼寒水月笼沙[①],夜泊秦淮近酒家[②]。商女不知亡国恨[③],隔江犹唱后庭花[④]。

注　释　｜①笼:笼罩。②泊:停泊。秦淮:河名。③商女:卖唱为生的乐妓。④隔江：隔着秦淮河。后庭花：《玉树后庭花》，陈后主所作舞曲，为亡国的靡靡之音。

赏析 [这首诗的写作背景]秦淮河经过金陵城内流入长江，六朝以来为游览胜地，诗人夜泊秦淮闻歌女唱陈后主时流行的颓靡歌曲，不禁触景生情，作了这首诗。

[写景空灵富于意味]前二句写秦淮夜景，盖流经闹市中心的河流，两岸都有"酒家"，月夜上灯后，景色自胜日间。近人朱自清、俞平伯各有一篇《桨声灯影里的秦淮河》，蜚声文坛，得历史与江山之助也。而本篇一开始即写"夜泊"，及秦淮夜景"烟笼寒水月笼沙"，可知不是偶然的。月下沙岸尤明，水上则弥漫着一层轻纱似的烟雾，用句中排的形式，写景空灵细腻且有唱叹意味。有人说此句"写景萧寥冷寂，泊舟处当非繁华喧闹之处"，恐未必然。

[后二句有言外之意]后二句写闻歌有感，秦淮河不宽，故在舟中可以清楚地听到对岸的歌声。唐崔令钦《教坊记》录有《后庭花》曲（说详《春江花月夜》诗析），可见唐时尚在流行。六代兴亡之感慨，忧国忧民之情怀，一时涌向心头。诗只言"商女不知亡国恨"，而那些座中颇有身份的听众呢，则不言而喻，世风之日下，时局之可忧，亦见于言外。旨意委婉，感慨转觉深沉。沈德潜、管世铭等均推这首诗为唐人七绝之绝唱，乃至压卷之作。

[关于"商女"的解释]关于"商女"，《辞源》将其释为"歌女"是正确的（"商"是宫商之商），"不知亡国恨"是指不知所唱歌曲产生的历史背景，并无费解之处。《元白诗笺证稿》谓诗中"商女"是扬州歌女而在秦淮商人舟中，扬州与金陵"隔江"，所以"不知亡国恨"，把本来简单的问题反而搞复杂了，虽言出方家，不能不说是千虑一失。还有人说"商女"即商人女眷，与"酒家"无涉，恐未必然；从整个诗看，还是联系秦淮酒家，释为歌女，措意为深。

秋夕①

银烛秋光冷画屏②,轻罗小扇扑流萤③。天阶夜色凉如水④,卧看牵牛织女星⑤。

注释 | ①秋夕:特指七夕。何焯《三体唐诗》:"崔颢《七夕》后四句云:'长信秋深夜转幽,瑶阶金阁数萤流。班姬此夕愁无限,河汉三更看斗牛。'此篇点化其意。"②银烛:白蜡烛。陈子昂《春夜别友人》:"银烛吐青烟。"一作"红烛"。③轻罗小扇:暗用班婕妤《怨歌行》咏团扇诗意,见王昌龄《长信秋词·奉帚平明》注。④天阶:指宫中玉阶。一作"瑶阶"。⑤卧看句:相传七夕是牛郎织女鹊桥相会之期,这句暗传宫女心事。

赏析 [这是一首含蓄的宫词] 这是一首宫词,却不标"宫词",通首亦无金殿字面;是七夕,却只标"秋夕",末句以"牵牛织女星"作暗示;不用团扇字面,只说"轻罗小扇",如此等等,都使得这首诗较同类之作更见轻灵而不着痕迹。诗中所写年少宫女,行为还比较天真幼稚,也赋予此诗以灵动的气韵。曾季貍评:"含蓄有深致。星象甚多,独言牛女,此所以见其为宫词也。"(《艇斋诗话》)

清明

清明时节雨纷纷①,路上行人欲断魂②。借问酒家何处有③,牧童遥指杏花村④。

注释 | ①清明:农历二十四节气之一。在阳历四月五日或六日。清明节有踏青扫墓的习俗。②行人:出门在外的行路人。断魂:形容忧伤愁苦至极的心情。③借问:请问。酒家:酒店。④杏花村:杏花深处的村庄。

赏析 [前二句写清明节忽遇阵雨] 这首诗写的是清明佳节忽来的阵雨中的一幅风俗画。杜甫《清明》写时俗道:"著处繁华矜是日，长沙千人万人出。"所谓"路上行人"，乃郊游踏青者。因先前晴明，故未带雨具。"春天孩儿面，一天变三变。"忽遇阵雨，行人衣裳沾湿，故狼狈不堪，致"欲断魂"。故欲寻酒家避雨祛寒。

[后二句写雨中问答颇有情趣]
"酒家何处"，唯当地人知之，牧童便是路上偶逢的一个。这牧童想必也是带雨鞭牛还家的，哪有许多闲工夫回答路人的询问，故只将鞭一指远处杏花林边的帘招，算是回答。全诗之妙，正在于画出了这样一幅富于情节性的"雨中问津图"。

杏花茅屋图

将赴吴兴登乐游原[1]

清时有味是无能[2],闲爱孤云静爱僧。欲把一麾江海去[3],乐游原上望昭陵[4]。

注释 ①吴兴:郡名,即江南道湖州(今属浙江)。乐游原:长安东南高地。②清时:承平时代。③一麾:指出任刺史的旌节。④昭陵:唐太宗李世民陵寝。

赏析 [抒发作者生不逢辰的感慨]这首诗是宣宗大中四年(850)作者由长安赴任湖州刺史时作。登乐游原而遥望昭陵,追怀唐太宗和贞观之治,有人在江湖,心存魏阙之意。首句说升平之世应当致力于君国,不应有清闲之味;只因为自己无能,不足为世用,也不愿与世争,始觉有味,是自我解嘲。次句承首句"有味"而言,是说闲爱天际孤云无心舒卷,静爱空山老僧相对忘言,有此情怀,则一麾南去,不以宦海浮沉为意。全诗用意只在末句,有仕不及贞观一朝即生不逢辰之意。

遣怀[1]

落魄江湖载酒行,楚腰纤细掌中轻[2]。十年一觉扬州梦,赢得青楼薄幸名[3]。

注释 ①遣怀:排遣心中郁闷。②落魄:漂泊流落、潦倒失意。楚腰纤细:史载春秋时期楚灵王喜欢腰细的美女,后楚腰成为细腰的代称。掌中轻:此以赵飞燕指代江南美女。西汉末年汉成帝皇后赵飞燕,体轻,能为掌上舞,故取名"飞燕"。③青楼:此泛指歌楼妓院等娱乐场所。薄幸:薄情。

赏析 [这是一首自嘲诗]追忆自己早年在扬州作幕僚生活的诗。表面看,作者是以自嘲、自省的口气,来谈当初经常出入青楼酒馆，只赢得薄幸名存的放浪生活，但仔细品味，字句间实际隐含着身为下僚，受到压抑的悲愤，以自我戏谑的口吻道来，益见感慨。诗写得含蓄、委婉而深沉，在略带调侃中，又见得机趣活泼。"十年"二句是名句，后来被许多人套用翻改，影响深远。

赠别①

娉娉袅袅十三余，豆蔻梢头二月初②。春风十里扬州路，卷上珠帘总不如③。

注释 ①赠别：指赠别扬州歌女。②娉娉袅袅：形容体态轻盈美好。豆蔻：又称鸳鸯花、含胎花。③卷上句：是说楼馆中的女子没有能与诗中人比美者。

赏析 [妙在含蓄] 这首诗是文宗大和九年（835）由扬州赴长安任监察御史时，赠别一位歌女之作。前二句赞美其风姿，形象优美而贴切。后二句用尊题之法，是说在扬州街上，当春风和畅之时，珠帘卷处，遍视帘内佳人，尽行十里之遥，总不如眼前人之娉娉窈窕。末句措语尤佳：不如谁？谁不如？不明说，而读者可以意会；"卷上珠帘"四字则为扬州繁华气象传神。

金谷园①

繁华事散逐香尘②，流水无情草自春③。日暮东风怨啼鸟，落花犹似坠楼人④。

注释 ①金谷园：晋太康中富豪石崇所建园林，故址在今河南洛阳西北。②香尘：石崇曾使人用香粉布象床，使所爱者践之，无迹者赐以真珠。③流水：金谷又称金谷涧，有水自新安、洛阳流经此地入瀍河。④坠楼人：指绿珠，因孙秀以势强夺而不从，投阁而死。

赏析 [以落花喻坠楼人为妙] 这首诗是文宗开成元年（836）作者任监察御史分司东都（洛阳）时，游金谷园吊古之作。前三句景中有情，包含无限凭吊苍凉之思。末句以落花喻坠楼人最妙。落花是暮春景象，诗人即景兴怀，以花喻人，合成意境，诗化了绿珠跳楼自杀以示抗争的故事，减弱了故事本来具有的惨烈感觉，而增加了浪漫的气息和凄美的感觉，流露出诗人对绿珠由衷的同情、欣赏和赞美，读之令人神往。

过华清宫①

长安回望绣成堆②，山顶千门次第开③。一骑红尘妃子笑，无人知是荔枝来④。

注释 ①华清宫：唐宫殿名，在骊山（山在今陕西临潼）。②长安句：是说从长安回看骊山风光秀美。绣成堆：骊山两侧有东、西绣岭，玄宗时于岭上广植花木，望去宛若锦绣，故云。③千门：指宫门。《汉书·郊祀志》："建章宫千门万户。"次第：依次，次序井然地。④一骑二句：所涉史实见李肇《国史补》上："杨贵妃生于蜀，好食荔枝。南海所生尤胜蜀者，故每岁飞驰以进。然方暑而熟，经宿则败，后人皆不知之。"又，谢枋得《注解选唐诗》卷三："明皇天宝间，涪州贡荔枝，到长安，色香不变，贵妃乃喜。州县以邮传疾走称上意，人马僵毙，相望于道。"红尘，飞尘。妃子笑，暗用周幽王宠褒姒故事。事见《史记·周本纪》。

赏析 [这首诗的本事] 原三首，此其一。华清宫是开元中建于骊山的行宫，原名温泉宫，天宝六年改今名，是唐明皇与杨贵妃当年行乐的处所。《新唐书·后妃传》载"妃嗜荔枝，必欲生（鲜）致之，乃置骑传送，走数千里，味未变已至京师"，李肇《国史补》亦载其事，据苏轼等意见，天宝间进贡荔枝系涪州（今重庆涪陵）所产。

贵妃晓妆

[前二句写过华清宫所见景色] 骊山有东、西绣岭，岭上广种林木花卉，望之宛若锦绣，"绣成堆"措语极妙。"千门"即"千门万户"之省，在唐诗特指宫门，据《长安志》载，华清宫台殿环列山谷，有津阳门、开阳门、望京门、昭阳门及无数台殿楼阁，"次第开"极言其繁富而有法度。

[后二句寄慨遥深] 后二句就势将当年飞骑传送荔枝以博杨

妃一笑之事，以轻描淡写的口吻表过，而寄慨遥深。妙在"一骑红尘"的紧急与"妃子笑"的轻松连文，复以"无人知是"反跌，言下"有褒姬烽火，一笑倾周之慨"，妙在不说尽，表现出作者气俊思活的本色。

寄扬州韩绰判官①

青山隐隐水迢迢②，秋尽江南草未凋③。二十四桥明月夜④，玉人何处教吹箫⑤？

注释 ①韩绰：生平事迹不详。文宗大和七年（833）至九年，杜牧曾任淮南节度使掌书记，与他为同僚。作者《樊川文集》卷三有《哭韩绰》诗。②隐隐：隐隐约约的样子。迢迢：绵长不断的样子。③草未凋：一作"草木凋"。④二十四桥：诸说不一，当指扬州市内多桥，此举其约数而已。沈括《补笔谈》卷三："扬州在唐时最为富盛。旧城南北十五里一百一十步，东面七里十三步，可纪者有二十四桥。"列名则不足其数。⑤玉人：容貌姣好的人，这里指韩绰。《世说新语·容止》："（裴楷）粗头乱服皆好，时人以为玉人。"

赏析 [这首诗的写作时间] 杜牧于大和七年（833）至九年春在扬州牛僧孺幕，韩绰为其同僚。此诗作于离扬以后。

[写景中饱含思念之情] 前二句写江南秋光，包含着忆扬州和故人的情怀。"隐隐""迢迢"这一对叠字，不但画出山青水长、绰约多姿的江南风貌，而且暗示着双方相隔的空间距离，欧阳修《踏莎行》"离愁渐远渐无穷，迢迢不断如春水""平芜尽处是春山，行人更在春山外"可为之注脚。"草未凋"写江南秋色，清新旷远不同江北，句下寓有眷念旧地的深情。

[写最难忘怀的印象] 后二句叙别来怀念之情。乃从扬州诸多美好印象中撷取最不能忘怀的时间——"明月夜"（参见张祜《纵游淮南》"十里长街市井连，月明桥上看神仙"、徐凝《忆扬

州》"天下三分明月夜,二分无奈是扬州")、地点——"二十四桥"(一说扬州城内原有二十四座桥;一说只是一桥相传古时有二十四位美女吹箫于桥上故名,即使如此,桥名也能给人造成数量上的错觉),以调侃的口吻询问对方的行踪。此处的"玉人"乃指韩绰,而"教吹箫"又把关于美女的传说阑入,使人感到韩绰的风流倜傥与情场得意,再加上"何处"二字悠谬其辞,令人读之神往。

[对宋人的影响] 宋人姜夔七绝《过垂虹》云:"自作新词分外娇,小红低唱我吹箫。曲终过尽松陵路,回首烟波十四桥。"即深得小杜神韵,可以参读。

陈陶

(803？—879？)字嵩伯,长江以北人。举进士不第。文宗大和初南游,足迹遍于江南、岭南等地。约宣宗大中三年(849)隐居于洪州(今江西南昌)西山。《全唐诗》存诗2卷。

陇西行①

誓扫匈奴不顾身,五千貂锦丧胡尘②。可怜无定河边骨,犹是春闺梦里人③!

注释 ①陇:地名,今甘肃一带地区。陇西行:为乐府《相和歌·瑟调曲》旧题。②扫:消灭、除掉。不顾身:置身度外,不顾生死。貂锦:汉代羽林军身着貂皮锦衣,此泛指唐军将士。胡尘:指与胡人的战斗中。③无定河:源自今内蒙古鄂尔多斯境内,流经陕西省榆林入黄河。骨:指战死沙场的战士留下的骸骨。春闺:指牺牲将士的妻子。梦里人:梦中所思念的人。

赏析 这是一首表现边境战争惨烈、残酷的诗。前二句说众多英勇战士战死边疆,"不顾身"换来的都是暴尸"胡尘",已够惨烈;后二句以荒野白骨与闺中春梦相连,丈夫已经战死而妻子犹然不知,还在魂牵梦萦,读来更加令人心酸!诗中表现出对战争给人们带来的悲惨命运的痛恶,以及对和平的强烈渴望,揭露了唐王朝穷兵黩武的罪恶。特别是后二句,对比强烈,对仗工稳,非常新警,是唐诗中的名句。

温庭筠

(812？—867？）本名岐，字飞卿，太原祁（今山西祁县）人。少负才华，"能逐弦吹之音，为侧艳之词"，因忤权贵而累试不第，曾为方城尉、隋县尉、国子监助教等微职。为晚唐词坛巨擘，亦有诗名，与李商隐齐名称"温李"。有《温飞卿诗集》，近人王国维辑《金荃词》。

望江南

梳洗罢，独倚望江楼。过尽千帆皆不是，斜晖 huī 脉脉水悠悠①。肠断白蘋洲②。

注释 ①斜晖：偏西的阳光。脉脉：相视含情的样子。悠悠：无穷无尽的样子。②肠断：形容极度悲伤。白蘋：蘋草，叶浮水面，夏秋开小白花。洲：水中的陆地。

赏析 [这首词是温词中的别调] 这是温词中近于民歌的作品，纯乎白描，抒情明快，迥异于丽密含蓄的《菩萨蛮》及《更漏子》一类代表作。

[这首词的题前之景] 读这首词要注意它来自生活的一个特定的前提，就是词中"梳洗罢"而独倚望江楼竟日凝睇的情态，未必是经常性的。这种望穿秋水的情态，只在某一特殊情况下才最有意味——那就是由于预约、或预计、或预感，以为远人即将归来的日子。从而"梳洗罢"就不是例行公事，而具有特殊意义。也许在梳妆时，她已经把即将到来的快乐设想过好多遍了，把将要对他说出的话想过若干遍了，把激动的情绪抑制过若干遍了。然而正如生活中常有的那样（"人事多错忤"），预期的事没有发生。正是在这种情况下，失望之感才特别强烈。也许江楼就靠近渡口，一班一班的客船到了又开走了，下船的"皆不是"所

盼的，只好再等下一班。直到末班船到，她才明白自己受了感情的欺骗，一天的忙乎和激动都白费了，简直浪费情绪！"客有可人期不来"，妙在一个"期"字。

[这首词的造境之妙] "过尽千帆"二句，以柔婉之笔宕出远神：江面千帆过尽，一片空寂，唯余脉脉无言的斜晖，映照着悠悠不尽的江水，整个空间似乎笼罩着一层难以名状的空虚寂寞和忧伤怅惘，正象征着女主人公的心境。"脉脉"是含情的样子，"悠悠"是不可穷尽的样子，这是词中人物对景物的特殊感受，此时此刻，只有斜晖还脉脉含情地陪伴着她，而悠悠逝水却不为愁人少驻，通过这样"有情""无情"的对照，就将女主人公的凄清处境和穷极无聊的心境进一步展示出来了。

[关于"白蘋洲"] 中唐赵徵明《思归》："犹疑望可见，日日上高楼。惟见分手处，白蘋满芳洲。"词中"白蘋洲"当是两人分携处无疑。

❋ 瑶瑟怨[①] ❋

冰簟银床梦不成[②]，碧天如水夜云轻。雁声远过潇湘去[③]，十二楼中月自明[④]。

注释 | ①瑶瑟：饰以美玉的瑟。瑟，古代弹拨乐器。②冰簟：凉席。③雁声句：瑟曲有《归雁操》。潇湘：潇水和湘水的合称，二水在今湖南省永州市零陵区合流，向北入洞庭湖。④十二楼：传说中仙人居所。

赏析 [此诗含蓄地表现了一位女子离别的怨愁] 首句写失眠，诗题便含有一个"怨"字，成为鼓瑟的缘起。次句写凄凉之景，中有月光在，是鼓瑟的环境描写。三句借"雁声"托"怨"字，有"不胜清怨却飞来"（钱起）的意思。末句应第二句写岑寂之况，也就是"曲中人不见，江上数峰青"（钱起）的感觉，既可理解为鼓瑟的环境，又可理解为瑟声创造的意境。全诗绝不呆写题面，前后渲染烘托都在创造境界，是绝句借音乐表现闺怨的佳作。

❀ 更漏子 ❀

玉炉香，红蜡泪，偏照画堂秋思①。眉翠薄，鬓云残②，夜长衾枕寒。　梧桐树，三更雨，不道离情正苦③。一叶叶，一声声，空阶滴到明。

注　释　①秋思：秋来引起的愁思。②鬓云残：鬓发散乱。③不道：不顾。

赏析　[这首词的主题]"更漏"是古代的一种计时器，夜间凭漏刻传更，温庭筠《更漏子》通过环境烘托来写闺怨。

[通过室内环境描写衬托闺怨]首二句客观地并列两种精美名物——香炉和红烛，是飞卿惯用的手法。细辨则以写"红蜡"为主，以写"玉炉"为陪。红蜡着一"泪"字，不仅是形容，兼有情味，使人联想到杜牧《赠别》中名句："蜡烛有心还惜别，替人垂泪到天明。"下句"偏"字极妙，写无情作有情矣。下云"画堂秋思"，画堂何能有秋思？实已暗示画堂有人矣。"眉翠"而云"薄"，"鬓云"而曰"残"，正是卧时光景。"夜长衾枕寒"是客观叙述，失眠之意，已于言外得之。回映篇首，可见玉炉香袅，红蜡垂泪，正是此人长夜之所见也，"衾枕寒"者，是此人长夜之所觉也，无数秋思，淡淡出之，含蓄蕴藉。

[通过失眠人的听觉造境]词过片写夜雨，又让梧桐的阔叶将雨声扩放，取得强烈的艺术效果。笔法由上片的凝重浑厚转为浅明流利，似就《长恨歌》"秋雨梧桐叶落时"一句，集中渲染，淋漓尽致。"不道离情正苦"的"不道"二字，意味与"偏照"的"偏"字正复相同，写无情为有情，将无意作故意，所以耐味。这里虽然明点"离情"，而且下笔似过为明快，但词人始终把握着分寸，不将失眠二字说破，只通过失眠人的听觉造境，这是它在直致中的含蓄处。

[这首词对宋词的影响] 此词影响宋词甚大，聂胜琼《鹧鸪天》"枕前泪共阶前雨，隔个窗儿滴到明"，即本于此而成浅薄，比较成功地再造同类情境的是万俟雅言的《长相思》："一声声，一更更，窗外芭蕉窗里灯，此时无限情。梦难成，恨难平，不道愁人不喜听，空阶滴到明。"妙在声情相生，尤以前二句为佳。还有李清照的《声声慢》："梧桐更兼细雨，到黄昏点点滴滴，这次第，怎一个愁字了得？"妙在最末的一问，虽然将情明点，却翻过"愁"字一层。

李商隐

(813—858)字义山,号玉溪生。祖籍怀州河内(今河南沁阳),自祖父起迁居郑州(今属河南)。九岁丧父,从堂叔学习古文。大和三年(829)为令狐楚辟为幕僚。开成二年(837)登进士第。三年入泾原节度使王茂元幕,且入赘王家。为牛党中人所忌,致使仕途蹭蹬,长期辗转于幕府。有《李义山集》。

夜雨寄北①

君问归期未有期,巴山夜雨涨秋池②。何当共剪西窗烛③,却话巴山夜雨时④。

注释　①题一作《夜雨寄内》。②巴山:这里指剑南道梓州一带的山,梓州属东川,故称。③何当:何时,盼望之词。剪烛:剔剪烛芯因燃久而结成的灯花,使烛光明亮。④却话:回过头来谈谈。

赏析 ［这首诗的写作年代］这首诗约为宣宗大中七年(853)或八年,作者在梓州幕府中寄赠长安友人的诗。诗清空发话,一气循环,绝句中最为擅胜。

［与《渡桑干》诗的异中之同］按,贾岛(或作刘皂)《渡桑干》诗云:"客舍并州已十霜,归心日夜忆咸阳。无端更渡桑干水,却望并州是故乡。"读者大都注意到此二首诗形式上的异中之同,即诗中时间上的前与后,空间上的此与彼交织,以羁旅情思穿插串联,婉转关情。而较少言及它们内容境界上的拓新和形式上的同中之异,其实这两首诗最值得注意的共同之处,乃在于诗人在不同的境况中独立发现了一个心理上的怪圈,这就是人生在趋新之后会产生恋旧的心理,所谓执热愿凉,又使这种人生况味得到各具特色的表现。

古诗词鉴赏

[与《渡桑干》诗的同中之异]《渡桑干》写从咸阳来并州,日夜忆咸阳;从并州至桑干,又日夜忆并州。《夜雨寄北》则写到异时异地两个情景即西窗剪烛和巴山夜雨,从巴山夜雨忆西窗剪烛,又从想象中来日的西窗剪烛忆巴山夜雨。这后一个情境是虚拟的,与前一诗相比,尤有扑朔迷离之妙。

❋ 无题 ❋

相见时难别亦难,东风无力百花残①。春蚕到死丝方尽,蜡炬成灰泪始干②。晓镜但愁云鬓改,夜吟应觉月光寒③。蓬山此去无多路④,青鸟殷勤为探看⑤。

注释 ①相见句:言机会难得,不忍分离。②蚕丝象征情丝,烛泪象征别泪。③云鬓改:指青春容颜逐渐消失。④蓬山:即蓬莱山,海外三神山之一。这里指对方住处。⑤青鸟:神话中的鸟。

赏析 [写景中含有象征]本篇写暮春伤别。起句就常语"别易会难"翻进,相见困难,离别就更为难,句中重复"难"字,从客观写到主观,意味不同。次句宕开,写暮春之景而着主观之色彩,——风无力以见人无力,花残月缺乃人事不美满的一个象征,彼此黯然伤魂之状如在目前。

[这首诗中的警句]次联写别后相思。以到死丝方尽之春蚕与成灰泪始干的蜡炬,象喻至死不渝的深情和明知无望仍愿继续荷担终生痛苦作执着追求之殉情精神;感情炽热缠绵、深挚沉着,带有浓郁的悲剧色彩。

[这首诗后半部分的主要内容]三联转想对方晨起揽镜,当惜朱颜易改;夜凉吟诗,但觉月色凄寒。细意体贴中更见情之深至。末联故作宽解,谓对方所居不远,望托青鸟传书。

[这首诗的艺术造诣]全诗纯情,融比兴与象征、写实与象征为一体,脉络清晰而回环递进,四联各有侧重,将相思与离

别,希望与失望,现实与梦想,自慰与慰人等相对相关的情绪交织写出,情感内容极为丰富。"相见时难别亦难,东风无力百花残。春蚕到死丝方尽,蜡炬成灰泪始干。"等句千古传诵。

乐游原①

向晚意不适②,驱车登古原③。夕阳无限好,只是近黄昏。

注 释　①乐游原:见杜牧《将赴吴兴登乐游原》注。②向晚:时近黄昏,双关迟暮。意不适:心情不怡。③古原:指乐游原。

赏析　[这首诗的以小见大] 这首诗写作者登古原以遣怀,看夕阳西下的景色而触发好景不长之感慨。"末二句既叹赏晚景之无限好,更因其近黄昏而流连怅惘,意境浑涵,包蕴深广。"(《唐诗大辞典》刘学锴评)"百感茫茫,一时交集,谓之悲身世可,谓之忧时事亦可。"(纪昀《玉溪生诗说》)"消息甚大,为五绝中所未有。"(管世铭《读雪山房唐诗抄》)

锦瑟①

锦瑟无端五十弦②,一弦一柱思华年。庄生晓梦迷蝴蝶③,望帝春心托杜鹃④。沧海月明珠有泪,蓝田日暖玉生烟⑤。此情可待成追忆,只是当时已惘然。

注 释　①锦瑟:弦乐器。②无端:表示心惊的意思。③庄生:庄周。④杜鹃:鸟,鸣声凄楚动人。⑤蓝田:今陕西省蓝田县,有玉山,产良玉。

赏析　[这首诗抒伤逝之情] 此诗当属晚作,因其情思意境朦胧,历代解说纷纭。主要有咏瑟(苏轼)、悼亡(朱鹤龄)、自伤身世(元好问、何焯)、自序其诗(程湘衡)诸说,实各执一端耳。全诗眼目在"思华年""成追忆"等字,当是闻瑟兴感,自伤身世(不排除悼亡内容),自可为别集之序诗矣。

[由闻瑟而有所思] 首联由闻瑟而引起对华年盛时的回顾，即元好问所谓"佳人锦瑟怨华年"。据载古瑟五十弦（瑟二十五弦），弦各有柱以为支架，可以移动，以调整弦的音调高低的支柱（故不可"胶柱鼓瑟"）。"无端"犹言没有来由地、无缘无故地，是一种埋怨的口吻，意味略近"羌笛何须怨杨柳"之"何须"，是就音乐逗起听者怨思而发的。"一弦一柱思华年"意味略近"弦弦掩抑声声思，似述平生不得意"，音乐引起听者深深的共鸣，不由得细把从前事"一""一"回想。

[人生如梦的感慨] 中两联用诗歌的语言和意象将锦瑟的各种艺术意境（迷幻、哀怨、清寥、缥缈）化为一幅幅形象鲜明的画面，以概括抒写其华年所历的种种人生境界和人生感受。一是庄生梦迷蝴蝶（典出《庄子·齐物论》），这是诗人梦幻般的身世和追求、幻灭、迷惘历程的一种象征，其中当然也可包括悼亡之痛。

[伤时念乱的情怀] 望帝魂化杜鹃（典出《文选·蜀都赋》注），《华阳国志》等书还有望帝让国委位及杜鹃啼血之说，"春心"即伤春，在义山诗中常为忧国伤时及感伤身世等多种托寓，鹃啼则隐喻借诗歌发抒内心的积郁和哀怨（类语有咏莺的"巧啭岂能无本意，良辰未必有佳期"、咏蝉的"五更疏欲断，一树碧无情"）。

[人生的失落感] 沧海月明而遗珠如泪，这里包含着一系列与珠有关的典故，古代认为海中蚌珠的圆缺和月亮的盈亏相应，所以此处将明珠置于沧海月明的背景之上；古代又有南海鲛人泣泪化珠的传说（见《博物志》），所以此处又由珠牵入泪；《新唐书·狄仁杰传》载仁杰微时为吏诬诉，黜陟使阎立本异其才，尝谓之"沧海遗珠"。全句由此构成一幅沧海月明、遗珠如泪的画图，隐隐透露出寂寥之感。

[理想的不可企及] 蓝田日暖而良玉生烟，蓝田山是有名的产玉之地，古人有"石韫玉而山辉，水怀珠而川媚"（陆机《文

赋》之说，司空图《与极浦书》引戴叔伦语"诗家之景，如蓝田日暖，良玉生烟，可望而不可置于眉睫之前"，诗人用此熟语的象征性含义，就是指平生所向往、所追求的理想境界之"可望而不可即"。四句虽各言一事，然由音乐意境统率，潜气内转，以浓重悲怆迷惘情调一以贯之，加之对仗工整，故能彼此映带，有很强的整体感。

末联收束全篇，对"一弦一柱思华年"加以总括。谓如此情怀，哪堪追忆，只在当时已是令人不胜惘然；言下今朝追忆之怅恨，当如之何！以"可待""只是"作勾勒，尤觉曲折深至，令人低回不已。

[这是一曲人生哀歌] 总之，本诗是李商隐这位富有抱负和才华的诗人在追忆悲剧性的逝水华年时所奏出的一曲人生哀歌。这首诗和无题诗性质是相似的，诗中没有采取历叙平生的方式，而是将自己的悲剧性身世境遇和悲剧心理幻化为一系列象征性图景。这些图景既有形象的鲜明性、丰富性，又具有内涵的朦胧性和抽象性，这就使得它们没有通常抒情方式所具有的明确性，又具有较之通常抒情方式更为丰富的暗示性，能引起读者多方面的联想，最能代表义山诗意境朦胧、情调感伤、富于象征暗示色彩的特点。

❋ 隋宫 ❋

紫泉宫殿锁烟霞，欲取芜城①作帝家。玉玺不缘归日角②，锦帆应是到天涯。于今腐草无萤火，终古垂杨有暮鸦。地下若逢陈后主，岂宜③重问后庭花！

注　释　｜①芜城：指扬州。②日角：额角饱满像太阳，古代认为有帝王之相。这里指唐太祖李渊。③岂宜：难道应该。

赏析 [隋炀帝与陈后主] 这是一首咏史诗。题目"隋宫"，指的是隋炀帝杨广在江都（今属扬州）营建的行宫江都宫、显福宫和临江宫等。隋炀帝即位后，大兴土木，修建宫殿，并开挖运河，满足个人欲望。每项工程都迫使数十万人无偿劳动，严重破坏生产，致使人民起义不断。隋炀帝最终在扬州被迫自杀。

南陈后主陈叔宝是历史上以荒淫亡国而著称的君主。他降隋后，与太子杨广有交。后来杨广游扬州时，梦中与死去的陈叔宝及其宠妃张丽华相遇，并请张丽华舞了一曲《玉树后庭花》。此曲是陈后主所谱写，反映了宫廷生活的淫靡，被后人斥为"亡国之音"。

此诗是一首咏史吊古诗，以隋宫起兴，批判讥讽了隋炀帝的荒淫亡国。

[从荒淫所推想到的未然] 首联"紫泉宫殿锁烟霞，欲取芜城作帝家"写出了隋炀帝的荒淫生活：隋炀帝"不爱江山爱生活"，一味贪图江南的享受，恨不能把江都（扬州）作为帝家，却让真正的帝家——长安的紫泉宫，空锁在烟霞之中，这简直荒淫到了极点。

颔联"玉玺不缘归日角，锦帆应是到天涯"却不实写江都荒淫之事，笔墨一转，写起了未然：假如李渊没有推翻隋朝，那么隋炀帝的荒淫还会继续甚至扩大，不仅仅是游江都，大隋朝的龙舟可能也早游遍天下了！

[有和无的辩证法] 颈联"于今腐草无萤火，终古垂杨有暮鸦"写出了"有""无"之间的相互转化，充满了思辨色彩。这里先用"萤火"和"垂杨"举出了隋炀帝的两个荒淫的事实。一是他曾在洛阳景华宫包着数斛萤火虫，"夜出游山放之，光遍岩谷"；在扬州还修了"放萤院"，以放萤来取乐。二是挖掘大运河，放出"若献柳一株，则赏绢一匹"的话来，于是运河两岸遍布垂柳，为一时胜景。但事过境迁，曾经的隋宫已化为了腐草，这是有到无；曾经的萤火没有了，有的只有垂杨上的鸦噪，这是无到有。作者巧妙地用了"于今无"和"终古有"两相对照，渲染了隋朝亡后的凄凉景象，表达了对历史规律的一种深沉思索。

[从生前预拟死后] 尾联"地下若逢陈后主，岂宜重问后庭

花",用被斥为"亡国之音"的"后庭花"做结语,尖锐地讽刺了隋炀帝。生前荒淫,死后若何?作者想象了两个亡国昏君的相会。用杨与陈梦中相遇的典故,以假设反诘之语"他难道应该再同陈后主唱那亡国之音",指出隋炀帝不吸取前事之教训,重蹈了陈后主身死国灭的覆辙,讥讽意味极强。

[借古讽今,余味无穷] 全诗借古喻今,内容深刻,批判了历史上荒淫无度、穷奢极欲的君王,对他们的亡国行径给予了嘲讽,同时也讽喻了当世的帝王,告诫他们若不从历史中吸取教训,结果会和隋炀帝一样。

作者采用了比兴手法,通过隋宫的兴衰起兴,以小见大,寄兴深微,暗含了对历史的思考,余味无穷,使本诗突破了"史"的范围,进入到"诗"的领域,达到一种更深层次的抒情境界。

❀ 寄令狐郎中① ❀

嵩云秦树久离居②,双鲤迢迢一纸书③。休问梁园旧宾客,茂陵秋雨病相如④。

注释 ①令狐郎中:指令狐绹,时在长安官右司郎中。②嵩:指中岳嵩山,在今河南省登封北。此指诗人所在地洛阳。秦:指长安地区,古属秦国,为令狐绹所在地。③双鲤:指令狐绹所写书信。④梁园旧宾客:以西汉司马相如曾客于梁园暗指自己早年曾居令狐绹门下。梁园:西汉梁孝王所建兔园。史载司马相如晚年因病家居茂陵,当时作者也卧病,令狐绹致函问候,诗人作此诗酬答,故以司马相如自谓。

赏析 [这首诗是以诗代书] 前二句说"嵩云""秦树",点明两人所处之地相距遥远,因而书信难通,相思之意自在言外。后二句用司马相如典故,说明自己正因病闲居,非常贴切而又形象生动。诗中满含深切的友情,同时隐含着希望荐引之意,联系作者与令狐父子的关系来看,也是情理之中的事。

为有①

为有云屏无限娇②,凤城寒尽怕春宵③。无端嫁得金龟婿④,辜负香衾事早朝⑤。

注释 | ①本篇以首句前二字为题,类于无题。②为有:因有。③凤城:指长安。以大明宫前丹凤门得名。怕春宵:是说春宵苦短。④金龟婿:犹言贵婿。金龟,朝官服佩。⑤香衾:香暖的被窝。

赏析 [这首闺怨诗写得深刻别致] 诗中包含着一个悖论:对于富贵荣华,少妇是心安而理得的;然而面对富贵带来的烦心事，少妇却又不那么心甘情愿了。夫婿方金龟贵显，本是闺中人志得意满之时，却怨早朝制度破坏了千金难买的春宵，鱼和熊掌想要兼得，人生欲望实难满足。诗中"为有""无端""辜负"等字，下得微妙。与王昌龄《闺怨》"悔教夫婿觅封侯"比，意思相近而较为刻意。

瑶池

瑶池阿母绮窗开①，黄竹歌声动地哀。八骏日行三万里②，穆王何事不重来？

注释　①瑶池：神话传说中西王母居住的仙境，乃昆仑山上的一处仙池。《穆天子传》中载：周穆王姬满周游天下，曾与王母会于瑶池之上。阿母：即西王母。绮窗：指雕琢精湛、图案华美的窗子。黄竹歌：相传为周穆王周游天下时所作歌。②八骏：传说周穆王有神驹八匹，能日行三万里，西至瑶池。

赏析　[讽刺帝王妄想长生] 这是一首以神话传说故事为背景的诗。前二句说周穆王的《黄竹》歌还在传唱，而人安在？后二句"穆王何事不重来"，则穆王早死矣！相传周穆王与西王母瑶池聚会分别时，西王母希望他长生不死，彼此相约三年后再会，结果穆王未及三年已卒。全诗是说周穆王尚且不免一死，后世求仙服丹，以求长生，则纯属虚妄了。诗是针对其时宪宗、穆宗、武宗这些荒淫而又追求长生的皇帝而发的，前人评"用思最深，措词最巧"，讽刺得深刻而又不露声色。

嫦娥

云母屏风烛影深①，长河渐落晓星沉②。嫦娥应悔偷灵药③，碧海青天夜夜心。

注释　①云母：晶体状矿物，其薄片可装饰屏风。烛影深：指烛光的周围显得很暗。②长河：指银河。晓星：启明星。③灵药：指不死之药。

赏析 [咏嫦娥以自况] 前二句写室内外环境，暗透主人公长夜不寐、孤寂清冷之况，引出后二句名句，悬想嫦娥因长处孤清之境而悔偷灵药，从对面进一步托出自身复杂微妙的心理，极空灵蕴藉，予人以多方面联想。

贾生①

宣室求贤访逐臣②，贾生才调更无伦③。可怜夜半虚前席④，不问苍生问鬼神。

注释｜①贾生：即贾谊。以年少多才为朝廷公卿所忌，被贬长沙。②宣室句：是说汉文帝将贾谊从长沙贬所召回，在宣室接见了他。宣室，汉未央宫前殿正室。③才调：才气，才情。④可怜：可惜。虚：徒自。前席：古人席地跪坐时，向前移动，是谈得投机的表现。

赏析 [讽刺诗措意微婉] 这首诗特意选取宣室夜召这一题材，抓住前席问鬼这个典型细节，借题发挥，深刻揭示出封建君主表面上敬贤重贤，实际上不能识贤任贤，重鬼神而不问苍生的腐朽本质，以及杰出才人被视同巫祝而不能发挥治国安民之才的不遇的实质。

金昌绪

生卒年不详,玄(宣?)宗时余杭(今属浙江)人。《全唐诗》存诗1首。

❀ 春怨 ❀

打起黄莺儿,莫教枝上啼。
啼时惊妾梦,不得到辽西①。

注释 ①辽西:辽河以西,今辽宁省西部地区。此泛指唐代边地。

赏析 [诗中不明写"怨"字]作者只是用"打起黄莺儿"的动作,以及对黄莺的诉说,来表现自己对久戍辽西的征人的深深思念,一片痴情隐含在动作、语言之中,音容神情也凸现纸上。王尧衢在《古唐诗合解》中说:"写闺情至此,真使人柔肠欲断。"两个舌头音"啼"字连用,使用顶真修辞格,既使诗句衔接紧密,自然流畅,也使这位女子声口宛然。

弄莺图

黄巢

（？—884），曹州冤句（今山东荷泽）人。唐末农民起义领袖。《全唐诗》录诗3首。

题菊花

飒飒西风满院栽①，蕊寒香冷蝶难来。他年我若为青帝②，报与桃花一处开。

注释 ①飒飒：风声。②青帝：传说中五帝之一的伏羲，又称太昊等。伏羲为雷神之子，蛇身人首，其神职为东方天帝，居于东方之春宫，故称东方青帝。

赏析 [孤高傲世的秋菊] 菊花在中国人的审美中不是一个简单的事物，她又被称为"傲霜枝"，是高洁不群、超凡脱俗、孤标傲世的象征。人们一看到"菊"，自然就会联想到陶潜的"采菊东篱下，悠然见南山"（《饮酒》），就会想到归隐、出世……，总之菊花被人格化了，成为审美体验中的一种特殊的意象。而这首诗的作者黄巢作为知识分子出身的唐末农民起义领袖，其特殊的身份、非凡的抱负、豪迈的气概，使他写出了全新的更有意义的菊花，展示出独特的艺术魅力和思想境界。

[写景咏物，借物咏怀] 这是一首咏物诗。一开篇诗人就直写秋菊临风独立、傲霜开放的风姿。秋天的"西风"是强劲的，甚至是横扫一切的，这既点出了时令，同时交待环境，描写菊花的生存条件，将菊花与百花区别开来。"满院栽"初显诗人与众不同的个性与气魄。"栽"给人以挺拔劲节的感觉，有动感、有性格；"满"则抛却了普通封建文人的孤芳自赏、孤高不群。一枝独放是"孤"，满院盛开便自成"秋色"。满眼的金黄使寂寥、

萧条的秋天变得热闹、显得温馨，毫不逊色于春的艳丽。这为下句打下了伏笔——尽管菊花装点出满院秋色，可是由于秋风萧瑟，天气清凉，菊花的花蕊似乎也带着寒意，散发的幽香也如此清冷，因而不可能像春花一样沐浴着和煦的阳光，用醉人的浓香引来无数翻飞的彩蝶。这里，诗人对菊花身不逢时的不平与叹惋，以及对菊花迎风斗霜的顽强生命力的赞美，跃然纸上。其实在诗人的心目中秋菊不只是高洁之志的象征，还是无数农民起义英雄的象征，他是在借写菊抒写心中块垒，发泄胸中郁闷。这就是托物言志、借物咏怀。

[农民英雄主义赞歌] 有前两句咏物作铺垫，后面便是诗人所要表达的胸臆。最后，诗人大胆地宣告：他年我要是成为青帝入主春宫，就要让菊花和桃花一起在春天里盛开。这不只是作为一个诗人的浪漫主义想象，而是一位起义领袖所发出的英雄主义预言！这种改天换地的英雄气概比乐于改朝换代的所谓帝王气象自然更胜一筹！"我为青帝"实际上就是要推翻封建王朝、重建大业，这在一般封建文人看来是绝对的大逆不道，然而诗人却惊天一呼，将一首咏物诗点化成一首农民英雄主义的赞歌，表达了诗人渴望推翻压迫，追求平等自由的远大理想和抱负。

[寓豪迈于含蓄] 用传统封建文人的眼光看，这是一首地道的"反诗"，然而却有幸并没有被扼杀、湮没，依然闪耀诗史，这与诗歌所具有的艺术魅力有关。"莫言马上得天下，自古英雄尽解诗"（唐·林宽《歌风台》），好诗就总会有人传诵。尽管从诗面上人们读不到农民起义的字眼，也没有直接出现农民英雄形象，但诗人的思想、情感是巧妙地蕴含于诗歌的字里行间的，这也得力于诗人比兴手法的成功运用。描写菊花是起兴，寓豪迈于含蓄，使诗人非凡的气概和豪迈的情怀并没有流于直白与粗浅，成为不可多得的咏菊佳作。

古诗词鉴赏

高骈

(821—887)字千里,幽州(治今北京)人,世代为禁军将领,懿宗时历官荆南节度观察使等职,僖宗时任淮南节度使、江淮盐铁转运使、诸道行营都统等职。《全唐诗》存诗1卷。

山亭夏日

绿树阴浓夏日长,楼台倒影入池塘。水晶帘动微风起,满架蔷薇一院香。

赏析 [静谧而闲适的夏日] 描写夏日风光,诗人首先着笔于司空见惯的绿树浓阴。这看似平常的开头,为我们展示出一个清凉、幽静的环境,淡化赤日炎炎、滚滚热浪带来的不适。一个"浓"字,再现了树阴匝地的真实情景,只有枝繁叶茂的大树才会有浓密的树阴。同时,这也为后面的"夏日长"埋下了伏笔。夏天的正午骄阳似火,树阴最浓,这是最令人烦躁和难捱的时刻,所以感觉特别漫长。"日长睡起无情思"(宋•杨万里《闲居初夏午睡起》)描写的正是这种感受和情绪。然而,诗人却用"浓阴"不知不觉地驱走了烦乱,营造出一种恬淡、静谧、清幽的氛围。只有走进清凉的浓阴,静下心来,抛却烦闷,才有可能去真切感受周围的景色,尽享夏日风光。有了美丽的风景,也有了闲适的心境,这便形成了诗歌动人心扉的画意与诗情。

[夏日风光的静态美] 接着诗人站在山亭上俯瞰四周,于是楼台、倒影、池塘映入眼帘,这是在写夏日静态的美。此时正值午休时分,四周寂静无声,似乎连清风都停止了步伐。太阳高高地挂在空中,光照万物,所以楼台亭阁、雕栏玉砌全都清晰地倒

映在清澈见底的池水里，与周围景色相映成趣。动词"入"用得极妙，表面上它似乎突然间给人以动感，打破了静态，但实际上它让诗歌进入了"鸟鸣山更幽"的境界，使倒影更真切、池水更平静、环境更清幽、心情更澹泊，把夏日的静态美写得韵味无穷。

[夏日风光的动态美] 前面浓墨重彩渲染了景色的静态，紧接着诗人就要让画面动起来而变得鲜活，不能给人一片死寂的感觉。于是风儿终于舒缓地走来了，款款地，有些慵懒地，轻轻悄悄地拂过，因而称"微风起"。诗人又是怎么感受到微风吹过的呢？原来是"水晶帘动"，先有帘动方知风起，所以写在"微风起"之前，否则便索然寡味。诗人站在高高的山亭上是不可能清楚地看见被轻风吹动的挂在居室的水晶珠帘的，因而"水晶帘动"显然是在描写风乍起而吹皱一方池水的景象。你看，微风吹来，打破了水面的沉寂，顿时水光粼粼，碧波荡荡，整面池水仿佛变成了一挂水晶串成的珠帘，在骄阳下金光闪闪，令人目眩神迷。与此同时，原来静止的楼台倒影也随波摇曳，这种动态的美不禁使人心襟撼动、情怀激荡，更有一番艺术魅力。

[多种艺术感观享受的"大餐"] 正当诗人深深沉浸在夏日风光的静态与动态美之中时，突然一阵蔷薇花香袭来，沁人心脾。是谁送来了芬芳？自然是"微风"。诗人于暗中再次强化了动态美，没有习习微风、花枝摇晃又哪儿来的暗香浮动？这就巧妙地将"一院香"与"微风起"前后照应起来。同时，诗人顺势把人们的视线引向了繁花似锦的蔷薇架。在小院的一角，一架盛开的蔷薇格外地引人注目。这给绿树、浓阴、倒影、池水、碧波等以绿色为基调的夏日风景凭添了无限的色彩，尤为鲜艳亮丽，赏心悦目。加之随风飘来的悠悠花香，更让人如醉如痴，几乎忘记自己正置身于酷热的夏日而产生恍若置身于春天小院的错觉。如此，诗歌集静态与动态于一体，在给人以视觉美的同时又给人以嗅觉上的冲击，为读者奉献了一道含多种艺术感观享受的大餐。

罗隐

（833—910），字昭谏，余杭新城（今浙江富阳）人。举进士十余年不第。懿宗咸通十一年（870）始为衡阳主簿。广明中黄巢攻陷长安，归隐池州（今安徽贵池）梅根浦。昭宗天祐三年（906）充节度判官。后梁开平二年（908）授给事中。有《罗隐集》。

蜂

不论平地与山尖，无限春光尽被占①。采得百花成蜜后，为谁辛苦为谁甜？

注释 | ①无限句：就是下句采得百花之意。

赏析 [这首诗的特点] 在昆虫世界中，蜜蜂劳苦一生，惠人甚多而享乐极少，与蝴蝶大不相同。诗人罗隐着眼于这一点，写出这样一则寄慨遥深的诗歌式的"昆虫记"，其命意好令人耳目一新。

[末二句包含的意味] 此诗寄意集中在末二句的感喟上，慨蜜蜂一生经营，除"辛苦"而外并无所有。然而前两句却用几乎是矜夸的口吻，说无论是平原田野还是崇山峻岭，凡是鲜花盛开的地方，都是蜜蜂的领地。这里作者运用极度的副词、形容词——"不论""无限""尽"等和无条件句式，极称蜜蜂"占尽风光"，似与题旨矛盾。其实这只是正言欲反、欲夺故予的手法，以此为末二句作势。俗话说：抬得高，跌得重。所以末二句对前二句反跌一笔，说蜂采花成蜜，不知究属谁有，将"尽占"二字一扫而空，表达效果就更强。如一开始就正面落笔，必不如此有力。

[夹叙夹议的手法] 此诗采用了夹叙夹议的手法，但议论并

未明确发出，而运用反诘语气道之。前二句主叙，后二句主议。后二句中又是三句主叙，四句主议。"采得百花"已示"辛苦"之意，"成蜜"二字已具"甜"意。由于主叙主议不同，末二句虽有反复之意但无重复之感。本来反诘句的意思只是：为谁甜蜜而自甘辛苦呢？却分成两问："为谁辛苦？""为谁甜？"亦反复而不重复。言下辛苦归自己、甜蜜属别人之意甚显。而反复咏叹，使人感慨无穷，诗人矜惜怜悯之意可掬。

[寓言诗的佳作] 此诗抓住蜜蜂特点，不做作，不雕绘，不尚词藻，虽平淡而有思致，使读者能从这则"动物故事"中有所感悟，觉得其中寄有人生感喟。有人说此诗实乃叹世人之劳心于利禄者；有人则认为是借蜜蜂歌颂辛勤的劳动者，而对那些不劳而获的剥削者以无情讽刺。两种解会似相龃龉，其实皆允。因为"寓言"诗有两种情况：一种是作者为某种说教而设喻，寓意较确定；另一种是作者怀着浓厚感情观物，使物着上人的色彩，其中也能引出教训，但"寓意"就不那么确定。如此诗，作者大抵从蜂的"故事"看到那时苦辛人生的影子，但他只把"故事"写下来，不直接说教或具体比附，这样创造的形象也就具有较大灵活性。而现实生活中存在着不同意义的苦辛人生，随着时代的进步，劳动光荣成为普遍观念，"蜂"越来越成为一种美德的象征，人们在读罗隐这首诗的时候，自然更多地倾向于赞赏劳动的光荣。

赠妓云英①

钟陵醉别十余春②，重见云英掌上身③。我未成名君未嫁④，可能俱是不如人？

注　释　①据何光远《鉴诫录》卷八载：罗隐于钟陵筵上识歌妓云英并同席。十余年后下第，复与云英相见，作此诗。②钟陵：地名，今江西进贤。③掌上身：形容体态轻盈。④成名：指科举成名。

古诗词鉴赏

赏析 [这首诗的写作故事] 罗隐一生怀才不遇。他"少英敏,善属文,诗笔尤俊"(《唐才子传》),却屡次科场失意。此后转徙依托于节镇幕府,十分潦倒。当初以寒士身份赴举,路过钟陵县(今江西进贤),结识了当地乐营中一个颇有才思的歌妓云英。约莫十二年光景后他再度落第路过钟陵,又与云英不期而遇。见她仍隶名乐籍,未脱风尘,罗隐不胜感慨。更不料云英一见面却惊诧道:"罗秀才还是布衣!"罗隐便写了这首诗赠她。

[从叙旧写起] 这首诗为云英的问题而发,是诗人的不平之鸣。但一开始却避开这个话题,只从叙旧平平道起。"钟陵"句回忆往事。十二年前,作者还是一个英敏少年,正意气风发;歌妓云英也正值妙龄。"酒逢知己千杯少",当年彼此互相倾慕,欢会款洽,都可以从"醉"字见之。"醉别十余春",显然含有对逝川的痛悼。十余年转瞬已过,作者是老于功名,一事无成,而云英也该人近中年了。

[典故的运用] 首句写"别",第二句则写"逢"。前句兼及彼此,次句则侧重写云英。相传汉代赵飞燕身轻能作掌上舞(《飞燕外传》),于是后人多用"掌上身"来形容女子体态轻盈美妙。从"十余春"后已属半老徐娘的云英犹有"掌上身"的风采可以推想她当年是何等美丽出众了。

[诗意的转折] 如果说上句是一扬,那么,第三句"君未嫁"就是一抑。如果说首句有意回避了云英所问的话题,那么,"我未成名"显然又回到这话题上来了。"我未成名"由"君未嫁"举出,转得自然高明。

[以反问作结显得有力] 既已引出"我未成名君未嫁"的问题,就应说个所以然。但末句仍不予正面回答,而用"可能俱是不如人"的假设、反诘之辞代替回答,促使读者去深思。它包含丰富的潜台词:即使退一万步说,"我未成名"是"不如人"的缘故,可"君未嫁"又是为什么?难道也为"不如人"么?这显

然说不过去（前面已言其美丽出众）。反过来又意味着："我"又何尝"不如人"呢？既然"不如人"这个答案不成立，那么"我未成名君未嫁"的原因到底是什么，读者也就可以体味到了。此句读来深沉悲愤，一语百情，是全诗不平之鸣的最强音。

[这首诗用了宾主陪衬的写法] 此诗以抒作者之愤为主，引入云英为宾，以宾衬主，构思甚妙。绝句取径贵深曲，用旁衬手法使人"睹影知竿"，最易收到言少意多的效果。此诗的宾主避就之法就是如此。赞美云英出众的风姿，也暗况作者有过人的才华。赞美中包含着对云英遭遇的不平，连及自己，又传达出一腔傲岸之气。"俱是"二字蕴含着"同是天涯沦落人"的深切同情。只说彼此彼此，语气幽默。不直接回答自己何以长为布衣的问题，使对方从自身遭际中设想体会它的答案，语意间妙，启发性极强。如不以云英作陪衬，直陈作者不遇于时的感慨，即使费辞亦难讨好。引入云英，则双管齐下，言少意多。

章碣

桐庐（今属浙江）人。《全唐诗》存诗 26 首。

焚书坑

竹帛烟销帝业虚①，关河空锁祖龙居②。坑灰未冷山东乱③，刘项原来不读书④。

注释 ①竹帛：竹，竹简；帛，丝织品的总称。竹帛是古代书写的材料，此处指书籍。②关河：函谷关与黄河。祖龙：指秦始皇。③山东：指崤山、函谷关以东；又说指太行山以东，即战国末年秦以外的六国。④刘项：刘邦、项羽。

赏析 [焚书坑与文化浩劫] 公元前 213 年，秦始皇下令焚烧《秦记》以外的列国史书，所有私藏《诗》《书》全部限期上缴烧毁，有敢论《诗》《书》者处死。第二年，即公元前 212 年，一批知识分子向秦始皇发难，于是秦始皇派御史查究，在咸阳活埋了儒生、方士共四百六十多人，造成中国历史上空前绝后的一场文化浩劫。诗中所写的焚书坑相传是当年焚书的一个遗迹，在今陕西省临潼东南的骊山上。章碣生于唐末，或许亲眼目睹了唐末农民起义，对统治者的无道、社会的动荡、人民的苦难深有感触，因而借焚书坑发表古今兴亡之慨叹，以古讽今。

[选取历史的断面直入正题] 作为咏史诗，诗歌巧妙地选取了历史事件的典型断面加以表现，一开始便直入正题。而且只写焚书，不写坑儒，去其枝蔓，集中笔力；只写"实"的，"虚"的只字不提。唐末距秦末已历千年，被坑的知识分子早已了无痕迹，唯有焚书的故址还真实地摆在人们的眼前，成为历史的有力

佐证。"竹帛烟销"是写史,"帝业虚"是论史,作者直接阐明观点:焚书烧掉的不只是书,烧掉的恰恰是秦王朝的帝业。这样写来有叙有议、虚实相间,令人信服,使事件更真实、历史更清晰,想象与联想的空间更为广阔。可见,诗人只写焚书是别有深意的。

[" 怨而不怒 " 的表现手法] 秦始皇十三岁即位,二十一岁亲政,三十八岁当上了中国第一位封建皇帝,政治野心与统治欲望急剧膨胀,梦想秦王朝千秋百代永世昌盛,所以自称始皇帝。龙是中国帝王天子的象征,所以作者又称之"祖龙"。关于"祖龙",《史记·秦始皇本纪》有记载:公元前211年,有一神人对秦使者说:"今年祖龙死。"秦始皇听后沉吟许久解释说:"祖龙者,人之先也。"第二年秦始皇死。尽管秦乃"四塞之国",可是黄河之险、函谷之固并没有保证皇权稳固,公元前209年,陈胜、吴广在安徽起义,天下大乱。公元前206年,刘邦攻克咸阳,秦王朝灭亡。始皇、祖龙的称谓与秦的速亡形成了鲜明的对比,这是对统治阶级最辛辣、最绝妙的讽刺。一个"空"字写出了秦朝的不堪一击,展示了历史发展的必然,不可逆转。这是历史的悲剧,更是一幕发人深省的喜剧。笔法委婉沉稳,运用的是"怨而不怒"的"春秋笔法",将自己的思想观点轻松地隐藏于历史事件之中。

此外,焚书距陈涉起义有四年时间,"坑灰未冷"是艺术夸张,为的是突出焚书与秦亡的关系紧密,不能机械地理解为一般的时空概念。

[用诗的语言论史咏怀] 末句写"刘项原来不读书"是诗作最精妙与高明之处。秦始皇把书籍当成是危及统治的根源,以为焚书便可永保无虞,可历史证明,焚书是极其愚蠢的,为秦始皇落下千古骂名倒还在其次,关键在于直接断送了秦始皇万代永昌的美梦。这里诗人选取推翻秦王朝至关重要的两位历史人物作为论据。一个是汉高祖刘邦,最早不过是一个近乎市井无赖的混

混；另一个是项羽，虽为楚国贵族，却是行武出身，他们都不是读书人，可秦王朝却亡在他们的手里，这不是对焚书最好的否定，最有力的批判吗？值得注意的是：诗人此处并没有说焚书，更没有用激烈的言辞加以指责以抒发情感，而是用的"曲笔"，喜笑怒骂不着痕迹。用事实说话，用形象描写代替说教，这才是真正的诗语，才真正解得了作诗的妙处。

韦庄

(836—910)字端己,京兆杜陵(今陕西西安市长安区)人。孤贫力学,曾长期流落江南。乾宁元年(894)始中进士,释褐为校书郎。天复中为西蜀王建掌书记,王建称帝后拜相。有《浣花集》(《韦庄集》),近人王国维辑《浣花词》。

金陵图①

谁为伤心画不成②,画人心逐世人情③。君看六幅南朝事,老木寒云满故城④。

注释 ①金陵:今南京市。②谁为句:高蟾《金陵晚望》:"世间无限丹青手,一片伤心画不成。"谁为,一作"谁谓"。③画人句:是说一般画家只顾媚俗。④君看句:是说请看由六幅画组成的《金陵图》,画中老木寒云围绕古城,透出一派伤心。颜延之《还至梁城作》:"故国多乔木,空城凝寒云。"

赏析 [题画诗意在言外] 这是一首题画诗,作者巧妙地拈来高蟾咏金陵的"一片伤心画不成"之句,就用这六幅一组的《金陵图》,作了一点反面文章。其实两个人都是借南朝旧事,对晚唐国事的衰颓寄予深忧,在艺术上异曲而同工。本篇首句"高唱而入,已得机得势;次句又接得玲珑,末句一点,画意已足,经营入妙"(《唐人万首绝句选》宋顾乐评)。

聂夷中

(837—884)字坦之,河东(今山西永济)人。出身贫寒,懿宗咸通十二年(871)登进士第,后补华阴县尉。《全唐诗》存诗1卷。

伤田家

二月卖新丝,五月粜 tiào 新谷①。医得眼前疮,剜 wān 却心头肉②。我愿君王心,化作光明烛。不照绮 qǐ 罗筵③,只照逃亡屋④。

注释 | ①粜:卖出谷物。②剜却:用刀挖去。③绮罗:华美的丝织品。筵:筵席。④逃亡屋:农民无法维持生计而离家出走后留下的房子。

赏析 [这首诗的写作背景] 唐末广大农村破产,农民遭受的剥削更加惨重,以至于颠沛流离,无以生存。在这样严酷的背景下,产生了可与李绅《悯农》二首前后辉映的聂夷中《伤田家》。有人甚至将这首诗与柳宗元《捕蛇者说》并论,以为"言简意足,可匹柳文"(《唐诗别裁集》)。

[旧社会农村生活中的怪圈] 开篇就揭露封建社会农村存在的一个怪圈:二月蚕种始生,尚未见丝而卖丝;五月秧苗始插,尚未有粮而卖谷。这就是所谓"卖青"——将尚未产出的农产品预先贱价抵押。两言卖"新",令人悲酸。卖青是迫于生计,而首先是迫于赋敛。一本将"父耕原上田,子劚山下荒。六月禾未秀,官家已修仓"四句与这首诗合并,就透露出个中消息。这使人联想到民谣:"新禾不入箱,新麦不登场。殆及八九月,

聂夷中

狗吠空垣墙。"(《高宗永淳中童谣》)明年衣食将何如,已在不言之中。

[一个形象的比喻] 紧接着是一个形象的比喻:"医得眼前疮,剜却心头肉。"它通俗,平易,恰切。"眼前疮"固然比喻眼前急难,"心头肉"固然比喻丝谷等农家命根,但这比喻所取得的惊人效果绝非"顾得眼前顾不了将来"的概念化表述能及万一的。挖肉补疮,这是何等惨痛的画面!唯其能入骨三分地揭示那血淋淋的现实,叫人一读就铭刻在心,永志不忘。诚然,挖肉补疮,自古未闻,但如此写来最能尽情,既深刻又典型,因而成为千古传诵的名句。

[诗人的善良愿望] "我愿君王心"以下是诗人陈情,表达改良现实的愿望,颇合新乐府倡导者提出的"惟歌生民病,愿得天子知"(白居易《寄唐生》)的精神。这里寄希望于君主开明固然有其历史局限性,但作者用意主要是讽刺与谲谏。"我愿君王心,化作光明烛",即委婉指出当时君王之心还不是"光明烛";望其"不照绮罗筵,只照逃亡屋",即客观反映其一向只代表豪富的利益而不恤民病。不满之意见于言外,运用反笔揭示皇帝昏聩,世道不公。"绮罗筵"与"逃亡屋"构成鲜明对比,反映出两极分

化严重的尖锐阶级对立的社会现实,增强了批判性。它形象地暗示出农家卖青破产的原因,又由"逃亡"二字点出其结果必然是"殚其地之出,竭其庐之入,号呼而转徙,饥渴而顿踣","非死而徙尔"(《捕蛇者说》),充满作者对田家的同情,可谓"言简意足"。

韩偓

(844—923)字致尧,一作致光,小名冬郎,号玉山樵人。京兆万年(今陕西西安)人。昭宗龙纪元年(889)登进士第。官至中书舍人、吏部侍郎。有《玉山樵人集(附香奁集)》

已凉

碧栏干外绣帘垂,猩色屏风画折枝①。八尺龙须方锦褥②,已凉天气未寒时。

注释 ①猩色:红色,一作"猩血"。折枝:花卉画法之一,画花枝而不带根。②龙须:龙须草编织的席子。方锦褥:才铺上锦褥。

赏析 [写闺房陈设及时序推移隐含闺情]诗由栏干绣帘而至锦褥,一步步写来,似乎都是景物,而景中宛然有人在,"隐有小怜玉体,在凉凉罗帐掩映之中,丽不伤雅"(俞陛云)。诗中以"已凉""未寒"写天气,对温度的辨察极细。

张泌

生卒年不详,字子澄,淮南(今属安徽)人。南唐后主时,登进士第,授句容尉。官至内史舍人。《全唐诗》存诗1卷。

寄人

别梦依依到谢家,小廊回合曲阑斜①。多情只有春庭月②,犹为离人照落花。

注释 ①依依:形容流连不舍,不忍离别。谢家:本指东晋豪门贵族谢家。后常指岳丈家,女子娘家、闺中。回合:形容迂回环绕。②春庭月:春夜洒满庭院的月光。

赏析 [这是一首追忆爱情的诗]前两句记梦,与情人相会的地点是"小廊回合曲阑斜"处,"曲"而又"斜",清静隐蔽,正是谈情说爱的好去处。后二句说梦醒,离人不知去向,只有月照落花,一片凄清,空灵中透着凄美。全诗曲折含蓄而又哀婉缥缈,显得情意依依,深挚动人。

郑谷

(851?—910?)字守愚,袁州宜春(今江西宜春)人,官至都官郎中。及冠应举,游举场凡16年,名属"咸通十哲"之列。僖宗光启三年(887)登进士第。有《云台编》。

淮上与友人别①

扬子江头杨柳春②,杨花愁杀渡江人。数声风笛离亭晚③,君向潇湘我向秦④。

注释 ①淮上:指淮南。②扬子江:长江中游的一段。③风笛:风中飘荡的笛声。离亭:饯别所在的长亭。④潇湘:湘江、潇水,多借指今湖南地区。

赏析 [前二句渲染别情]这首送别诗情文并美。前二句写渡头情景,"扬子""杨柳""杨花",一连串复迭,渲染浓浓的别情。

[后二句从笛声引起别情]后二句写分手的刹那,"风笛亦从杨柳生出,盖古人折柳赠别而备曲有《折杨柳》也"(王尧衢《古唐诗合解》)。"'君向潇湘我向秦',不言怅别,而怅别之意溢于言外"(王鏊《震泽长语》)。

[这首诗的倒句之妙]"题中正意只'君向潇湘我向秦'七字而已,若开头便说,则浅直无味,此却倒用作结,悠然情深,觉尚有数十句在后未竟者。唐人倒句之妙,往往如此。"(贺贻孙《诗筏》)

古诗词鉴赏

王驾

字大用,自号守素先生,河中(今山西永济)人。昭宗大顺元年(890)登进士第,授校书郎,官至礼部员外郎。《全唐诗》存诗6首。

社 日

鹅湖山下稻粱肥①,豚栅 túnzhà 鸡栖 qī 半掩扉②。桑柘 zhè 影斜春社散③,家家扶得醉人归。

注 释 ①鹅湖山:山名。今江西省铅山县西。稻粱:泛指田里的庄稼。②豚栅:猪圈。栖:鸡栖息于院中树上。扉:门扇。③桑柘:桑树和柘树,其叶可以养蚕。影斜:树影随着太阳偏西而倾斜。

赏析 [什么是社日] 古时春秋季节有两次例行的祭祀土神的日子,即春社和秋社。古代劳动人民不但通过这种方式表达他们对减少自然灾害、获得丰收的良好愿望,同时也借这样的节日尽情娱乐。在社日到来时,民众集会竞技,进行各种类型的表演,并集体欢宴,非常热闹。宋代诗人杨万里《观社》有生动描写:"作社朝祠有足观,山农祈福更迎年。忽然箫鼓来何处?走杀儿童最可怜!虎面豹头时自顾,野讴市舞各争妍。王侯将相饶尊贵,不博渠侬一饷癫!"王驾这首《社日》写法却完全不同,它没有一字正面写欢宴的情景,却也写出了这个节日的欢乐,而且远比杨万里的那首诗脍炙人口。

[诗从村居风光写起] 诗一开始不写"社日"的题面,却从村居风光写起。鹅湖山,在今江西省铅山县境内,地名十分诱

人。山的得名使人想到鹅鸭成群，鱼虾满塘，一派山明水秀的南方农村风光。春社时属仲春，"稻粱肥"是指田里庄稼长得很好，丰收在望。村外风光是这样迷人，那么村内呢？到处是一片富庶的景象，猪满圈，鸡栖埘，联系第一句描写，真可以说是五谷丰登，六畜兴旺。所以一、二句虽只字未提社日情事，先就写出了节日的喜庆气氛。这两句也没有写到村居的人，"半掩扉"三字告诉读者，村民都不在家，门儿都半掩着。"半掩"而不上锁，可见民风淳厚，丰年富足。古人常用"夜不闭户"形容环境的太平安宁，"半掩扉"这个细节描写是很有表现力的。同时，它又暗示出村民家家都参加社日活动去了。

[社日中有意味的情景] 后两句没有就社日表演的热闹场面着笔，却写社散后的景象。"桑柘影斜"，夕阳西下，树影在地上越来越长，说明天色向晚。古代习惯，祭社之处必植树，此即社树，亦即"故国乔木"，它是乡国之象征，故受崇拜。其中桑、柘二树是常见的社树树种。这首诗"桑柘"二字紧扣"社日"，绝非闲笔。春社散后，人声渐稀，到处都可以看到一种情景，即一些为庆祝社日而喝得醉醺醺的村民，被家人邻里搀扶着回家。"家家"是夸张说法，说明这种情形之普遍。不正写社日的热闹与欢乐场面，却选取高潮之后渐归宁静的这样一个尾声来表现它，颇为别致。它的暗示性很强，读者通过这个尾声，会自然联想到社日活动的全过程。"醉人"这个细节可以使人联想到村民观社的兴高采烈，正因为心里高兴，才不觉贪杯，而这种高兴又是与丰收的喜悦分不开的。

[不写正面写侧面] 这首诗不写正面写侧面，通过富有典型意义和形象暗示作用的生活细节写社日景象，笔墨极省，反映的内容却极为丰富。使人读后不觉其短，回味深长。当然，在封建时代农民的生活一般不可能像这首诗所写的那样好，但在风调雨顺、农业丰收的情况下，农民过节时显得快活也是事实。

无名氏

杂诗

尽寒食雨草萋萋,著麦苗风柳映堤①。等是有家归未得,杜鹃休向耳边啼②。

注释 ①寒食:清明的前两天为寒食节。萋萋:形容草木丰茂,生机盎然。著:形容轻轻拂过。②等是:同是。杜鹃:传说为蜀开国君主望帝杜宇魂魄所化,至春则啼,似在哀鸣:"不如归去!"

赏析 [写游子在外有家难归的感伤情绪]前二句写景,点出时令,环境凄清,羁旅之思已然透出纸外。后二句写对杜鹃的埋怨,无理中有情,对故乡、家人的思念更见深切,诗句表现得委婉曲折,饶有情趣。全诗语言朴素清新,"近寒食雨"和"著麦苗风"打破了七言诗头四字分为两个音步的惯例,但在节奏上依然和谐自然,读来别有韵味。

冯延巳

（903—960）一名延嗣，字正中，广陵（今江苏扬州）人。南唐烈祖（李昪）时为秘书郎，与李璟游处。中主保大（943—957）中，累官自中书侍郎拜平章事，出镇抚州。后再入相，罢为太子少傅。有《阳春集》。

谒金门

风乍起，吹皱一池春水。闲引鸳鸯香径里，手挼红杏蕊①。　斗鸭阑干独倚，碧玉搔头斜坠②。终日望君君不至，举头闻鹊喜③。

注释 ①挼：揉弄。②碧玉搔头：一种玉制首饰。③鹊喜：喜鹊。

赏析 [一个大家闺秀的春怨] 前两句妙在双关，写春景，双关人事——春风吹皱的不止是一池春水，也吹动了少妇的心。这"乍起"之"风"，

对于少妇意味着什么呢？说"风起吹皱"，可见最初是平滑如镜的，因风微起縠纹，一个"皱"字描摹出春水微波荡漾有如皱纹般的质感，实在妙于形容。

[这首词的艺术处理] 词之首尾写春日景物，中间写人物动态，无不间接表现人物的心理活动，颇有悬念，是其耐读处。末二句点出"望君不至"，一转写出"举头闻鹊"，少妇情态发生了微妙的变化。回想篇首说的"风乍起"，是不是即此而言？如是，则前二句是总括，后六句则是细说。结处点到为止，启人遐思。

鹊踏枝

谁道闲情抛掷久，每到春来，惆怅还依旧。日日花前常病酒，不辞镜里朱颜瘦。　河畔青芜堤上柳①，为问新愁，何事年年有？独立小桥风满袖，平林新月人归后②。

注释 | ①青芜：青草。②平林：远处的小树林。

赏析 [一种困扰人生的普遍心境] 词中所谓闲情，不能简单地解为爱情，而应指一种无缘无故的忧郁，一种莫名的烦恼，一种周期性的情绪低落，或由时序物候感发，或由生理变化引起。

[渴望走出感情的低谷] 情绪落到低谷后，往往会有所好转——就像天气预报的"阴转晴"，似乎"抛掷"了原来的惆怅。然而，这种"惆怅"还会周而复始地到来，令人感到沮丧。词中通过"抛掷"与"谁道"的呼应，写出希望走出感情的低谷渴望振作而不得的苦闷心情。下片又重起追问与反省——"为问新愁，何事年年有"，这"新愁"也就是"还依旧"的惆怅与闲情，可见内心的情结还未能解开，真有柔肠百折之感。

[词境的细腻] 末二句"独立小桥风满袖，平林新月人归后"则跳出自身，做自我观照，描绘了一幅风景人物画。以景语代替了情语，耐人寻思。词中十分细腻地写出了一种独立负荷的孤寂感，所谓"满纸春愁"又"很难指实"，的确是诗之所未能言的词境。

冯延巳

长命女

春日宴,绿酒一杯歌一遍①,再拜陈三愿:一愿郎君千岁;二愿妾身长健;三愿如同梁上燕,岁岁长相见。

注释 ①绿酒:指新酿制的酒。白居易《问刘十九》:"绿蚁新醅酒。"

赏析 [通过环境描写来烘托人物的思想感情] 明媚和煦的春日,不但是一派良辰美景,也象征着宝贵的青春时光。丰盛的酒宴,悦耳的清歌,不但是赏心乐事,也象征着人生的美满。结尾的"梁上燕"虽是比喻,却也是春日画堂的眼前景物,此比喻中亦有赋义。这样,春日、绿酒、清歌、呢喃燕语,构成极美的境界,对于爱情的抒写是极有力的烘托。

[数目字的妙用] 词中用了"一""一""再""三","一""二""三",前一组表数目,后一组表序数,重复中有变化。"绿酒一杯歌一遍"的两个"一",孤立地看是两个"一",但在春宴上,每进一杯酒即歌一遍,则文字上是"一",事实上又意味着"三"或者更多,这与"陈三愿"的"三"之固定不变,又自不同。

[此词用韵较密] 除了"一愿郎君千岁"句外,句句入韵。形成始轻快,渐徐缓,复入轻快的旋律。不押韵的句子突然出现,即节奏减慢处,恰恰是内容由环境描写转为祝愿之词的地方。这使词的语调具有良好的速度感,明快而不单调,很好地表达了主题。句的长短与韵的多变结合,使此词音情俱美,且给人以新鲜活跳的感觉。

李璟

(916—961)南唐中主。本名景通,改名瑶,后名璟,字伯玉,徐州(今属江苏)人,一说湖州人。后人将他与李煜的词合刻为《南唐二主词》。

浣溪沙

菡萏香销翠叶残①,西风愁起绿波间。还与韶光共憔悴②,不堪看!　细雨梦回鸡塞远③,小楼吹彻玉笙寒④。多少泪珠何限恨,倚阑干。

注释　①菡萏:荷的别称。②韶光:美好时光。③鸡塞:即鸡鹿塞,边塞地名。④彻:曲调的结尾。玉笙:镶玉的笙。

赏析　[本篇是南唐中主的得意之作] 王安石认为"细雨梦回鸡塞远"二句比后主"一江春水向东流"还好,而冯延巳也公然承认其名句"风乍起,吹皱一池春水"未若"小楼吹彻玉笙寒"好,这是真心话,不是奉承话。王国维则更欣赏开篇"菡萏香销翠叶残"二句。

[表情的细腻委婉和优美文雅] 它的意蕴也不是闺怨之墙所能完全关住的,正如王国维所指出的那样,透过菡萏香销、红颜憔悴的表面,读者完全能够体会到一种对于短促而多舛的人生所怀有的浓重的忧患意识,因而从格调和意蕴方面提高了词的品位。

李煜

(937—978)南唐后主。初名从嘉,字重光,号钟隐。李璟第六子。宋灭南唐后,封违命侯,被毒死。后人将他与其父李璟的词合刻为《南唐二主词》。

虞美人

春花秋月何时了,往事知多少①?小楼昨夜又东风②,故国不堪回首月明中③。雕栏玉砌应犹在④,只是朱颜改⑤。问君能有几多愁⑥?恰似一江春水向东流。

注释 ①往事:指往日宫廷生活。②小楼:作者囚居汴京的住所。又东风:意思是又到了春天。③故国:指灭亡了的南唐。不堪:不能忍受。④雕栏玉砌:雕花栏杆,像白玉一样的台阶。指南唐故都的宫苑建筑。应犹在:应当还在。⑤朱颜改:指脸色失去往日的红润。⑥问君:以第三人称设问,其实是作者自问。几多:多少。

赏析 [这首词写亡国伤逝之痛]本篇作于作者亡国后被迁汴京的幽囚生活之中,是后主词的代表作。后主词大都吟咏着一种

恋旧——即"惜往日"的情愫。"春花秋月何时了,往事知多少",充满对美好昔日的追惜、痛悼和忏悔之情。将亡国的深哀巨痛与宇宙人生的哲理感喟熔为一炉,而后世的不幸者和失意者都不难在其中照见自己的影子。王国维说:"词至李后主而眼界始大,感慨遂深。"(《人间词话》)李词的眼界大,并不表现为内容题材的丰富,而表现为忧患意识的普遍性和深刻性。

[上片的两番对比] 调名本意是歌咏霸王别姬,其调属声酸词苦一类。首句以"了"字入韵,是句中之眼。《红楼梦》第一回道:"可知世上万般,好便是了,了便是好。若不了,便不好;若要好,须是了。"红尘中最苦恼事,莫过于既不好,又不了,磨折未尽,苟且偷生,"春花秋月"皆足供恨。李商隐诗云:"纵使有花兼有月,可堪无酒又无人。"冯浩笺:"无酒无人,反不如并花月而去之。"二语沉痛。词人说"春花秋月何时了",就是希望春花秋月快快完结,以结束痛苦的人生。也就是李商隐《寄远》诗所谓:"何日桑田都变了,不教伊水向东流。"这是对现实完全绝望之词。同时无形中也把宇宙的永恒与人事的无常做了一种对比,有物是人非之感。而这种物是人非之感,在下两句则无形中重复了一次,却又以"故国"二字加入亡国之痛。"小楼昨夜又东风"著一"又"字,可见春花秋月一时还不得遽了,语较含蓄;下句"故国不堪回首月明中"做放笔呼号,遂有吞吐擒纵之致。

[抒情的水到渠成] 过片承故国明月,再揭物是人非之意,将亡国之深哀巨痛与宇宙人生感慨熔为一炉。一篇之中,反复唱叹,感情的积蓄至于不可遏止。最末的问答语,如开闸放洪,令心中万斛愁恨滔滔汩汩奔进而出,"恰似一江春水向东流",不仅是说愁多愁不尽,还是对词情消涨所构成的内在韵律的绝妙象喻。全词一气盘旋,复能曲折冲荡,流畅之中潜藏着沉痛深至的低回唱叹,如怨如慕,如泣如诉,流畅之中得深远宕逸之神,洵天才之杰作,实词章之神品。

[长短错综的句式] 李后主通过选调或创调，在词中成功地将短而急促和长而连续的两种句式妥帖地安排在一起，来表现十分强烈复杂的感情。他的九言句写得特好，如"别是一般滋味在心头""无奈朝来寒雨晚来风""自是人生长恨水长东"，以及《虞美人》中的九字句"故国不堪回首月明中""恰似一江春水向东流"，都是传诵不衰的名句。特别是出现在短句之后，真是备极恣肆，嗟叹有余。《虞美人》原本作七五七七三双调，在李煜词中首次出现现在的样子，这是后主在词体形式上的贡献，以长短错综的形式传长呼短叹之致。

[本色的词语] 词的语言重本色，朴素自然，写景言情皆用白描，不假雕饰，不用典故，语言凝练概括，富有表现力。所谓"粗服乱头，不掩国色"。

❄ 相见欢 ❄

林花谢了春红，太匆匆。无奈朝来寒雨晚来风。　胭脂泪①，留人醉，几时重②？自是人生长恨水长东。

注　释　｜①胭脂泪：红泪，血泪。②重：重逢。

赏析　[这首词的象征意蕴] 作者将亡国的哀痛转化为对自然界花木的盛衰的慨叹。"林花谢了春红"，"春红"是春天的红色，是生命与青春的象征，"太匆匆"的一叹似乎是对春天的抱怨。花谢是无可更改的自然规律，可怨的只是这一切来得太快，出人意表。其所以如此，乃是外来摧残的缘故，"无奈朝来寒雨晚来风"不仅仅是指自然界的风雨，同时还象征不可抗拒的客观规律。

[这首词的音情之妙] 下片从自然界生命的盛衰感慨转入对人生无常的感慨，最后归结到人生无常这一普遍规律上来："自是人生长恨水长东。"这一句与作者《虞美人》"恰似一江春水向东流"在明喻上极为相似，但在音情上别饶顿挫。它把"恨"隐

比作"水",前六字写"恨",后三字写"水",因此"自是人生长恨水长东"九字形成了一种二、四、三之顿挫的音节,有一波三折之感。

忆江南

多少恨,昨夜梦魂中。还似旧时游上苑①,车如流水马如龙②,花月正春风。

注释 |①上苑:指宫苑。②车如句:形容车马喧阗的样子。

赏析 [词情的典型性] 词中虽然有表现亡国之痛,却抛开了帝王生活的具体情事,而只在流逝的春花秋月、过往的车水马龙等往昔繁华盛事上做文章。虽然提到"上苑",但那一份风月繁华却是经历过世道沧桑的世人都曾经领略过而似曾相识的。这样,个人的深哀巨痛便带有了普遍的性质,使得不同世代在生活中失去美好事物的人们都能领略词中那种凄怆和悔恨,从而产生强烈共鸣。

[抒情的含蓄] 现实与梦境,今昔对比的两个方面,作者只举一隅即梦中游乐的情景:"还似旧时游上苑,车如流水马如龙,花月正春风。"说到"花月正春风"就戛然而止,然而今日之孤凄,自能让人从对比的语气中去揣测。

王禹偁

(954—1001)字元之,济州巨野(今属山东)人。世代务农。太平兴国八年(983)进士。历任右拾遗、翰林学士、知制诰。遇事敢言,屡以事贬官。真宗时,预修《太祖实录》,直书史事,为宰相不满,降知黄州。后迁蕲州,病卒。有《小畜集》。

村行

马穿山径菊初黄,信马悠悠野兴长①。万壑有声含晚籁,数峰无语立斜阳。棠梨叶落胭脂色②,荞麦花开白雪香。何事吟余忽惆怅?村桥原树似吾乡。

注释 ①信马:让马自己走。②棠梨:即杜梨,落叶乔木。胭脂色:落叶的颜色。

赏析

[这首诗的写作年代] 太宗淳化二年(991)王禹偁因论妖尼道安诬陷徐铉,获谴于朝廷,由开封贬到商州(今陕西省商洛市商州区)为团练副使。在商州写了不少写景抒情诗,有"平生诗句是山水,谪宦方知是胜游"之句。《村行》乃获贬的次年秋作于商州。

[赋予景物以生命] 首联写马踏山径,道旁满是野菊花,人的兴致很高,所以信马随意而行,是信手拈来之句。次联为全篇之警策。"数峰无语"这个否定的命题,假设着一个肯定的命题,就是仿佛它能语、欲语似的,这样它才不是一句废话,而是一句耐人寻味的话。"含晚籁"与"立斜阳",无不是写自然于我有深情,所谓"相看两不厌"也,这是野兴很浓的又一表现。这种写法赋外物以生命,使外物的精神与创作主体的精神息息相通。

[一个真切的生活体验] 三联拈出棠梨的红叶、荞麦的白花,

古诗词鉴赏

秋色秋香,自然成对。末联写兴致勃勃之际,忽然袭来怅触。原来桥边一座山村,原上数株老树,十分眼熟,像煞故乡景物。这是一种真切的生活体验,在中晚唐诗中已有类语,如欧阳詹《蜀门与林蕴分路》:"村步如延寿,川原似福平。无人相共识,独自故乡情。"此诗只于结尾处一点即收,曲中奏雅。

潘阆

字逍遥，一说号逍遥子，大名（今属河北）人。宋太宗时赐进士及第，以狂放不羁屡获罪，真宗时授滁州参军。有《逍遥集》。

酒泉子①

长忆观潮，满郭人争江上望，来疑沧海尽成空，万面鼓声中。　弄潮儿向涛头立，手把红旗旗不湿。别来几向梦中看，梦觉尚心寒。

注　释　①酒泉子：词牌名。潘阆以这一词牌写了十首词，但以这一首最为后人传诵。

赏析　[热闹的观潮节] 钱塘潮是非常有名的。在北宋时，杭州已是著名的观潮圣地。当地百姓将钱塘江呼为"海"，称江堤为"海堤"。每年八月十八日是钱塘潮汛日高潮期。潮水将至，远望一条白线，逐渐推进，声如雷鸣，白浪涛天，山鸣谷应。水天一色，一片汪洋。这一天被奉为"潮神生日"，要举行盛大的观潮仪式。人们倾城出动，车水马龙，彩旗斗艳，盛极一时。在庆祝仪式上，数百健儿披发纹身，高举红旗，脚踩浪头，争先恐后，跳入江中，与大浪搏击。潘阆此词是写钱塘潮的佳作。

[力量的颂歌] 此词将观潮与弄潮结合起来。观潮为弄潮做铺垫，人们既是来看潮水盛况，也是来看弄潮奇观的。自然景观的雄险为弄潮儿的气魄张目。下阕将人与自然融为一体，这些弄潮儿也是钱塘景观不可或缺的一部分。弄潮儿的阳刚之美，是钱塘潮文化的核心。他们矫健的身影与大潮相映成趣，力量与力量

相击，气势与气势相搏，自然的阳刚与人的阳刚就和谐地统一在一起。末尾词人以"梦觉尚心寒"结尾，以自己连做梦都惊醒来反衬钱塘潮景观（自然景观与人文景观）的雄壮。

[忆字贯穿全词] 理解这首词，忆字是核心。词的上阕回忆观潮，展现宇宙的宏大壮观。"长忆观潮"，表明词人对钱塘观潮永志难忘，经常想起。词的下阕回忆弄潮，表现人潮相搏的激烈。忆将弄潮与观潮联系起来，使全词浑然一体。

[观潮盛况] 观盛况一是人多，一是景壮。"满郭人争江上望"，大有倾城出动之势。一个"争"字，写出人们争先恐后出城，争先恐后观潮的情态，他们翘足江边，伸长脖子，热闹场面跃然纸上。吴自牧《梦粱录·观潮》、周密《武林旧事》对倾城出动的场面都有精彩描写。由此可见，潘阆此词是杭州人民观潮生活的真实写照。潘阆笔下的钱塘潮是什么样的呢？"来疑沧海尽成空，万面鼓声中"，钱塘潮猛，它巨大的力量仿佛要掀起所有海水，以迅猛之势排空而来，直要冲上堤岸，吞没一切，日月也为之黯淡。它声音洪大，如万面锣鼓齐鸣，其气壮，其势猛。潮水的汹涌澎湃如在眼前，令人心神动荡，心灵震撼。

[弄潮奇观] 下阕描写人，即词中的弄潮儿。他们是敢于在大风大浪中搏击，出没于惊涛骇浪中的勇士。钱塘潮乃一大奇观，弄潮儿乃另一大奇观。《武林旧事》曾对弄潮儿有过精彩描写。这些弄潮儿皆是识水性的好手，他们散披头发，身上纹上各种图形，手持数十面红旗，逆着风浪前进。人们只能看到鲜艳的红旗在白浪中起伏。弄潮儿展示他们各自的本领，以旗尾不湿为能者。在风浪中搏击，保住性命已是不易，还要进行精湛的表演。我们不能不佩服弄潮儿的勇敢和他们高超的技能。潘阆还用了多年后回忆"梦觉尚心寒"来侧面烘托这一奇观。

林逋

(967—1028)字君复,钱塘(今浙江杭州)人。早岁浪游江淮间,后归杭州,隐居孤山二十年,种梅养鹤,终身不娶,亦不仕,时称"梅妻鹤子",卒谥和靖先生。有《林和靖诗集》。

山园小梅

众芳摇落独暄妍 xuānyán①,占尽风情向小园。疏 shū 影横斜水清浅②,暗香浮动月黄昏③。霜禽欲下先偷眼,粉蝶如知合断魂④。幸有微吟可相狎 xiá⑤,不须檀 tán 板共金樽⑥。

注释 ①暄妍:景物明媚、鲜丽,这时指梅花的艳丽。②疏:稀疏。③暗香:幽香。月黄昏:黄昏时的月色。④霜禽:冷天的鸟儿。断魂:无限神往。⑤相狎:相亲相近。⑥檀板:歌唱时打拍子用的檀木拍板。金樽:华贵的酒杯。

赏析 [作者林和靖其人] 这是林和靖诗的代表作,也是千古咏梅最佳作。作者不但是诗人,而且是梅痴,号称"梅妻鹤子"。这首诗不但写出了梅花独有的幽逸之姿,而且写出了作者对梅花的爱。

[梅花香自苦寒生] 梅花的特点之一是其香出自苦寒,它是唯一在隆冬季节开放的花。毛泽东赞曰"雪压冬云白絮飞,万花纷谢一时稀""已是悬崖百丈冰,犹有花枝俏"。首联就写梅花凌寒独开,向小园占尽风情。着意于"独"字、"尽"字。以"风情"属梅,是爱人的语言,韵而不艳。

[诗中咏梅的妙句] 次联写梅的姿态,为千古名句,欧阳修说"前世咏梅多矣,未有此句也",陈与义说"自读西湖处士诗,年年临水看幽姿",王十朋更说"暗香和月入佳句,压尽千古无

诗才",而姜白石自度咏梅词即以"暗香""疏影"为调名。然而这两句却并非和靖先生自作语,而是化用南唐江为残句:"竹影横斜水清浅,桂香浮动月黄昏。"江为诗分咏竹、桂,措语调声俱佳,只是改用于别的花树也得。林逋改"竹影"为"疏影",改"桂香"为"暗香",虽不著一梅字,却已具梅花风神。梅有一个特点是瘦(清林佩环《答外》:"修到人间才子妇,不辞清瘦似梅花。"),不比春花之有绿叶陪衬,而是横斜的枝头点缀着淡淡的幽花,故入水只是"疏影";梅花香味不比春花之浓郁,只能风送时闻,"遥知不是雪,为有暗香来"(王安石)。而清澈的溪水、朦胧的月色,又是清幽的梅花的绝好陪衬。这两句本是天造地设的咏梅好句,一经林逋拈出,原句反被淘汰。

[诗中写梅花的魅力]三联写梅花的魅力,说梅惹人"偷眼""断魂"云云,是把对梅的爱比作对女性的爱。说"霜禽欲下""粉蝶如知"云云,则是把自己对梅的爱转嫁鸟虫。"霜禽"是实写,"粉蝶"则是虚写。"霜""粉"二字出于精心择用,表现出爱梅者恬淡的品格,亦应近于梅。

[作者人格的自我标榜]梅花本身就是一首诗,对梅吟诗,足以使诗人感到生活充满乐趣,无须乎十七八女儿手持红牙板唱歌侑酒——那反而会破坏孤山小园中一尘不染的情趣。诗虽是咏梅,但实际也是诗人不趋荣利、自甘淡泊的思想性格的自我写照。无怪《四库全书总目》说:"其诗澄淡高逸,如其为人。"后世也正是从这首咏梅诗认识了一个高蹈的林和靖。

十里清香　和靖放鹤

古诗词鉴赏

柳永

（？—1053）字耆卿，原名三变，字景庄，世称柳七，崇安（今属福建）人。景祐进士。官至屯田员外郎，故又称柳屯田。卒于润州。有《乐章集》。

望海潮·钱塘①

东南形胜，江吴都会②，钱塘自古繁华。烟柳画桥，风帘翠幕，参 cēn 差 cī 十万人家③。云树绕堤沙，怒涛卷霜雪，天堑 qiàn 无涯④。市列珠玑，户盈罗绮，竞豪奢。　重湖叠巘 yǎn 清嘉⑤，有三秋桂子，十里荷花。羌管弄晴，菱歌泛夜，嬉嬉钓叟莲娃⑥。千骑 jì 拥高牙，乘醉听箫鼓，吟赏烟霞⑦。异日图将好景，归去凤池夸⑧。

注释　①钱塘：今浙江省杭州市，旧属吴郡。②江吴都会：五代时吴越建都于此。③参差：形容楼阁高下不齐。④堤：钱塘江防潮汛大堤。怒涛：汹涌的潮水。天堑：天然的壕沟。堑，坑。⑤珠玑：此处泛指珠宝等珍贵商品。重湖：西湖以白堤为界，分为外湖、里湖。叠巘：重叠的山峰。清嘉：秀丽。⑥羌管：乐器。菱歌：菱舟上传出的歌声。⑦牙：牙旗，将军用的旗帜。烟霞：山水，景色。⑧图：描绘。凤池：凤凰池。此指朝廷。

赏析　[这首诗的主题] 词咏北宋时的杭州，属汉唐京都诗、赋一路，在题材上已突破花间、尊前的传统。

[上片描绘杭州湖山之美与都市繁荣] "东南形胜"三句先从地理与人文上予以总的赞美。"形胜"这个双声叠韵词儿，兼有位置重要、风光优美两重含义，王勃《滕王阁序》开篇云"豫章故郡，洪都新府。星分翼轸，地接衡庐。襟三江而带五湖，控蛮

荆而引瓯越"，无非是"形胜"二字。"都会"即都市，然而更有人众荟萃、财货聚集的涵义。"东南""江吴"是空间的、地理的展开，"自古"二字则是时间的、历史的追溯，说明杭州不仅是地灵人杰的所在，而且是历史悠久的名城——在春秋时名钱塘，汉属会稽，为西部都尉治所，陈置郡，隋唐置州，这是其大致的历史沿革。

钱塘秋潮图

"烟柳画桥"是对"都会"的铺陈描写，从城市交通（"烟柳画桥"）、市容市貌（"风帘翠幕"）、城市人口（"十万人家"）几个方面写来，可见城市的规模之大，不愧"东南第一州"（仁宗诗语）。"参差"二字，兼关民居建筑，备极生动。"云树绕堤沙"三句是对"形胜"做具体刻画，从西湖堤沙、钱塘潮汐、长江天堑几个方面写来，大处落笔，将湖山特色与地位之重要概括俱足。"市列珠玑"将杭州作为东南商贸中心和消费城市的特点勾勒得相当有力。

[过片歌咏杭州呈现的国泰民安之承平景象]"重湖叠巘"三句再描湖山,然而不是强调其"形胜"的一面,而是突出其"清嘉",为一篇警策所在。"清嘉"亦作"清佳",即"清丽"也,而有双声叠韵之美。"重湖"二字,尽揽内湖与外湖之胜;"叠巘"二字,则尽收山外青山之奇。"三秋桂子"二句,则一偏山色,一偏湖景。盖杭州灵隐寺多桂,相传是月中桂子落地所生,故白居易有"山寺月中寻桂子"之句;而西湖的荷花是大面积盛开,不同别处荷塘,故杨万里有"接天莲叶无穷碧,映日荷花别样红"之句。"三秋""十里"以时空为对,"桂子"秋实,"荷"为夏花,亦自然工整而有概括之妙。南宋罗大经《鹤林玉露》载:"此词流播,金主亮闻歌,欣然有慕于'三秋桂子,十里荷花',遂起投鞭渡江之志。近时谢处厚诗云:'谁把杭州曲子讴?荷花十里桂三秋。那知卉木无情物,牵动长江万里愁。'"这不是事实,却是关于此词的一段佳话。

[词中写杭人游乐风俗之盛]"羌管弄晴"三句写市民的游乐,"弄晴""泛夜"是夜以继日,"钓叟""莲娃"概尽男女老少,"羌管""菱歌"兼写演奏与清唱,文辞组织颇妙。"千骑拥高牙"三句写长官的游乐,也就是与民同乐。按通常情况,行政长官事务繁忙,没工夫,也不可以随便游山玩水的。然而杭州有得天独厚的自然条件,人在画图中,不必远出即可观游,此其一。同时杭州经济繁荣,市民富足,社会风气及治安情况良好,也就减轻了长官的负担,使之有"醉听箫鼓,吟赏烟霞"的时间,此其二。当然,这也是长官政绩的表现。

[富于情调的结尾]结尾顺理成章,预言郡守"异日"将提拔到中央("凤池"为唐中书省)供职,这当然是好事,但离开杭州又不免生出许多留恋。不得已的办法就是把杭州风景画下来,挂在"凤池"办公室,一方面可以夸耀于人,一方面也可以随时像白居易那样看着画儿,唱一唱"江南忆,最忆是杭州"。这个结尾应该说是偶得妙想,相当精彩,极富情趣。其意之远,

直到汉唐人想不到之处。

雨霖铃

寒蝉凄切，对长亭晚，骤雨初歇。都门帐饮无绪①，留恋处，兰舟催发②。执手相看泪眼，竟无语凝噎。念去去，千里烟波，暮霭沉沉楚天阔。　　多情自古伤离别。更那堪，冷落清秋节！今宵酒醒何处？杨柳岸，晓风残月。此去经年，应是良辰好景虚设。便纵有，千种风情，更与何人说！

注释 ①都：京城，指汴京（今河南省开封市）。帐饮：在郊外设帐幕宴饮饯别。②兰舟：相传鲁班刻木兰树为舟。后用为船的美称。

赏析 [这首词的内容和曲调] 此词是柳永将往东南飘泊时，与汴京情人惜别之作。《雨霖铃》为唐时旧曲，据《明皇杂录》云是唐玄宗避安史之乱幸蜀时，在栈道雨中闻铃悼亡而作，张祜有《雨霖铃》诗，系七绝。王灼《碧鸡漫志》谓双调的《雨霖铃慢》系本曲遗声。柳永就充分利用这一曲调声情哀怨的特点来抒写离情。

[词中离别情景] 从雨后骤起的秋蝉凄厉的嘶声写起，给人以惊秋之感。"长亭"不是专名，凡送别的场合都用得着，词中的长亭应在汴河上。宋代的汴河两岸多柳，柳树多的地方蝉儿总是特别多，暮色苍茫，骤雨初歇，柳条拂岸，四周又响起凄切的蝉声，这是何等动人愁思的情景。男女双方借这一场骤雨延长了相聚的时间，也拖延了开船时间，骤雨一歇，分手时候也就到了。"都门帐饮"语出江淹《别赋》"帐饮东都，送客金谷"，指在汴京城外长亭饯别。"帐"是郊外憩息的简易设施。"无绪"即无心情，无胃口。当一对情人还在那儿恋恋不舍时，舟子早不耐烦，要正点开船。这几句才说"帐饮"，已觉"无绪"，正在"留恋"，又被"催发"，陈匪石《宋词举》谓之"半句一转"，是词

中跌宕姿生的笔墨。由一去声的"念"字领起的十四字，指示行者去向——汴河南下，便是古代楚国地境。这两句是由当前情景过渡到别后情景的写法，展现了楚天山川、道里迢迢的图景，加上了"千里""沉沉""阔"的渲染夸张，则不纯是客观的写景，而是在景色中填充了无边无际的离愁别恨。

[抓住首途第一个早晨的感觉写离情] 过片不即不离，先宕开一笔，从一己当前的别情中跳出来，上升到一个普遍性的结论——"多情自古伤离别"，将古今人一网打尽。紧接着又以"更那堪"三字将悲秋之思一并揽入，便有气概有力度。与江淹《别赋》"黯然消魂者，唯别而已矣"、李后主《相见欢》"自是人生长恨水长东"，同属大手笔。由此可悟开拓词境之法。"今宵酒醒何处"三句，回应上文"帐饮"，写到首途后第一个清晨，这才展示汴河岸上的杨柳，并有残月装点，其妙在不仅善状难写之景，而且饱含不尽之意。写出了首途所值景色给人的那种既陌生、凄清而又优美的印象。良辰好景，偏在人孤单时出现，所以有些令人难受，自然引起"此去经年"二句的感慨。词人着想之妙在于，他不去设想别后可能遇到的悲苦，而设想的是别后可能遇到的欢乐。连"良辰好景""千种风情"都让人感到难过，那么平常的日子、比平常更糟的日子是怎样难挨，就更不必说了。

[情景交融的写作特点] 这首词在写法上情景交融，妙于点染。所谓点即情语，所谓染即景语。"寒蝉凄切"三句先染光景，"都门帐饮"数句进而铺写情事，煞拍处"千里烟波"二句再染。过片"多情自古"二句点出离别冷落，"今宵酒醒"二句因而染之。"点染之间不得以它语相隔"（刘熙载），从而收到情景相生的效果。

[领字的妙用] 属于一字领的有"对——长亭晚，骤雨初歇""念——去去，千里烟波，暮霭沉沉楚天阔"，属于三字领的有"更那堪，冷落清秋节""便纵有，千种风情，更与何人说"，一韵之中，大体一气贯通，特具摇曳多姿的风神。此词所具有的缠

504

绵悱恻的情绪变化，和被评为只合十七八女郎执红牙板歌唱的袅娜多姿的抒情性，同这种句法组织分不开；慢词具有既口语化又有很强的音乐节奏感的特点，也与此有关。

[双声叠韵字的妙用] 关键处运用双声叠韵以协调音情，起到了极佳的语感效果。开篇"寒蝉凄切"就是叠韵加双声，鼻韵和舌声联绵，就能微妙地传达景中的声情。"无语凝噎"亦叠韵加双声，而较为低沉。"冷落清秋节"全是双声，舌齿音，宜于表现一种凄清的情景。这也是其获得成功的原因之一。

八声甘州

对潇潇暮雨洒江天①，一番洗清秋。渐霜风凄紧，关河冷落，残照当楼。是处红衰翠减②，苒苒 rǎn 物华休③。唯有长江水，无语东流。　不忍登高临远，望故乡渺邈 miǎo④，归思难收。叹年来踪迹，何事苦淹留⑤？想佳人妆楼颙 yóng 望⑥，误几回，天际识归舟⑦。争知我，倚阑干处，正恁凝愁！

注　释　①潇潇：雨势急骤。②是处：到处。③苒苒：形容时光消逝。物华：美好的景物。④渺邈：远貌。⑤淹留：久留。⑥颙望：凝望，呆望。⑦误：错。

赏析 [这首词的曲调及其他] 此词曲调来源于唐人边塞旧曲，"天宝乐曲皆以边地为名，若《凉州》《伊州》《甘州》类"（王灼），配合的歌词原为七言绝句，后来才出现了八声慢词。所谓"八声"，指歌词共八个韵脚。此词为暮秋所作，是柳永羁旅行役之名篇。全词上片写景，下片抒情，界线分明。

[登楼眺望所见秋江景物] 开头就用一个去声字"对"领起两个七、五字句，一气勾勒出秋江暮雨及雨过天清的景色变化过程。一个"洒"字，形象生动，使人如闻其声。加上一个"洗"字，虽然没有具体描绘雨后山水景象，却写出了景色令人神清气爽的效果。"清秋"这个双声词，更加强了上述感觉。

[词中警句不减唐人高处] 紧接着用一个去声的"渐"字顶住上面两句，领起下面三个波澜壮阔的四字句。"霜风凄紧"三句承"洗清秋"，继续写暮雨之后天气降温。这时冷风骤至，其气凄然而遒劲，直令衣单之游子有不可禁当之感。这里"凄紧"双声、"冷落"双声、"残照"双声，连"当楼"也一并做双声，其声皆在舌齿间，声气峻肃，层层紧逼，而所妙尤在"当楼"二字上。仿佛天地间所有悲哉之秋气，都聚向楼头，要词人一齐承当。这里的景物形象是开阔博大的，声音气势是铿锵劲健的，强有力地抒发出秋士失职之悲慨，具有很强的感染力。难怪苏东坡说"此语于诗句不减唐人高处"（《侯鲭录》）。"渐"字另起的这三个短句，作用还在于让歌者换一换气，使篇首"对"字之意一直贯到煞拍的"无语东流"为止。使上片声情之凄壮，得未曾有。以下"是处"贯两句，概言秋来物候不可逆转的推移和变化。"红衰翠减"乃用李义山诗语，倍觉精警。"苒苒"字近写"红衰翠减"，而与"渐"字遥遥呼应。"唯有"又贯两句，是以限定性副词引发感慨，承上"物华休"语意，言是事秋来皆休，唯有长江不休，虽则不休，却是"无语东流"。语本高蟾《秋日北固晚望》"何事满江惆怅水，年年无语向东流"，而妙在更多一重转折。

[远望中的怀思之情] 换头处以"不忍"二字领起，就"登高临远"的当前情景做转折翻腾，赓即用一去声的"望"字顶住上句，领起两个四字句，这"望"字又和篇首的"对"字取得呼应。说明之所以"不忍"，是因为本以远望当归，结果不但未能，反而使归思一发不可收拾。下面又用一个去声的"叹"字顶住上文，转出两个四、五言句的一问，从感伤转入理性的思索，表现出一种感情的挣扎，显得非常有力。一个上声的"想"字，顶住上两句，转出两个六、七言的参差变化、摇曳生姿的句子来，撇开自己，纯从对方设想，即《陟岵》式"己思人而想人亦思己"，或温词所谓"照花前后镜，花面交相映"的写法，使词情倍加深

厚。而在两句中还加了一个去声的"误"字，作为换气的环节。"天际识归舟，云中辨江树"本南齐诗人谢朓名句，著"误几回"即反其意而用之，将思妇望穿秋水的情态刻画得异常形象。

[结尾再折进一层]"争知我"三字承上启下，领两个四字句关合情景，做成总结。离别的双方，男方能准确体贴女方的处境，而女方不可能确知男方的情况，这是完全符合过去时代的社会实际的。而词中写出男性主人公为此而感到双重苦恼的复杂心态，则是发前人所未发的新意，也是作者词心深微之所在。"倚阑干处"这个四字句声律、节奏都很特别，为"仄平平仄"和一二一节奏，使中二字连成一气，才和上面的"争知我"、下面的"正恁凝愁"联系得十分紧凑，显示出一种激楚苍凉的音节，构成一个错综变化的统一体。

[领字的妙用]《八声甘州》这个词调在结构上最能反映慢词开拓的新境界，具有与令词不同的显著特色。上下片各四韵，韵与韵之间字句较长；而韵脚之间的句读，大部分不过是呼吸上的停顿即歌唱中的换气，而非文意上的断句；大都保持着可以一气读到押韵处的语气。在句法上，多用领字。柳永很善于驾驭这个词调的声情，在重要环节上放上许多有力的去声字，更加强了云行水流、绵绵不断的气势。

从这首词的分析可以看出，慢词较之五七言诗乃至令词，更适合通过缓急轻重的语气表达人物内心情绪的起伏变化。这首词之所以能成为第一流的作品，与作者得心应手地驾驭词调的音情及句法有直接的关系。

古诗词鉴赏

江干风雨图

范仲淹

(989—1052)字希文,苏州吴县(今属江苏)人。真宗大中祥符八年(1015)进士。仁宗宝元三年(1040)任陕西经略安抚招讨副使,兼知延州。庆历三年(1043)任参知政事,推行新政。后被夏竦等中伤,罢政,出任陕西四路宣抚使。卒谥文正。有《范文正公集》。

江上渔者

江上往来人,但爱鲈鱼美①。君看一叶舟,出没风波里。

注释 | ①但:只。鲈鱼:一种肉细味美的鱼。

赏析 [意义的不确定] 这首诗看似简单,但一直存在多种理解。每一种解释都讲得通。这是因为这首诗充满了意义的空白点。

诗的能指与所指之间的不确定造成了文本的空白点。读者可以在阅读中加入自己的理解，从而丰富诗歌的内容。下面是这首诗现有的三种理解，还能不能创造出别的意义，有待于读者的努力。

[字面的意义] 这首诗字面意义很浅显。前两句按字面意义理解，是写来来往往很多人等候在江边上，为什么呢？只因为他们喜爱肉味鲜美的鲈鱼啊。后两句与前两句之间有一个空白意义点，即，有一个从味道鲜美的鲈鱼联想到怎样得到这美味的提问。然后引出在波涛中挣扎的一叶小舟。

[对不公平现实的揭露] 这种理解是将一二句与三四句比较起来阅读产生的结论。"往来人"与"一叶舟"相比，二者皆指人。前者是有钱人，是有产者，是贵人，或者是被服务的对象；而后者是没钱人，是无产者，是穷人。二者的社会悬殊在对比中一目了然。前者只是守在江边，而后者要与惊涛骇浪做斗争。后者显然是吃不到鲈鱼的。劳者不得食的社会现实得到了很好的揭露。

[为官者的独白] 这种理解认为江边往来的人是指为官者。庄子早就有过身在江湖之上，心在魏阙之下的处境。范仲淹《岳阳楼记》中也有"处江湖之远则忧庙堂之高"的表述。我认为为官者的理解出自这里。顺之而下会，鲈鱼也有高官之位的象征意义了。人人都想要高官之位，但这条路上充满艰险。江上那一叶小舟，象征辛辛苦苦的小吏们，正与仕途上的惊涛骇浪做斗争。

❀ 渔家傲 ❀

塞下秋来风景异①，衡阳雁去无留意。四面边声连角起②。千嶂里③，长烟落日孤城闭④。　浊酒一杯家万里⑤，燕 yān 然未勒归无计⑥。羌管悠悠霜满地⑦，人不寐⑧，将军白发征夫泪。

注释 | ①塞下：边塞，唐宋时边塞经常发生战争，故塞下即前线。②边声：边塞悲凉之声。③嶂：山峰如屏嶂者。④孤城：指延州，此时宋军处于孤立防守的状态。⑤浊酒：指连渣滓的米酒。⑥燕然：指燕然山，即今蒙古共和国境内之杭爱山。未

范 仲 淹

勒：未能刻石记功。这里指未能打败西夏，边境还不安全。⑦羌管：即羌笛。⑧寐：睡。

赏析 [这首词的写作年代] 这首词为范仲淹镇守西北边疆（今陕甘一带）、经略对西夏的防务时作，约在康定元年（1040）至庆历三年（1043）间。

[上片描写边塞荒凉大军戍守的艰苦情况] "风景异"的"异"字下得妙，不说好也不说坏，令人于下句中玩味。古人相传，北雁南飞至湖南衡阳而止，故当地有回雁峰。次句词序倒腾，意即：雁去衡阳无留意。雁去而"无留意"，极具主观感情色彩，边地之苦寒尽在不言中。"边声"一词涵盖很广，包括边地的天籁地籁及人籁，李陵《答苏武书》所谓"侧耳远听，胡笳互动，牧马悲鸣，吟啸成群"即可为之注脚，"角"是边塞军中号角，本属边声之一，此句将它独立出来，与"边声"并列，是强调、突出它在词中的主导地位。从而词情也就落到军事上来。"千嶂里"两句，展现的是驻军边城日常情况，不是"孤城落日斗兵稀"，而是"长烟落日孤城闭"。如此，则边城的荒寒、寂寞与其对于维持和平的重要性，俱浑涵于句中，故耐读耐味。

[下片写将士灭敌报国的雄心和雄心无着的悲苦心情] "酒一杯"与"家万里"句中字面的相对，形成的意味就不止是两桩事实（饮酒、思家），同时还使两者发生联系：这一杯酒——且是"浊酒"——能消除万里乡愁么？以下更生联想，乡愁何来？这里反用后汉窦宪击败匈奴、勒石燕然的典故，同时写出将士杀敌报国的雄心和雄心无着的悲哀，比"归无计"有更深一层的悲哀，是词中主题之句。"羌管悠悠"使人想到王之涣《凉州词》"羌笛何须"二句而见缠绵。"霜满地"使人想到李白《静夜思》——但这是真霜，故更凄凉。最后两句"人不寐"是一总，"将军白发——征夫泪"是一分，极具唱叹韵味。末句为名句，故特别发人寻思。"白发"不止是说老，同时是愁的一转语。将

军的愁与战士的泪是感情上的投合,将军的白发与满地银霜是设色上的映带。凡此,都增加了词句的韵味。

[先天下之忧而忧] 据说欧阳修曾呼这首词为"穷塞主词",这当然是句开玩笑的话。然而发人深省的是,范仲淹居塞上三年,筑城练兵,号令严明,屡挫敌锋,边地人歌曰"军中有一范,西贼闻之惊破胆",西夏人也说"范小老子(老头)胸中自有甲兵百万",为什么恰恰是他写出了这样一首以"燕然未勒归无计"为主题的"穷塞主词",而并无治军之才的别人(庞籍)反以同一词调写成"战罢挥毫飞捷奏"的颂歌呢?这里首先有一个深入生活、体察下情的问题,什么是深刻,什么是肤浅,几乎一目了然。只有像范仲淹这样具有"先天下之忧而忧,后天下之乐而乐"的胸襟抱负的人,才写得出这样深具忧患意识的词。其次,北宋王朝对武将防范甚严,枢密有发兵之权而无握兵之重,军帅有握兵之重而无发兵之权,大大削弱了军队的作战能力,成为从根本上消除边患的重大障碍。这首词反映的正是在这样一种政局下边防将士的生活、思想和情绪。宋代之国势不振、积贫积弱和社会面貌,从这首词已见端倪。从这一点上说,这首词纯属宋调而不同于唐音,有异于唐人边塞诗。

[一首较早的豪放词] 范仲淹毕竟是个具有非凡襟抱的人物,虽面对现实,深觉悲愤,骨子里绝不消沉。这就同时赋予这首词以开阔和悲壮的基调。从这一点上讲,它仍可比美于唐贤,从而成为宋代边塞词的压卷之作。这首词无论从题材还是风格上,对于传统都是一种突破,也当得起"一洗绮罗香泽之态,摆脱绸缪宛转之度"之评,从而下开苏辛。

苏幕遮

碧云天,黄叶地,秋色连波①,波上寒烟翠。山映斜阳天接水,芳草无情,更在斜阳外。　　黯乡魂,追旅思,夜夜除非,好梦留人睡。明月楼高休独倚,酒入愁肠,化作相思泪。

注　释　①秋色：秋天的景色。

赏析　[此词写秋日相思怀远之情]开篇浓墨重彩画秋色：天上是碧云，地下是黄叶，江上笼罩着翠色的寒烟，好一幅金秋山水图。北宋词人在写怀远情绪时，大都好用递进和接字的手法写景，从而使情思在景色中得到扩展和延伸。本篇由秋色到秋波，秋波之外是烟霭苍翠的寒山，寒山之外是斜阳，斜阳之外是芳草，芳草之外呢，还暗示着未归的游子。

[下片措语之妙]过片紧承芳草天涯，写游子与家人两地相思，只在梦中或能相会。"除非"犹言只有。这个"睡"字韵脚用得非常别致。结尾写借酒浇愁。如说"借酒浇愁"，便属常语；说泪由酒化，便成新意，而且包含有"举杯消愁愁更愁"之意，却道得不着痕迹。

御街行

纷纷坠叶飘香砌。夜寂静，寒声碎。真珠帘卷玉楼空①，天淡银河垂地。年年今夜，月华如练②，长是人千里。　愁肠已断无由醉。酒未到，先成泪。残灯明灭枕头欹，谙尽孤眠滋味③。都来此事④，眉间心上，无计相回避。

注　释　①真珠：珍珠。②月华：月光。③欹：斜靠。谙尽：尝尽。④都来：总之，算来。

赏析　[上片描绘秋夜寒寂的景象]前三句不直说秋，而"纷纷坠叶"已见得秋意满纸。"碎"是细碎的意思，细碎的落叶之声都听得到，可见夜是如何"寂静"了。这三句提供给读者的是听觉形象。"真珠帘卷"二句写孤独失眠况味，而"天淡银河垂地"，景色特别明朗，虽是赋景，情在其中——盖"银河"两岸即牛女也。

[下片抒写孤眠愁思的情怀]过片三句，是对"酒入愁肠，

化作相思泪"的翻新。一是说"愁肠已断",故没法饮酒;二是说虽没饮酒,依然催泪。因而"酒未到,先成泪",较之"酒入愁肠,化作相思泪"语有别致,而情更惨苦。"残灯明灭"二句,通过形体语言写愁情——枕头倾斜,以见人之不能安眠也。末三句做一气读:总而言之,相思之苦无法回避,不是在心头萦绕,就是在眉间攒聚。情是常情,语有新意。

曾公亮

(990—1078)字明仲,泉州晋江(今属福建)人。天圣二年(1024)进士,屡官显要,卒赠太师、中书令,谥宣靖。曾与丁度编《武经总要》。

宿甘露僧舍①

枕中云气千峰近,床底松声万壑hè哀②。要看银山拍天浪,开窗放入大江来③。

注释 ①甘露:指甘露寺,位于镇江北固山上。始建于唐文宗大和年间(827—835),重建于北宋真宗大中祥符年间(1008—1016),是著名的游览胜地。②万壑,山沟或大水坑。③大江,指长江。

赏析 [夜宿甘露寺的情景]古代人们出外,常常住在僧舍。山寺多在城外,这甘露寺亦然,建于山顶,面对大江,这种环境使屋子里面非常潮湿。"枕中云气"实际写的就是屋子里面充满水汽、凉沁沁的景象。"床底松声",看似奇特,其实风吹树动,明写树而实写风。因为屋子居于山上,屋子下面的松林发出阵阵松涛声,如海潮翻涌。住在其中,视野极其开阔,空旷之感油然而生。

["放入大江来"的豪情]后两句破空而来,气势雄壮,想象奇特,有石破天惊之感。众所周知,长江到北固山之段,波涛汹涌,白浪滔天,气势磅礴。在唐代就以险恶闻名。"下临长江,其势险固,因以为名",又"江今阔十八里,春秋朔望有奔浪",宽阔的江面,奔腾的浪花,诗中"银山拍天浪"名不虚传。这银

山值得玩味。银山，常指雪山，这里可理解为滔天的浪花将群山淹没，泛出白色的光芒。诗句当为激起的浪花拍打群山，山已变为岸了，平时常见的浪花拍岸的景象被大大夸大了。更令人称奇的是"开窗放入大江来"的豪迈。风水相搏，白浪冲天，整个江面波涛翻滚，那激荡的场面惊心动魄，仿佛就要冲入这小房子，就要摧毁这一切。而更有豪情的是诗人。他没有畏惧，没有退缩，一个"放"字，豪情全出，气势全出。而且这种气势胜过山的险峻、水的磅礴。他才是这一切的主宰，其胸襟包罗天地，容纳万物。

[奇特的想象] 这是一首写景诗。在众多咏甘露寺的诗歌中一枝独秀。诗中很突出的一点是想象的运用。去过甘露寺的人都知道，北固山周围没有千峰万壑，诗人笔下却屡屡出现。诗人想象丰富，他自己仿佛处于千峰之上、白云之巅。这千峰的联想源于屋里潮湿的空气，云生水汽，空气湿润，而云处于山巅。千峰之云汇于一屋，可见其湿的程度。万壑的联想源于阵阵松涛，风生于谷，风卷松涛，涛声大小的程度决定于沟壑的多少，万壑写出了涛声之大。

[大词的使用] 这首绝句的风格是豪迈的。这与使用大词有关。诗人选取的是自然界的大景象。写僧舍的诗很多，如"禅房花木深"，就选取的是小景象。大景象的选用使本诗获得了阳刚、雄壮的特点。"千""万"，数量大；"峰"，显示高度；"天浪"，冲天之浪；"壑"，表现深度；"大江"，展现宽度。枕、床、窗在一系列大景中既展示了诗人的观察点，又展现了人与自然的大小关系，从三维空间表现人的处境。诗后两句大场面的选取，银山拍天浪，如前分析，将熟悉的浪花拍岸的景象无限放大，景象宏大。将窗内小空间与窗外大空间尽收眼底，小中见大，意境恢宏。

晏殊

(991—1055)字同叔,抚州临川(今江西抚州)人。景德(1004—1007)中赐同进士出身。庆历(1041—1048)中官至集贤殿学士、同中书门下平章事兼枢密使。谥元献。有《珠玉词》,清人辑有《晏元献遗文》。

浣溪沙

一曲新词酒一杯,去年天气旧亭台①,夕阳西下几时回?无可奈何花落去②,似曾céng相识燕归来,小园香径独徘徊páihuái③。

注释 ①台:土筑的高台。②无可奈何:没有办法,无法可想。③香径:花间小路。徘徊:在一个地方来回地走。

赏析 [关于《浣溪沙》这个词牌]《浣溪沙》是唐五代常用曲调,也是宋人使用频率最高的词牌。上下片各三句,皆七言律句。上片前二句相当于仄起式首句入韵的七律前两句。下片前二句相当于同式七律的颈联。每片结句与第二句为相同之律句,即既相粘复入韵,同时具有律诗下一联两句的特点。故可以视为简化的七律,与律诗不同者,特在一奇句上寓取风情耳。无怪宋人皆通此调。

[似曾相识之景] 晏殊这首词为暮春酒筵之作。上片从对酒当歌写起。首句通过"一曲""一杯"的复迭,以轻快流利的语调表明词人先是怀着一种闲适的心情饮酒听曲的。次句发生转折,亦以"去年""旧"相复迭,表明当前情景引起一种回忆、一种联想——就是在去年暮春,同样的天气,同在这座亭台中,也曾有过同样的聚会。"似曾相识"四字已呼之欲出。三句再作

转折，便是分明感觉到这绝不是简单的重复，似曾相识之中有某些东西已经发生了难以逆转的变化，那便是流逝的时光和变迁的人事。本来，词的前两句就化用或借用唐人郑谷"流水歌声共不回，去年天气旧亭台"(《和知己秋日伤怀》)。太阳不是天天升起么？怎么问"夕阳西下几时回"呢？可见词人看到的是"夕阳西下"的景色，想到的却是流逝的光阴。"太阳下山明早依旧爬上来，花儿谢了明年还是一样地开；美丽小鸟飞去无影踪，我的青春小鸟一样不回来"(《青春舞曲》)总之有重复，有不重复，重复之中即有不重复。这里已经表现出一种情中的思致。

[圆融的人生感慨] 过片用对仗，以具象的景物对上述思致做更深的玩味，成为使这首词增价的名句。"花落去"三字妙在，不具言什么花、如何落，却以其抽象而产生一种象征意义，可以代表一切正在消逝的美好事物；"无可奈何"四字则好在包含一个生活哲理，即自然规律不以人的意志为转移。遗憾只是事情的一个方面。事情的另一方面，则是遗憾的补偿。"燕归来"就在无可奈何的主题中奏出了一个对比的音符；伤春的人们，可以从归来的燕子身上找到些许慰藉。它表明在旧的美好事物消逝的同时会有新的美好事物再现——"似曾相识"精确地判明这种再现不完全等于重复，不管怎样，生活不会因此变得空虚，人们正不必为此感到悲观。如果说"无可奈何"句是说自然无情，那么"似曾相识"句则是说自然多情，这是一对二律背反的命题。从音情上说，"无可奈何"四字做平(阳)上去平(阳)，以富于起伏的四联音，与人生无常、毫无办法的情感内容配合得丝丝入扣，对概括全篇的基调发挥着卓越的作用；而"似曾相识"四字，则以去平(阳)平(阴)入，同样富于变化的四联音，奏出对比的音符，同时在用虚字构成工整的对仗及唱叹传神方面，表现出词人的深情巧思，所以为妙。据说大晏在咏出上句后，久久对不出下句，还是江都尉王琪帮他找到了感觉完成这联佳句，两人也因此成为忘形交（见渔隐丛话引《复斋漫录》），传为佳话。

王士禛《花草蒙拾》说:"或问诗词分界,予曰'无可奈何花落去,似曾相识燕归来',定非香奁诗。"他的意思是,诗是诗,词是词,这两句如作为写景的诗句未免纤弱,然而作为表现一种思致的词句则很本色。

[末句呈现的形象] 末句不复言情,出现了词人徘徊于小园香径的身影。这是一种漫无目的的彷徨或悠游,也是沉浸在思绪中的一种情状。外观平静,却很有内涵。

梅尧臣

(1002—1060)字圣俞,宣州宣城(今属安徽)人。少时应进士不第。历任州县官属。皇祐(1049—1053)初赐进士出身,授国子监直讲,官至尚书都官员外郎。曾预修《唐书》。有《宛陵(宣城古称)先生集》。

❀ 陶者 ❀

陶尽门前土,屋上无片瓦。十指不沾泥,鳞鳞居大厦①。

注释 │ ①鳞鳞:形容屋瓦整饬且多,有如鱼鳞。

赏析 [与这首诗相类似的古代歌谣]此诗讽刺剥削制度下不劳而获、劳而不获的极不合理的现象。汉代刘安《淮南子·说林训》即有"屠者藿羹,车者步行,陶人用缺盆,匠人处狭庐——为者不得用,用者不肯为"的谣谚。明清时歌谣更有"泥瓦匠,住草房;纺织娘,没衣裳;卖盐的,喝淡汤;种田的,吃米糠;当奶妈的卖儿郎;淘金老汉一辈子穷得荒"。《红楼梦》第七十七回王夫人所谓"卖油的娘子水梳头",都是从穷苦的一方单方面着笔。

[这首诗的特点在对比]此诗属于另一写法,即将劳者(为者)与获者(用者)双方苦乐不均的情形对照写出,不加论断,简辣深刻。时人张俞《蚕妇》诗"昨日入城市,归来泪满巾;遍身罗绮者,不是养蚕人"也是同样手法,不过以当事人口气写来,控诉意味甚明。

❀ 鲁山山行① ❀

适与野情惬②,千山高复低。好峰随处改,幽径独行迷。霜落熊升树,林空鹿饮溪。人家在何许?云外一声鸡③。

梅尧臣

注释 ①鲁山：在河南省鲁山县东北，接近襄城县西南边境。②野情：爱好山野景色的情趣。③云外：形容遥远。一声鸡：暗示有人家。

赏析

[这首诗的写作时间] 诗为仁宗康定元年（1040）作者知襄城县时过鲁山所作。鲁山一名露山，靠近襄城西南边境。

[前四句遇景入咏] 首二句为倒装总叙山行，意思是一路上入眼尽是高高低低的山峰，恰好满足我爱好天然风物的脾气。次联写沿途视觉印象和独行的感受，出句写出千山因移步换形而产生的奇妙视觉感受，对句写独行时遇小路无人问津的彷徨而又好玩的心情。

[加入野生动物的活动] 三联写山行最愉快最难忘的是看到不少野生动物的活动。"霜落""林空"为互文，正因为深秋木叶疏落，才容易看到熊上树和鹿饮溪。看到野生动物的活动，确实比只看到林树更加难能可贵，因而也更有兴致。

[写景中透露人的思想活动] 山路漫漫，边看边行，天色已晚，诗人自然关心到投宿的问题。然而"人家在何许"呢？——"云外一声鸡"。旧时人家皆养鸡犬，鸡鸣犬吠都是报道人家远近的消息。这一声鸡带来的当然是欣喜，今夜投宿有着落了。不过鸡声是从云外传来的，也就是杜牧《山行》所说的"白云生处有人家"，看来还得加紧赶路。这就惟妙惟肖地写出了山行况味——包括人的思想活动。

[诗风朴素而有味] 诗纯乎白描，没用一个典故，对仗自然工整。前六句的写景可以说是"状难写之景如在目前"，末二句的写心可以说是"含不尽之意见于言外"。就写野兴而言，此诗接近李白少作《访戴天山道士不遇》："犬吠水声中，桃花带雨浓。树深时见鹿，溪午不闻钟。野竹分青霭，飞泉挂碧峰。无人知所去，愁倚两三松。"本篇结尾不啻青出于蓝矣。

古诗词鉴赏

欧阳修

(1007—1072)字永叔,号醉翁,晚号六一居士,吉水(今属江西)人。"唐宋八大家"之一。天圣八年(1030)进士。曾任枢密副使、参知政事。因议新法与王安石不合,退居颍州。谥文忠。曾与宋祁合修《新唐书》,并独撰《新五代史》。有《欧阳文忠公集》《六一词》等。

生查子

去年元夜时①,花市灯如昼。月上柳梢头,人约黄昏后。
今年元夜时,月与灯依旧。不见去年人,泪满春衫袖。

注 释　①元夜:我国民间把每年阴历正月十五称为"上元节"。这天晚上叫"元宵",也叫"元夕""元夜"。唐代以来,人们就在这天晚上张灯为戏。所以又称灯节。

赏析　[这首词的作者]此词作者或作朱淑真,或作秦观,但南宋曾慥编《乐府雅词》作欧阳修,较为可信。元夜即今元宵灯节。

[这首词用情景对照的写法]此词妙于构思,结构上纯用桃花人面之法。上片说去年,下片说今年,而以元夜、花灯、人月等字面相互映带,一切皆是,唯有人非。有力突出了怀思之情。

[这首词在后来的影响]《生查子》属双调不换头(重头),五言齐言体用仄韵,本篇采用文义并列的分片结构,形成章的重叠,歌曲反复一遍,回环唱叹,有风人之致。此后词人多效此体,如王迈《南歌子》上片以"家里逢重九"起,下片以"官里逢重九"起;吕本中《采桑子》上片以"恨君不似江楼月"起,下片以"恨君却似江楼月"起;辛弃疾《采桑子》上片以"少年不识愁滋味"起,下片以"而今识尽愁滋味"起。或袭用,或翻

新。而此词明快浅切有民歌风味，则为诸词所不及。

踏莎行

候馆梅残①，溪桥柳细，草薰风暖摇征辔pèi②。离愁渐远渐无穷，迢迢不断如春水。　寸寸柔肠，盈盈粉泪，楼高莫近危栏倚。平芜尽处是春山③，行人更在春山外。

注释　①候馆：迎候宾客的馆舍。②辔：马缰绳。③平芜：平远的草地。

赏析　[这首词的主要内容] 此词中"离愁"二字是关键，"候馆""征辔""行人"暗示出一个人，"粉泪""倚栏"暗示出另一个人。贯通起来，便知写的是一个旅人在征途的况味，上片是他途中所见所感，下片是他想象中的闺中人对他的怀念。

[上下片结尾最有味] 这首词最值得注意的是两片的结尾。上片煞拍写旅人在征途的离恨逐渐加浓，"离愁渐远渐无穷，迢迢不断如春水"；下片煞拍则写思妇在楼头的凝望了无益处，"平芜尽处是春山，行人更在春山外"，都是以不了了之启读者无限遐想。然而，前者是逐渐推远，与李后主"离恨恰如春草，更行更远还生"（《清平乐》）同致；后者是加一倍法，类语尚有"为言地尽天还尽，行到安西更向西"（岑参《过碛》）、"山映斜阳天接水，芳草无情，更在斜阳外"（范仲淹《苏幕遮》）、"寄到玉关应万里，征人犹在玉关西"（贺铸《捣练子》）。作者把渐进和加倍两种办法用于一词，前后映带，颇有唱答之妙。

[上下片的关系]"楼高莫近危栏倚"一句通过呼告又表明下片乃出于行人的主观想象，故全词以行人为本位，上下片的关系不是并列，而是包孕。

云山幽趣图

苏舜钦

(1008—1048)字子美,原籍梓州铜山(今四川中江),迁居开封。少以父荫补官。景祐元年(1034)进士。曾任大理评事,范仲淹荐为集贤校理、监进奏院。被劾除名,寓居苏州沧浪亭。后复为湖州长史。有《苏学士集》。

淮中晚泊犊头

春阴垂野草青青,时有幽花一树明①。晚泊bó孤舟古祠下,满川风雨看潮生②。

注释 | ①阴:此指阴云。幽:深远,隐蔽。②潮生:潮水涨。

赏析 [这首诗的写作年代] 此诗未系年,有人根据它收入集中的位置考定,苏舜钦于庆历三年(1043)下半年旅居山阳(江苏淮安),次年为范仲淹所荐,春间自山阳入汴京任职,诗当作于旅次。诗中写春阴天气、孤舟晚泊、水边野草幽花及春潮带雨的情景,似曾相识于《滁州西涧》,但对看毕竟不同。

[这首诗写景开阔] 这里写的是川不是涧。写天气是"春阴垂野","垂野"二字见于杜甫"星垂平野阔",着意在那个"阔"字,有点"天似穹庐,笼盖四野"的味道。

[诗中妙用色彩对比] 这里天是灰蒙蒙的,地是青青的,色彩暗淡,"时有幽花一树"则是在暗淡的画面中点上些明快的颜色,使人眼睛为之一亮。它不破坏整个画面暗的效果,却显示出"春阴"的特点。"时有"二字颇妙,见的是行船所见。以画喻诗,就好像是在慢慢展开一个长卷。

[与韦应物诗寄意不同] "春潮带雨晚来急,野渡无人舟自横"描写的是任凭雨急潮急而孤舟悠闲自得的意态,乍看"晚泊

孤舟古祠下，满川风雨看潮生"也有相同的意趣，细味又有"无人"、有人的不同。按当时范仲淹任参知政事，推行庆历新政，朝廷中正展开激烈党争，作者在入京途中已听到对新法的种种非议，虽然这时候他还是个旁观者，但联系后来行事，应该说也已经有搏击风雨的思想准备。所以，就诗论诗，末句从审美观照的角度写出，令人神往。就寄托而言，则别有意味了——"幽花一树""晚泊孤舟"和"垂野春阴""满川风雨"形成强烈对比，隐隐表现出一种不为环境所动的精神力量。这"境界"有些像柳宗元的《江雪》和山水游记。

张俞

字少愚,号白云先生,益都郫(今属四川成都)人,屡举不第。有《白云集》。

蚕妇

昨日入城市①,归来泪满巾。遍身罗绮 qǐ 者②,不是养蚕人。

注释　①城市:进城赶集市。②罗绮:罗,质地稀疏的丝织品。绮,有花纹或图案的丝织品。

赏析　[贫者的悲歌] 这首叙事小诗中寓含着深刻的主题。它反映了劳作者不得温饱而富贵者不事稼穑的社会现实,揭示了巨大的贫富悬殊。晚唐诗人杜荀鹤的《蚕妇》也反映了同一主题:"粉色全无饥色加,岂知人世有荣华。年年道我蚕辛苦,底事浑身着苎麻。"

[" 入城市 " 与 " 泪满巾 "] 诗的开头两句讲述了一件非常普通的事情,一名蚕妇进了一趟城,回来后泪水涟涟,湿透衣衫。但是就是这平平实实的叙述,留下了巨大的意义空白。首先诗篇开头交代了时间——昨日,从诗中可知是蚕妇进城的时间。那么泪满巾是不是在昨日,或者是在今日?有人说诗中已说归来,可见是昨日。但归来是一个不定的时间,蚕妇可能昨天回来,也可能今天才回。追问时间是因为蚕妇所去的地方"城市"与她平时所处的地方"乡村"完全不同,她停留的时间影响她对城乡差别的感受深浅程度。蚕妇好好地出去却泪汪汪地回来了,这又留下一个悬念——她为什么哭泣?一二句留下的唯一线索是"入城市",城里有什么,或者蚕妇在城里看见了什么,遭遇了什么,

使她的情绪产生了这么大的变化？一个个问号突起，引起读者强烈的阅读欲望。

["罗绮者"与"养蚕人"] 这两句显然出自蚕妇之口，是她对自己城里之行的讲述和为什么哭泣的解释。她看见了城里遍身罗绮者。罗绮是精美的丝织品，正是蚕妇日夜辛劳的结果。如果仅仅因为别人穿绫罗绸缎就伤心落泪，这样的话，蚕妇不过是一个气量狭小之人，也没什么值得同情的。蚕妇的悲伤在她有两个层次的比较：一是穿着，这些人穿着绸缎，而自己却穿着"苎麻"。哪个女子不爱美，衣着的悬殊使她产生一种自卑心理也是常理。二是生活状况的比较，最后一句"不是养蚕人"道出了双方的差异。养蚕人是劳动者，常年的劳作使她容颜憔悴，生活的压迫使她面有菜色。那些穿罗衣者是什么人呢？诗中没有说，但这些人生活在城市里，自然是些达官贵人、富翁商贾，他们终日悠闲地生活，保养得很好，吃着山珍海味。这种劳者不获和获者不劳的不公平的现象在古诗中多有反映，如"采得百花成蜜后，为谁辛苦为谁甜？"（《蜂》）又如"十指不沾泥，鳞鳞居大厦"（《陶者》）。

[显在的和隐在的叙述] 这首小诗的叙述者是谁？显在的是蚕妇，她在向她周围的人，或者是她的丈夫、亲戚、伙伴等讲述这件事。当然，我们也可以理解为她的丈夫、亲戚、伙伴等来叙述这件事。诗作者张俞是这个故事的隐在叙述者，他叙述这一故事显然不是面对蚕妇和她周围那一群人的——他们可能大字不识。他是面对"不是养蚕人"那个群体在说话，他是在为如蚕妇这样的受压迫者呐喊呼号。

[对比的艺术手法] 全诗仅仅 20 个字，却表现了深刻的主题，给人以心灵的震撼。这在很大程度上缘于对比手法的使用。前两句以蚕妇情绪上的强烈对照造成悬念；后两句以穿着的对照发人深思。而且诗中还有两层隐藏的对比，城市与乡村的对比，富贵者与贫穷者之比。层层比较，步步深入，既有说服力，又有感染力。

王安石

（1021—1086）字介甫，晚号半山，抚州临川（今江西抚州）人。庆历二年（1042）进士。嘉祐三年（1058）上万言书，提出变法主张。神宗熙宁二年（1069）任参知政事，行新法。次年拜同中书门下平章事。七年罢相，次年再相；九年再罢相，退居江宁（江苏南京）半山。封舒国公，旋改封荆，世称荆公。卒谥文。有《临川集》等。

泊船瓜洲①

京口瓜洲一水间②，钟山只隔数重山③。春风又绿江南岸，明月何时照我还？

注释 ①瓜洲：在今江苏省扬州市邗江区南，运河于此注入长江。②京口：今江苏省镇江市。和长江北岸的瓜洲隔水相望。③钟山：即紫金山，在江苏省南京市东。王安石罢相后居于此。

赏析 [这首诗的写作背景]诗作于熙宁八年（1075）二月，当时王安石第二次拜相，奉诏入京。此前王安石深感推行新法之不易，从熙宁五年起曾多次要求解除相务，宋神宗一再挽留，直到熙宁七年才允许他辞职离京，知江宁府，时年五十四岁。但由于在朝执政的变法派分为若干小集团，相互攻讦，没有一个服众的领袖，于是神宗不得不再度起复王安石，尽管他两次上书推辞，均未获准，只好勉强上任。此诗是舟次京口（镇江）对岸的瓜洲时写的。诗中表现了作者为衔君命、再度入相时的复杂心情。

[前二句即景得句]前二句写舟次瓜洲登陆远眺，对岸是京口，经过一日行程，此去钟山还不算很远——然已隔数重山矣。说"只隔数重山"是自我安慰，不胜留恋之意见于言外。次句中两用"山"字，寓取风调，唐李商隐诗最习见（如"杜牧司勋字

牧之，清秋一首杜秋诗"），非病复也。

[第三句中的炼字] 此诗最为传诵的是三四句，特别是第三句。清袁枚说："作诗容易改诗难，一诗千改始心安。"王安石就最善改诗，他曾为谢贞改"风定花犹舞"为"风定花犹落"，其语顿工。此诗则是他修改己作使之完美的著名诗例。《容斋随笔》卷八云："吴中士人家藏其草。初云'又到江南岸'。圈去'到'字，注曰'不好'，改为'过'。复圈而改为'入'。旋改为'满'。凡如是十许字，始定为'绿'。""绿"字之所以为优，是因为其他字都是就风写风，比较抽象；只有"绿"字透过一层，从春风的效果着想，所以别具手眼。同时，"又"字也下得好，不仅表现了时光流逝及由此引发的感慨，而且可以令人联想到"前度刘郎今又来"的"又"字。可以说是"欣慨交心"，全诗表情的复杂微妙也正在这一点上。

[末句中包含的意味] 末句"明月"是眼前所见，表明夜色降临，作者对钟山的依恋弥深。所以他相信投老山林，终将有日——只是不知道将是功成身退呢，还是失意归来。所以"明月何时照我还"这句的意味仍是很微妙很复杂的。

❋ 元 日 ❋

爆竹声中一岁除①，东风送暖入屠苏②。千门万户曈 tóng
曈日③，总把新桃换旧符④。

注释 ①一岁：一年。除：逝去。②屠苏：酒名。古代习俗，正月初一这一天，全家人先幼后长，饮屠苏酒。③曈曈：日出渐明貌。④桃符：古代习俗，用桃木板写上神荼、郁垒二神名，悬挂大门两旁，以驱鬼压邪。后来人也把春联称作桃符。

赏析 [宋代特重元日] 古代咏元日以王安石本篇为冠，为唐人所不逮。究其原因，唐人不太重元日，其为节日的热闹气氛不如元夜、上巳、端午、中秋、重九等。宋代因赵匡胤在建隆元年

（960）元日酝酿政变（四日黄袍加身），以后的元日大概带有"国庆"意味，于是变得极不寻常。

[关于爆竹及其他] 以后元日气氛，一是满街春联造成吉庆、更新之感；二是靠爆竹的声响和硝烟气息给人带来兴奋和刺激。首句写爆竹，古时的爆竹是烧竹使炸，以为驱邪，而宋代随火药与造纸术的发展，才有了纸卷的爆竹，可参《东京梦华录》等文献。为移风易俗，禁放烟花爆竹仅是这几年的事，所以我们这一代人对句中所写的节日气氛还是颇觉亲切的，以后的人就不免隔膜了。次句写春联，春联始于后蜀主孟昶。宋代经济繁荣，造纸业进一步发展，遂能以春联代替桃符。

[关于千门万户] 清人注《千家诗》谓这首诗为安石自况，其初拜相时，得君行政，除旧布新，而始行己之政令也，不为无见。"千门万户"一词，唐人多用于宫廷（语出《汉书·郊祀志》"建章宫千门万户"），此处做广狭义解均可。

书湖阴先生壁

茅檐长 cháng 扫静无苔①，花木成畦 qí 手自栽②。一水护田将绿绕③，两山排闼 tà 送青来④。

注释 ①茅檐：茅屋的檐下。长：经常。②畦：花圃间划分的小区。③一水：一条小河。④排：推。闼：门。

赏析 [这首诗的写作时间] 这是作者退居金陵时，题在友人杨德逢（别号湖阴先生）屋壁上的一首诗。

[前二句赞美杨家庭院的清幽] 值得注意的是"长扫""自栽"等字，暗示出主人亲近劳动、洁身自好、自甘淡泊的生活情趣。为下二句赞美湖阴的环境预留地步。

[后二铸句之妙] 后二句是王安石诗中名句。这里写景首先运用了拟人的手法，"一水护田"而"两山送青"，"护""送"二字之妙，在于写出大自然对田园情有独钟！"绿""青"两个表颜

色的字用如名词亦妙,"绿",竟可以带其绕行,"青",竟可以送其入户,颇具形象效果和艺术魅力。其次在造语上,"护田""排闼"(破门而入)这两个词儿俱出自《汉书》,前者出自《西域传》,后者出自《樊哙传》,都很生动,很有新意。后世诗家多赏其以"汉人语"对"汉人语",不夹异代语,尚属细枝末节。

[这首诗结构的脉络] 诗由户内写到户外,由近及远——三句绕向户外田园,四句则揽入更远处的青山,却说两山送青,破门而入,备极回环往复之妙。

桂枝香·金陵怀古①

登临送目,正故国②晚秋,天气初肃。千里澄江似练,翠峰如簇 cù③。征帆去棹 zhào④残阳里,背西风,酒旗斜矗 chù。彩舟云淡,星河鹭起,画图难足。 念往昔,豪华竞逐,叹门外楼头⑤,悲恨相续。千古凭高⑥,对此漫⑦嗟荣辱。六朝旧事随流水⑧,但⑨寒烟衰草凝绿。至今商女,时时犹唱,后庭遗曲⑩。

注释 ①桂枝香:词牌名,又名《疏帘淡月》。"金陵怀古"是此词的标题。②故国:指金陵。③簇:同"镞",箭头。④棹:船桨,这里代指船。⑤门外楼头:化用杜牧《台城曲》诗句:"门外韩擒虎,楼头张丽华。"陈后主不管隋朝大将韩擒虎已攻到宫门外,而依旧和贵妃张丽华在阁中寻欢作乐,结果亡国。⑥凭高:倚靠着高处。⑦漫:徒然。⑧六朝旧事随流水:化用窦巩《南游感兴》诗句:"伤心欲问前朝事,惟见江流去不回。"⑨但:只是。⑩至今商女,时时犹唱,后庭遗曲:化用杜牧《泊秦淮》诗句:"商女不知亡国恨,隔江犹唱《后庭花》。"《后庭花》乃陈后主所作艳曲,被称为"亡国之音"。

赏析 [政治家的呼声] 王安石变法受到了保守派的阻挠,最终失败。熙宁九年(1076),王被罢相,遂隐居金陵,政治生涯结束。金陵乃古都，面对历史的陈迹，朝代更替的兴衰，这位失败的改革家不由发出了感慨，以怀古之题表达了自己的郁闷，并以一个政治家的眼光，给当朝统治者提个醒：历史的悲剧让人沉痛，你们不要重蹈覆辙！

[爱在金陵的晚秋] 上阕写金陵晚秋之景，表达了作者对养老之地的喜爱。"登临送目，正故国晚秋，天气初肃"，点出了地点、时间及天气：深秋，天高气爽，登高远眺。以下则是远眺到的"画图难足"的景观：澄江、青山，还有那飘摆的酒旗，都是多么令人惬意！最后，作者的目光定在了最美的景色上，此时斜阳残照，水天一色，来往的彩船和飞翔的白鹭，那是在银河里吗？如此胜境，让人如何不爱？但爱中也有一丝阴影："残照""西风"隐露出凄凉之意，为下阕造势。

[历史和现实双重之痛] 下阕由景生情，抒发了作者的感慨，表达了对历史和现实沉痛的认识。"念往昔"总起下文，"念"字表明作者已经由欣赏景色进入到了对历史的思索。眼前的美景以前的六朝不也拥有过吗？他们争相追逐豪奢的生活，导致人亡国灭。而六朝最后一个皇帝陈后主依然不吸取教训，腐化堕落，重蹈覆辙的悲剧是何等沉痛！但作者认为，空叹历史的荣辱是徒劳的，毕竟六朝如流水，已经是过去。重要的是我们要从中吸取教训。于是笔锋一转，回到了现实，眼前又出现了另一番景观：江上船中，歌女口中唱的，不正是那"亡国之曲"——《后庭花》吗！可见当今统治者并没有吸取历史的教训，依旧寻欢作乐，这可比六朝灭亡还要令人悲痛啊！作为一个政治家，王安石有着忧国忧民的胸怀和睿智的眼光：历史在重演，悲剧在继续，大宋要像斜阳一样沉下去了。统治者啊，你还不醒来！

[野狐精之作] 《历代诗余》引《古今词话》说："金陵怀古，诸公寄调《桂枝香》者三十余家，惟王介甫为绝唱。东坡见之，叹曰：此老乃狐精也。"

全词以词论政,上阕写景,色彩绚烂,动静相间,寄强烈的爱于祖国山河;下阕感念旧事,引发忧思,极富抒情性。"门外楼头""六朝旧事随流水""至今商女,时时犹唱,后庭遗曲"等句化用前人诗句,却不着痕迹,更显作者笔力,使全词"清空中有意趣",遂登"金陵怀古"诸作之首。

苏轼

西园雅集（局部）

（1037—1101）字子瞻，一字和仲，号东坡居士，眉州眉山（今属四川）人。苏洵子。嘉祐年间（1056—1063）进士。曾上书力言王安石新法之弊，因作诗刺新法下御史狱，贬黄州。哲宗时任翰林学士，曾出知杭州、颍州，官至礼部尚书。后又贬谪惠州、儋州。历州郡多惠政。卒谥文忠。有《东坡七集》《东坡易传》《东坡书传》《东坡乐府》等。

海棠①

东风袅 niǎo 袅泛崇光②，香雾空蒙月转廊。只恐夜深花睡去，故烧高烛照红妆③。

注释｜①海棠：蔷薇科亚乔木，春天开花，有红色、白色，娇媚鲜艳。②袅袅：微风吹拂下海棠的轻柔姿态。泛：透现。崇光：此处指海棠花的光泽显得高洁美丽。③故：特意。

赏析 [惜花与惜人] 这是一首咏物七言绝句。苏轼作此诗时，正值贬谪黄州，住在定惠院。杂花满山，中有一株海棠，不被当地人知。此时的苏轼也有幽居独处之恨。他视海棠为知己，数次于树下小酌，此诗当为此海棠而作。诗歌中的海棠花象征了苏轼自己。也有人认为此诗是赞美春海棠，吁珍惜青春红颜。笔者倾向于前一种解读。

[贵妃醉酒与海棠诗] 这首诗最后二句"只恐夜深花睡去，故烧高烛照红妆"历来被人们认为是用了唐杨贵妃醉酒的典故。《诗林广记》和施注《苏诗》都持此说。唐明皇登上沉香亭，要召见杨贵妃，可是她喝酒醉了没醒。等到高力士和侍女把她扶来后，她醉颜残妆，钗横鬓乱，不能拜见。这在古代本是礼法不容的。可是唐明皇宠爱杨妃，非但不生气，还被此时脸颊绯红的杨妃娇艳的面庞吸引，笑着说："这哪里是妃子醉了，真是一朵没睡醒的海棠花啊！"后人就常用海棠喻美女了。

[月与雾中的海棠] 前两句写眼前之景。有四个意象：转廊之月，纷飞的雾气，微微的东风，还有在月与雾中独自鲜艳的海棠花。转廊之月既暗示时间已是深夜，又暗示了赏花人夜不能寐，独自徘徊。纷飞的雾气使环境显得昏暗朦胧，深夜里袅袅的东风带来的是冬天残留的寒意。这既是实景也是那场置人死地的迫害留在诗人心中的寒冷。在这样的环境中，那株独艳的海棠就美得凄惨，美得令人担忧了。四个意象又突出一月一人一花，颇有太白"花间一壶酒，对饮成三人"的孤独。

[怜香惜玉之心] 前两句月与雾中的海棠以它的孤独凄美引人怜惜。后两句是赏花人的心理描写。夜越来越深，寒气越来越重，浓浓的雾气淹没了海棠的美丽，它仿佛要沉沉睡去，不再容光焕发。所以，赏花人特地点燃蜡烛，照耀眼前这株海棠。唐明皇是以人喻花，而苏轼是巧妙地以花喻人。红妆指女子的装束，常代指女子。在这个比喻里，妃子醉颜泛起的潮红与海棠的红艳相照，非常贴切。有人说苏轼此二句出自唐代著名诗人李商隐《花下醉》一诗中"客散酒醒深夜后，更持红烛赏残花"两句，但苏轼此诗显然更巧妙。李诗是曲罢人散后的冷清，苏诗是自始至终的寂寞，其中透出的孤独感比李诗更深刻。而与海棠惺惺相惜之感也是李诗中缺乏的。处在恶劣环境中的苏轼，充当了护花使者，而在险恶的官场，有谁能为他持一只红烛呢？

[隐喻手法的使用] 海棠与贵妃都是娇艳美丽、出身高贵的。在诗中，它们以一种比喻意义联结在一起。苏轼与海棠、贵妃之间也有比喻意义。如果结合苏轼在黄州做的几首海棠诗，可以看出落难的苏轼依然认为自己是卓尔不群的。他的另一首七言古诗《寓居定惠院之东，杂花满山，有海棠一株，土人不知贵也》，单从题目，可见其中的隐喻，他把自己喻为贵重的海棠花，海棠花具有了象征意义。而海棠又与贵妃有比喻关系，在本诗中，苏轼就与贵妃有了某种联系。中国古代有男子做闺音之习，男子好把自己喻为荆钗，以此来喻君王对臣子的宠信。从心理学角度看，苏轼在潜意识中是希望像贵妃虽醉酒而依然得宠一样，他盼望获得皇帝同昔日一样的宠信。烧高烛照红妆，正是他心迹的流露。

惠崇春江晚景①

竹外桃花三两枝，春江水暖鸭先知。蒌 lóu 蒿 hāo 满地芦芽短，正是河豚欲上时②。

注释｜①惠崇：宋代诗僧，能诗善画。他擅长画鹅、雁、鹧鸪等，还擅长画寒汀远渚、萧洒虚旷之象。②蒌蒿：多年生草本植物，叶子互生，有柄，背面密生灰白色细毛，花冠筒状，淡黄色。叶子可以做艾的代替品。

赏析 [题画诗的欣赏方法] 宋人作了很多题画诗。位置通常在一幅画的一角，内容多描写画中景物。题画诗，本是画与诗同在，相得益彰。而多数情况是后来画不在了，诗却千古流传。这为我们提供了一个欣赏的视角。即我们在赏析时，要根据诗的内容来想象画的内容，还原画的面貌。但诗毕竟是诗，有自身的规律，我们又要按诗的规律去欣赏它。

[一幅春江花草图] 题画诗一般要描绘画的内容。苏轼亦然。惠崇此图的主要景物是树、水、草、鸭。树是竹林和桃树，一片竹林和几枝桃花，色彩上是一片绿色中夹几枝粉红。从视角上

看,这是高处之景。接着转往低处,景物也随之变为江水和江面的几只鸭子。江水一般为白色,这就使得视野开阔。画家再绘出两岸生机勃勃的绿草,使画面延展开去。这样,桃花之盛开、春江之溶漾、桃枝之在竹外、鸭群之在水上、蒌蒿之密、芦芽之短,都入画家笔下,整幅画以绿色为基调,间以粉红和白色,清新明快,使人感到浓浓的春意。

[丰富的想象] 欣赏一幅画,如果只局限在目所能及的范围之内,那么,画笔所描摹、画面所展示的只是景物的色彩、形态、位置、数量、体积。仅仅如此,就死在画中了。然而苏轼的这首题画诗,还写了要凭触觉才能感受到的水之"暖"、要用思维才能想出的鸭之"知"、要靠经验和判断才能预言的河豚之"欲上"。这些,无论在自然界或画幅上,都不是目所能见的,而是通过诗人的想象和联想得之于视觉之外、得之于画面之外的。

而这首诗的高妙之处正在于以这些想象和联想点活了画面，使画中的景物变得生机勃发、情趣盎然，不复是无机的组合、静止的罗列。这生机和情趣，可以是画幅本身蕴含而由诗人的灵心慧眼发掘出来的，也可以是画幅所无而由诗人赏画时外加上去的。

[联想的契机] 诗人在欣赏惠崇这幅画时之所以产生"水暖鸭先知"的想象，是因为画面本来有水有鸭，更从桃花开、蒌蒿生所显示的季节而想到江水的温度和鸭子的感知。至于诗人之写"河豚欲上"，可以是因画面景物而想起梅尧臣《范饶州坐中客语食河豚鱼》诗的前四句"春洲生荻芽，春岸飞杨花。河豚当是时，贵不数鱼虾"；更可能是从河豚食蒌蒿则肥、初生的蒌蒿又可用以羹鱼而生发的联想。可以与这首诗参读的有作者的一首《寒芦港》诗："溶溶晴港漾春晖，芦笋生时柳絮飞。还有江南风物否？桃花流水鲻鱼肥。"两诗所写景物、季节及其思路，都很相似。

❊ 题西林壁① ❊

横看成岭侧成峰，远近高低各不同。不识庐山真面目，只缘身在此山中。

注　释 | ①西林，指西林寺，又称乾明寺，位于庐山七岭之西。

赏析 [山水诗与哲理诗] 从内容来看，这是一首典型的山水诗。苏轼于1084年由黄州改迁汝州。他四月从黄州出发，沿江而下，看过自己的弟弟后游庐山。他于五月期间游庐山。同时还作过如《初入庐山五言绝句》（三首）、《瀑布亭》、《庐山二胜》（两首）等诗。从这个意义上看，此诗是典型的山水诗。可是苏轼在此诗中道出了一个平凡的哲理，包括人们认识事物的整体与局部、宏观与微观、具体与抽象等概念，并且成了人们讽喻社会现象的熟语。这首诗又成了一首哲理诗。

[千形万状的庐山] 庐山有七岭，会合于东，从这个角度看，

庐山的形状似岭。岭，通常理解为顶上有路的山，即山上是平的。离开了这个视角，庐山又变成了一座座的山峰。峰，有突出的尖顶。从远处、近处、高处、低处看到的庐山都不相同。从远处、低处看到的庐山，如苏轼在《初入庐山五言绝句》中说的："青山若无素，偃蹇不相亲。"是高高耸起，青葱一片。而在山中，只能看到庐山的一鳞半爪，或是一两处名胜，或是二三流水。这些都不是庐山的整体面目。

[智者的感叹] 在作者历尽千辛万苦寻觅庐山，将庐山看了个遍，仍不知庐山是什么之后，他经过一番反思，得出了一个结论。只因为我处在庐山中啊。这是苏轼在经过横看、侧看、远看、近看、高看、低看之后，对庐山的全貌了然于心过后，发出的智者的感叹。苏轼心中的庐山，已是一个抽象的概念，是一个符号。它不再是庐山具体的一草一木，一石一虫……但是它又包含了庐山具体的景观。

饮湖上初晴后雨

水光潋滟 liànyàn 晴方好①，山色空蒙雨亦奇②。欲把西湖比西子③，淡妆浓抹总相宜。

注　释　①潋滟：水光闪动。②空蒙：雨中天空雾气迷茫。③西子：西施，历史上美人之一。

赏析　[这首诗的主要内容] 诗前二句写西湖"初晴后雨"即雨后方晴、才晴又雨两番景色，后两句则用比喻以言西湖之美。读者既觉得其写景如画，又觉画图难足。

[这首诗的创意] 因为它不仅写了山光水色，还同时写了晴和雨。真正具体一点的是"潋滟""空蒙"两个形容词，由于它们抓住了最具特征的景物，因而能给读者以感性的暗示。然后诗人就运用比喻。这个比喻之妙，在于本体与喻体间差异太大，湖与人如何能扯到一起呢？也许作者最初只从"西湖"的"西"字

产生联想，偶而牵涉到"西子"，却突然发觉在两者任何状态下都美这点上，不正好相同吗？——西湖晴方好，雨亦奇；西子浓妆佳，淡妆亦佳。共同特征越不明显，比喻的创造性越大，效果越好。

[这首诗的影响]周济《介存斋论词杂著》有一段脍炙人口的妙语："毛嫱西施，天下美妇人也：严妆佳，淡妆亦佳，粗服乱头，不掩国色。飞卿，严妆也；端己，淡妆也；后主则粗服乱头矣。"所谓"严妆佳，淡妆亦佳"的说法，至少在潜意识上是受了苏轼此诗的影响的。

❋ 水调歌头 ❋

丙辰中秋，欢饮达旦，大醉，作此篇，兼怀子由①。

明月几时有，把酒问青天。不知天上宫阙②，今夕是何年？我欲乘风归去，又恐琼楼玉宇，高处不胜寒③。起舞弄清影，何似在人间。　转朱阁，低绮户，照无眠④。不应有恨，何事长向别时圆？人有悲欢离合，月有阴晴圆缺，此事古难全。但愿人长久，千里共婵娟⑤。

注　释　①丙辰：指宋神宗赵顼九年（1076）。达旦：直到天亮。子由：苏轼的弟弟。名辙字子由。②宫阙：指传说中的月宫。③胜：禁受。④无眠：不眠人。⑤婵娟：本指颜色美好的样子，一说代嫦娥。这里指月亮。

赏析　[这首词的写作背景]本篇是最负盛誉的一首中秋词，《水浒》"血溅鸳鸯楼"一回歌妓中秋侑酒即唱此词，作于熙宁九年即丙辰（1076）中秋。时苏轼因不合于新政，出任地方官知密州，时苏辙在济南，兄弟已有六七年未能见面。故小序如此云。

[上片写中秋欢饮达旦]首二句从太白《把酒问月》开篇"青天有月来几时，我今停杯一问之"化出。一起即入醉语，颇有谪仙风度，从这个意义上讲，紧接"不知天上宫阙，今夕是何

年"一问，便自有一为谪仙、恍如隔世之感。从另一角度讲，"今夕何夕"语出《唐风·绸缪》，该诗是新婚诗，意为今晚之美无法形容，句即有此意（唐传奇《周秦行记》载牛僧孺诗"香风此到大罗天，月地云阶拜洞仙；共道人间惆怅事，不知今夕是何年"，则可能是此句直接出处）。月朦胧，醉朦胧，便有飘飘欲仙之感；既自拟谪仙，则自有"归去"一说；"琼楼玉宇"语出《大业拾遗记》瞿乾佑玩月事，"高处不胜寒"则暗用《明皇杂录》叶静能邀帝游月宫事，盖月中有"广寒宫"也。飘飘欲仙，只是一种感觉，并不能实现，词人却把原因归为"又恐琼楼玉宇，高处不胜寒"，便有味。

[词中是否有忠君恋阙之意] 关于此数语有无恋阙忠君之寄托，今人聚讼纷纭。不能排斥寄托的可能性。据说神宗皇帝读此词就说过"苏轼终是爱君"。只是不能坐实，也不必坐实。苏子于兴会到处，有意无意间发之，读者当以兴会于有意无意间求之。"起舞弄清影"云云，亦暗用太白《月下独酌》语："我歌月徘徊，我舞影零乱。醒时同交欢，醉后各分散。永结无情游，相期邈云汉。""何似在人间"有两解，一解承上"又恐"云云，谓何如在人间也，则是议论，或解为入世胜似出世（袁行霈），或解为在野胜似在朝（施蛰存）；一解承上"我欲"云云，谓哪像在人间也，则是摅感，有不胜飘飘欲仙之致（缪钺）。正是佛以一义演说法，众生各各得所解也。

[下片兼怀子由] 过片数语，"转""低"云云，写出月夜时间的推移。"照无眠"即有"达旦"未睡意，但亦不局限作者一人，或亦悬想子由亦当如此，天下离人亦尽当如此，遂逼下问。本来月的圆缺和人的离合并无必然联系，奈何月圆之夕，特易启人离思。"不应有恨"二语，无理而妙。据司马光《温公续诗话》说，李贺"天若有情天亦老"，人以为奇绝无对，而石曼卿对"月如无恨月长圆"，人以为劲敌。石曼卿年辈甚先于苏轼，此或借石句而变化出之。"人有悲欢离合"三句纯入议论，脱口而出，

自来未经人道，故为名言。最后的祝愿语出谢庄《月赋》"隔千里兮共明月"，直接是对子由而发的，也是代天下所有的牛郎织女立言的。它表现了一种通达的人生观：现实人生尽管有缺憾，却依然使人留恋，让我们以对亲爱者的良好祝愿来弥补这一缺憾吧。

[这首词的成就]《苕溪渔隐丛话》说："中秋词自东坡《水调歌头》一出，余词尽废。"此词以咏月贯穿始终，然写景的句子只"转朱阁，低绮户"，并不重要，而词上片抒情中带议论，下片议论中有抒情，表现出词人富于憧憬而又直面现实、由把握现实而超越现实的自然观、人生观及人格美，给人以充分的审美享受和积极的思想影响。至于君国之思，尚可存而不论。此词行文明白家常，清空一气，读之无任何语障，然措语多有出处，大觉有书卷气即文化氛围在焉，只是作者信手拈来，得之不觉耳。

江城子·密州出猎

老夫聊发少年狂，左牵黄，右擎苍①。锦帽貂裘②，千骑卷平冈③。为报倾城随太守④，亲射虎，看孙郎⑤。　酒酣胸胆尚开张⑥，鬓微霜，又何妨。持节云中，何日遣冯唐⑦？会挽雕弓如满月，西北望，射天狼⑧。

| 注　释 | ①黄：狗。苍：苍鹰。②锦帽貂裘：汉羽林军服，这里指随从将士的服装。③卷平冈：兵马极众，有席卷山林之势。④太守：作者自指。⑤孙郎：指孙权。⑥尚：更的意思。⑦云中：汉时郡名，今内蒙古自治区托克托县一带。还包括山西省西北一部分地区。冯唐：西汉安陵（今陕西咸阳东北）人。《史记·冯唐传》载汉文帝时，魏尚为云中太守，抵御匈奴有功，以小故获罪去职，经冯唐劝谏，文帝始命冯持节起复之。⑧天狼：星名，一称犬星，旧说以为主侵掠。此喻侵犯北宋的辽国与西夏。 |

古诗词鉴赏

赏析 [这首词的写作年代] 熙宁八年（1075）冬，作者祭常山回，与同官习射放鹰，乃作。写"出猎"的题材，且出之以粗豪的笔墨，从内容到手法对传统词风有更大的突破。

[词中叙事和所用典故] 上片写习射放鹰的具体情事。《汉书·张充传》载充少时出猎，"左手臂鹰，右手牵狗"，作者暗用这个典故，并以"苍""黄"两个形容词代替鹰、犬以叶韵，好比射猎的特写镜头。作者系文士，年近不惑，年龄和呼鹰嗾犬的举止不大相当，故在"老夫"与"少年狂"中系一"聊"字。"锦帽貂裘"二句写从猎人员众多，声势浩大。"为报倾城"三句写观猎者之众，和抒情主人公当众一试身手。"亲射虎"用孙权事（见《三国志·吴主传》）直启下片以身许国之情。

过片以酒兴再抒豪情，"鬓微霜"二句与首句"老夫"云云相呼应，略寓老当益壮之志。

[较早表现爱国题材的宋词] 按熙宁三年（1070）西夏大举进攻环、庆二州，四年陷抚、宁诸城，八年宋廷并割地于辽。所谓"西北望，射天狼"，主要指抗御西夏的侵略，也兼关消除来自东北（辽）的威胁。作者因五年前与王安石持不同政见，乞外任避之，自出任杭州通判后，在仕途上一直失意。故希望朝廷给他落实政策，委以重任，以为国效力。

本篇不仅将"出猎"这一非传统题材引入词体创作，而且涉及抵抗辽夏侵略的重大主题，将民族感情和爱国题材引入词作；词中抒发的不止是一般的豪气，同时表现了一种英雄气概，从内容到写法都可以说是南宋爱国词的滥觞。

❀ 念奴娇①·赤壁怀古 ❀

大江东去，浪淘尽、千古风流人物②。故垒西边，人道是、三国周郎赤壁③。乱石穿空，惊涛拍岸，卷起千堆雪。江山如画，一时多少豪杰！　遥想公瑾当年，小乔初嫁了，雄姿英发④。羽扇纶 guān 巾，谈笑间，樯橹灰飞烟灭⑤。故国神游，

苏 轼

多情应笑我，早生华发⑥。人生如梦，一尊还酹 lèi 江月⑦。

注释 ①念奴娇：词牌名。②风流人物：杰出人物。③周郎：周瑜，字公瑾。④英发：英气勃发。⑤樯橹：本意指船，这里指曹操水军。⑥华发：花白的头发。⑦尊：盛酒的器具。酹：把酒浇在地上表示祭奠。这里是洒酒酬月，寄托自己的感情。

赤壁图（局部）

赏析 [这首词的写作年代] 本篇题为"赤壁怀古"，作于元丰五年（1082）谪居黄州时，年46岁。同期所作大都摆脱切近的功利目的，显示出对人生透彻的静观姿态，达到了很高的境界。

[开篇有大江奔流的气势] 上片由身游而入神游。开篇就有大江奔流气势。刘禹锡曾在《浪淘沙》中写道："君看渡头淘沙处，渡却人间多少人。"妙在语带双关，但在气势上远不敌"大江东去，浪淘尽、千古风流人物"。"风流人物"是要害。此语在

晋本指英俊风雅之士，今与"大江东去"联属，平添多少阳刚辞采！

[江涛与心潮呼应] 以下从容转入怀古。黄州赤壁本非三国赤壁，但词人感兴所至，亦何须出处！"人道是"三字下得合宜。周瑜乃一代英才之选，以少年得志，吴中皆呼周郎。此一昵称，适足传"风流人物"之神韵。以下写赤壁景色，其实无非渲染烘托人物。那"乱石穿空，惊涛拍岸，卷起千堆雪"，是因为说到英雄鏖战，感应于自然，而导致的风起水涌。煞拍就势以"江山如画，一时多少豪杰"挽住。

[在一时豪杰中专说周郎] 既然"一时多少豪杰"，却专说周郎，不仅因为他是胜利的英雄，更因为他是个少年英雄。由这个少年英雄更引出个绝代佳人。史载建安三年（198），孙策亲迎不过二十四岁的周瑜，授以建威中郎将之职，并与他攻下皖城，分娶二乔，成为连襟。而赤壁大战乃在十年后。然而词人把周郎的爱情得意与军事成功合并写出，更见他的得意。同时，以小乔衬托周郎，还使人联想到铜雀春梦的破灭，尤多一重意味。词中羽扇纶巾、谈笑破敌的周郎，儒雅之至，潇洒之至；而初嫁佳婿的小乔则漂亮之至。这是豪放与婉约的折中。

[这首词的沧桑感] "月明星稀，乌鹊南飞，此非曹孟德之诗乎？西望夏口，东望武昌，山川相缪，郁乎苍苍，此非孟德之困于周郎者乎？方其破荆州，下江陵，顺流而东也，舳舻千里，旌旗蔽空，酾酒临江，横槊赋诗，固一世之雄也，而今安在哉？"（《赤壁赋》）本篇中，不仅对于"樯橹灰飞烟灭"的曹公有这样的感慨，对于周郎也有同样的感慨。然而词人神游故迹，并不完全是替古人感伤，"早生华发""人生如梦"等语隐有抚今追昔，不胜空度年华之慨。这一点读者是不可忽略的。

[在词史上的地位和影响] 本篇是词史上划时代的杰作。其影响之深远，辛派词人固不必说，元曲大家关汉卿《单刀会》关羽唱词云："大江东去浪千叠，趁西风驾着这小舟一叶。又不比

九重龙凤阙,可正是千丈虎狼穴,大丈夫心烈。我觑这单刀会似赛村社。水涌山叠,年少周郎何处也?不觉的灰飞烟灭。可怜黄盖转伤嗟,破曹的樯橹一时绝,鏖兵的江水犹然热。好教我情惨切。这也不是江水,二十年流不尽的英雄血。"即得力于本篇。词在豪放中寓风流妩媚之姿最是当行本色,后辛弃疾《摸鱼儿》亦得个中深致。毛泽东《沁园春》亦豪放,然于过片和煞拍著丽句云"须晴日,看红妆素裹,分外妖娆""江山如此多娇,引无数英雄竞折腰""俱往矣,数风流人物,还看今朝",风格措语,皆有此词影响。

江城子·乙卯正月二十日夜记梦[①]

十年生死两茫茫,不思量,自难忘。千里孤坟,无处话凄凉。纵使相逢应不识,尘满面,鬓如霜。　夜来幽梦忽还乡。小轩窗,正梳妆。相顾无言,唯有泪千行。料得年年肠断处,明月夜,短松岗[②]。

注释 | ①乙卯:指宋神宗熙宁八年(1075)。②松岗:指坟墓所在的山地。古人葬地多种松柏。

赏析 [这是一首悼亡之作] 作者发妻王弗于治平二年(1065)死于京师,明年迁葬眉山之东北彭山县安镇乡可龙里,至熙宁八年(1075)作此词时正好十年。全词通过记梦,暗用白居易诗"悠悠生死别经年""两处茫茫皆不见""一别音容两渺茫""此恨绵绵无绝期"等语意,深刻地表现了人生长恨的主题。

[关于"不思量,自难忘"] 有一句歌词说:"从来不需要想起,永远也不会忘记。"这就是"不思量,自难忘"的意思了。真正的相爱是不会忘记的,无论十年相隔,千里相隔,还是生死相隔,只要心还在,就没法忘记。

[无可奈何的情绪] 死去的人再也不会活过来,离去的人再也不会回来,甚至连可以凭吊的东西也找不到。除了从心里寻找

痕迹，别处就是找不到一点确实的凭据证明这个人真存在过。人在凄凉的处境中，渴望倾诉，却再也无法向她倾诉衷肠。唯一表示她存在过的竟是坟墓，可连坟墓也在千里之外。

[往事不堪回首的情绪] 就算真再相逢，青春已逝，光阴改变了两个人。由于不在身边，关照不到，她改变得太厉害，几乎认不出来。字里行间，暗示着妻子生前对他在生活上的关照和心灵上的抚慰、排遣。纵使痛心也无法挽回，无法弥补。"夜来幽梦忽还乡"遥接"不思量，自难忘"。在梦中相见，有一种距离感。

[作者的感伤] 虽然牢记只能换来年年断肠之痛，但还是不能遗忘。最后"明月夜，短松岗"的造境是十分凄美的。

[感伤词的价值] 王国维说："词以境界为最上。有境界则自成高格，自有名句。五代、北宋之词所以独绝者在此。"（《人间词话》）感伤诗词的创作和欣赏都是对积郁的一种释放。晚唐到北宋，词多立足女性本位，多绮艳之作。此词将悼亡引入词体创作，而且出以白描手法，也可以说是"一洗绮罗香泽之态"了。

黄庭坚

（1045—1105）字鲁直，自号山谷道人，晚号涪翁，洪州分宁（今江西修水）人。"苏门四学士"之一。治平年间（1064—1067）进士。哲宗时以校书郎为《神宗实录》检讨官，迁著作佐郎，以修史"多诬"遭贬。有《山谷集》《山谷琴趣外篇》。

鄂州南楼书事①

四顾山光接水光，凭栏十里芰jì荷香②。清风明月无人管，并作南楼一味凉。

注释 ①鄂州：今湖北省武汉市武昌区。②芰：指菱。

赏析 [壮阔之景] 起句即写登临纵目之所见，境界阔大，气象不凡。以"四顾"领起，具见豪迈气魄；"接"字下得贴切，描绘出山川交接的壮丽景色；一个"光"字，则传达出月下景物的特殊魅力。接写"凭栏十里芰荷香"，夜色中的十里风荷，给人最深刻的感受不是其视觉形象，而是其清香四溢，所以着一"香"字而境界全出。面对如此风物，仿佛人间的一切奔竞争斗都不复存在，于是诗人唱出了"清风明月无人管"之句。"清风"近承"芰荷香"，即"荷风送香气，竹露滴清响"之意（孟浩然《夏日南亭怀辛大》），"明月"遥应"山光接水光"，点明浩月朗照，山川生辉。大而言之，"清风明月"实指一切自然景物。"无人管"则是化用了东坡《前赤壁赋》最后一段议论："惟江上之清风，与山间之明月，耳得之而为声，目遇之而成色，取之无禁，用之不竭，是造物者之无尽藏也，而吾与子之所共适。"清风明月，非人所得而私。诗人此时物我两忘，逍遥自适。

[好个清凉心境] 一个"凉"字概括了他流连陶醉于山水间

的种种感受。这里巧妙地运用了通感手法,无论是视觉之"光",还是嗅觉之"香",均并作一种"清凉"之感。既切合夏日"追凉",又写出了其摒弃尘虑之想,最后一句便点明了这种出世之感。"清凉",佛家常用语,指摆脱一切憎爱之念而达到的无烦恼境界,如《大集经》云:"有三昧,名曰清凉,能断离憎爱故。"又如《华严经·离世间品》云:"菩萨清凉月,游于毕竟空。"前面所写的景物都有清高脱俗的寓意。黄庭坚修史,被劾不实,历经一个长达六年的谪居黔州、戎州的流放生涯,遇赦后赴太平州任,仅九日即罢官,只得流寓鄂州,等待命运的安排,结果是远贬宜州而死。尽管如此,他却力图在儒、道、佛的思想中寻求精神寄托,一方面洁身自好,即所谓"苟非吾之所有,虽一毫而莫取",一方面寄情山水,放舍身心,置生死荣辱于不顾。这就是他"清凉"心境的内涵。

[含而不露的表现方式] 七言绝句,人们"以体近情遥、含吐不露为主"。通常在诗中只写眼前景,用平白如话的语言来表达,但获得言近旨远的效果,有弦外之音,味外之味。这样的诗,就是好的七言绝句。山谷此诗确有这个特点。全诗写景清新淡雅,抒情含蓄蕴藉而颇有理致。通体散行,一意直叙,如流水淙淙,直归于结句的"凉"字,但仅仅是点到即止,留下了玩味想象的余地。诗句在散行中又参以当句相对,如首句之"山光"对"水光",第三句之"清风"对"明月",往复回环,摇曳生姿,增添了声情之美。

寄黄几复①

我居北海君南海②,寄雁传书谢不能。桃李春风一杯酒,江湖夜雨十年灯。持家但有四立壁,治病不蕲三折肱 gōng③。想得读书头已白,隔溪猿哭瘴溪藤④。

注 释 ①黄几复:名介,南昌(今江西省南昌市)人。②北海:春秋时齐国处于北方近海之地。南海:楚国处于南方近海之地。③蕲:求。三折肱:喻阅历广。④瘴溪:旧传广东一带多瘴气。

黄庭坚

赏析 [这首诗的写作年代] 作于元丰八年（1085），其时诗人监德州（今属山东）德平镇。黄几复乃作者同乡兼同科密友，时知四会县（今属广东）。两人当时天南地北，各近海滨。

[首联中的用典] 诗一起就说天涯各别。语采《左传·僖公四年》楚成王谓齐桓公："君处北海，寡人处南海，惟是风马牛不相及也。"但意思却变成友人间的相思。"寄雁传书"本古人陈言，但加"谢不能"（语出《汉书·项籍传》东阳少年杀县令而请立陈婴，"婴谢不能"）就有新意。因为相传大雁南飞至衡阳而止，故其地有回雁峰。又何能托其寄书南海耶？

[精彩的对仗] 次联抚今追昔，忆彼此交情。"桃李""春风""一杯酒"（出杜甫怀李白诗），"江湖""夜雨"（玉溪寄北诗）皆常词，唯"十年灯"为自作语，然而合为两句，则意境清新。出句见朋友昔年相聚之乐，对句表别后十年离索之苦，读之隽永有深味。陈衍谓为"此老最合时宜语"，也就是说两句主情景，纯出以名词句，较类唐人胜语。

[三联中的用典] "持家——但有四立壁"，家徒四壁（语出《史记·司马相如传》）说明不善理家，而作为一县之长，不理家正是廉洁奉公的表现；"治病——不蕲三折肱"，语出《左传·定公十三年》"三折肱，知为良医"，即今人所谓"久病出良医"，此以医喻政，谓黄几复无需三折肱即有政绩，放在岭南实在屈才。

[以想象对方作结] 末联是惦念之辞，想象黄几复因好学不倦头发已白（语借杜甫怀李白之"匡山读书处，白头好归来"），而其所居则是瘴气弥漫的猿啼之区（柳宗元有《入黄溪闻猿》）。

[这首诗的艺术特色] 全诗内蕴丰富，善用典实，以故为新；运古于律，音律拗峭。"桃李春风一杯酒""持家但有四立壁"第六字不律，特别是后一句，出三仄调——其实是五仄结，更属古风的调声；然而波澜老成，很能代表黄诗的特色。

古诗词鉴赏

秦观

(1049—1100)字少游,又字太虚,号淮海居士,高邮(今属江苏)人。"苏门四学士"之一。元丰八年(1085)进士。曾任秘书省正字,兼国史院编修官等职。坐元祐党籍,累遭贬谪。有《淮海集》。

❋ 满庭芳 ❋

山抹微云,天粘衰草。画角声断谯门①。暂停征棹zhào,聊共引离尊②。多少蓬莱旧事③,空回首、烟霭纷纷。斜阳外,寒鸦万点,流水绕孤村。　销魂④,当此际,香囊暗解,罗带轻分⑤。谩赢得青楼,薄幸名存⑥。此去何时见也?襟袖上、空惹啼痕。伤情处,高城望断,灯火已黄昏。

注释　①谯门:城上远望的楼。②征棹:远行的船。棹,船桨。离尊:饯别的酒。③蓬莱旧事:指作者居蓬莱阁的情事。蓬莱,阁名,双关海上蓬莱仙山。④销魂:极愁苦状。⑤香囊二句:指男女双方互赠信物。香囊,盛香之物,古代男子所佩。罗带:丝带。⑥谩赢得二句:杜牧《遣怀》:"十年一觉扬州梦,赢得青楼薄幸名。"

赏析　[元丰二年(1079)冬作]秦观在这年春天为觐省在会稽为官的叔父和祖父,离家入越,当时知越州的程公辟馆于蓬莱阁,此词为当地歌妓而作,以抒别情为主,其时少游尚未登第,故身世之感亦寓词中。

[上片融情于景]起首的"山抹微云"二句,就有先声夺人之妙,一向脍炙人口,妙在"抹""粘"炼字。什么叫抹?抹就是涂抹,以一色重置底色之上,有透明或不透明之感。什么叫粘?粘即粘贴,以一物附着于一物之上,有空间层次之感。"画

角"一句，点出时已黄昏。"暂停"二句点饯别情事。"多少"二句紧承上意，通过回忆往日的情爱，写好景不长、怅怅恋恋的心情。"烟霭纷纷"既是即目所见之景，又双关往事如烟之意，情景交融，不着痕迹。"空回首"的"空"字表现的是无可奈何的惆怅。煞拍"斜阳外"三句进一步描写暮色，景语亦情语。

柳树寒鸦图

[下片融景于情]"销魂"二字一韵，出于江淹《别赋》"黯然销魂者，唯别而已矣"，暗点题旨。"香囊暗解"二句遥承"暂停征棹"，写话别情事。香囊暗解，是赠对方以为纪念。古代女子衣带的结法有种种花式，其一为菱形连环回文结，谓之"同心结"，象征永不分离；"罗带轻分"则意谓从此分飞。诗中概括了杜牧《遣怀》《赠别》二诗诗意，兼写爱情与仕途两不得意。"空惹啼痕"句写无奈的心情。结尾以"伤情处"挽住情语，以下复以景结，余味无穷。

❉ 鹊桥仙 ❉

纤云弄巧①，飞星传恨②，银汉迢迢暗度③。金风玉露一相逢④，便胜却人间无数。　　柔情似水，佳期如梦，忍顾鹊桥归路。两情若是久长时，又岂在朝朝暮暮⑤！

注　释　①巧：暗指七夕乞巧节。②星：牵牛、织女二星，传说中的牛郎、织女。③银汉：天河。④金风玉露：秋风白露。⑤朝朝暮

古诗词鉴赏

注　释 ｜ 暮：意指朝夕相聚。

赏析 [这首词的词牌]"鹊桥仙"就是牛郎织女。牛郎织女的故事汉代就有，后世家喻户晓，最富于人民性。歌咏这个故事的诗，前有古诗十九首中的"迢迢牵牛星"，秦观这首词较之古诗有新的立意。

织女

[七夕在古代称乞巧节]此词专写七月七日，牛郎织女一年一度相会的日子，是七夕词。取材就与十九首不同。七夕从某种意义上可以称为古代的"情人节"。因为是织女的佳期，所以民间风俗于当晚陈瓜果于庭前。年轻女子则要拜新月，并在月下穿

针引线，以乞得未来幸福和心灵手巧，称之为"乞巧"。上片开始"纤云弄巧"，就借夜空云彩的纤柔多姿来贴切双关一个"巧"字；"飞星传恨"则将偶然景色与传说联系，把流星想象做爱的使者。

[诗意翻新出奇] 下句的"暗度"可以承此理解为流星飞渡银河，悄悄地为牛女传递消息；也可以理解为牛郎织女此夜静静地在鹊桥上相会。"迢迢"字面出十九首，既指隔河千里的空间距离，又指经年久别的时间距离。而从十九首以来，关于牛郎织女的作品，都是立足于他们的不幸遭遇为之辞，为其一年相会一次感到遗憾，说天上的双星还不如人间的夫妻。词人却一反众说，"金风玉露"二句谓牛女一年相会一次，因其珍贵，反比人间夫妻天天见面还好。秋于五行属金，金风即秋风，玉露即白露（李商隐七夕诗"由来碧落银河畔，可要金风玉露时"），二句语意，冰清玉洁，令人耳目一新。

[结尾更有新意] 过片写柔情的融洽，以水为譬，切合银河的风光；写佳期的短暂，以梦为譬，又切合夜间的感受。字面不难理解，语意却妙极了。人称淮海词"淡语皆有味，浅语皆有致"，这两句就是很好的例子。李清照批评秦观"专主情致，而少故实"，其实换一个角度看，不正是钟嵘所谓"观古今胜语，多非补假，皆由直寻"么？其未尝不是优点。"忍顾鹊桥"句承"佳期如梦"，写七夕佳期来也匆匆，去也匆匆，言下有不堪回首之意。出人意料的是末二句一转，回应上片煞拍"便胜却人间无数"，写出了一篇之警策。强调灵犀相通的重要，尤胜于朝夕相处，思想境界很高。

[前人对这首词的评价] 明人沈际飞说："七夕以双星会少离多为恨（如十九首），而此词独谓情长不在朝暮，化腐朽为神奇。"此词语言浅显，两片结句皆情语，在婉约词中并不以技巧见长，但它以深刻的人生体验和高尚的思想境界取胜，故历代传诵不衰。

古诗词鉴赏

周邦彦

(1056—1121)字美成,号清真居士,钱塘(今浙江杭州)人。元丰(1078—1085)初,为太学生,以献《汴都赋》为神宗所赏识,命为太学正。后任庐州(今安徽合肥)教授、溧水县令。徽宗时,提举大晟府。有《清真居士集》,已逸,今存《片玉词》。

蝶恋花

月皎惊乌栖不定①。更漏将残,辘轳 lùlu 牵金井②。唤起两眸清炯炯③,泪花落枕红绵冷。 执手霜风吹鬓影。去意徊徨④,别语愁难听。楼上阑干横斗柄⑤,露寒人远鸡相应。

注释 ①乌:乌鸦。②辘轳:用于井上汲水之具。③炯炯:光亮的样子。④徊徨:彷徨不安的样子。⑤斗柄:北斗七星中五至七颗星形如斗柄。

赏析 [听觉与视觉通感]此词写秋别而重在早行的况味,在同类题材中更别致。起三句写拂晓的清新,除"月皎"二字外,提供的都是听觉形象——乌啼声、残漏声、辘轳声,都是清晓特定的声音,是词中人在枕上听得的声音。"月皎"是乌啼的原因,当然这是天将明的景象。"金井"是由辘轳引起的联想。视听通感,这些听觉形象也能产生清新的视觉画面感。

[词中的精彩字面]"唤起"两句写两人起床的情景,因为男方要早行,所以特别早醒,是他在唤女方。"清炯炯"是词中精彩字面,如果女方本酣睡,唤醒必然睡眼惺忪,只有醒眼、泪眼才会这样莹莹地发亮。"绵"是枕中填充物,如果当时下泪,只能打湿枕函,只有较长时间落泪才会湿透枕中之绵。

[妙于境界刻画]"执手霜风"三句写临岐道别情景。"霜风"

周邦彦

点明节令。末二句上写闺房,闺中人上楼远望,天还未高,她看得见什么呢?只是星斗而已。其天涯之思,俱在不言中。下写野景,最得早行况味,用温词《更漏子》结句"一声村落鸡",而易一为多,鸡声相应较之一声鸡鸣更近黎明。而旅人冲风冒寒中种种感觉与情思也尽在不言中矣。

词一头一尾都重在对室外环境的刻画,中幅写人,意境相当清远,极有生活体验。是将羁旅情怀与离别之思结合得最好的一首作品。

苏幕遮

燎沉香,消溽 rù 暑①。鸟雀呼晴,侵晓窥檐语。叶上初阳干宿雨,水面清圆,一一风荷举。　故乡遥,何日去?家住吴门②,久作长安旅。五月渔郎相忆否?小楫轻舟,梦入芙蓉浦③。

注　释　①溽暑:潮湿的夏天天气。②吴门:苏州旧为吴郡治所,称吴门。③芙蓉浦:即荷花塘。此指西湖。

赏析　[写雨后初晴之景] 此词作于汴京,写雨后观荷而引起对江南故乡之思。开篇四句写夏日雨后的清晨。因为雨后天气潮湿,所以室内点起"沉香",以驱除"溽暑"带来的闷湿气味。"鸟雀呼晴"三句,写天晴的黎明景色,一个"呼"字写活了鸟雀的欢欣,一个"窥"字写活了它们在屋檐下探头探脑、东张西望的活泼神态,声态毕具。

[传神的景物描写] "叶上初阳干宿雨"三句是全词的中心,写太阳升起来后的荷池景色,被王国维誉为"真能得荷之神理(即神形)者"。神理何在呢?水面荷叶一张张是"清圆"的,而叶上未被风干的雨珠也是"清圆"的,荷叶无穷碧,荷花别样红,"风荷"是摇动的,叶上的水珠是滚动的,而荷花与荷叶的姿态是"一一"挺拔向上的——一个"举"字,尤见荷花、荷叶

的长势和生命力。词人兴致佳处，摆脱了"风裳""水佩""冷香""绿云""红衣"等现成的藻绘，寥寥几笔素描，就成荷花传神的写照，造成一个活泼清远的词境，有文章天成之妙。

[抒写思念故乡的情怀] 过片"故乡遥"四句直点故乡之思，与前片的关系还不明显。作者为钱塘人，曾到苏州，钱塘也属吴郡，故笼统称之"吴门"。"长安"代指京师汴梁。末三句写故乡归梦，"小楫轻舟，梦入芙蓉浦"始绾合上片表明因果关系——盖江南水乡尤其是西湖，陂塘荷花最具地方特色，作者睹风荷而思乡，也就是顺理成章的了。"五月渔郎相忆否"一句提唱，对乡亲而言，自作多情，足以动人。

李清照

(1084—1151?)自号易安居士,齐州章丘(今属山东)人。李格非女,赵明诚妻。金兵入据中原,流寓南方,明诚病卒,境遇坎坷。有后人辑本《漱玉词》,今人辑本《李清照集校注》。

夏日绝句①

生当做人杰,死亦为鬼雄②。至今思项羽,不肯过江东③。

注释 ①此诗又名《乌江》或《绝句》。②人杰:指杰出的人才。出自《史记·高祖本纪》,刘邦曾赞张良、萧何、韩信:"此三者,皆人杰也。吾能用之,此吾所以取天下也。"鬼雄:死后的英雄。出自屈原《楚辞·九歌·国殇》:"身既死兮神似灵,魂魄毅兮为鬼雄。"③项羽:名籍。秦末与刘邦争天下,角逐五年,兵败自杀。江东:习惯上称安徽芜湖以下的长江南岸地区为江东。

赏析 [一首咏史诗] 这是一首咏史诗。吟咏历史往往是为讽今。李清照生活的宋朝是一个有意思的时代,一面是铁马兵戈,兵临城下,一面是歌舞升平,醉生梦死。北宋靖康二年(1127),金兵大败宋

李清照像

兵，俘虏了徽钦二帝，大批王室贵族及臣民被俘北去。以当时形势而言，金兵孤军深入，又有民间百姓自发的抗金活动，只要朝廷下定决心，完全能够扭转失败局面，中原之事也是大有可为的。可是以赵构为首的统治者从一开始就没有抵抗的决心，节节后退，仓皇逃窜，从扬州到临安，从越州到明州，喘息甫定，就在临安草草定都。当时不少正直的文武官吏都建议不要南迁，吴伸曾上万言书劝赵构不要只如东晋之南据，可是不为统治者采纳。

[英雄项羽] 在与刘邦争天下的过程中，项羽虽败犹胜。垓下大败后，他逃跑到乌江。乌江亭长劝他暂避刘邦，称王江东，与刘邦再决雌雄。此时项羽不愿渡江，他说，当初我和江东八千子弟一起渡江西征，可是现在八千子弟无人生还，我还有何面目见江东父老呢？这是天要亡我啊！之后在追兵的呐喊中拔剑自刎。李清照不以成败论英雄，极力赞美他，是崇尚他的气节。

[生与死的追问] 人应当怎样活，生命的意义在哪里？千百年来，人们一直在追寻这个答案。闻一多先生在《有的人》一诗中写道："有的人活着，他已经死了；有的人死了，他还活着。"毛泽东有一段名言："人固有一死，或重于泰山，或轻于鸿毛。"开篇两句，李清照做出了自己的回答，那就是活着要做一名人间英雄，死了也要成为鬼雄。做鬼域的英雄当然是不可能的，因此理解为流芳百世更好。这两句已成为哲理性的名言，为人们传诵。

[对英雄的呼唤] 项羽不过江东是历史事实，李清照用它讽刺不愿抗金的统治者。讽刺他们苟延残喘，怯懦畏缩。她之所以有如此悲愤深重的感情，是出于战乱对她生活的深重打击。靖康之变使她丢失了大量的珍贵之物。情投意合的丈夫赵明诚不幸过世，李清照在如转蓬般的生活中流离颠沛。而面对委曲求全的统治者，面对他们偏安一隅，只把杭州做汴州的玩乐态度，李清照悲愤地喊出了"汝为误国贼，我作破家人"的现实。在国难当头

之际，人们呼唤英雄挥戈北上，收复失地。对项羽的思念就是对英雄的思念。除此而外，作为失败的英雄，项羽在他临死时做了反思，他充满愧疚地死去，而对于不知廉耻的南宋统治者，李清照也借项羽之死对他们做了深刻抨击。

如梦令

昨夜雨疏风骤①，浓睡不消残酒。试问卷帘人②，却道海棠依旧。知否，知否？应是绿肥红瘦③。

注释　①雨疏风骤：风声大雨点小。②卷帘人：指侍女。③绿肥红瘦：叶多而花少。

赏析　[这首词的魅力] 古代诗词中表现伤春惜花的作品很多，李清照的这首词却很特出。"当时文士莫不击节称赏，未有能道之者"（明·蒋一揆），后世更传诵不衰，如果说词中情感内容离今天已较远，那么它的艺术表现还是颇有魅力的。

[这首词中的两个人物] 本词有生动的情节性，这在小令并不多见。词中写了两个人物，女主人公（一位闺中少女或少妇）和她的婢女。词情是在她们的问答之中流露出来的，这两人的心绪不同，语气各别，相映成趣：一个非常感伤，借酒浇愁，回想夜来风雨，对庭花（"海棠"）的命运十分担心，语气忐忑不安；另一个却不那么善感，语气平和乃至漫不经心。互为衬托，加强了艺术效果，有力地表现出女主人公伤春的情绪。

[词中人情绪的变化] 这情绪的表现不是平直的，而是曲折多姿的。前二句中，女主人公回忆"昨夜雨疏风骤"，心想的是海棠花不知成了什么样子，所以当她"试问卷帘人"时，不免悬心挂肠。可婢女"却道海棠依旧"，这是出人意外的（注意"却"字），又是聊可自慰的，悬念稍稍一放，但转念一想，海棠花即使未全部飘零，又哪会毫无损伤，所以"海棠依旧"断不可能。再说，眼下是暮春时节，海棠纵然熬过今朝，又怎能保住明宵？

于是女主人公刚才宽放的心又紧悬起来，不禁痛惜失声："知否，知否？应是绿肥红瘦。""全词一弛一张，婉曲尽情"，"只数语中层次曲折有味"（《云韶集》）。

口语化是这首词又一特色，但它并不等于口语。这里有高度的提炼与精心的推敲。"雨疏风骤"即风声大雨点小，这不但是相关联的两种自然现象，而且只有在这种情况下，庭花才不至于全部零落成泥，粗心的婢女才会认作"海棠依旧"，所以这四字不是随意轻下的。

[这首词在用语上的创意]"绿肥红瘦"即叶多花少，但词人既不用"多""少"，也不用"绿暗红稀"的通常写法，别出心裁地用了"肥""瘦"二字，这就将自然景物人格化了。同时使人联想到惜花之人，只怕是"人比黄花瘦"呢。正因为这样，它才称得上语新意工。前人都认为《如梦令》安顿二迭语最难，这首词却利用这迭语来表现呼叹不止的情态，"知否，知否"，口气婉转，人物也就活现纸上了。

❀ 武陵春 ❀

风住尘香花已尽，日晚倦梳头。物是人非事事休，欲语泪先流。　闻说双溪春尚好，也拟泛轻舟①。只恐双溪舴 zé 艋 měng 舟②，载不动许多愁。

注　释 | ①拟：打算。②舴艋舟：一种小船。

赏析 [诗人愁苦心情的写照] 李清照一生坎坷，大家闺秀因战乱而家破夫亡，以至颠沛流离，无所依托。暮春时节，一阵风雨令香花凋落，"风住尘香花已尽"，这是景。人呢？"日晚倦梳头"。懒于梳洗全因"物是人非事事休"，自然而然。"欲语泪先流"，诗人内心的愁苦是语言难以表达的。

[以重量称量愁苦] 词人的创造性体现在最后两句上："只恐双溪舴艋舟，载不动许多愁。"李白的"白发三千丈，缘愁似个

长",李煜的"问君能有几多愁,恰似一江春水向东流",都是用长度来形容愁。李清照不愧为大家,能在前人无数写愁的佳句中翻新出奇,别具一格,把无形的"愁"化作有形的重量,且"载不动",让读者从这具体化的重量中体味到女词人心中的凄苦。

醉花阴

薄雾浓云愁永昼,瑞脑消金兽①。佳节又重阳,玉枕纱厨②,半夜凉初透。　东篱把酒黄昏后③,有暗香盈袖。莫道不销魂④,帘卷西风,人比黄花瘦。

注释　①瑞脑:即龙脑,香料。金兽:兽形的香炉。②玉枕:磁枕的美称。纱厨:纱帐。③东篱:菊圃的代称。④销魂:用以形容极度的愁苦。

赏析　各本题为"重阳"或"九日",写重阳节独处而思念丈夫的情绪。"佳节又重阳"点出时令。

[上片写从日间到夜里的无聊情态]"薄雾浓云"是阴天,天气怪不舒服,何况是幽闺独处。词于云、雾分别浓、淡,用字甚细,做成唱叹。次写闺房熏香。炉中香慢慢烧完得有一段不短的时间。"瑞脑消金兽"写出了时间的漫长,形象地传达了长日的难消的感受。"佳节又重阳"后边的两句写午夜梦回,难以入眠。本来秋凉是最好睡觉的时候,而此时的"玉枕纱厨,半夜凉初透"却让人有些无法接受。

[过片回忆重阳节当日情事]过片二句补叙日间登高赏菊情事。据《东京梦华录》,九月重阳都下酒家皆以菊花缚成洞户,都人多出郊外登高。"东篱把酒黄昏后"用陶潜"采菊东篱下,悠然见南山"(《饮酒》)字面,只是较为寂寞;"有暗香盈袖"用《古诗十九首》"馨香盈怀袖,路远莫致之"字面兼诗意,相思之情溢于言表。

[最后以妙喻传神] 最后三句推出抒情主人公形象:"莫道不销魂,帘卷西风,人比黄花瘦。"以"莫道"二字提唱作结是唐人七绝惯用手法,施之小令,更见摇曳多姿。以花比人,传神只在一"瘦"字。菊本是孤高的象征,而秋花又没有春花那样的富丽,其"瘦"在神。通过富于创意的比喻,不仅表现了女主人公的顾影自怜,还表现出几分孤芳自赏和几分自嘲,所以为妙。

[关于这首词的一个故事] 据说这首《醉花阴》使赵明诚叹绝,苦思求胜之,乃忘寝食三日夜,得五十阕,杂易安作以示友人陆德夫,德夫玩之再三,曰:只有"莫道不消魂"三句绝佳。(伊世珍《琅嬛记》)。

一剪梅

红藕香残玉簟 diàn 秋①,轻解罗裳,独上兰舟②。云中谁寄锦书来?雁字回时③,月满西楼。　花自飘零水自流,一种相思,两处闲愁。此情无计可消除,才下眉头,却上心头。

注释　①红藕:指荷花。簟:竹席。②兰舟:木兰舟,船的美称。③雁字:指雁行,因雁行常作一字或人字,故云。

赏析 [关于这首词的内容] 各本题作"别愁""离别""秋别""闺思"等。词写两地相思是没有问题的。"红藕香残"写户外荷塘,"玉簟秋"写室内之物,对清秋季节做点染,也是没有问题的。

[词句的难点] 关键在"轻解罗裳,独上兰舟"二句怎么讲,有人笼统地讲为"写日间水面泛舟之事",但为什么"独上兰舟"还须"轻解罗裳"?或说是写独寝,"兰舟"实指床榻(《唐宋词新话》),但很勉强。

[合理的解释] 按"轻解罗裳,独上兰舟"二句省去了主语,应是分咏二事。比较合理的解释应是:"轻解罗裳"对应于"玉

簟秋"，乃写孤眠情事，"独上兰舟"对应于"红藕香残"，乃写采莲情事，分别说的是女主人公在日间和夜间的活动。一个"独"字，兼管上下句，——无论属于哪种情况，她都感到寂寞难耐。

[词中的兴语和新意] 过片"花自飘零""水自流"，分别照应"红藕香残"和"独上兰舟"，是兴语。然而它兴起的不是惯常所谓"落花有意，流水无情"的意思，而是时光的无情流逝带来的"一种相思，两处闲愁"，因而甚有新意。

[化用的出新] "才下眉头，却上心头"二句，化用自范仲淹的"都来此事，眉间心上，无计相回避"（《御街行》），不仅写出了愁的无可回避，还具体表现了这样的情态——愁是如何从外在（眉间）转入内在（心头），因细腻所以后出转工（参王士禛《花草蒙拾》）。二句运思的尖新与上片煞拍"雁字回时，月满西楼"的浑成含蓄适成对照，可见词人创作语汇之丰富。

声声慢

寻寻觅觅①，冷冷清清，凄凄惨惨戚戚。乍暖还寒时候，最难将息②。三杯两盏淡酒，怎敌他、晚来风急！雁过也，正伤心，却是旧时相识。　满地黄花堆积③。憔悴损，如今有谁堪摘！守着窗儿，独自怎生得黑！梧桐更兼细雨，到黄昏、点点滴滴。这次第，怎一个愁字了得！

注释 | ①寻寻觅觅：如有所失想把它找回来似的。表示内心的空虚。②将息：养息，保养。③黄花：指菊花。

赏析 [这首词的内容] 本篇是李清照晚年杰作，倾诉了词人夫亡家破、饱经乱离的哀愁，直是一篇悲秋赋。

[奇特的开篇] 开篇即连下十四叠字，如倒倾鲛室、明珠走盘。这完全是兴到神会、妙手偶得，有层次地、恰如其分地表达

了一种微妙复杂而难于表达的心理变化过程——"寻寻觅觅"是"寻觅"的叠词，既"寻觅"必有失落，对于南渡后的词人来说，失落的东西太多。"冷冷清清"是"寻觅"的结果，是什么也找不回来。"凄凄惨惨戚戚"是心理感受，是因寻觅无着而导致的极度悲凉的感觉。这一串叠字出自情绪自然消长，而非有意的文字猎奇。

[语浅而情深] 深秋如早春，天气忽暖忽寒，体质衰弱的人容易受凉，最难保养。"乍暖还寒"在这里虽然是直接说天气，却又使人联想到风雨飘摇的时局——又何尝不是"乍暖还寒"！使人联想到世态的炎凉和人情的冷暖——又何尝不是"乍暖还寒"！词人一向深爱陶诗，此时此刻，又如何能保持平和的心态？"三杯两盏淡酒，怎敌他、晚来风急！"透过一层，则是说自我的慰藉相对于恶劣的环境，毕竟势单力薄，"三""两"和"淡"等下字，极有分寸。"怎敌他、晚来风急"，即李后主所谓"无奈朝来寒雨晚来风"（《乌夜啼》）。"雁过也"乃秋晚景象。正在伤心的时候，忽然听到长空雁叫，使人更觉凄凉。北雁南飞，很自然地和北人南渡搭成联想，构成同情——其实是移情于物。说大雁"却是旧时相识"，这是感觉而不是事实。然而它唤起的是对故乡热土及往昔所有的怀念。

[过片的造境] 过片写满地的落花，那是词人喜爱的菊花。"堆积"二字形象地展示了风扫落花、遍地狼藉的情景。本来，菊花就给人以"瘦"的感觉，加之晚风的肆虐，更觉"憔悴"。"如今有谁堪摘"的一问，使人想起唐人"有花堪折直须折，莫待无花空折枝"（《金缕衣》）的名言，一语双关地痛惜着永别了的人生花季——正是"韶华不为少年留"（秦观《江城子》），同时还能使人想到国事的不堪。"守着窗儿"的"守"字，写出人在窗边的时间之久，这一个黄昏好难挨也；"独自怎生得黑"的"黑"字代夜，以口语入词，将一个险韵安顿得十分妥帖。

[篇末又用叠字] "梧桐更兼细雨"是一个古典的情景，从白

居易的"秋雨梧桐叶落时"(《长恨歌》)到温庭筠的"梧桐树,三更雨"(《更漏子》),诗人词客已有许多的创意。而这一情景出现在本词,仍有新意,那就是"到黄昏、点点滴滴",再用叠字,从音情上加大感染的力度。点点滴滴,收不住的雨脚,象征的是绵绵不绝的愁情。

[说明而不说尽] 昔人言愁多用比喻,或如一江春水,或如无边丝雨,或如满城风絮。此词结尾写愁,尽弃前人窠臼,直抒胸臆道:"这次第,怎一个愁字了得!"纯出口语,而一语百情。放进了一个"愁"字,却又说并非一个"愁"字可以尽之。这使人想到魏晋时期的"言意之辨"。言不尽意,不如以不尽尽之,结果就留下空白,让读者主动填补,与李后主"别是一番滋味在心头"(《乌夜啼》)之句,实有异曲同工之妙。

[这首词的艺术特色] 词中一阵风过,一阵雁过,一阵花落,一阵雨来,层层渲染,自始至终紧扣悲秋之意,即景、即事、即兴而作,故一片神行,妙于浑成。此外又深于境界,具有象征意蕴,不局限于一时一事而包容甚大。在修辞上善用叠字,开篇即用十四叠字,后片又用四字再叠,如大珠小珠落玉盘。在语言上不用骈偶典故,不装点字面,将口语提炼入词,却避免了打油腔调,真正做到了雅俗共赏。词用入声韵,句中亦多入声字,入声字多属舌齿音,做成啮齿叮咛、喁喁自语的声情,适宜于表现低抑的情感内容。在全宋词中,此词风格特别,表现了很高的创调才能。(辛弃疾于博山道中作《丑奴儿》,自称"效李易安体",但读来读去只觉是辛词,故知易安词格不易模仿。)

❀ 永遇乐 ❀

落日镕金,暮云合璧①,人在何处?染柳烟浓,吹梅笛怨②,春意知几许?元宵佳节,融和天气,次第岂无风雨③?来相召、香车宝马,谢他酒朋诗侣。 中州盛日,闺门多暇,记得偏重三五④。铺翠冠儿,捻金雪柳,簇带争济楚⑤。如今憔

古诗词鉴赏

悴，风鬟雾鬓⑥，怕见夜间出去。不如向帘儿底下，听人笑语。

注释 ①镕金：形容落日灿烂的颜色。合璧：形容暮云连成一片的样子。②吹梅：笛曲有《落梅风》，抒别情，所以下文说"笛怨"。③次第：接着。④中州：指北宋都城汴京。三五：指元宵节。⑤铺翠冠儿：翡翠为饰的女帽。捻金雪柳：捻金为饰的雪柳。雪柳是一种插戴的饰物。济楚：整齐漂亮。⑥风鬟雾鬓：蓬头不整的样子。

赏析

[词中有两处对比] 词中有两处对比。一处纵向对比：以往昔"中州盛日"即北宋的升平时代自己所亲历的兴高采烈的元宵和眼前面对的冷冷清清的元宵相比；一是横向对比：以他人即相对年轻的人过节喜欢热闹的心理和自己如今害怕热闹的心理相比。曾几何时，不甘寂寞的"我"竟喜欢上了孤独。这是一首超越时代的词，身逢丧乱，遭遇不幸，历经沧桑的心，都会不同程度地与它发生共鸣。

[清词丽句必为邻] 这首词总体上非常口语化、白描化，如"人在何处？""春意知几许？""元宵佳节，融和天气，次第岂无风雨？""怕见夜间出去。不如向帘儿底下，听人笑语"等，可谓清词。其中却又夹用一些华丽辞藻，如"镕金""合璧""香车宝马""铺翠冠儿，捻金雪柳""风鬟雾鬓"等，不但没有龃龉之感，适得兼济之妙，很好地表达了词情——现实与梦境的交织。

岳飞

(1103—1142)字鹏举,相州汤阴(今属河南)人。南宋抗金名将,后为秦桧所诬被害。宁宗时追封鄂王。有《岳武穆遗文》。

池州翠微亭①

经年尘土满征衣,特特寻芳上翠微②。好山好水看不足,马蹄催趁月明归。

注释 ①池州:今安徽贵池。是当时的抗金前线。翠微亭:在池州东南齐山上。②特特:一说做拟声词,意为"得得"的马蹄声;一说做特地、特别解,叠字有强调之意。

赏析 [壮怀激烈的爱国感情]岳飞是南宋初年的抗金名将。他于宋徽宗宣和四年(1122)十九岁从军,到绍兴十一年(1141)三十八岁时,被秦桧陷害身亡。生当北宋末世的岳飞,亲眼看见了祖国山河破碎、国破家亡。少年时,其母在他背上刺下"精忠报国"几个字,以激发他的爱国热情。他青年从军,以"还我河山"为己任。"三十功名尘与土,八千里路云和月",冒矢石,受风霜,为的是"收拾旧山河"。在这种特定的历史情况下,岳飞对祖国山川的一草一木都怀着特殊的感情。正是在这样的情感支配下,这位连年征战的青年将军,在戎马倥偬之际,面对祖国山川,热爱之情油然而生,发而为诗。只要了解了作者的身世、经历,就能较深地体味到诗中强烈的爱国感情。

[登山游览]为了抵抗金兵南下,保卫南宋的半壁河山,进而收复中原,诗人长期转战在今两湖、浙、赣、皖、苏一带。绍

兴四年和十一年，曾两次在庐州（治所在今安徽合肥）击败金兵，十一年还驻军舒州（治所在今安徽安庆），"尘土满征衣"，这一细节即是诗人实际生活的写照，其长年驰骋沙场，风尘仆仆，可能是无暇换衣，也可能是换了衣服又扑满尘土，还可能是无衣可换。首句从一个独特的视角勾勒出长期作战的军人生活。第二句让人生疑，这么忙的一位将军，怎么有时间寻芳踏春呢？联系时代背景可知，宋军曾取得过胜利，驻军舒州。这才使这位将军紧张的神经稍做松弛，能登上翠微亭看一看美丽的春色。我觉得"特特"理解为马蹄声更好。忙中偷闲是显而易见的，没有必要专门强调。而得得的马蹄声能更好地表现诗人此时轻快的心理，又与后面诗人骑马离开相照应。

[踏月而归] 翠微亭的风景美丽吗？当然，好山好水看不足嘛。怎么诗人又那么急于离去呢？走得是那么急，星夜奔驰，还不断地快马加鞭。这看似矛盾，但如果结合诗人的身份，立刻明白，诗人正是面对大好河山的吸引，增强了保卫她的决心。于是快马加鞭到前线，把侵略者赶出去。离开是为了回来，更好地欣赏美景。这两句展示了诗人对祖国的浓厚情谊。

[谨严的结构] 诗的首句叙述自己的经历，从而把登翠微亭放在一个特定的背景下面，使读者感受到时代和诗人的脉搏是一致的。第二句把自己的戎马生活与大好河山从感情上联系起来，同时，在结构上又起到了转折的作用，把感情抒发的重心移到对故国的爱恋上来，为最后一联直抒胸臆做了铺垫。三四句为全诗的中心，倾泻了一个驰骋沙场、为国而战的诗人的炽热感情。

[冲口出常言] 这首诗明白如话，不假雕饰，也没有用事用典，完全出之以口语、常言，却十分感人。其奥妙全在于以情取胜。这种情感是发自肺腑的，它冲口而出，是那样自然、真挚。苏轼有一首论诗的诗："冲口出常言，法度法前轨。人言非妙处，妙处在于是。"恰好道出了岳飞《池州翠微亭》的艺术特点。

岳飞

❀ 小重山① ❀

昨夜寒蛩 qióng 不住鸣②,惊回千里梦,已三更,起来独自绕阶行。人悄悄,窗外月胧明。　白首为功名,旧山松竹老,阻归程。欲将心事付瑶琴,知音少,弦断有谁听?

注　释　①小重山:词牌名。②寒蛩:一般认为是秋天的蟋蟀。

赏析　[一首婉约词] 岳飞不仅是一员武将,也是位著名的词人。其《满江红》词气壮山河,惊天地,泣鬼神,展现了其词豪迈的一面。而这一首《小重山》,则是岳飞的一首婉约词,情思绵邈,一唱三叹。从另一个方面表现了词人心忧国事的爱国主义思想。

[上阕写景] 第一二句交待了时间、事件。夜半三更时分,词人从梦中惊醒,四周一片寂静,只听见蟋蟀的鸣叫。看来这个梦一定是一个不好的梦。第三四句,词人由醒而起,可见这个梦对词人情绪影响很大。他心事重重,披衣起床,独自徘徊。人们都睡着了,窗外月色明朗,万籁无声。词人抓住有代表性的景色来描写环境,通过"寒蛩""月胧明"来表现一种清冷寂静的境界,为下阕抒发忧怨之情做了铺垫。

[下阕抒情] 理解这首诗,"梦"是一个核心。词人因梦而醒,因梦而起。那么,这个梦是什么,在下阕中得到了很好的阐释。"白首为功名",功名就是词人不能入寐的原因。对爱国词人而言,功名不是升官发财,也不是名扬天下,而是杀尽入侵之敌,收复失地。这是词人朝思暮想之功名。可是现实是无情的。词人的梦想为投降派所阻,屡屡失去战机,而导致中原被占,人民无家可归,回乡之路被阻隔。故乡的一草一木年年绿了又枯,枯了又绿。人民望眼欲穿,终究无可奈何。这一切,对于"壮志饥餐胡虏肉,笑谈渴饮匈奴血"的英雄来讲,是最痛苦的事了。他曾吟道:"莫等闲,白了少年头,空悲切。"这也是不能实现理想的愤懑之声。

[化用典故] 词的最后"知音少，弦断有谁听"是用伯牙、钟子期的典故。伯牙擅琴，可是王公大夫无人能懂，而民间一樵夫钟子期却曲曲说中伯牙心声。二人遂为知己。后子期死，伯牙摔琴永不再鼓。词人借此典故抒发自己无人支持、不被理解的痛苦。即使弹断琴弦，又有谁来欣赏呢？一咏三叹，英雄之恨，令人扼腕。

满江红

怒发冲冠，凭栏处、潇潇雨歇①。抬望眼，仰天长啸，壮怀激烈。三十功名尘与土，八千里路云和月。莫等闲②、白了少年头，空悲切。　靖康耻③，犹未雪。臣子恨，何时灭？驾长车，踏破贺兰山缺④。壮志饥餐胡虏肉，笑谈渴饮匈奴血⑤。待从头、收拾旧山河，朝天阙⑥。

注释　①潇潇：形容雨大的样子。②等闲：平常。③靖康耻：靖康元年（1126），金陷汴京，次年挟徽、钦二帝北去。④贺兰山：在今宁夏回族自治区与内蒙古自治区交界处。缺：即缺口。⑤匈奴：泛指异族。⑥天阙：宫门。

赏析　[神似易水之歌] 开篇就是登高临远，凭栏眺望，展现出抒情主人公的高大形象。句中櫽栝了《史记》描写荆轲辞燕入秦、义无反顾一节的若干文辞。荆轲在饯筵上和筑声而歌，初为"变徵"（调名，宜悲歌）之声，唱《易水歌》，"复为羽声（亦调名，宜抒激情）慷慨，士皆瞋目，发尽上指冠"。"发尽上指冠"这一精彩文句，陶诗曾化为"雄发指危冠，猛气冲长缨"（《咏荆轲》）二句，有所发挥；此处则凝为"怒发冲冠"四字，益见警策，掷地有声。有人还指出，连"潇潇雨歇"一语亦神似易水之歌（见《七颂堂词绎》），写疾风暴雨，既壮勇士之行色，又可借以暗示曾经存亡危急的时局，有双重妙用。句下还隐约以虎狼之秦喻金邦，也是恰切的。史载荆轲提一匕首入不测之强秦，有誓死之心却无必胜的把握。而岳飞劲旅北上，实有决胜信念。"潇潇雨歇"的"歇"字似乎意味金人嚣焰既煞，中兴转机将至。可以说，起首三句便奠定了全词气吞骄虏的基调。

[相关的历史背景] 紧接着，词的音情发为高亢："抬望眼，仰天长啸，壮怀激烈。""啸"乃魏晋名士用以抒发难以言宣的复杂情感的一种口技，"长啸"为"啸"之一体。"长啸"而"仰天"，就与独坐幽篁中弹琴者的长啸大为不同，那啸声必然响遏行云，如数部鼓吹，非如此不足以表"壮怀"之"激烈"。而抬头仰天的动作又给人以一种暂得扬眉吐气、解恨开怀之感。对于古人，君父于臣子均可譬之"天"，仰天长啸，抒发的无非是一腔忠义之情，这已遥启下文"臣子恨"三字。古人珍惜盛年，以"立功"为三不朽之一，而作者却将"三十功名"视同尘土，则其壮怀在于国家之中兴、民族之奋起。为光复国土，岳家军昼夜星霜，驰骋千里，浴血奋战，屡挫敌锋。"三十功名"与"八千里路"两句，一横一纵，兼写壮怀壮举，概括性极强，形象性悉称。"尘与土"与"云和月"天然成对，妙合无垠。

[千古箴铭] 到这里，字里行间全是破虏雪耻、只争朝夕之意，于是作者信手拈来古乐府警句"少壮不努力，老大徒伤悲"（《长歌行》）化入词中，及时努力之意与抗金事业联系便洋溢着强烈的爱国主义激情，可谓与古为新。无怪陈廷焯称赏"莫等闲、白了少年头，空悲切"二语"当为千古箴铭"（《白雨斋词话》）。

[不忘国耻] 上片歇拍充满一种责任感、紧迫感，过片不断曲意，直书国耻，声调就转为悲愤了。公元1127年，金人南下掳徽钦二宗及皇室宗族多人北去，这就是历史上有名的靖康之乱，为有宋一代的奇耻大辱。当时，"靖康耻"岂但"犹未雪"，肉食者中无意雪者亦大有人在，故主战的英雄不得不痛切地大声疾呼："臣子恨，何时灭？"这里的"臣子"二字，当痛下眼看，须知对于因在北地的"二圣"，高宗赵构亦在臣子之列。因而，

过片四句无异乎"夫差，尔忘越王杀尔父乎"那样沉痛直切的呼告，使人联想到作者在《南京上高宗书略》中的慷慨陈词："乘二圣蒙尘未久，庙穴未固之际，亲帅六军，迤逦北渡。则天威所临，将帅一心，士卒作气，中原之地，指期可复。"

[悲愤的抒情]"贺兰山"在今宁夏境内，与当时金邦黄龙府方位大相径庭。但既是诗词语言，便不可拘泥解会。盖以"贺兰山"代敌我相争之地，唐诗已习见，如"贺兰山下阵如云"（王维《老将行》）、"一时齐保贺兰山"（卢汝弼《和李秀才边庭四时怨》）。宋人更以之代指敌方根据地。如北宋姚嗣宗诗云："踏碎贺兰石，扫清西海尘。"即以之代指西夏。宋末汪元量诗云："厉鬼终须灭贺兰。"又代指元蒙。此词则以"贺兰"代指金邦。说到破敌，悲愤之情遂化作复仇的激烈言辞："壮志饥餐胡虏肉，笑谈渴饮匈奴血。""饥餐渴饮"的熟语与"食肉寝皮"的意念熔铸一联，切齿之声纸上可闻，这便是作者在别处说的："嗣当激励士卒，功期再战，北逾沙漠，蹀血虏廷，尽屠夷种。"（《五岳祠盟记》）如实反映了惨遭凌暴的宋人对于女真统治者的特殊民族仇恨，声可裂石。又以"壮志""笑谈"等语造成"为君谈笑静胡沙"式的轻快语调，惬心贵当。

[乐观自信的结尾]复仇亦非终极目的，杀敌乃为"还我河山"。词的结尾即以此深自期许："待从头、收拾旧山河，朝天阙。"山河破碎，故须"收拾"，使金瓯完固，方能勒石纪功，班师奏凯。决胜的气概镇住全词，与发端的力量悉敌，非如椽之笔，难以到此。

陆游

（1125—1210）字务观，号放翁，越州山阴（今浙江绍兴）人。"中兴四大诗人"之一。绍兴（1131—1162）中应礼部试，为秦桧所黜。孝宗即位，赐进士出身，曾任镇江、隆兴通判。乾道六年（1170）入蜀，任夔州通判。乾道八年，入四川宣抚使王炎幕府，官至宝章阁待制。晚居山阴镜湖。有《剑南诗稿》《渭南文集》《南唐书》《老学庵笔记》等。

游山西村

莫笑农家腊酒浑①，丰年留客足鸡豚②。山重水复疑无路，柳暗花明又一村。箫鼓追随春社近③，衣冠简朴古风存。从今若许闲乘月④，拄杖无时夜叩门⑤。

注释 ①腊酒：农民冬天自酿的酒。浑：浑浊。②豚：猪。③箫鼓追随：指人群吹箫击鼓娱乐。春社：古以立秋后第五个戊日为春社日。④闲乘月：乘着明月之夜出游。⑤无时：没有一定时刻；随时。

赏析 [这首诗的写作年代] 作于孝宗乾道三年（1167）因符离之败落职居乡之时，是一首纪游之作。当时陆游居住在绍兴西郊镜湖畔之三山，题中之村即在三山西面。

[丰年农家的快乐] 首联通过热情待客写丰年农家的快乐。这不是一般意义上的好客，而是所谓"穰岁之秋，疏客必食"。在语气上，则描摹农家留客口吻，与"故人具鸡黍，邀我至田家"的纯叙述不同，上句带几分自谦，下句带几分自炫，惟妙惟肖地反映出农家衷心的喜悦。

[写景中的哲理意味] 次联写到村的经过。与"绿树村边合，青山郭外斜"的纯写景不同，在写景中寓有生活哲理。"山重水

复"两句首先来自水程实感,所谓"舟行若穷,忽又无际"(柳宗元),而且还象征着人生中经常会遇到暂时的困惑或停滞的阶段,然而只要继续探索,经过一阵徘徊,总会有豁然开朗的时候。

前人写类似生活实感的不少,如王维"遥爱云木秀,初疑路不同。安知清流转,忽与前山通"、耿沛"花落寻无径,鸡鸣觉有村"、强彦文"远山初见疑无路,曲径徐行渐有村"、王安石"青山缭绕疑无路,忽见千帆隐映来"等,但都是着重叙述这种生活经验,没有一个写得像陆游这样富于理趣。用"山重水复"来写"疑无路",以"柳暗花明"(出武元衡诗)来写"又一村",不但对仗工稳,而且概括性强,象征性显。大有"踏破铁鞋无觅处,得来全不费功夫"的味道。流水对的形式,又赋予诗句以灵动之气。

[写农村风俗颇得要领] 三联写山西村群众"社会"活动,以节日气氛更为具体生动地写出了好年头带来好兆头,为孟浩然《过故人庄》所无。"春社"是古代农村祭祀土地神和五谷神的节日,村民吹吹打打,群众追随围观,名为娱神,实亦自娱。"衣冠"是人的精神面貌的反映,诗人抓住"简朴"的特征,写出了淳朴节俭、不事华靡的劳动人民的本色。

[主客在感情上的认同] 末联写告别语,与《过故人庄》略近。但这里表现的是对村民在感情上的认同,也就是说在感情上打成一片。作为一个士大夫,这是十分难能可贵的。这也是陆游爱国主义思想的一个重要组成部分。诗不但思想境界、情感内容明朗健康,而且富于理趣,留意民俗,语言精练、清新、流畅,在唐宋七律中是独具特色的佳作。

❋ 书愤 ❋

早岁那知世事艰,中原北望气如山。楼船夜雪瓜洲渡①,铁马秋风大散关②。塞上长城空自许③,镜中衰鬓bìn已先斑。出师一表真名世④,千载谁堪伯仲间⑤。

陆游

注　释　①楼船：高大的战船。瓜洲：地名，在今江苏省扬州市南面。②铁马：披着铁甲的战马。大散关：地名，是南宋与金交界处的边防重镇。③塞：边塞。许：认可。④出师一表：一篇《出师表》。名世：名传后世。⑤载：年。堪：可以。伯仲：相提并论。

赏析　[这首诗的写作年代] 这首诗作于宋孝宗淳熙十三年（1186）春陆游退居山阴六年后，这时诗人以朝奉大夫权知严州军州事起用，因作这首诗追怀往事并抒发报效祖国的热情，须知这年诗人已六十二岁，所以难免有失时之悲。

[“早岁”二字中包含的往事] 二十年前，诗人在镇江通判任上就以光复河山为己任，与驻扎在建康（南京）的爱国主战派将领张浚之子张栻及幕府中人交好，鼓吹抗战。瓜洲在长江边上与镇江斜相对峙，当时是国防前沿，故有战舰水师驻扎。又约在十余年前，诗人曾从军南郑，参与爱国将领王炎进攻中原的军事部署，曾几次亲临大散关（宝鸡西南）前线，那时又做过一次反攻复国的好梦。这两段宝贵的生活经历，就被熔铸在前四句诗中。"那知"犹言"岂料"，"世事艰"三字概括了民族所遭逢的深重灾难，是一抑。"中原北望气如山"写志在恢复河山的英雄气概，是一扬。

[精警的对仗] "楼船夜雪瓜洲渡，铁马秋风大散关。"叙事中兼写景象，于四时中特别抉出隆冬和深秋的季候来写，就造成了严寒萧瑟的气氛，瓜洲渡、大散关这两个地名前置以楼船夜雪、铁马秋风的描写，便觉叙事精警，声色动人，为全诗增色不少。然而，在镇江也好，南郑也好，希望都落了空：由于符离兵败，张浚罢职，诗人也落下交结台谏、鼓唱是非、力说用兵的罪名而丢了官；另一次则因王炎调职而使北伐计划成为泡影。

[关于万里长城的典故] 史载刘宋文帝将杀大将檀道济，檀投帻怒叱曰："乃坏汝万里长城。"诗人说自己也是"塞上长城空自许，镜中衰鬓已先斑"，心情是悲愤的，但他并不泄气，最后通过

标榜诸葛亮"鞠躬尽瘁,死而后已"的精神来激励自己:"出师一表真名世,千载谁堪伯仲间。"杜甫称赞诸葛亮"伯仲之间见伊吕",偏重于他的谋略,而陆游称赞诸葛亮,偏重于他的献身精神。诗中并没有直抒个人此时怀抱,但读者已经心领神会了。

[一气呵成而有抑扬顿挫] 这首七律句句经得起推敲,却给人以一气呵成之感;虽说是一气呵成,又饶有抑扬顿挫:说早岁不知世事之艰是一抑,紧接着写北望中原、气壮山河便是一扬,至楼船夜雪、铁马秋风二句更是酣畅之至,以下便用"空自许"三字一收,又挽合到"世事艰",末二句则推开以自励作结,诗情复得振作。全诗磊落不平,令人百读不厌。可见作诗不仅要有材料,有技巧,尤贵以感兴驱使而为之。

十一月四日风雨大作

僵卧孤村不自哀,尚思为国戍轮台①。夜阑卧听风吹雨②,铁马冰河入梦来。

注 释 ①轮台:今新疆轮台县。汉代属西域,此借指宋代北方边疆。
②夜阑:夜将尽。阑,晚。

赏析 [穷且弥坚的报国情怀] 中国士大夫往往崇尚的是"达则兼济天下,穷则独善其身",而陆游则不同。1190年,陆游因"嘲咏风月"的罪名被罢官后愤而归隐故乡山阴(今浙江绍兴)三山故居,这已是陆游第二次仕途遭挫返乡。1192年农历十一月四日深夜,风雨大作,六十八岁的陆游尽管闲居山村,身心疲病,却矢志不忘报国,于风雨之夜写出了这首激扬豪迈、气宇沉雄的爱国主义诗篇。

陆游为官多年,却是两袖清风,生活清贫。"僵"而"卧","村"且"孤",极言诗人心力交瘁,处境艰难。然而,末尾却笔锋一转,"不自哀"一是表明诗人对个人命运的不在乎,二是写出了诗人对抗击金兵、完成收复大业充满信心。前后对照,更显矢志不改、坚定不移。"人生七十古来稀",六十七岁的陆游仍夙夜忧叹,不忘"为国戍轮台"、抗击侵略,唯有胸怀大志者才能身处逆境而不以一己之身为念。字里行间,物我两忘、一心报国的爱国情怀催人泪下!

["风雨"增添了无穷的感染力] 闲居山阴的陆游本可以落得清闲,休溪上之丘,游溪中之水,明哲保身,以图苟安,然而风雨飘摇的国家命运却让诗人的内心并没有一刻安宁。于是一场常人看来寻常的"风雨"却能够骤然间拨动诗人的情怀,令其思绪万千!这里,诗人并没有直接描写风雨,而是写自己"卧听",这就为读者提供了无穷的想象空间。既表现出诗人对国事的担忧、对抗金大业的关切之情;同时触景生情,借物咏怀,形象地展示出诗人夜难成寐、浮想联翩的复杂情感。读来慷慨悲凉,感人至深。

[用梦境写出了大意境] 窗外呼啸的风声夹着如柱的大雨让诗人心情久难平静。于是神思万里,冥迷中自己仿佛又回到了抗金前线,目睹官兵驰骋边疆、奋勇杀敌的悲壮情景。本来是诗人冥思苦想,不能自已,让"所思"不知不觉变成了"所梦",可是诗人却反说是"铁马冰河"自己闯入了梦境。一个"入"字,使现实与梦境浑然一体,让本该是缥缈、虚幻的梦境变得实在,而且还有了动感,像是一幅活了的图画。冬季北方的河流都要结冰,所以称冰河。诗人选取"铁马"与"冰河"作为梦的内容,使整个诗歌的意境豁然开阔,自然而然由"孤村"转入"冰河",让"风雨"化为"铁马"。你看:冬天的北方冰天雪地,一片银色世界,抗金义士如风驰电掣一般向敌人冲杀而去,这是何等壮美,何等震撼,何等让人热血沸腾、心怀激越的场面!可是现实与梦境显然是有距离的,当时主战与主和的争论仍旧在南宋岌岌可危的朝堂上喋喋不休,诗人渴望杀敌报国,期盼梦想能化为现实,因而梦境又赋予诗作以极高的现实意义。

[一语胜千百的咏怀诗] 赵翼称赞陆游诗"言简意深,一语胜人千百"(《瓯北诗话》),赞美的就是陆诗丰富的艺术表现力和

极强的艺术概括力。尽管诗人抒写的是个人情怀，却与国家、民族的兴亡紧紧相连；虽心怀忧愤、不平，却是壮志齐天，百折不挠。因而，这使陆游的诗歌总是格调高昂、气势恢宏、意境博大，既感动人又鼓舞人。"以气为主"是陆游为诗为文的主要特色，这种壮心不已、穷且弥坚的气节与情操，终其一生，也贯穿于陆游的诗歌创作之中。"一身不自恤，忧国涕纵横"（《春夜读书感怀》）、"壮心未与年俱老，死去犹能作鬼雄"（《书愤》），众多的名篇佳句都抒发了诗人报国无门而痴心不改、壮志难酬却九死未悔的悲愤之情。

秋夜将晓出篱门迎凉有感

三万里河东入海，五千仞岳上摩天[①]。遗民泪尽胡尘里，南望王师又一年[②]。

注　释 | ①岳：指东岳泰山、西岳华山。②王师：指宋朝的军队。

赏析　[这首诗的写作背景] 此诗于光宗绍熙三年（1192）作于山阴，时年六十八岁。这是在一个热得反常的秋晚，诗人不得安睡，忧念国事之作。原题下共二诗，此其二。

[突破传统的句法] 前二句痛悼中原失地，是陆游名句。"三万里河"指黄河，"五千仞岳"指泰、华二山（《寒夜歌》"三万里之黄河入东海，五千仞之泰华摩苍冥，坐令此地没胡虏，两京宫阙悲荆榛"可为注脚），用代中原失地。汉民族本发轫中原，黄河、泰山、华山从来都是华夏民族的骄傲和象征，丧失中原对于华夏民族来说就等于丧失了根本。而南宋安于江南半壁河山既久，国人神经多已麻木；作者一经提起，顿觉疾首痛心。这两句在内容上是触目惊心的，在形式上则打破七言律句以"二二三"为节奏的常规，作"三一三"对起，音情是非常的，形式是严重的。

[念念不忘对失地的收复] 后二句思念中原遗民，类似结尾也见于范成大诗及作者本人的《关山月》。尽管南宋统治者已无

意于收复失地，但老诗人还没死心，还要提个醒儿——除了宗庙河山，北方还有同胞骨肉啊。还能再麻木下去吗？就题材重大和感情容量深厚而言，此诗达到了七绝艺术的极诣。

金错刀行

黄金错刀白玉装①，夜穿窗扉出光芒。丈夫五十功未立，提刀独立顾八荒②。京华结交尽奇士，意气相期共生死。千年史册耻无名，一片丹心报天子。尔来从军天汉滨③，南山晓雪玉嶙峋④。呜呼！楚虽三户能亡秦⑤，岂有堂堂中国空无人！

注　释　①黄金错刀：言刀的名贵。错，用金涂饰。②八荒：泛指一切荒远的地方。③尔来：近来。天汉滨：汉水旁。④南山：终南山。玉嶙峋：参差矗立，洁白如玉。⑤三户：三家，言极少。

赏析　[这首诗的写作年代] 此诗作于乾道九年（1173）任嘉州（今四川乐山）代理知州时。诗借刀以言志，抒发抗金复国的壮志豪情。共三段，段自为韵。

古诗词鉴赏

[咏刀所用的典故]一段咏刀入题,写急于复国立功的情结。"黄金错刀"语出张衡《四愁诗》"美人赠我金错刀,何以报之英琼瑶",指把上黄金错落的佩刀,"白玉装"谓刀匣。谓宝刀夜出光芒,是活用龙泉宝剑气冲斗牛的典故(《晋书·张华传》),与他篇写"匣中宝剑夜有声"一样,是对刀主"逆胡未灭心未平"的暗示。"丈夫五十"(陆游时年四十八)二句,与李白《行路难》"停杯投箸不能食,拔剑四顾心茫然"同出于鲍照《拟行路难》"对案不能食,拔剑击柱长叹息。丈夫生世会几时,安能蹀躞垂羽翼",痛感的是"年光过尽,功名未立"(刘克庄),而"提刀独立顾八荒"更有男儿顶天立地的意思,从而对未能建功立业更为于心不甘。

[回忆的具体内容]二段回忆青年时期,即所谓"结交台谏,鼓唱是非,力说张浚用兵"那一时期激动人心的往事。"京华"指南宋都城临安,包括建康一线,两句谓结交奇士、风义相期,决非泛说,而有十分丰富的具体生活内容。"千年史册耻无名",字字磊落光明,为烈士写心。"名"乃功名非虚名。"一片丹心报天子",此心此志,可对天日,而后来遭遇的挫折不说也罢。读诗须联系作者生平,方能因声求气。

[抗金复国的豪情壮怀]三段一跳说到从军南郑,抗金热情复炽。从汉水之滨遥望终南积雪,缅怀盛唐气象,令人热血沸腾。于是情不自禁地想到历史上楚亡于秦后,楚人那充满民族义愤的誓言:"楚虽三户,亡秦必楚!"这个誓言最后是实现在了楚霸王身上的。诗中"中国"指赵宋。想当年楚国是倾巢覆没,而赵宋至少还拥有江南半壁河山,岂无希望耶?前言京华奇士,此言岂曰无人,先后呼应,自信心与自豪感洋溢纸上。诗作于嘉州,豪情亦如岑嘉州,岂偶然耶。

❋ 临安春雨初霁① ❋

世味年来薄似纱,谁令骑马客京华?小楼一夜听春雨,深巷明朝卖杏花。矮纸斜行闲作草②,晴窗细乳戏分茶③。素衣莫起风尘叹④,犹及清明可到家。

注释 ①临安:南宋的都城,今浙江省杭州市。②矮纸:即短纸。草:草体字。③分茶:品茶。分,鉴别的意思。④素衣:白衣。

赏析 [这首诗的写作背景]淳熙十三年(1186)由山阴赴召知严州时,作于临安客舍。此时陆游六十二岁,已退居五六年,宦情已淡,还是怀着一线希望赴阙。严州有子陵滩、钓台,为东汉大隐士严光隐居处,故陛辞时孝宗特嘱以"山水胜处,职事之暇,可以赋咏自适",故此诗有厌倦官场的心情。

[首联有自责的意味]首联言宦情已淡,偏又出山。用迷惘、自责的口吻表现出此次赴召的失望心情。以"薄似纱"形容宦情,赋无形以具象,极为佳妙。

[写景中包含的意味]次联撇开话头,写临安春雨初霁之景。其所以脍炙人口,首先在于它抓住了江南风物特色,其次在于通过听觉描写淡荡春光。诚然,这容易使人联想到老前辈陈与义"客子光阴诗卷里,杏花消息雨声中"的下句,而且陈诗的上句,也隐含在陆诗的后一联中。然而陆游将"杏花消息雨声中"扩为一联,增加了不少新意,大大丰富了原有的诗味,一是明确了一夜春雨与明朝杏花之间的因果关系,二是增加了"春在卖花声里"(王季夷)的意思。是卖花人将先到郊野的春光带入了临安街头巷尾。小楼屋檐滴雨声未绝,而街头巷尾卖花声已起。诉诸听觉,是一幅何等别致的早春都市风情画!然而这样的都市风光在那个特定的时代,对这个特定的人物来说,不有点过于和平了么!

[叙事中包含的意味]三联写寓所生活情事,也显得过于清闲无事,究心于书道与茶道——这两事非有闲心不办的。东汉大书法家张芝写草书十分考究,平时都写楷字,人问其故,答云:"匆匆不暇作草。"陆游善书,今存手迹疏朗有致,风韵潇洒,盖

亦深谙个中三昧，故云"闲作草"。"矮纸"指尺幅较短的纸。"分茶"即品茶、点茶，是宋代流行的一种茶道，后传入日本（参黄遵宪《日本国志》）。"细乳"指茶水面上浮起的白色泡沫。"戏分茶"与"闲作草"一样，皆幽人雅致，非志士所宜。无怪放翁并不满意。

[掩饰不住的失望情绪] 末联明点倦宦之意。晋人陆机诗云"京洛多风尘，素衣染为缁"，是说两京车马辐辏，容易把浅色衣服领口弄脏，后世多用为倦于宦游故事。此处"素衣"前置，诗人好像是拍拍衣裳，宽慰自己道，估计清明前可以赶回家乡，祭扫先人坟茔，并与家人团聚。遥应篇首，反映了这次临安之行的失望情绪。

示儿

死去元知万事空，但悲不见九州同①。王师北定中原日，家祭无忘告乃翁②。

注释 ①元：同"原"。九州同：指国家统一。②乃翁：你的父亲，陆游自指。

赏析 [这首诗的写作年代] 作于宁宗嘉定二年（1209）年底，是陆游的绝笔。这首诗几乎是率意直书、不假雕饰的。但人们一致认为此诗篇幅虽小，分量却重，完全可以作为诗人全集的压卷之作。

[至死也放不下的事] 古人说："七十老翁何所求。"当死亡渐渐逼近的时候，他会觉得除了赶紧休息，一切都不重要了。陆游之将死，虽亦觉万事皆休，却只有一件事放不下，那就是"但悲不见九州同"。在一般人看来，有什么比死更可悲的呢，陆游却觉得"不见九州同"比死更可悲，足使读者感动。

[爱国者的遗言] 他留下什么遗嘱呢？没有别的，就是要求儿孙不要忘记报告王师北定中原的胜利消息。在陆游面前，连一

代英雄曹操分香卖履之类的遗嘱都未免琐屑。至于为几根灯草咽不下气的严监生之类,更可以立即羞死。盼了一辈子恢复,皇帝都换了几代了,活到八十五岁居然还没死心,还坚信肯定会有"王师北定中原"之日。这是何等坚定的信念,难怪前人赞道:"较之宗泽三呼渡河之心,何以异哉!"(徐伯龄)

诉衷情①

当年万里觅封侯,匹马戍梁州②。关河梦断何处,尘暗旧貂裘③。 胡未灭,鬓先秋,泪空流。此生谁料,心在天山,身老沧洲④。

注释 ①诉衷情:唐玄宗时为教坊曲名,后演变为词调。②梁州:今陕西省汉中市,治所在南郑。③关河:关,关塞;河,河防。④沧洲:水边。沧,暗绿的水色。

赏析 [难忘的抗敌生涯] 1172年,四十七岁的陆游来到南郑,投身四川宣抚使王炎幕下襄理军务,曾在前线亲自与敌作战。尽管只有半年即被调离,这却是陆游一生最向往也是最难忘的抗敌生涯。上阕一开头,就塑造了一位卓然挺立、横槊赋诗的英雄形象。"觅封侯"引用的是西汉班超的掌故。班超少有大志,曾投笔叹曰:大丈夫应立功异域以取封侯,安能久事笔砚?后来班超出使西域建立奇功,封定远侯。"觅"写出了词人当年壮志凌云、不懈追求的坚韧与自信。"匹马"再现了英雄单刀匹马、不畏强虏、万里杀敌的万丈豪情与不凡气概。这是词人对当年激动人心的军旅生活的遥远回忆,虽事隔二十多年,在词人心中却宛在昨日,历历在目。

[理想与现实的激烈冲突] 陆游一生饱尝了报国无门、壮志难酬的苦闷与惆怅,一直在现实与理想的激烈冲突中苦苦挣扎,但也从不放弃。有所思便会有所梦,词人空有一腔热血无处抛洒,纵有经世奇才却无处施展,所以只能在梦中神游千里关塞河防,靠回忆、靠梦幻来抚慰胸中的郁闷,打发时光。可是梦总是

会断的，大梦方觉，看到的仅仅是尘封色暗的貂裘，这是何等悲凉？何等凄怆？"旧貂裘"用的是苏秦说秦王不被采用，直至百金尽、貂裘敝，黯然离去的掌故。这里词人借此抒发自己年近七十依然闲居山阴的愤懑不平，用一幅暗淡的人生图画来展示内心情感的愁惨与失落，曲折感人。

[感人至深的报国泪] 上阕引经据典叙述的是国家、历史、军旅、关河，气势开阔、苍凉悲壮；下阕则直抒胸臆，写人生易老、怆然涕下。"未""先"言大业未成，岁月无多，心情沉痛；"空"是失望，没有结果，也流露出对南宋小朝廷的不满直至彻底失望。陆游两岁时北宋灭亡，十七岁时岳飞被杀，经历了国家的覆亡，目睹了南宋主战与主和派之间的血腥斗争，自己也在政治上屡遭贬谪，几经失意，但他却矢志不移，渴望舍身报国，救国家于危难之中。几十年过去了，金人的铁蹄依然在中原大地上横行肆虐，自己却先老了，这两鬓花发、一掬清泪，说尽了人生的不如意，道尽了世间的不平事。男儿有泪不轻弹，为了国家民族，陆游老泪纵横，情难自已。

[个人命运与历史现实的高度概括] 最后词人从梦想与悲愤中超脱出来，对老之将至的一生进行概括。"谁料"一语道破结局与愿望的极不相符。偏安一隅、苟延残喘的局面是诗人所不想看到、害怕看到的，可是现实却如此令人揪心，所以"此生谁料"？自己虽心在天山，盼望北上抗敌收复失地，可是人却只能呆在老家清清的水边，了此残生。天真的封侯梦就这样破碎了，收拾旧山河的豪情壮志就这样化为泡影！这既是对个人命运的总结，也是对南宋历史的高度概括；既是对个人命运的感慨，也是对历史的浩叹，融汇了词人无限的现实幽愤与炽热的爱国情怀。

《诉衷情》本是多用以写男女相思之苦的小令，而陆游却假以写家国之痛，将个人情感、爱国苦闷一并蕴于其中，豪放之气兼有婉约之美，既慷慨又悲凉，既高昂又低婉，读之使人回肠荡气，催人泪下。

范成大

(1126—1193)字致能,号石湖居士,苏州吴县(今属江苏)人。"中兴四大诗人"之一。绍兴二十四年(1154)进士。历任处州知府、知静江府兼广南西道安抚使、四川制置使、参知政事等职。曾使金。晚居故乡石湖。有《石湖居士诗集》《石湖词》《桂海虞衡志》《吴船录》等。

四时田园杂兴(其六)

新筑场泥镜面平,家家打稻趁霜晴。笑歌声里轻雷动,一夜连枷响到明①。

注 释 ①连枷:拍打谷物使籽粒掉落的农具,有长把儿,一端为可转动拍打谷物的木排或竹排,击打时砰然有声。

赏析 [先写打稻的准备工作]这首诗写打稻时节农人忙碌而快活的情景。前二句写打稻的准备工作。首先是筑场,"镜面平"以比喻形容晒场平整光洁的事实,还写出劳动者对亲手创造的成果的一种审美愉悦。一个"趁"字,写出收获季节须抢农时的情况,也写出一种争先恐后的劳动热情。"霜晴"二字来自生活经验,非随意可得。

[再写丰收的愉快心情]后二句紧接上句,写如何"趁霜晴"。原来是连夜赶晚地干。"笑歌"句表明劳动虽然累,但天公作美,农人心情是愉快的。"连枷"是古老的脱粒工具,至今未废,以"轻雷动"形容噼噼啪啪的打场声极美,犹如轻柔和谐的和声。真正的雷声,哪怕是轻雷也绝没有这样悦耳的效果,因为它会引起对切身利害的思虑,唯其是似雷非雷,才有如此美妙的听觉效果。农民是辛苦的,然而风调雨顺之年,生活会相对改善,这也会给他们带来一些喜悦。这首诗通过劳动场面写出了真

范石湖诗意图

正意义上的农家乐,与王禹偁写春种的"各愿种成千百索,豆萁禾穗满青山"之句,有异曲同工之妙。

杨万里

(1127—1206) 字廷秀，号诚斋，吉州吉水（今属江西）人。"中兴四大诗人"之一。绍兴二十四年（1154）进士。孝宗初，知奉新县，历太常博士、太子侍读等。光宗即位，为秘书监。有《诚斋集》。

小池

泉眼无声惜细流，树阴照水爱晴柔。小荷才露尖尖角，早有蜻蜓立上头。

赏析 [小池的景色] 泉水不大，从泉眼中汩汩浸出，的确是小池景象；初夏天气晴和，绿树成荫，池中倒影特别爱人。好像是一幅小品风景画，也可说是一幅小品风景摄影。句中"惜""爱"二字下得极好，既是诗人心情写照，又是移情于物（泉眼惜流而树影爱晴）。

[小池景色中的特写] 后二句是特写。这小池是荷花池，池中荷花含苞待放，便见蜻蜓飞立其上。这是池上常见的天然好景，却又很难拍照，一经抢拍而出，自成绝妙图片。这里须体会诗人语言之妙。称花蕾为"小荷"，更形容以"尖尖角"，不但语意亲切，而且形态逼真。更重要的是"才露""早有"的勾勒，揣摩蜻蜓先得小荷之乐，体物入微，与苏诗"春江水暖鸭先知"同妙，实际上表现的是发现的喜悦——蜻蜓发现了小荷，诗人发现了蜻蜓立荷的情景。

晓出净慈寺送林子方

毕竟西湖六月中，风光不与四时同[①]。接天莲叶无穷碧，

古诗词鉴赏

映日荷花别样红②。

注释　①四时：本指春、夏、秋、冬四季，这里指六月以外的其他时节。②无穷碧：莲叶碧绿，且面积很广，看去似与天相接而无穷无尽。别样红：红得特别出色。

赏析　[关于西湖的荷花]　净慈寺在西湖西南。一个夏天早上，杨万里宿寺起来，送别官居直阁秘书的朋友林子方。盛夏六月虽然暑热，清晨却是较凉爽的。旭日东升，照临湖上，荷叶长得十分茂密，几乎布满了湖面，而朵朵荷花盛开，鲜艳地点缀在绿底上，形成有气派的怡红快绿场面，与一般荷塘景色大为不同，便成为西湖四季景色中最为迷人的一段。

[诗化的语序]"毕竟西湖六月中，风光不与四时同"是脱口而出的即兴的两句，其语序都是诗化的。按习惯的语序，应该说："西湖六月中的风光毕竟与四时不同。""毕竟"二字提前，是诗词创作中常见的腾挪以叶于诗律的手法："毕竟不同"四字虽然拆散，但两句依然保持着口语中一气贯注的语气；而又使"毕竟"这个副词得到强调，使诗句具有欣赏夸耀的意味。夏天本是四时之一，说"风光不与四时同"，意谓在四时中风光尤具特色。

[写景妙于概括抽象]　如果诗的前两句只是说一说，后两句则是画一画："接天莲叶无穷碧，映日荷花别样红。"有人说这两句是互文，其实是分写莲叶与荷花，在措辞上是极有分寸的。湖面如画，莲叶便是绿色的底，荷花则是点缀在底上的图。因为莲叶密布湖面，方可用"接天"形容，而荷花特别鲜妍，方才用"映日"描画。二句之妙并不在于具体入微地描绘形象，而在于写景的概括和抽象，"无穷"是空间上的夸张，"别样"是程度上的形容，都具有模糊性，然而它们却能启发读者的想象力。"别样"乃口语，犹言特别或异常。李后主有"别是一般滋味在心头"的名句，妙在说明而不说尽。这首诗中的"别样红"虽属写

景而非抒情，却亦依稀有同妙。

宿新市徐公店①

篱落疏疏一径深，树头新绿未成阴。儿童急走追黄蝶，飞入菜花无处寻。

注　释　｜①新市：在今湖南攸县北。

赏析　[田园风光中的童趣] 前二句展示了一幅富有特征的农舍景象：沿路的田地有疏疏的篱笆，树头的花已谢了，但树叶还不很茂盛，这是寒食前后的景象，也是日暖昼长蝴蝶飞的时节。后二句即写在小路上看到农村儿童捉蝴蝶的情景。诗味全出在"黄蝶遇难"而"菜花相救"的情节上。黄蝶飞入黄花丛中造成视觉的紊乱，令飞跑的儿童迷失了追捕方向。

[这首诗的艺术魅力] 诗人敏捷地捕捉住大自然赋予昆虫以保护色这一奇妙现象，设计了一个富于童趣的情节，读来兴味盎然。诗中黄蝶入花，儿童傻眼的情态如见；而诗中大人对小孩"幸灾乐祸"的神情也跃然纸上，令人忍俊不禁，妙在童趣。

闲居初夏午睡起

梅子留酸软齿牙①，芭蕉分绿与窗纱。日长睡起无情思，闲看儿童捉柳花。

注　释　｜①留酸：酸味久留齿颊。

赏析　[杨万里诗的特色] 夏日午觉醒后，不免仍存睡意，没有心思干事，而诗人当时丁忧家居，处于闲适的生活中，"日长睡起无情思"便是实感。然而此诗的好处却在从无情思中翻出许多情思，而又不动声色。善于捕捉琐细的题材和描写细腻的生活感受原是杨万里的特长啊。

古诗词鉴赏

捉柳花图

　　[生活中的细腻感受] 诗人在午睡前可能饮过酒,并食梅解醒,故一觉醒后,齿间尚有余酸。这种感觉本难名状,大致上下牙接触有不适感,不能咀嚼硬物,俗语谓之"倒牙",而一个"软"字,恰好写出了这种感觉。这是醒后的第一感觉——味的感觉。古人窗纱多用绿色,日子久后便会褪色,而盛夏芭蕉浓绿充盈,掩映窗外,就使得窗纱颜色变深,似乎是芭蕉分给了它一些绿色。这是醒后另一感觉——属于视觉。两句中"留""分"二字,赋客观以主动,很有情趣。

　　[夏日野景中的童趣] 以下"日长睡起无情思"一转,第四

句则是结穴所在——"闲看儿童捉柳花"。户外儿戏当然是诚斋看到的眼前事,而在造语上,则本白居易"谁能更学孩童戏,寻逐春风捉柳花"。但白诗表达的是一种清醒的遗憾,此诗易"谁能"为"闲看",在无法参与之外别有歆羡之意在,诗人至少在感情上参与儿戏,并得到了重返天真的乐趣。

[古代的儿童文学] 人生旅途中,成人者的最大遗憾,莫过于丧失了早年的那份童心、童真与童趣。不少诗人画家只能通过笔来追摩重温那已逝的情景,近人如知堂《儿童杂事诗》、子恺漫画,皆有妙谛。中国古代诗人兴趣在此的并不多,著名的如左思《娇女诗》、杜甫《北征》片断、李商隐《骄儿诗》等,代不数人,人不数作。而诚斋绝句中却有不少儿童题材的传神之作,如此诗,究其创作动机或并不起于午睡后的烦闷,而起于后来见到儿戏时瞬间的精神交通,儿童的天真无闷与成人生活中的虚假无聊适成鲜明对照,诗人由此得到一种感召和精神上的复归。据说张浚读此诗,赞道:"廷秀胸襟透脱矣!"当是就这种自我超越而言的。

朱熹

(1130—1200)字元晦,号晦庵,徽州婺源(今属江西)人,绍兴十八年(1148)进士,宁宗时为焕章阁待制,卒谥文。论学主居敬穷理,集北宋以来理学之大成。有《晦庵先生朱文公文集》等。

春日

胜日寻芳泗水滨①,无边光景一时新。等闲识得东风面②,万紫千红总是春。

注释 ①胜日:原指节日或亲朋相聚的日子,此指晴天好日子。泗水:河名,流入淮河。②等闲:寻常、随处。

赏析 [一首风格清新的游春诗]朱熹是我国古代著名的大哲学家,是南宋程朱理学的代表人物。他用道学家的眼光来看待文学创作,以义理为根本,主张"文道一贯"。因而朱熹的诗歌十分看重诗歌所言之"志",讲求"诗格"的高远,风格清新活泼、酣畅淡远,有别于其他理学家作品的晦涩、做作。这首绝句便是朱子诗作中最富活力和诗趣,也最不堕理障的佳篇。

开篇读来便知是游春踏青之作。胜日,点明时间;泗水,是踏青的地点;寻芳,更说明到泗水之滨的目的就是看花游春。以下便是"寻"得的收获,即此行游春的所见所闻。

["寻芳"得到的新气象]此行的目的即是"寻芳",面对泗水之滨的秀丽景色,诗人开始用诗的眼光来进行观察,进而用心灵去体会和感受。"无边光景"是诗人极目远望所看到的,但是诗人并没有急着对满目春光进行细致描写,而是一语概括为"一时新"。一个"新"字,既写出了初春万物复苏、万象更新的可

喜情景，同时也写出了诗人内心情感的变化及对自然的崭新体验。春回大地，眼前风物焕然一新，而人的心情也是新的。非春日不会有如此的新景象，非春日也不会有这般好心情、新感受。"新"仅仅是告诉读者一个概念，是写虚，而这一虚笔也为下文对春日进一步做深入、细致的描写打下基础，埋下伏笔。

["万紫千红"点染出浓浓春色] 接下来朱子选取具有代表意义的东风和春花来描写春日。诗人心情舒畅地站在泗水旁，无数美丽的春花迎风绽放，姹紫嫣红，令人精神振奋、神采飞扬。东风便是春风。"春风又绿江南岸"，浩荡的春风吹绿了大地，也将春花吹得五彩缤纷、烂漫多姿。诗人从和煦的东风感受到了春日的暖意，进而再从迎风盛开的春花的美丽芬芳中感受到东风带来的新意和喜气。"万紫千红"写出了春花的鲜妍绰约、色彩斑斓，正是它们各自不同的颜色、各具特色的风姿将春色点染得如此秾丽、多姿多彩！

[本诗蕴含的"哲理"] 后人往往对朱子诗歌中暗藏的哲理备加称赞。这首诗同样也自得寓哲理于春色之中的高妙，而且不着痕迹。末句"万紫千红总是春"便成为后人常常引用的名言警句。在哲人兼诗人的朱熹看来，人间美景在于它的丰富多彩、朴素自然，再美丽鲜艳的春花，一枝独放不是春，"万紫千红"才春满园。所以，千万种各式各样的花朵，无论她是否名贵，是否娇艳，是红还是紫，大自然都缺之不可，因为它们都是春色的组成部分，是大自然的恩赐。也许这就是诗人所要论说的哲理及暗藏于诗中的理趣。

其实艺术美更需要的是用心灵去感受，过分强调用理性去加以分析、认识，并不一定很高明。人们记住"万紫千红总是春"且能领会其中的诗味就很好了，非要去解析其中的微言大意，甚至认为朱熹作这首游春诗的用意在于追求所谓圣人之道，不免反觉迂阔，兴味索然。

古诗词鉴赏

辛弃疾

(1140—1207)字幼安,号稼轩,济南历城(今山东济南)人。绍兴三十一年(1161)聚义抗金,归耿京,为掌书记。奉京命奏事建康,京为张安国杀害,擒诛安国。次年率部渡淮南归。历任湖北、江西、湖南、福建、浙江安抚使等职。有《稼轩长短句》。

破阵子·为陈同甫赋壮词以寄之①

醉里挑灯看剑,梦回吹角连营。八百里分麾下炙 zhì②,五十弦翻塞外声③,沙场秋点兵④。 马作的卢飞快,弓如霹雳弦惊⑤。了却君王天下事⑥,赢得生前身后名。可怜白发生!

注释 ①陈同甫:陈亮字同甫,辛弃疾的挚友之一。②炙:烤肉。③五十弦:本指瑟,此处泛指各种乐器。翻:演,演奏。塞外声:以边塞为题材的雄壮悲凉的军歌。④点兵:检阅军队。⑤作:如。的卢:一种性烈的马。霹雳:形容猛烈的弓弦声。⑥天下事:指恢复中原,完成统一大业之事。

赏析 [这首词的写作背景]淳熙十五年(1188),陈亮至鹅湖访辛弃疾,相与畅谈天下事。他们的恢复之梦虽然最终落空,却留下了激励千古读者爱国之心的词章。词题表明作者是为风义相期的朋友赋壮词,是驰骋豪迈的激情与想象的创作,其中融入其早年在北方义军中战斗生活的经历,却并不等于回忆往事。

[这首词的结构非常奇特]起句"醉里挑灯看剑"是现实,紧接着由"梦回"二字贯八句皆写梦境。他梦见的是紧张豪迈的军营生活,驰骋沙场、横扫千军的战斗场面和振兴宋室、功成名就的欢喜,天下好事无复加矣。最后一句却猛然截住,照应"梦回"二字,跌回现实,令人感喟生哀。总之前九句的声情如鹰隼

平地而起,凌空直上,正当飞摩苍天之际,陡地鹘落,末句扫空前文之雄壮,悲凉更加悲凉。这样深刻的反映理想与现实矛盾的作品,实在罕有其匹。"壮词"耶?非"壮词"耶?

[这首词用典的特点] 此词在对仗中拉杂使事,颇有特色。其间运用了《世说新语·汰侈》篇故事,晋代王恺有宠物为一牛,名八百里驳,常莹其蹄角。一次与王济比射,济下注千万以赌此牛,恺恃手快且谓骏物无有杀理,便恬然可,并令济先射。殊不知济一起便破的,并据胡床喝左右"速探牛心来",恺即痛失其牛。词中"八百里分麾下炙"就是说在军中椎牛饷士,由于用事,也就暗暗赋予词中主人公以赢家胸有成竹、目中无人和先声夺人的气概,直令对手饮恨吞声。

["八百里"指牛] 然而,由于"八百里"字面倒腾在句首,与"五十弦"(指瑟,李商隐"锦瑟无端五十弦")对仗,或误解为"八百里范围内的部队都分到了熟牛肉吃"(胡云翼《宋词选》)。事实上,词中的"八百里(驳)"是牛的代名词,和以"五十弦"代瑟是一个道理。词中的"的卢"则是骏马的代名词,典出《三国志·蜀书·先主传》裴注,即马跃檀溪的故事。

❄ 清平乐·村居 ❄

茅檐低小,溪上青青草。醉里吴音相媚好,白发谁家翁媪ǎo[①]? 大儿锄豆溪东,中儿正织鸡笼;最喜小儿亡赖,溪头卧剥莲蓬。

注 释 ①吴音:1181年辛弃疾因台臣王蔺弹劾罢官后寓居信州(今江西省上饶市),信州春秋时期属吴国,故其地方方言称吴音。媪:对老年妇女的敬称。

赏析 [令人惊叹的"镜头"语言] 题为村居,自然从村居——茅屋落笔。这里词人运用一组类似于现代电影镜头语言的表达方式为我们展示环境,点明时间、地点。先是大全景:春光明媚的田园山村，和煦的阳光照耀着一所低小、简陋的茅屋，一条清澈的小溪环绕着从茅屋旁淙淙流过；接着镜头拉近：溪边长满了青青小草，在春风里舒展着，给大地染上了一层碧绿；随着一阵"画外音"，镜头开始摇转、叠现：一对老夫妻正对坐吟酒、说笑；最后是大特写：老人头上的飘飘银丝。这里是先闻吴音，方见其人，所以后面的问话"谁家翁媪"显得自然、熨帖。这一段描写与今天的电影或电视脚本惊人地相似，这当然不是作者的初衷，却自得其妙，令人惊叹。这种"镜头化"的语言调动了丰富的想象力，好比通过直接的画面效果给人强烈的视觉冲击。同时，声音与画面的巧妙结合，给人逼真的感受，使人恍若身临其境，如闻其声，如见其人。

[情景化与生活化] 这是一个五口农家的日常生活画卷。先写村居，交待大环境，接着写人物。词人妙在通过具体场景的描绘，用情景化的语言勾勒出人物的不同性格，具有浓郁的生活气息。写"白发翁媪"看似平常，却是神来之笔。一对闲聊的老人，老夫老妻说的无非是家长里短、猪狗桑麻，本来最无情趣，可是作者却让他们饮酒而且要在"醉里"，这一醉，生命的原色出来了，老两口无拘无束、没遮没拦，仿佛回到了少年时光，于是操着乡音互相打趣戏谑，亲密无间。词人惊人的观察力抓住了"吴音相媚好"的瞬息场景，生动地再现了农村老年夫妻生活的和谐、幸福，这是所谓举案齐眉、相敬如宾的夫妻之道所无法比拟的，也是只有寻常百姓才拥有的难得的人间乐趣，极具乡土气息和生活趣味。

[白描手法与个性化] 接着是老人的孩子依次上场，同样也是场景描写，词人用的是寻常语言、白描手法，读来简单朴实却妙趣横生。老大在溪东的豆田里锄草，老二年少负责编织鸡笼，老三最耍赖，躺在溪边剥莲蓬吃。不同的三个场景，生活气息极浓，写出了老大的勤劳敦厚、老二的聪明灵巧、老三的天真贪玩，各有个性，且符合生活真实。民间有"皇帝爱长子，百姓爱

幺儿"的说法，小儿的"亡赖"显然也是一家四口溺爱、娇纵的结果，因而不仅不让人生厌反倒说是"最喜"。小儿剥吃莲蓬本是童趣，说不上无赖，可是和大哥、二哥一比，不仅不劳动，不干活，还在一边享乐——躺在溪边剥莲蓬吃个没完，因而相比便觉"亡赖"。小儿的淘气、刁蛮跃然纸上，写得栩栩如生。

["小溪"突现了田园风光之美] 在短小的词作中出现最多的是小溪，作者连用"溪上""溪东""溪头"，紧紧围绕小溪来展开画面，安排人物活动。这样使整个词作在布局上显得结构紧凑，同时画面集中，突出了农村田园风光的特色。溪上的青青小草、溪东的劳动场面、溪头剥莲蓬的小儿，共同组成了农村生活画卷的主体，使这幅田园村居图更觉淡雅、清丽。

西江月·夜行黄沙道中①

明月别枝惊鹊，清风半夜鸣蝉。稻花香里说丰年，听取蛙声一片。　七八个星天外，两三点雨山前。旧时茅店社林边，路转溪桥忽见②。

注释　①黄沙道：黄沙岭的山道。黄沙岭位于今江西省上饶市西二十公里处。②社：土地神。社林：土地庙旁的树林。

赏析　[寓静于动，衬托月夜的宁静美] 夏夜的黄沙岭月光皎洁，树影参差，词人行走在山道上，忘却了尘世的烦扰，心情无比轻快。月、鹊、风、蝉，都是夏夜的寻常事物和景色，但词人却将它们精心组合在一起，用"惊鹊""鸣蝉"等自然界的"动态"来衬托月夜的静谧。高高挂在树枝上的明月随着时间的推移渐渐下落，告别了树枝，这一"移"却惊起了熟睡的鸟鹊，惹来一阵啼鸣。而蝉在半夜本是不叫的，词人却故意让它被清风惊醒，稀里糊涂误将皎皎明月当成是白天的太阳，因而蝉声四起，一片热闹。其实这同"蝉噪林愈静，鸟鸣山更幽"描写的是同一种境界，都是用大自然的动态和喧嚣来反衬周围的阒无人声，用辩证法写出了自然的宁静之美。

[拟人化的表现手法]朦胧夜色中夜行人的视野自不会很开阔，纵眼望去也看不了太远，但深夜里的听力却是极好的，嗅觉也不会比白天差，所以作者写稻香、写蛙声，让人们从香味、从蛙鸣产生联想，同样可以"看"到十里稻花，同样是美不胜收。而最令人赞叹的是，词人运用拟人化的手法描写青蛙，预示丰年，堪称稼轩词之首创。青蛙是捕捉害虫的能手，被人们称作庄稼的小卫士，所以"蛙声一片"在词人听来就好比是"瑞雪"兆丰年，令人欣喜。可是明里作者却不这样说，而是将可爱的小青蛙人格化，让他在宁静的夏夜里向人们"说丰年"，而且"说"的内容在前，"说"的主角青蛙出现在后，先声夺人。词人还为青蛙鸣唱设置了一个令人沉醉的环境"稻花香里"，这使乡村的景色更具特色、更觉真实，丰收在望的喜悦也更加浓厚。

[数字的妙用]下片作者把目光投向了天空，这时已是下半夜，山里的天气有了变化。这里词人不拘一格将数字引入词中，别开生面，独具匠心。"七八个"写出了星星的稀疏，但显然不同于"月明星稀"（曹操《观沧海》）的景象，而是将雨的兆头；"两三点"写出了山雨欲来的情景，波澜骤起。

["忽见"突出惊喜之情]山里的天是孩儿的脸，刚才还是月光如水，转眼间便细雨霏霏，这时词人只有赶路避雨了。突然，曾经熟悉的溪桥、茅店、社林映入眼帘，真是"柳暗花明又一村"（陆游《游山西村》）！"忽见"突出了惊喜之情，写出了作者心情的格外惬意、舒畅。这其中似乎还蕴含着人生的某种理趣，累了、乏了、风雨将至，就正好到达了目的地，找到了归宿，这的确是人生旅程恰到好处的一种妙境。

[清新自然的田园山水词]在南宋词大家中，辛弃疾是以题材风格多样化及表现手法不拘一格而著称的，沈谦称赞稼轩词"才人伎俩，真不可测"（《填词杂说》）。1181年，四十一岁的辛弃疾被罢官后一直闲居江西上饶达十五年之久。为了排解心中的

郁闷，词人徜徉于山林，写出了许多风格清丽的山水田园作品。上饶城郊山清水秀的黄沙岭便是词人游历的好去处之一，现存描写黄沙岭的词作尚有五首，这首《西江月》尤显清新隽永、自然纯厚，显示了这位豪放派爱国词人澹泊清俊的又一种风格。

丑奴儿近·书博山道中壁①

少年不识愁滋味，爱上层楼。爱上层楼，为赋新词强说愁。　而今识尽愁滋味，欲说还休。欲说还休，却道天凉好个秋。

注释 ①博山：位于今江西省永丰县西十公里。辛弃疾闲居上饶时曾数次游览博山，并多有词作。这首词就题于去博山道旁的山壁上。

赏析 [贯穿全词的愁绪] 解读全篇，"愁"显然是贯穿上、下两片的唯一主线。与其说这首词是在"写"愁，还不如说是在"论"愁。无论上片还是下片，既没有详细的景物描写，也没有完整事件的叙述，全是在说"愁"。而说愁的人就是词人自己，他向人们诉说了他一生不同时期，从少年到中年以后对"愁"的不同感受和认识，用深邃的笔触写出了自己对"愁"的独特体验。整首词沉郁、低回，却又气象阔大，把"愁"写到了极致。

[不识愁滋味的少年形象] 上片塑造了一位风华正茂、潇洒俊逸却满怀愁绪的青春少年形象。这个不识愁滋味的少年显然就是年轻时候的作者自己。所谓少年之愁无非是伤春怀人、离愁别恨之类，在词人看来都是可以排解、可以渲泄的，其实并没什么滋味。可单纯幼稚的少年却举轻若重，"爱上层楼"，效仿古人登高望远、赋诗作词以消心中烦闷，这多少有些忸怩做作、无病呻吟，所以词人一针见血称之"强说愁"。古人登高，多与怀古、释愁有关，中年以后的辛弃疾就有"怕上层楼，十日九风雨"（《祝英台近·晚春》）的词句。

[秋思与愁绪] 下片的"主角"显然是一个饱经世事沧桑的智者。"愁"是一个会意字,"心"的头上加一个"秋"便成了"愁"。在无数的诗词歌赋中,秋思与愁绪总是连在一起的,只要人们用心去感受秋、体味秋意,就会无端地生出愁绪,所以"悲哉,秋之为气也!"(宋玉《九辩》),马致远的《天净沙·秋思》写的就是"断肠人在天涯"。历尽人生风雨的词人面对满目清秋,尽管悲从中来,无限凄怆,有太多的愁怨想要表达、倾述,可却"欲说还休",只能举重若轻说一句"天凉好个秋"聊作敷衍。这是何等的愁闷之至!何等的无以复加!和上片的少年之愁形成鲜明的对比,极具震撼力。

[愁——"欲说还休"的家国之思] 从少年时代的"爱上层楼""强说愁"到"而今"的怕上层楼,"欲说还休",究竟是何等样的"愁"纠缠词人一生以至于愁肠百折,无法释怀?1161年,二十一岁的辛弃疾聚两千人起义抗金,从此成为南宋主战派文人的中坚。他六十七年的人生岁月中曾几度上书朝廷献计献策,力主恢复中原,可是并没有被重视,等待他的是长达二十余年的贬谪闲居生活。在上饶归隐的漫长日子里,辛弃疾一方面徜徉于山林田园之间,写出了许多风格清丽、神思飘逸的山水佳作,另一方面又积极探索救国大计,力主抗金,从不妥协。对"愁"的深刻感悟和体味显然来源于词人对几十载国仇家恨、人生沉浮的真切感受和总结。这首诉说内心"愁"绪的词作实际上就是词人思索的结果,这种"愁"远非个人愁绪,而是家国之思,是"闲愁最苦的"(《摸鱼儿》)愁,是对国事的深切担忧、对抗金大业的难以割舍,是报国无门、请缨无路的无限哀痛与悲凉。这种"愁"在心中郁结了几十年,乃至一生,能不"识尽"吗?又岂能是只言片语可以言说?而"愁"绪的无法排解,实际上也流露出对南宋小朝廷的无比失望。

南乡子·登京口北固亭怀古①

何处望神州？满眼风光北固楼。千古兴亡多少事？悠悠。不尽长江滚滚流！　年少万兜鍪móu，坐断东南战未休②。天下英雄谁敌手？曹刘。生子当如孙仲谋③！

注释 ①京口：今江苏省镇江市，三国时曾为孙吴都城。北固亭：又称北固楼，始建于东晋，后被毁，南宋时重建，位于镇江城北北固山上。②兜鍪：即头盔。借指战士。③曹刘：指曹操、刘备。孙仲谋：孙权字仲谋。

赏析 [登高怀古，寓情于景] 1204年辛弃疾知镇江府，第二年离任居铅山闲居，1207年去世。这首词作于镇江任上，时词人约六十四岁，是辛弃疾晚年的作品。这是一首登高怀古之作，当时宋金划淮水为界，京口即成为长江军事重镇及宋金对峙的第二道防线。广袤的中原大地早已沦落在金人的铁蹄之下，于是词人不禁仰天长啸，问一声"何处望神州？"我们的中原故土在哪里呢？举目望去大地一片苍茫，唯一能看到的便是北固楼周围的秀丽风光。由此作者触景生情，有感于国家兴亡，心潮起伏！这里词人借用杜甫诗意"无边落木萧萧下，不尽长江滚滚来"（《登高》）点染环境，表达内心感受，将自己对故国的伤怀、对投降派的憎恨、对昏庸朝廷的不满等诸多复杂情感一并赋予这大好河山与悠悠往事。千古岁月，这块土地经历了多少世事的变迁和王朝的更替，只有这不尽的长江水依然滚滚东流，亘古不变，成为历史的见证！于是随着长江的波涛，作者的思绪奔涌到了遥远的三国时代。

[以史咏怀，借古讽今] 1082年北宋大文豪苏轼被贬黄州时，曾经到长江赤壁矶凭吊三国周瑜，写过一首被誉为"千古绝唱"的《赤壁怀古》。一百多年后，辛弃疾眺望长江同样做一番"故

国神游",只不过他怀念的是另一位三国英雄孙权。据史书记载,孙权继承父兄大业统治江东时年仅十九岁,赤壁之战任用周瑜大破曹军时也才二十七岁。下片,词人即浓墨重彩地描写这位青年君主统率千军万马"坐断东南",征战不休,终与曹操、刘备呈三足鼎立之势,显示出非凡的胆识与气魄。据《三国志·吴书·吴主传》载:曹操与孙权对垒,遥见孙权神态凛然、军容整束,不禁发出一声喟叹:"生子当如孙仲谋!刘景升儿子若豚犬耳。"对敢于同自己抗衡的孙权,曹操充满了敬意,而对将江山拱手相让的刘表之子刘琮却是鄙夷之极,视同猪狗。其实历史上所有奴颜婢膝、卖国求荣之徒都是同样的下场,他们从来就不会因为擅长于摇尾乞怜而得到强者的宽恕!显然,作者是在借古讽今,南宋没有遇上一位像孙权这样的英雄君主,因而偏安一隅,苟延残喘。对朝廷的软弱无能、屈膝投降,词人痛心疾首。

[问答句式的妙用] 这首词共有三问三答,尤其是上片,全部是问答。将设问句式如此大胆、频繁地运用于词作中并不多见,但却起到了与众不同的艺术效果,显示出稼轩词的风格多样性,以及非同凡响的艺术功力。词作开头便是呵天一问,如异峰突起,气势磅礴,动人心魄;接着又是一个问句,"千古兴亡多少事?"回答问题的却是"诗圣"杜甫,引诗入词,巧妙自然;第三问是在结尾处,天下英雄谁配做孙权的敌手呢?这次回答问题的却是曹操。《三国志·蜀书·先主传》记载,曹操论三国英雄时曾骄傲地说:"今天下英雄,唯使君(刘备)与操耳。"这三处问答,多处引经据典,尽管按照历史真实有些"答非所问",但这是有意的"错位",相反给人超越时空的感觉,丰富了词作的表现力,读来情景生动,如见其人,如闻其声,如临其境。此外,问答句式的一问一答,读来起伏跌宕、沉郁顿挫,强化了词的艺术感染力。如果没有如此手笔,恐怕辛弃疾也不会比肩东坡居士面对长江之水,同样以三国旧事发天下兴亡之浩叹。难怪后人把苏轼与辛弃疾并称"苏辛",同样视为"豪放派"宗师。

辛弃疾

菩萨蛮·书江西造口壁①

郁孤台下清江水②,中间多少行人泪?西北望长安③,可怜无数山。 青山遮不住,毕竟东流去。江晚正愁予,山深闻鹧鸪④。

注释 ①菩萨蛮:词牌名。造口:在今江西省万安县西南六十里处,亦称皂口。②郁孤台:在今江西省赣州市西南。③长安:汉、唐时京城,借指汴京。④鹧鸪:鸟名,其鸣声凄切。

赏析 [这首词的写作背景] 此词作于辛弃疾三十六岁为官江西时。"造口"今名皂口镇,是南宋之初金人追隆裕太后最后到达的地方。太后被金人劫持而出逃,从南昌、吉安到赣县,一路上颠沛流离。词人身临此地,回思国耻,写下了这首悲愤之词。

[一个惊心的联想] "郁孤台下清江水,中间多少行人泪?"一问极为沉痛,间接地以清江之水比国人之泪,与《单刀会》(关汉卿)所谓"这也不是江水,二十年流不尽的英雄血"同属警句。以水比血者惨烈,以水比泪者凄苦。二句已定全词基调。

[写景中包含抒情] "西北望长安,可怜无数山"。"长安"借指北宋都城汴京(开封)。回望故国觉山水可怜,是因为山河破碎,故国难回。为什么会这样,不言而喻:外有强敌纵暴,内有妥协派作梗,恢复无望。

[一个爱国者的忧愤] "青山遮不住,毕竟东流去"二句显然有比意,但不明朗。从前后词意看,似是说:青山不能障百川而东之,我亦不能挽狂澜于既倒。孤掌难鸣,郁抑难申。"江晚正愁予,山深闻鹧鸪",一结极为悲愤。正在一筹莫展之际,偏闻山中鹧鸪之声:"行不得也哥哥",如助词人之浩叹。"愁予"出自《九歌》"目眇眇兮愁予",照应西北之望,写出企盼落空的失意和惆怅。

[这首词的特色] 辛词用典特多。但此词一扫"掉书袋"的

习气,字字血,声声泪,一气呵成而沉郁顿挫,"忠愤之气,拂拂指端"。梁启超以为"如此大声镗鞳,未曾有也"。

水龙吟·登建康赏心亭①

楚天千里清秋,水随天去秋无际。遥岑远目,献愁供恨,玉簪螺髻②。落日楼头,断鸿声里,江南游子③。把吴钩看了④,栏干拍遍,无人会,登临意。 休说鲈鱼堪脍,尽西风,季鹰归未⑤?求田问舍,怕应羞见,刘郎才气⑥。可惜流年,忧愁风雨,树犹如此。倩何人唤取,红巾翠袖⑦,揾 wèn 英雄泪⑧。

注 释 | ①建康赏心亭:在今江苏省南京市。②玉簪螺髻:碧玉簪、青螺髻,首饰、发式。此处形容山峰。③江南游子:作者自称。宋时建康属江南东路。④吴钩:一种弯形的刀。⑤季鹰:张翰字。⑥刘郎:刘备。⑦红巾翠袖:代指歌女。⑧揾:擦拭。

赏析 [这首词的写作背景] 词人南归十年,一直投闲置散,不得一遂报国之愿,在建康通判任上,年方而立的他是很苦闷的。城西有赏心亭下临秦淮,与白鹭亭相连,以扼淮口,乃金陵设险之地。在秋高气爽的黄昏登高北望,令人感慨万端。建康所在的长江中下游在战国时属楚国,亭上纵目首先感受到的是楚天辽远空阔,秋色无边无际,大江东去消逝在天的尽头。

[由写景引起心事] 首句先点"楚天""清秋",然后有意识地将"天""秋"二字重复一次,这是染笔:"水随天去秋无际",词人笔下景色是展开的、扩张的,将兴起浩茫的心事——"遥岑远目,献愁供恨,玉簪螺髻"。这是典型的倒装句法,意为:放眼望远山,其状如玉簪螺髻,可惜此刻只献愁供恨,引起我满脸烦恼,又焉能"赏心"!"献愁供恨"固然是拟人的手法,"玉簪螺髻"何尝又不是如此,而且俨然把河山比成红装素裹的佳丽,与词尾的"红巾翠袖"遥相映带。

[词的特殊句法] 从"落日楼头"直贯到煞拍,如在散文只是一句,即"在落日楼头、断鸿声里,江南游子把吴钩看了,无人会其登临意",中间着不得句号。然而"江南游子"这一最不能顿断的地方,按律恰恰是押韵断句的关纽所在,这样的处理,使得歌者到此虽然照例换气,听众却敛声屏息静候其下文,直到把"无人会,登临意"唱完,悬念才松放下来,感到十分够味。这种散文为常的写法,一到词中就变成大胆的创举和精彩的奇笔。"以文为词"的奥妙正要从此中去体会。

[英雄无用武之地的烦恼] 词中的"江南游子"当然不是别人,而是辛弃疾本人,一个从沦陷区南下的义勇军将领,此刻他的情怀应比王粲登楼激烈十倍。吴钩本是杀敌武器,却闲置腰间,抽出来看看,引出的是英雄无用武之地的苦恼。据《渑水燕谈录》载,刘孟节其人落落寡合,胸中郁结,常吁唏独语,或用手拍栏,以求发泄。"把吴钩看了,栏干拍遍"二句寓强烈的思

想感情于平淡的叙写笔墨,耐人玩味。"无人会,登临意"写出了作者的一颗爱国心得不到理解和支持的苦闷。

[词中涉及的典故]虽有一官半职,却不能有所作为,从来是志士最难堪的处境,倦宦之心多由此而生。《晋书》传载张翰(字季鹰)在洛阳做官时,因秋风起而想到家乡苏州土特产菰菜莼羹鲈脍等,便拂袖弃官而归。眼下正是秋风劲吹时候,词人不免也有弃官归去的念头,然北方的家园回得去吗?"休说"云云,意味是十分痛楚的。就算是归得去吧,自己又能够抛弃国是而不问,甘心做个求田问舍的凡夫俗子吗?那可是要招豪杰白眼的。

《三国志》传载许汜去看望陈登,陈对许冷淡,让他睡下床,而自己踞上床。许汜一直耿耿于怀,刘备知道了教训他说:今天下大乱,君有国士之名而求田问舍,言无可采,如换了我,就让你睡地下,我自己卧百尺楼上。辛弃疾词多用三国事以譬时局,刘备孙权都是他景仰的英雄,此词中用许汜事表明自己不能心安理得地归隐,怕遭到刘备那样的抢白,具有很强的责任心。归去既不忍,留下又无用,虽然尚属壮年,但深恐岁月虚掷,时不我待。

《世说新语》载桓温北伐过金城,见昔日手种柳树已粗数围,不禁叹息道"木犹如此,人何以堪!"词语用其上句,意则兼有下句。这样无可奈何,即使是对酒当歌,也未必能取畅于怀。虽说"男儿有泪不轻弹",然而男人也有脆弱的时候,此之谓英雄气短;而最能安慰一个失意男人的,除了酒,只有女人。词的结句忽出旖旎字面:"倩何人唤取,红巾翠袖,揾英雄泪",体现了词的本色,也增添了词的韵味。

[词牌音节上的特点]《水龙吟》在慢词调中很有特色,除上下片发端为长句外,一般以四字句为主,三句一群,煞拍的一韵以一字领起,末句做"上一下三"结构,以见拗折,语调颇具文趣,为稼轩所乐用。

永遇乐·京口北固亭怀古①

千古江山,英雄无觅孙仲谋处②。舞榭歌台,风流总被雨打风吹去③。斜阳草树,寻常巷陌,人道寄奴曾住④。想当年、金戈铁马,气吞万里如虎。 元嘉草草,封狼居胥,赢得仓皇北顾⑤。四十三年,望中犹记、烽火扬州路⑥。可堪回首,佛狸祠下,一片神鸦社鼓⑦!凭谁问,廉颇老矣,尚能饭否⑧?

注释 ①京口:见前《南乡子》注。②孙仲谋:孙权字仲谋。③风流:指英雄事业的流风余韵。④寄奴:南朝宋武帝刘裕字德舆,小名寄奴。⑤元嘉:宋文帝刘义隆(刘裕子)的年号(424—453)。狼居胥:一名狼山,在今内蒙古自治区西北部。⑥扬州路:指淮南东路,辖今江苏省北部、安徽省东北部一带,扬州为其首府。⑦佛狸祠:曾为北魏太武帝拓跋焘的行宫。神鸦:指吃庙里祭品的乌鸦。社鼓:祭神时击鼓。⑧廉颇:战国时赵国的名将。

赏析 [这首词的写作背景]本篇作于开禧元年(1205)。两年前作者六十四岁高龄时被执政韩侂胄召起为绍兴知府兼浙东安抚使,次年转镇江知府。词名曰怀古,其实针对韩侂胄准备北伐中原而作。表明作者主张抗金,同时反对盲目冒进,抒发了一腔老成谋国、忧深虑远的情怀。

[缅怀本地英雄]上片缅怀本地英雄。京口即镇江,北固山下临长江,三面傍水,水势险要,山有北固亭。三国孙权曾建都京口,是曹操不敢小看的人物。故一起即从孙权咏起。"千古江山"当特指江东而言,而气魄之大,颉颃"大江东去";"英雄无觅孙仲谋处"是诗词特殊句法,还原散文语序当是"无处觅英雄孙仲谋"也。作者在另一首北固亭怀古词《南乡子》中写道:"何处望神州?满眼风光北固楼。千古兴亡多少事?悠悠。不尽长江滚滚流!年少万兜鍪,坐断东南战未休。天下英雄谁敌手?曹刘。生子当如孙仲谋!"可与参读。

[词中的怀古内容]"舞榭歌台"以下三句,选本通常解为承上,言英雄的流风余韵无存。颇犯于复。事实上这三句有更广的含义,它是由京口而联系金陵,由东吴而推广到六朝,囊括了唐李山甫《上元怀古》"南朝天子爱风流,尽守江山不到头。总是战争收拾得,却因歌舞破除休"的诗意,又宋刘一止《踏莎行·游凤凰台》词云"六代豪华,一时燕乐,从教雨打风吹却",亦可参证。而在六朝可以标举的英雄,除了孙权,更有一个宋武帝刘裕(字寄奴),乃本地人氏,起自草泽,晋末两度北伐,灭南燕、后秦,收洛阳、长安,后代晋自立,是本篇怀古的中心内容。"想当年、金戈铁马,气吞万里如虎",直接追思刘裕北伐的雄风;间接地也包含对作者自己"年少旌旗拥万夫"、志在北伐的回忆。

[北伐的历史教训]过片继续刘宋北伐的话题,总结其历史教训。盖刘裕之子,宋文帝刘义隆承父志三次北伐,而未成功。特别是元嘉二十七年(450)最后一次北伐,他急于事功,未充分听取老臣宿将的意见而轻信了冒失鬼彭城太守王玄谟的怂恿,所谓"闻王玄谟陈说,使人有封狼居胥意",轻启兵端,结果一败涂地,使小字佛狸的北魏太武帝拓跋焘饮马长江,大起行宫于长江北岸的瓜步山。其行宫后世改建为祠。

[爱国词人不服老的心情]词人以元嘉北伐影射南宋孝宗时的"隆兴北伐"。由于当时起事仓促,将领失和,导致符离(安徽宿州东北)之败和"隆兴和议"的签订。从隆兴北伐失利到作此词时,时间过四十三年,当时淮南东路(扬州路)烽火报警的情景,作者记忆犹新,现实和历史确实是打成一片的。和平苟安造成的严重后果是沦陷区人民的民族意识日渐淡泊,竟至到佛狸祠下祭祀求福,长此以往,恢复无望。古代赵国名将廉颇晚年失意居魏,后赵屡为秦所败,赵王复思廉颇,派使者探望,使者为廉的仇家买通,还报赵王说廉尚善饭,然顷之三遗矢。遂不得召。词人以廉颇自况,感慨道:长期以来,朝廷又何曾关心过我

们这些爱国老将呢?

[用典较多是辛词的特色] 辛词特色之一就是用典。此词内容虽紧扣现实,语言材料却多出史籍,其间涉及孙权、刘裕、刘义隆、拓跋焘、廉颇等众多的历史人物,而以与本地联系最紧密的刘宋史实为主。而宋文帝"封(祭天)狼居胥"一语,则又含汉霍去病事。虽为岳珂批评为"微觉用事多耳",但作者左右逢源,无碍词气,非熟谙经史而激情弥满很难如此拉杂使事,而不嫌堆垛也。

❀ 摸鱼儿 ❀

淳熙己亥,自湖北漕移湖南①,同官王正之置酒小山亭,为赋。

更能消、几番风雨,匆匆春又归去。惜春长怕花开早,何况落红无数。春且住,见说道、天涯芳草无归路。怨春不语。算只有、殷勤画檐蛛网,尽日惹飞絮。 长门事,准拟佳期又误。蛾眉曾有人妒②。千金纵买相如赋③,脉脉此情谁诉? 君莫舞,君不见、玉环飞燕皆尘土④! 闲愁最苦! 休去倚危栏,斜阳正在,烟柳断肠处。

注 释　①漕:宋朝称转运使为漕司。②蛾眉:指美人。③相如:司马相如。④玉环:杨贵妃小名玉环,是唐玄宗宠幸的妃子。飞燕:赵飞燕,汉成帝宠幸的皇后。

赏析 [这首词的写作背景] 本篇作于淳熙六年(1179)己亥春,作者时年四十岁。当时主和已成既定国策,词人屡遭弹劾,备受排挤,当时任漕运副使,掌管粮运,从湖北调湖南,同官王正之为他摆酒饯行,因作此词。此词不直抒胸臆,通篇假托美人惜春与感伤身世的口气寄托作者伤时和不平之意。

[开篇用倒折之笔] 上片以伤春的形式寓托政治感伤。一起即写春归,陈廷焯谓为倒折有力之笔。盖"更能消"前,春光早已一天不如一天,由此言之,春天还经得起几番风雨摧残? 词人

掐去开头，径直从"更能消"说起，就使人感到是从千回百转中倒折出来，形象暗示南宋王朝风雨飘摇，形势急转直下。从春归说到惜花，又由惜花忆及春初。"惜春长怕花开早"，是因为花早开则难久，这种心情只有珍爱花、懂得花的人才有。这与杜甫所谓"花开缘底急，老去愿春迟"有同样心情。这里的寓意似是：过去形势较好，只恐欲速不达，想不到形势变成今天这个样子。词人祈求春光暂留，不要去得太快，就是希望稳住形势。

[有意味的情境]"天涯芳草无归路"语出《楚辞·招隐士》，大约是以"王孙游兮不归"影射徽钦二帝的一去不返。写愿望落空后，词人展示了一个颇有意味的情境，画檐角上还有一只蜘蛛在为挽留春天尽其微薄的努力。周邦彦《六丑》写伤春惜花，云"愿春暂留，春归如过翼，一去无迹"，"多情谁为追惜？但蜂媒蝶使，时叩窗隔"。美成徒妙比拟，稼轩则深有寄托。词中蜘蛛网絮，颇有点精卫填海式的悲壮，是知其不可而为之也。一个"怨"字，表现了作者对南宋王朝爱深恨也深的矛盾心情。

[以宫怨寓托失意]过片转意，以陈皇后失宠事自喻失意。或言"佳期"二字，是全篇点睛，稼轩南归十八年，《应问》二篇与《美芹十论》以和议方定而不行，此佳期之误也。"准拟佳期又误""蛾眉曾有人妒"即屈赋"初既与余成言兮，后悔遁而有他""众女嫉余之娥眉兮，谣诼谓余以善淫"意，前句怨君，后句斥佞。承"长门事"谓陈皇后尚能买赋陈情，而自己则言路不通，更进一层。承"有人妒"而联及玉环善妒，竟死马嵬，飞燕善妒，见废自杀，以诅咒弄权小人。谓善有善报，恶有恶报，不是不报，时候未到。最后以景结，寄托作者对国家、民族前途命运的担忧。

[这首词与《离骚》同慨]本篇立意似《离骚》，盖谗诼害明、贤人失志，古今同慨。据说孝宗看了很不高兴。《离骚》有云："日月忽其不淹兮，春与秋其代序；惟草木之零落兮，恐美人之迟暮。"此词上片即感春秋代序，其中对春光零落的惋惜也

就是对国势衰微的惋惜;下片即伤美人迟暮,对失宠宫女的慨叹也就是对英雄见弃于朝廷的慨叹。两重寄托,词意深厚。词多用倒折(更能消)、转折(何况、纵买)、呼告(春且住、见说道、君莫舞、君不见、休去)等手法,笔态飞舞,沉郁顿挫,回肠荡气,至于此极。

鹧鸪天·代人赋

陌上柔桑破嫩芽①,东邻蚕种已生些。平冈细草鸣黄犊,斜日寒林点暮鸦。　山远近,路横斜,青旗沽酒有人家②。城中桃李愁风雨,春在溪头荠菜花③。

注释　①柔桑:柔嫩的桑叶。破:冒出。②青旗:指酒店的店招。沽酒:卖酒。③荠菜:一种野菜。

赏析　[这首词写农村生活观感] 词人没有一般地去描写初春物候,而是通过新蚕新桑这两种相关的农事和景物宣布春来的消息,这一敏锐的观察和发现,洋溢着浓郁的生活气息。"柔""嫩"等字富于质感,一个"破"字则很有力度,生动地状出了桑芽新生给人的美好感觉。说蚕种"生些"与说柔桑初破一样,突出的是一个"早"字。"些"是少许的意思。"细草""黄犊"皆属初生,同样着眼在一个早字。

[下片把读者带到了村居的酒家] 这里的空气清新,人际关系单纯,气氛和谐,突然闯入眼中的酒家标志和怒放于溪头的荠菜花,使词人产生了新异之感,觉得野花从没有今天这样美,城中的桃李从没有今天感到的这么脆弱可怜。"城中桃李愁风雨,春在溪头荠菜花"就高声宣布了词人这一新的发现,不仅体现了一种健康朴素的审美观,同时也表现了作者的人格精神与价值取向,富于哲理意味,给人以多方面的感发和启迪。

叶绍翁

字嗣宗,号靖逸,处州龙泉(今属浙江)人。有《四朝闻见录》《靖逸小集》等。

游园不值①

应怜屐齿印苍苔②,小扣柴扉久不开③。春色满园关不住,一枝红杏出墙来。

注释 ①不值:不遇。言游园不成。②屐:木鞋。③柴扉:枯枝做成的门扇。扉,门扇。

赏析 [令人神思黯然的开头] 题为"游园不值",绝句便从诗人乘兴访友且游园不成落笔。这也许是一个春雨初霁的清晨,诗人穿上便于涉水踏泥的"旅游鞋"——木屐,踩着长满青苔的小路一步步向友人的小园走去。久雨之后的青苔路又湿又滑,行走艰难,好不容易走到了,满以为可以轻松息憩、携友人游园畅谈了,不想久叩柴扉却没人答理,吃了闭门羹,实在是扫兴。因而,心情懊丧的诗人不禁自怨自艾起来,这便照应了起句的"应怜"二字。"久"暗写诗人心情之焦躁,以及意欲入园一游的愿望之迫切。朋友不在,此行无果,开篇即造成一种失落感,使人心情黯然。其实这是为后面"红杏"的出场、亮相做铺垫的,是诗人的妙笔,有意为之。

[含蓄蕴藉的"诗语"] 诗的开头主要是叙事,写诗人游园不值的过程,但用笔十分含蓄。尤其是第一句包容的信息量极大,以少总多,给人想象的空间。江南的梅雨季节正是出杏的时候,因而

杏花、春雨成为诗词创作中一对被经常连在一起的特殊意象。陆游便有"小楼一夜听春雨，深巷明朝卖杏花"（《临安春雨初霁》）的诗句。其实，在此诗中作者是写了春雨的，只是没有明言。从诗人穿着的木屐、石径上长满的青苔以及印在苔上的鞋齿印，依据日常生活知识读者已足以明白这是一个久雨初晴的早晨，春雨就这样巧妙地被诗人隐藏到诗中，这就是真正的"诗语"。

[令人惊喜的"红杏"] 对自己走访的是谁家园林，诗人一直没有交代，但从"柴扉""红杏"前后对应，不难推断出这显然是一个好种花草树木的寻常人家，给人一丝神秘感。而"红杏"的出现则彻底吸引了读者的注意力，花开谁家、所访何人早也就没什么意义了，精彩之处在于"红杏"的出场，这一点亮色令人神清气爽，惊喜不已。游园访友虽一无所获，"一枝红杏"却是意外所得，游园不值的怅惘之情顿时一扫而光。结句其实是由陆游《马上作》诗句"杨柳不遮春色断，一枝红杏出墙头"点化而成，但由于叶绍翁先有"春色满园关不住"作为红杏出墙的前奏，写得鲜活、生动，不仅免去抄袭、照搬之嫌，反倒觉得用前人诗境用得出新，也深得要领，后人也因此而记住了叶绍翁的诗句，淡忘了放翁诗。

["红杏出墙"暗藏的理趣] 出墙的"一枝红杏"自是满园春色的集中体现，足够让人产生丰富的联想——墙内的春色必定已是满园，而且是"满"得关也关不住了。此刻诗人倘是有机会到园中去看个究竟，恐怕也没那兴致。人生的妙处，有时候需要心领神会，一切都看得过于清楚，说得过于直白，反倒了无情趣，坏了滋味。同时这"一枝红杏"还给人某种精神上的鼓舞和人生启迪，美好的事物都是生机勃勃、蓬勃向上的，春色既已是满园，红杏就会"出墙"报告春色满园的消息，这岂是高墙所能遮挡、柴扉所能关得住的？

时隔近千年，如今"红杏出墙"已被人们广泛引用，而且意义也发生了根本转变。这正是诗歌艺术的魅力，也是叶绍翁诗理趣的魅力。

古诗词鉴赏

姜夔

(1155?—1221)字尧章,号白石道人,饶州鄱阳(今属江西)人。少随父宦游汉阳。父死,流寓湘鄂间,诗人萧德藻以兄女妻之,移居湖州,往来于赣、皖、苏、浙间。终生不第,卒于杭。有《白石道人诗集》《白石诗说》《白石道人歌曲》等。

扬州慢

淳熙丙申至日,予过维扬①,夜雪初霁,荠麦弥望。入其城则四顾萧条,寒水自碧,暮色渐起,戍角悲吟②。予怀怆然,感慨今昔,因自度此曲。千岩老人以为有《黍离》之悲也③。

淮左名都,竹西佳处④,解鞍少驻初程。过春风十里,尽荠麦青青。自胡马窥江去后,废池乔木,犹厌言兵⑤。渐黄昏,清角吹寒,都在空城。　杜郎俊赏⑥,算而今、重到须惊。纵豆蔻词工,青楼梦好,难赋深情⑦。二十四桥仍在⑧,波心荡、冷月无声。念桥边红药,年年知为谁生!

注　释　①维扬:即扬州。②戍角:军营里吹的号角。③千岩老人:萧德藻,字东夫,晚年居湖州,自号千岩老人。黍离:《诗经·王风》中的一首诗。④竹西:扬州城东禅智寺侧的竹西亭。⑤厌:厌恶。⑥杜郎:唐代诗人杜牧。俊赏:过人的鉴赏力。⑦豆蔻:植物名。常比喻少女。青楼:妓院。⑧二十四桥:史载扬州在唐代极其繁华,街道交错,河渠纵横,建成有二十四桥。

赏析　[这首词的写作背景]作于淳熙三年(1176)丙申。扬州在宋是淮南东路首府,又是历史文化名城。宋高宗在位时,金人曾两度大举南侵,扬州亦两遭焚掠。十余年后,词人来到扬州，看到的还是一座芜城。

[词人对景伤怀]词从"淮左名都"说起，自然包含许多追忆繁华、撷拾旧闻的内容。比如禅智寺的竹西亭，就是杜牧诗中歌咏过的名胜。"春风十里扬州路"也是杜牧诗中名句，这与词人眼前见到的一片黍离麦秀的景象构成多大反差！一切废池古木都是铁的见证，无言地控诉着侵略的罪行。写胡马只言"窥江"，写芜城只言"厌兵"，却包含无限伤时念乱意。

[词中的怀古内容]杜牧歌咏扬州的名句还多，除"娉娉袅袅十三余，豆蔻梢头二月初"外，还有"十年一觉扬州梦，赢得青楼薄幸名""二十四桥明月夜，玉人何处教吹箫"等。词中运用之妙，在于不是一般地化用，而是虚拟情景：假如诗人故地重游，纵有天赋才情，怕再也找不到往日的灵感了吧？二十四桥中，有一座红药桥，桥边原种芍药花，眼下想必也无人经营，任其自生自灭了呗。

[运用对比揭示主题]这是姜夔自创乐曲的一首歌词，作者笔端驱使杜牧奔走不暇，由于运用唐代大诗人留下的丰富语言材料，从而处处让人联想到扬州美好的过去，与衰落的现在形成对比，很好地表达了谴责侵略、揭露战争破坏性的主题。

[领字的运用]作为一首慢词，作者很注意领字的运用，如自、渐、算、纵、念等，在语气行文上起到很好的转接作用，同时也适当点缀骈语（"淮左名都，竹西佳处"，"豆蔻词工，青楼梦好"），更见工整。

林升

淳熙时（1174—1189）士人。

题临安邸①

山外青山楼外楼，西湖歌舞几时休！暖风熏得游人醉，直把杭州作汴州②。

注释 ①临安：即杭州。邸：客店。②汴州：今河南开封市，为北宋都城。

赏析 [歌舞升平的虚假盛世] 作者林升生平无考，但他却因为这一首七言绝句在诗史上占据了一席地位。据说这还是一首"墙头诗"，诗人把它题写在杭州一家客店的墙上，流传甚远。

开篇诗人便直写西湖景色。但诗人写的却不是"淡妆浓抹总相宜"（苏轼《饮湖上初晴后雨》）的西湖，而是写西湖的繁华与喧嚣，这与人们心目中明丽清秀的"西子"大有不同。掩映在青山绿水之间的是重重叠叠、绵延无尽的华丽楼台，而从这些楼台中又时时传来悠扬的歌舞声，给秀丽的西湖平添了几分热闹。从表面上看，这是一般的景物描写，但是诗人的愤激之情已从"几时休"中初见端倪。北宋灭亡后，赵宋的王公贵族被迫南迁。1132年，宋高宗看中了杭州这块风水宝地，于是建明堂、修太庙，大兴土木。皇帝如此，达官显贵也争相效仿，纷纷营建高楼华宅，于是经过几十年经营，素有"人间天堂"美誉的杭州变成了他们醉生梦死的温柔之乡，与当年繁华富贵的汴梁城不相上下。西湖之上终日丝竹之声不绝，宴饮游乐，车马穿梭，好一派歌舞升平的盛世气象。其实这是对南宋王朝的极大讽刺。中原大地早已在异族的统治之下，山河破碎与西湖胜景形成了强烈的对比，令人心寒。同时，诗人抓住楼台、歌舞来描写西湖，给人无穷的想象空间。历代帝王所搭建的楼台何其多也，诸如纣王的鹿台、楚王的章华台、隋炀帝的江都宫，不都化成了灰土？而不绝于耳的西湖歌舞也让人联想到陈后主的《玉树后庭花》、唐玄宗的《霓裳羽衣曲》，最终竟一概成了亡国之音！如此，眼前西湖的承平气象将预示着什么已是不言而喻了。

["熏"的一字之妙] 接下来诗人写"游人"的感受。终日陶醉于西湖形胜，沉湎于歌舞丝竹，这本已足够消磨人的意志了，但还不够，诗人又加之以"暖风"。骀荡的暖风夹杂着花香扑面而来，更让人沉迷，忘乎所以。"熏"字用得极妙，把游人的沉迷其中却浑然不觉写到了极致。而这种沉迷的结果就是"直把杭州作汴州"。这里诗人把暖风当作可以醉人的美酒来加以表现，那些醉生梦死之徒，满足于眼前的苟安，不思进取，更没有卧薪尝胆的勇气，恍惚迷离之间竟把杭州和汴州混为一谈，乐不思蜀，将国家兴亡、民生疾苦全都抛诸脑后，既可悲又可耻！这里诗人巧用汴州与杭州两代都城的变迁，引出南渡失国之耻，一方面是想用家国之恨唤醒那些沉醉的人们居安思危，同时也为南宋王朝敲响了警钟：如果再不励精图治，奋起抗敌，南宋必将重蹈北宋灭亡的覆辙！

[含蓄深邃的讽刺] 作者的矛头显然是直指南宋的最高统治者的。诗人对南宋小朝廷偏安一隅却能安之若素极为不满，对国破家亡之后人心的麻木也极为愤慨，但是用笔极深，通篇无讥讽哀怨、愤世嫉俗之辞，却都能从诗语中感受出来，足见艺术功力。

古诗词鉴赏

赵师秀

（？—1219）字紫芝,号灵秀,温州永嘉（今浙江永嘉）人。绍熙元年（1190）进士,曾任高安推官。有《清苑斋集》。

❋ 约客 ❋

黄梅时节家家雨,青草池塘处处蛙。有约不来过夜半,闲敲棋子落灯花。

赏析 [盼客不至心情的细腻描述] 这是一首七绝小诗,只有四句二十八字,却细腻地描述出了诗人在夜雨中期盼友人赴约时那种从期待到烦乱再到怅然的心理变化。

[环境与心境互通] 前两句写出黄梅时节江南雨夜的景色。淅淅沥沥的雨声、呱呱不停的蛙声并没有给诗人带来美感,反令

他心烦意乱，因为他所期待的友人未能如约而至。这就把环境与心境结合到一起了。江南梅雨时节，雨多天闷，人的心情也容易抑郁。本来盼望着能与友人欢聚，把酒畅谈，以消漫漫暑夜，不想友人却久候不至。诗人心境也从期盼的热切转为等待的焦燥。"闲敲棋子"写尽了诗人的孤寂无聊之状。

[落灯花暗示希望破灭] 按古人迷信说法：结灯花为吉兆。落灯花虽不是凶兆，却至少表明奇迹是不会出现了，坚持到半夜的希望破灭了，诗人内心的怅惘可想而知。全诗虽无一字写心情，却无一字不流露出诗人的心情。

古诗词鉴赏

翁卷

字续古,一字灵舒,温州乐清(今浙江温州)人,淳祐十年(1183)登乡荐,终于布衣。有《苇碧轩诗集》。

乡村四月

绿遍山原白满川,子规声里雨如烟。乡村四月闲人少,才了蚕桑又插田。

赏析　[明丽的对比色彩] 初看题目便知是一篇田园山水作品。诗人从远景写起,极目望去,心胸开阔,格调高昂。"人间四月芳菲尽",初夏时分已不是姹紫嫣红的时节,占尽风光的是满目的苍翠。诗人写树,却并没有点明,而是让"绿"色来作为代表。"遍"使空间无限延伸,凡诗人目力所及的地方都是翠绿的树木。这样,写的就绝不只是一棵树或一片树林,极具张力。接着诗人将目光投向波涛奔涌的河流,同样也没有明写,只用"白"色来表示。这一绿、一白两种对比鲜明的色彩顿时使整个画面变得明丽动人、妙趣横生。"白满川"写出了山间水流的湍急。由于河床太陡,水流流过时就看不到"流",只看到急流卷起的白色浪花,这让青山与绿水巧妙地区别开来,写出了"山原"的特点,说明作者观察细致,十分真实。

["子规"使画面更生动] 第二句描写的是细雨霏霏中的田园景象。作者把雨比作"烟",将春雨的细密、飘洒写得极其传神。在碧绿的田野上农家点起了缕缕炊烟,这时天上飘着毛毛细雨,于是烟雨迷蒙,烟似雨,雨如烟,宁静而祥和。而最妙是诗人突然在这凄迷朦胧的乡村雨景中加入了几声子规鸟的叫声,这样,寂静被打破,静止的画面也变得鲜活、生动。子规即布谷鸟,其

叫声似"布谷！布谷！"就像是在催促农人赶快下地栽种。因而子规的出现，既活跃了气氛，又使诗歌的田园气息更加浓郁。你听，天上飘着迷蒙的细雨，可是殷情的布谷鸟还在不停地叫人们"布谷"，煞是可爱。

[平白的语言] 后两句诗人把笔触落到了农家，描写四月春种的繁忙景象。"乡村四月闲人少，才了蚕桑又插田"，这里诗人所用的语言极其朴素自然，几近口语，毫不费力。但诗人也并非一概不考究。写农事繁忙，却偏不说"忙"，而是说"闲人少"，进而又用了两个虚词"才""又"来表现刚忙完蚕桑又急着要下田插秧，可见真是忙得不亦乐乎。如此写来真实、自然，具有浓厚的乡土气息和农村生活情趣，十分精妙，散发着"泥土的芬芳"。

[清新淡雅之美] "四灵诗派"的小诗常以"灵秀之气"取胜，翁卷也是如此。本诗语言简洁平淡，所写物事也皆寻常，不用引经据典，也非浓墨重彩，却创造出另一种清新淡雅之美，看似平常而饶有诗情画意，值得称道。

元好问

(1190—1257)字裕之,金太原秀容(今山西忻州)人。曾读书于山西遗山,因号遗山山人,世称元遗山。金宣宗兴定五年(1221)进士。官镇平、内乡、南阳等县县令。后入朝,历尚书省左司员外郎,入翰林,知制诰。金亡不仕。有《遗山先生文集》四十卷。又编金人诗为《中州集》十集。

双调·骤雨打新荷

绿叶阴浓,遍池亭水阁,偏趁凉多。海榴初绽,朵朵蹙红罗。乳燕雏莺弄语,有高柳鸣蝉相和。骤雨过,琼珠乱撒,打遍新荷。 人生百年有几,念良辰美景,休放虚过。穷通前定①,何用苦张罗。命友邀宾玩赏,对芳樽浅酌低歌。且酩酊,任他两轮日月,来往如梭。

注 释 | ①穷通:指命运的好坏。

赏析 [关于这个曲调] 此曲调名本为"小圣乐",或入双调,或入小石调。因为元好问之作"骤雨过,琼珠乱撒,打遍新荷"几句脍炙人口,故人们又称此曲为"骤雨打新荷"。元陶宗仪《辍耕录》卷九云:"〔小圣乐〕乃小石调曲,元遗山先生好问所制,而名姬多歌之,俗以为'骤雨打新荷'是也。"赵松雪听姬唱此词,赋诗赞曰:"主人自有沧州趣,游女乃歌白雪词。"

[景色铺写极有层次] 上曲写盛夏纳凉、流连光景的赏心乐事。主写景。看它铺叙的层次,可说是渐入佳景:作者先用大笔着色,铺写出池塘水阁的一片绿荫,并以"偏趁凉多"四字轻轻点出夏令。然后,在此万绿丛中,点染上朵朵鲜红的石榴花,令读者顿觉其景照眼欲明。进而写鸟语蝉鸣。而这鸟,专指"乳燕雏莺",是在春天诞生而此时刚刚孵出的新雏,其声稚嫩娇

软而可喜。那蝉儿想必也是刚出虫蜕，踞高柳而长鸣，"居高声自远，非是藉秋风"（唐虞世南《蝉》）也。在这些新生命的合唱中，池塘水阁平添生趣。到此，作者妙笔生花，在热烈、喧闹的气氛中，特意安排了一场"骤雨"。这雨决非煞风景，它是过路的阵雨，给盛夏带来凉意，又替画面做了润色。这骤雨持续时间不长，却刚好"打遍新荷"，那景致恰如后来吴敬梓描绘的："一阵大雨过了。那黑云边上镶着白云，渐渐散去，透出一派日光来，照耀得满湖通红。……湖里有十来枝荷花，苞子上清水滴滴，荷叶上水珠滚来滚去。"（《儒林外史》第一回）那不正是"琼珠乱撒"的写照么？真是"人在画图中"。此乃曲中一段绝妙好辞，无怪"一时传播"（《雨村曲话》卷上）。

[曲中抒写旷达之怀] 下曲即景抒怀，宣扬浅斟低唱、及时

行乐的思想。调子是低沉的，又是旷达的。在用笔上，作者一洗上片的丹青色彩而换作白描抒写。"良辰美景"句总括前文，言如此好景，应尽情欣赏，不使虚过。"穷通前定"是一种宿命的说法，作者这样说，旨意在"何用苦张罗"，即反对费尽心机的钻营。这种旷达的外表仍掩不住内心的苦闷。"命友邀宾玩赏"二句，谓人生乐趣在流连光景、杯酒，这是从六朝以来封建士大夫在无所作用之际典型的人生态度。因为光阴似箭、日月如梭会使他们感到心惊，而在酩酊大醉中，庶几可以忘怀一时，取得片刻的麻醉。

[价值在对自然美的发现] 应该指出，下曲表现的思想即使在封建时代，也是并不高明的。然而在对自然美的发现和再造上，作者却做得相当出色和成功。数百年来读者津津乐道的，不是曲中论道之语，而是那"骤雨打新荷"的生机盎然的夏令境界，以及其中流露出的浓厚的生活情趣。

[词、曲的共同之点] 此曲写法与词相近。这是因为在宋元之交，词、曲均称乐府，都是被诸管弦、传于歌筵的，所以早期的词曲分疆并不甚严。《莲子居词话》卷二认此曲做词调就是这个缘故。

文天祥

文天祥 (1236—1283) 字履善，一字宋瑞，号文山，吉州庐陵（今江西吉安）人。宝祐四年（1256）进士。度宗朝，累迁直学士院，知赣州。德祐（1275）初，除右丞相，以都督出江西，兵败被执，囚于燕京四年，不屈而死。有《文山集》《文山乐府》。

过零丁洋①

辛苦遭逢起一经②，干戈寥落四周星③。山河破碎风飘絮，身世浮沉雨打萍。惶恐滩头说惶恐④，零丁洋里叹零丁。人生自古谁无死，留取丹心照汗青⑤。

注释 ①零丁洋：在今广东南珠江口外。②遭逢：遭遇。一经：以通晓经书而入仕，指1256年文天祥考取进士第一。③干戈：泛指兵器，常比喻战争。干，盾牌。寥落：稀少，冷落。四周星：四年。④惶恐滩：在今江西万安境内，是赣江十八险滩之一。⑤汗青：史册。

赏析 [沉痛的人生回顾] 1278年文天祥在广东五坡岭（今广东海丰北）兵败被俘，在被押解到元大都（今北京）的行程中，诗人面对沦陷敌手的大好河山不禁感慨涕零，写出了一系列感天动地、光照诗史的爱国主义诗篇，《过零丁洋》便是其中之一。

1279年，四十三岁的文天祥被押北上，在离开广东途经零丁洋时，心绪如江海波涛，难以平息。如今身陷囹圄，生死未卜，诗人抚今思昔，开始对自己的人生做一番回顾。首先诗人从二十岁明经入仕写起，这本是诗人最春风得意的时候，然而回想起来，这既是一生政治生涯的开端，也是坎坷际遇、苦难历程的开端，并没有什么值得欣喜的；其次是写"干戈寥落"的南宋颓

古诗词鉴赏

势,以及自己在此前四年中的出生入死、孤军奋战。1275年,元军大举南下,南宋求和遭拒,岌岌可危。文天祥毅然响应朝廷号召,倾其全部家资以做军费,并组织义军保卫临安。从此尽心竭力,转战沙场,到被俘过零丁洋时恰好是四年时间。"干戈寥落"写出了战争的惨烈,几乎无法再战。南宋王朝昏庸无能,屈辱投降,据《宋史》记载,到灭亡前夕人心尽失,即使招兵买马已是应者寥寥,这也是干戈寥落的原因之一。国家差不多已到了无人愿战、无兵可战的绝望境地,可是诗人却明知其不可为而为之,痴心不改,这更衬出了文天祥的一片丹心。

[出色的对句堪称诗史绝唱] 接下来诗人运用两联出色的对句来感怀往事、抒发情感,尤其是"惶恐滩头说惶恐"一联堪称诗史绝唱。"干戈寥落"的必然结果便是"山河破碎"。当时,端宗已在逃难中惊悸病死,陆秀夫拥立八岁少主赵昺栖身南海崖山,追兵一到则顷刻覆亡。诗人心知国家危亡只在旦夕之间,所以用风中"飘絮"做比,极写无力回天的哀恸和悲愤。同时文天祥是将自己的命运和国家的安危紧紧联系在一起的,亡国孤臣已如无根的浮萍难主沉浮,再加之无情的风雨相摧袭,人生遭际更觉凄凉。在抗元斗争中文天祥曾屡遭投降派排挤,后受命于危难之际,一次被扣,两次被俘,其间为尽节,曾绝食、服毒自杀,都侥幸生还,可谓九死一生,艰苦卓绝。这里的"身世浮沉"不单是指诗人政治上的升迁荣辱,也是对惊心动魄的不平凡的一生的高度概括。

下联诗人将往事与现实巧妙地结合起来,自成佳句。1277年文天祥兵败江西,从惶恐滩一带撤退至福建。"惶恐滩"与"零丁洋"本是两处地名,但是却与诗人的抗元斗争密切相关,因而诗人赋予它们浓郁的感情色彩。且"惶恐"和"零丁"语意双关,当年战败时的惶恐与今天乱世孤臣的伶仃自然相对,情真意切,读之怆然。如此对仗工稳、意味深长的对句,来源于诗人独特的人生经历,也得力于诗人出众的艺术功底。

[高亢慷慨的爱国主义悲歌] 诗人运用比喻、对仗等手法将家国之痛、人生多艰写到了极致，形成一股哀惋之气，而末尾则愀然作色："人生自古谁无死，留取丹心照汗青。"以高亢的情调、磅礴的气势，直抒胸臆，表现出诗人高尚的民族气节和真挚的爱国情操，也使这首《过零丁洋》成为千古不朽的爱国主义诗篇。同时末句所蕴藏的舍生取义、威武不屈的生死观影响深远，成为后来爱国志士的座右铭。

古诗词鉴赏

蒋捷

字胜欲,号竹山,阳羡(今江苏宜兴)人。咸淳十年(1274)进士。宋亡不仕。有《竹山词》。

一剪梅·舟过吴江①

一片春愁待酒浇,江上舟摇,楼上帘招。秋娘渡与泰娘桥②,风又飘飘,雨又萧萧。 何日归家洗客袍,银字笙调③,心字香烧④。流光容易把人抛,红了樱桃,绿了芭蕉。

注释 ①吴江:今江苏省苏州市吴江区,在苏州南、太湖东。②秋娘渡、泰娘桥:皆吴江地名,不详其所。③银字笙:管乐器。因笙身以银作字,故名。④心字香:形如篆文心字的盘香。

赏析 [这首词的特色] 在宋代词人中蒋捷算不上卓然大家,但《一剪梅·舟过吴江》却无疑是南宋词中最富魅力的篇章之一。他是吴地人,亡国前后过着东奔西走的生活,故有人将此词与亡国之思联系起来,其实,无论是词题还是词文本身均没有提供这方面内容,那怕是一点点暗示。这首词之所以传诵不衰,使代代读者为之迷恋陶醉,恰恰是因为它没有涉及具体的人事,却具有更普遍的人生情境和寄慨。说它表现的是春愁加乡愁固然不错,但它的兴象所启,又远非伤春羁旅所能包容。在太湖之东山明水秀的吴江(即吴淞上游)行舟,暮春的江景是那样销魂,连一阵乡愁袭来也是轻飘飘的,词就从这感觉写起。

[写景中的文化内容] 注意"一片"这个词儿在诗词中的基本含义是一小块、一点点(如"一片孤帆""一片孤城""一片月""一片冰")。"一片春愁待酒浇"这个富于暗喻("愁来如渴")的说法和"浇"这字眼,都是很尖新的。行舟在绿水上,那酒楼

上的帘招才够诱惑呢，叫人望梅止渴吧。江上行船速度不慢却不易察觉，"回头迢递便数驿"呢，"秋娘渡与泰娘桥"句便给人这样的感觉。这渡口和桥用唐代著名歌妓命名，便具江左特有的文化氛围。一路充满柔情绮思的旅程恰好遇到雨丝风片的天气，该让人如何神魂颠倒？"风又飘飘，雨又萧萧"的两"又"字表现出如怨如慕的语调，"飘飘""萧萧"兼有拟声之妙，这种凄清美丽的行程，容易惹人乡思。

[旅途回忆家居的温馨] 过片就写思家思乡的情绪。"何日归家"四字乃人人心中所有，"何日归家洗客袍"的措语乃人人笔下所无。回家之乐岂止浣洗客袍，以下两句将闺中的温馨更描绘得无以复加："银字笙调，心字香烧。"这里的"银字""心字"都应是带儿化音的名词，亦饶音情之妍媚。笙上镶嵌银字为的是标示音调，说唱文学中的"银字儿"应得名于此。"心字香"则是盘成篆文心字的盘香。这情景宛如周美成《少年游》所写的："锦幄初温，兽香不断，相对坐吹笙。"与上片的"秋娘""泰娘"字面暗相映带，微妙地表现出客里相思，梦想中小家庭生活之舒适宜人。

[对时光流逝的感慨] 想象归想象，现实归现实，看来他今春还赶不到家。随着"流光容易把人抛"一声长叹，他又沉入遐想，春天即将逝去，故乡的芭蕉应已绿了，而樱桃也熟透了吧。言外之意是，我可要赶不上喽。然而只写到"红了樱桃，绿了芭蕉"为止便画意盎然，美不胜收。似乎还启发人家：尽管春天流逝，而成熟的夏季景物也别是鲜妍甜美呢。

[词牌音节上的特点]《一剪梅》有只叶六韵和逐句押韵、四字联可骈可散等不同调式。蒋捷采用了逐句押韵、四言句皆对仗的限制较多的调式，句琢字炼，因难见巧，色彩鲜明，音调铿锵。

关汉卿

号已斋叟，元大都（今北京市）人，曾任太医院尹。曾加入玉京书会，编写杂剧。一生创作杂剧60余种，今存18种。今人编校有《关汉卿戏曲集》。

❀ 南吕·四块玉·别情 ❀

自送别，心难舍，一点相思几时绝。凭栏袖拂杨花雪①。溪又斜，山又遮，人去也。

注 释 ｜ ①杨花雪：像柳絮当空的雪。

赏析 [通篇用倒叙的手法] 曲从别后说起，口气虽平易，但送别的当时已觉"难舍"，过后思量，自有不能平静者。说"相思"只"一点"，似乎不多，却不知"几时"能绝。这就强调了离别情绪缠绵的一面，此强调其沉重的一面，更合别后情形，以真切动人。

[末三句的两种解读] 末三句做顺承看，是写遥望情人去路黯然神伤之态。"溪又斜，山又遮"是客路迤逦的光景，"人去也"则全是痛定思痛的口吻。做逆挽看，可认为作者在章法上做了倒叙腾挪，先写相思，再追忆别况，便不直致，有余韵。

[散曲用韵的特点] 曲用韵密，而一韵到底。韵，是较长停顿的标记，如此曲短句虽多，但每句句尾腔口均须延宕，读来有韵味悠扬之感。结尾以虚字入韵，为诗词所罕有，而曲中常见，而"人去也"这个呼告的结尾，尤有风致。

马致远

号东篱，元大都（北京市）人。曾任江浙省务提举。元贞间（1295—1296）尝与京师才人合撰杂剧，有《破幽梦孤雁汉宫秋》等杂剧十六种，尚存七本。

天净沙·秋思①

枯藤老树昏鸦，小桥流水人家，古道西风瘦马。夕阳西下，断肠人在天涯②。

注释 ①天净沙：元散曲越调曲牌名。句式为六六六四六，共五句五韵。思：情思、思绪。②断肠人：指浪迹天涯、伤心断肠的游子。

赏析 ［并不孤立的九种意象］"悲哉，秋之为气也！"（宋玉《九辩》）秋思，就是指一种落寞、悲凉、萧瑟的情思、心绪。"萧瑟兮，草木摇落而变衰。憭栗兮，若在远行。"（《九辩》）秋天衰败的景象是秋思的导火线，万般思绪都是由秋景触发而生成的，所以写什么样的秋景便是写秋思的关键。小令选择了最具秋天特征的景物，用开篇有限的十八个字、三句、九个本是相对孤立的景物，加之枯、老、昏、古、瘦等九个修饰词便塑造出极为丰富的九个意象。而这九个意象有意味地组合、排列在一起，便创造出一种意境，制造出一种氛围，使人受到感染，秋思袭上心来。进入现代社会，人们突然发现这九个意象的呈现就好比电影的蒙太奇手法，将九个本没有太多关联的镜头剪辑在一起，新的意味、情节便产生了。这九个景物竟给现代人带来了如此新颖的审美体验和享受，这是马致远始料未及的。

古诗词鉴赏

["秋思"之绝唱] 一幅凄清的画卷展开了。"枯藤老树昏鸦,小桥流水人家",这是异乡的景色,但也是游子熟悉的景色,这让游子想起自己的故乡、自己的亲人、自己远离的家。一股浓浓的乡愁涌上心头!眼前的人家,并非游子的居所,他骑着瘦马孑孑独行,脚下是绵延不尽、历尽沧桑的古道,看不到尽头,也不知通向何方。一阵清冷的秋风扑面而来,夕阳西下,暮霭渐浓,他感到自己好像已经走到了天边,家乡是那么遥远,那么可望而不可即,游子又冷又饿,也不知该到什么地方投宿,只好踏上漫漫长路。可是,他又该走向哪里呢?他只能不停地漂泊、漂泊……游子的心都碎了,肝肠寸断,他找不到归宿,也看不清方向。路在脚下延伸,留下了游子孤独

古木寒鸦图

的脚印。这幅秋思图把秋景与游子紧紧地融合在一起，语言凝练，意韵优美，寓情于景，借景抒情，创造出情景交融的意境，乃"秋思"之绝唱。

[哀怨的"游子"形象] 既有了凄清的秋景，还要有去感受秋景并与这种凄清气氛相谐调的抒情主人公，于是游子出现了。小令中塑造的这位漂泊不定、满怀凄凉的游子形象实际上是当时文人知识分子的象征。在元王朝异族的统治之下，知识分子找不到出路，政治上十分压抑，生活也常陷入困顿。享有"战文场，曲状元"美誉的马致远也只能混迹于勾栏书会，将满腹经纶、旷世才华寄寓在文学创作中。游子回头无望、前行无路的彷徨，身如漂萍、浪迹天涯的漂泊感，正是元代知识分子落寞惆怅、怀才不遇、愤世嫉俗心境的写照，这也是这首小令千百年来备受知识分子推崇、引起无数心灵共鸣的原因所在。

[元代小令的"压卷之作"] 马致远的散曲极负盛名，号称"元人第一"，有着惊人的艺术造诣。这首小令虽画面凄清，情思动人，却意境幽远，格调清俊，风格豪放，被誉为"秋思之祖"（周德清《中原音韵》）。王国维盛赞曰："〔天净沙〕小令，纯是天籁，仿佛唐人绝句。……可知元人之于曲，天实纵之，非后人所能望其项背也。"（王国维《宋元戏曲史》）。后人称《秋思》为元代小令的"压卷之作"，实在是当之无愧。

古诗词鉴赏

张养浩

(1270—1329),字希孟,号云庄,元济南(今属山东)人。元武宗至大年间(1308—1311)曾拜监察御史,上疏论时政,为权要所忌,当即罢官。仁宗即位,召为右司都事,官至礼部尚书,参议中书省事。有《云庄休居自适小乐府》。

山坡羊·潼关怀古①

峰峦如聚,波涛如怒,山河表里潼关路。望西都,意踌躇chóuchú②。伤心秦汉经行处③,宫阙què万间都做了土④。兴,百姓苦;亡,百姓苦。

注释 ①潼关:关名。在陕西、山西、河南三省交通要冲。外有黄河,内有华山,地形险要。②西都:指长安(今西安)。古称长安为西都,洛阳为东都。踌躇:想得很多,心里不安的样子。③秦汉:指秦汉宫殿。④宫阙:指宫殿。

赏析 [关于潼关故址] 这是一首咏怀古迹的散曲,属小令。潼关故址在今陕西潼关县东北,是秦汉以来称帝关中的必争之地,山川形势极险要。

[开篇的气势感] "如聚"形容山峦之多,"如怒"以见黄河之险,曲一开头就造成雄关如铁的气势感,如豪放派的词。潼关西近华山,北据黄河,可说是"表里山河"(语出《左传》)。作者这是在歌颂壮丽的河山么?不是的。这里的言外之意是说山河形胜不足恃,历史的教训就在眼前,"西都"即咸阳、长安,乃秦汉建都之地,都在潼关以西,其往日的光荣已成陈迹:"伤心秦汉经行处,宫阙万间都做了土。"言念及此,作者感慨万端,不禁行步踌躇。

[富于历史深度的思考] 如仅停留在感慨上，此曲也就不足称道了。其可贵处正是在这里实际提出了一个"为什么"的问题，并给出了富于历史深度的答案："兴，百姓苦；亡，百姓苦。"没有重复"旧时王谢堂前燕，飞入寻常百姓家"（刘禹锡）、"大江东去，浪淘尽、千古风流人物"（苏轼）那一类慨叹，而是一针见血地道破了历史的真谛，指出封建王朝与人民群众的对立。读者对照秦汉兴亡的历史，联想唐太宗李世民"水能载舟，亦能覆舟"的格言，眼前或许还能浮现出如此惊心动魄的图画："戍卒叫，函谷举；楚人一炬，可怜焦土。"（杜牧《阿房宫赋》）这正是"宫阙万间都做了土"一句最好的注脚。封建王朝的压榨致使"百姓苦"，百姓不堪其苦时也可导致封建王朝的灭亡，历史是无情的见证者。这结尾的两句不仅具有高度概括性，凝聚着深厚的思想内容，而且语言表现极为有力。"兴"字领出"百姓苦"三个字，与"兴"相反的"亡"仍然领出同样三个字，不期然而然，语言效果便尤为强烈，尤有气势。

[曲中警钟长鸣] 作者是元时一个正直的官吏，此曲写在他任陕西行台中丞、治旱救灾路经潼关的途中，显然富有现实感慨。曲中直接为百姓"鸣"冤叫屈，间接地却是为当时统治者敲警钟呢。

张可久

(1280—1348?)字小山,庆元府(今浙江宁波)人。平生怀才不遇,放情山水。曾以路吏转首领官,为桐庐典史,暮年居西湖。

中吕·卖花声·怀古

美人自刎乌江岸①,战火曾烧赤壁山,将军空老玉门关②。伤心秦汉,生民涂炭③,读书人一声长叹。

注释 ①美人:指虞姬,项羽的宠姬。乌江:在今安徽和县东。②将军:指班超,其少时投笔从戎,久在绝域,临老思归,上疏云:"臣不敢望到酒泉郡,但愿生入玉门关。"③涂炭:犹言水深火热。涂:泥涂。炭:炭火。

赏析 [这支曲的思想内容] 本篇先列举三事,这三事不仅异时异地,而且不相类属;在笔法上则直写无隐。"美人自刎乌江岸"是霸王别姬的故事,"战火曾烧赤壁山"是吴蜀破曹的故事,"将军空老玉门关"则是班超从戎的故事,看起来似乎彼此毫无逻辑联系,拼凑不伦。然而紧接两句却是"伤心秦汉,生民涂炭",说到了世世代代做牛做马做牺牲的普通老百姓。读者这才知道前三句所写的也有共通的内容。那便是英雄美人或轰烈或哀艳的事迹,多见于载籍,但遍翻廿一史,哪有普通老百姓的地位呢!

作者确乎揭示了一个严酷的现实,即不管是哪个封建朝代,民生疾苦更甚于末路穷途的英雄美人。张养浩说:"兴,百姓苦;亡,百姓苦。"(《山坡羊·潼关怀古》)袁枚说:"石壕村里夫妻别，泪比长生殿上多。"（《马嵬》）也都有同一意念。在这种对比的基础上，最后激发直呼的"读书人一声长叹"也就惊心动魄了。

[这支曲的艺术形式] 在形式上，对比的运用产生了显著的艺术效果。初读前三句，令人感到莫名其妙，或以为作者在那里惜美人，说英雄，替古人担忧。继读至四五句，才知作者别有深意：一部封建社会历史就是统治阶级的相斫史，而受害者只是普通百姓而已。在语言风格上，此曲与前曲的偏于典雅不同，更多运用口语乃至俗语（如"战火曾烧赤壁山"）。结句"读书人一声长叹"的写法更是传统诗词中见所未见、闻所未闻的。这里将用典用事的修辞与俚俗的语言结合，便形成一种奇特的"蒜酪味"，或"蛤蜊味"，去诗词韵味甚远。因而和前一首相比，这一首是更为本色的元曲小令。

古诗词鉴赏

王冕 （1287—1359）字元章，号煮石山农、饭牛翁、梅花屋主等。元诸暨（今属浙江）人。农家出身，刻苦自学。试进士不第，遂下东吴入淮楚。至正间（1341—1370）北游大都，荐官不就，归隐九里山。朱元璋攻下婺州，闻其名，延入幕府，授咨议参军，未几卒。工画。有《竹斋集》三卷，《续集》一卷，《附录》一卷。

❋ 墨 梅 ❋

吾家洗砚池头树，个个花开淡墨痕。不要人夸好颜色，只流清气满乾坤。

赏析 ［王冕的《墨梅》诗与《墨梅图》］王冕是元代出类拔萃的诗人，也是以擅长画梅著称的画家。梅花傲霜斗雪，清幽绝俗，深得人们喜爱，与松、竹并称"岁寒三友"。由于酷爱梅花，王冕在他隐居的诸暨九里山亲植梅花千树，并自号梅花屋主，以梅为伴，以梅为友。他爱梅，画梅，写梅，终其一生，这首诗正

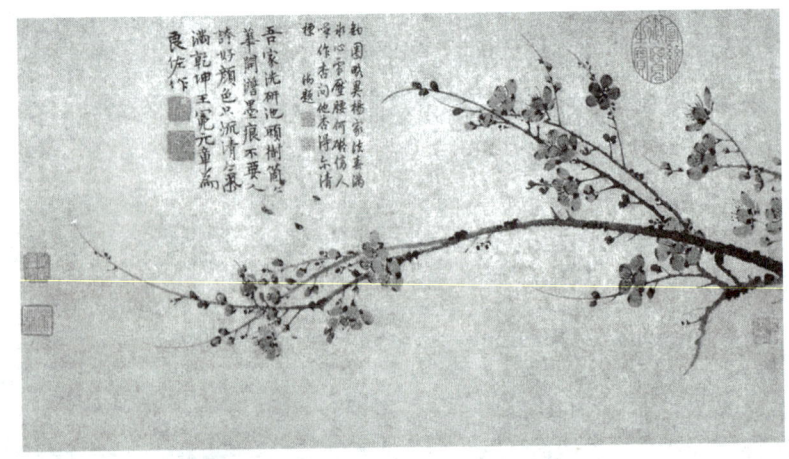

是王冕的题画诗之一。明代刘伯温赞扬王冕的画"能画梅花称奇绝",王冕画梅最喜欢画淡墨梅花,个个饱满,朵朵清雅,这和梅花幽雅、高洁的气质相吻合,这首诗就题在《墨梅图》的左上方,诗画一体,珠联璧合。

[用梅花的处境暗写身世] 诗人落笔非常自然,点明自己所写所画的梅花正是自家洗砚池边的那一株,十分寻常。而且这株梅花颜色清淡,无意与群芳争艳,就像诗人画中的墨梅,没什么特殊的地方,也不引人注目。其实诗人是借写梅花生长的环境来感怀自己的身世。青年时代的王冕胸怀大志,曾苦读兵书,修炼剑法,以期治国安天下。可是却屡试不第,最后有感于元朝统治者的腐朽,绝意仕途,归隐山林,将毕生心血倾注于诗画创作之中。这种"退而求其次"的做法,显然是愤世嫉俗的结果,自然而然会流露在作者的诗画创作中。诗人以徜徉于梅花间、与诗书相伴的闲适生活自矜,同时又对怀才不遇、壮志难酬的现实极为不满,他将梅花放置在"洗砚池头",实际上就是借机感叹自己的身世,是对这一矛盾心理的折射。因而,在赞美梅花朴素高洁的同时,又不禁流露出一丝淡淡的不平。这真是一株幸运的梅花,群芳之中,纵有万紫千红,又有几枝能引来一位多情人如此青睐?既用诗歌去赞美她,又用画笔留下她不俗的身影。

[梅花是诗人人格的象征] 人有人格,花有花品,陆游称赞梅花"雪虐风饕愈凛然,花中气节最高坚"(《落梅》)。王冕与梅花终日厮守,感受到梅花有一种天地之"清气","花卉之中,惟梅最清,受天地之气,禀霜雪之操,生于溪谷,秀于隆冬"(《梅谱》),因而在题画诗的结尾,诗人写出了一个默默为人间送来清香,冰清玉洁、秀雅高贵、屹立于大地之间的"大写的"梅花。"不要人夸好颜色,只流清气满乾坤"写出了梅花的精神之美、风骨之秀,刻画出梅花灵魂的圣洁。其实"大写的"梅花也就是"大写的"人,是诗人人格的象征,这总让人联想到陆游笔下"驿外断桥边,寂寞开无主"(《卜算子·梅花》)的那

一枝梅花。所不同的是：陆游写出了梅花在人们心中的永恒形象"零落成泥碾作尘，只有香如故"。这是凋零了的梅花，香魂不断，芬芳依旧。而王冕写的是盛开的梅花，她独立寒冬，一枝独秀，既无春花的娇媚，也不及春花的秾艳，然而清秀素雅、毅然挺拔，其绰约之风姿、卓雅之气质俱冠群芳。两首佳作，一诗一词，一开一谢，写尽了梅之魂、梅之色、梅之神，俱是写梅咏怀的绝唱。

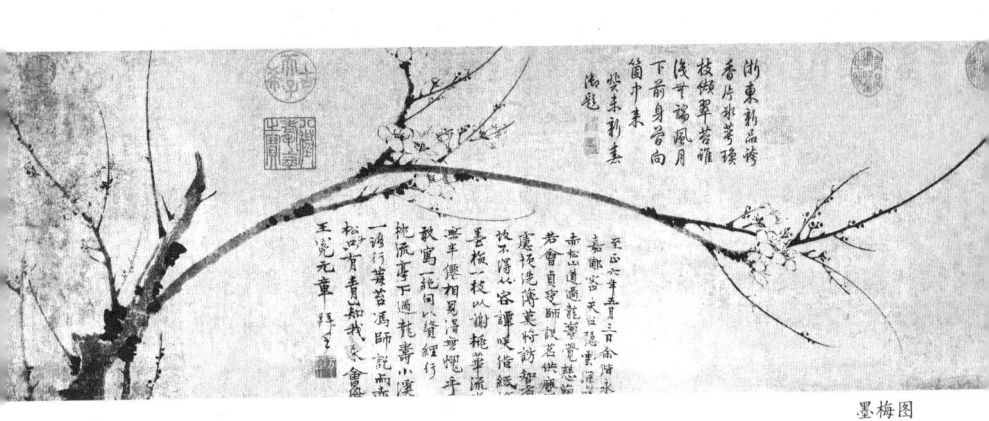

墨梅图

高启

(1336—1374)字季迪,元长洲(今江苏苏州)人。元末隐居吴淞青丘,自号青丘子。与杨基、张羽、徐贲并称"吴中四杰"。明洪武(1368—1398)初,召修《元史》,授翰林院国史编修。拜户部侍郎,不受。后被明太祖借故腰斩。有《高太史全集》。

寻胡隐君

渡水复渡水,看花还看花。春风江上路,不觉到君家。

赏析 [这首诗的诗趣] 这首诗写作者去访问友人,是一位姓胡的隐士。但诗中并没有写这位隐士的生活情况,而饶有兴致地写一路上领略到的春光,一道道水,一簇簇花,一阵阵春风……仿佛他是全心全意在春游似的,令人不知他意在寻春还是"寻胡隐士"。这是诗趣所在。

[为什么不觉得路长] 从"渡水复渡水,看花还看花"两句可知到胡隐君家路途不近,然而一路风光却非常幽美。"渡水""看花",实在是太简略的叙写,然而通过叠句法,却能给人以山重水复、柳暗花明的繁富与变化之感;"复""还"字的勾勒,给人"总想看个够,总也看不够"的感觉,而不是厌倦其多。第三句展现了一条路,即到胡家的路。"春风江上"的定语概括地点出了时间和环境。要不断地渡水过桥,可见那江是弯弯曲曲的,路也是弯弯曲曲的,并不直致。行人一点也不必为行程发愁,一路的春光已足以消除他的疲劳。

[最后一句的神韵] 只有这三句,这首诗还算不得好诗,最妙的还在三句之后"不觉到君家"这一句。它不仅是说,因为看

花看水,不知不觉来到胡家,一点儿也不觉路远;而且意味着诗人到了胡家才回过神来,仿佛直到这时他还没有看够似的,几乎已经忘了此行的目的是什么。

《世说新语·任诞》记载了晋代名士王子猷居山阴,雪夜思念友人戴逵,遂连夜乘船往,经一夜到达,不见戴而返,说什么"吾本乘兴而行,兴尽而返,何必见戴?"其实,八成是因剡中雪月并明转移了王子猷的兴趣,才造成了这一任诞之举。而本篇的抒情主人公虽然没有中止访友行动,但兴趣转移却与那个故事同致。"不觉到君家",突然换了第二人称语气,似乎是和胡隐君见面后寒暄的话。他一面说着"不觉到君家",一面还在为沿途的风光兴奋不已。这情景就像活现在读者面前似的。

❀ 卖花词 ❀

绿盆小树枝枝好,花比人家别开早。陌头担得春风行,美人出帘闻叫声。移去莫愁花不活,卖与还传种花诀。余香满路日暮归,犹有蜂蝶相随飞。买花朱门几回改,不如担上花长在。

赏析 [这首诗选材别致] 有道是"贩花为业不为俗"(《聊斋志异·黄英》),本篇即通过对花农生活的描述表现了贩花者以业为荣、积极乐观的人生态度。诗用卖花人的夸耀口吻写来,极有情趣。

[诗中写活了养花人心态] 养花是技术性很强的行道,没有丰富的经验很难把花育好。诗中主人公则是养花有素的行家,他用盆栽育花,花就比别家开得更早更好:"绿盆小树枝枝好,花比人家别开早。"这样便能"为近利,市三倍"(《易·说卦》)。你看他抢先上市,多么春风得意。连盆花都变轻了,使他跑起来特别快。"陌头担得春风行",妙在不言"担得花枝行",所以传神。一叫卖立刻就召来了买主:"美人出帘闻叫声。"此人不仅卖

花束,而且卖花苗(或盆花)。他非常懂得买卖的诀窍,那便是"信誉第一""和气生财"。不该保守的,他一点也不保守:"移去莫愁花不活,卖与还传种花诀。"买主最担心的就是买了花种不活,经他眉飞色舞地面授机宜,哪有不动心的。只要无欺,将来都成了他的老主顾。高启呀高启,你的语言真厉害,这些诗句将因生活的美而成为永久,这个花户将因这些诗句而不朽。

[作者对生活的诗化] 日暮归途,花已卖完,而余香犹在,所以沿途蜂蝶追随。此情此景,真可令卖花郎顾盼生姿,风流自赏了。他精于他的手艺,他热爱他的职业。如果要他选择来世做什么,他将一千次地回答:"我还种花。"卖花人虽非神仙,能阅尽沧桑,但朱门大户的变迁和中落,他是见过的:"买花朱门几回改,不如担上花长在。"富贵不可恃,"人生如此自可乐"(韩愈),这才是见道语。那些耽于富贵荣华而临深履薄者,见识不如卖花郎。总之,这首诗题新意新,诗中卖花人的形象系诗人从生活中观察而来,为前人诗中所未见。

古诗词鉴赏

于谦

(1398—1457)字廷益,号节庵。杭州钱塘(今杭州市)人。永乐十九年(1421)进士。宣德(1426—1435)初,授御史。以才迁兵部右侍郎,巡抚河南、山西。迁兵部尚书。土木之役,英宗被俘,蒙古也率兵进逼北京。其提督军马击退蒙军。英宗复位后,被诬陷,弃市。后赠太傅,谥肃愍,又谥忠肃。有《于忠肃集》。

石灰吟

千锤万凿出深山,烈火焚烧若等闲。粉骨碎身全不怕,要留青白在人间。

赏析 [托物言志的少年诗篇]"石灰"是现实生活中常见、常用之物,可是想在它身上做文章,吟诗作赋,反倒不是一件容易的事,于谦却做出来了,而且还做成了一首极好的七言绝句,其取材堪称新颖、独特。据说,这首咏物诗作于于谦十七岁那年,当时于谦还是杭州吴山三茅观学堂的一名少年学子,如此就更让人刮目相看了。于谦的祖父曾在洪武时代(1368—1398)任明朝的工部主事,于谦受祖父的影响,幼时喜读古代历史人物的故事,特别敬仰爱国主义诗人文天祥。后来家道中落,于谦也不因家境贫寒、地位卑下而意志消沉,反而发奋读书,志向高远。文天祥"人生自古谁无死,留取丹心照汗青"等诗篇中所表现出的风骨和节操成为于谦效法的楷模,《石灰吟》所表现的正是这种舍生取义、视死如归的凛然正气。

[紧紧围绕石灰展开描写和议论]吟,是古代诗歌的一种体裁,后来用以泛指诗歌。题目既为石灰吟,诗人便紧紧围绕石灰这一主题用笔。第一句采用平实的语言进行描写,先是写石灰石

的采集过程，说明石灰的出处。要炼制石灰必先有石灰石，而这种石灰石并非寻常石块，它来自"深山"，是匠人们"千锤万凿"、费尽辛苦开采下来，然后再由苦力肩挑背扛运出山来的。数字"千""万"写出了石灰石的坚硬和来之不易；"深山"说明路途之远、运输之艰难。然而，这才是制作石灰最基本的一步。接着，便是运到山外去焚烧。石灰和钢铁一样，是用烈火炼成的，这是制作的第二步，也是最关键的一步。"烈火焚烧"是叙，而"若等闲"则是议。要成其为石灰，就得经受住火的洗礼，忍耐高温的煎熬，否则就是废品。而对待烈火的"考验"，石灰石却表现出惊人的韧劲——"若等闲"，毫不畏惧，视若寻常！这里诗人将石灰人格化了，像是一位正在经受人生挫折或是命运考验的少年，如此神态自若，释放出人性美的光芒。

[石灰成为高尚人格的象征]诗人既已将石灰人格化就干脆直接用写人的手法来描写石灰，字句铿锵，气贯长虹。"粉骨碎身"是指石灰最后在被人们使用的时候，还要先用水进行浸泡，分解成粉状的熟石灰，然后才能派上用场，用以粉刷墙壁，留得"青白在人间"。"青白"是用谐音达到一语双关的效果，"青白"就是"清白"，石灰把白色抹在了墙上，就好比人把"清白"、高洁的品质留在了人间。这种以人写物、以物喻人的写法别出心裁，也独具匠心。读来通篇都在写石灰，无一字有缺漏，可是又觉无一字不在喻人，都是在张扬做人的品格。咏物诗，重点并不在所咏之物，而应在托物言志，于谦虽少却得其高妙，立意奇高。这位少年诗人通过写石灰的坚毅、勇敢，不怕"粉骨碎身"，"要留青白在人间"，暗喻自己不畏艰险、不怕磨难的大无畏精神，以及为正义事业勇于献身、"宁为玉碎，不为瓦全"的英雄气概。后来于谦用自己的生命证明了自己的誓言，在土木之役中，于谦率兵击退蒙军，后竟遭诬陷而被明统治者杀害，这首七绝竟成为他舍生取义、威武不屈的高尚人格的真实写照。

古诗词鉴赏

李东阳

(1447—1516)字宾之,号西涯,明茶陵(今属湖南)人。天顺八年(1464)进士。供职翰林院三十年,官至侍讲学士。曾依附宦官刘瑾。提倡"文必秦汉,诗必盛唐",影响颇广。成化、弘治年间(1465—1505),形成以其为首的茶陵诗派。有《怀麓堂集》《怀麓堂诗话》。

题柯敬仲墨竹①

莫将画竹论难易,刚道繁难简更难。君看萧萧只数叶,满堂风雨不胜寒。

注释 ①柯敬仲:名九思,号丹丘生,元代台州(今浙江临海)人,著名书画家,擅长山水、人物、花卉,而以墨竹尤为佳妙,著有《竹谱》。

赏析 [繁简难易的辩证关系]这首诗是对柯敬仲所画墨竹小品的题咏,也可当一篇画论读。初学画竹者画几笔,似乎不怎样难,难在不能多,多则乱,所谓"节节而为之,叶叶而累之,岂复有竹乎?"(苏轼)"繁难"和"简易"这两个词儿,就用来表明人们对繁简之难易的习惯认识。殊不知这种看法有它的片面性,不尽合辩证法。因为画到一定阶段,就会发现,繁易藏拙,简难讨好,这里难易二字就颠倒了个儿。后来的郑板桥才有"冗繁削尽留清瘦,画到生时是熟时"的自许。由简易繁难,到繁易简难,大约是画竹者螺旋式上升的过程。个中甘味,非老于此道者莫辨,而李东阳本篇可谓探得个中三昧了。

[行文的波折]"莫将画竹论难易",开口就劝人不要轻率谈论画竹难易这回事,因为其中道理深沉,不像一加一等于二那么简单。作者是针对识见肤浅者而言的,也是针对他自己过去的认

识而言的,所以此句的"莫将"也有心商口度的意味。"刚道繁难简更难"这句中其实有两个分句:一是"刚道繁难",因为"繁难"是简单的道理,所以才一口咬定,实是"知其一,不知其二"。二是"简更难",尽翻前四字之案,"简更难"是不合于习惯看法的,但它包含更深刻的道理。所以第二分句波澜跌宕,令人耳目一新。

[以形象助说理] 前二句皆议论,如果接下去再议论,作为诗歌来说不免空洞抽象之弊。诗人恰到好处,将目光投到画面上来,给第二句的说理以形象的论证:"君看萧萧只数叶,满堂风雨不胜寒。"你看柯先生这幅墨竹,不就只有几笔吗,可说是简到不能再简了,但那"满堂风雨不胜寒"的效果,是随随便便能够达到的吗?如果说易,请君画几笔试试看,恐怕难以呼风唤雨吧!这里的说理因具体生动的例证而变得十分有力。

[通感的妙用] "君看萧萧只数叶,满堂风雨不胜寒"起码由视觉沟通了两重的通感:一是作用于听觉的,一幅画居然能产生满堂风雨的感觉,这是耳朵发生错觉,可见画的简而妙;二是作用于肤觉的,

一幅画居然又产生了降温的感觉,这是生理上另一错觉,再见画的简而妙。从炼句上看,通常形容"只数叶"用"寥寥"也合律,而诗人却用了"萧萧",这就不但绘形,而且绘声。这是风吹竹叶、雨打竹叶之声,于是三四两句就浑然一体了。如换作"寥寥",也能过得去,但过得去并不就佳妙。从语气上看,用了"君看"二字,与首句"莫将"云云皆属第二人称的写法,像是谈心对话。这就使读者如直接看到作者站在面前大发高言谠论,感觉亲切,只好点头称是,表示佩服了。

唐寅

(1470—1523)字伯虎,一字子畏,号六如居士、桃花庵主。弘治十一年(1498)举乡试第一。程敏政被劾,寅亦株累下狱,谪为吏,耻不就。筑室桃花坞,日饮其中,蔑视世俗,狂放不羁。善书画,与祝允明、文徵明、徐祯卿称"吴中四才子"。

言志

不炼金丹不坐禅,不为商贾不耕田。闲来写就青山卖,不使人间造孽钱。

赏析 [这首诗的来历] 本篇不见于唐伯虎本集,见载于《尧山堂外纪》及《夷伯斋诗话》。从诗的内容及语言形式的惊世骇俗和脍炙人口的情况来看,当为唐寅所作。"不炼金丹不坐禅,不为商贾不耕田"前二句一连用了四个"不",写诗人在摒弃功名利禄之后的有所不为。

[一连四个"不"字] "不炼金丹不坐禅",即不学道,不求佛,大有"子不语怪力乱神"意味。"不为商贾不耕田",则是不事人间产业。"不为商贾"是不屑为;"不耕田"是不能为,即孔夫子所谓"吾不如老农""吾不如老圃"也。四个"不"一气贯注,语极痛快干脆。

[作者的人生宣言] "闲来写就青山卖,不使人间造孽钱!"唐伯虎可以自居的头衔是画家,其画与祝允明、文徵明齐名。他不慕荣华,不耻贫贱,以鬻文卖画、自食其力为荣。"闲来写就青山卖"是何等自豪。这是从事精神财富的创造者应有的豪言壮语,能"写就青山"而"卖"之,自有可参造化之笔。此为实

话，亦自负语。假清高的人往往以卖画讨润笔为可羞，殊不知这是卖知识产权，和写文章"拿稿酬"一样的天经地义。

[这首诗的批判意味] 所以，作者敢于当街叫卖："谁来买我画中山！"这样挣来的钱花着舒心。由此，诗人又反跌一意："不使人间造孽钱！"这一笔可厉害呀，一竹竿打一船人！"造孽"本作"造业"，乃佛教用语，即要遭报应的作恶。"造孽钱"即来路不正的钱。一切巧取豪夺、贪污受贿、投机倒把、偷盗抢劫、诈骗赌博……而获得的非法收入，得之即"造孽"，花之亦"造孽"，"不是不报，时候未到"而已。此句足使人深长思之。清清白白做人，正正当当谋生。"志士不饮盗泉之水，廉者不受嗟来之食"，这就是中国人传统的美德。思想染上铜臭而不知惭愧的人，请读唐伯虎《言志》诗。

王磐

(1470?—1530?)字鸿渐,明高邮(今属江苏)人。富家子,好读书,善琴棋书画。终生未仕。有《王西楼乐府》。

中吕·朝天子·咏喇叭

喇叭,唢呐①,曲儿小,腔儿大。官船来往乱如麻,全仗你抬声价。军听了军愁,民听了民怕,哪里去辨什么真共假。眼见的吹翻了这家,吹伤了那家,只吹的水尽鹅飞罢②!

注释 ①唢呐:即唢呐。竹管铜口的管乐器,喇叭是由它改造而成的。②水尽:水干涸。

赏析

[明代中叶的宦官专权] 这是明人散曲中最为著名的作品,它讽刺的是明代中叶宦官专权的黑暗现实。明朝宦官擅权为时之久、为害之烈不下于东汉、唐。宦官本是皇家的奴仆,但明朝的宦官却不仅做伺候皇帝及其家属的事,还干预国家政权——或代皇帝草拟、批复重要文件;或做出使外国的使臣;或监军;或镇守边塞;或总管特务情报机关;或借管理皇庄干预财政税收。

武宗正德年间(1506—1521),宦官刘瑾气焰熏天。当时民间谓朝中有两皇帝:一个坐皇帝,一个立皇帝;一个朱皇帝,一个刘皇帝。大臣写奏章得一式两份,分呈武宗和刘瑾,有的内阁大学士竟在刘府办公。刘瑾不但在政治、经济、刑法、科举诸方面拓展权势,而且建立了庞大的特务机构,自掌司礼监,而令其党羽掌握东厂、西厂,另立内行厂,扩充锦衣卫,操生杀之大权。文武百僚敬畏如父,大肆行贿,刘家有黄金二十四万多锭,白银五百多万锭。宦官的势力达到无以复加的地步。此即本曲写作背景。作者家乡高邮位于运河沿岸。运河是南北运输和交通的干线，宦官干办"公事"，经常从运河里经过，每到一个地方，就要吹吹打打，大抖威风；同时集合丁夫，对地方敲榨勒索，无所不为。本曲在宫调上属中吕，题为"咏喇叭"，是借传统咏物方式赋而兼比。

[开篇措辞中的双关] 喇叭、唢呐都是同一类吹奏乐器，其构造简单，不能演奏复杂的乐曲，然而调门特高，民间婚丧大事及官府开道多用之。本曲开篇即点出"曲儿小，腔儿大"的特点，用来比方小人得志特善于虚张声势，非常贴切。从这个意义上讲，曲中喇叭实含比义。但喇叭、唢呐又是当时官家用来开道的吹奏乐器，宦官出行，这玩意儿确实派了用场。从这个意义上讲，曲中喇叭也有赋义。"（官船来往）乱如麻"三字暗示出老百姓饱受骚扰，穷于应付。"（全仗你）抬身价"三字暗示宦官本是奴才，身价不高，透露了作者的鄙视。

[为什么军愁民怕] 当时兵部亦刘瑾腹心，军中任免只消一个纸条；边将失律，贿入即不问，甚至反有提升；又命其党羽丈量军垦土地，诛求甚苛，士兵甚怨（《明史·宦官传》）。至于老百姓更是宦官鱼肉的对象。刘瑾奏置皇庄增至三百余所，借权势之便，大占良田，任意征税，畿内大扰，"凡民间撑驾舟车、牧放马牛、采捕鱼虾之利，靡不刮取"（夏言《查勘极皇庄疏》）。宦官如此鱼肉军民，所以只要那倒霉的喇叭一吹，军民听了没有不发愁的。

[穷形尽相的讽刺]"哪里去辨什么真共假"一句影射的是刘瑾等宦官常矫诏行事的黑暗现实。明武宗不亲政，不接见大臣，刘瑾任意任免官员，逮捕杀害官民，都称是皇帝的意思，他都成了代皇帝了，谁还能和他分辨真假呢。宦官就这样天天打运河上过，喇叭今天吹，明天吹，谁碰上谁破产，谁碰上谁倒霉，宦官盘剥成性，不把人民敲榨得干干净净是不会罢休的。——"水尽鹅飞"系紧扣运河景物，意带双关，三个"吹"字接连而出，讽

刺穷形尽相。

[这支曲的写作特点] 本曲主要写作特点是咏物寓托。直中有曲，明快中兼有含蓄之致。贴近口语，备极本色，给人与诗词不同的审美感受。

中吕·朝天子·瓶杏为鼠所啮

斜插，杏花，当一幅横披画。毛诗中谁道鼠无牙①，却怎生咬倒了金瓶架？水流向床头，春拖在墙下，这情理宁甘罢②！哪里去告它？何处去告它？也只索细数着猫儿骂。

注释　①毛诗句：《诗经·召南·行露》："谁谓鼠无牙。"毛诗：指《诗经》，有毛亨、毛苌的定本。②宁甘罢：怎甘罢休。

赏析　[对世相的刻画] 这支曲写的是生活中发生的一桩小事，老鼠拖倒了花瓶架这件事本身没有多少意义，但散曲多具民歌与童谣的趣味，常常只为了好玩，并不追求意义。本曲也有借题发挥：天下本无事，可是碰到坏蛋来了，就毁这个，要那个，搞得花落水流，破坏和平与环境。受害者不肯甘休，但哪里找衙门去告它呢。气它不过也只有骂骂猫儿出出气。从而讽刺社会治安状况欠佳而恶人不好惹，是对世相的一种刻画。

[口语化及其他] 这支曲是口语化的，絮絮叨叨中忽杂引《诗经》之语，是其诙谐处。前八句都说老鼠可恨，后三句一转，说无可奈何只得骂骂猫儿出气，目标发生了转移，也自然诙谐，显得新鲜有趣。曲中不说把花拖到墙下而说把"春"拖到墙下，借代的运用也很有味。

沈明臣

字嘉则，明鄞县（今浙江宁波）人。少为博士弟子员。胡宗宪督师平倭，偕徐渭辟置幕府。后浪迹湖海，殁于里中。有《丰对楼诗选》四十三卷。

❋ 萧皋别业竹枝词① ❋

青黄梅气暖凉天，红白花开正种田。燕子巢边泥带水，鹁鸠声里雨如烟②。

注　释　①竹枝词：唐代歌词，出自巴渝民歌。②鹁鸠：鸟名。

赏析　[这首诗的内容]"萧皋别业"是作者友人李宾父的别墅名称，本篇就写江南梅雨季节当地农村景象。其韵味和宋人翁卷的《乡村四月》"绿遍山原白满川，子规声里雨如烟。乡村四月闲人少，才了蚕桑又插田"颇为接近。然而对比玩味，沈明臣本篇自有新意。

[写景设色之妙]"青黄梅气暖凉天，红白花开正种田。"开篇两句描绘萧皋别业所在的郊野春光，就有美不胜收之感。与翁诗的"绿遍山原白满川"比较，更为色彩绚丽。显然沈诗所写的不是初夏四月的乡村，而是春二三月的乡村。这里不仅排开了四种色彩："青""黄""红""白"，另较翁诗的"绿""白"，色彩的冷暖变化更大。

[早春天气特点]"青黄梅""红白花""暖凉天"是三个结构相同的排比的片语。每个片语中的名词性主语前，都有两个不同甚至对立的形容词（"青""黄"是不同色，而"红""白"是对比色，"暖""凉"是对立感觉），它恰到好处地写出了乍暖还寒

的早春天气及相应的景物特征：桃李刚刚开花，而梅子尚小，黄里带青。这里辨味之细，只有晚唐韩偓绝句差可仿佛。

[下字的精确] 诗人下字也很精确，如果在别人笔下，首句也许是"青青梅子"而不是"青黄梅气"。"气"字多么虚，感得到，摸不着。前两句之妙就在于不仅写出了视觉色彩，还比翁诗多写出了人的感觉（冷暖）。这时还不是农忙时节，没有"才了蚕桑又插田"那么紧张，只道正种田，多少从容。

[春雨中的鸟声] "燕子巢边泥带水，鹁鸠声里雨如烟。"最惹人喜爱的是后一句，它在感觉、视觉形象外又添了听觉，雨声和鹁鸠声。然而，它毕竟是有意无意落到了翁卷那个得意之句的窠臼里。不过这里不是"子规声"，因为子规是迎春的鸟儿。鹁鸠羽毛黑褐而胸部淡红，喜欢在春雨中鸣叫。在一片迷蒙的烟雨中，鹁鸠柔声呼侣，倍觉迷人。

[这首诗的独创性] 沈诗的独创性，尤见于"燕子巢边泥带水"一句。前人咏燕之作多矣，谁曾拈出"泥带水"三字？那是来源于生活观察的一个发现。"芹泥雨润"，使得燕子窝边的泥土湿漉漉的。"泥带水"不是"拖泥带水"，而是一个充满生气的形象。因为这是春雨，是好雨、喜雨。"晓看红湿处，花重锦官城"是杜甫的奇妙发现，"燕子巢边泥带水"则是沈明臣的奇妙发现。

[两首诗的对比] 翁卷的《乡村四月》在形式上是四句散行的，而沈明臣本篇则以骈句为主。它不仅下联对结，上联有三个排比片语，同时上下句也似对非对。这就使它在形式上更有锦绣成文之感，这正是春天给人的感觉，而不是初夏给人的感觉。

古诗词鉴赏

徐渭 (1521—1593) 字文长，一字文清，号天池山人、青藤山人，明山阴（今浙江绍兴）人。科场失意，为浙闽总督胡宗宪幕僚，对抗击倭寇多有策划。胡得罪被杀后，终身潦倒。诗文主张独创，反对摹拟。有《徐文长全集》《徐文长佚稿》《徐文长佚草》《四声猿》等。

❀ 风鸢图诗① ❀

柳条搓线絮搓棉，搓够千寻放纸鸢。消得春风多少力，带将儿辈上青天。

注 释 ①风鸢：即风筝。下文纸鸢同。

赏析 ［这是一首题画诗］《风鸢图》是作者晚年的得意之作，

乃慕北宋画家郭恕先作《风鸢图》韵事而拟作，画成后，每图配诗一首，共二十五首，以尽其兴。这里所选是其中的一首。

[结合春景写放风筝的准备]"柳条搓线絮搓棉，搓够千寻放纸鸢。"放风筝需要结实的长线，所以本篇开始就以搓线起兴。两句一连出三"搓"字，极有一唱三叹之趣。放风筝用的是较细的麻绳，这绳既不能用柳棉（柳絮）搓，也不能用柳条搓。可知首句"柳条搓线絮搓棉"，是作者结合春风杨柳的景色而产生的浪漫想象。"搓够千寻"（一寻为八尺）也够夸张了，似乎没有八千尺长绳就别"放纸鸢"。诗人这样唱时，使人感到他兴致很高，不禁也受到他高兴情绪的感染。

[加入想象更有意味]"消得春风多少力，带将儿辈上青天。""消得"是反诘语气，意即：不消春风多少力。耐人寻味的是最末一句："带将儿辈上青天。"这里的"儿辈"似乎本应指纸鸢而言，联上句意思即：不消春风多少力，便将这些纸鸢送上了青天。然而"儿辈"二字，其实是指放风筝的儿童。他们的心完全系在风筝上了。所以纸鸢上天，也等于"带将儿辈上青天"了。于是这句便有双关之妙。这还仅限于字面意义。最有意思的是，这两句还构成了一个象征意义。

[诗句中的祝愿]如《红楼梦》中薛宝钗《柳絮词》"好风凭借力，送我向青云"一样，作者希望好风吹送儿辈上天，实际也包含有一种殷切的期望和深情的祝福。愿儿辈比我辈更加有造化吧！"希望寄托在你们身上。"正是这种象征意义，使诗境得到进一步升华。读者不可只当放风筝去读。

古诗词鉴赏

戚继光

（1528—1587）字元敬，号南塘，晚号孟诸，明登州（今山东蓬莱）人。将门出身。初任登州卫指挥佥事，调浙江、福建、广东等地抗击倭寇，战功赫赫。后又镇守苏州十六年，寇不敢犯。卒谥武毅。有《止止堂集》及军事著作《练兵实记》《武备新书》。

❉ 晓征 ❉

霜溪曲曲转旌旗，几许沙鸥睡未知。笳鼓声高寒吹起，深山惊杀老阇 shé 黎①。

注　释　①阇黎：僧人。

赏析　[写早行用沙鸥说事儿] 这是一首描写军队早行的诗。"霜溪曲曲转旌旗，几许沙鸥睡未知。"行军的道路沿着溪流，所以充满曲折。这是一个秋天的霜晨，战士起了个大早，在暗夜或月下行军。军事行动要求神不知鬼不觉，他们也许都是衔枚疾走，只隐约可辨旌旗逶迤行进，而没有人马之声。"几许沙鸥睡未知"以闲中着色为妙，它起码有双重意味：一是由沙鸥的安眠反衬将士的辛劳；二是由沙鸥的未被惊醒反衬行军的神出鬼没、了无声息。这两句显然是黎明前的情景，它突出的是晓征的诡秘气氛，一到破晓，军队就不再需要藏行和隐秘了，而那情景将大不相同。

[抓住第一声笳鼓写]"笳鼓声高寒吹起，深山惊杀老阇黎。"这便是天明时的情景。诗人抓住第一声笳鼓（军乐）来写，便给人平地一声雷的惊异之感。随着这一声的到来，队伍如从地底冒出来一样，突然出现在道路上。又仿佛飞将军自重霄而降，给人以堂堂之阵、正正之旗的威武感觉。句中又称"笳鼓"为"寒

吹",言其"声高",便有"秋风鼓角声满天"(陆游)的意味,凛然不可抵挡似的。最末一句出自想象,筘鼓声如此嘹亮,恐怕要惊坏深山寺庙中的老和尚吧!

[这首诗的诗味之所在] 全诗的趣味集中在后一句。说军中之声要把深山阇黎惊杀,似乎有点煞风景,破坏了山中和平的气氛。殊不知正是这支军队——戚家军和别的边防部队,保卫了沿海一带的和平。所以老阇黎大可不必惊慌。诗趣就在语若致歉,实深慰之。戚继光作本篇,显然怀着十分得意的心情,字里行间全是风流自赏的意态。作为一个民族英雄,他也有权做这样的自赏。

古诗词鉴赏

史可法

(1602—1645)字道邻,又字宪之,祥符(今河南开封)人。清兵入关时,任南京兵部尚书。弘光帝即位,加大学士,督师扬州。城破后自杀未死,为清军所执,壮烈牺牲。

❀ 燕子矶口占 ❀

来家不面母,咫尺犹千里。矶头洒清泪,滴滴沉江底。

赏析 [这首诗的写作背景] 崇祯自缢身死后,弘光帝即位,史可法以大学士督师扬州。这时清军南侵,史可法在江北率师抵御。适逢驻扎在长江中游的明将左良玉以清君侧为由,进攻南京。史可法奉命入援,渡江至燕子矶,而良玉军已败退。于是他又率军回江北抗清,而没能回南京见上母亲一面。这首情至文生、口占而成的绝句,就反映了史可法当时复杂的心情。至今读来感人肺腑。

[忠君报国的责任感] 燕子矶在南京市北观音山上,俯瞰大江,形如飞燕。史可法率师到达这里,要回家见母亲一面并非很困难的事,但他这时却不能这样做。因为扬州军情有燃眉之急,关系到王朝的命运。所以母亲虽近在眼前,却像远在天边。"来家不面母,咫尺犹千里。"所表之情十分复杂,既可看出作者对母亲深厚的感情,对自己不能尽人子之道的内疚;又可以感到他以国事为重的责任感,及"忠孝不能两全"的痛苦心情。较之大禹治水"三过其门而不入"的情形更有悲剧色彩。正是沧海横流,方见英雄之本色。

[男儿有泪不轻弹] "矶头洒清泪,滴滴沉江底"二句似直接

就"来家不面母"一事而发，其实内涵要深得多。作者忧心如焚，所抒发的远不止是对不能探母的痛心，而是对整个国家大局的忧愤。南明危在旦夕，外患内忧。盖弘光政权成立后，权奸马士英执政，与东林党人斗争剧烈，而左良玉又从旁发难，造成"窝里斗"一团糟局面。史可法在扬州抗清用尽九牛二虎之力，又怎奈大厦将倾，独木难支。他在十万火急之中，居然还奉命"勤王"，形同釜底抽薪。这样不争气的局面，怎能叫他不一洒清泪。这就像《红楼梦》七十回中，探春在大观园发生"内乱"时说："可知这样大族人家，若从外头杀来，一时是杀不死的。这是古人曾说的'百足之虫，死而不僵'，必须先从家里自杀自灭起来，才能一败涂地！"说罢，"不觉流下泪来。"史可法"矶头洒清泪"不是忧惧清军强大，而是对外敌当前而内部离心的状况感到悲愤。而这种悲愤未易言之，只能借向母亲临风谢罪的由头而尽情宣泄了。

[这首诗的音情结合极佳]"滴滴沉江底"写泪洒清江，千古至文。泪水何以能沉到江底？除非是铜人铅泪。这就写出了他感情的分量不轻，形象地表现了他忧国的沉痛深至。"滴滴""沉底"四个舌齿音声母的字（其中有三个为"双音"字），更在音情上加以烘托，效果绝佳。总之无论就思想性还是艺术性而言，这首诗都算得上明代五绝的一颗明珠。

古诗词鉴赏

吴伟业

(1609—1672) 字骏公,号梅村。江苏太仓人。明崇祯四年(1631)进士,官左庶子。南明时,任少詹事,乞归。入清后,官国子祭酒,因母丧乞归。有《梅村集》。

圆圆曲①

鼎湖当日弃人间②,破敌收京下玉关③。恸哭六军俱缟素,冲冠一怒为红颜。红颜流落非吾恋,逆贼天亡自荒宴。电扫黄巾定黑山④,哭罢君亲再相见⑤。

相见初经田窦家⑥,侯门歌舞出如花。许将戚里箜篌伎,等取将军油壁车⑦。家本姑苏浣花里,圆圆小字娇罗绮。梦向夫差苑里游,宫娥拥入君王起。前身合是采莲人,门前一片横塘水。横塘双桨去如飞,何处豪家强载归。此际岂知非薄命,此时只有泪沾衣。薰天意气连宫掖,明眸皓齿无人惜。夺归永巷闭良家,教就新声倾坐客。坐客飞觞红日暮,一曲哀弦向谁诉?白皙通侯最少年⑧,拣取花枝屡回顾。早携娇鸟出樊笼,待得银河几时渡。恨杀军书抵死催,苦留后约将人误。相约恩深相见难,一朝蚁贼满长安。可怜思妇楼头柳,认作天边粉絮看。遍索绿珠围内第,强呼绛树出雕栏⑨。若非壮士全师胜,争得蛾眉匹马还? 蛾眉马上传呼进,云鬟不整惊魂定。蜡炬迎来在战场,啼妆满面残红印。专征箫鼓向秦川,金牛道上车千乘⑩。斜谷云深起画楼,散关月落开妆镜⑪。

传来消息满江乡,乌桕红经十度霜。教曲伎师怜尚在,浣纱女伴忆同行。旧巢本是衔泥燕,飞上枝头变凤凰。长向尊前悲老大，有人夫婿擅侯王。当时只受声名累，贵戚名豪竞延致。一斛明珠万斛愁，关山漂泊腰肢细。错怨狂风扬落花，无边春色来天地。

尝闻倾国与倾城，翻使周郎受重名⑫。妻子岂应关大计，英雄无奈是多情。全家白骨成灰土，一代红妆照汗青。君不见馆娃初起鸳鸯宿⑬，越女如花看不足。香径尘生鸟自啼，屧xiè廊人去苔空绿⑭。换羽移宫万里愁，珠歌翠舞古梁州⑮。为君别唱吴宫曲，汉水东南日夜流。

注 释　①圆圆：即陈圆圆，明末苏州名妓，后归吴三桂。②鼎湖：相传黄帝铸鼎荆山，鼎成，黄帝乘龙而去，后世因此称此处为鼎湖。③玉关：玉门关。④黄巾：汉末张角所领导的农民义军，以黄巾为标志，人称黄巾军。黑山：汉末张燕领导的农民义军，活动于黑山一带，号黑山军。⑤君亲：指明思宗与吴三桂父吴襄。⑥田、窦：武安侯田蚡、魏其侯窦婴。⑦油壁车：用油涂饰车壁的车子。⑧通侯：爵名，代指吴三桂。⑨绿珠：晋石崇的爱妾。绛树：汉末著名舞妓。⑩专征：军事上独当一面。秦川：今陕西一带。金牛道：川陕栈道之一，由今陕西勉县至今四川剑阁。⑪斜谷：在今陕西眉县西南，褒斜谷的东口。散关：即大散关，在今陕西宝鸡西南大散岭上，通褒斜。⑫周郎：周瑜。⑬馆娃：西施至吴，夫差为筑馆娃宫于灵岩山。⑭屧廊：即响屧廊。⑮古梁州：包括今陕西汉中与四川部分地区。

赏析　[关于陈圆圆] 中国明清易代之际的苏州名妓陈圆圆，属于为数不多的影响过历史进程的女性行列。陈圆圆本姓邢名沅，字畹芬。诗中说她曾入宫，后又放出，为贵妃之父田宏遇所获。后被明末辽东总兵吴三桂纳为妾。李自成起义军攻占北京，圆圆被刘宗敏所掠。义军曾以吴三桂父吴襄为人质招降三桂，三桂欣然受命，后闻圆圆被掠，一怒之下乞降于清并引兵入关，成为有清功臣。圆圆亦复为三桂所得，从入云南。本篇当作于清顺治八年（1651）八月以前三桂屯兵汉中之时（钱仲联说）。全诗自始至终就陈圆圆的遭际做如怨如慕、淋漓尽致的歌咏，亦借陈圆圆与吴三桂的离合之情，寄托兴亡之感。

[一出团圆的悲剧]《圆圆曲》的深刻与非凡就在于它写下了一出团圆的悲剧，与《长恨歌》殊途同归。正是"天长地久有时尽，此恨绵绵无绝期"。二叠则以"君不见馆娃初起鸳鸯宿，越女如花看不足"起，仍回到西施与夫差的譬喻上来。这一譬喻贯彻全篇，"所以然者，不徒二女同属吴娃，亦缘三桂姓氏得借吴宫点出"（程千帆），同时夫差也是一个在"美人"问题上没有过关的历史人物。他为西施建馆娃宫，宫中有采香径、响屟廊，春睡未足，早已是人去楼空，风流云散。

[坚持形象地歌咏]《圆圆曲》在艺术上的成功之一便是诗人始终没有做理性的说明和逻辑的判断，而是以形象做纯情的歌吟，备极吞吐抑扬之致。"换羽移宫万里愁，珠歌翠舞古梁州。为君别唱吴宫曲，汉水东南日夜流。"诗人似乎是说，万事休咎，我都无从判断；千秋功罪，且待后人评说。真是余音绕梁，三日不绝。

[这首诗受唐诗的影响]吴梅村身处明清易代之际，饱阅沧桑，故善取重大题材入诗，如《圆圆曲》《楚两生行》等数十篇，取易传之事，为绝妙之辞，"感怆时事，俯仰身世，缠绵凄惋，情余于文"（赵翼），故能传世不朽。在节奏音律上，这首诗显然继承了"四杰体"，此体具有一气贯注而又回环往复的韵度，其特征是：基本上四句一韵，平仄韵交替；多用律句对仗，大开声色，如"恸哭六军俱缟素，冲冠一怒为红颜""遍索绿珠围内第，强呼绛树出雕栏""斜谷云深起画楼，散关月落开妆镜""全家白骨成灰土，一代红妆照汗青"等，无不语工意新，深宜讽咏；段落之间，多用自相蝉联之格（即顶真），使意转词联，转折而无痕迹，如"相见""横塘""坐客""相约""马上"皆是。在烘托气氛、细腻刻画人物外貌心理、借历史人物以比衬上，均得力于

《长恨歌》。其善写儿女之情,千娇百媚、妖艳动人处,则又来自香奁体。

[全诗章法的造奇] 回顾古典长篇叙事诗如《焦仲卿妻》、《木兰诗》、"三吏三别"、《长恨歌》等,基本上都是顺叙和单线发展的结构,《秦妇吟》做大段插叙,也基本取单线发展结构,就好比传统绘画的线描平涂。而《圆圆曲》则另辟蹊径,叙述方式是倒叙再倒叙,有遥接,有补笔,技法变化莫测,结构则呈复线交织,多角度描述情事,好比现代绘画中的注重明暗表现和色彩重置。第一段的叙事,虽然在第二段也有,但前者是从男方角度做大刀阔斧的速写,后者则从女方角度做工笔重彩的描绘,彼此互形,骨肉匀停。第三、四段是两重变奏的咏叹,而第四段又做两部轮唱,反反复复,曲尽其致,较之前代叙事名篇有更强的抒情性,几令读者魂摇意夺,莫可究诘,不觉手之舞之、足之蹈之。在叙事与抒情结合、思想性与艺术性的统一上,《圆圆曲》都有后来居上的成就。在清代诗歌中,《圆圆曲》是较早的杰作,为其后的诗人在继承唐诗而又推陈出新方面,做出了成功的范例。

陈维崧

(1625—1682)字其年，号迦陵。江苏宜兴人。早慧，幼年有神童之称。康熙十八年（1679）应博学鸿词科，授翰林院检讨，参加修《明史》。尤长于词及骈体。有《迦陵文集》《迦陵词》《湖海楼诗集》等。

点绛唇·夜宿临洺驿①

晴髻离离②，太行山势如蝌蚪。稗花盈亩，一寸霜皮厚。赵魏燕韩，历历堪回首！悲风吼，临洺驿口，黄叶中原走③。

注释 ①临洺驿：在今河北省邯郸市永年区。②髻：喻山峰。离离：同历历，形容分明。③黄叶：写景，以风中落叶自喻。

赏析 [写景粗笔点画]这是一首记游词。"临洺驿"在今河北省邯郸市永年区，有临洺关，东临黄河，西望太行山，靠近邯郸。开篇写登览所见，在傍晚斜日下远眺太行山，峰峦攒聚，状如佛头上的螺髻；山脉蜿蜒，皱襞如蝌蚪古文。粗笔点画，境界阔大而苍凉。

[北国严寒的感受]地里庄稼已经收割，大片野生的稗子正在扬花，白茫茫一片，如一层厚厚的霜皮，传达出逼人的寒意。江南游子漫游北方，突出地感受到北地早寒的萧瑟景象，词中着力传达了这一感受。

[登临怀古之思]就在这片土地上，曾经演出过三家（韩、赵、魏）分晋、秦灭六王（赵、魏、燕、韩均属七雄之列）一类悲壮的历史剧，令人思之惨然。"堪回首"可做肯定语气读，也可做反诘语气（即可堪回首）读，有许多的沧桑感。

[写景与抒情通感]"悲风吼"三句紧扣眼前北地霜风，风向

朝南,故云"黄叶中原走"。此实写怀古而通感于自然,因此极具神情。这种表现手法多见于结尾,如作者《好事近》所谓"话到英雄失路,忽凉风索索"。本篇具有很强的沧桑感,怀古的具体内容却比较含混,通过景语抒情,使这首词比较耐人寻味。

太行晴雪图

朱彝尊

(1629—1709)字锡鬯，号竹垞，秀水（今浙江嘉兴）人。康熙十八年（1679）应博学鸿词科，授翰林院检讨。后革职，归家潜心著述。博通经史。诗与王士禛并称。词宗姜夔、张炎，为浙西词派创始人。有《曝书亭诗文选》。

桂殿秋

思往事，渡江干①，青蛾低映越山看②。共眠一舸 gě 听秋雨③，小簟 diàn 轻衾各自寒④。

注释｜①江干：江边。②青蛾：女子黛眉。③舸：小船。④簟：竹席。

赏析 [伤逝怀旧之作] 一起"思往事"即表明词所写乃伤逝怀旧之内容，下句"渡江干"则将所思之往事定位在某一特定时空，说明作者所思的往事乃是渡江的一段情景。"青蛾低映越山看"句写景而景中有人，最是扑朔迷离。古代女子眉妆有小山眉，故词中以眉喻山和以山喻眉两种情况都是有的。"青蛾"本指女子黛眉，可用喻越山；而"越山"之妩媚，亦可用喻青蛾。故此句既可解为所爱的女子在船中看山，亦可解为词人看山兼看人，而一种目成心授的朦胧的感情联系亦隐现字下。

[末二句为词中之俊语] 将彼此间朦胧的感情联系与保持的实际距离并举，却又通过彼此共同感受到的一个"寒"字传递了微妙的信息。"共眠"与"各自"字面的呼应和唱叹，道出了一个清冷寂静的秋夜和两颗难以平静的心：共眠一舸——说近也近，各自簟衾——说远也远；共眠一舸——是有缘，各自簟衾——是无缘；共眠一舸——心中温暖，各自簟衾——身上寒

冷。写出了人性与礼防的微妙冲突。

解佩令·自题词集

十年磨剑,五陵结客①,把平生、涕泪都飘尽。老去填词,一半是、空中传恨。几曾围、燕钗蝉鬓②。　不师秦七,不师黄九③,倚新声、玉田差近④。落拓江湖⑤,且吩咐、歌筵红粉。料封侯、白头无分。

注释　①五陵:代指京都。汉长安有五陵,即五个帝王陵墓。结客:结交朋友。②燕钗蝉鬓:女子首饰,这里用来指歌妓。③秦七:指秦观,排行第七。黄九:指黄庭坚,排行第九。以上二人为北宋词人。④倚新声:按新曲倚声填词。玉田:张炎,字玉田,南宋词人。差近:比较接近。⑤落拓:落魄。江湖:指民间。

赏析　[本篇是作者词集的题词] 作者为浙派词人之祖,上片由自述生平说到填词缘起。"十年"二句自谓少年时有建功立业的抱负,其间不知有多少悲愤酸辛和值得感激涕零之事,终而至于一事无成,故云:"把平生、涕泪都飘尽。""老去填词"以下写因事业无成而致力填词。作者多艳词,但有寄托,故自辩说"几曾围、燕钗蝉鬓"。

[下片自述师承抒发感慨] 宋词人中,秦观婉约,黄庭坚奇崛,张炎清空,各代表一种风格。而清代浙派词人走的是姜夔、张炎的清空而有所寄托一路。接下来作者引杜牧诗及《史记·李将军列传》语意自况,表达了他政治失意之慨。词中多用典,但能做到自然浑成。

古诗词鉴赏

夏完淳

(1631—1647)字存古。松江华亭(今上海市松江区)人。十四岁时,随父及师陈子龙抗清。任鲁王中书舍人,参谋吴易军事。易败,仍为抗清奔走。后因陈子龙事被捕入狱,被害时,年仅十七岁。有《夏完淳集》。

别云间

三年羁旅客①,今日又南冠②。无限河山泪,谁言天地宽!已知泉路近③,欲别故乡难。毅魄归来日④,灵旗空际看⑤。

注释 ①羁旅:寄居作客。②南冠:指囚徒。③泉路:指地下,旧时迷信者所谓的阴间。这里表达诗人必死的决心。④毅魄:坚强、果敢的魂魄。⑤灵旗:古代出征时的战旗。这里指抗清的旗帜,表示死后仍将抗清。

赏析 [少年夏完淳]清顺治二年(1645)清兵南下,各地掀起了风起云涌的抗清斗争,涌现了大批抗清义士,夏完淳即是其中一位少年英雄。"云间"即他的故乡,今上海松江区。他十四岁"揭竿报国,束发从军",随父起兵抗清,十七岁从容就义。

[慷慨悲歌绝命诗]顺治四年(1647)七月,夏完淳在故乡被捕,随后被解往南京。在告别故乡时,他写下了这首五言律诗。"三年羁旅客"回顾自己三年来的战斗生涯,颠沛流离,艰苦备尝。"今日又南冠"点明如今处境,壮志未酬,不幸被捕。《左传·成公九年》记载,被晋国关押起来的楚人钟仪始终戴着南冠(属楚地的服饰),后来就用南冠代指囚徒。"无限河山泪,谁言天地宽"抒发了诗人对山河破碎、无处容身的悲愤。令人不由想起了另一位民族英雄文天祥的诗句:"山河破碎风飘絮,身

世浮沉雨打萍。"

[生作人杰死鬼雄] 诗人拒绝清军诱降，自知来日无多，已抱定了杀身成仁的决心。"已知泉路近，欲别故乡难"，死不足惧，但故乡的山水亲人却难以割舍。英雄气短，儿女情长，对家乡故国的眷恋正是诗人慷慨赴死的动力，也使诗句具有了深沉动人的力量。虽绝命在即，诗人仍对未来充满信心："毅魄归来日，灵旗空际看。"真个是"生当作人杰，死亦为鬼雄"（李清照）。写就此诗后不久，诗人就义于南京。

古诗词鉴赏

王士禛

(1634—1711) 字子真,一字贻上,号阮亭,又号渔洋山人,新城(今山东桓台)人。顺治十五年(1658)进士。历扬州府推官、礼部主事、刑部尚书。后因事革职。诗宗唐人,倡导神韵。著作甚富,名重一时。有《带经堂全集》。

❋ 真州绝句① ❋

江干多是钓人居②,柳陌菱塘一带疏③。好是日斜风定后,半江红树卖鲈鱼。

注释 ①真州:治所在今江苏省仪征市。②江干:江边。③陌:田间小路,古代东西为陌,南北为阡,后泛指道路、街巷。疏:稀疏。

赏析 [关于《真州绝句》] 1662年,王士禛到扬州做官,有感于江南水乡的山水之美写成一组描写真州风物民情的小诗,命名为《真州绝句》,这使以擅长七言绝句而著称的王士禛更加名声大噪。组诗共有五首,此为其一。真州位于扬州市西南,紧邻长

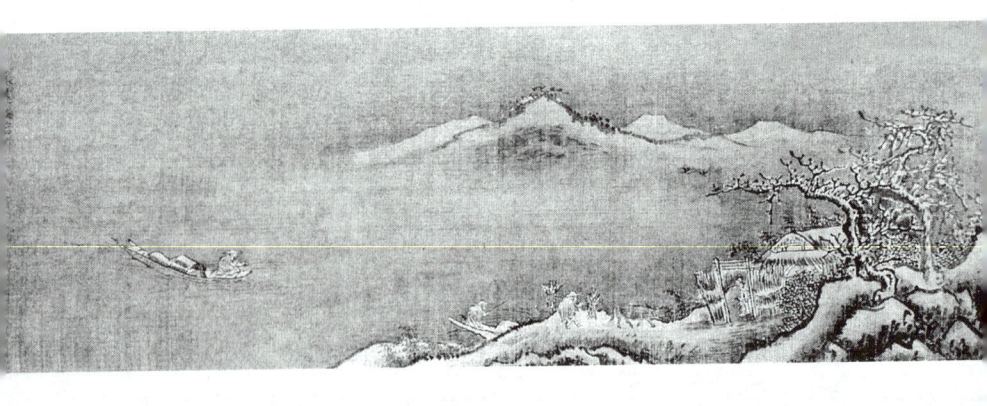

江北岸，是当时扬州至南京的水上要冲。这首七言绝句描写的正是秋季真州城南长江沿岸傍晚时分的明丽景色和渔家风情。

[一幅明丽的水乡图]"江干"直接点明诗歌描写的就是江岸水乡的景象，落笔轻盈。"钓人居"指以垂钓为业的人家的居所，即渔家。"多"一是说江干人家以渔家为多，言所占的比例大；也可以理解为形容渔家住在江边，一家挨着一家，祖祖辈辈传下来，已成村落。起句虽很平常，却统领全篇，用笔简练。

["菱塘"暗示秋天景象]描写水乡，诗人选取了两个极具特色的物事舒展笔墨。一是"柳陌"，一为"菱塘"。柳荫掩映的小路与水光滟滟的菱塘正好组成了一幅水陌纵横的江南水乡图。"一带疏"刻画出"钓人居"与"柳陌菱塘"交错相间、疏落有致的景象，同时提醒读者真州的渔家还有别于水上船家，他们不仅垂钓，同时兼营农业。这就更加真实地写出了江南水乡人家独有的特点，揭示出江南"鱼米之乡"的地方特色。此外，"菱塘"还透露出另一个信息，即诗歌描写的应该是秋天的景象。因为诗语所言是"菱塘"，而非"荷塘"。荷花盛开的日子是夏季，采菱的季节便该是秋天。这足以看出诗人用字的准确、考究，无一处有疏漏。

[绚丽多彩的画面]接着诗人一笔宕开，从"柳陌菱塘"转为写自然景色，写渔家风情。最美好、最值得留恋的时分是傍晚夕阳西下、风平浪静之后，江岸半边江水已被秋霜染红的树叶映红了，这时渔民们结束了一天的辛劳，三三两两满载而归，相约到江边卖鱼。江干响起了一阵阵热情、婉转的卖鲈鱼的叫卖声。"半江红树"呈现出两种对比色，江水是绿的，树叶是红的，这一红一绿，如果用之于服装穿着则极显俗气，可是用之于水乡风景画则顿添光彩，使晚霞满江的画面变得更加绚丽多彩，令人悠然神往。鲈鱼盛产于长江中下游，是一种体扁、鳞细、味鲜的优质鱼，自然能卖个好价钱。第四句不仅写出了水乡秋色之美，而且展示出水乡人家富足、祥和、悠闲、惬意的生活气氛，有风

景，也有风情。

[格调明朗，神韵卓绝] 在描写秋天的诗作中，这首七绝格调健康明朗、胸襟开阔，一扫秋之落寞凋零、肃杀凄凉。反之，于江干秋色、渔乡晚景之绚烂多彩中荡漾出蓬勃洒脱的生命活力与怡然自得的生活情趣。这位康熙时代的诗坛领袖，以他神韵卓绝的诗句，写出了诗情，也饶有画意。后来江淮画师多以此诗为题"写为图画"（王士禛《渔洋诗话》），足见其深受人们喜爱，流传一时。

秦淮杂诗①

年来肠断秣陵舟②，梦绕秦淮水上楼。十日雨丝风片里，浓春艳景似残秋。

注释 ①秦淮：河名。流经南京。②秣陵：古县名，秦改金陵为秣陵，晋复以建业为秣陵，地皆在今江苏省南京市。

赏析 [这首诗的写作背景] 作于顺治十八年（1661）客居金陵、馆于布衣丁继之家时。丁氏所居，距离秦淮之邀笛步甚近。丁少时曾习声伎，出入南曲（即旧院，是明末南京歌妓聚居的地方），得见马湘兰、沙宛在、脱十娘等，故能缕缕道及当时曲中遗事。明亡以后，秦淮无复旧日繁华，作者掇拾丁氏所述及耳目新接，写成秦淮杂诗二十首（存十四首），此其一。故有句云"丁字帘前见六朝（代言南明）"也。

[这首诗表面的内容] 诗人曾长时间在扬州任职，去年八月曾充江南同考官赴金陵（即秣陵），九月即病归扬州，不免时时怀念南京，故首句云云。今年春三月重返金陵，本应喜不自胜。不料十日阴雨连绵，不见风和日丽之艳阳天，不免心中郁闷，寓主观之情于客观之景，故末二句云云。以上说的是表面的内容。

[诗中的伤逝之情] 本篇诗意空灵，未及伤逝之情。然作为组诗第一首，在兴象和气氛的营造上，实有笼罩的作用。只要联

系组诗中时见的咏及明代遗迹之语（如咏徐达第之"朱门草没大功坊"、咏秦淮艺妓之"尊前白发谈天宝，零落人间脱十娘"、咏莫愁湖之"年来愁与春潮满，不信湖尚名莫愁"等），是可以从中领会到伤逝之意的。

　　[诗中感伤的来由] 王士禛在明代度过童年，其父、祖为明遗民而入清不仕，隐居乡里。诗中所透出的伤感情绪，在清初明亡不久、明遗民甚众之际，是能够引起人们与亡明有关的联想和感喟的，虽然对于后世读者来说不免感到意难指实。

查慎行

(1650—1727)原名嗣琏,字夏重,一字悔余,号初白。浙江海宁人。康熙四十二年(1703)赐进士出身,官翰林院编修。有《敬业堂诗集》《苏诗补注》等。

舟夜书所见

月黑见渔灯,孤光一点萤。微微风簇浪,散作满河星。

赏析 ["舟夜"见闻] 题为《舟夜书所见》,书写的自然是夜里乘舟所见之景色、事物。起句由夜色落笔,"月黑"点明这是在一个月黑之夜,交待时间,同时也是写"所见":天空浓云密布,遮天蔽月,看不到一点光亮,眼前一片漆黑。其实,诗人此刻什么也看不见,"所见"只有黑暗,这给"见渔灯"铺设出独特的环境氛围。如果没有"月黑"之夜的黑暗,那么"渔灯"则不可"见",因为渔灯的光亮是极为微弱的,如果是在明月之夜,也许并不能引起诗人的注意,舟夜之所见便不会是渔灯了。仅此月黑时分,伸手不见五指,渔灯发出的光亮才可能划破黑暗,成为舟夜之所见,而且是唯一之所见。显然,诗人"书所见"实际上除了写黑暗,就只能写渔灯,是不见之中的"所见"。

["孤光"更营造出孤寂的气氛] "孤光一点萤"形容如豆的一盏渔灯就像是江岸上的一点缥缈的萤火,隐隐约约,闪闪烁烁。这和杜甫"野径云俱黑,江船火独明"(《春夜喜雨》)所描写的意境相似。"孤"渲染出月黑之夜周围环境的单调、孤寂、静谧、缺乏生气;"孤光"如萤更营造出一种孤寂的气氛,让人心情黯然。白天尽管也同样承受舟楫劳顿、颠簸之苦,但两岸的

绿树青山和一步一换的秀丽景色，多少能够排遣心中的郁闷和漂泊带来的孤独。可是，黑夜则大为不同了，眼前一抹黑，四周的景色全被黑暗无情地吞噬，诗人乘一叶扁舟，依旧在水上漂流，顿感身如浮萍，无所依傍。尤其是"孤光"的出现更不免惹起诗人凄苦迷惘的情绪。"渔灯"是渔家的灯火，渔民以舟为家，以水为伴，同样是在水上生活，但渔民家人团聚并没有漂泊无依、浪迹天涯的痛苦和凄凉。因而，诗人称之为"孤光"，实际上是睹物伤怀、借景抒情，是意中之象，是诗人内心情感的外化。

["满河星"改变了诗境和诗情] 第三句诗人一笔宕开，转而描写微风，让前句死寂、沉静的画面动起来。夜风轻轻吹来，从河面掠过，于是惊起阵阵波浪，而且前浪推着后浪，奔涌不止。这时，汩汩的水波发出哗哗的声响，给死寂的黑夜带来了无限的生命力，也让诗人的心境豁然开朗。紧接着，让人目炫神迷的景象出现了，"孤光"似一点萤火，倒映在河水里，本没有什么新奇之处，可是风吹浪涌，簇起万千波浪，一朵浪花摄一盏"孤光"映入水中，像是映在河里的星星，于是千万朵浪花便幻化成数不清的星星，散作满河星辰。这是多么奇丽壮观、波澜壮阔的图画！

[用鲜明的对照出奇制胜] 这首五绝虽体制短小却表现力丰富，颇有感染力。诗人信笔写来，语言简练，无论是写"渔灯""孤光"，还是写"一点萤""满河星"，一语道破其实写的不过就是一盏"渔灯"，可是最后却将舟夜见闻写得生动真实、斑斓多彩。同时诗人构思精巧，先营造孤寂暗淡的气氛，然后突然展开一幅天河星光图，打破沉寂，一改无奈漂泊的情绪，使人心胸开阔。前后情境对照如此鲜明，夜色明暗更替如此迅速，情绪格调变化如此突兀，令人恍如梦中、情怀跌宕，这便是这首小诗的动人之处。

纳兰性德

(1655—1685) 初名成德,字容若,号楞伽山人。满洲正黄旗人,武英殿大学士明珠之长子。康熙十五年(1676)进士,选授三等侍卫,寻晋至一等。年三十,病卒。有《通志堂集》,汇辑本《纳兰词》等。

长相思

山一程,水一程,身向榆关那畔行①,夜深千帐灯。 风一更,雪一更,聒 guō 碎乡心梦不成,故园无此声。

注 释 ①榆关:山海关。②聒:声音嘈杂,此做动词用。

赏析 [这首词的写作背景] 康熙二十一年(1682),作者扈驾出关祀长白山,北行作此词。在这以前,作者已多次随康熙出巡,与友人张纯修书云:"弟比来从事鞍马间,益觉疲顿,发已种种,而执殳如昔,从前壮志,都已隳尽。"心情比较消沉。

[写萧飒景色而有气象] 榆关即山海关,是此行必经之地。道里遥阔,途中不免宿营。词人撇开卤簿旌旗车骑之盛不写,专拣"夜深千帐灯"写之,通过特殊景观表现出皇帝外出的气派,堪称大气包举,与杜甫《后出塞》"落日照大旗,马鸣风萧萧。平沙列万幕,部伍各见招"的写法有异曲同工之妙。

[含蓄地写出了作者的乡思] 气候严寒,风雪交加,帐中的滋味可想而知。作者不能入睡,一是因为冷,一是因为闹。风在闹,雪也在闹,这种况味,只有关外才能体会。"故园无此声"看起来是一个事实的陈述,其实是说"在家千日好"的意思。作者表达思乡的情绪可谓含蓄。

纳兰性德

雪图

浣溪沙

谁念西风独自凉,萧萧黄叶闭疏窗,沉思往事立残阳。
被酒莫惊春睡重,赌书消得泼茶香,当时只道是寻常。

赏析 [这首词的写作缘起] 悼念亡妻卢氏之作。卢氏于康熙十三年(1674)出嫁,婚后三年,死于难产。

[闺房记趣用李清照故事] 上片写深秋黄昏至深夜对亡妻的思念,情景交融,倒也罢了。下片尤其是后两句,却好得紧。"赌书""泼茶",事见李清照《金石录后序》,文中回忆作者夫妻当年的小日子道:"每饭罢,坐归来堂烹茶,指堆积书史,言某事在某书某卷第几叶第几行,以中否角胜负,为饮茶先后。中即举杯大笑,至茶倾覆怀中,反不得饮而起。甘心老是乡矣!故虽处忧患困穷而志不屈。"用此典,则可见作者当年家庭生活的淡泊与温馨及夫妇之间的情甚相得。

[平平常常总是真] 婚姻是过日子,是油盐柴米酱醋茶,以平平常常为常态。而人们处在平平常常之中时,又往往因为"只道是寻常"的缘故,并没有感觉到它的可贵。只有当你失去了它之后,你才会深深地感到它的不同寻常。这就是生活,这就是作者对生活的体验。"而今思量不寻常"是直陈的表达法,"当时只道是寻常"是曲折的表达法,读时须从反面会意,它的妙处就是从寻常之中见不寻常。

蝶恋花

辛苦最怜天上月,一昔如环,昔昔都成玦①。若似月轮终皎洁,不辞冰雪为卿热。 无那尘缘容易绝,燕子依然,软踏帘钩说。唱罢秋坟愁未歇②,春丛认取双栖蝶。

注释 ①昔：同夕。玦：玉佩，如环而缺。②唱罢秋坟愁未歇：是说人虽死而情未泯。

赏析 [这是一首悼亡之作]词人《沁园春》小序云："丁巳（康熙十六年）重阳前三日，梦亡妇淡妆素服，执手哽咽，语多不能复记，但临别有云：'衔恨愿为天上月，年年犹得向郎圆。'妇素未工诗，不知何以得此也？"

[以月为喻]开篇即从"天上月"说起。圆月是团圆的象征。月亮每月只圆一次，到底是圆少而缺多，好比词人夫妻短暂的爱情生活。亡妻在梦中不是说愿为天上月，年年向郎圆吗？要是真能如此，词人就定能化作冬天里的一把火，"不辞冰雪为卿热"是情痴之语，亦是妙语。

[反衬的手法]过片三句以呢喃燕语反形丧妻的孤独。"秋坟"指唐人李贺《秋来》诗，其结云："秋坟鬼唱鲍家诗，恨血千年土中碧。"词情转为凄厉。古代传说中的爱情悲剧，常见的一种程式是男女双方化蝶作结。结语"春丛认取双栖蝶"因而用之，较前文"燕子依然，软踏帘钩说"又多了一重执着意味，表现了词人对爱情坚贞的信念。

陈于王

清诗人,字健夫。苏州(今属江苏)人,后居顺天宛平(今北京市丰台区)。

《桃花扇》传奇题辞①

玉树歌残迹已陈②,南朝宫殿柳条新。福王少小风流惯③,不爱江山爱美人。

注释 ①《桃花扇》:清代传奇,是一部以南明王朝的兴亡为内容的历史剧,孔尚任作。剧本寄寓了作者的亡国之痛和故国之思,福王为剧中人物。②玉树:即《玉树后庭花》,南朝陈后主宫中最艳丽的曲调之一。③福王:南明弘光帝朱由崧即位前的封号。

赏析 [这首诗的写作背景] 本篇着重讽刺南明统治者的腐化堕落。诗中"福王"即朱由崧,崇祯死后,他由洛阳避兵至淮安。凤阳总督马士英利用其昏庸,迎立于南京,这就是弘光帝。福王当政后重用马士英、阮大铖等奸邪,黜忠良。又搜选女子,闾井哗然。国亡被杀。《桃花扇》"选优"一场对他做了讽刺:"小生扮弘光帝,又扮二监提壶捧盒,随上,小生:'满城烟树间梁陈,高下楼台望不真。原是洛阳花里客,偏来管领秣陵春。'"可与本篇并读参阅。

[关于诗中的用典]"玉树歌"即《玉树后庭花》,陈后主所作。系"绮艳相高,极于轻薄"的靡靡之音,后人多以指亡国之音。如刘禹锡《台城》:"万户千门成野草,只缘一曲后庭花。"

杜牧《泊秦淮》："商女不知亡国恨，隔江犹唱后庭花。""南朝"本指东晋后据有南方的几个相继享国极短的朝廷，即宋、齐、梁、陈，诗中兼关南明王朝。"玉树歌残迹已陈，南朝宫殿柳条新"二句即以陈后主比弘光帝，谓南明王朝实蹈袭陈后主的覆辙，"柳条新"意味其行径仍旧也。用杜牧《阿房宫赋》的话说，正是陈后主"不暇自哀，而后人哀之。后人哀之而不鉴之，亦使后人而复哀后人也"。

[含蓄而辛辣的嘲讽] "福王少小风流惯，不爱江山爱美人。"福王原封于洛阳，过惯花天酒地的生活。到南京后，命"中使四出搜巷，凡有女之家，黄纸贴额，持之而去，闾井骚然"（《明通鉴·附编》陈子龙言）。故《桃花扇》给他的上场诗是"原是洛阳花里客，偏来管领秣陵春"。本篇的后两句就是对其人概括性的批判。诗意本指福王荒淫无耻，断送了朱明江山。但不直接说他荒淫，只说他"少小风流惯"，似还在为他辩解；不直接说他断送江山，却说他"不爱江山爱美人"，举重若轻，含蓄而辛辣。

[一个对比] 这一"爱"一"不爱"，毫不含糊地概括了历史上许多荒淫误国的帝王的共同特征，很有典型性；而诗句语言通俗，故成了广为流传的名句。与福王一类昏淫之主形成对照的，则是历史上那些具有雄才大略的君王，比如刘备，他曾清醒地应对了周瑜美人计，使东吴"陪了夫人又折兵"，唐吕温《刘郎浦口号》云："谁将一女轻天下，欲换刘郎鼎峙心。"正好与本篇对读。

古诗词鉴赏

郑燮

（1693—1765）字克柔，号板桥，江苏兴化人。乾隆元年（1736）进士。历任山东范县、潍县知县。有政绩。后因赈济饥民忤上，以病乞归，寄居扬州。为画坛"扬州八怪"之一。有《郑板桥集》。

❀ 竹石 ❀

咬定青山不放松，立根原在破岩中。千磨万击还坚劲，任尔东西南北风。

赏析 ［郑板桥的题画诗］郑燮是清中叶画坛"扬州八怪"之一，擅画竹、石、梅、兰、菊等。这首《竹石》是郑板桥最有名的题画诗之一，也是板桥咏竹之名篇。在板桥的多幅《竹石图》上都题有此诗，落款内容与时间各有不同，且文字也略有差异。"破岩"时为"乱岩""乱崖""破崖"，"万击"又作"万折"，"坚劲"又为"坚净"，"东西南北风"曾为"东南西北风""颠狂四面风"。可见，板桥对此诗极为喜爱，常应邀作画题诗赠友，旨在表情达意、借物抒怀，因而时时随兴而为、挥写自如。板桥画竹，无论是水乡筱竹，还是山野翠竹，不管是新篁出雨，还是老枝迎霜，竿竿瘦挺，叶叶临风，孤高倔强，不流时俗，不仅画出了竹的形态，也画出了竹之神韵、竹之风骨。板桥的书法自成兰竹笔法，极有造诣，他自称为"六分半书"，世称"板桥体"。板桥十分擅长于将诗、书、画三者融合成完整的艺术整体，书中有画意，画中有诗情，"诗、书、画"三璧乃不可多得的艺术瑰宝。

［竹之"性情"］起句先写竹之"性情"，用的是拟人化的手

法。"咬定青山不放松，立根原在破岩中"形容竹子深深扎根于乱石破岩之中，不怕贫瘠少土、脚根不稳，一旦"咬定"便如锋牙利齿绝不放松，蓬勃生长，郁郁葱葱。这一句写出了青山之竹面临恶劣的生存环境，坚韧、伟岸的品格和顽强、旺盛的生命力。

[竹之"风骨"] "千磨万击"写的是竹之"风骨"。"千磨万击"概括竹冬去春来、岁岁年年所遭受的种种磨难。宋代以后，文人把梅兰竹菊合称"四君子"，又将竹与松、梅并称"岁寒三友"。竹战霜斗雪，任凭雨打风吹，受尽千般折磨万般击打，可是从不改柯易叶，生死难徙。"还"包含有两层意思，一是依然、仍旧，二是反而、偏偏。"任尔"意为"任凭你"，表现出竹的无所畏惧、泰然自若。历尽"千磨万击"，竹更加坚挺秀拔、苍劲不屈，任凭狂风摧打，依旧神态自若、毫不畏惧，这就是竹之"风骨"。

["竹石"的人格意义] 自诩"难得糊涂"的郑板桥其实最不糊涂，也是活得最为清醒的。他出生于没落士大夫家庭，三岁丧母，由乳母费氏抚养成人，幼时家境清寒，生活困顿。这也许是他一直体恤民生疾苦、愤世嫉俗的思想感情基础。郑板桥一生"官途踬躇"，做了两任共十二年知县，六十一岁年过花甲竟因赈济灾民而得罪上司。看透世态炎凉的郑板桥毅然以病乞归，从此寄居扬州，以卖画为生，竹石、梅兰之类便成为板桥引物自况、抒写心中块垒的寄托。在另一篇同为《竹石》的题款中，板桥一往情深地写道："十笏芳斋，一方天井，修竹数竿，石笋数尺，其地无多，其费也无多也。而风中雨中有声，日中月中有影，诗中酒中有情，闲中闷中有伴，非唯我爱竹石，即竹石亦爱我也。"可见，竹石与板桥心心相印、息息相通，竹石是板桥心灵的寄托、知心的朋友；竹之虚心、挺直、根固、有节、临风独立、四季常青便成为板桥心之所仪、神之向往的正直坚劲、伟岸卓立、高洁不屈的美好人格的象征。竹之性情是板桥的性情，竹之风骨便是板桥之风骨！

古诗词鉴赏

竹石图

曹雪芹

(1715—1763)名霑,字梦阮,号雪芹,又号芹圃、芹溪。祖籍辽阳,先世原是汉族,后为满洲正白旗包衣(家奴)。曹雪芹的曾祖父曹玺、祖父曹寅、父辈的曹颙和曹頫相继担任江宁织造达六十余年之久,颇受康熙帝宠信。曹雪芹在富贵荣华中长大。雍正初年,由于封建统治阶级内部斗争的牵连,曹家遭受多次打击,曹頫被革职入狱,家产抄没,举家迁回北京,家道从此日渐衰微。这一转折使曹雪芹深感世态炎凉,更清醒地认识了封建社会制度的实质。从此他远离官场,无视权贵,生活一贫如洗。著《红楼梦》,今本120回,其中前80回为曹雪芹所写,后40回为高鹗所续。

❋ 红拂 ❋

(《红楼梦》)

长揖雄谈态自殊①,美人巨眼识穷途②。尸居余气杨公幕③,岂得羁縻女丈夫④。

注释 ①长揖:站着作揖。②穷途:处境潦倒的人。③尸居余气:死气沉沉的处所。杨公:杨素,隋末大臣。④羁縻:羁绊、留住。

赏析 [这首咏史诗的背景]选自《红楼梦》六十四回中林黛玉《五美吟》,也可以看作曹雪芹的一首咏史怀古之作。严格说,红拂并不是一个历史人物,而是唐代小说家杜光庭《虬髯客传》小说中人,姓张,原为隋大臣杨素的家妓。李靖(唐代开国功臣)以一介布衣之士,欲上奇策于杨素,遭到踞见,当面责素道:"天下方乱,英雄竞起,公为帝室重臣,须以收罗豪杰为心,不宜踞见宾客。"杨素身边罗列的姬妾中有红拂,一眼看准李靖,当夜即相私奔。后来二人遇到一位奇侠虬髯客,得到一笔厚赠,成为李靖赞助李世民建功立业的资本。

[从"独目公"到"巨眼"]"长揖雄谈态自殊"一句即写李靖上谒杨素当庭骋辩的事。"长揖"是直身作揖而不拜,态度不卑不亢。《汉书·高帝纪》载郦食其见刘邦就是这样子。李靖以一介布衣对司空大人杨素耳提而面命,亦有郦生之雄风,竟使杨素敛容而谢之,可见其态不凡。据杜光庭描写,当时杨府侍婢甚多,唯"一妓有殊色,执红拂立于前,独目公"。好个"独目公"!盖杨府之侍婢看惯天下达官贵人,何尝将一介布衣放在眼里。唯有红拂能知人于未显之际,别具慧眼,非徒貌美而已。"美人巨眼识穷途"一句之精彩,就在于将"巨眼"与"美人"连文。初看似乎很不谐调,细味正自表现出这"美人"眼光的不凡。

[什么是"尸居余气"]红拂私奔之夜对李靖说:"妾侍杨司空久,阅天下之人多矣,无如公者。丝萝非独生,愿托乔木。"李靖道:"杨司空权重京师,如何?"红拂答:"彼尸居余气,不足畏也。……计之详矣,幸无疑焉。""尸居余气"语出自《晋书·宣帝纪》"司马公尸居余气,形神已离,不足虑矣"。可见红拂追随李靖是洞察形势,预见未来,择木而栖,明智而大胆之举。没有识见与勇气,难以断然处置如此。所以诗人情不自禁地以"女丈夫"许之,并对权重京师的杨府嗤之以鼻:"尸居余气杨公幕,岂得羁縻女丈夫。"

[这首诗的反封建意义]作者通过"女丈夫"这样的造语,活现了一位侠女形象。红拂惊世骇俗的一个方面,是她敢于自媒,在婚姻上主动出击,连李靖亦自愧弗如。联想到《红楼梦》小说,其中有一位敢于谈婚议嫁、自行择婿的刚烈女性,即尤三姐。曹雪芹对红拂的歌咏和对尤三姐的赞美一样,都表现出一种反封建的思想倾向。

袁枚

(1716—1797)字子才,号简斋,又号随园老人,钱塘(今浙江杭州)人。乾隆四年(1739)进士,授翰林院庶吉士。历任溧水、江浦、沭阳、江宁等地知县。辞官后,于江宁(今江苏南京)小仓山筑随园,以诗酒为娱。诗倡性灵说。有《小仓山房诗文集》《随园诗话》等。

马嵬①

莫唱当年长恨歌,人间亦自有银河。石壕村里夫妻别,泪比长生殿上多②。

注释 ①马嵬:地名,在今陕西兴平。②长生殿:华清宫殿名,详见前《长恨歌》注。

赏析 [这首诗的写作背景] 本篇作于乾隆十七年(1752)作者赴陕西任职途经马嵬坡时。马嵬坡在今陕西兴平西二十五里,因安史之乱玄宗幸蜀时发生马嵬事变,为杨贵妃死处而闻名。历代诗人多有题咏,而无出《长恨歌》右者。《长恨歌》重在歌咏玄宗杨妃生离死别之执着苦恋,并寄予了深厚的同情。

[这首诗表现的民本意识] 本篇一起即说莫唱《长恨歌》,原来他想到了杜甫《石壕吏》中所写的那一家夫妇、父子、婆媳、兄弟之间的生离死别,以为民间遭受的乱离之苦有甚于帝妃者。表现了作者同情人民的思想。"长生殿"本为帝妃七夕盟誓之所(见《长恨歌》),而帝妃血泪实和流于马嵬,"泪比长生殿上多"是一种灵活的措辞,与"泪比马嵬坡下多"意同,而更能使人联想到长生殿之密誓和"他生未卜此生休"的意思。

[立意措语高妙] 这首诗立意高妙,艺术上的独创性表现在用诗评的方式搬出唐诗名篇《石壕吏》来压同样是名篇的《长恨歌》,以发表史论,因而既易懂又新警,既明快又含蓄。

古诗词鉴赏

赵翼 （1727—1814）字云崧，一字耘崧、耕松，号瓯北，阳湖（今江苏常州）人。乾隆二十六年（1761）进士，授翰林院编修。官至贵西兵备道。后辞官归乡，主讲安定书院。精治史学，考订史实时称精赅。论诗主张独创，反对摹拟。诗与蒋士铨、袁枚齐名。有《瓯北诗文集》《瓯北诗话》《廿二史劄记》《陔余丛考》等名于世。

❊ 套驹 ❊

儿驹三岁未受羁①，不知身要为人骑。跳梁川谷龁 hé 原野②，狂嘶憨走如骄儿。驱来营前不鞍辔，掉尾呼群共游戏③。傍看他马困鞦 qiū 靮 dí④，自以萧闲矜得意。谁何健者番少年，手持长竿不持鞭。竿头有绳作圈套，可以络马使就牵。别乘一骑入其队，儿驹见之欲惊溃。一竿早系驹首来，舍所乘马跨其背。可怜此驹那肯絷 zhí⑤，愕跳而起如人立。如人直立人转横，人骖 chǎn 而骑势真急⑥。两足夹殳上钩⑦，一身簸若箕前粒。左旋右折上下掀，短衣乱翻露裤褶 xí。握鬃伏鬣何晏然，衔勒早向驹口穿。才穿便觉气降伏，驯帖随人为转旋⑧。由来此物供人走，教駣 táo 非夸好身手⑨。骤旋不嫌令太速，利导贵因性固有。

注释 ①儿驹：小牡马。②跳梁：跳掷。龁：咬。③掉：摇。④鞦：络在马股后的皮带。靮：马缰。⑤絷：绊。⑥骖而骑：骑马不加鞍辔。⑦殳：戟柄。钩：指殳上的分枝。⑧驯帖：服帖。⑨駣：三岁的马。

赏析　[这首诗的写作背景] 乾隆二十一年（1756），作者随皇帝至木兰围场。围场在今河北，乾隆皇帝来此，蒙古诸藩皆从。

本篇即当时所作《行围即景》之一，主要叙述蒙古少年驯马的技术。题材别致，描写生动，颇具生活哲理。

[写马驹自然放任为下文铺垫] 诗的前八句写儿驹（小牡马）在衔勒穿口之前种种逍遥自在的神情，看它跳跃川谷，狂嘶憨走，掉尾呼群，矜视"他马"的情状，完全是野性未驯、自然放任的样子，诗人用揣度的语气谓之"傍看他马困鞦靮，自以萧闲矜得意"。这就为下文少年驯马非易预作铺垫，备极细致。

[对驯马过程的精彩叙述] 从"谁何健者番少年"到"弭帖随人为转旋"共二十句写蒙古健儿驯马的经过，是诗的中心段落，写得十分精彩。蒙古少年才接近儿驹时，那马见竿本能地惊惧了，正欲撒野狂奔，说时迟，那时快，竿头圈套早已落到它的头上。诗人对套马的工具和办法做了细致而简洁的描绘说明，使读者如亲临其境，目睹套马之全过程。那工具是一长竿，"竿头有绳作圈套，可以络马使就牵"。套马的办法是，驯马人"别乘一骑入其队"，当儿驹授首之后，他便"舍所乘马跨其背"，其动作是那样敏捷娴熟。

[诗中最富动感的场面] 从套驹到驯驹，有一个必经的折腾过程。在这里读者看到了最令人兴奋激动也是诗中描写最富动感、最为出色的场面：儿驹不惯受缚，先有一番挣扎，一会儿愕踏人立，使人横空几堕；一会儿右旋左折，上下乱掀。这是一场人与马的智勇的较量，如果骑手挺不住，被摔了下来，那他就休想征服这匹马；反之，如果他坚持下来了，那马自然技穷从此服帖。诗中健儿艺高胆大，以逸待劳，胸有成竹，他只握伏，稳夹马背。直到儿驹招数使尽，方才因势利导，为之戴勒穿口，最后驾驭自如。

[这首诗对唐诗的借鉴] 赵翼本篇无疑借鉴了唐代卢纶《腊日观咸宁王部曲娑勒擒豹歌》的手法，如同高明的摄影师运用高速度快门抓拍下最关键的镜头，使人惊心动魄。高适有"舍鞍解甲疾如风，人忽虎蹲兽人立"的奇句，"人虎互形，毛发生动"

（沈德潜）；赵翼则有"如人直立人转横，人骣而骑势真急"之句，可说是人马互形，毛发生动。其下以"一身簸若箕前粒"形容骑手上下颠簸而终在马背，写难状之景，更是富于创造性的奇喻，其笔力之健，亦可仿佛太史公叙钜鹿之战。

[诗中包含的哲理意味] 最后四句写诗人的观感，他觉得蒙古少年技术诚不寻常，尤贵于了解马的本性，并能因势利导，掌握运用规律，方稳操胜券。这四句本可不写，但写了也不是画蛇添足，它把眼前的生活事件做了理性的概括，并得出"利导贵因性固有"的结论，是富于哲理性的，可以给人以生活的启迪，而不是叫人徒然看了一场热闹。因此，这也是一首以理趣见长的诗。

[出色的语言艺术] 这首诗在驾驭语言方面是很出色的。套马这样一个动作性很强、技术性很强的活动，现象瞬息万变，可使人眼花缭乱，本来很难下笔。诗人却适当借鉴散文的语法，从容道来，井井有条，令人觉其笔端有口，善于追捕。无论叙事、议论、说明，都能恰到好处，称得上是清代叙事诗短篇力作。

黄景仁

(1749—1783)字汉镛,一字仲则,号鹿菲子,江苏武进(今江苏常州)人,早孤家贫。曾游安徽学政朱筠幕。乾隆三十年(1765)秀才。清高宗南巡召试名列二等,以武英殿书签例得主簿。后授县丞,未到任而卒。有《两当轩全集》。

都门秋思

五剧车声隐若雷①,北邙惟见冢千堆②。夕阳劝客登楼去,山色将秋绕郭来。寒甚更无修竹倚,愁多思买白杨栽。全家都在风声里,九月衣裳未剪裁。

注释 ①五剧:指道路纵横的热闹街市。唐卢照邻《长安古意》:"五剧三条控三市。"②北邙:洛阳东北山名,东汉城阳王刘祉始葬于此,后为京郊墓地。

赏析 [这首诗的写作年代]同题下原共四首,此其三。作者自述自乾隆四十年(1775)冬移居北京以来四年间的失落与困顿之情。

[笔下流露出对权贵的轻蔑]首联专说京师权贵。先通过大道上隆隆的车声,渲染这些人出行时不可一世的气概;然后切入北邙山坟墓累累的画面,使人玩味这两个看似毫不相干的画面间存在的必然联系。虽然说的是客观规律,其中却也隐寓有寒士打心眼儿里对权贵的轻蔑。

[写景造句灵活]次联写都门秋景,在写法上很有特色。本是客赏夕阳上高楼,却说"夕阳劝客登楼去";本是秋满城郊山野,却说"山色将秋绕郭来"。句中宾语和主语对调了位置,并采用了拟人化的劝、将二动词,从而赋予自然景物生命和灵性。

[化用古语推陈出新] 三联写心上的愁情，语有出处：一是杜甫《佳人》："天寒翠袖薄，日暮倚修竹。"二是《古诗十九首》："白杨多悲风，萧萧愁杀人。"而诗人袭其语而翻其意，化用出了新意："寒甚更无修竹倚"，其情较杜诗中人更为难堪；"愁多思买白杨栽"，可见其愁有更难发泄之苦。

[措语和意象均妙] 末联化用《诗经》，按《豳风·七月》云："七月流火，九月授衣。一之日觱发，二之日栗烈。无衣无褐，何以卒岁。""觱发""栗烈"都是形容风寒的。诗人一生为贫病所苦，乾隆四十二年（1777）筹措费用，将老母妻儿从南方搬来北京同住，生活非常困难。诗中以实在意象"全家""风声"引出虚拟意象——未剪裁的"衣裳"，更见愁情满纸。

[脍炙人口的原因] 古人说"愁苦之词易工"，诗人既有出自饥寒交迫的、很现实的生计问题，又有丰富的诗歌语汇和剪裁的功夫，化用语典非常自然贴切，完全达到了与古为新的地步，既是一听就懂的，又是耐人回味的，所以历来脍炙人口。

龚自珍

（1792—1841）一名巩祚，字璱人，号定盦，浙江仁和（今杭州）人。道光九年（1829）进士。历官内阁中书、宗人府主事、礼部主事、主客司主事等职。年四十八辞官南归。五十岁卒于丹阳云阳书院。有《定盦全集》。

己亥杂诗（九州生气）

九州生气恃风雷，万马齐喑 yīn 究可哀①！我劝天公重抖擞②，不拘一格降人才。

注　释　｜　①万马齐喑：形容沉闷的局面。喑：哑。②抖擞：振作。

赏析　[关于《己亥杂诗》] 道光十九年（1839）己亥，作者辞官南归，尔后北上迎接眷属，他将往返途中见闻及随想写成三百一十五首七绝，总题《己亥杂诗》。《己亥杂诗》是一组规模空前、思想内容极为丰富的大型七绝组诗，其独创性表现在将叙事、议论和抒情相结合，不受格律拘束，挥洒自如地历叙诗人旅途见闻、生平经历和思想感情。

[什么是"青词"] 此诗是作者路过镇江时，应道士之请而写的祭神诗。见于自注："过镇江，见赛玉皇及风神、雷神者，祷祠万数，道士乞撰青词。"当地百姓举行迎神赛会，迎的是玉皇、风神、雷神这三位尊神。作者替道士写的青词，是供道教徒在斋醮仪式上献给"天神"的奏章表文，它用朱笔写在青藤纸上，所以称"青词"，亦称"绿章"。

[这首诗与一般青词的不同之处] 此诗前二句直接赞美风神、雷神，意谓整个宇宙都是靠这二位神灵施威才打破了沉闷空气，带来了风雷激荡的生气。后二句则是向玉皇祈祷，恳请看在下界

芸芸众生的面上，降生有大作为的人来为下民消灾降福，确保国泰民安。一般"青词"的内容，本是"不问苍生问鬼神"的，但作者却反其道而行之——借鬼神而说苍生。

[这首诗的寓意] 前二句实是以自然喻人事，说要使中国重新生气勃勃，就得依靠疾风迅雷般的威力来打破死气沉沉的政治局面。后两句用的是同样的手法，"天公"明指天上主宰一切的玉皇，暗指人间至高无上的皇帝，他希望清朝皇帝能奋发有为，打破一切陈规旧制，放手让各种各样的优秀人物发挥才能，拯救中国。钱穆《中国近三百年学术史》说，清嘉道以还，士大夫稍稍发舒为政论的，龚自珍"为开风气之一人"。作者有许多诗篇堪称诗的政论，如关于人才问题就几次写到，上面这首诗是其中最有名的一首。

己亥杂诗（陶潜酷似）

陶潜酷似卧龙豪，万古浔阳松菊高。莫信诗人竟平淡，二分梁甫一分骚。

赏析 [朱熹论陶诗] 龚自珍《己亥杂诗》有"舟中读陶诗三首"，这是其中的一首。朱熹说："陶渊明诗，人皆说是平淡，据某看，他自豪放，但豪放来得不觉耳。其露出本相者，是《咏荆轲》一篇，平淡的人如何说得出这样语言出来。"（《清邃阁论诗》）龚自珍这首诗与朱熹所见略同。

[把陶渊明与诸葛亮相提并论] 这首诗第一句不但指出了渊明骨子里那个"豪"字，而且将他和诸葛亮相提并论。原注："语意本辛弃疾。"盖辛词《贺新凉》就云："把酒长亭说。看渊明、风流酷似，卧龙诸葛。"作者同意并化用了这一说法。

[陶诗给人的印象] 陶渊明酷爱菊花，松、菊等形象在陶诗中屡见不鲜。它们都有傲霜耐寒的特性，故成高洁坚贞的象征。诗人就用"万古浔阳（今江西九江）松菊高"来比喻陶潜其人的高尚品格。从钟嵘《诗品》以陶潜为古今隐逸诗人之宗以来，历

来论陶诗，统称其平淡。如葛立方《韵语阳秋》、蔡宽夫《西清诗话》等皆是。

[作者的独出己见] 对陶诗平淡的说法，作者以"莫信"二字一概抹倒，认为如将陶诗三分，则有二分近于《梁甫吟》，一分近于《离骚》。《三国志》载诸葛亮"躬耕陇亩，好为梁甫吟"，《梁甫吟》本古乐府楚调曲名，内容多感慨世事之作。《离骚》则是屈原的杰作。二句意谓陶潜也是有政治抱负、热爱祖国、感情激烈的诗人，不能认为他浑身静穆或平淡。这种陶潜观较之朱熹又有深化。

[鲁迅论陶渊明] 鲁迅说陶渊明："除论客所佩服的'悠然见南山'之外，也还有'精卫衔微木，将以填沧海，形天舞干戚，猛志固常在'之类的'金刚怒目'式，在证明着他并非整天整夜的飘飘然。这'猛志固常在'和'悠然见南山'的是一个人，倘有取舍，即非全人，再加抑扬，更离真实。"（《题未定草〔六〕》）这样评价陶潜，自然更加全面。

咏史

金粉东南十五州①，万重恩怨属名流②。牢盆狎客操全算③，团扇才人踞上游④。避席畏闻文字狱⑤，著书都为稻粱谋⑥。田横五百人安在⑦，难道归来尽列侯？

注释　①金粉：古代妇女化妆所用铅粉。此形容繁华绮丽的生活。东南十五州：泛指江南地区。②名流：知名之士。③牢盆狎客：指盐商家的帮闲清客。牢盆，煮盐器具。操全算：最为有利。④团扇才人：泛指流连声色的文人，语出《古今乐录》。踞上游：言其得意。⑤避席：离席而起，表示敬畏。⑥稻粱谋：生计。⑦田横：秦末狄人，因耻事刘邦自刎，其从者五百余人于海岛闻之，亦皆自杀。事见《史记·田儋列传》。

赏析 [这首诗的写作背景] 本篇作于道光五年（1825），时作者因守母丧居杭州，期满后正客居江苏昆山一带，处繁华温柔之乡，交际的是东南一方名流，目睹了当时儒林形形色色的怪现状，不满于士风的败坏，因而作了这首七律。明明是讽刺现实，却冠以"咏史"之题，不过是障眼法而已。

[开篇指明所讽对象] 一起表明本篇所讽，无非当代"名流"而已。"金粉"即铅粉，是古时妇女化妆用品，诗中多用来形容繁华绮丽之乡，又多与建都金陵的南朝相联系。"金粉东南"指当时作者所居住的江浙一带，能引起一些历史联想。"万重恩怨"即恩恩怨怨，昔者韩愈属之"儿女"（"昵昵儿女语，恩怨相尔汝"），而此处属之"名流"，可见当时东南名士云者，多是挟个人恩怨、小肚鸡肠的人物。"万重"与"十五"在数量上形成对照，可见地方不大，矛盾颇多。

[为所讽对象画像] 中四句进而为"名流"画像。"牢盆"乃煮盐器具，代指盐政；"操全算"乃当时市井语，意即把持。据说本篇是针对两淮盐政曾某罢官而作，曾某曾以谄事和珅得进，而日事荒宴（王文濡注），所以"牢盆狎客操全算"一句是说善于奉承拍马之徒把持着盐政这样的要职。"团扇才人踞上游"一句，则是说不学无术的贵族子弟官居高位。东晋豪族王导的孙子王珉，喜执团扇，性行放纵，虽任职中枢却不问政事。故诗有"团扇才人"之措语。

[写文字狱造成的高压气氛] 雍正、乾隆两朝的士大夫，不少人被文字狱吓破了胆，说话做事处处小心，动辄避席，表示敬畏。不少人钻进故纸堆，脱离现实著书立说，以求保其俸禄（"稻粱谋"，语出杜诗）。可见诗中所谓"名流"，其实都不过是些碌碌之辈而已。同时，诗人在这里也揭露了清朝的文化专制造成的现实黑暗而沉闷。

[借古讽今] 秦末时田横据齐地称王，刘邦统一中国后，田横率其部五百人入海岛。刘邦诱降道："田横来，大者王，小者乃侯耳。不来，且举兵加诛焉。"田横终耻事刘邦，遂自刎，五百士亦然。二句意谓像田横五百士那样有骨气、可杀而不可辱的

人，如今还找得到一个半个么？假若田横五百士屈节事汉，难道个个都能封侯么？恐怕只能落得身名俱裂，为天下笑吧。诗人"咏史"，言在彼而意在此，对时下"名流"做了毒讽。

[诗体的杂文] 本篇可以说是用诗体写成的杂文，它针对"名流"这一特定阶层，抽出其本质特征予以针砭，不留面子，同时也暴露了晚清社会和政治的腐朽和黑暗，间接表明了政治变革的势在必行。在写作上，本篇既运用了古人事语，或正用（如"团扇才人"）或反用（如"田横五百人"），又吸收了市井语、新名词入诗，如"牢盆""操全算""踞上游""文字狱"等，令人耳目一新，而笔墨尤见泼辣，增加了讽刺力度。

古诗词鉴赏

高鼎

字象一,又字拙吾,浙江仁和(今杭州)人。

村居

草长莺飞二月天,拂堤杨柳醉春烟。儿童散学归来早,忙趁东风放纸鸢①。

注释 | ①纸鸢:风筝。

赏析 [这首诗的主题] 高鼎诗善于描写自然景物,这首《村居》写春天郊外即目所见的景象:春光明媚,一群儿童正迎着东风,把风筝放上高高的蓝天。具有新鲜浓郁的生活气息。

[前二句以写景做铺垫] "草长莺飞二月天,拂堤杨柳醉春烟"两句写春景。当是作者即目所见,遇景入咏。字面上使人想起丘迟《与陈伯之书》中名句:"暮春三月,江南草长;杂花生树,群莺乱飞。"感到风光美不胜收。二月较三月略早一点,这时季节之风——东风已起。"拂堤杨柳醉春烟"句中"醉"字很形象,很新颖,生动状出杨柳丝丝,飘飘然使人陶醉的感觉。还有"拂堤"二字,已有春风吹拂之意。春风风向是稳定的——东风,而风力不大不小,因此一年四季唯此时最便于放风筝。放风筝是民间群众自娱活动之一,做纸鸢是一种民间专门技艺。每到春季,即有专店出售风筝。而各家各户,也能自制"豆腐干"一类简易风筝。前二句写景,已给放风筝的情景预作铺垫。

[后二句写出一片童心] "儿童散学归来早,忙趁东风放纸鸢"两句即写放风筝。放风筝虽然老少咸宜,但毕竟要跑跑跳跳,是最适宜少年儿童的活动,所以诗人专门描写少年儿童。要

在平时，他们散学以后必定不肯及时回家。不免在路上磨蹭，想方设法地玩耍。而这几天却是急忙回家，因为家里的"纸鸢"在等着他们放呢！恐怕上课时都一心以为鸿鹄将至，早就盼着散学呢！末二句不但直接描写放风筝的场面，而且通过"归来早""忙趁东风"写出了一片童心。

[留给读者的想象空间] 诗写到"放纸鸢"三字而止。而读者却浮想联翩，仿佛看到一个个淡墨色的蟹风筝、淡蓝色的蜈蚣风筝或淡赭色的鹞鹰风筝在天空比高；而寂寞的瓦片风筝没有风轮，又放得很低……拂堤的杨柳丝丝弄碧，杂花生树，草长莺飞，和孩子们天上的点缀相照应，打成一片春日的温和。

丘逢甲

(1864—1912) 又名仓海，字仙根，号蛰庵，台湾苗栗县人。光绪十五年（1889）进士。未任官，赴台湾各地讲学。后抗击日寇，兵败后内渡。居广东镇平（今蕉岭）。辛亥革命后，赴南京，为参议院参议员。有《岭云海日楼诗钞》。

春愁

春愁难遣强看山，往事惊心泪欲潸。四百万人同一哭①，去年今日割台湾②。

注释 ①四百万人：指台湾本地人和福建、广东籍的台湾人，当时共约四百万人。②今日：指光绪廿一年（1895）三月二十三日。

赏析 [这首诗的写作背景] 光绪廿一年三月二十三日，李鸿章代表清政府和日本签订《马关条约》，条款之一即割让台湾给日本。丘逢甲当即毅然辞家，组织义军抗敌护台，被举为大将军，屡次上疏清廷维护台湾主权。护台义军失败后，他内渡大陆，越明年作本篇。从唐代杜甫于安史之乱中写出以伤春寓伤时之情的杰作《春望》之后，诗人忧国伤时之作就多沿用这一思路。晚唐李商隐《曲江》："天荒地变心虽折，若比伤春意未多。"《杜司勋》："刻意伤春复伤别，人间唯有杜司勋。"宋代陈与义《伤春》："孤臣霜发三千丈，每岁烟花一万重。"皆为著例。丘逢甲本篇题为"春愁"，也显然沿用这一现成思路。

[一个令国人蒙羞的日子] 本篇末句的"去年今日"四字最须痛下眼看，那就是《马关条约》签订的日子。因而读者可以推定，本篇当作于光绪廿二年（1896）三月二十三日。四字殊非泛泛，表明诗是"国耻日作"。明乎此，读者就不难体味"春愁难

遣""往事惊心"八字所包含的沉痛的思想感情。

[不能排遣的"春愁"] 户外明明是莺啼花香，春光大好，可诗人却感到"春愁难遣"。这可不是士大夫"每到春来惆怅还依旧"（冯延巳）的闲愁，也不是妙龄仕女"良辰美景奈何天，赏心乐事谁家院"（《牡丹亭》）的寂寞。这"春愁"不是系于作者一身，而是关乎天下忧乐的，具有十分沉重的现实内容。回想到义师失利、台湾陆沉等等惊心的往事，叫诗人如何能够平静呢！即使"强看山"，眼中的山水风光可能消减他胸中丝毫的愤怒么？"泪欲潸"三字，有一种强忍不禁的情态，令人难堪。为下文"同一哭"蓄势。

[主观感情强烈的措辞] 诗的前两句着重渲染"春愁"，并不点明愁的具体内容，却为三四句的点题做好了准备。"四百万人同一哭，去年今日割台湾"便水到渠成。原注："台湾人口合闽粤籍，约四百万人也。"按说，诗人时已内渡，对台湾的现实社会情况难于亲闻亲见，不免隔膜。然而他又深知，有良知的台湾沦陷区的人民及唇亡齿寒的闽粤同胞，凡我族类，在这个国耻周年的纪念日，决不可能无动于衷。而作者又将这样的意念化为一个寥廓悲壮的意象，即四百万人同发一哭，那哭声应该惊天动地，振聋发聩吧。这样写，就使诗中的抒情特别强烈，成为一种集中的夸张。唐李益《从军北征》："碛里征人三十万，一时回首月中看。"后蜀花蕊夫人《述国亡诗》："十四万人齐解甲，更无一个是男儿。"已开先例，可以参会。可资横向比较的，有康有为"千古伤心过马关"（《九月二十四夜至马关》），亦为国耻而发。"千古伤心"云云是从时间范畴着意夸张，而"四百万人同一哭"则是从空间范畴着意夸张，各有千秋。

[国耻之日的反思] 本篇的末句"去年今日割台湾"是直书国耻。尽管是国人皆知的事实，诗人却无意隐讳含蓄，而更昭著揭示，其意深矣！盖知耻者，不为耻；唯于国耻无动于衷、厚颜无耻者，最可耻；不忘国耻，方能洗雪国耻。故此七字，真字字

掷地有声，读之令人不忘。"去年今日"四字，出唐崔护《题都城南庄》："去年今日此门中，人面桃花相映红。"所言情事与本篇了无关涉，通过今年今日与去年今日场面的对照见意，却与本篇同致。"割台湾"是"去年今日"事，而"四百万人同一哭"则是今年今日情景。比照之下，可见同胞骨肉，敌忾同仇，悲愤实深。三户亡秦，希望正在于此。

❋ 山村即目 ❋

一角西峰夕照中，断云东岭雨蒙蒙。林枫欲老柿将熟，秋在万山深处红。

赏析 [这首诗的写作年代] 丘逢甲离台内渡后，定居祖籍粤东镇平（今广东蕉岭）澹定村。"村在镇平县北之文福乡。乡之西，翼然而起者庐山也。其山多松，山之主峰曰松光峰，其麓有林，曰松林，湾曰松湾，而澹定村在焉。"（作者未刊稿《松山书屋图记》）本篇作于光绪二十五（1899）年，诗中所写山村当即澹定。

[秋天的雨景] 一个深秋傍晚，刚刚下了一场过路雨。西边雨脚已收，夕照辉映了西面庐山一角；而东边的山岭还被雨云笼罩，蒙蒙小雨，尚未全停。"一角西峰夕照中，断云东岭雨蒙蒙"写的就是即目所见的一山之中气候不齐的自然奇景。使人感到西山是"晴方好"，而东岭是"雨亦奇"，"东边日出西边雨，道是无情却有情"（刘禹锡《竹枝词》），且具画意。

[抓住秋山景色的特征] 前两句所写，偏于秋夕山中的气候，而真正描绘山村即目所见的景色，还在下两句："林枫欲老柿将熟，秋在万山深处红。"秋已深了，正是枫叶变红、柿子成熟的时候，这时的山中，不仅枫林如醉，柿子也透出橙红的颜色。"看万山红遍，层林尽染"，正是最典型的秋色。故诗云："秋在万山深处红。"末句之妙，在于那个"秋"字。"秋"本是季节，没有色相。通常可以说"秋叶红"，却不可说"秋红"。但如作"林枫欲老柿将熟，都在万山深处红"，一切落实，又反不如"秋在万山深处红"灵妙。

["红"字着落在"秋"的妙处] 盖"秋"可以囊括枫、柿等秋叶、秋实而不局限于枫叶、柿实。这样写，使本不具形色的"秋"有了形色，变得赏心悦目。如果将写诗下字比作弈棋，诗人这就是棋高一着，一字下去，全局皆赢。不可忽略的还有第三句的"欲""将"二字。"枫老""柿熟"都指向末句的"红"字。然枫过老则叶枯，柿过熟则实烂。唯有欲老未老之枫叶，将熟未熟之柿实，才红得富于生机，红得耐人玩味，只让人感到欣喜，而不会引起感伤。

古诗词鉴赏

秋瑾

(1875—1907)字璿卿,别号竞雄,又号鉴湖女侠,浙江绍兴人。1904年赴日留学,参加光复会、同盟会。回国后在上海创办《中国女报》,提倡妇女解放。后回绍兴,主持大通学堂,组织起义。事泄被捕,英勇就义。有《秋瑾集》。

❋ 对酒 ❋

不惜千金买宝刀,貂 diāo 裘换酒也堪豪①。一腔热血勤珍重,洒去犹能化碧涛。

注　释　①貂裘:用珍贵貂皮做的衣服。

赏析 [醉翁之意不在酒] 诗酒的结缘所来自远,陶潜以来以饮酒为题的诗篇不少,其中大有"醉翁之意不在酒"的托兴深远的作品。秋瑾女士的这一篇,可算是晚近的杰作。

[诗中标榜的"豪"字] 初读本篇,读者很可能只注意到那个"豪"字,将全诗看成这样的三部曲:一是"千金买宝刀",豪举也;二是"貂裘换酒",亦豪举也。两句中的"不惜"和"堪豪"是互文,也就是说,不惜金钱去购买宝刀,堪豪,不惜珍贵的貂皮衣去换取美酒,也堪豪。三是"洒热血""化碧涛",意指革命者不惜牺牲去争取胜利,更属豪举。这两句用了一个典故。相传周代忠臣名苌弘,死后三年,其血化作碧色。此后人们就常用碧血来形容烈士的血。看来,首句的"不惜"和次句的"豪"还兼管第三四句,这比一般的互文修辞显然有创新了。

[关键语在"勤珍重"三字] 其实这首诗的味道还并不出在那个"豪"字。关键语尤在"勤珍重"三字,它似乎是针对前二句的"不惜"而言的。意言金钱可以不惜,貂裘可以不惜,然而

生命却不可不惜。不过，珍惜不是目的，到必要的时候，则可以"不惜"——"一腔热血勤珍重，洒去犹能化碧涛"。诗人倡言珍惜生命不是为活着而珍惜，而是为革命而珍惜。只要这一腔热血洒得是地方，就能化成一股巨大的力量。

[诗中的唱叹之音] 诗人在写出一个"不惜"后又写出"勤珍重"，是诗意的跌宕和顿挫，好比将拳头攥紧抽回再打出去，写出另一个"不惜"，方才更见有力。一篇豪情满怀的诗中，由于有了"勤珍重"这样的款语叮咛，更觉有刚柔互济之妙。这首诗似受到唐诗"劝君莫惜金缕衣，劝君须惜少年时"（杜秋娘《金缕衣》）的启发而富于新意。

黄海舟中日人索句并见日俄战争地图①

万里乘风去复来，只身东海挟春雷。忍看图画移颜色②？肯使江山付劫灰③！浊酒不销忧国泪，救时应仗出群才④。拼将十万头颅血，须把乾坤力挽回。

注　释 ①索句：要诗。②忍：岂忍。图画：指日侵夺中国领土。移：改变。③劫灰：这里指战火灰烬。④救时：挽救时局。出群才：出类拔萃的人才。

赏析 [这首诗的写作年代] 本篇一题《日人银澜使者索题并见日俄战地早见地图有感》，作于1905年东渡日本途中。当年日本与帝俄为争夺朝鲜和中国东北的霸权，爆发了一场罪恶的战争。战争在中国领土上进行，清廷却无耻地宣布中立。这时，作者从一个日本人那里看到日俄战争示意图，感慨时事作本篇，抒发了诗人满腔忧国之情和以身许国之志。

[含蓄而激愤的抒情] 首联言诗人正第二次东渡日本，暗用宗悫志在"乘长风破万里浪"之语，表明东渡之意在寻求救国真理。次联写看到日俄战争地图，地图上颜色的变化标志着主权的转移。所以作者愤激于清廷的丧权辱国使我山河破碎变色，而不

忍坐视旁观。

［诗中的豪言壮语］三联否定以酒消忧的消极悲观情绪，而呼唤礼赞出群之才，适见作者以天下为己任，亟愿拯救国家人民于水深火热之中之豪情壮怀。化用杜甫《诸将》诗意（"安危须仗出群才"）为本篇之警句。然有斗争就有牺牲，末联倡言为了挽狂澜于既倒，将国家从危难中拯救出来，中华儿女当不惜牺牲、前赴后继，"拼将十万头颅血"云者与"把我们的血肉，筑成我们新的长城"同为豪语。

［用生命谱写的诗篇］全诗感情激荡，一气呵成，纯写心事，羌无故实。作者后来用生命和鲜血证果了她的这番誓言，其诗亦可以不朽矣。

苏曼殊

(1884—1918) 原名戬,字子谷,后改名玄瑛,香山县(今广东中山)人。其母为日本人。生于日本。1889年随父归国。后又赴日留学,并参加了革命活动。1903年回国,不久出家为僧,但仍继续与革命党人往来,并参加了南社。具有多方面文学才能,工诗及小说。有《苏曼殊全集》。

❋ 以诗并画留别汤国顿[①] ❋

蹈海鲁连不帝秦[②],茫茫烟水著浮身。国民孤愤英雄泪,洒上鲛 jiāo 绡赠故人[③]。

注　释　①汤国顿:广东人,康有为的学生。②鲁连:鲁仲连,齐国策士,战国赵孝成王时,秦国攻赵都邯郸。他在围城中反对尊秦为帝,曾说:"彼秦者,弃礼义而上首功之国也……彼则肆然而为帝,过而为政于天下,则连有蹈东海而死耳。"③鲛绡:指丝织的手绢。传说海中鲛人能织绡,故云。

赏析　[这首诗的写作背景] 这是现存曼殊诗中最早的作品。发表于1903年10月7日《国民日日报》的附张《黑暗世界》,署名苏非非。1903年4月,沙俄向清政府提出长期控制东北的无理要求,遭到中国人民的强烈反对。曼殊当时正在日本成城学校念书,激于爱国义愤,他参加了留日学生"拒俄义勇队"。为救亡奔走呼号,遭到表哥林紫坦不满,断绝了经济供给,迫使他辍学归国。归国后先在苏州逗留了一段时间,又转到了上海《国民日日报》社任翻译。

[诗中所用典故] 诗的前两句系追忆作者在日本投身爱国学生运动及归国后的一段经历和心情。"蹈海鲁连不帝秦"系用《史记》故事,秦兵围邯郸,魏王派辛垣衍劝说赵王尊秦为帝。

鲁仲连往见辛垣衍，力陈大义，并言如秦统治天下，"则连有蹈东海而死耳，吾不忍为之民也"。诗中用以比喻自己与沙俄等帝国主义列强势不两立的决心。"蹈海"一词双关诗人当时身在岛国日本，故用来贴切，倍有意味。

[诗中悲凉的气氛]"茫茫烟水著浮身"语承"蹈海"而来，却又自然地转入写渡海归国一事。诗人是被迫辍学西归的，心情沉痛悲愤，身在远洋船上，大有前路茫茫、不知归程之感。"茫茫烟水"四字含有这种失意的情绪，绝不仅是写归途所见而已。"其生兮若浮，其死兮若休"原是贾谊《鹏鸟赋》慨叹人生无常的句子，"浮身"二字便意味个人四海飘零，未得归宿，故前二句为全诗笼罩下一片悲凉的气氛，这是由国难当头的大气候所决定的。

[用字措语的巧妙]"国民孤愤英雄泪，洒上鲛绡赠故人"二句，紧扣题面写"以诗并画留别汤国顿"。据《吴都赋》李注，南海有一种美人鱼叫鲛人，善纺织，曾出水寄寓主人家卖绡。临去，泣珠满盘以赠主人。诗用"鲛绡"一语，不仅借指绘画题诗所用的绢字，而且暗关上句"泪"字。诗中虽然没有说明画的内容，但却巧妙地用"国民孤愤英雄泪，洒上鲛绡赠故人"作了有力暗示。

《韩非子》有《孤愤》篇。诗中"国民孤愤"指当时人民群众反帝的义愤，"英雄泪"指爱国者的伤时之泪。"国民孤愤"和"英雄泪"对举，暗示着诗与画的政治内容。"洒上鲛绡赠故人"就是题面所谓"以诗并画留别汤国顿"的意思。不直接说赋诗绘画，而曲折地表达将一腔孤愤之泪洒上鲛绡赠别故人，正是风义相期，更耐寻味。

[诗情悲而能壮]"嘤其鸣矣，求其友声"（《诗经·伐木》），诗中不仅抒发了对清政府的不满和对时局的忧念，同时也激发着"故人"和读者的爱国心和正义感。正因为有这样一笔，全诗才悲凉而不消沉，显得慷慨激昂，忠义奋发，充分表现了一个热血

青年的锐气和雄心。

❀ 过蒲田① ❀

柳阴深外马蹄骄,无际银沙逐退潮。茅店冰旗直市近②,满山红叶女郎樵。

注　释　①蒲田:日本本州地名,在东京都大田内,面临东京湾。②冰旗:卖冷饮的店招。

赏析　[本篇的写作背景] 1909年初秋曼殊因思念义母河合仙而陪她旅行至逗子海湾。本篇即作于探母途中。前二句展现一路海滨景色,成行的柳荫遮蔽着行道,直通海滨。

[末句的画意] "满山红叶女郎樵",画面极美,表达也好。照亮诗句的是那个"樵"字。本来"樵"是打柴,与树枝树干发生关系而不关拾叶之事。可拾叶的目的在于取得燃料,与砍樵无异,故无妨称之"女郎樵"。这是诗人措语的奇趣。"满山红叶女郎樵"还远远超出它所表现的实际生活内容而成为一幅具有强烈美感的图画。